LUCY DILLON

Der Glanz eines neuen Tages

Lucy Dillon

Der Glanz
eines neuen Tages

Roman

Aus dem Englischen
von Claudia Franz

GOLDMANN

Die englische Originalausgabe erschien 2018 unter dem Titel
»Where the Light gets in« bei Bantam Press,
an imprint of Transworld Publishers, London.

Sollte diese Publikation Links auf Webseiten Dritter
enthalten, so übernehmen wir für deren Inhalte keine
Haftung, da wir uns diese nicht zu eigen machen,
sondern lediglich auf deren Stand zum Zeitpunkt
der Erstveröffentlichung verweisen.

Dieses Buch ist auch als E-Book erhältlich.

Verlagsgruppe Random House FSC® N001967

1. Auflage
Deutsche Erstveröffentlichung Januar 2019
Copyright © der Originalausgabe 2018 by Lucy Dillon
Copyright © der deutschsprachigen Ausgabe 2019
by Wilhelm Goldmann Verlag, München,
in der Verlagsgruppe Random House GmbH,
Neumarkter Straße 28, 81673 München
Umschlaggestaltung: UNO Werbeagentur, München
Umschlagmotiv: Frau: plainpicture/Sara Foerster
Hund: greyhoundart/getty images
Wiese: Ian Cumming/Design Pics/getty images
Häuser: Adam Burton/robertharding/getty images
Redaktion: Susann Harring
MR· Herstellung: eR
Satz & Druck: GGP Media GmbH, Pößneck
Printed in Germany
ISBN: 978-3-442-48855-1
www.goldmann-verlag.de

Besuchen Sie den Goldmann Verlag im Netz

Prolog

Betty Dunlop hatte keine Angst vor dem Tod. Andererseits hat sie auch keine Angst vor der Luftwaffe, dem Kalten Krieg, der Gefahr eines nuklearen Winters, Salmonellen, Cholesterin oder einem ihrer unterschiedlich grässlichen Ehemänner gehabt.

Lorna Larkham war nicht so entspannt. Je näher sich der Tod an Bettys Bett im St-Agnes-Hospiz heranschlich, desto schneller schlug ihr das Herz in der Brust, und zwar so heftig, dass sie ihre Beine krampfhaft still halten musste, um nicht aufzuspringen und aus dem Zimmer zu rennen.

Die alte Reise-Uhr schien stehen geblieben zu sein. War es möglich, dass es erst sieben war? Lorna war um sechs gekommen, um die Schicht ihres Ehrenamts anzutreten. Die Stationsschwester hatte sie abgefangen, noch bevor sie ihre Jacke ausgezogen hatte, und Lorna darauf vorbereitet, dass Betty – die in der Woche zuvor dreiundneunzig geworden war, ihr Haar aber immer noch mit Lockenwicklern aufdrehte und mit Haarspray in Form brachte – in der Nacht immens abgebaut hatte.

»Uns war sofort klar, dass irgendetwas nicht stimmt, als sie nicht nach ihrem Kakao geklingelt hat.« Beim Anblick von Lornas panischer Miene hatte die Schwester ihr eine Hand auf den Arm gelegt. »Sie weilt noch unter uns. Lassen Sie einfach die Musik laufen und reden Sie weiter, auch wenn sie nicht antwortet. Lassen Sie Betty spüren, dass sie nicht allein ist. Ich bin am anderen Ende der Station, falls Sie mich brauchen.«

Jetzt ließ Lorna unauffällig ihr Strickzeug sinken, um Bettys schwere Augenlider zu betrachten. Stricken war auch Bettys Hobby gewesen; sie hatten darüber gesprochen, als Lorna zum ersten Mal gekommen war, um ihr ein Stündchen Gesellschaft zu leisten. Lorna brachte immer ihren Strickbeutel mit ins Hospiz. Sie hatte festgestellt, dass das rhythmische Klappern die Momente des Schweigens überbrückte, wenn die Patienten in einen Dämmerschlaf fielen. Für viele war das ein vertrauter Klang, eine Kindheitserinnerung an Mütter und Tanten, die stopften und strickten und munter plauderten. Während eine Reihe nach der anderen entstand, schien der Charakter der alten Damen ins Strickmuster einzufließen. Später stiegen dann unvermittelt Erinnerungen auf und ließen angesichts bestimmter Wollreste Junes wissende Augen oder Mabels Seidenblumen lebendig werden. Betty, das war jetzt schon klar, würde nicht mehr vom Perlmuster zu trennen sein: stark strukturiert und von einem grellen Grün, das Lorna mit dem sauberen Geruch von Pears-Seife verband. Sie wollte ihr Strickzeug gerade umdrehen, als eine kaum merkliche Bewegung ihren Blick auf sich zog.

Rudy, Bettys Dackel, hatte sich in seinem Körbchen geregt. Draußen war ein prächtiger weißer Mond hinter einer Wolke hervorgetreten. Unvermittelt fühlte sich der Raum kühler an, als hätte jemand das Fenster geöffnet.

Lornas Herz klopfte ihr bis zum Hals, lebendig, heiß und entschlossen. Die Musik – ein banales klassisches Stück, das eine der Pflegerinnen ausgewählt hatte – war verstummt, aber Betty atmete nicht aus.

Mit jedem Summen der elektrischen Wechseldruckmatratze schnürte sich Lornas Brustkorb stärker zusammen. War das der letzte Atemzug? Oder *dieser*? Sie blinzelte und hielt nach Indizien Ausschau, die sie eigentlich gar nicht wahrhaben wollte. Die Pflegerinnen hatten Lorna darauf vorbereitet, was es hieß, dem Ende eines Lebens beizuwohnen, aber bislang hatte sie es nie erlebt, nicht wirklich. Die Sekunden erstarrten im Raum, dann bewegten sich die Laken über Bettys eingefallenem Körper, und das Leben ging weiter. Vorerst.

Lorna stieß Luft aus, ein zittriges Echo von Bettys Atem, und berührte vorsichtig die fleckige Hand auf der Bettdecke. Sie spürte, wie sich die Haut unter ihrem Finger bewegte, weich und durchscheinend. Bis vor Kurzem hätte Lorna nicht geglaubt, dass der Tod Betty je ereilen würde. Sie hatte so leuchtende Augen und nahm an allem so regen Anteil, selbst im Hospiz noch. Letzte Woche hatten sie über das soeben verstrichene Weihnachtsfest geredet. Lorna hatte von den erstaunlich lustigen Abenden im Tierheim erzählt – eine ehrenamtliche Tätigkeit, die sie vor allem deshalb übernommen hatte, um der Familie von Jessicas Mann und deren erbittertem Konkurrenzkampf bei Wissensspielen zu entkommen –, und Betty hatte von der Feier mit ihren

Kindern Peter, Susie und Rae berichtet. Ihr Gesicht hatte geleuchtet, als sie Raes wunderbaren Weihnachtskuchen und Peters schicken Wollmantel beschrieben hatte. Als sich Lorna bei der diensthabenden Pflegerin erkundigt hatte, wann die Kinder denn da gewesen seien, hatte Debra nur mit dem Kopf geschüttelt. Niemand war da gewesen. Vielleicht war das bereits ein Anzeichen dafür gewesen, dass Betty langsam entschwand, wie eine Sandburg, die allmählich von der Flut fortgespült wird.

»Wir sind hier, Betty«, sagte sie forscher, als sie sich fühlte. Es war erschütternd, mit anschauen zu müssen, wie sich Bettys Hülle und ihr inneres Wesen in einem unsichtbaren Prozess voneinander lösten. »Rudy und ich. Alles ist gut.«

Betty selbst hatte sicher keine Angst vor dem, was ihr bevorstand. Ihre Geschichten – und sie hatte Hunderte zu erzählen – strotzten nur so vor Sorglosigkeit und Mut: wie sie sich zitternd vor Kälte auf Dächern im West End die Nächte um die Ohren geschlagen hatte, um sich, kaum älter als Lornas Nichte, während der Luftangriffe der Deutschen an der Brandüberwachung zu beteiligen; wie sie einen Soldaten geheiratet hatte und nach Kanada gezogen war, um den Soldaten und seine Fäuste nur wenig später gegen einen italienischen Koch und Alkoholiker einzutauschen; wie sie irgendwann eine Bar übernommen und später Avon-Produkte verkauft hatte; wie sie mit vierundvierzig von einem smarten Anwalt namens Herb ein Überraschungsbaby bekommen hatte und nach seinem Tod mit seinem Geld nach Hendon zurückgezogen war. Betty war in ihrem Leben oft ins kalte Wasser gesprungen, stets mit einem riesigen Vertrauensvorschuss, und wie eine Katze immer wieder auf den Füßen gelandet.

Lorna sah, dass Betty ins Schattenreich ihrer Erinnerungen abgedriftet war, und hörte ihre rauchige Stimme in ihrem Kopf: »Angst ist gut, Schätzchen«, hatte sie lachend erklärt, als Lorna sie angesichts ihrer Geschichten fassungslos angeschaut hatte. »Sie zeigt einem die eigenen Grenzen auf.«

»Ich möchte meine Grenzen gar nicht kennen, vielen Dank«, hatte Lorna in all ihrer Feigheit erwidert.

»Warum denn nicht?« Bettys Augenbrauen waren wunderbar, so hochmütig wie die von Joan Crawford. »Ihre Grenzen liegen möglicherweise ganz woanders, als Sie denken.«

Lorna hatte sich schnell darauf verlegt, die CDs neben dem Bett durchzuschauen. Betty hatte ihren wunden Punkt getroffen. Tatsächlich wusste Lorna gar nichts über ihre Grenzen. Dabei gab es vieles, was sie gerne über sich wissen würde, Fragen, die sie niemals loswerden würde, weil niemand mehr da war, der sie beantworten könnte. Ihre Mum war fort, und ihr Dad war fort, und damit hatte sich die kleine Welt hinter Jessica und ihr geschlossen und sie beide allein zurückgelassen. Was für eine Person steckte in ihr? Was für Charakterzüge und Schwächen, die bereits in ihr angelegt waren, würden mit den Jahren zum Vorschein kommen – sollte sie denn, anders als ihre Eltern, das mittlere Alter überschreiten und vielleicht sogar eine hochbetagte Dame werden? Derartige Fragen und ein Gefühl der Leere, weil sie es nie erfahren würde, stiegen an solchen Abenden auf, wenn Bettys und ihre eigenen Erinnerungen in der Luft hingen und in der geteilten Stille verschmolzen.

Rudy drehte sich in seinem Korb um und legte den Kopf auf die Pfoten. Lorna wählte eine CD von Glenn Miller aus. Falls Bettys Zug heute Abend abfahren sollte, würde ihr ein bisschen Swing für ihre Reise zum nächsten Ort sicher gefallen. Lorna drückte auf den Startknopf, nahm ihr Strickzeug und wappnete sich für die letzte halbe Stunde. Nur noch dreißig Minuten. Es würde nicht während ihrer Schicht passieren, dazu war Betty zu nobel.

Sie strickte und lauschte, zwei Reihen, drei Reihen, vier. »Dieses Perlmuster werde ich nie richtig hinbekommen«, murmelte Lorna, damit Betty wusste, dass sie da war. »Ein richtiger Murks ist das.« Als Licht von draußen in den Raum fiel und über die Wände wanderte, sah sie auf und merkte sofort, dass sich etwas verändert hatte. Bettys Nase und ihre Wangenknochen traten schärfer hervor, während ihr Atem schwerfällig geworden war. Unvermittelt hatte Lorna einen metallischen Geschmack im Mund. Sie äugte zu dem Klingelknopf für die Pflegerin hinüber, dann riss sie sich zusammen. Sie würde das schon schaffen.

Die alte Dame atmete tief und laut. Lorna fragte sich, ob sie in ihren Träumen jemanden sah, dem dieser Seufzer galt. Jemanden, der aus der Welt heulender Sirenen, geborstener Wände und bitteren Tees hervorgetreten war – in einer Jugend, in der die Angst alles überlebendig und gleichzeitig flüchtig erscheinen ließ, sodass man lächelnd die Hand ausstrecken und sofort zugreifen musste.

Auf »Little Brown Jug« folgte die »Moonlight Serenade«, Bettys Hochzeitslied. Ihre Hand auf der Bettdecke zuckte. Lorna beobachtete sie. Welcher ihrer Ehemänner würde ihr erscheinen? Für welchen würde sie sich entscheiden? Kam ihre Familie, ihre Mutter, ihr Vater, die viktorianische Großmutter? Der Gedanke hatte etwas Tröstliches. Selbst wenn man allein dalag, in einem sterilen Krankenhausbett zum Beispiel, war man von vertrauten Gesichtern umgeben, die liebevoll die Hand nach einem ausstreckten und einen gern wiedersehen würden. Die sich mehr nach einem sehnten als das Leben.

Ihr Inneres fühlte sich plötzlich hohl an, feucht und kühl wie eine Meeresgrotte.

Einen Moment lang legte sie ihr Strickzeug auf die Knie und zwang sich, die düstere Stimmung auszuhalten. Lorna wusste nicht, wie die letzten Augenblicke ihrer Mutter gewesen waren, und das machte ihr zu schaffen. Waren sie friedlich wie Bettys gewesen, oder hatte sie Schmerzen gehabt? Hatte sie um Luft gerungen oder Reue verspürt? Panik? Sie war an einem Herzinfarkt gestorben. Lornas Vater hatte Cathy in ihrem Atelier gefunden, in einer Lache verschütteter Tinte, nicht Blut. Und dann war er ebenfalls gestorben, auf den Tag genau ein Jahr später, was entweder ein tragischer Zufall war oder – wenn Lorna und Jess ehrlich waren – überhaupt kein Zufall.

Rudy hob den Kopf und winselte. Die Ohren angelegt, schaute er sie an, zitternd vor Angst.

Tränen stiegen in Lornas Augen, und sie richtete die Aufmerksamkeit wieder auf ihre Aufgabe. Die qualvollen Abstände zwischen den Atemzügen wurden immer länger.

Noch Anfang des Monats war Betty munter genug gewesen, um sich über ihre Agatha-Christie-würdigen Vorkehrungen für die Zeit nach ihrem Tod zu freuen. »Ich habe Sie in meinem Testament bedacht«, hatte sie Lorna anvertraut, als die schon ihre langen Haare unter die Mütze gestopft hatte, um zum Nachtbus zu eilen. »Ich werde Ihnen etwas hinterlassen, was Sie an mich erinnern soll.«

Lorna hatte sofort protestiert – diesbezüglich gab es strenge Regeln, und außerdem war das nicht der Grund dafür, warum sie ins Hospiz kam. Aber Betty hatte abgewinkt.

»Unsinn. Es handelt sich nur um eine Kleinigkeit, und ich möchte, dass Sie sie bekommen. Sonst habe ich niemanden, dem ich sie hinterlassen könnte. Sie soll Sie daran erinnern, dass es gut ist, sich gelegentlich zu fürchten, Lorna.« Mit diesen Worten hatte sie ihr die behandschuhte Hand gedrückt, eine Geste, die keinen Widerspruch duldete.

Jetzt schaute Lorna auf diese Finger, die kalt und steif dalagen. Die Ärzte hatten Betty alle acht Ringe abgenommen und dem Hospizpersonal zur sicheren Verwahrung gegeben. Lorna kannte die Geschichten dieser Ringe, nur die des Rubinrings nicht, und sie verspürte ein gewisses Bedauern darüber, dass sie die nun nie zu hören bekommen würde. Sie wollte nicht, dass Betty schon ging, obwohl diese ihr Leben gelebt hatte. Es war so still, viel zu schlicht für einen so bedeutenden Moment.

Der Mond hinter dem Vorhang wanderte weiter und warf sein weiches Licht in den Raum. Es lief schon wieder ein anderes Stück. Lornas Haut kribbelte. Die Luft schien erfüllt von den Klängen einer Big Band und unsichtbaren Tänzern, die lautlos durch einen ätherischen Scheinwerfer schwebten und vor dem endgültigen Aus in einem letzten Tanz herumwirbelten. »Ich bin da, Betty«, flüsterte sie, »und Rudy auch.« Dann fragte sie sich, ob es richtig war, Betty festzuhalten, wenn sie eigentlich gehen wollte.

Sie gab sich Mühe, ruhig zu sein, eine tröstliche Gegenwart, aber die Ängste gewannen die Oberhand. Was, wenn Betty die Augen aufriss? Was, wenn sie versuchte, etwas zu sagen? Was, wenn sie eine Art von Hilfe brauchte, die Lorna ihr nicht geben konnte? Betty, was ist aus dem italienischen

Koch geworden? Warum Montreal? Wenn man das Leben mehr liebte als die Liebe, war es dann leichter, nach einer gescheiterten Liebesbeziehung wieder von vorn anzufangen? Gab es den einen Mann, den Sie nie vergessen haben und vor dem alle anderen verblassen?

Wieder winselte Rudy, dann bellte er zweimal kurz auf. Lornas Herz begann zu rasen; sie wurde panisch und hielt es nicht mehr aus.

Hektisch griff sie nach der Klingel für die Pflegerin, hielt sie mit einer Hand gepackt und drückte so fest auf den Knopf, wie sie nur konnte. Als leichte Schritte durch den Flur hallten, gefolgt von schnelleren Schritten, legte Rudy seine lange Schnauze auf die Pfoten und stieß ein tiefes Stöhnen aus, das Lorna die Tränen in die Augen trieb.

Ihr Herz zog sich zusammen. Sie hätte am liebsten die Arme ausgebreitet, um die unsichtbaren, ungreifbaren Geister im Raum einzufangen und sich von ihnen versichern zu lassen, dass alles in Ordnung war, dass alles gut ging, dass alles noch da war – nur in anderer Gestalt.

Aber sie konnte nicht. Es würde sowieso keine Antwort geben.

Als Lorna auf den grell beleuchteten Flur zustolperte, hatte sie Bettys Stimme im Kopf, heiser und lebendig.

»Diese Risse in Ihrem Herzen, Lorna, die entstehen, wenn die Dinge nicht nach Ihren Vorstellungen laufen und Sie sich trotzdem zusammenreißen und weitermachen – durch diese Risse dringt das Licht herein.«

Sie drehte sich um. Ein einzelner Mondstrahl fiel durch die Vorhänge.

1

»Auf Mum und Dad«, sagte Jessica und hielt ihre Teetasse hoch, um einen Toast ins ferne Hügelland zu schicken. »Wo auch immer sie sein mögen.«

»Auf Mum und Dad.« Lorna hob ihre Tasse, trank einen Schluck und prustete. Im Tee waren mindestens zwei Stück Würfelzucker, dabei nahm sie schon seit Jahren keinen Zucker mehr.

Als sie sich bei ihrer älteren Schwester erkundigen wollte, ob das ein dezenter Hinweis darauf sein solle, dass sie nicht süß genug sei, sah sie, dass Jessica nachdenklich in die Ferne schaute, und verkniff sich den Kommentar. Es war Januar und bitterkalt, und nach dem anstrengenden Fußmarsch vom Parkplatz war der Zucker vielleicht gar keine schlechte Idee. Sie hatten noch eine halbe Bakewell Tart – Dads traditionellen Geburtstagskuchen, den sie ihm zu Ehren mitgebracht hatten –, während sie den Tee zum Gedenken an ihre Mutter tranken. Die Porzellantassen mit den winzigen

Vergissmeinnicht-Blüten gehörten zu den letzten Überbleibseln des gewaltigen Teeservices, das der Großmutter ihrer Mutter gehört hatte. Mum hatte immer zwei Würfel Zucker genommen. Vielleicht hat Jessica daran gedacht, als sie den Tee eingeschenkt hat. Diese kleinen Traditionen waren ein bisschen wie die Tassen, dachte Lorna: Fragmente eines größeren Ganzen. Wie Jess und sie selbst auch, wenn man es recht bedachte. Sie waren die letzten Relikte einer Familie, die durch Brüche und Unachtsamkeit auf sie beide zusammengeschrumpft war.

Der Wind, der aus den Hügeln herabfegte, war eiskalt. Sie wickelte sich enger in ihren Parka und schaute auf das gewellte Land, wo sich Schafe und Wanderer in orangefarbenen Regenjacken bewegten. Die Wanderer schritten zielstrebig aus und hielten sich streng an die gewundenen Pfade, aber die Schafe schienen sich wohl in ihrer Haut zu fühlen.

Mum würde jedes winzige Detail dieser Szene in sich aufnehmen, dachte Lorna und hatte prompt vor Augen, wie sich der Anblick in eine von Cathy Larkhams typischen Federzeichnungen verwandeln würde: die kahlen Bäume, die von gezackten Pfaden durchzogenen Hügel mit den vereinzelten Schneezungen, ähnlich der Glasur eines Napfkuchens, die Kinder, die in leuchtenden Gummistiefeln durch die Gegend stapften, die Vögel, die Hunde, die erwartungsvoll hochsprangen und Tennisbällen nachjagten. Und die beiden Frauen, die mit ihrer Thermoskanne und der Kuchenschachtel auf einer Bank saßen und alles in sich aufnahmen, eine groß, eine klein, aber beide mit der gleichen Pudelmütze auf dem Kopf. Die Pudelmützen waren ebenfalls Erinnerungsstücke: Vor ewigen Zeiten von der Mutter ihres Vaters als Weihnachtsgeschenk gestrickt, tauchten sie wieder auf, als Jess nach dem Tod ihres Vaters das Haus ausgeräumt hatte. Blau für Jess, rot für Lorna. Mit gewaltigen Bommeln oben drauf, die bei jeder Bewegung wackelten.

Die Schwestern Larkham saßen auf ihrer üblichen Bank, von der man einen guten Blick auf die eisenzeitliche Wallburg in den Malvern Hills hatte. Seit ein paar Jahren kamen sie jeden zwölften Januar hierher, zum ersten Mal an jenem Wintertag, an dem sie die Asche von Cathy und Peter Larkham verstreut hatten – händeweise Asche, die sich in der schweren Urne vermischt hatte, so wie sich auch das Leben ihrer Eltern vermischt hatte, bis man nicht mehr erkennen konnte, wo der eine endete und der andere begann. Im Tod wie im Leben. Oder vielleicht andersherum.

Lorna gab sich alle Mühe, sich ihre Eltern vorzustellen. Mit jedem Jahr wurde es schwerer, und es beunruhigte sie, dass sie mittlerweile immer zuerst ihre Kleidung vor Augen hatte: Mums graue Leinenhemden mit den hochgekrempelten Ärmeln, aus denen die blassen, mit Sommersprossen übersäten Arme herausschauten; Dads grünen »Wochenendpullover«, den Jess gekauft hatte, einer der zahllosen Versuche, ihren Vater ins 21. Jahrhundert zu locken. Er selbst hatte sich immer wie ein Geschichtslehrer angezogen. Wäre es nach ihm gegangen, hätte er stets dieselbe blaue Cordhose und eines seiner beiden karierten Hemden getragen, seine private Schuluniform. Den Wochenendpullover hatte er pflichtschuldig angezogen, wenn Jess oder Lorna zu Besuch gekommen waren, aber er hatte immer ein Hemd darunter getragen, dessen Kragen aus dem runden Halsausschnitt herausgeschaut hatte, als würde er gegen die erzwungene Lässigkeit rebellieren. Nicht einmal Cathy hatte ihm die Liebe zu seiner Uniform austreiben können, dabei hatte Peter seine Frau so sehr geliebt, dass er buchstäblich nicht ohne sie hatte leben können.

Plötzlich schoss Lorna eine Frage durch den Kopf.

»Jess?« Sie wandte sich zu ihrer großen Schwester zu. »Hat Dad eigentlich gesagt, warum er genau hier mit Mum verstreut werden wollte? Ich weiß, dass die beiden die Gegend mochten, aber ...«

Jess schaute gerade auf ihr Handy. Es war auf stumm geschaltet, damit sie sich auf die Erinnerungen an ihre Eltern konzentrieren konnten, aber Jess hatte drei Kinder mit einem regen Sozialleben und einen Ehemann, der ihr jede häusliche Entscheidung überließ, daher wurde sie immer nervös, wenn ihr Handy mal länger als fünf Minuten nicht piepte. »Ich glaube, es hat etwas mit der Aussicht zu tun.«

»Mit der Aussicht? Was soll denn daran so toll sein?« Lorna ließ den Blick über den Horizont schweifen und suchte nach Besonderheiten, irgendeiner Spur vom Paradies, aber sie sah einfach nur ... eine hübsche Aussicht. Sie konnte sich auch nicht daran erinnern, je mit der ganzen Familie hier gewesen zu sein. Jess und sie hatten die Schule gewechselt, wann immer ihr Vater es getan hatte – Brecon, Newcastle, Carlisle –, aber an einen bedeutsamen Moment hier in den Malvern Hills konnte sie sich nicht erinnern. Näher als bis Longhampton, etwa dreißig Meilen weiter westlich, waren sie nicht an diese Gegend herangekommen.

»Keine Ahnung.« Jess schaute von ihren Nachrichten auf. »Nein, warte ... Ich weiß es ja doch. Es war eine ihrer Lieblingsstellen aus der Zeit vor unserer Geburt. Es gibt ein Foto von den beiden, wie sie auf dieser Bank sitzen und Händchen halten. Absolut Siebzigerjahre-mäßig. Mum sieht aus, als wäre sie neun und würde abheben, wenn der Wind in ihre Schlaghose fährt.« Sie verdrehte die Augen. »Und Dad hat natürlich seine Cordhose an. Das Original.«

»Das Foto habe ich noch nie gesehen.«

Jess ließ seufzend das Handy sinken. In ihrem Seufzer lag eine ganze Welt. »Ich habe es auch nur einmal gesehen, als ich Dad nach Mums Tod mit dem Papierkram geholfen habe. Damals hat er ihre Fotoalben durchgeschaut, die ich alle noch nie gesehen hatte. An die Hälfte der Leute konnte er sich nicht erinnern – es waren größtenteils Mums Fotos, und sie hatte die Rückseiten nicht beschriftet.«

»Oh«, sagte Lorna. Nach dem überraschenden Herzinfarkt ihrer Mutter hatte ihr Dad die meiste Zeit des Tages damit zugebracht, alte Fotos anzuschauen, die Bilder ihrer Mutter zu betrachten und alles so zu belassen, wie es vor ihrem Tod gewesen war – für den Fall, dass alles nur ein schlimmer Traum war und sie mit seinem *Guardian* unter dem Arm zur Tür hereinspaziert kam. Jess war häufiger bei ihm gewesen als Lorna, weil sie selbst sich kurz nach der Beerdigung für einen Malkurs in Italien angemeldet hatte, fest davon überzeugt, dass man keinen Tag des Lebens vergeuden dürfe. Sie hatte immer Kunst studieren wollen und die heimliche Hoffnung gehegt, im richtigen Kurs verborgene Talente zu entdecken. Die Illusion hatte nicht lange angehalten. Der Kurs war anspruchsvoll gewesen, und sie hatte sich mit jedem neuen Semester zwingen müssen, überhaupt zurückzukehren – meist indem sie sich in Erinnerung gerufen hatte, was sie sich die Erkenntnis kosten ließ, dass sie das Talent ihrer Mutter für Aktmalerei nicht geerbt hatte.

»Aber hat er denn etwas dazu gesagt, warum diese Stelle eine solche Bedeutung für sie hatte?« Sie zog die Nase kraus.

»Er sagte so etwas wie, dass es die Bank gewesen sei, auf der Mum beschlossen habe, nicht mehr zu unterrichten, sondern sich ausschließlich der Malerei zu widmen. Vielleicht hat er ihr hier auch einen Heiratsantrag gemacht, aber da bin ich mir nicht sicher.« Das Leben ihrer Eltern vor Jess' Geburt lag für die Schwestern im Dunkeln. Die Ehe war sehr innig gewesen und hatte fast telepathische Züge besessen: ein Netz von lächelnden Blicken und Anspielungen, das andere Menschen ausschloss. »Die Frage hat ihn sehr bewegt. Er hat einfach die Lippen zusammengepresst.«

»O Gott. Hat er geweint?« Lorna hatte ihren Vater nie weinen sehen, aber nach dem Tod ihrer Mutter hatte ihn die kleinste Kleinigkeit zu Tränen gerührt: ein zerfleddertes Taschenbuch, ein alter Teller und einmal, in einer besonders traurigen Situation, ein Paar Schuhe. Lorna hatte sich zunehmend nutzlos gefühlt, weil sie nicht einmal gespürt hatte, wann sie ihn trösten sollte, geschweige denn, wie.

Jess nickte und hielt inne, die Tasse an den Lippen. »Komisch, ich hätte gedacht, dass er nach Mums Tod mehr über sie reden würde. Wir waren schließlich die Einzigen, die sie genauso gut kannten wie er. Aber er hat kein Wort gesagt. Immer wieder habe ich ihm die Gelegenheit dazu gegeben, aber er hat einfach nicht angebissen. Es war, als hätte er sich in sich selbst zurückgezogen. Offenbar ist es ihm auch nicht in den Sinn gekommen, dass *ich* vielleicht über sie reden wollte. Sie war schließlich meine Mutter. Hätte ich mir mehr Mühe geben müssen? Wenn ich ihn vielleicht …« Ihre Stimme brach.

»Hör auf.« Lorna lehnte sich an die Schulter ihrer Schwester. Nacheinander Mum und Dad zu verlieren, innerhalb von nur einem Jahr, hatte sie überfordert. Sie waren unterschiedlich damit umgegangen, aber für sie beide war es das Schlimmste gewesen, Dad unter ihren verzweifelten Augen verkümmern zu sehen. Er hatte die Hälfte seiner selbst verloren, und es war nur der Liebende mit dem gebrochenen Herzen zurückgeblieben. Der freundliche, tollpatschige Vater war wie ausgelöscht gewesen. Er war irgendein Mann gewesen, dem sie nicht helfen konnten, ein Fremder, den Jess und sie nicht mit ihrer eigenen Trauer behelligen mochten. »Ihr hättet über zwei verschiedene Menschen geredet: über seine Frau und über unsere Mutter.«

»Wenn man das bedenkt, mit Mum und Dad ... Wir wissen, dass sie sich an der Uni kennengelernt haben, und auf dem Kaminsims stand immer das Hochzeitsfoto. Aber was wissen wir sonst über sie? Wir wissen nicht einmal genau, warum wir jetzt hier an dieser Stelle sitzen. Es gibt so viele Fragen, von denen ich wünschte, ich hätte sie ihnen gestellt. Und von Jahr zu Jahr werden es mehr ...« Jess biss sich auf die Lippe. »Hattie, Milo und Tyra erzähle ich ständig, wie ihr Vater und ich uns kennengelernt haben und wie sie dann gekommen sind. Sie hören das furchtbar gerne. Wir sind Teil einer Geschichte. *Unserer* Geschichte.«

Lorna warf ihr einen Seitenblick zu. »Ach ja? Und wie genau bringst du ihnen bei, wie Hattie entstanden ist? Als moralisches Lehrstück darüber, wie junge Liebe jede Vorsicht in den Wind schlägt? Oder als Warnung, sich beim Thema Verhütung nicht auf den Rat einer älteren Schulkameradin zu verlassen?«

Jess verlor ihren gequälten Blick und runzelte die Stirn. »Ich erzähle eine Geschichte darüber, wie man etwas schaffen kann, wenn man es wirklich will. Natürlich erwähne ich auch, dass keine Verhütungsmethode zu einhundert Prozent sicher ist«, gab sie zu. »Aber Hattie ist sowieso anders als ich mit sechzehn. Sie erzählt viel offener von ihrem Leben, weil ich ihr zuhöre, was man von unseren ...« Die Worte blieben ihr im Halse stecken, ihre blauen Augen verdunkelten sich. Lorna wusste, wie sie sich fühlte. Selbst jetzt noch, viele Jahre später, konnte einen der Kummer aus dem Nichts überwältigen. Jedes verstreichende Jahr verlieh dem Leid neue Facetten, weil das Leben weiterging und man sein altes Selbst mit anderen Augen sah. Die Trauer wurde schärfer, weil man zuvor gar nicht gemerkt hatte, dass es etwas gab, dem man nachtrauern würde.

Lorna lehnte sich an ihre Schwester und spürte ihren weichen Körper unter dem Parka, die Wärme, die von ihrem großen, tapferen Herzen ausstrahlte.

»Hattie und du, ihr seid ganz anders als Mum und wir beide«, sagte Lorna. »Ihr habt keine Geheimnisse, weil du Teil ihres Lebens bist. Es ist wunderbar zu sehen, wie gerne ihr zusammen seid – auch wenn du hauptsächlich als Chauffeurin gefragt bist, aber dennoch. Ryan und du seid euch genauso nah wie Mum und Dad, aber ihr habt immer Hattie in den Mittelpunkt gestellt. Und jetzt Milo und Tyra.«

»Ich will gar nicht sagen, dass Mum und Dad uns falsch erzogen haben, aber wenn ich morgen von einem Bus überfahren würde, müsste Hattie nicht dasitzen und sich irgendwelche Fragen stellen. Es gäbe keine Geheimnisse, keine Selbstvorwürfe, keine unterlassenen Liebeserklärungen.« Jess drehte ihr Handy um. Die Hülle zierte ein Schwarz-Weiß-Foto von Ryan, Hattie, Tyra, Milo und ihr selbst, ein einziges Gewirr von Füßen, weißen T-Shirts und Mündern, auf denen das Ryan'sche Grinsen zu sehen war. »Genau darum geht es im Leben, Lorna: um Liebe und Ehrlichkeit. Und um die Familie.«

»Lass dich lieber nicht von einem Bus überfahren.« Lorna schlug einen scherzhaften Ton an, weil sich Jess gefährlich nah an eines ihrer Lieblingsthemen herangepirscht hatte: dass Lorna endlich daran denken solle, eine eigene Familie zu gründen. Für Lorna kam das aus verschiedenen Gründen nicht infrage, aber ihre Schwester ließ keine Gelegenheit aus, sie vom Gegenteil zu überzeugen. Wie ihr Vater war Jess Lehrerin und sah es als ihre Aufgabe an, aus allem, was ihr in die Finger kam, das Beste herauszuholen. Das Potenzial auszuschöpfen.

»Als hätte ich Zeit, mir einen Bus zu suchen, der mich überfahren könnte. Aber mal ernsthaft, Lorna …« Ihre Miene veränderte sich. »Du gehörst auch zu unserer Familie, das weißt du doch. Weihnachten haben wir dich vermisst. Ryans Familie ist nicht immer leicht zu ertragen, aber du musst dich trotzdem nicht mit streunenden Hunden abgeben.«

»Ich wollte es aber. Es hat Spaß gemacht. Die Hunde hatten Lametta am Halsband, und niemand kam auf die Idee, Cranium zu spielen.« Sie wechselte schnell das Thema. »Und was machst du nachher? Geht Ryan nicht heute Abend zum Fußballtraining?«

»Klar. Heute ist das erste Spiel nach den Weihnachtsferien, das ist immer hart.« Jess schüttete ihren restlichen Tee aus und wischte sich die Kuchenkrümel vom Jeansrock. »Soll ich dich zum Bahnhof mitnehmen? Tyra muss um vier zum Kindergeburtstag, danach muss ich Hattie bei Wagamama absetzen, weil sie Spätschicht hat. Du kannst auf dem Weg nach London wenigstens lesen.« Sie klang fast neidisch. »Ich kann mich gar nicht erinnern, wann ich das letzte Mal einfach so zum Spaß ein Buch in die Hand genommen habe.«

»Ich fahre heute nicht mehr nach London zurück«, sagte Lorna, nahm ihre Handtasche und ihren Schal und folgte ihrer Schwester den Kiesweg zum Parkplatz hinab. »Ich habe heute Nachmittag einen Termin in Longhampton.«

»In Longhampton?« Jess drehte sich überrascht um. Dabei hatte sie als Lehrerin gelernt, niemals überrascht zu wirken, wenn es sich vermeiden ließ.

»Ja. Ich habe einen Termin in einer Galerie.«

»Ach ja? Beruflich?«

Lorna verwaltete die Kunstsammlung einer Wohltätigkeitsorganisation. Der Verein verlieh Bilder an Krankenhäuser und ähnliche Einrichtungen, die zu viele weiße Wände und zu wenig Grund zur Freude hatten. Lornas Aufgabe war es, die richtigen Werke für einen Ort auszusuchen – Gemälde, Skulpturen, Collagen und andere Kunstwerke, die positive Energie ausstrahlten. Außerdem überwachte sie An- und Abtransport. Kürzlich hatte ihr der Chef endlich auch die Aufgabe übertragen, neue Kunstwerke anzuschaffen. Das Budget, über das sie verfügte, nötigte Jess Bewunderung ab, die erworbenen Kunstwerke eher nicht. Jess bevorzugte Kunst, die den detailgetreuen Illustrationen ihrer Mutter ähnelte: penibel wiedergegebene Wirklichkeitsausschnitte.

»Nein, nicht beruflich, sondern aus einem persönlichen Grund. Ich denke darüber nach, sie zu kaufen.«

Jess' Miene sprach Bände. »Was für eine Galerie soll das denn sein? Ich kann mich an keine erinnern.«

»Die kleine auf der High Street, neben dem Krimskrams-Laden, wo wir immer Geburtstagsgeschenke gekauft haben. Sie hat blaue Wände mit goldenen Sternen.« Als Teenager war Lorna bei jedem Einkaufsbummel durch die Milchglastür getreten und hatte ihr Taschengeld dort gelassen, während Jess ihres für Clinique-Grundierung und ihren Führerschein ausgegeben hatte. »Dort habe ich zum Beispiel die Collage gekauft, die früher in meinem Zimmer hing, die mit der Meerjungfrau. Die Bäckerei, wo man die Zitronentarte bekam, war auf der anderen Seite.«

»Ach ja.« Jess wirkte für einen Moment wehmütig; sie liebte Zitronentarte. »Ich erinnere mich. Haben die auch Mums Bilder verkauft?«

»Ein oder zwei hat sie ihnen überlassen, glaube ich.« Cathy Larkham hatte keine Galerie gebraucht. Seit sie für einen ehemaligen Kommilitonen moderne Märchen illustriert und damit einen internationalen Bestseller gelandet hatte, waren ihre Bilder schon verkauft, bevor sie überhaupt zu malen begonnen hatte. Ironischerweise hatte sie, wie Rapunzel, kaum ihren Gartenschuppen verlassen und trotzdem mit Stift und Pinsel Welten erschaffen, die größer waren als ihre eigene.

»Ist das schon spruchreif?«, fragte Jessica. »Hast du schon unterschrieben?«

»Noch nicht, aber ich bin wild entschlossen. Mein Leben muss weitergehen, Jess, und das ist der erste Schritt dazu.«

Sie erreichten Jess' Wagen, einen SUV, der mit Kindersitzen, Plastiktassen, Chipstüten und sonstigem Krempel vollgestopft war. Der Kontrast zwischen dem Chaos und den kokonartigen Kindersitzen flößte Lorna Unbehagen ein – einerseits die unerbittliche Strenge, mit der man die verletzlichen Wesen schützte, andererseits diese Unordnung. Ryans Firmenwagen war ganz anders, ein makellos sauberer silberner Lexus, den Ryan jeden Sonntagmorgen, egal, ob bei Sonnenschein oder Regenwetter, mit einem speziellen, ziemlich professionellen Reinigungsset putzte. Das tat er, seit Jess und er sich im Alter von zweiundzwanzig Jahren ihr erstes Haus gekauft hatten. Das flößte Lorna ebenfalls Unbehagen ein, wenngleich aus anderen Gründen.

Jess stellte ihre Handtasche auf die Kühlerhaube und kramte in den mit Taschentüchern gefüllten Tiefen nach dem Autoschlüssel. Dann hielt sie inne und seufzte. »Ich möchte dir den Spaß ja nicht verderben, zumal es mich wirklich freut, dass sich deine Lebenseinstellung ändert, aber eine Galerie ... Hältst du das wirklich für eine gute Idee?«

»Warum? Du weißt doch, dass ich immer eine eigene Galerie eröffnen wollte. Ich habe auf das richtige Angebot gewartet, ohne etwas zu überstürzen. Es handelt sich um ein solides kleines Unternehmen, das noch ausbaufähig ist, und im Obergeschoss gibt es sogar eine Wohnung. Das Ganze kostet mich nur die Hälfte von dem, was ich im Moment an Miete zahle.« Lorna hob die Hände. »Ich könnte oben wohnen und unten schlafen und mein ungemachtes Bett als Performancekunst deklarieren, und bei alledem würde ich sogar noch Geld sparen! In Zone drei in London hingegen könnte ich buchstäblich keine kleinere Bleibe finden. Meine Wäsche lagert im Badezimmer!«

»Und was ist mit deiner Arbeit. War nicht von Beförderung die Rede?«

»Nein, es war von *Restrukturierung* die Rede. Unser Budget wurde Ende des Jahres zusammengekürzt, sodass wir alle nur noch auf Vertragsbasis beschäftigt sind.« Lorna hatte das Thema gar nicht ansprechen wollen, nicht heute, aber Jess hatte unbewusst schon wieder ihre Lehrerinnen-miene aufgesetzt. »Na ja«, fügte sie zögernd hinzu, »den Job habe ich noch, aber mit weniger Wochenstunden und einem geringeren Lohn. Da dachte ich, dass ich meine Er-sparnisse lieber nutze, um etwas Eigenes zu gründen, als meinen Job zu subventionieren. Anthony wird mir schon Arbeit geben, wenn ich welche brauche.«

»O Lorna.« Jess musste sich sichtlich Mühe geben, um nicht sofort herunterzurattern, warum sie das für keine gute Idee hielt. »Ich meine nur … Longhampton? Mir ist schon klar, dass du gut darin bist, Kunst in die elendsten Winkel zu bringen, aber … jetzt mal ernsthaft?«

Lorna schaute ihre Schwester an. Deren Blick war be-sorgt, aber auch entsetzt. Jess wirkte selten entsetzt. Bei ihrem Anblick musste Lorna immer an eine Figur der Prä-raffaeliten denken, unbekümmert und ruhig, die Augen weit auseinanderstehend, die Miene heiter. Wenn es hart auf hart kam, schmiedete sie Pläne und zog sie durch. »Warum nicht?«

»Möchtest du wirklich dorthin zurückkehren, nach allem, was passiert ist?«

Plötzlich hingen sie zwischen ihnen in der Luft: die Erin-nerungen, die Gefühle, die jüngeren Versionen ihrer selbst, die ganz andere Menschen gewesen zu sein schienen und Dinge getan hatten, die nie zur Sprache gekommen waren.

»Ich bin dreißig«, sagte Lorna leise. »Als Mum in mei-nem Alter war, kannte sie Dad bereits. Sie hatte dich und mich, und die Leute rissen sich um ihre Bilder. Sie stand in der Blüte ihres Lebens, während ich … Ich trete einfach auf der Stelle. Okay, ich bin auch keine Künstlerin, aber ich habe mich mittlerweile damit abgefunden, dass ich nie wie Mum sein werde.« Sie schaute über den Parkplatz, wo ein Paar versuchte, einen arthritischen Labrador in den Kofferraum eines Fiesta zu verfrachten. Jess war einer der wenigen Menschen, zu denen sie ehrlich sein konnte, einer der wenigen Menschen, die wussten, wie krampfhaft sie sich bemüht hatte, ein verborgenes Talent in sich zu finden, nur um am Ende mit leeren Händen dazustehen. »Das Nächstbeste scheint mir zu sein, eine Galerie zu eröffnen und Leute zu suchen, die tatsächlich Talent haben. Ich könnte sie ermutigen und mich dafür einsetzen, Schönheit ins Leben anderer Menschen zu bringen.«

»Aber nach alledem, was du mit diesem Laden durchgemacht hast, damals in …«

»Ich bin ja lernfähig«, unterbrach sie Jess stur. »Ich werde nicht noch einmal dieselben Fehler machen, das kann ich mir gar nicht leisten.«

Das konnte sie tatsächlich nicht. Jess hatte ihr Erbe in ein größeres Haus und einen Fonds für ihre Kinder gesteckt und so eine Existenzgrundlage für ihre Familie geschaffen. Lorna hatte in einen Traum investiert, der geplatzt war. Erst der Kunstabschluss, dann die Pop-up-Galerie. Aber ein bisschen Geld hatte sie noch, gerade genug für dieses letzte Abenteuer.

»Ich brauche eine Herausforderung. Die Galerie ist wie ein Wink des Schicksals.« Das klang so glatt und ließ die Tatsache, dass sie nächtelang im Internet gesurft, Ideen gesammelt und ein Budget aufgestellt hatte, auf einen einzigen Satz zusammenschnurren. »Der Preis, die Räumlichkeiten, die Verbindung zu Mum … Ich gebe mir ein Jahr, und dieses

Mal schlittere ich nicht blind in die Sache hinein. Ein Jahr. Du musst also mindestens fünfzehn Geburtstags- und sonstige Geschenke bei mir kaufen, kapiert?«

Jess seufzte und nahm die Hände ihrer Schwester. Abenteuer waren nichts für sie. In ihrem Leben hatte sie genau ein Abenteuer erlebt, und das war gerade noch einmal gut gegangen. Seither blieb sie lieber auf der sicheren Seite. »Ich wünsche dir, dass es klappt, Lorna, wirklich.« Sie hielt inne. »Aber ich erwarte einen Familienrabatt auf Geburtstagskarten.«

Zwei Stunden später saß Lorna in einem Café, das bei ihrem letzten Aufenthalt in Longhampton noch eine Schneiderwerkstatt gewesen war. Sie schaute über die High Street zu der Galerie hinüber, die sie einst dazu inspiriert hatte, ihr gemeinsames Kinderzimmer blau anzumalen und mit goldenen Sternen zu übersäen.

Wie fast alles, an das Lorna schöne Kindheitserinnerungen hatte, war die Galerie kaum wiederzuerkennen. Es war immer noch eine Kunstgalerie, und die Milchglastür war auch noch da, aber das Düster-Geheimnisvolle war nüchternem Weiß gewichen. Weiße Wände, weißes Holz, weiße Regale, viel weißes Licht. Aber im Innern sah man auch leuchtende Farben, lebendig und verlockend.

Lorna legte die Hände um das Glas, in dem der Kaffee, wie heutzutage üblich, serviert worden war – mit kunstvoll verziertem Milchschaum, der nun auch Longhampton erreicht hatte. Sie dachte daran, wie es früher in der Galerie gerochen hatte: nach Farbe und einer Feigenduftkerze von Diptyque. Wie silberne Fischchen schossen ihr Bilder aus ihrer Jugend durch den Kopf: das vertraute Schild mit dem rot-weiß gestreiften Pfahl, das auf den Friseur an der Ecke hinwies, der samstägliche Rundgang von der Dorothy-Perkins-Boutique zum Papierwarenladen der Kette WHSmith, dann zu Topshop, dann zum Café, wo Jess mit Ryan verabredet war und Lorna eine heiße Schokolade mit Marshmallows bekam, wenn sie so tat, als habe sie den ganzen Tag mit ihrer Schwester verbracht, obwohl die sich ein, zwei Stunden davongeschlichen hatte. Zwischen den Schwestern lagen vier Jahre. Als Jess fünfzehn war und mit Ryan zusammenkam, war das ein gewaltiger Altersunterschied. Jess hätte sich einen Mordsärger dafür eingehandelt, dass sie die elfjährige Lorna mit einer heißen Schokolade und einer zerfledderten *Cosmopolitan* sich selbst überlassen hatte – mal ganz zu schweigen von dem Ärger, den sie sich für das eingehandelt hätte, was sie hinter dem Kricketpavillon mit Ryan getrieben hatte.

Im Fenster über dem zentralen Schaufenster der Galerie hing ein rotes »zu verkaufen«-Schild. Lorna war nie aufgefallen, dass über der Galerie noch mindestens zwei Etagen lagen, wie bei allen anderen Läden in der High Street auch. Aus den Unterlagen des Immobilienmaklers, die vor ihr auf dem Tisch lagen, wusste sie, dass die zur Galerie gehörige Wohnung eine große Wohnküche, einen geräumigen Salon mit Kamin und nicht weniger als vier Schlafzimmer und zwei Bäder besaß. Außerdem ein Dachgeschoss.

Ein Ladenlokal und ein Ort zum Leben. Nicht nur zum Leben, sondern sogar zum Ausbreiten. Ein Ort, wo sie sich mit ihren Dingen umgeben konnte, statt sie irgendwo einlagern zu müssen. Lorna holte tief Luft, um die Nervosität zu bekämpfen, die sich ihrer bemächtigte. Ihr war klar, dass sie vorab überprüfen sollte, wie viele Kunden die Galerie hatte und welche Kundenfrequenz. Aber statt sich für die harten Fakten zu interessieren, konnte sie den Blick nicht von den im Original erhaltenen Glaselementen der Tür losreißen – verschlungener Efeu und Mistelzweige – und wurde das Gefühl nicht los, dass die Galerie aus irgendeinem Grund auf sie wartete.

Sie erblickte ihr Spiegelbild im Fenster des Cafés und dachte: *Ich schaffe das.* Betty war der festen Überzeugung gewesen, dass auf tapfere Frauen das Glück wartete. Also zog Lorna mit knallrotem Lippenstift ihre Lippen nach, um sich von Bettys Elan mitreißen zu lassen, setzte sich die graue Mütze schräg auf den Kopf, wie ihre Mutter es getan hätte, und ließ sich das glatte blonde Haar wie Faye Dunaway ins Gesicht fallen.

Die Verabredung mit der gegenwärtigen Besitzerin der Galerie hatte sie um Punkt fünf Uhr. Sie trank ihren Kaffee aus, tupfte sich die Lippen an der weißen Serviette ab, was einen herzförmigen Kussmund hinterließ, und schritt dann, die Klänge einer Big Band im Kopf, ihrem Schicksal entgegen.

2

Nur zwei andere Kunden befanden sich in der Maiden Gallery, als Lorna die Tür aufschob, und ihr Erscheinen nahmen sie sichtlich erleichtert zum Anlass, sofort den Rückzug anzutreten.

Die ältere Frau, die hinter der Ladentheke saß, legte ihr Kreuzworträtsel hin und lächelte sie an. Sie hatte feines weißes Haar, das wie Zuckerwatte vom Kopf abstand, und an ihrer flotten regenbogenfarbenen Brille hing eine lange Kette. »Herzlich willkommen!«, rief sie. »Sagen Sie Bescheid, wenn ich Ihnen etwas über die Ausstellung erzählen soll.«

Lorna nahm an, dass sie von den gewichtigen Nahaufnahmen von Schafsköpfen sprach, die sich an einer der weißen Wände aneinanderreihten. Wer auch immer sie gemalt hatte, schien ein besonderes Interesse an Nüstern zu haben. Obwohl es etwas Irritierendes hatte, mehr als drei Bilder von riesigen Schafen zu sehen, die den Kopf gegen eine unsichtbare Fensterscheibe drückten – haha –, waren sie immer noch erheblich interessanter als alles andere in der Galerie: detailgetreue Nahaufnahmen von Blumen, detailgetreue Nahaufnahmen von Kerngehäusen und dann, in einer gewagten Abweichung von der Norm, eine halbe Wand mit Silhouetten von Vögeln, die vor pastellfarbenen Hintergründen auf Telefonleitungen hockten.

Der Raum glich eher dem Wartezimmer einer Zahnarztpraxis als einer Kunstgalerie, dachte Lorna, deren Begeisterung schnell abflaute. So hatte sie die Maiden Gallery nicht in Erinnerung. Hier roch es nicht länger nach Feigenduftkerzen und Farbe und Geburtstagen. Es war auch nicht mehr so, dass man, egal, wohin man schaute, Überraschungen entdeckte. Keines der Bilder würde einem nachhaltig in Erinnerung bleiben. Nicht einmal eine schwarze Katze strich noch hier herum, dabei brauchte *jede* Galerie eine schwarze Katze.

Andererseits war sie ja nicht gezwungen, Schafsköpfe zu verkaufen, sagte sie sich. Die Schafe konnte sie durch etwas Besseres ersetzen. Etwas Neues, Unverbrauchtes, bislang Unentdecktes.

Lorna riss sich zusammen und streckte die Hand aus. »Eigentlich bin ich gar nicht wegen der Ausstellung hier, sondern um mir die Galerie anzuschauen«, erklärte sie. »Mein Name ist Lorna Larkham. Sind Sie Mary? Der Makler hat gesagt, dass Sie mir alles zeigen könnten.«

Die Dame legte ihren Stift hin. Ein Lächeln brachte ihr Gesicht zum Leuchten, und sie schob ihre Brille die Nase hoch. »Ah! Ich bin Mary Knowles, wie schön, Sie kennenzulernen! Willkommen in der Maiden Gallery! Die Kunst hier ist ausschließlich Maid-en Longhampton – *made in Longhampton* ... falls Sie verstehen, was ich meine.«

»Oh!« Diese Finesse war Lorna bislang entgangen. »Oh ... sehr schön.«

Sie schüttelten sich die Hand. Als sie den Blick noch einmal schweifen ließ, bekam Lorna ein schlechtes Gewissen, weil sie die ausgestellten Werke so schnell verworfen hatte. So übel war das gar nicht. Nur ein bisschen uninspiriert. Hinter den Schafsköpfen erblickte sie Holzskulpturen und Glasvitrinen mit handgefertigtem Schmuck – echten Klunkern bis hin zu Kunstlehrerinnen-Colliers.

»Möchten Sie zuerst die Galerie oder zuerst die Wohnung sehen?«, fragte Mary. »Zu der Galerie gibt es nicht viel zu sagen, denke ich. Es gibt die beiden vorderen Räume, und wenn wir dann mal nach hinten durchgehen ...« Sie stand auf und führte Lorna durch den zweiten Raum, der im Prinzip wie der erste aussah, nur dass winzige Gemälde von Schafen in gewaltigen Filzrahmen die Wände zierten. Außerdem standen dort Ständer mit Karten. Die Böden waren sehr schön, dicke Eichendielen, die nicht weiß gestrichen waren. Noch nicht.

»Dies ist unser Keramikraum«, erläuterte Mary. »Normalerweise stellen wir hier die Töpferware von Jim Timson aus, aber der hat Probleme mit dem Rücken und kann nicht am Brennofen arbeiten, solange er nicht seinen Facharzt konsultiert hat. Daher verkaufen wir jetzt, was von Penny Wrights letzter Kollektion übrig ist.«

Lorna schaute um die Ecke ins Hinterzimmer. Das war schon eher, wie sie es in Erinnerung hatte. Hier hatte schon immer die Töpferware gestanden: grün gemusterte Kelche in der Form ritueller Wikingerschiffe und riesige Schalen, die sich bestenfalls für die Zurschaustellung dekorativen Schnickschnacks eigneten. Jetzt wurden auf zwei Tischen schiefe Käseteller präsentiert. Wo eine Treppe nach oben führte, hing die Decke durch. Ein zugenagelter Kamin war mit Eiszapfen aus buntem Harz geschmückt.

Mary schlug die Hand an die Brust. »Oh, Entschuldigung, das sind noch Relikte von Weihnachten. Die hätte ich längst abnehmen müssen. Aber ich war derart beschäftigt ...«

Das bezweifelte Lorna, aber sie fragte trotzdem: »Hatten Sie viel zu tun über Weihnachten?«

»Na ja, nicht wirklich, aber ich bin ganz allein hier und muss das Lager ausmisten. Mein Ehemann ist nämlich jetzt im Ruhestand und besteht darauf, dass ich die Galerie aufgebe, damit wir Zeit für andere Dinge haben. Als ich zugestimmt habe, hat Keith gleich Nägel mit Köpfen gemacht und eine ganze Reihe von Golfurlauben gebucht. Jackie wiederum, die sonst ein paar Tage die Woche ausgeholfen hat, arbeitet jetzt woanders, weil ich ihr bereits gekündigt habe. Deshalb bin ich nun ganz allein hier, was auch nicht weiter schlimm wäre, wenn es denn vorwärtsginge. Andererseits habe ich versprochen, die Galerie offen zu halten, bis die Makler einen neuen Mieter gefunden haben, und da sich bislang zu meiner großen Enttäuschung kein Interessent gemeldet hat ...«

»Könnten Sie mir die Wohnung noch zeigen?«, fragte Lorna.

Die Treppe zur Wohnung befand sich im hinteren Teil der Galerie. Auf dem Weg dorthin kamen sie an Regalen mit Collagen vorbei, die aussahen, als habe jemand einen Staubsaugerbeutel über einer mit Klebstoff bestrichenen

Leinwand ausgeschüttet. Es folgten ein Büro und ein Stapel Kisten mit der Aufschrift »Terry's Traum – Einhörner – Rückgaben«. Der Teppich war fadenscheinig, aber Lorna erahnte die dicken Holzbalken darunter und verspürte wieder etwas von ihrer Aufregung.

»Dann machen wir uns wohl mal an den Aufstieg!« Mary beäugte die Treppe mit wenig Begeisterung und betrat mühsam die erste Stufe.

»Wollten Sie nie selbst hier wohnen?«, fragte Lorna, die Mary einen diskreten Vorsprung gab.

»Nicht wirklich. Wir leben draußen in Hartley, wo wir einen kleinen Garten haben. Vielleicht hätten wir die Wohnung vermieten sollen, aber Keith hat schlechte Erfahrungen mit so etwas gemacht. Außerdem eignet sie sich gut als Lager.« Mary hatte das Ende der Treppe erreicht und schnappte nach Luft. »Entschuldigung, es ist eiskalt hier oben. Ich hätte daran denken sollen, die Heizung anzuschalten.«

Sie schloss die Wohnungstür auf und trat zurück, damit Lorna hineinschauen konnte. »Dies ist die Küche.«

»Wahnsinn«, sagte Lorna spontan.

Das dunkle, enge Treppenhaus mündete in einen überraschend großen Raum, licht und luftig und hallend, weil keine Möbel darin standen. Die Küche hatte drei hohe Schiebefenster, die auf die High Street hinausgingen, und einen schweren Kieferntisch, den man offenbar nicht hatte entsorgen können. Lornas Blick wurde von den roten Geranien am Haus gegenüber angezogen. Die Küche befand sich auf Höhe der oberen Etage eines Doppeldeckerbusses, hoch genug also, um die Schmuckelemente und Stuckgirlanden an den gegenüberliegenden Fassaden sehen zu können.

»Diesen Raum hier nutzen wir als Lager, wie Sie sehen, aber eigentlich ist es ein Wohnzimmer.« Der kleine Raum zur Linken war mit Leinwänden und braunen Kisten vollgestellt; gegenüber von einem Kamin stand ein durchgesessenes Sofa. Die Treppe wand sich in den zweiten Stock hoch und noch darüber hinaus.

Ich hätte gar nicht genug Möbel, um diese Räume zu füllen, dachte Lorna, aber die bloße Vorstellung erfüllte sie mit Begeisterung. So viel Platz! Ein leerer Raum, nur für Kunst und Yoga und kluge Gedanken. Das wäre *überwältigend*.

»Ich vergesse immer, wie groß die Wohnung ist. Zwei Stockwerke und ein Dachgeschoss. Entschuldigen Sie bitte das Chaos.« Marys Stiefel klapperten auf den Dielen, als sie in den Lagerraum eilte, um Staub von den Gemälden zu wischen. Von wegen Chaos, dachte Lorna. Der Raum war mit den Inspirationen, Träumen und Fantasien von Menschen gefüllt. »Die Bilder sollten gar nicht mehr hier sein. Wir hätten sie Donald längst zurückbringen sollen, aber es ist schlimm mit diesen Künstlern – sie wirken immer so verletzt, wenn sie nichts verkaufen ... Vier Schlafzimmer, zwei Bäder. Obwohl ich nicht sagen kann, in was für einem Zustand die Bäder sind. Eins haben wir bei der letzten richtigen Vernissage benutzt, um Eis zu lagern ...«

Lorna drehte sich langsam um ihre eigene Achse und nahm alles in sich auf. Sie hatte immer alles teilen müssen: erst ein Kinderzimmer mit der schnarchenden, pingeligen, ständig alles umräumenden Jess, dann das Wohnheim mit den anderen Studenten, dann WG-Wohnungen. Und als sie sich endlich eine eigene Wohnung leisten konnte, war die so winzig, dass sie immer nur eine einzige Person einladen konnte. Dies hier war der großzügige, luftige Raum, nach dem sie sich seit Jahren sehnte. Hier war Platz für Regalbretter, auf die sie ihr Porzellan stellen konnte, und für Kleiderstangen wie in Designerboutiquen. Hier konnte sie allein sein und alles an die Wände hängen, was sie gesammelt hatte. Hier hatte sie Platz, um sich auszubreiten.

Obendrein war es günstiger als ihre derzeitige Wohnung. So viel günstiger, dass sie am liebsten laut gelacht hätte.

»Haben Sie schon einmal eine Galerie geführt?«, fragte Mary. Lorna drehte sich zu ihr um. Das freundliche Lächeln ließ darauf schließen, dass sich die Frau nur unterhalten und Lorna keiner Prüfung unterziehen wollte.

Trotzdem drückte sich Lorna um eine Antwort herum. »Nicht wirklich. Na ja, ich habe mich mal daran versucht.«

Eine denkbar schlechte Auskunft, aber sie wollte das jetzt nicht vertiefen. Außerdem war das passé. Die Pop-up-Galerie in Shoreditch war nie ferner gewesen als in diesem Moment.

Gleichzeitig verspürte Lorna wieder den Kitzel der Zuversicht. Und dieses Mal würde sie niemanden um eine zweite Meinung bitten.

Bettys Beerdigung fand in einem düsteren Krematorium statt, meilenweit weg vom Krankenhaus und noch weiter entfernt von den bunten Szenen ihres langen, ereignisreichen Lebens.

Es war eine stille Andacht. Außer Lorna nahmen nur ein paar ältere Damen und drei Pflegerinnen teil. Eine von ihnen, Debra, opferte ihren freien Tag, um der Frau Respekt zu erweisen, die ihrer Tochter beigebracht hatte, wie man die Haare zu einem Beehive auftürmte – und ihr in einem

37

unbeobachteten Moment schnell noch erklärt hatte, wie man sich wehrte, wenn ein Junge die Hand wandern ließ. Von Bettys Familie war niemand gekommen.

Nach ihrem Gespräch an Weihnachten war es ein Schock für Lorna gewesen, als sie erfahren hatte, dass Bettys Kinder schon viele Jahre vor ihr gestorben waren. Die kleine freche Susie, die Trifles liebte – »nur nicht den Sherry darin« –, war bereits vor zwanzig Jahren Opfer eines Verkehrsunfalls geworden. Der kluge Peter, ein Anwalt, hatte einen Schlaganfall erlitten, während man von Rae gar nichts wusste.

»Das ist so traurig«, flüsterte Debra, als der Sarg endgültig hinter dem Vorhang verschwand und die Klänge von Glenn Miller das Ende der Zeremonie signalisierten. »Da kannst du noch so berühmt sein, sobald du die neunzig überschreitest, sieht deine Beerdigung fast zwangsläufig so aus – deine Freunde warten auf der anderen Seite auf dich. Aber schön, dass Sie gekommen sind, Lorna. Betty hat Ihre Besuche wirklich sehr geschätzt.«

Lorna rang sich ein Lächeln ab. Den Bus nach Streatham zu nehmen und eine ihr unbekannte Hymne zu singen war das Mindeste, was sie für eine Frau tun konnte, die ihr einen Tritt in den Hintern verpasst hatte, damit sie einen Makler anrief und ihr Geld in die Erfüllung ihrer Träume investierte. Die Maiden Gallery gehörte nun ihr – Schafsköpfe eingeschlossen –, und sie konnte das Beste daraus machen.

Im Garten der Erinnerung legte Lorna drei rote Nelken auf den Gedenkstein und sandte einen Kuss in den grauen Londoner Himmel. Dann holte sie tief Luft und versprach Betty, dass sie alles tun würde, um ihre Grenzen auszutesten, wo auch immer die liegen mochten … und sooft es ging, Lippenstift zu benutzen.

Bevor Debra aufgebrochen war, hatte sie Lorna von der Oberschwester ausgerichtet, sie solle bald mal im Hospiz vorbeischauen. Sie ging gleich am nächsten Tag hin, als sie auf dem Weg zur Bank, wo sie ein Geschäftskonto eröffnen wollte, ohnehin dort vorbeikam. Lorna wollte die Hospizmitarbeiter, die sich um die Ehrenamtlichen kümmerten, von ihrem Umzug nach Longhampton in Kenntnis setzen – und sich erkundigen, ob es dort in der Gegend ähnliche Betätigungsmöglichkeiten gab.

Ursprünglich war die Idee, ehrenamtlich im Hospiz zu arbeiten, ein Vorschlag ihrer Therapeutin gewesen. Lorna hatte sie nach dem Tod ihres Vaters aufgesucht, um den Schmerz über das zunehmend angespannte Verhältnis zu ihm zu verarbeiten. Sie hatte sich dafür gehasst, dass sie es nicht geschafft hatte, ihn aus seiner stummen Trauer herauszulocken, diesem unbehaglichen Schweigen, das nur vom Ticken der Uhr durchbrochen worden war. Im Hospiz war Lorna allerdings klar geworden, dass es gar nicht ums *Reden* ging. Ihr gefiel es einfach, bei den Patienten zu sitzen und Zeit mit ihnen zu verbringen. Anders als ihr Dad hatten diese Leute keine Leichen im Keller, die sämtliche Gespräche im Keim erstickten. Sie konnten umwerfende Geschichten erzählen oder schweigend gute Gesellschaft leisten. Ob gesprächig oder nicht, von allen hatte sie etwas gelernt, und das würde sie vermissen, dachte Lorna, als sie von der diensthabenden Pflegerin zum Büro der Oberschwester geführt wurde. Vielleicht würde sie die Patienten sogar mehr vermissen als die Patienten sie.

Kathryns Büro war ein ruhiges Zimmer mit Blick auf den Garten der Sinne. Obwohl es draußen regnete, war der Raum von Blütenduft erfüllt. Auf dem Tisch neben der Tür stand eine große Vase mit duftenden Tigerlilien, aber schon im nächsten Moment merkte Lorna, dass der intensive Geruch nicht den stechenden Hundegestank überdecken konnte, der aus dem Tragekorb neben dem Schreibtisch aufstieg. Im Innern des Weidenkorbs lag, wie sie vage erkennen konnte, Rudy.

Normalerweise standen hier keine Blumen. Lorna hegte den Verdacht, dass eine der Schwestern sie gebracht hatte, um Rudys Gegenwart erträglicher zu machen.

»Nun, da wir endlich Bettys Papiere sortiert haben, kann ich Ihnen das hier geben«, sagte Kathryn, nachdem Lorna auf dem Stuhl ihr gegenüber Platz genommen hatte.

Sie schob einen wattierten Umschlag über den Tisch. Als Lorna protestieren wollte, sagte sie: »Ich kenne die Regeln, aber Betty hat darauf bestanden, dass Sie es bekommen. Sie würden schon verstehen …«

Der Umschlag fühlte sich leicht an. Als Lorna ihn öffnete, fiel ihr ein dünner, in ein Tuch eingewickelter Gegenstand in die Hand. Sie wickelte ihn vorsichtig aus. Es war eine silberne Medaille an einem Band mit rot-blauen Längsstreifen. »Gehörte die Betty? Was ist das?«

»Eine George Medal«, sagt Kathryn. »Offenbar ist Betty als junges Ding in ein Haus gerannt, das von Bomben getroffen worden war, und hat wenige Sekunden vor dem Einsturz zwei Menschen herausgezogen. Ziemlich eindrucksvoll. Solche Tapferkeitsmedaillen bekommt nicht jeder.«

Lorna sah es förmlich vor sich: die heulenden Sirenen und all den Staub und das Chaos, während Betty sich einen Weg zwischen den Funktionsträgern hindurchbahnte, um das einzig Richtige zu tun. »Hat sie Ihnen das erzählt?«

»Nein. Wir haben in einem alten Fotoalbum von ihr einen Zeitungsausschnitt gefunden«, sagte Kathryn kopfschüttelnd. »Man würde wünschen, sie hätte es uns erzählt, oder? Diese Generation behält die sonderbarsten Dinge für sich. Wir wissen alles über Bettys Scheidungen, aber die George Medal hat sie nie erwähnt. Hat sie Ihnen von ihrer Arbeit im Krieg erzählt?«

»Nur dass sie die Bombenangriffe der Deutschen miterlebt hat.« Lorna drehte die Medaille hin und her. Sie fühlte sich hart an, eine solide Erinnerung an einen flüchtigen Moment, der sich in Rauch aufgelöst hatte. »Sollte die Medaille nicht in der Familie bleiben?«

»Sie waren doch selbst bei der Beerdigung – es gibt niemanden mehr. Außerdem hat Betty klare Anweisungen erteilt – sie wollte, dass Sie die Medaille bekommen. Es liegt auch eine Karte bei.«

In der Tat. Lorna öffnete den Umschlag und las die Nachricht: *Meine liebe Lorna, stecken Sie die Medaille in Ihre Tasche, damit sie Sie immer daran erinnert, Ihre Grenzen auszutesten!! Ewig die Ihre, Betty.* Sie hatte mit einem großen Hollywood-B unterschrieben, obwohl die Handschrift zittrig wirkte.

»Das ist wundervoll.« Gerührt strich sie über das verschlissene Bändchen. Offenbar hatte Betty die Medaille nicht in einer repräsentativen Schachtel aufbewahrt, sondern auch in der Tasche mit sich herumgetragen, um sich stets zur Tapferkeit zu ermahnen, nicht nur im Bombenhagel. »Ich weiß gar nicht, was ich sagen soll.«

Kathryn klopfte mit dem Stift auf den Tisch. »Es gibt da noch etwas anderes.«

Lorna schaute auf. Sie hoffte, dass es sich nicht um den

Fuchspelz handelte, der immer über Bettys Stuhl gehangen hatte. »Mehr kann ich wirklich nicht annehmen. Das war nicht der Grund, warum ich hier ein Ehrenamt ...«

»Nun, es handelt sich eher um einen Gefallen, den Sie auch uns tun würden.« Kathryn nickte zu dem Korb zu ihren Füßen hinab. »Ich möchte Sie nicht unter Druck setzen, aber wir haben Betty versprochen, ein neues Zuhause für Rudy zu suchen. Die Wartezeiten im Tierheim betragen angeblich Wochen. Nach Weihnachten sind sie überfüllt mit den armen Welpen, die den anfänglichen Reiz schnell verloren haben. Um ehrlich zu sein, Lorna, würde ich ihn sowieso nicht dorthin bringen, wenn es sich irgendwie vermeiden ließe. Rudy ist jetzt schon ein Häufchen Elend, der arme Geselle.«

Lorna konnte Rudy in der Dunkelheit des Tragekorbs kaum erkennen. Er hatte sich ganz hinten zusammengerollt, den Kopf auf die Pfoten gelegt und vom Raum abgewandt, als hätte er das Interesse am Geschehen verloren.

»Ich würde ihn ja selbst nehmen, aber meine Katzen lassen schon meinen Ehemann kaum herein«, fügte Kathryn lachend hinzu.

Lorna registrierte den Witz mit einem verhaltenen Lächeln. Sie versuchte angestrengt, die irrationale Seite ihres Gehirns unter Kontrolle zu bringen.

Sie hatte nie ein Haustier gehabt. Sie wusste gar nicht, was man mit Hunden anstellte, außer mit einer schwarzen Tüte hinter ihnen herzulaufen und sie niemals – unter gar keinen Umständen! – Dundee Cake essen zu lassen. Die Dame im Zimmer neben Betty hatte nämlich die leidvolle Erfahrung gemacht, dass eine teure medizinische Behandlung fällig war, wenn man seinem Hund Früchtekuchen gab. Hunde waren die besten Freunde des Menschen, klar, aber sie haarten auch, verlangten viel Zuwendung und zwangen einen, sein Leben um ihre Blase herum zu organisieren. Vor dieser Verantwortung schreckte sie zurück, zumal sie auch noch umziehen und ein Unternehmen gründen wollte.

Überhaupt beschlich Lorna Unbehagen bei der Vorstellung, Verantwortung für eine liebende Kreatur übernehmen zu müssen. Das hatte mit ihrer Einstellung zu menschlichen Beziehungen zu tun – irgendwann endeten sie zwangsläufig und ließen mindestens einen der Beteiligten mit gebrochenem Herzen zurück. Ihre Eltern hatten erlebt, was die meisten Menschen als Seelenverwandtschaft bezeichnen würden, und was war daraus geworden? Ihre Liebe war so allumfassend gewesen, dass sie buchstäblich nicht ohne einander hatten leben können. Cathy hatte außer Dad keine echten Freunde gehabt, und Dad war ohne Cathy verkümmert. Warum sollte man sich auf so etwas einlassen, wenn es unweigerlich im Elend endete? War es nicht entschieden besser, in geselliger Unabhängigkeit zu leben?

Sie schaute erneut in den Korb. Rudy schien Betty auf ähnliche Weise nachzutrauern. Er schlief in der Hoffnung, nie wieder in einem Leben ohne Betty erwachen zu müssen.

»Wenn Sie vielleicht diesen Brief hier lesen möchten, den Betty hinterlassen hat ...« Kathryn reichte ihr ein DIN-A4-Blatt, das mit einer krakeligen Handschrift bedeckt war. Die Aufregung zeigte sich im Auf und Ab der Linien, die wesentlich fahriger waren als auf der geistreichen Karte für Lorna.

»Falls Sie sich das überhaupt vorstellen können: Betty hat
Geld hinterlassen – ziemlich viel Geld sogar –, um die Ver-
sicherungskosten zu decken. Wir wollen das nicht publik
machen, damit nicht jemand Profit daraus zu schlagen versucht. *Annie* haben wir ja alle gesehen.« Sie lachte. »Aber
die Summe ist nicht unbeträchtlich, falls Sie sich vorstellen
könnten, ihn aufzunehmen. Rudy würde Sie nichts kosten.«

Lorna überflog die Zeilen. Bettys Sorge war aus jedem
Satz herauszuhören.

*… sorgen Sie dafür, dass Rudy Nahrung mit niedrigem Fett-
gehalt bekommt … die Tierärzte sagen, er sei anfällig für
Rückenprobleme … aufpassen beim Spaziergehen, weil er
Angst vor Fremden hat – und vor anderen Hunden, Donner,
Autos und Männern … zur Schlafenszeit eine kleine Unter-
tasse Tee, aber ohne Zucker, wegen seiner Zähne!!!*

Lornas Blick blieb an der Zeile hängen: *… bitte fragen
Sie Lorna, ob sie helfen könnte, einen neuen Besitzer für
ihn zu finden, weil Rudy ihr vertraut. Er traut nicht vielen
Menschen. Sie wird wissen, ob die Interessenten ihn mögen
oder nicht.*

Sie schaute auf den nun wachen Hund hinab. Rudy beobachtete sie aus seinen schwarzen, ängstlich glänzenden
Augen wachsam. Ihr Herz krampfte sich zusammen. Es
war eine schreckliche Vorstellung, dass er in einem lauten
Tierheim landen und in seinem Betongehege beäugt werden
würde. Vielleicht würde er von Hand zu Hand gereicht, und
das nach seinem schönen Leben mit Betty.

*Das ist genau der Grund, warum du nie einen Hund
wolltest*, ermahnte sie sich.

»Wie alt ist er denn?« Vielleicht würde sie sich gar nicht lange um ihn kümmern müssen. Lorna war hin- und hergerissen zwischen der Stimme in ihrem Kopf, die *Nein* schrie, und ihrem Bedürfnis, der gute Mensch zu sein, den Betty und Kathryn und alle anderen im Hospiz in ihr sahen.

»Sechs.« Kathryn schob eine Mappe über den Tisch. »Er dürfte also noch eine Weile leben. Betty hat sich gut um ihn gekümmert. Schauen Sie sich den zahnärztlichen Bericht an! Ich wäre glücklich, wenn alle Patienten hier ihre Untersuchungen so ernst nehmen würden.«

Lorna betrachtete den Dackel, der sich zu ihnen umgedreht hatte. Seine Schnauze ruhte auf den Pfoten, damit er besser zu ihr aufschauen konnte. Das dunkle Fell glänzte seidig. Wie er so dalag, wirkte er größer, als sie ihn in Erinnerung hatte. Sonderbar, dass er in Bettys Zimmer nie so gerochen hatte. Vielleicht hatte der Lavendelduft alles andere überdeckt.

»Denken Sie in Ruhe darüber nach«, sagte Kathryn. »Eine der Pflegerinnen hat schon gesagt, dass sie ihn für ein paar Tage nehmen würde. Aber danach sehe ich sonst keine Alternative zum Tierheim. Armes Kerlchen. Es ist, als sei jeder Lebensgeist aus ihm gewichen. Vielleicht wäre es sogar besser, ihn …«

Sie brachte den Satz nicht über die Lippen. Rudy seufzte, als wolle er die Dringlichkeit der Angelegenheit unterstreichen.

Lorna wollte keinen Hund, aber ihr Gewissen ließ es nicht zu, dass sie »Ja bitte« zu der George Medal sagte – diesem Talisman ihres neuen Lebens – und den armen Rudy verstieß.

Vielleicht war es gut, dass er sein Herz schon an jemand anderen verschenkt hat. Er würde sie nie so lieben, wie er Betty geliebt hat, daher würde sie nie die eine auserwählte Person für ihn sein müssen.

O Betty, du raffinierte Person, dachte sie. *Das hast du dir ja schön ausgedacht.*

3

Es war schon dunkel, als die Kisten mit Lornas Besitztümern ausgeladen und in dem großen Zimmer aufgestapelt waren. Sie hatte dieses Zimmer, das auf die Stadt hinausschaute, zu ihrem eigenen auserkoren. Die Straße vor der Galerie war grau und wenig einladend, zumal auch die Weihnachtsbeleuchtung, die den Ladenfassaden bei ihrem letzten Besuch einen festlichen Anstrich verliehen hatte, mittlerweile abgenommen war. Nur wenige Passanten interessierten sich für den Schlussverkauf, für den mit erneuten Preisnachlässen geworben wurde. Alle schienen es eilig zu haben, nach Hause zu kommen.

Die Galerie war noch geöffnet. Mary hatte oben herumgeräumt, während Lorna die Umzugsmänner dirigiert hatte, und ihr Milch, Tee und Kekse hingestellt, um ihr »das Einleben zu erleichtern«. Und obwohl Lorna am liebsten sofort die Luftpolsterfolie von ihren Schätzen entfernt und über deren Verteilung nachgedacht hätte, konnte sie es sich nicht verkneifen, erst hinunterzugehen und zu schauen, was sich an einem Samstagnachmittag in ihrer eigenen Kunstgalerie so tat.

Nicht viel, wie sich herausstellte. Nur eine einzige Kundin schritt durch das Hinterzimmer und verschwand kurz darauf, ohne etwas gekauft zu haben, ein entschuldigendes Lächeln auf den Lippen. Immerhin.

»Wie war's denn heute?«, erkundigte sich Lorna bei Mary, als sie um Punkt sechs das Schild von »Offen« auf »Geschlossen« drehte und die Tür abschloss.

»Gar nicht so übel ... für Januar.« Mary strahlte einen unerschütterlichen Optimismus aus, was auch an ihrer regenbogenfarbenen Brille liegen mochte. »Sobald es auf den Valentinstag zugeht, wird es besser. Ich versuche, unsere Künstler immer dazu zu animieren, wenigstens einmal im Jahr etwas Herzförmiges zu kreieren. Manche reagieren eingeschnappt, wenn sie ihre Kunst derart degradieren sollen, aber Geschäft ist Geschäft.«

Sie tat, was am Ende des Tages getan werden musste, schaltete das Licht aus und schloss die Vitrinen. Lorna schaute zu und fragte sich, ob sie eine Liste erstellen sollte. Ab Montag wäre sie für alles allein verantwortlich. Sie fröstelte.

Mary hielt inne und wandte sich mit einem Lächeln zu Lorna um. »Sollen wir eigentlich noch die Formalitäten und das alles durchgehen? Dann haben Sie morgen frei, können auspacken und sind am Montag voll einsatzfähig.«

»Möchten Sie denn nicht nach Hause gehen?«

Mary winkte ab. »Keith ist dieses Wochenende in Lytham St Annes und spielt Golf. Zu Hause wartet also nur ein Fertiggericht von Marks and Sparks auf mich. Es wird auch nicht lange dauern. So kompliziert ist unser Unternehmen ja nicht.«

»Wenn Sie meinen.« Eigentlich wollte Lorna nach oben gehen und über die Gestaltung des großen Gästezimmers nachdenken, das sie zu ihrem »kreativen Bereich« auserkoren hatte. Gleichzeitig wurde ihr Blick unwillkürlich von den Exponaten hier unten angezogen. Neben einigen hingen Biografien, von den Künstlern selbst verfasst, die sie gerne gründlich lesen würde. Wer waren diese Leute? Was schufen sie und warum?

»Ich koche uns eine Tasse Tee«, sagte Mary. »Das ist übrigens die wichtigste Regel, wenn man ein Geschäft wie dieses betreibt. Kaufen Sie sich einen vernünftigen Wasserkocher und halten Sie anständige Kekse bereit.«

Das Büro hinten war klein und keineswegs so chaotisch, wie Lorna befürchtet hatte. Die Regale an der einen Wand waren mit Schachteln gefüllt, auf denen die Namen der Künstler standen. Gegenüber befand sich ein weißer Schreibtisch mit einem alten Mac und einem Ordnungssystem, das die Vermutung nahelegte, dass seit Lornas letztem Besuch Ikea Einzug gehalten hatte. Das einzig Ungewöhnliche, das sie entdeckte, war der Keks-Turm in der Ecke. Er war mindestens fünfzehn Dosen hoch.

Sie holte Rudy von oben, während Mary Tee kochte. Dann setzte sie sich auf einen orangefarbenen Bürostuhl, um sich von Mary den Ablauf einer typischen Woche in der Maiden Gallery erläutern zu lassen. Ablage, Bankgeschäfte, Öffnungszeiten, Steuergeschichten, »nette« Teenager, die in den Ferien aushalfen … Die Verwaltung schien immerhin wie am Schnürchen zu laufen.

»… und dies hier ist unsere Kartei lokaler Künstler und Kunsthandwerker. Sie können auch ›Künstlerinnen‹ und ›Kunsthandwerkerinnen‹ hinzufügen, aber das tun diese Leute selbst nicht … Warten Sie, das war's gar nicht. O Gott!« Es brauchte ein paar Klicks, bevor Mary es schaffte, die richtige Datei zu öffnen.

»Sind denn im Computer detaillierte Angaben gespeichert?« Lorna hatte ihre eigene Vorstellung davon, wie sie neue Talente aufspüren wollte, aber sie wollte die Stammkünstler der Galerie auch nicht vor den Kopf stoßen.

»Ja, aber … O Gott!« Mary klickte mehrfach erfolglos auf die Maus, bis sich die richtige Seite öffnete. »Um ehrlich zu sein, habe ich hier unten noch eine handgeschriebene Version.« Sie öffnete eine Schublade und zog einen schäbigen Tischkalender im DIN-A4-Format heraus. Er wurde von Gummibändern zusammengehalten und war mit unzähligen Klebezetteln gespickt. »Ich verwechsele ständig die Tabellenkalkulationen, und Sie wissen ja, wie diese Künstler sind – man will ihnen ja nicht die Verkaufszahlen eines Kollegen mitteilen oder was weiß ich nicht alles. Ein paar von ihnen schielen ständig auf die Erfolge der anderen.«

»Klar«, sagte Lorna und nahm sich vor, nie etwas zu verwechseln. Ihre Mutter hatte es nie besonders interessiert, was andere Menschen verkauften, aber sie hatte in ihrem Malschuppen ja auch in ihrer eigenen Welt gelebt. Ihr war es nicht wichtig gewesen, was ihre Werke einbrachten oder wer sie kaufte. Mit Dad an ihrer Seite, der sich um die weltlichen Belange des Lebens gekümmert hatte, hatte sie der Fantasie, ungestört von Steuer- oder Recyclingfragen, freien Lauf lassen können. »Haben Sie denn auch einen Verteiler? Und Stammkunden?«

»Ja natürlich. Hier, schauen Sie. Wir machen vier Ausstellungen im Jahr. Vermutlich könnten es auch mehr sein ... o Gott, Sie müssen mich für stinkfaul halten. Aber wie Sie sehen, sind einige Projekte erfolgreicher als andere. Versuchen Sie mal, die Leute im Januar hierherzulocken. Wir haben sogar schon versucht, sie mit Wein zu bestechen. Nichts zu machen.«

Lorna überflog die Tabelle. Sie hatte die Konten studiert, als ihr der Makler die Details der Galerieübernahme geschickt hatte, aber jetzt sah sie plötzlich die Menschen hinter den Zahlen. Welche Art Gemälde lockte Besucher an kalten Abenden hinter dem Ofen hervor? Welche Künstler hatten ihre Anhänger? Wer schuf Kunst, die die Herzen der Menschen berührte? Lorna war immer bewusst, dass man Gemälde nicht so brauchte wie Toilettenpapier. Jedes Einzelstück musste es schaffen, dass sich jemand in es verliebte. Die Herausforderung war es, Werke zu finden und ihnen dann ein Zuhause zu verschaffen.

»Diese Veranstaltung scheint ja erfolgreich gewesen zu sein«, sagte sie und deutete auf eine Ausstellung, die fünfmal so viele Besucher angezogen hatte wie die darauf folgende – und gewaltige Summen eingebracht hatte. Alle Gemälde waren verkauft worden, außerdem gab es eine Warteliste von Kunden, die nicht das Erhoffte bekommen hatten.

»O ja, das war unser letzter Joyce-Rothery-Abend.« Mary seufzte und setzte die Brille auf. Sie schlug den Tischkalender auf einer Seite auf, in der etliche Visitenkarten und handgeschriebene Klebezettel steckten. »Der war *unglaublich* amüsant. Himmel! Fast fünf Jahre liegt das schon zurück. Wie die Zeit vergeht ... In der Tat, daneben verblassen unsere anderen Veranstaltungen ein wenig.«

»Wer ist denn Joyce Rothery?« Den Namen hatte Lorna noch nie gehört, obwohl sie das Gefühl hatte, man müsse sie kennen.

Mary schaute sie über den Rand ihrer Brille hinweg an. »Sie ist vermutlich die beste Künstlerin, die wir hier in der Gegend haben. Nie gehört?«

Und was ist mit Cathy Larkham?, hätte Lorna fast gefragt, tat es aber nicht. Warum, war ihr selbst nicht klar.

»Nein, hab ich nicht, das muss ich gestehen. Wie malt sie denn?« Verdankten sie Joyce Rothery vielleicht die Großaufnahmen von Bauernhoftieren in den vorderen Räumen?

»Oh, absolut außergewöhnlich. Sie malt die allerschönsten Ölgemälde und hat eine große Fangemeinde, nicht nur hier in der Gegend. Lassen Sie mich schauen, wo ich die Broschüre von ihrer letzten Veranstaltung habe ...« Mary blätterte in ihrem Tischkalender. »Hier. Die Abbildungen werden ihr allerdings nicht wirklich gerecht!«

Lorna überflog die Broschüre und fragte sich, ob sie auf etwas stoßen würde, woran sie sich aus ihren frühen Teenagerjahren erinnerte, vielleicht eine der magischen Collagen, die sich dauerhaft in ihr Gedächtnis eingebrannt hatten. Aber da war nichts. Vielleicht sind ihr die Werke von Joyce Rothery in ihrer Jugend gar nicht aufgefallen. Sie malte Landschaften, aber so reich und energiegeladen, dass sie in ihrer Emotionalität fast menschlich wirkten. Laut Text war Rotherys Werk äußerst vielschichtig, und jede Komposition zog unweigerlich den Blick des Betrachters auf sich. In einer aufwühlenden Studie von einem Kornfeld knurrten die Farben förmlich, in einem anderen Bild summten sie sanft vor sich hin.

»Wahnsinn.« Lorna nahm sich vor, ihrem Chef bei der Wohltätigkeitsorganisation davon zu erzählen. Was für eine Wirkung würden sie in einer kargen Vorhalle oder in der angespannten Atmosphäre eines Warteraums erzielen?

Mary nickte. »Keith und ich haben vor vielen Jahren mal eines ihrer Seestücke gekauft. Damals habe ich noch nicht einmal mit dem Gedanken gespielt, die Galerie zu übernehmen. Es war die beste Investition, die ich je getätigt habe. Weniger wegen des Werts, den das Bild mittlerweile hat, sondern eher wegen der Freude, die es mir jeden Tag bereitet, wenn ich es beim Kaffeekochen betrachte. Es ist, als wäre ich dort, mitten im Sturm an der Küste. Ich hatte immer das Gefühl, dass Joyce Rothery bekannter sein sollte, aber so ist das eben.«

Lorna überflog die Biografie. *Geboren 1938 in Worcestershire in einer bekannten Brauereifamilie ... Ausbildung an der Slade in London ... Teilnahme an der Sommerausstellung der Royal Academy ... verschiedene bedeutende Ausstellungen ... wohnhaft im Yarley Valley ...*

Sie wollte sich nach den Preisen erkundigen, aber als sie aufschaute, starrte Mary entsetzt auf ihren Tischkalender. »Mary?«

Mary knallte das Buch zu, offenbar zutiefst beschämt, und schlug es wieder auf. »O Gott.«

»Was, o Gott?«

Mary presste die Lippen zusammen. Lorna war aufgefallen, dass sie das häufiger tat, als wäre es eine Art nervöser Tick. »Ich muss ein Geständnis ablegen. Es gibt ein paar Dinge, die eigentlich hätten erledigt werden müssen. Aber da ich nicht wusste, was aus der Maiden Gallery wird, habe ich es immer vor mir hergeschoben.«

Lorna sank das Herz in die Hose. Sie wusste nur zu gut, was passieren konnte, wenn man »ein paar Dinge« schleifen ließ, in Steuerdingen etwa. »Finanzielle … Dinge?«

Mary zog einen Brief aus einem Ordner. Als Lorna ihn entgegennahm, merkte sie, dass es ein ganzer Stapel aneinandergehefteter Blätter war. »Der ist vom Organisator der Kunstwoche, einem Vertreter des Stadtrats. Ich hatte im Kopf, dass die Kunstwoche wie immer im August stattfindet, aber jetzt sehe ich plötzlich, dass man sie auf März vorgezogen hat.«

»Oh, von der Kunstwoche habe ich gelesen. Was für eine tolle Idee.« Lornas Puls beruhigte sich wieder. Sie blätterte in den zerfledderten Seiten herum. Mary schien Ordnungssysteme lieber zu kaufen, als sie zu benutzen. »Wenn ich es recht verstehe, leistet die Galerie auch einen Beitrag?«

»Ja. Die eigentliche Kunstwoche findet im Sommer statt – so war es zumindest immer. Und in der Weihnachtszeit gibt es noch einen Ableger. Sie lockt viele Leute in die Stadt. Jetzt hat der Stadtrat diesen neuen Kunstbeauftragten bekommen, der ziemlich … äh, erpicht darauf ist, den ganzen Rummel noch auszuweiten. Ich hätte sofort auf diesen Wisch hier antworten müssen, aber Keith wollte nicht, dass ich mich da noch reinhänge, daher, na ja …«

Der Tonfall des Briefs war tatsächlich aalglatt. Calum Hardy, Kommunikationschef, kannte sich offenbar mit Unternehmensleitbildern aus. Der offizielle Amtsbrief trug ein Logo und war mit verschiedenen Schrifttypen gestaltet. Einer der Anhänge enthielt Fotos von Projekten der vergangenen Jahre: fast zwei Meter große Äpfel, die in der Stadt verstreut waren; improvisierte Zelte auf dem Hauptplatz. Lorna kniff die Augen zusammen. Die Darstellung auf dem einen Bild wirkte wie die berühmte Installation mit nackten Körpern, außer dass die Freiwilligen von Longhampton Militärklamotten trugen.

»Vielleicht müssen Sie nicht daran teilnehmen, wenn Sie erklären, dass Sie nicht genug Vorbereitungszeit hatten?«, sagte Mary beunruhigt. »Das ist ziemlich viel Arbeit ...«

»Nein, Mary. Das ist doch eine wunderbare Gelegenheit, sich mit der neuen Galerie ins Gespräch zu bringen!« Lorna schlug eine neue Seite in ihrem Notizbuch auf und schrieb: *Kunstwoche organisieren.* »Wie lautet denn das Thema dieses Jahr?«

»So wie jedes Jahr vermutlich – die Lokalkunst feiern.«

Lokalkunst? Im ersten Moment hatte Lorna die Eingebung, eine Cathy-Larkham-Retrospektive zu veranstalten. Was könnte mehr mit Heimat zu tun haben als die Kunst ihrer Mutter? Wie eine Bombe würde das einschlagen. In Jess' Lagerraum befanden sich ganze Kisten mit gänzlich unbekannten Arbeiten; ihr Dad hatte fast alles aufbewahrt. Und einige Sammler würden sicher Leihgaben zur Verfügung stellen. Die dunklen Schatten und scharfen Konturen der Illustrationen ihrer Mutter würden an den weißen Wänden der Maiden Gallery eine unglaubliche Wirkung entfalten. Lorna sah es schon vor sich: Leute, die die Werke bewunderten, langsam von Raum zu Raum schritten, mit Sekt anstießen, plauderten. Die Kindheitserinnerung, wie sie mit Jess bei einer der wenigen Londoner Ausstellungen ihrer Mutter durch einen Türspalt gelinst hatte, vermischte sich mit Erinnerungen an Vernissagen, die sie als Erwachsene besucht hatte – nur dass jetzt sie selbst die Verantwortung tragen, die Rede halten, die Veranstaltung leiten und Dinge erfahren würde, von denen sie nie zuvor gehört hatte ...

Dann fiel die Idee ihrer Sturheit zum Opfer. Nein! Sie musste sich aus eigener Kraft bewähren, als eigenständige Person. Die Künstler sollten ihr vertrauen, weil sie Geschmack hatte, nicht weil ihre Mutter eine berühmte Künstlerin gewesen war.

»Ganz einfach«, sagte sie und klickte mit ihrem Kugelschreiber. »Wir holen Joyce Rothery an Bord – ihre erste Ausstellung nach fünf Jahren!«

Das wäre perfekt. Lokal, profitabel, angesehen. Alle Kriterien erfüllt.

Sie machte sich eine Notiz. Dann schaute sie auf, weil Mary nervös an ihrer Brillenkette herumfummelte. »Was denn?«

»Ich weiß nicht, ob das realistisch ist, meine Liebe. Wir können Joyce schon seit einer Weile nicht mehr erreichen.«

Lornas Enthusiasmus verflog. Sie schaute auf die Biografie in der Broschüre. Oje, Joyce war ... wie bitte, achtzig? »Wie meinen Sie das? Ist sie denn ...« – wie konnte man sich am taktvollsten danach erkundigen? – »... überhaupt noch da?«

Mary verdrehte die Augen. »Sie ist noch im Vollbesitz ihrer Kräfte, wenn Sie darauf anspielen. Mehr als das. Nein, sie wohnt draußen in Much Yarley, aber sie geht nicht ans Telefon und beantwortet auch keine Briefe. Als ihr Mann noch lebte, war es besser – er war ein netter Typ und ist immer ans Telefon gegangen. Leider ist er vor ein paar Jahren gestorben.«

»Aha. Und seither haben Sie Joyce Rothery nicht mehr gesehen?«

»Ich habe sie mal besucht. Ein einziges Mal.« Ihrer Miene war zu entnehmen, dass es auch das letzte Mal gewesen sein dürfte. »Sie ist nicht der Typ, bei dem man einfach vorbeischauen kann. Aber Sie könnten versuchen, ihr zu schreiben, vielleicht um ihr mitzuteilen, dass Sie die Galerie übernommen haben. Sie ist …« Mary unterbrach sich und wurde knallrot. »Eigentlich wollte ich sagen, dass sie eine reizende Dame ist, aber wenn ich ehrlich bin, stimmt das gar nicht. Joyce ist … sehr entschieden in ihren Überzeugungen. Es ist ja nicht so, dass wir nicht versucht hätten, mit ihr in Kontakt zu treten. Sie hat aber keinen Zweifel daran gelassen, dass sie keinerlei Kontakt mit *uns* wünscht.«

»Nun, wer sagt, dass Künstler umgänglich sein müssen?« Lorna war sich sicher, sie überreden zu können. In ihrem Kopf überschlugen sich schon die Ideen – vielleicht konnte man Grundschulklassen einladen oder in der Galerie Zeichenunterricht geben. Oder man könnte eine Veranstaltung in der Stadt organisieren: Action-Töpfern oder eine große Farbschlacht à la Jackson Pollock. Wenn sie ein interessantes Programm zusammenstellen würde, würde sich Joyce doch bestimmt daran beteiligen. Unbedingt, oder?

»Der beste Ansatz ist, ihre Werke zu bewundern. Aber schmieren Sie ihr auf keinen Fall Honig ums Maul.« Mary nahm sich noch einen Keks und schloss dann entschieden den Deckel der Dose. »Ich muss aufhören, diese Dinger in mich reinzustopfen. Man kann einfach nicht aufhören. Vielleicht wird Joyce Ihnen helfen, aber garantieren kann ich Ihnen das beim besten Willen nicht. Sollten Sie es schaffen, ziehe ich den Hut vor Ihnen.«

Die Anstrengungen des Versuchs, gleichzeitig ehrlich und diplomatisch zu sein, standen Mary ins Gesicht geschrieben.

Lorna fragte sich, ob das einer der Gründe dafür war, dass der leidgeprüfte Keith darauf drängte, dass sie die Galerie aufgab.

Immerhin blieben noch eine Menge anderer Künstler, die sie durchgehen mussten.

»Soll ich noch mal Teewasser aufsetzen?«, schlug Lorna vor. Wenn alle Künstler der Maiden Gallery so heikel im Umgang waren wie Joyce Rothery, würden sie sicher zwei Kannen brauchen.

Als Lorna am Sonntagmorgen aufwachte, dauerte es einen Moment, bis ihr wieder einfiel, wo sie sich befand.

Der Raum roch anders – nach Umzugskisten und reiner Luft und Staub und ... Hund.

Sie wälzte sich auf die Seite und sah Rudy in seinem Korb am Fenster liegen, zusammengerollt und die Augen geschlossen, obwohl Lorna nicht überzeugt davon war, dass er wirklich schlief. Eigentlich hatte sie sein Körbchen in die Küche stellen wollen – solche Regeln durfte man gar nicht erst einreißen lassen –, aber er hatte gewinselt und so ängstlich dreingeschaut, dass Lorna eingelenkt hatte. Sie spürte die Last der Verantwortung, und das gefiel ihr gar nicht. Seine Furcht übertrug sich auf sie, und das hatte etwas beschämend Irritierendes.

Wegen Rudys in Bettys Brief aufgelisteten verschiedenartigsten Phobien – zumal Lorna nicht sicher war, ob sie damit klarkäme, wenn einige von ihnen oder gar alle zusammen virulent wurden – ging sie vor dem Frühstück mit ihm hinaus. Sonntagmorgens war Longhampton verlassen. An den Türen der Läden hingen die »Geschlossen«-Schilder, die Gehwege waren wie leer gefegt, die Stühle standen auf den Cafétischen. Lorna hatte kein reges Treiben erwartet, aber es war buchstäblich keine andere Seele unterwegs als sie und Rudy, der über den Gehweg trippelte, während sich am bleiernen Himmel das erste Licht zeigte.

So düster hatte ich die Stadt nicht in Erinnerung, dachte sie und fröstelte.

Lorna steckte die freie Hand in die warmen Tiefen ihrer Parkatasche und schaute auf den kleinen Dackel hinab, der mit seinen kurzen Beinchen an ihrer Seite lief. Sein Blick schoss hin und her, um mögliche Gefahren sofort zu identifizieren. Rudys Welt war ein dunkler, beängstigender Ort mit schwarzen Hunden, großen Hunden, aggressiven Hunden, Polizeiautos, Fahrrädern, Joggern, Besen und Einkaufskarren. Und Männern. Bettys Liste mit Rudys speziellen Bedürfnissen hielt keine Lösungen parat, sondern benannte nur die Probleme.

Sie folgten den Schildern zum Park. Auf dem Weg äugte Lorna in die Schaufenster ihrer Geschäftsnachbarn. Einige kannte sie noch – WHSmith war immer noch da, der Familienjuwelier, bei dem blauäugige Paare schon immer ihre Verlobungsringe gekauft haben –, doch sie wandelte nicht nur auf den Spuren der Vergangenheit, sondern sah auch frisch gestrichene Fassaden. Offenbar etablierte sich in der High Street von Longhampton eine blühende unabhängige Szene, mit einem Feinkostladen, ein paar neuen Cafés und einem Buchladen, die sich zwischen die Secondhandläden und Ketten drängten.

Sie blieb stehen, um die weich aussehenden Lammwolldecken in der Auslage eines Haushaltswarenladens zu bewundern, und rechnete nach, ob sie sich so etwas leisten könnte. Plötzlich spürte sie, wie sich die Leine anspannte.

Rudy zog am anderen Ende, am ganzen Körper zitternd. Dann bellte er zweimal, rettete sich hinter ihre Beine und wickelte ihr die Leine um die Knie.

»Aua!« Lorna tat einen Satz. Dann drehte sie sich um, weil sie wissen wollte, was ihn so erschreckt hatte. Am anderen Ende der Straße, auf Höhe des Pubs, war ein anderer Hundebesitzer aufgetaucht, zwei schwarze Labradore an der Seite. Der Mann hob die Hand, um Entwarnung zu geben, während die Hunde nicht einmal aufschauten. Trotzdem wirkte Rudy panisch.

Wieder bellte er, ein scharfer, verängstigter Laut, der in ein Keuchen überging. Seine Augen waren riesengroß, und sein Schwanz schlug wild hin und her. Überrascht stellte Lorna fest, dass sich ihre eigenen Muskeln ebenfalls anspannten.

»Sei nicht albern, Rudy. Sie kommen doch gar nicht in deine Nähe.« Sie ging in die Knie, um ihn zu beruhigen, aber Rudy stupste sie nicht wie üblich mit seiner Schnauze an. Stattdessen stürzte er auf die Labradore zu, bellte und versteckte sich wieder hinter ihren Beinen, als wüsste er selbst nicht, was er tun soll.

Lorna wusste es auch nicht. In ihrer Panik nahm sie Rudy schnell hoch und steckte ihn in ihren Mantel. Sein Herz klopfte heftig unter seinen Rippen, und sie spürte den heißen Hundeatem durch ihren Pulli hindurch. Sein Fell war so fein, dass es über den zitternden Muskeln Falten warf, und obwohl sie nicht begriff, warum er eine solche Angst vor den meilenweit entfernten Hunden hatte, wurde sie von einem wilden Beschützerinstinkt gepackt.

»Es ist doch alles gut, Rudy«, sagte sie und machte auf den Hacken kehrt. »Wir gehen woanders lang.«

Sie marschierte die Straße zurück, bis die Hunde außer Sicht waren, dann setzte sie ihn wieder auf den Boden, direkt vor einem schicken Käsegeschäft, das vor siebzehn Jahren noch nicht da gewesen sein dürfte. Rudy war schwerer, als er aussah. Mittlerweile erwachte die Stadt zum Leben. Ein Mann im Geschäft deutete auf das Schild, weil er offenbar dachte, sie warte auf die Öffnung. Lorna schüttelte den Kopf.

Auf der anderen Straßenseite ging eine Frau vorbei, Gott sei Dank ohne Hund. Aus einem Café drang der Duft von gegrilltem Bacon. Rudy schnüffelte. Jeden Moment konnte ein Fahrrad vorbeikommen, und alles würde wieder von vorn beginnen. Das wollte Lorna um jeden Preis vermeiden, sie wollte ihn nicht wieder so verängstigt erleben.

Sie schaute auf den Dackel hinab, er zu ihr herauf.

»So kann das nicht weitergehen, Rudy«, sagte sie. »Wir müssen das ändern.«

Er wedelte hoffnungsvoll mit seinem dünnen Schwanz, dann duckte er sich, weil viele Straßen weiter ein Auto hupte.

Das Problem war, dass sie nicht die geringste Ahnung hatte, wie sie ihm helfen könnte, und das zerriss ihr das Herz.

Sie seufzte. »Komm schon, kleines Kerlchen. Lass uns nach Hause zurückkehren.«

Der Vorteil eines so frühen Starts in den Tag war, dass Lorna gegen zehn Uhr im Büro der Galerie saß und die gewaltige Liste der zu erledigenden Aufgaben angehen konnte. Rudy hatte sich zu ihren Füßen auf einem Haufen Luftpolsterfolie zusammengerollt. Sein Morgenspaziergang war schon einmal etwas, das sie abhaken konnte, dachte Lorna, als sie ihn glücklich vor sich hin schnarchen sah – auch wenn das ihrer Liste eine Reihe weiterer Probleme hinzufügte.

Ihre Hauptaufgabe an diesem Tag bestand darin, Joyce Rothery einen unwiderstehlichen Brief zu schreiben. Lorna musste sie davon überzeugen, dass sie sich aus ihrem selbst gewählten Exil zurückmelden und der neu eröffneten Maiden Gallery zu einem erfolgreichen Neustart verhelfen sollte. Über Joyce selbst war wenig im Internet zu finden, aber die leidenschaftlichen Gemälde bannten Lorna vor den Computerbildschirm, wo sie sich in ihren Geschichten verlor. Wie konnte es ein bisschen bemalte Leinwand schaffen, so viele Bilder und Gefühle in ihr zu wecken, fragte sie sich, als sie die mondbeschienenen Reihenhäuser und dann ein einsames Boot auf einem silbrigen See betrachtete. Wenn sie derart überwältigende Gemälde sah, kam es ihr noch alberner vor, dass sie selbst in der Malerei dilettiert hatte. Was für eine Zeitverschwendung – entweder man konnte es, oder man konnte es nicht.

Liebe Mrs Rothery, tippte sie, nachdem sie sich vergewissert hatte, dass Mary diese Anrede immer gewählt hatte. Mrs Rothery, immer noch. Obwohl Marys Galerie der entscheidende Kontakt für ihre Arbeit gewesen sein dürfte, hatte sich am förmlichen Umgangston nichts geändert.

Bitte verzeihen Sie, dass ich Sie behellige. Ich habe kürzlich die Leitung der Maiden Gallery übernommen und würde mich sehr gern mit Ihnen darüber unterhalten, ob Sie sich vorstellen könnten, eine Retrospektive Ihres Werks bei uns zu zeigen. Meine Bewunderung für Ihre Kunst ist groß, und

*da ich festgestellt habe, dass Ihre erste Ausstellung nun
genau dreißig Jahre zurückliegt …*

Lorna überarbeitete den Brief so lange, bis sie glaubte, den
richtigen Ton professioneller Freundlichkeit getroffen zu
haben. Zunächst druckte sie ihn auf offiziellem Papier aus,
beschloss dann aber, dass eine handschriftliche Version angemessener wäre. Also schrieb sie ihn ab und versah den
Umschlag mit der Adresse aus Marys Tischkalender.

Dann ging sie hinaus, warf den Brief in den roten Postkasten, der direkt vor der Galerie stand, kehrte ins Büro
zurück und machte sich Notizen zu den anderen Künstlern,
bei denen sie sich vorstellen musste. Laut Mary waren es
ungefähr hundert. Nicht alle, hoffte Lorna, waren von Bauernhoftieren und Obst besessen.

Sie hatte nicht erwartet, dass Joyce sich sofort aus ihrer
entlegenen Klause zu Wort melden würde, aber bis Freitag
hatte sie weder angerufen noch geschrieben. Dafür bekam
Lorna eine aufgekratzte E-Mail von Calum Hardy vom
Stadtrat, eine Antwort auf ihre eigene E-Mail zur Kunstwoche. Sie wimmelte nur so von Wendungen aus dem PR-
Jargon.

Calum war höchst interessiert daran, mit ihr über die
Zusammenarbeit mit Joyce Rothery zu sprechen und natürlich auch über ihre anderen, verrückteren Vorschläge. Als
sie allerdings zu der Stelle kam, wo er ein Mittagessen zu
dritt vorschlug, fragte sie sich, ob sie mit ihren Ankündigungen nicht etwas übertrieben hatte.

»Wie lange soll ich Joyce geben, um sich bei mir zu melden?«, erkundigte sie sich bei Mary, als sie hinten im Büro
saßen und Kekse mit Schokostückchen aßen. »Ich habe

Sorge, dass dieser Calum hier auftaucht und sich mit ihr treffen will.«

»Oh, dass Joyce sich nicht meldet, würde ich nicht persönlich nehmen«, sagte Mary. »Der Bürgermeister von Longhampton wollte ihr letztes Jahr die Ehrenbürgerschaft verleihen, aber sie hat auf keinen Versuch der Kontaktaufnahme reagiert. Nicht einmal, als er persönlich hingefahren ist. Er hat Ewigkeiten vor der Tür gestanden und geklopft.«

»Glauben Sie, ich habe irgendetwas geschrieben, was sie verletzt haben könnte?« Hatte sie vielleicht herausgefunden, dass Lorna die Tochter einer Künstlerin war? Gab es Rivalitäten, von denen sie nichts wusste?

»Nein! Sie sind ein so höflicher Mensch, an Ihnen liegt es bestimmt nicht.« Mary entdeckte ein Portfolio von einer Kunsthochschule, das geöffnet auf dem Schreibtisch lag, und riss die Augen auf. »Oh. Ist das … Handelt es sich um das, was ich glaube?«

»Ja«, sagte Lorna. Sie hatte eine ganze Kiste mit unverlangt eingesandten Portfolios entdeckt, die Mary bislang ignoriert hatte. Lorna hatte nicht die Absicht, sie zu ignorieren, auch wenn manche Motive ein wenig … nun, gewagt waren. Die Galerie brauchte frisches Blut. Wenngleich vielleicht nicht ganz so wortwörtlich, wie einer der Künstler es im Sinn hatte. »Wissen Sie was? Ich werde Mrs Rothery einfach einen Besuch abstatten.«

»Kann nicht schaden«, sagte Mary, wirkte aber nicht sehr überzeugt.

4

Für einen Hund, der die ersten sechs Jahre seines Lebens kaum Auto gefahren war, stürzte sich Rudy überraschend begeistert in Lornas Fiat. Sie setzte ihn auf die Rückbank, in den neu erworbenen Hunde-Autositz. Allerdings hatte sie den Eindruck, dass er am liebsten hinter dem Steuer Platz genommen hätte, um vorbeilaufende Hunde anzuhupen und triumphierend zu grüßen.

Während der ersten fünf Meilen aus der Stadt hinaus bellte Rudy praktisch alles an. Je größer der Hund, desto lauter das Bellen. Lorna fragte sich schon, ob Betty ihr die George Medal hinterlassen hatte, um sie schon im Vorhinein für die Tapferkeit zu ehren, die einem Rudys Einführung in die gemäßigte Gesellschaft abverlangte. Wenn sie alles mit dem Wagen machen könnten, würde Rudy sicher keine Probleme haben, dachte Lorna; hinter der Autoscheibe war er entschieden mutiger als draußen.

Much Yarley lag schon ein Stück hinter ihnen, aber das

Navigationsgerät bestand darauf, dass Lornas Ziel noch kam. Vor ihnen war allerdings nichts zu sehen. Nur Bäume. Und Schafe. Sie waren an ein paar Bauernhöfen vorbeigekommen, aber nun war nichts mehr zu sehen als die ewigen grünen Felder und eine Obstwiese mit zwergenhaften Apfelbäumen, deren kahle Zweige sich scharf vom blassen Himmel abhoben. Aus ihrer Zeit in Longhampton konnte sie sich nicht an diese Gegend hier erinnern, aber ihre Familie war auch nicht oft zum Picknicken hier raus ins Grüne gekommen.

Lorna hielt in einer kleinen Ausbuchtung und hoffte, dass niemand mit einem Hund vorbeikam und Rudy provozierte.

»Wo ist denn nun dieses verdammte Haus?«, fragte sie sich laut. Sie hatte die Erfahrung gemacht, dass der Klang ihrer Stimme Rudy beruhigte. »Hängt Joyce Rothery dieser Zurück-zur-Natur-Philosophie an und lebt in einem Zelt? Hat sie der Galerie eine falsche Adresse genannt? Wurde ihr Haus abgerissen, um Platz für Cider-Äpfel zu schaffen?«

Lorna verrenkte sich den Hals, um zu sehen, ob Rudy ihren Worten entzückt lauschte. Tat er nicht. Er hatte die Pfoten auf die Rückbank gestellt und beäugte einen Mann mit zwei Hunden, wieder zwei Labradoren, die aus dem Nichts aufgetaucht waren. Beide waren schwarz und auch sonst ununterscheidbar. Rudys kräftiger, wurstartiger Körper zitterte vor Anspannung, dann brach er in ein hysterisches Kläffen aus. Lorna schaute in den Rückspiegel und entdeckte eine Abzweigung zu einem Sträßchen, die sie zuvor übersehen hatte.

»Auf Dauer kann das keine Lösung sein«, erklärte sie

Rudy, als sie zurücksetzte, um in drei Zügen zu wenden, »aber für den Moment will ich es mal hinnehmen.«

Als sie etwa eine halbe Meile über die Straße mit den Schlaglöchern geholpert war und allmählich Angst um die Federung bekam, erschien hinter einer Baumreihe ein Haus. Sie fuhr langsamer und parkte auf dem Rasen davor. Kein anderes Auto war zu sehen, und hinter den dunklen Fensterscheiben war kein Lebenszeichen zu erkennen. Nur das wunderschön geschnitzte Holzschild, das am schmiedeeisernen Tor hing, ließ darauf schließen, dass sie Rooks Hall gefunden hatte, das Cottage von Joyce Rothery.

Rooks Hall war klein, viel kleiner, als es der Name erwarten ließ. Dennoch thronte das Haus mit einer gewissen majestätischen Ausstrahlung in dem herrlich wilden Garten, der es wie eine Königinnenrobe umfing. Die dicken schwarzen Balken betonten die chaotische Konstruktion, die keinen einzigen rechten Winkel aufwies. Wenn es nicht schon dreihundert Jahre alt gewesen wäre, hätte man davon ausgehen müssen, dass es kurz vor dem Zusammenbruch stand. Eine Kletterrose rankte sich um die Eingangstür herum, jetzt im Winter skelettartig und blütenlos. Das ganze Anwesen verströmte einen Hauch von Vernachlässigung, aber nicht aus Mangel an Zuwendung, sondern weil sich die Natur auf gutem Boden austobte und selbst im tiefen Winter zu schnell wucherte, um von einem Gärtner gebändigt zu werden. Auf dem Pfad zum Haus lagen Blätter, und am Wegrand streckten Schneeglöckchen und die allerersten violetten Krokusse ihre kleinen Köpfe aus der Erde heraus.

Lorna drehte sich zur Rückbank um. Rudy kaute an seinen Pfoten.

»Du bleibst hier«, sagte sie, eine nervöse Unruhe im Magen verspürend. »Es dauert nicht lange. Versteck dich einfach in deinem Sitz, wenn jemand kommt.«

Rudy bedachte sie unter seinen Augenbrauen hervor mit einem Blick, als würde er niemals ohne Erlaubnis das Maul aufmachen. Dann stieß er einen Laut aus, halb Seufzer, halb Stöhnen, rollte sich zu einer Kugel zusammen und steckte die Schnauze unter die Pfoten.

Lorna hängte sich ihre Tasche über die Schulter und ging über die Straße zum Eingangstor. Aus der Nähe sah man, dass von den eisernen Schnörkeln die Farbe abblätterte. Sie hob den Riegel an und musste fest gegen das Tor drücken, um hineinzugelangen.

Die Haustür bestand aus gewölbten Scheiben, die in grünes Holz eingelassen waren. Im Innern schien es viel zu dunkel zum Malen zu sein, ohne Licht wirkte das Glas fast schwarz. Außerdem verschwand es noch hinter einer Reihe von Aufklebern, die Hausierer, Verteiler von Werbung, Zeugen Jehovas und Sternsinger abschrecken sollten.

Lorna blinzelte, als sie das Schild fur die Sternsinger sah. Wenn sie einen so weiten Weg aus der Stadt auf sich nahmen, hatten sie doch wenigstens eine Dose Quality Street verdient.

Als sie klopfte, erklang drinnen ein wildes Kläffen. Eine Bewegung war nicht auszumachen. Irgendjemand musste da sein, aber es kam niemand an die Tür.

Lorna bückte sich und hob den Briefschlitz an. Er war schwer beweglich und wurde von einer widerspenstigen Feder gesichert. Trotzdem konnte sie ihn weit genug hochklappen, um auf der anderen Seite der Tür einen grauhaarigen Border Terrier auf und ab springen zu sehen. Auf der

Fußmatte lagen ein paar Briefe. Der Rest des Flurs lag im Schatten, sodass man nicht mehr erkennen konnte.

»Hallo?« Sie versuchte, möglichst freundlich zu klingen. Zu dem Hund und zu jedem, der sie vielleicht hören konnte. »Hallo? Ist jemand zu Hause?«

Der Border Terrier antwortete mit einem derart lauten Gebell, dass sein ganzer Körper zitterte. Dann stürzte er sich ohne Vorwarnung auf den Briefschlitz, die Zähne gefletscht. Lorna riss ihre Hand so schnell weg, dass sie fast hintenüber gefallen wäre.

Die Klappe knallte zu, der Hund kläffte empört weiter.

Lorna richtete sich auf und rieb sich die Hände. Das lief nicht so, wie sie es sich vorgestellt hatte. Vielleicht war Joyce Rothery nicht zu Hause. Vielleicht öffnete sie auch einfach nicht die Tür, so wie sie Post nicht beantwortete. Lorna hatte früher auch Tage gehabt, an denen sie niemandem begegnen wollte und niemanden in ihr Zimmer gelassen hatte. Bis Jess fast die Tür eingetreten hätte, weil es ja rein theoretisch auch ihr Zimmer gewesen war.

Ich hinterlasse ihr eine Nachricht, dachte Lorna und kramte in ihrer Tasche nach ihrem Notizbuch.

Sie überlegte gerade, wie sie anfangen sollte, als plötzlich die Klappe vor dem Briefschlitz hochschnappte und vier knochige Finger zum Vorschein kamen.

»Wer zum Teufel sind Sie?«, fragte eine Stimme, die so scharf klang wie die Einwurfklappe.

Lorna fuhr entgeistert zurück und ließ ihr Notizbuch fallen.

»Hallo«, sagte sie, aber dann fehlten ihr die Worte. Das erwartungsvolle Schweigen, das ihr aus nächster Nähe entgegenschlug, brachte sie aus dem Konzept.

»Wenn dieser Keir Sie schickt, können Sie gleich wieder verschwinden«, begann die Stimme wieder. Es war eine ältere Stimme, aber sie hatte Schneid, genau wie der Border Terrier. »Mir geht es bestens. Ich ernähre mich seit fast achtzig Jahren selbst und brauche niemanden, der mir erklärt, dass ich viel verdammten Tee trinken und oft genug zum Klo gehen soll. Machen Sie sich also vom Acker, junge Dame. Suchen Sie sich einen Tattergreis, der Ihre Hilfe braucht, denn diese Tattergreisin hier braucht sie nicht.«

»Ich bin nicht ...«, begann Lorna, aber die Klappe war schon wieder zugeknallt.

Unbehaglich blieb sie stehen. Schemenhafte Bewegungen hinter der Scheibe ließen darauf schließen, dass Mrs Rothery die Unterhaltung für beendet hielt und durch den Flur zurückschlurfte.

Lorna gestand sich nur ungern ein, dass Mary recht gehabt hatte, aber es war offensichtlich, dass Joyce keinen Besuch wünschte. Andererseits war sie nicht Keir. Vermutlich war Keir der unglückselige Sozialarbeiter, der ein Auge auf Joyce haben sollte. Lorna war selbst schon herablassenden Sozialarbeitern begegnet, die bereits mit den ehrenamtlichen Mitarbeitern so umgingen, als wären die senil, was sich im Umgang mit den alten Leuten sogar noch verstärkte. Lorna war aber nicht hier, um Joyce in ihr Leben reinzureden – sie wollte mit ihr über ihre Kunst sprechen.

Sie schwankte. Dann dachte sie an die George Medal, die auf ihrem Nachttisch lag, wo sie sie jeden Morgen sehen konnte. Betty Dunlop würde sich nicht abspeisen lassen. Betty würde ihr in Erinnerung rufen, dass sie Calum Hardy praktisch eine Joyce-Rothery-Retrospektive versprochen hatte, und da sollte sie sich besser ranhalten und die auch liefern.

Sie öffnete die Einwurfklappe und stützte sich mit der freien Hand ab. »Ich habe keine Ahnung, wer Keir ist«, rief sie in den Flur. Jetzt nahm sie den Geruch von Staub und Grünpflanzen wahr. »Mein Name ist Lorna Larkham. Von der Galerie. Ich habe Ihnen vor ein paar Tagen geschrieben. Mary Knowles hat gesagt, dass ich am besten hier vorbeischauen soll, um mit Ihnen über Ihr Werk zu reden.«

Es wurde still. Das Schlurfen verstummte.

»Ihre Bilder sind wunderschön«, fuhr Lorna fort. »Sehr ausdrucksstark.«

Sie hielt die Luft an und drückte sich selbst die Daumen.

Nichts geschah. Nach einer Weile rief Joyce: »Ich habe keine Ahnung, wovon Sie sprechen.«

»Mary zieht sich aus dem Geschäft zurück, und ich habe die Galerie übernommen.«

Lorna hielt inne und fragte sich, ob es wirklich der richtige Ansatz war, eine Geschäftsidee durch einen Briefschlitz zu rufen. Dennoch …

»Könnte ich vielleicht hereinkommen? Um mit Ihnen zu reden?«, rief sie hoffnungsvoll.

Joyce antworte nicht. Lorna fragte sich schon, ob sie vielleicht zu weit gegangen war. Dann hörte sie einen Schrei und kurz darauf wildes Gebell.

»Bernard! Komm mir nicht ins Gehege!« Ein dumpfes Geräusch war zu vernehmen, als würde etwas gegen die Wand knallen. Bücher schienen herunterzurutschen, und etwas Hartes prallte auf dem Boden auf.

»Alles in Ordnung?«, rief Lorna. »Mrs Rothery?«

Keine Antwort.

Sie schob die Einwurfklappe hoch und versuchte hineinzuschauen, aber der Winkel war ungünstig. Im Flur sah Lorna nur die alte Dame und ein Beistelltischchen und den Hund, der um Joyce herumsprang und bellte. War sie ausgerutscht? Hatte sie sich verletzt?

»Mrs Rothery? Hallo? Können Sie mich hereinlassen?«

Hinter ihr war ein Husten zu hören. »Kann ich Ihnen helfen?«

Lorna fuhr herum. Am Tor stand ein Mann. Einen Moment lang fragte sie sich, ob es der Hundebesitzer von zuvor war, aber es war jemand anders. Dieser Mann war eher in ihrem Alter, trug eine schwarze Jacke und darunter ein T-Shirt mit einem Spruch auf der Brust. Er hatte eine Umhängetasche über der Schulter. Neben ihrem Wagen parkte jetzt ein roter Prius. Sie hatte ihn gar nicht kommen hören.

»Ja, können Sie. Ich mache mir Sorgen um die Dame hier«, sagte sie. »Ich glaube, sie ist gestürzt. Vielleicht sollten wir jemanden holen?«

»Ja genau, mich!«, sagte er. »Ich bin ihr amtlicher Betreuer. Keir Brownlow.«

Er hielt ihr die Hand hin. Lorna war sich nicht sicher, ob es die Zeit für förmliche Vorstellungen war, wo sich ein paar Meter weiter vielleicht jemand die Hüfte gebrochen hatte. Unbehaglich schüttelte sie seine Hand. »Lorna Larkham. Sollten wir nicht reingehen und nachschauen, ob alles in Ordnung ist?« Sie zeigte auf die Tür.

»Oh! Ja, klar. Hallo, Joyce! Ich bin sofort bei Ihnen«, rief er mit einer klaren, ziemlich herrischen Stimme und kramte in seiner Umhängetasche herum. »Tut mir leid, ich bin ein bisschen spät dran«, fügte er hinzu, »aber ich war mir nicht sicher, ob Sie heute überhaupt kommen. Man hat mir nicht viel über Sie gesagt, nur dass Sie vielleicht heute um die Mittagszeit hier vorbeischauen. Heute Vormittag war ich die ganze Zeit bei einem von Jackies Kunden, der mit einer Lungenentzündung ins Krankenhaus gebracht wurde. Tut mir leid, dass Sie warten mussten. Bitte reichen Sie keine Beschwerde ein, wir sind hoffnungslos unterbesetzt!«

Was? Sie runzelte die Stirn. »Ich weiß nicht, für wen Sie mich halten ...«, begann Lorna, aber ihre Worte wurden von einem lauten Knall im Innern übertönt.

Sie schoss herum und fiel auf die Knie, um wieder durch den Briefschlitz zu schauen. »Bleiben Sie nach Möglichkeit ganz ruhig liegen! Ist alles in Ordnung bei Ihnen? Joyce?«

»Sie hört nur auf ›Mrs Rothery‹!«

Die alte Dame war gegen ein Beistelltischchen gefallen und hatte – dem scheppernden Geräusch nach zu urteilen – ihr altmodisches Telefon mit sich gerissen. Der Hund war außer Rand und Band und bellte und sprang hin und her. Aus der weiten Hose der Dame schauten die mageren Knöchel hervor. Plötzlich wirkte sie verletzlich und lange nicht mehr so wild.

Lorna sprang auf. »Wir müssen hinein. Haben Sie einen Schlüssel?«

»Nein, hab ich nicht. Sie kann die Tür ja noch selbst öffnen und weigert sich, uns einen Ersatzschlüssel zu geben.«

»Wie sollen wir denn dann hineingelangen? Sie bewegt sich nicht!«

Keir trat einen Schritt zurück und inspizierte das kleine Erkerfenster, das mit dunklen Vorhängen verhängt war.

»Viel Glück damit«, sagte Lorna. Sie meinte, die alte Dame stöhnen zu hören, während der Hund nun hysterisch herumhüpfte wie ein Gummiball. Abgesehen von allem anderen konnte sie sein Gewinsel nicht länger ertragen. Er klang wie ein Pfeifenkessel. »Wir müssen die Tür eintreten.«

Keir sah sie durch seine dicken Brillengläser entsetzt an. »Ich glaube nicht, dass das unsere erste Option sein sollte, oder?«

»Aber wenn sie sich die Hüfte gebrochen hat?«

»Nein, tut mir leid. So leicht bekomme ich nicht die Genehmigung, einfach so irgendjemandes Tür einzutreten. Das ist Sachbeschädigung. Man hat uns schon für Harmloseres vor den Kadi gezerrt …«

Lorna blinzelte durch den Briefschlitz. Joyce lag auf dem Boden, einen Arm ausgestreckt; mit dem anderen umklammerte sie ihr Bein. Der Border Terrier hatte jetzt zu bellen aufgehört und leckte seinem Frauchen besorgt die Nase. »Haben Sie keine Angst, Mrs Rothery«, rief sie. »Wir kümmern uns um Sie. Es dauert nicht mehr lange.«

»Mir geht es gut«, krächzte Joyce wenig überzeugend. »Verschwinden Sie.«

Immerhin ist sie bei Bewusstsein, dachte Lorna. »Wir gehen, sobald wir uns vergewissert haben, dass es Ihnen gut geht«, schlug sie vor. »Dann verschwinden wir beide. Ist das ein Vorschlag?«

Die Antwort der alten Dame ging in erneutem Gebell unter, da der Hund zur Tür zurückgekehrt war, um die Eindringlinge zu vertreiben.

Lorna stand auf und stellte ihre Tasche auf den Treppenabsatz. »Gut«, sagte sie. »Egal, was Sie sagen, ich gehe zur Hintertür.«

»Was?« Keir hatte sein Handy herausgeholt und dachte darüber nach, wen er anrufen sollte.

»Durch die Hintertür kommt man oft leichter hinein. Ich habe mal den Jack Russell Terrier einer alten Dame ausgeführt, die im Klammerbeutel an der Wäscheleine einen Ersatzschlüssel aufbewahrt hat. Fragen Sie besser nicht«, fügte sie schnell hinzu. »Bleiben Sie einfach hier und behalten Joyce im Auge. Und versuchen Sie, sie zum Reden zu bringen.«

Als sie ging, rief Keir etwas durch den Briefschlitz. Seine Stimme klang, als habe er es mit einer »alten Tattergreisin« zu tun, was Joyce sicher zur Weißglut trieb. Aber vielleicht reichte die Wut ja, um sie von ihren Schmerzen abzulenken.

Wie gehofft, war der Hintereingang von Rooks Hall leicht zugänglich. Der Garten war so wild wie der Vorgarten, aber er ging ins offene Feld über. In einem Gebüsch wimmelte es vermutlich von Kaninchen. Am hinteren Ende des Gartens stand ein Gartenhaus – das musste Joyce' Atelier sein, dachte Lorna. Was für eine Aussicht.

Dafür war jetzt allerdings keine Zeit. Sie schaute sich um. Wo würde man hier einen Schlüssel verstecken? Kein Klammerbeutel, keine Topfpflanze, keine »unscheinbare« Messingeichel …

Lornas Blick fiel auf eine alte Lyon's-Golden-Syrup-Dose, die nicht gerade unauffällig auf der Treppenstufe stand. Im Innern befand sich, wie zu erwarten war, der Schlüssel. Lorna besann sich nicht lange, schloss die Tür auf und trat ein.

»Hallo?«, rief sie, sobald sie im Haus war. »Mrs Rothery? Hier ist Lorna, die Frau von eben.« Die Küche roch muffig, nach alten Teebeuteln und angetrocknetem Hundefutter. Aber sie war hell, und aus dem großen Fenster mit dem gestreiften Rollo hatte man einen wunderbaren Blick auf die Hügel. Über dem Herd hing eine original Starburst Clock. Es war ordentlich und sauber, anders, als man es von einer Künstlerin erwarten würde, die wilde Landschaften in hochemotionalen Farben malte.

Sei nicht so neugierig, dachte Lorna, aber sie kam nicht umhin, die Details eines einsamen Lebens zu registrieren: die Minidose Bohnen, die Pillendosen, den leeren Terminkalender, den jahrzehntealten Bezug der Küchenstühle, geometrische Muster in Silber und Mintgrün. Den einsamen Becher in der Spüle.

Sie ging zu der Tür, die vermutlich in den Flur führte. Der Hund raste hin und her, bellte Keir an der Haustür an, um dann sofort zur Küchentür zurückzukehren, die Lorna nun vorsichtig öffnete. Trotzdem schaffte sie es, dem Terrier die Tür versehentlich an den Kopf zu knallen. Er jaulte auf und bellte weiter.

Der Flur war dunkel. An den roten Wänden hingen gerahmte Bilder, der Boden war schlicht und einfarbig gefliest. Und mittendrin, unter einem umgestürzten Tisch, lag Joyce Rothery.

»Um Himmels willen«, krächzte sie, als Lorna neben ihr niederkniete. »Bereiten Sie dem Ganzen ein Ende.«

Lorna hob den Tisch auf und stellte ihn wieder an die Wand. »Wem soll ich ein Ende bereiten? Den Schmerzen? Haben Sie Schmerzen?«

»Nein. Keir.« Sie winkte zum Briefschlitz hinüber. »Er soll aufhören, mir ständig zu sagen, ich solle ›in den Schmerz hineinatmen‹ und was weiß ich nicht alles. Ich bin doch nicht weich in der Birne und liege auch nicht in den Wehen. Ich weiß, wie man atmet.«

Die Einwurfklappe schepperte. »Ich will doch nur helfen.« Keir klang verletzt.

»Er will doch nur helfen«, wiederholte Lorna versöhnlich. »Männer reden halt oft sinnloses Zeug daher, wenn es Probleme gibt. Können Sie sich aufsetzen? Glauben Sie, dass Sie sich etwas gebrochen haben?«

»Das habe ich gehört«, schnaubte Keir. »Aber machen Sie ruhig so weiter.«

»Gut gesagt.« Joyce schnaufte vor Anstrengung, als Lorna sie vorsichtig hochhievte, damit sie sich aufsetzen konnte. Sie war klein, aber ihr Körper unter der weiten blauen Tunika war stark; das vogelartig gebrechliche Wesen, das Lorna nach ihrem Blick durch den Briefschlitz erwartet hatte, war sie nicht. »Aua! Ich habe mir wohl ein paar blaue Flecken zugezogen, sonst nichts«, fügte sie hinzu. »Mir fehlt nichts.«

»Können Sie die Finger bewegen? Die Zehen?« Die Hände waren arthritisch, aber es wirkte nicht so, als hätte sie sich irgendetwas gebrochen. Lorna untersuchte Joyce' Augen auf Anzeichen für eine Gehirnerschütterung. »Entschuldigen Sie, dass ich Sie so anstarre«, fuhr sie fort. »Aber ich habe einen Erste-Hilfe-Kurs gemacht.«

Die glänzenden Augen nahmen im Gegenzug jedes Detail von Lornas Gesicht auf, unbekümmert darum, ob Lorna das mochte oder nicht. Joyce war mit ihrer markanten Nase, den klaren blauen Augen und den hohen Wangenknochen eher eine attraktive als eine schöne Frau. Ihr Alter trug sie wie die lange Halskette mit dem Türkis – stolz. »Ich lasse mich nicht gerne so anstarren. Da stellt sich unweigerlich die Frage, ob man es mit einer dieser religiösen Fanatikerinnen zu tun hat. Oder ob man Lippenstift an den Zähnen hat.«

Lorna verkniff sich jede Reaktion. Immerhin zeugte der Kommentar davon, dass Joyce keine größeren gesundheitlichen Probleme davongetragen hatte, sondern nur leicht unter Schock stand.

»Soll ich einen Krankenwagen rufen?«, rief Keir durch den Briefschlitz, durch den man seine Augen sah, die Augenbrauen besorgt gerunzelt.

»Warum?«, fragte Joyce verächtlich. »Haben Sie Angst, dass Sie Ärger mit Ihrem Chef bekommen?«

»Nein! Ich sorge mich um Sie, Mrs R. Sie machen es einem nicht leicht, sich um Sie zu kümmern.«

»Haben Sie mich gerade Mrs R. genannt? Sie impertinentes Blag!«

Lorna musste sich ein Lächeln verkneifen.

»Ich würde vorschlagen, dass Sie sich vom Acker machen und Ihre Zeit und Ihre Fürsorge an Leute verschwenden, um die man sich tatsächlich kümmern muss«, fuhr Joyce fort und schaute Lorna an. »Empörend!«

»Soll ich ihn reinlassen?«, fragte Lorna. »Er muss nach Ihnen sehen.«

Joyce schnaubte, dann senkte sie die Stimme. »Mir geht es wunderbar, junge Dame«, erklärte sie. »Ich habe keine Lust, dass diese Leute mich auf dem ›Schirm‹ haben, wie die es ausdrücken. Wie würde es Ihnen denn gefallen, wenn Ihnen ein paar Gutmenschen einreden wollten, wie Sie Ihr Leben zu leben haben?«

Sie schaute ihr direkt in die Augen. Diese Offenheit kannte Lorna von anderen vermeintlichen Tattergreisen, die sehr genaue Vorstellungen davon hatten, wie sie ihr Lebensende gestalten wollten. Betty zum Beispiel. Lorna hatte gewusst, wann sie besser nicht mit ihr stritt.

»Dann lassen Sie ihn herein, damit er in seinen Bericht schreiben kann, dass es Ihnen gut geht«, antwortete sie leise. »Soll ich vielleicht schnell mit Bernard rausgehen? Und wenn ich dann zurückkomme, bestehe ich darauf, dass Keir mit mir zusammen aufbricht.«

Joyce Rothery machte es einem nicht leicht, ihr zu helfen, aber die Frau war auch klug genug, um ein gutes Geschäft zu erkennen.

»Bleiben Sie nicht länger als zehn Minuten«, sagte sie. »Und lassen Sie ihn nicht frei herumlaufen. Neben der Haustür hängt die Leine.«

»Ich ziehe meinen Hut vor Ihnen«, sagte Mary, als Lorna ein paar Stunden später triumphierend zurückkehrte. »Sie haben fertiggebracht, was nicht einmal dem bedeutenden Bürgermeister Barry Williams gelungen ist – sich Zutritt zum Haus von Joyce Rothery zu verschaffen.«

Lorna löste die Leine von Rudys Geschirr. Er trottete zum Schreibtisch, wo er sich in den Korb fallen ließ, den Mary von zu Hause mitgebracht hatte. Keith hatte nicht zugelassen, dass sie sich nach Fudge, dem Cocker Spaniel, einen anderen Hund zulegte, weil man dann zu »gebunden« sei. Nun kam der Korb Rudy zugute, der sich ebenso willkommen fühlen sollte wie Lorna.

»So weit würde ich nicht gehen. Wir haben nicht einmal über ihre Kunstwerke gesprochen. Ich bin nur mit ihrem Hund die Straße entlanggegangen, habe mich aufklären lassen, dass sie Mrs Rothery heißt und nicht Joyce, und habe versprochen, am Wochenende wiederzukommen, um mit Bernard spazieren zu gehen.«

»Mit Bernard?«

»Ihrem Border Terrier.«

Mary zog die Augenbrauen hoch. »Sie sind also jetzt ihre Hundesitterin. Diesen Ansatz haben wir nicht in Erwägung gezogen. Für Rudy dürfte das ja ein netter Ausflug gewesen sein. Wie hat er sich geschlagen?«

»Rudy ist im Auto geblieben. Ich bin mir nicht sicher, ob er für Bernard schon bereit ist.« Lorna fühlte sich hin- und hergerissen. Keir, der Sozialarbeiter, schien sie für jemand anderen zu halten, jemanden, der tatsächlich Mrs Rotherys Hund ausführen sollte, und sie hatte den Irrtum nicht wirklich korrigiert. Vielmehr hatte sie ihn überhaupt nicht korrigiert. Und jetzt regte sich ihr Gewissen. Sollte sie es nachholen? Seine Visitenkarte steckte in ihrer Jacke.

Aber was dann? Er würde sich mit der richtigen Person in Verbindung setzen, und Lorna hätte die Chance vertan, Joyce Rotherys Vertrauen zu gewinnen. Lorna sah es schon vor sich, wie sie sich im Gespräch über ihre Lieblingskünstler näherkamen, die Hunde zu ihren Füßen am Kamin vor sich hin schnarchend. Tja, die Hunde. Abgesehen von Joyce' eigener Kratzbürstigkeit würde es gewisse Mühen kosten, Rudy und Bernard dazu zu bewegen, Freundschaft zu schließen. Aus Rudys Knurren hatte sie jedenfalls geschlossen, dass es besser wäre, Bernard allein auszuführen – vorerst zumindest. Aber ein munterer Kumpel war vielleicht genau das, was der ängstliche Rudy brauchte.

Und wenn Lorna ehrlich war, wollte sie auch gar nichts richtigstellen. Keir wirkte wie jemand, der extrem enttäuscht von ihr wäre, und Joyce würde sie für eine hoffnungslose Opportunistin halten.

»Und was war hier so los, während ich weg war?«, fragte sie stattdessen.

»Belinda Shapiro hat noch mehr von ihren bemalten Weingläsern vorbeigebracht.« Mary zog die Oberlippe hoch und ließ ihr Gebiss sehen, Ausdruck ihres Unbehagens. »Tut mir leid. Ich habe gesagt, Sie würden sie nehmen. Mir fällt es immer äußerst schwer, Belinda etwas abzuschlagen.«

»Wie viele bemalte Weingläser haben Sie denn verkauft?« Lorna zerbrach sich den Kopf, um sich daran zu erinnern, ob sie Belinda Shapiro auf der Verkaufsliste gesehen hatte. Der Name sagte ihr gar nichts. Sie konnte sich auch nicht erinnern, Weingläser gesehen zu haben, bemalt oder nicht.

»Überhaupt jemals?«

»Ja, überhaupt jemals.«

Mary Blick wich ihrem aus. »Na ja ... Erinnern Sie sich an die große Kiste im Lagerraum?«

Sie schauten sich in der leeren Galerie um, die gelben Schafaugen schauten zurück. Wenn die Weingläser nicht ausgestellt waren, um der Dominanz der Bauernhofkunst entgegenzuwirken, dann mussten sie schon ziemlich schlecht sein.

»Ach so, Calum Hardy hat auch angerufen«, sagte Mary und wechselte schnell das Thema. »Er möchte vorbeikommen, um Sie für die Lokalzeitung über Ihre Pläne für die Galerie zu interviewen. Und um über die Kunstwoche zu reden. Und über Sie natürlich.«

»Wann?«, fragte Lorna.

Mary wirkte kleinlaut. »Nun ja ... Anfang nächster Woche?«

»Sehr gut!« Termine waren gut. In wenigen Tagen konnte man eine Menge erreichen, sagte sie sich.

Später am Abend lag Lorna auf ihrer brandneuen Yogamatte und betrachtete die leere Leinwand, die am Kamin im größten ungenutzten Schlafzimmer lehnte. Der Raum sollte leer bleiben, hatte sie beschlossen, ein Refugium für Yoga und Achtsamkeit und vielleicht ein paar künstlerische Inspirationen, die aus der Galerie hochfluteten.

Im Moment fühlte sie sich aber eher überwältigt. Woher wussten Künstler, wie sie beginnen sollten? Wie brachten sie den Mut auf, erstmals den Pinsel auf eine perfekte weiße Fläche zu setzen? Wie fühlte es sich an, die fertige Version im Kopf zu haben und daran zu glauben, sie so auf die Leinwand bannen zu können, dass sie für jeden sichtbar wird? In ihrem Malkurs hatten sie sich auf traditionelle Aktmalerei konzentriert, aber Lorna hatte Stunden gebraucht, um ein Werk auch nur zu beginnen; endlos hatte sie herumprobiert, um die Stifte richtig einzusetzen und Lichteinfall und Perspektive zu bestimmen, während alle anderen munter drauflosskizziert und ihre Visionen wie in einem Zeichentrickfilm zu Papier gebracht hatten. Eine Entschuldigung hatte es nicht gegeben: die besten Lehrer, perfekte Lichtverhältnisse, keinerlei Druck, jede erdenkliche Inspiration durch die Schönheit der italienischen Landschaft.

Und dennoch hatte es in diesen fruchtlosen Jahren nichts Schlimmeres gegeben als die Anfänge. Schon beim ersten Pinselstrich war Lorna bewusst geworden, dass sie niemals in der Lage sein würde, ihre inneren Bilder auf die Leinwand zu übertragen. Kreativität war ein Instinkt, der Ideen wie Wunderkerzen versprühte, der einzigartige Filter der künstlerischen Sicht auf die Welt, wie auch immer man ihn nennen mochte. Ihre Mutter hatte diesen Instinkt gehabt –

Kreativität war ihr Lebenselixier gewesen –, aber Lorna hatte ihn nicht. Sie hatte nicht einmal das Selbstbewusstsein, ihn zu simulieren.

Sie seufzte und schaute in den Nachthimmel und die Sterne, die vom Gitter der wunderschönen alten Schiebefenster eingerahmt wurden. Die Dunkelheit verlieh Lorna ein Gefühl der Freiheit und Schwerelosigkeit, als könne sie in die Nacht entschweben, über die Hügel hinweg in den glitzernden Sternenhimmel. Ohne jemanden an ihrer Seite, der ihr sagen könnte, wer Lorna Larkham war oder was für Anlagen sie hatte, schloss sie im Halbdunkel des stillen Zimmers die Augen und wünschte sich sehnlichst, die in ihrem Innern verborgenen Hoffnungen, Wünsche und Träume würden mit jedem Atemzug aus ihr hinausströmen.

Der leere Raum könnte ihr einen Weg weisen, kreativ zu sein. Wenn sie schon nicht im klassischen Sinne malen konnte wie ihre Mutter, dann könnte sie vielleicht Collagen schaffen? Skulpturen? Abstrakte Bilder?

Nichts geschah. Kein Geistesblitz, kein Funke. Nichts.

Um Himmels willen, was stimmte nicht mit ihr? Da war sie nun, das Herz leer und offen, an einem Ort voller Erinnerungen, einem Ort, der ihr gehörte, zum ersten Mal in ihrem Leben. Sie war allein und hatte alle Möglichkeiten der Welt. Dieses Gefühl, unendliche Möglichkeiten zu haben, diese *Angst* vor ihnen musste doch etwas in ihr auslösen, oder?

Tat es aber nicht. Lorna fühlte sich einfach nur dumpf. Und ein bisschen durstig.

»Vergiss es«, murmelte sie und stand auf, um sich noch einen Tee zu kochen.

5

Als sie am Sonntag wieder nach Much Yarley fuhr, bewaffnet mit Ideen aus dem Internet, wie man Freundschaft zwischen Hunden stiften konnte, hatte Lorna ein merkwürdiges Déjà-vu-Erlebnis. Manche Details der Landschaft kamen ihr bekannt vor, aber ihr war nicht klar, ob sie sich einfach von ihrem letzten Besuch her daran erinnerte – da sie sich nun nicht mehr auf das Navigationssystem konzentrieren musste – oder ob es sich um Kindheitserinnerungen handelte.

Jess und sie hatten kein besonders aktives Sozialleben gehabt – sie selbst jedenfalls nicht. Jess hatte sich praktisch im Moment ihres Umzugs nach Longhampton an Ryan Prothero geklammert, und Lorna war hinterhergetrottet, obwohl auch bei ihr die Schwelle zum Überdruss irgendwann erreicht war. Es wurde noch schlimmer, als Ryan siebzehn wurde und sich sein erstes Auto kaufte. Auf der Rückbank seines Renault Clio zu sitzen, immer wieder dieselbe Runde durch die Einbahnstraßen von Longhampton zu drehen und zuhören zu müssen, wie Ryan und Jess ihre endlose Liste von kitschigen Kosenamen abspulten, war widerwärtig gewesen. Kein Wunder, dass Lorna die Wochenenden lieber in der Bibliothek, im lieblos gestalteten Stadtmuseum oder mit einem kleinen Bummel durch die Straßen Longhamptons verbracht hatte, immer auf der Hut vor den Goths am Kriegsmahnmal.

Ab und an gab Dad ihrer Schwester zehn Pfund, damit sie Lorna zu einem von Ryans Jungbauern-Treffen mitnahm. Streng genommen war Ryan gar kein Jungbauer. Sein Vater hatte ein Unternehmen für landwirtschaftliche Maschinen, das es beiden Protheros ermöglichte, mit dem gleichen Range Rover durch die Gegend zu fahren. Ryans bester Kumpel Sam »Ozzy« Osborne war allerdings in fünfter Generation ein Sohn der Scholle, und so hatten sie Zugang zu einem gut gefüllten Veranstaltungskalender mit Ereignissen wie Wettpflügen und Scheunendiscos, bei denen sich gelegentlich Hühner zwischen die eng umschlungenen Paare verirrten.

Als sie an einer Kuhweide vorbeikam, fragte sich Lorna, ob der Hof von Ozzys Vater in Much Yarley lag. Irgendwie kam ihr der Name bekannt vor. Kühe hatte die Familie in jedem Fall, das wusste sie, weil ihr Ozzy bei einer Disco im Anschluss an ein Wettpflügen ein Geheimnis anvertraut hatte. In einem dunklen Winkel hatte er ihr gestanden, wie froh er sei, dass sein großer Bruder – »Big Ozzy« – den Hof erbte, weil ihn die Vorstellung, Kühe zu züchten, nur um sie anschließend zu schlachten, krank mache. Ozzys Atem, der nach süßem Cider gerochen hatte, hatte sich heiß an ihrem Ohr angefühlt, weil sie sich dicht zu ihm hinübergebeugt hatte, damit es sonst niemand mitbekam. Lornas Magen hatte einen Satz gemacht. Zum einen, weil der Geruch seines Hemds von Lynx-Seife und Teenager so exotisch war, zum anderen, weil er ihr tatsächlich ein großes Geheimnis anvertraut hatte. Lorna hatte nichts über Landwirtschaft gewusst, aber dass Ozzys Vater an die Decke gehen würde, wenn sein Sohn wegen der Kühe zum Vegetarier wurde, war selbst ihr klar gewesen.

Lorna hatte ebenfalls ein Geheimnis gehabt, aber das wollte sie mit niemandem teilen: eine heftige, aber für eine Dreizehnjährige vollkommen unangemessene Schwärmerei für Ozzy, der bereits siebzehn war und in die Oberstufe ging. Sie hatte es nie jemandem erzählt, wem denn auch? Ihre Eltern hatten nie das Gespräch über solche Dinge gesucht, und Jess, die sich gern als ältere Schwester aufspielte, hätte sie womöglich »zu ihrem eigenen Besten« davon abgehalten, sich mit Ozzy zu treffen. Ihre Schulfreundinnen wiederum, die Geigenunterricht nahmen und hübsche Frisuren hatten, hatten über die Jungbauernmeute nur die Nase gerümpft. Lornas Körper hingegen hatte geglüht, sobald sie in Ozzys braune Augen schaute, die so sanft und offenherzig waren wie die der Kühe. Nichts und niemand in Lornas Leben hatte ihr ein solches Empfinden eingeflößt. Sie hatte sich wichtig gefühlt – und warm, als sitze sie in der Sonne. Vertrauenswürdig und verstanden. Und das hatte ihr in gleichem Maße Angst eingejagt, wie es sie innerlich wärmte.

Komisch, wie viel vier Jahre damals ausgemacht haben, dachte sie, als sie die Straße verließ und nach Rooks Hall abbog. Sie war Ozzy in London wiederbegegnet, als sie soeben die demütigende Erfahrung mit dem Kunstkurs hinter sich gebracht und einen Job angenommen hatte, um herauszufinden, was sie mit ihrem Leben anfangen sollte. Sie hatte einen Drink mit ihrer Mitbewohnerin Tiffany genommen, einer Studentin, die als Nanny arbeitete und von ihrer Mutter die Anweisung erhalten hatte, jede Woche in einer teuren Bar einen Cocktail zu trinken, »weil man nie weiß, wem man dort begegnet«. Lorna hätte Ozzy gar nicht wiedererkannt, wenn er es nicht irgendwann aufgegeben hätte, ihren Blick auffangen zu wollen, und zu ihr gekommen wäre. Statt der üblichen Jeans und des karierten Hemds hatte er Anzug und Brille getragen; die dunklen Locken hatte er sich abschneiden lassen. Und als Lorna sagte: »O Gott, Ozzy!«, hatte er das Gesicht verzogen und sie gebeten, ihn »Sam« zu nennen.

Sam. Für sie war er immer Sam gewesen, obwohl sie nie gehört hatte, dass Jess oder Ryan seinen richtigen Namen benutzten. Eigentlich hieß er nicht einmal Sam, sondern Samson. Der richtige Name von Big Ozzy war Gabriel. Ihre Mutter, Mrs Ozzy, war Kirchenvorsteherin, wie bereits viele Mrs Osbornes vor ihr. Noch ein Detail, das Sam ihr anvertraut hatte und das sie wie eine getrocknete Blume in ihrem Herzen verwahrte.

Über den Lärm in der Bar hinwegschreiend, hatte Ozzy – *Sam* – berichtet, dass er mittlerweile bei einem Projektentwickler in Islington arbeitete. Es war laut gewesen und Lorna abgelenkt, weil sie immer darüber nachdenken musste, wie selbstverständlich er seinen städtischen Aufzug trug. Noch stärker hatte es sie abgelenkt, dass sie beim besten Willen nicht wusste, wie sie ihr grässliches Jahr im Ausland schönreden sollte. Nach ein paar Drinks war sein Akzent wieder stärker hervorgetreten. Und als er dann gegangen war, weil er noch eine Verabredung gehabt hatte,

hatte sie den Moment verpasst, um ihn nach seiner Telefonnummer zu fragen oder sich sogar danach zu erkundigen, was er denn noch vorhatte. Sicher ein Rendezvous, hatte sie gedacht, peinlich berührt von ihrer Enttäuschung. Seit dem Tod ihres Vaters hatte sie ihn nicht mehr gesehen. Alle Osbornes waren zur Beerdigung gekommen, in ihrem besten Aufzug, Ozzy – *Sam* – mit einem leicht anderen Teint als sein Bruder Gabe, der mittlerweile den Hof übernommen hatte.

»Ozzy wollte immer fort«, hatte Jess gemurmelt, als sie nebeneinander vor der Kirche gestanden und Hände geschüttelt hatten. »Er wollte nie Bauer werden.«

»Ich weiß«, hatte Lorna gemurmelt. Sie wusste es, weil sie und Sam sich ein Versprechen gegeben hatten, eines späten Abends, bevor die Dinge dann schrecklich schiefgegangen waren.

»Solltest du je zurückkommen und mich hier antreffen«, hatte er gesagt und sich auf den Heuballen gelegt, als sie in den mit zahllosen Sternen gesprenkelten Nachthimmel geschaut hatten, »erschieß mich bitte. Ich verspreche dir, dasselbe mit dir zu tun.« Er hatte so getan, als würde er in die Hand spucken, bevor er sie ihr hinstreckte, und sie hatte sie genommen und geschüttelt und sich gewünscht, zwei Jahre älter zu sein, weil er sie dann vielleicht küssen würde.

Lorna wusste, dass er sich daran erinnerte, denn als die Osbornes sie erreicht hatten, um zu kondolieren, hatte sich Sam vorgebeugt, sie in Londoner Manier auf die Wange küsste und geflüstert: »Heute sollst du mich natürlich nicht erschießen.« Sie hatte lachen müssen, an einem Tag, an dem die Trauer sie aushöhlte. Nur Sam konnte so etwas bewirken.

Wäre es doch nur die letzte Begegnung gewesen. Lorna verzog das Gesicht. Wenn sie an die Sache dachte, wurde ihr immer noch ganz anders. Sie wischte die Erinnerung schnell beiseite, bevor sie sich in ihrem Kopf festsetzen konnte.

Als eine Kuhherde die Straße überquerte, fuhr sie langsamer und blieb schließlich stehen. Die Tiere sahen gut aus, klein und schwarz mit einem dicken weißen Streifen am Körper, wie bei einem Fußballtrikot. Der Mann, der sie auf die Weide auf der anderen Straßenseite trieb, hatte einen Collie dabei, aber sie schienen nicht viel Antrieb zu brauchen. Sie trotteten einfach vorüber, mit den Schwänzen schlagend. Angesichts ihrer friedlichen Mienen erfasste Lorna ein irrationales Gefühl von Neid.

Sie drehte sich um, weil sie ahnte, wie aggressiv Rudy in seiner Panik auf die Herde reagieren würde, aber er saß aufrecht da und beobachtete die Kühe neugierig.

»Aha, schön«, sagte sie. »Mit Kühen hast du kein Problem, aber mit Labradoren? Was ist denn das für eine Logik?«

Rudy wedelte glücklich mit dem Schwanz und ließ einen Furz sausen.

»Denken Sie wirklich, das ist die richtige Gegend für diesen Hund?« Joyce Rothery bedachte Lorna durch den Türschlitz mit einem skeptischen Blick. »Allein von hier aus sehe ich drei Schlaglöcher, in denen der kleine Kerl locker verschwinden könnte.«

Immerhin führten sie die Unterhaltung dieses Mal nicht durch den Briefschlitz. Joyce hatte die Tür gerade weit genug geöffnet, um Lorna mit einem Blick auf den Treppenabsatz zu bannen, während sie Bernard, der ebenfalls neugierig um die Ecke linste, mit dem Bein zurückhielt.

Das Zittern von Bernards Ohren deutete darauf hin, dass sein Schwanz bei der Aussicht auf einen erneuten Spaziergang wild hin und her wedelte. Lorna hoffte, dass er positive Hundeschwingungen aussandte, da Rudy nicht so begeistert wirkte. Und obwohl Border Terrier auf Rudys Shortlist für akzeptable Hunderassen zu stehen schienen, hatte sie für alle Fälle eine Tüte mit Käsewürfeln dabei, um positive Gefühle zu verstärken.

»In der Stadt kann ich nicht mit ihm spazieren gehen«, sagte sie wahrheitsgemäß. »Rudy hat vor fast allem Angst. Seine Besitzerin war eine alte Dame mit Herzproblemen, daher ist sie nicht viel mit ihm rausgegangen. Rudy vermisst sie, und die Natur hier ist ungewohnt für ihn. Das scheint ihn in seiner Entwicklung zurückzuwerfen.«

Joyce' geschürzte Lippen entspannten sich ein wenig. »Armes Kerlchen. Was für gewaltige Veränderungen.«

»Wir tun unser Bestes, nicht wahr?« Rudy schaute unter seinen Augenbrauen zu ihr auf. Sein Fell glänzte mittlerweile wieder, und Lorna hoffte, dass es nicht regnen würde. »Soll ich denn mal mit Bernard losziehen?«

Joyce wirkte weniger überzeugt als vor ein paar Tagen, ob sie ihr Bernard anvertrauen könne. »Was auch immer dieser aufdringliche Störenfried Keir Ihnen erzählt haben mag, ich kann meinen Hund gut selbst ausführen.«

»Natürlich können Sie das.« Lorna versuchte, positiv zu klingen, nicht bevormundend. »Aber Blutergüsse sollten gut ausheilen. Es wäre doch eine Schande, wenn Bernard an den Wänden hochspringen und Ihnen wieder zwischen die Füße geraten würde. Wie geht es Ihnen überhaupt?«

»Jetzt fangen Sie nicht auch noch so an. Mir geht es bestens.«

Gelangweilt vom ewigen Gerede der Menschen, schlängelte sich Bernard, der eine Amsel in einer Hecke entdeckt hatte, an Joyce' Bein vorbei und stürzte sich mit einem fröhlichen Bellen in die Richtung. Wenn Lorna es nicht geschafft hätte, noch schnell einen Finger in sein Halsband zu schieben und ihn zurückzuhalten, wäre er fort gewesen. Sie sah auf. Joyce hatte sich erschrocken an den Türrahmen geklammert und wirkte bei allem Stolz plötzlich verletzlich.

»Wenn ich ihn mitnehme, kann er ein paar überschüssige Energien abbauen«, schlug Lorna vor. »Könnten Sie mir die Leine geben? Oder besser gleich ein Lasso?«

Joyce musterte sie einen Moment, dann sagte sie: »Ich hole sie.«

Während sie fort war, liefen Bernard und Rudy vorsichtig umeinander herum und beschnüffelten sich. Als Joyce mit der Leine, die für einen wesentlich größeren Hund bestimmt war, zurückkehrte, zog sie zynisch eine Augenbraue hoch. »Das ist schon ein komischer Zufall, nicht wahr? Sie übernehmen die Galerie, in der ich meine Bilder ausgestellt habe, und arbeiten gleichzeitig für den Cinnamon Trust.«

Aha! Keir dachte also, dass sie für den Cinnamon Trust arbeitete. Lorna kannte die Organisation, die sich um Hundesitter für ältere Menschen kümmerte, von ihrer Hospizarbeit her. Außerdem hatte Joyce den Brief, den Lorna ihr geschickt hatte, offenbar doch gelesen. Zwei interessante Informationen.

»Ja, nicht wahr?« Lorna lächelte. Dann ermahnte sie sich, keine Lügen zu verbreiten, nur um sich die Sache zu erleichtern. Sie zog ihren Programmentwurf aus der Tasche.

»Vielleicht haben Sie ja Lust, das hier zu lesen. Das sind die Veranstaltungen, die ich für dieses Frühjahr plane, um die Maiden Gallery in der Stadt wieder fest zu verankern. Das Programm enthält auch die Ausstellungen im Rahmen der Kunstwoche. Ich dachte, wir könnten vielleicht …«

Joyce nahm ihr das Blatt aus der Hand und reichte ihr die Leine. »Passen Sie auf, dass Bernard sich nicht mit Füchsen und sonstigem Getier anlegt«, erklärte sie und schloss die Tür.

Rudy und Bernard an der Leine, die wie ein Schlittenhundgespann vorausrasten, ging Lorna über das Sträßchen von Rooks Hall zum öffentlichen Fußweg.

Bernard schien sich bestens auszukennen. Lorna wurde schnell klar, warum Joyce ihr eine Leine gegeben hatte, die auch für ein kleines Pferd taugen würde: Er zog wie ein Hund, der zehnmal größer war als er. Nachdem Rudy ein-, zweimal an seinem neuen Freund geschnüffelt hatte, eilte er ihm freudiger hinterher, als zu erwarten gewesen war. Lorna musste bedeutend größere Schritte machen, um mitzuhalten. Als Bernard einen mit Kies bedeckten Seitenstreifen hinunterstürmte, folgten Rudy und sie ihm nach. Ein paar Hundert Meter verlief der Weg an hohen Hecken entlang, dann machte er einen Knick und führte zu einer Weide, die parallel zum Horizont von einer Baumreihe begrenzt wurde; wie eine Harfe mit schnurgeraden Saiten hob sie sich gegen den blassblauen Himmel ab.

Wunderschön, dachte Lorna, beeindruckt von der Klarheit des Lichts. Sie holte ihr Handy aus der Tasche, um ein Foto zu machen. Der Tag war kühl, und sie musste erst den Handschuh ausziehen, um den Touchscreen zu bedienen.

Beide Rollleinen und den Handschuh in der Hand, war es nur eine Frage der Zeit, bis ein Ruck an einer der Leinen sie aus dem Gleichgewicht bringen würde.

Da Rudy ständig um Bernard herumlief und ihn beschnüffelte, während Bernard wild in der Gegend herumsprang, verhedderten sich die beiden Leinen. Bernard riss Rudy auf eine Weise hin und her, die Rudy klarerweise nicht gefiel. Er legte die Ohren an und stieß ein Knurren aus, das Lorna noch nie von ihm gehört hatte.

»He, he, ihr beiden.« Lorna steckte das Handy in die Tasche zurück. Die Leinen hatten sich nun wieder eingerollt, was es noch schwerer machte, sie zu entwirren. Es gab keine andere Möglichkeit, als die beiden Hunde von der Leine zu nehmen. »Aber ihr rührt euch bitte nicht vom Fleck …«

Kaum hatte sie das gesagt, entdeckte Bernard auf der Weide eine Bewegung und stürzte los. Lornas Finger rutschte aus dem Halsband. Ohne sich noch einmal umzuschauen, raste er über die Wiese, offenbar ein konkretes Ziel im Blick. Lorna blinzelte: ein braunes Kaninchen. Obwohl er mit seinem drolligen steifbeinigen Gang wie ein Teddybär wirkte, schien Mordlust hinter seiner Konzentration zu stecken. Lorna rutschte das Herz in die Hose. »Bernard!«, brüllte sie.

Das Kaninchen war schnell und rannte im Zickzack hin und her, aber der Border Terrier war halb von Sinnen mit seinem Jagdinstinkt. Als sich das Kaninchen in eine Hecke rettete, sprang Bernard hinterher, dann waren sie beide verschwunden.

»Bernard! Komm sofort zurück!«, schrie sie vergeblich, leinte Rudy schnell wieder an und rannte los. Natürlich konnte sie mit den beiden nicht mithalten. Nach ein paar Minuten, in denen sie immer wieder seinen Namen gebrüllt hatte, blieb sie vollkommen außer Atem an der Hecke stehen, wo die beiden verschwunden waren. Die Hände in die Hüfte gestützt, dachte sie darüber nach, was sie nun tun sollte.

Die Weide wirkte leer, aber sie fiel zu einem Wäldchen hin ab, sodass sich irgendwo durchaus Schafe befinden konnten. Die rotteten sich zusammen, wie Lorna wusste, daher war es nicht ausgeschlossen, jeden Moment auf eine ganze Herde zu stoßen. Schnell eilte sie auf das Wäldchen zu. Das Kaninchen war möglichweise in seinen Bau zurückgekehrt, Bernard dicht auf den Fersen.

»Bernard? Bernard!«, rief sie und strauchelte dann, als ein Gewehrschuss die stille Morgenluft zerriss. Dann noch einer. Dann ein dritter. Sie hatte noch nie einen echten Schuss gehört. Es klang härter als im Fernsehen, brutal und metallisch.

Lorna war wie erstarrt, heiße Säure stieg ihr in die Kehle. Sie roch verbrannte Munition, den Geruch des Todes.

Zwei Fasane flatterten aus den Bäumen auf, und ein Mann trat aus dem Wäldchen, ein Schrotgewehr über der Schulter. Lorna nahm an, dass es ein Förster oder ein Bauer war, nach der grünen Jacke und den Stiefeln zu urteilen. Und dem grimmigen Gesichtsausdruck.

»War das Ihr Hund«, rief er und zeigte wild mit seinem Daumen nach hinten, »der da frei über die Weide gelaufen ist?«

War?

»Nein! Ich meine, ja. Haben Sie ihn erschossen?« Ihr wurde übel. O Gott. Was sollte sie Joyce nur sagen? »Sie haben ihn erschossen? Er hat doch nur ein Kaninchen gejagt.«

»Auf einer Weide mit trächtigen Mutterschafen? Klar habe ich auf ihn geschossen, Sie dämliche Kuh.«

Rudy zitterte zu ihren Füßen. Als der Mann auf Lorna zukam, bellte er ihn in seiner Panik an. Schnell nahm sie den kleinen Hund hoch und steckte ihn unter ihre Jacke, wo er sich sicher fühlte. Sie spürte, wie sich seine Angst mit der ihren mischte.

»Wo ist er?« Lornas Beine zitterten, aber sie zwang sich, dem Mann entgegenzutreten. »Hier sind doch gar keine Schafe. Sie lügen.«

»Ja und? Er sollte hier nicht frei herumlaufen.« Der Mann kniff die Augen zusammen, kalte Wut verzerrte sein Gesicht. »Stadtmenschen wie Sie verursachen Schäden von vielen Tausend Pfund …«

»Es war ein Versehen! Es war keine Absicht, dass er nicht angeleint war. Ich bin doch nicht blöd.« Lorna schaute über die Weide und versuchte, nicht in Tränen auszubrechen. Der arme Bernard – so lebendig und verrückt und lieb –, er *konnte* nicht tot sein. »Wo ist er? Sie haben ihn erschossen und einfach sich selbst überlassen?«

Der Mann schürzte verächtlich die Lippen.

»Simon! Oi, Simon!« Bei dem Geräusch eines Motors drehten sie sich beide um. »Ich habe ihn.«

Von der anderen Seite der Weide kam ein Quad über die Grasbüschel gerumpelt. Der Fahrer lenkte mit einer Hand, weil er mit der anderen einen quicklebendigen Bernard im Nacken gepackt hielt. Die Erleichterung durchströmte Lornas ganzen Körper. Sie rannte auf das Quad zu.

»Es tut mir so leid«, rief sie. »Ich führe ihn für jemand

anders aus, und er ist mir weggelaufen. Ich weiß doch, dass es gefährlich ist, Hunde von der Leine zu lassen …«

»Ja, ja. Sie haben Glück gehabt, die Schafe sind auf der oberen Weide. Das Kerlchen hier ist allerdings fast in einem Kaninchenloch stecken geblieben, was?« Er stupste den Hund an, der sich umzudrehen versuchte, um ihn abzulecken.

Der Quadfahrer war jünger als der andere Mann. Sein Bart war dicht und modisch, aber wie jeder Jungbauer, dem Lorna bisher begegnet war, trug er eine Steppweste, ein kariertes Hemd und Jeans. Das einzige Zugeständnis an den bitterkalten Wind war ein blauer Trapperhut, den er sich tief über die dunklen Haare gezogen hatte. Als er ihn mit seiner starken Hand zurückschob und die vom Wind geröteten Wangenknochen zum Vorschein kamen, kniff Lorna überrascht die Augen zusammen.

Die Erkenntnis durchströmte sie orange und rotgolden wie Lava und brachte ihr Inneres ins Wanken. So ist es immer gewesen. Dieses Gesicht war so vertraut und barg gleichzeitig so viele Möglichkeiten – als hätten sie sich in vergangenen Leben in- und auswendig gekannt, nur in diesem noch nicht.

»Ozzy?«, fragte sie.

Er nahm den Hut ab. Er war es. Der Kontrast von dichten, geraden Brauen und braunen Augen mit langen Wimpern war für Lorna immer die perfekte Mischung aus Stärke und männlicher Schönheit gewesen. Aber jetzt waren da dieser Bart, der das alles verdeckte, und eine neue Grobheit. Dass Sam unmerklich zusammenzuckte, ließ darauf schließen, dass ihm diese unerwartete Begegnung vielleicht ein ähnliches Unbehagen einflößte wie ihr.

»*Sam*, falls das nicht zu viel verlangt ist, Lorna«, sagte er ungehalten.

Der Bart war eine halbwegs gelungene Verkleidung, aber Lorna hätte Ozzy allein an seinem Gang erkannt, nachdem er von seinem Quad abgestiegen war. Kleiner und zarter als sein älterer Bruder, hatte er trotzdem eine große physische Präsenz – nicht wirklich trotzig, aber entschieden. Sam beanspruchte den Raum wie ein kleiner Junge, der alle herausforderte, ihm eine reinzuhauen. Kleiner-Bruder-Syndrom hatte er das mal genannt und sich bei ihr erkundigt, ob das Kleine-Schwester-Syndrom ähnlich war.

Lorna hatte das verneint. Sie hatte eher von Jess' Schminkutensilien und ihrer Garderobe profitiert, obwohl Jess das nicht immer gefallen hatte.

»Hallo, *Sam*«, sagte sie und hätte ihn fast in den Arm genommen. Sie konnte gerade noch rechtzeitig die Hand ausstrecken. Dann zog sie schnell den Handschuh aus und hielt ihm die Hand noch einmal hin. Immerhin waren sie alte Freunde. »Hallo.«

Er lächelte vage. Als sich ihre Haut berührte, wurde Lorna sofort wieder von der alten Wärme durchströmt. Nach dem Schock mit Bernard konnte sie keinen klaren Gedanken fassen, daher fiel ihr partout keiner der geistreichen Kommentare ein, die sie Sam Osborne ins Gesicht hatte knallen wollen, sollte sie ihm je wieder über den Weg laufen. Stattdessen verzog sich ihr Mund zu einem törichten Lächeln. Warum lächelte sie, obwohl sein Kumpel so getan hatte, als habe er Bernard erschossen? Warum lächelte sie, obwohl sie sich doch nach ihrer letzten Begegnung geschworen hatte, ihn nie wiedersehen zu wollen?

Ozzy – Sam – kratzte sich am Bart und versuchte krampfhaft, sich ein Lächeln abzuringen. Es fiel etwas schief aus, als würde er sich zu viel Mühe geben, es natürlich wirken zu lassen. Seine Hand war warm, und er hielt die ihre eine Sekunde zu lang fest, bevor er sie schüttelte und wieder losließ.

»Was hatten wir noch gesagt, was wir tun, wenn wir uns hier wieder über den Weg laufen?«, fragte er.

Verdammt, sie war nicht schlagfertig genug. Das wäre ein guter Kommentar gewesen. »Fass dir an die eigene Nase.« Lorna beschirmte ihre Augen gegen die Sonne. Gute Frage, allerdings. Was tat *Sam* hier? Mit Bart? Auf einem *Quad*? »Es tut mir wirklich leid mit dem Hund. Er ist mir versehentlich entwischt.«

Bernard wirkte beneidenswert friedlich in Sams Arm, als könne er keiner Fliege etwas zuleide tun.

Bevor sie ins Gespräch kommen konnten, mischte sich der Mann in der grünen Jacke ein und zeigte auf Lorna. »Wenn wir das nächste Mal einen Hund auf der Weide sehen … *peng.*« Er tat so, als lege er ein Gewehr an, und eilte in Richtung Wäldchen.

»Schon gut, Simon, sie hat verstanden«, rief Sam und wandte sich mit einem Achselzucken an Lorna. »Hier laufen öfter Hunde frei herum, und bald werden die Lämmer geboren. Simon hatte bereits eine Auseinandersetzung mit einem Paar.«

»Und du … arbeitest für ihn?«, fragte Lorna zögerlich.

»Nein. Er ist einer unserer Wildhüter.«

»Und du – hast du ein Projekt hier in der Gegend? Hat dein Chef ein Landgut gekauft?«

»Nein. Sind wir hier beim heiteren Beruferaten? Du kannst mich doch einfach fragen, was ich hier mache.«

Rudy zappelte unter ihrer Jacke. Sie holte ihn hervor, setzte ihn auf den Boden und leinte ihn demonstrativ an. »Warum bist du nicht in London und erklärst unfähigen Leuten wie mir, wie man ein Unternehmen führt?«

Mist, das hatte sie nicht sagen wollen. Vor allem hatte es nicht so schnippisch klingen sollen. Aber jetzt war es heraus. Genau die falschen Worte, in einem bitteren Tonfall.

»Hoppla.« Sam trat einen Schritt zurück und hob die Hände. »Deinen Worten entnehme ich, dass du nicht mehr in der großen Stadt auf Kunst machst.«

»Nein«, sagte Lorna. »Das Schiff ist abgefahren. Wie die *Titanic*.«

Er lächelte unbehaglich.

»Du hattest recht.« Lorna bemühte sich um einen herablassenden Tonfall. »Falls es dich freut. Die Kosten waren tatsächlich gigantisch, und vielleicht habe ich auch ein paar … Fehlentscheidungen getroffen.« Wohl eher eine ganze Menge. »Aber man lernt ja nie aus. Immerhin war es eine … Erfahrung wert.«

Er zuckte mit den Achseln. »Ich bin ein Mann der Zahlen, das ist alles. Zu allem anderen maße ich mir kein Urteil an.«

Schlechte Idee, Geschäft und Vergnügen zu vermischen. Die Erinnerung kehrte schmerzhaft wie ein Bienenstich zurück. Sein Tonfall, sein rotes Gesicht, das Unbehagen, die schiere Peinlichkeit der Situation.

Sie schauten sich an, umgeben von Weiden und Vögeln und weitem Himmel. Das war so anders als ihre letzte Begegnung, dass Lorna sich das Gespräch von damals noch einmal in Erinnerung rufen musste. In London waren sie von selbst gebrautem Gin, tätowierten Hipstern und lauter Musik umgeben gewesen. Lorna hatte das Treffen

99

vorgeschlagen, um Sam wegen einer Geschäftsidee um Rat zu fragen – einer Pop-up-Galerie in einem Ostlondoner U-Bahn-Bogen, wo sie von Graffiti inspirierte Kunst vertreiben wollte –, aber auch weil sie ihn wiedersehen wollte, als Erwachsene mit ihrem neuen erwachsenen Selbstbewusstsein. Sein Rat war eindeutig gewesen, andererseits ... Lorna verdrängte die Gefühle, mit denen die Erinnerungen getränkt waren. Damals hatte sie sich beherrscht, bis er das Restaurant verlassen und auf dem Weg hinaus diskret die Rechnung bezahlt hatte. Auf dem Heimweg hatte sie sich geschworen, ihm zu beweisen, dass er unrecht hatte. Tief im Innern hatte sie allerdings geahnt, dass er wusste, wovon er sprach. In jeder Hinsicht.

»Falls es *dich* freut«, erklärte er, »ich bin nicht erpicht darauf, recht zu behalten. Im Übrigen musst du gar nicht raten, was ich hier mache. Ich bin zurück. Es ist unser Hof«, fügte er hinzu und nickte angesichts ihres verwirrten Gesichts zu dem Hügel hinüber. »Wie viel von deinem alten Leben hast du ausgeblendet? Weißt du nicht einmal mehr, wo ich wohne?«

»Nein.« Lorna schaute in die Richtung und konnte gerade so die Spitzen eines Backsteingebäudes am Horizont ausmachen. »Ich war nie auf eurem Hof.«

»Doch! Du warst beim letzten Wettpflügen auf unserem oberen Feld.«

»Das war euer Feld? Für mich sehen die alle gleich aus. Verwechselst du mich vielleicht mit meiner Schwester? Die hat immer so getan, als würde sie sich fürs Wettpflügen interessieren.«

»Nein«, sagte Sam trocken. »Ich kann aufrichtig behaupten, dass ich dich nie mit Jess verwechselt habe.«

»Aber warum bist du hier? Machst du Urlaub? Du bist doch nicht für immer zurück. Da müsste es doch mit dem Teufel ...« Lorna unterbrach sich. Das Lachen blieb ihr in der Kehle stecken.

Vielleicht war ja wirklich etwas Teuflisches geschehen. Es musste schon etwas Schlimmes passiert sein, um Sam aus London zurückzulocken.

»Es müsste mit dem Teufel zugehen, wolltest du sagen?« Er schaute sie an, ohne mit der Wimper zu zucken.

»Ja.« Sie zögerte. »Vermutlich. Tut mir leid, Sam. Ist alles in Ordnung?«

Sam hielt ihrem Blick eine Weile stand, dann schaute er auf seine Stiefel hinab. »Dad ging es eine Zeit lang nicht gut, und Gabe hat den Hof übernommen. Letzten Sommer ist dieser dämliche Kerl dann in eine Ballenpresse geraten. Er lag zwei Monate im Krankenhaus und hat dann erklärt, er könne nicht mehr Vollzeit arbeiten. Also hat Dad mich angerufen. Komm zurück, oder ich verkaufe den Hof, lautete die Botschaft im Wesentlichen. Der Hof befindet sich seit vier Generationen in Familienbesitz, daher ...« Der Dialekt der Gegend hatte sich wieder in seine Aussprache geschlichen, gewundener, weicher und mit einer entschuldigenden Note, als wisse er nur zu gut, dass Lorna klar war, dass er nicht wirklich so sprach. Sam hatte nie so stark Dialekt gesprochen wie Ryan oder sein Bruder, selbst vor seinem Umzug nach Fulham nicht.

»Oh. Aha. Armer Gabe. Ich nehme an ... Aber nett von dir.« Lorna wusste nicht, was sie sagen sollte. Das ergab alles keinen Sinn. Klar, Sam wollte seiner Familie helfen, aber als Bauer? Mit Kühen? Früher hatte er alles getan, um nicht auf dem Hof sein zu müssen, wenn der Viehwagen für den Markt kam. Und jetzt telefonierte er höchstpersönlich mit dem Schlachthof?

»Ist es denn immer noch eine ... Rinderfarm?« Sie konnte sich nicht erinnern, ob es sich um Milch- oder Schlachtvieh handelte. Ihr war nur in Erinnerung, dass Ozzy von den Gumminuckeln für die Kälber geredet hatte und von der spielerischen Freude, mit der selbst die älteren Kühe ihre Hufe in frisches Stroh schlugen.

»Ja. Früher hatten wir Milch- und Schlachtvieh«, sagte Sam, als hätte er ihre Gedanken gelesen. »Aber die Milchwirtschaft haben wir abgewickelt. Unter den Bedingungen der Massenproduktion wirft sie nicht genug ab.« Er betrachtete Bernard, der am Zipfel seiner Weste lutschte. »Wir diversifizieren.«

»Toll!« Lorna wusste immer noch nicht, was sie sagen sollte. Es war so ... merkwürdig, Sam hier zu sehen, so unvermittelt. Es stürzte sie in eine gewisse Verlegenheit, und Sam wirkte auch nicht viel entspannter. Das entsprach keinem der vielen Szenarien, die sie im Geiste durchgespielt hatte.

Ihr Instinkt sagte ihr: *Verschwinde von hier, aber sofort,* daher beschäftigte sie sich schnell mit Bernards Leine. Rudy wartete geduldig zu ihren Füßen und schnüffelte interessiert an der Erde herum. Vermutlich war er zum ersten Mal auf einer Schafweide. Schafkot schien ihn nicht zu ängstigen. Und Sam schien ihn auch nicht zu ängstigen, wie Lorna registrierte. »Aber lass dich nicht von der Arbeit abhalten, du hast ja offenbar zu tun.«

Sam setzte den Terrier auf den Boden und hielt ihn am Halsband fest, bis Lorna die Leine eingehakt hatte. »Und warum bist *du* hier?«, erkundigte er sich beiläufig.

»Ich habe eine Kunstgalerie gekauft.«

»Soll das ein Witz sein? Schon wieder?«

»Andere Zeit, anderer Ort. Diesmal weiß ich, dass es funktioniert.« Sie drückte den Rücken durch und spürte selbst, dass sie in die Defensive ging. Von ihrem Einjahresplan musste Sam nichts wissen.

»Nun, du weißt ja, an wen du dich wenden kannst, wenn du einen Rat brauchst, den du ignorieren kannst.«

Lorna zwang sich, die Mundwinkel hochzuziehen. Davon wollte sie nichts mehr hören. »Wunderbar. Und du weißt, wo du hinkommen kannst, wenn du Kunst suchst, die du für Schund hältst. Aber jetzt ...«, sie kreiste mit den Armen, um das Gespräch zu beenden, »... muss ich zurück. War schön, dich gesehen zu haben. Tut mir leid mit dem Hund. Wird nicht wieder passieren.«

»Lorna, nun sei doch nicht ...«, begann er, weil sich die Stimmung spürbar verändert hatte. Dann schien ihn selbst Unbehagen zu befallen. »Schön, *dich* gesehen zu haben. Lass uns mal einen trinken gehen, dann können wir austauschen, was wir so alles erlebt haben.« Sam hob die Hand, um seine Augen vor der Sonne zu schützen. Es war schwer zu erkennen, ob er es ernst meinte. »Ich habe schon Ewigkeiten nichts mehr von Ryan gehört. Würde mich interessieren, was die Protheros so machen.«

»Kinder in der Gegend herumkutschieren, im Wesentlichen«, sagte sie. »Es dreht sich alles um Logistik.«

»Toll.« Sam lächelte, natürlicher diesmal. Die Winkel seiner braunen Augen kräuselten sich. Er sah älter aus. Die dichten Brauen passten nun besser zu seinem Gesicht, und der Bart verlieh ihm eine Seriosität, die ihm bereits zu eigen gewesen war, bevor sein Körper aufgeholt hatte.

Lorna fragte sich, ob sie auf Sam auch älter wirkte oder ob er in ihr immer noch die nervige kleine Schwester sah, die so tat, als möge sie starken, selbst gebrauten Cider. Hatte sie je etwas gesagt, was Sam fast zwanzig Jahre lang in Erinnerung geblieben war, so wie ihr sein Bekenntnis zu den Kühen? Nein, spontan erinnerte er sich nur daran, dass sie sich vorgenommen hatte, hier zu verschwinden. Aber da war sie nun wieder.

Nicht nur das Geheimnis mit den Kühen, sondern abertausend Fragmente waren ihr in Zusammenhang mit Sam wie Splitter im Kopf stecken geblieben: Tausende von Kommentaren, Blicken, Scherzen, Liedern, Abenden, die sich angesammelt und ihrem Gedächtnis eingebrannt hatten. In ihrem komplexen Selbstbild war er immer präsent gewesen. Seine Wahrnehmung jener Jahre wich vermutlich stark davon ab. Jeder hatte eine andere Sicht aufs Leben. Vermutlich war es nur gut, dass man nicht wusste, wie gering die Rolle war, die man in der Vergangenheitsversion anderer Leute spielte.

Lorna hob die Hand. »Tschüss, Sam.« Dann machte sie sich mit ihren beiden Hunden auf den Weg, bevor sie den Moment durch einen unbedachten Kommentar verderben konnte.

6

Es war das höflichste Nein, das Lorna je zu hören bekommen hatte, so höflich, dass Lorna dachte, Joyce würde am Ende doch noch Ja sagen. Es wäre eine perfekte Geschichte für den Katalog: Nachdem Lorna Larkham den Hund Bernard vor dem Tod durch Erschießen bewahrt hatte, konnte sie Joyce Rothery dazu überreden, einer Retrospektive in der neu gestalteten Maiden Gallery zuzustimmen …

Aber Joyce hatte Nein gesagt. Ein nicht verhandelbares Nein. Als Lorna den Border Terrier abgeliefert hatte, hatte sie Joyce gefragt, ob sie ihre Ideen zur Kunstwoche studiert und über ihren Brief wegen einer Retrospektive nachgedacht habe, und die Antwort war kurz und bündig.

»Normalerweise lese ich Briefe gar nicht«, erklärte Joyce sachlich, »aber da Sie so nett zu Bernard sind, möchte ich ganz ehrlich mit Ihnen sein, Miss Larkham: Ich bin nicht an Ausstellungen oder Retrospektiven oder wie auch immer Sie es nennen wollen, interessiert. Unter diesen Teil meines Lebens habe ich einen Strich gezogen. Ich bin keine Künstlerin mehr. Danke für Ihr Interesse, aber wenn das der eigentliche Grund für Ihre Spaziergänge mit Bernard war, dann stelle ich es Ihnen frei, fortan nicht mehr zu kommen.«

Lorna wusste nicht, was sie sagen sollte. Sie stammelte, das sei vollkommen in Ordnung, sie verstehe das schon. Gleichzeitig hatte sie das Gefühl, dass es ein Fehler war, überhaupt gefragt zu haben. War man nicht für immer Künstler? Ihre Mutter war nie etwas anderes gewesen, ihre Kreativität hatte sie aufgesogen, von dem Moment, da sie morgens aufgewacht war, bis zum letzten Gedanken vor dem Einschlafen, und das bis zum letzten Augenblick ihres Lebens. Sie hätte sich gar nicht davon freimachen können.

Und die Unterstellung, dass sie nur mit Bernard spazieren ging, um Joyce gewogen zu stimmen, ließ sie schaudern.

»Diese alte Schachtel!«, sagte Mary, als Lorna davon berichtete. Dann wirkte sie verlegen. »Tut mir leid, das war gemein von mir. Es ist natürlich Joyce' Entscheidung. Und? Werden Sie es tun?«, fragte sie. »Werden Sie die Spaziergänge mit Bernard einstellen?«

»Kann ich ja wohl schlecht, oder?« Lorna griff in die Keksdose, Marys Trost in schwierigen Zeiten. »Dann würde ich ja wie eine Opportunistin dastehen! Nein, natürlich werde ich an den Spaziergängen festhalten. Das macht viel Spaß, und Rudy scheint sich mit Bernard gut zu verstehen. Für ihn ist es von Vorteil, irgendwo zu sein, wo man nicht viele Menschen trifft.«

Sam auf seinem Quad kam ihr in den Sinn. Sie waren sich begegnet und hatten die Irritationen ausgeräumt, aber Lorna war hier, weil sie Luft zum Atmen brauchte. Sie wollte sie selbst sein und nicht die Fäden der Vergangenheit wieder aufnehmen. Weitere Vorträge darüber, was sie mit ihrem Leben anfangen sollte, konnte sie nicht gebrauchen.

»Na ja, Sie haben es jedenfalls versucht. Und es gibt ja auch noch andere Spitzenkünstler in unserer Kartei.« Mary bürstete Krümel von ihrem Schal, der verdächtige Ähnlichkeit mit den unverkäuflichen bedruckten Seidenschals hatte, die Lorna im Lager entdeckt hatte, gleich unter der Kiste mit den unverkäuflichen bemalten Weingläsern.

»Jetzt muss ich Calum Hardy etwas anderes anbieten«, sagte sie düster.

»Ihnen wird schon etwas einfallen!« Mary zeigte in den Eingangsbereich der Galerie. »Ach, übrigens, heute Morgen habe ich eine Menge reizender Kommentare zu Ihrer Schaufenstergestaltung erhalten!«

Lorna hatte den gesamten Sonntagnachmittag damit zugebracht, das große Schaufenster der Galerie umzugestalten. Nun zeigte es die wenigen Stücke aus dem Lager, die nichts mit Landwirtschaft zu tun hatten: ein paar Seestücke in Collagentechnik von einem pensionierten Pastor aus Much Langton – von ihm selbst als »Zufallsinszenierung des Gefundenen und Konstruierten« charakterisiert –, dann vier blaue Porzellanschalen, die Lorna mit polierten Kieseln und schaumartigem Gipskraut gefüllt hatte, und ein paar Muschelstudien in pastellfarbenen Rahmen. Um den Eindruck abzurunden, hatte sie eine ihrer eigenen kunsthandwerklichen Schöpfungen in die Mitte gehängt: den Schwanz einer Meerjungfrau, den sie vor ein paar Jahren bei einem abendlichen Strickkurs fabriziert hatte.

»Was ich noch fragen wollte«, fuhr Mary fort, »wo haben Sie denn den hübschen Meerjungfrauenschwanz gefunden? Den kenne ich gar nicht. Ich bin mir sicher, dass ich mich erinnern würde, wenn ich so etwas verkauft hätte.«

»Der ist von mir.« Lorna musste zugeben, dass er nur so gut gelungen war, weil die Kursleiterin ihr geholfen hatte … beträchtlich sogar. Die Schuppen waren mit melierter Wolle gestrickt, außerdem hatte Lorna in unregelmäßigen Abständen glitzernde Pailletten darauf verteilt. Es war der Versuch gewesen, einen kreativen Funken freizusetzen, wenngleich durch Orientierung an einem Muster. »So schwer, wie es aussieht, ist es gar nicht«, fügte sie hinzu.

»Er ist wunderschön.« Mary strich bewundernd über die Schuppen. »Wissen Sie was, ich würde ihn am liebsten selbst kaufen, für meine Enkeltochter. Bekomme ich einen Mitarbeiterrabatt?«

»Darüber wollte ich sowieso mit Ihnen reden. Sollte nicht *ich* es sein, die *Sie* für Ihre Arbeit hier bezahlt?« Dass Mary weiterhin in der Galerie war, ohne einen Cent dafür zu bekommen, war Lorna ein Dorn im Auge. Sie wollte sie ja nicht ausnutzen. »Ich weiß, dass wir nicht viel zu tun haben, aber Ihre Hilfe ist sehr wertvoll für mich, und …«

Mary winkte ab. »Ach Quatsch, das macht doch Spaß, wenn man sich nicht um die Rechnungen kümmern muss. Sie können mich in Meerjungfrauenschwänzen bezahlen – wenn der Herr vor dem Schaufenster ihn mir nicht vor der Nase wegschnappt. Schauen Sie nur! Er betrachtet ihn schon seit Ewigkeiten. Huhu! Warum kommen Sie nicht herein?«

Huhu. Lorna musste innerlich lächeln. Wer sagte schon noch »Huhu«? Das Lächeln verging ihr, als sie erkannte, wer der Herr vor der Galerie war.

Es war Keir Brownlow. Er schaute sie direkt an und wirkte ziemlich sauer.

»Mary«, begann sie. »Ich glaube nicht, dass er …«

Im nächsten Moment hatte Mary aber bereits die Tür geöffnet und Keir praktisch hereingezerrt. »Kommen Sie«, sagte sie. »Möchten Sie den Meerjungfrauenschwanz nicht aus der Nähe betrachten? Er sitzt wie maßgeschneidert.«

Lorna erstarrte. Keirs freundliches Gesicht war knallrot, und er schaute so wütend, wie es ihm überhaupt nur möglich war. Er schien sich in seiner Haut nicht wohlzufühlen. Schließlich befreite er sich aus Marys Fängen. »Eigentlich wollte ich mit Ihrer Kollegin sprechen.«

»Ah! Sie heißt Lorna und ist die Besitzerin der Galerie.« Mary zwinkerte ihr theatralisch zu. »Und die Strickkünstlerin höchstpersönlich. Ich lasse Sie beide mal allein.«

Sie verschwand im Hinterzimmer, eine Wolke White Linen hinter sich herziehend.

Keir und Lorna musterten sich stumm. Schließlich fragte er mit einer klagenden Stimme, die seine Enttäuschung nicht verbergen konnte: »Sie wissen, warum ich hier bin, nicht wahr?«

»Nein. Gibt es ein Problem?« Lorna mochte es gar nicht, wenn sie bei etwas Unerlaubtem ertappt wurde.

»Denken Sie nicht, dass es ein Problem ist, wenn sich jemand als jemand anders ausgibt, um Zugang zu einer wehrlosen Person unserer Gemeinde zu bekommen?«

»Ich bin mir nicht sicher, was Sie …«

»Sie kommen nicht vom Cinnamon Trust.« Er ballte die Fäuste. »Oder?«

Keirs verletzte Miene schien die Hoffnung auszudrücken, dass sie ihn vom Gegenteil überzeugen konnte. Lorna fragte sich unwillkürlich, wie schnell sie sich dort bewerben könnte, damit ein »Doch« keine Lüge wäre.

Jess' vorwurfsvolle Miene stand ihr vor Augen.

»Nein«, gab sie zu. »Bin ich nicht.«

»Als Sie mich in der Annahme belassen haben, Sie wären jemand, der alle Sicherheitsüberprüfungen durchlaufen hat und die nötigen Empfehlungen mitbringt, damit ich Ihnen Zugang zum Haus einer Kundin gewähre, haben Sie mich und damit auch die Sozialbehörden willentlich und vorsätzlich getäuscht. Das ist eine Straftat.«

»Jetzt machen Sie mal halblang.« Lorna hob die Hände. »Haben Sie mich nach einem Ausweis gefragt? Haben Sie den Namen Cinnamon Trust auch nur erwähnt? Ich war aus absolut legitimen Gründen in Rooks Hall. Sie sind es doch, der die nötigen Überprüfungen nicht vorgenommen hat. Wenn hier jemand Mist gebaut hat, dann Sie.«

Keir wand sich, aber er war noch nicht fertig. »Sie haben mir auch nicht widersprochen. Das nennt man Lügen durch Verschweigen. So gehen Hochstapler vor. Sie erschleichen sich das Vertrauen schutzloser Personen, um diese dann, wenn sie sich auf den Täter eingelassen haben, um ihre Ersparnisse zu bringen. Schlimmer noch: um ihr Vertrauen in die Menschheit! Und das ist für schutzlose Personen wie Mrs Rothery noch viel kostbarer.«

»Nun kommen Sie schon – sehe ich wie eine Trickbetrügerin aus?« Die Schutzlosigkeit von Joyce Rothery, der es nach eigenem Bekunden blendend ging, stellte sie nicht infrage.

»In jedem Fall haben Sie mich in die Irre geführt«, erwiderte Keir, als wäre er der Inbegriff des gewieften Sozialarbeiters.

Lorna unterdrückte ein Schnauben, um ihn nicht in seinem Stolz zu verletzen. »Ich hatte nicht vor, jemanden zu hintergehen … Hören Sie! Joyce hat die meisten Gemälde über unsere Galerie verkauft.« Sie verwies auf die Räumlichkeiten. »Deshalb war ich da. Ich wollte mit ihr darüber reden, ob wir nicht ihr Gesamtwerk hier ausstellen sollten.«

»Ihr Gesamtwerk?«

»Ja«, sagte Lorna geduldig. »Joyce Rothery ist eine bedeutende Malerin der Gegend. Haben Sie die Bilder in ihrem Haus nicht gesehen?«

»Nicht wirklich. Ich habe das Haus ja nie betreten dürfen. Sie fertigt mich immer auf dem Treppenabsatz ab.« Keir wurde merklich kleinlaut. In diesem Moment erschien Mary mit einem Tablett.

»Trinken Sie eine Tasse Tee und beruhigen Sie sich«, sagte Lorna. »Lassen Sie uns später darüber reden.«

Keir schob die dicke Brille hoch und stellte seine Umhängetasche neben eine Vitrine. Die Tasse, die Mary ihm reichte, umfasste er mit beiden Händen, als sei sie ein kostbares Geschenk. Dann ließ er sich auf einen der gepolsterten Hocker sinken, die eigentlich Ausstellungsstücke waren. Dass er wackelte, fiel ihm gar nicht auf.

Mary wollte ihn hochscheuchen, aber Lorna schüttelte den Kopf. Wenn der Hocker zusammenbrach … dann brach er eben zusammen. So toll war er ohnehin nicht, und Mary machte auch keine Anstalten, ihn an seinen Schöpfer zurückzugeben.

»Wegen Ihnen habe ich eine Menge Ärger«, stöhnte er. »Während unseres Besuchs bei Mrs Rothery hat die eigentliche Ehrenamtliche in meinem Büro angerufen, um sich zu entschuldigen, dass sie nicht kommen könne. Als ich zurück war und meiner Chefin erzählte, ich hätte die Hundesitterin getroffen, die sehr nett sei und sich in Notfällen auch Zugang zu Häusern verschaffen könne – raten Sie mal, wer da ziemlich blöd dastand?« Er zeigte auf sich, für den Fall, dass sie es nicht begriffen hatte.

»Wieso sollten Sie blöd dastehen?«, fragte Lorna. »Wir haben Joyce davor bewahrt, ewig auf dem kalten Boden in ihrem Hausflur herumzuliegen. Ist es da nicht egal, wer ich bin?«

»Klar! Absolut! Ich habe mir eine einstündige Lektion über Vertraulichkeit, Kundensicherheit und Betreuerpflichten anhören müssen.« Nun, da sein Zorn verraucht war, schien Keir den Tränen nahe. »Fast hätte ich mir ein Disziplinarverfahren eingehandelt. Man hat mich inoffiziell verwarnt, und dies ist meine erste Stelle. Ich habe spät studiert«, fügte er hinzu, bevor sie nachfragen konnte. »Ich bin nicht mehr feucht hinter den Ohren.«

»Aber warum haben Sie Ihrer Chefin überhaupt erzählt, dass ich uns Zugang zum Haus verschafft habe? Sie hätten doch einfach behaupten können, Sie hätten den Schlüssel gefunden.«

»Weil ich ihn nicht gefunden habe!« Er riss die Augen auf. »Ich musste doch Mrs Rotherys Sturz und meinen Besuch und den Ausgang dokumentieren. Was, wenn Mrs Rothery die Sache gemeldet hätte?«

»Das ist richtig, Lorna«, mischte Mary sich ein. »Man darf nicht schwindeln. Was, wenn hinterher irgendetwas gefehlt hätte? Oder wenn Joyce Anzeige erstattet hätte? Meine Freundin Benita musste vor Gericht gehen, um die Ersparnisse ihrer Mutter von der Reinigungskraft zurückzubekommen, die der Putzdienst geschickt hatte. Das war übrigens nicht das erste Mal, dass sie so etwas tun musste. Die Sozialarbeiterin hat ihren Job verloren, weil sie die Referenzen nicht kontrolliert hat.«

Aus Keirs Gesicht wich jede Farbe.

Als Lorna aufschaute, sah sie gerade noch, wie sich ein Paar der Galerietür näherte und angesichts des Dramas im Innern schnell wieder kehrtmachte. »Es tut mir leid, dass Sie wegen mir Ärger bekommen haben«, sagte sie. »Falls es Ihre Chefin beruhigt, können Sie ihr mitteilen, dass ich ein amtliches Führungszeugnis besitze. Ich habe in den letzten Jahren ehrenamtlich in einem Hospiz gearbeitet.«

»Was für eine Art von Arbeit?« Keir kniff die Augen zusammen.

»Ich habe Patienten besucht, die keine Angehörigen oder Freunde hatten.« Sie nahm ihren Notizblock von der Ladentheke, schrieb Kathryns Kontaktdaten aus ihrem Handy ab und reichte ihm den Zettel. »Kathryn ist die Oberschwester. Sie wird Ihnen bestätigen, dass ich nicht die Angewohnheit habe, alte Damen auszurauben. Sie wird sich auch dafür verbürgen, dass ich eine fähige Hundesitterin bin.«

Er schaute auf den Zettel. »Danke. Ich werde Kathryn anrufen, wenn es Ihnen recht ist. Dann kann ich Sally wenigstens sagen, dass ich mich über Sie informiert habe.«

»Richten Sie ihr aus, Rudy lässt herzlich grüßen.« Lorna bemühte sich um ein vages Lächeln. »Und dass wir seine nervösen Blähungen fast geheilt haben.«

Keir nahm die Brille ab und putzte sie. Mit seinem blonden Stoppelhaar, den runden Augen und dem nervösen

Blinzeln sah er wie ein Meerschweinchen aus. »Tut mir leid, dass ich mich so echauffiert habe. Ich bin vollkommen ausgelaugt. Schon an einem gewöhnlichen Tag ist es schwer, mit Mrs Rothery klarzukommen. Vermutlich ist es nicht übertrieben, wenn ich sage, dass ich bei ihr gelandet bin, weil alle anderen es aufgegeben haben.«

»Gott liebt die Beharrlichen«, sagte Mary. »Und es wird Sie freuen zu hören, dass Lorna Mrs Rotherys Hund trotzdem weiter ausführt.« Sie hielt ihm die Keksdose hin. Keir nahm zwei Schokoladenkekse. »Ihre eigentliche Mitarbeiterin hat also Zeit, jemand anderem zu helfen.«

»Darf ich Sie dann auf die offizielle Hundesitter-Liste setzen?«, fragte er. »Wir arbeiten mit dem Cinnamon Trust zusammen, aber ich habe auch mein eigenes Projekt – als Teil meiner endgültigen Bewertung.«

»Warum nicht?«, sagte sie, da sie es noch nicht geschafft hatte, Kontakt zu den Hospizen der Gegend aufzunehmen. Es würde ihr Zeit sparen.

»Wunderbar! Wir nennen das Projekt ›Operation Walkies‹. Viele unserer älteren Kunden haben Hunde oder Katzen. Um ehrlich zu sein, kümmern sie sich um ihre Haustiere wesentlich besser als um sich selbst. Viele denken auch, dass es das Aus bedeutet, wenn wir mal einen dreckigen Teller in ihrer Spüle finden, weil wir sie dann ohne Umschweife in ein Pflegeheim verfrachten. Aus diesem Grund lassen sie uns nicht ins Haus.« Keir wirkte jetzt munterer. »Sally, meine Chefin, hatte also die großartige Idee, dass wir unsere Kunden mit Hundesittern oder Katzen... Katzenkraulern – oder was auch immer man mit Katzen anstellt – zusammenbringen und so ein Auge auf sie haben. Ganz diskret natürlich.«

»Sie setzen die Hundesitter als Spione auf die alten Leute an?«, rief Mary.

»Nein, nein! Nicht doch … Na ja, doch.« Keir tunkte mit schuldbewusster Miene seinen Keks in den Tee. »Aber aus einem ehrbaren Motiv heraus. Und die Hunde bekommen ihren Auslauf. Es profitieren also alle davon.«

»Das ist bestimmt eine gute Idee«, sagte Lorna. »Das Hospiz hat versucht, den Patienten ihre Haustiere so lange wie möglich zu lassen. Auf diese Weise habe ich auch Rudy kennengelernt. Er hatte eine ganze Reihe von Freunden im St Agnes, nicht wahr?« Rudy lag in seinem Korb, das Kinn auf den Rand gestützt, sodass seine Schnauze darüber hinausragte. Er musste sich immer noch von dem Ausflug mit Bernard erholen. »Wir hatten auch einen Therapiehund, den die Leute streicheln konnten und der im Übrigen einfach durch seine stille Anwesenheit geglänzt hat.«

Lorna musste an Joyce denken, die in ihrem einsamen Cottage mitten im Niemandsland hauste, nur mit Bernard als Gesellschaft. Wie würde man erfahren, wenn sie noch einmal stürzte? Wie viele ältere Menschen lebten so? »Mir würde es nichts ausmachen, noch mehr Hunde auszuführen, wenn sie in der Nähe wohnen. Mit Rudy muss ich ja sowieso raus.«

»Aber keine großen Hunde.« Mary nickte besorgt zu Rudy hinüber. »Mein kleines Kerlchen dort ist nämlich sehr nervös. Entschuldigung«, sagte sie zu Lorna. »Keith will keinen Hund mehr. Er behauptet, er findet immer noch Haare von Fudge im Haus.«

Lorna hatte schon eine ziemlich klare Vorstellung von Keith, dafür, dass sie Mary noch gar nicht lange kannte.

Joyce' Weigerung, sich an der Kunstwoche zu beteiligen, brachte Lorna in die Bredouille, da ja für später am Tag das Treffen mit Calum Hardy anstand.

Mit Marys Hilfe, Internetrecherchen und jeglichem Material, das sie über vergangene Kunstwochen auftreiben konnte, hatte Lorna alle möglichen Ideen gesammelt, um Ersatz für den ursprünglichen Retrospektiven-Plan zu schaffen – der ihr nun reichlich anmaßend vorkam. Was hatte sie sich nur dabei gedacht? Natürlich hatte Joyce jedes Recht, sich dagegen zu entscheiden. Das Beste, was ihr einfiel, war von einem alten Spielchen ihrer Mutter inspiriert, das sie immer mit ihr und Jess gespielt hatte – mit gemischten Ergebnissen, an die sich Lorna nicht gerne erinnerte.

»Jeder bekommt Stift und Papier«, erklärte sie Mary, als sie in einer Kiste mit aus Löffeln hergestelltem Schmuck kramten, »dann müssen sich alle wechselseitig malen.«

Mary hielt inne. »Aha.« Sie klang skeptisch. »Und was, wenn man nicht gut malen kann? Ich kriege keine Nasen hin, absolut unmöglich.«

»Es geht nicht darum, die Personen naturgetreu zu erfassen«, stellte Lorna klar. »Man soll den Charakter der Menschen zu treffen versuchen. Wir werden einen richtigen Künstler in die Galerie holen, der die Besucher malt. Die Besucher wiederum sollen den Künstler malen. Das ist … konzeptionell und lokal.«

»Aber er – oder sie – wird doch nachsichtig sein, oder?« Mary fasste sich unsicher an die Nase. »Es werden doch nicht so entsetzliche Karikaturen dabei herauskommen, oder?«

»Kunst ist Kunst«, sagte Lorna bestimmt. Dann begann sie, wild auf dem Laptop herumzutippen, damit ihr Konzept so aussah, als hätte sie Stunden damit verbracht und nicht nur fünfzehn Minuten.

Calum kam kurz nach vier. Er war das absolute Gegenteil von Keir und erinnerte Lorna unangenehm an einen Kunsthändler namens Jackson, mit dem sie in London ein Techtelmechtel gehabt hatte. Die Ähnlichkeit war so groß, dass sie ein paar verfängliche Fragen über New Cross stellte, um auszuschließen, dass er sein Bruder war.

Andererseits sahen die meisten Vertreter der Londoner Kunstszene wie Calum aus. Attraktiv und gepflegt, wirkte er wie eine Figur aus Edwardianischen Zeiten. Die Tweedweste trug er über einem grünen Hemd mit hochgekrempelten Ärmeln, sodass am Innenarm eine Tätowierung zum Vorschein kam, ein Engel, dessen Haare an Calums gegelten Schopf erinnerten.

Die Begegnung begann erfreulich, weil Calum schon beim Eintreten die entschlackte Umgestaltung der Galerie bewunderte. »Das gefällt mir alles sehr.« Er schaute sich um und nickte anerkennend. »Es ist irgendwie … anders?«

»Danke.« Lorna lächelte höflich. Es sollte auch anders sein. Die meisten Abende der Woche hatte sie damit verbracht, die Wände zu streichen. Zwei Wände erstrahlten nun in einem matten warmen Grau, auf dem die Gemälde – nur noch halb so viele wie zuvor – bedeutend besser zur Geltung kamen. In der gesamten Maiden Gallery war nichts mehr, wie es war. Einige der Exponate waren auch in Kisten gewandert, die bald an die Absender zurückgehen würden.

Das war nicht ganz ohne Jammern und Klagen von Marys Seite über die Bühne gegangen, dabei waren die

Werke, die in der Galerie ausgestellt wurden, ohnehin nur die Spitze des Eisbergs. Lorna hatte sämtliche Bestände, die sich über die Jahre hinweg angesammelt hatten, sorgfältig durchkämmt (sie hatte noch einen lang nicht mehr besehenen Haufen Kunst im Keller gefunden, das reinste Grab des Tutanchamun, mit bemalten Kelchen und abgeschmackten Pastellen) und nach interessanten Objekten Ausschau gehalten. Dabei suchte sie nicht nach Meisterwerken, sondern nach Dingen, die etwas in ihr auslösten, ob es nun Freude oder Bewunderung oder Irritation war. Wenn etwas einzig die Frage nach dem »Warum« provozierte, musste es fort, mochte der Urheber auch ein persönlicher Freund von Mary sein – und davon gab es viele.

»Wir haben die künstlerische Stoßrichtung der Galerie überdacht«, fügte sie hinzu und handelte sich einen finstern Blick von Mary ein, die hinten in der Bürotür stand und darauf wartete, mit ihrem Tablett aufmarschieren zu dürfen.

»In der Tat. Ich mag, wie Sie die Sammlung kuratiert haben.« Calum nahm bewundernd ein auf Glas gemaltes Bild in die Hand. »Damit haben Sie den Kohäsionseffekt gestärkt.« Das Wort »kuratieren« benutzte er sehr oft. Außerdem trug er gelbe Turnschuhe und fotografierte alles mit seinem Handy. Lorna war schon weit weniger besorgt wegen der Kunstwoche, seit sie Calum persönlich kannte. Mit so jemandem würde sie klarkommen. Mit solchen Leuten hatte sie in London zu tun gehabt – im Wesentlichen alles des Kaisers neue Modebärte.

Nachdem sie durch beide Räume geschlendert waren, trat Mary mit ihrer Erfrischung auf den Plan und war schnell wieder verschwunden, bevor Calum sie als die ehemalige Besitzerin identifizieren konnte.

»Wunderbar, dann lassen Sie uns über die Kunstwoche reden.« Er setzte sich auf die Schreibtischkante und versuchte stirnrunzelnd, aus einer unförmigen Teetasse zu trinken. Der Griff war zu klein und allzu schräg angebracht, sodass es nicht leicht war, sich den Kräutertee nicht über die Weste zu kippen. »Haben Sie einen Aufhänger?«

Lorna hatte zu spät erkannt, dass die Tasse aus der Kiste mit der grässlichen Keramik stammte, wegen der sie sich bei Calums Ankunft gestritten hatten. Vor lauter Nervosität hatte Mary den Tee darin zubereitet.

Calum gab sich Mühe, die Tasse besser zu fassen zu bekommen, scheiterte aber. »Nur ein Rat vorweg: Planen Sie nichts mit Keramik. Was zum Teufel ist das hier, wenn ich fragen darf?«

Der Töpfer, der die Tasse auf dem Gewissen hatte, war ein »reizender Mann aus Florham, den seine Frau wegen des Baumchirurgen verlassen hat«. Mary hatte sich für Bobs unglückliche Werke sehr ins Zeug gelegt, um ihm den Schicksalsschlag einer Rückgabe zu ersparen, da seine Kunst ja »das Einzige ist, was er noch hat«. »Das ist ein Denkanstoßobjekt«, sagte Lorna schnell. »Es beruht auf dem Konzept von ›hygge‹, dem dänischen Verständnis von Gemütlichkeit. Es soll unsere eingefahrenen Gewohnheiten aufbrechen. Bewusst. Mit voller Absicht. Es nennt sich … ›Hic-Cup‹. Eine Tasse, die wie ein Schluckauf aufrütteln soll.«

Calum wirkte überrascht, betrachtete den unhandlichen Griff aber mit neuem Interesse. »Raffiniert! Also, die Kunstwoche … Sie hatten eine Joyce-Rothery-Retrospektive in Aussicht gestellt?«

»Kursänderung«, sagte Lorna. »Ich habe viel über die vergangenen Kunstwochen und die Ausblicke für die Zukunft gelesen, und dabei ist mir klar geworden, dass die Fokussierung auf eine einzelne Künstlerin, wie faszinierend auch immer sie sein mag, nicht im Interesse des Gemeinschaftsgeistes liegt.«

Er hob eine Augenbraue, weil er offenbar auf nähere Erklärungen wartete.

»Mir gefiel die Botschaft, dass man die lokale Bevölkerung in den Prozess des künstlerischen Schaffens mit einbeziehen soll«, fuhr sie fort. »Daher dachte ich an eine Veranstaltung, die den Bürger zum Künstler macht.«

»Der Bürger als Kunstschaffender. Der Bürger als Künstler.« Calum nickte, als würde er ihre Denkprozesse nachvollziehen. »Damit kann ich etwas anfangen. Fahren Sie fort.«

Lorna umriss ihre Idee und versuchte, die Probleme auszuklammern. Das unwesentliche Detail, dass sie selbst nicht über die Darstellung von Köpfen hinausgekommen war, bevor sie die Malerei endgültig aufgegeben hatte, umschiffte sie elegant. Ebenso wenig erwähnte sie die Tränen ihrer Mutter, als Jess Lornas große Füße so gemalt hatte, dass sie wie eine Ente aussah, und Lorna dann so heftig mit dem Stift auf ihre Schwester eingestochen hatte, dass die Spitze abgebrochen war.

Glücklicherweise war Lorna besser darin, Dinge zu verkaufen, als sie zu zeichnen.

»Aha, darin liegt ein gewisses Potenzial«, sagte Calum, als sie fertig war. »Ich werde es im Büro vorstellen und mal schauen, wohin uns das führt.« Ganz so begeistert, wie Lorna gehofft hatte, wirkte er nicht. Andererseits hatte sie die Erfahrung gemacht, dass es sich Leute wie Calum nie anmerken ließen, wenn sie eine Idee begrüßten.

Das Wichtigste war, dass sie ihm begegnet war. Sie hatte unter Beweis gestellt, dass sie den Kunstjargon beherrschte, und obwohl sie sich in seiner Gegenwart etwas schlicht angezogen fühlte, mochte sie Calum.

»Ich werde Sarra von der Lokalzeitung kontaktieren«, sagte er auf dem Weg zur Tür. »Sie wird kommen und ein Interview mit Ihnen machen. Sind Sie mit der Website des Stadtrats verlinkt? Haben Sie eine eigene Website? Einen Berater für soziale Medien? Nein? Wir können Ihnen einen vermitteln. Was noch? Sie stehen auf den Flyern für die Kunstwoche. Und auf der Mailingliste für Veranstaltungen ...« Calum scrollte durch sein Handy und schaute dann lächelnd auf. »Das war's dann, glaube ich. War toll, Sie kennengelernt zu haben, Lorna.«

Er streckte die Hand aus und schüttelte die ihre. »Sie bringen positive Energien hierher. Das ist genau das, was die Stadt braucht. Frische Kräfte. Jemanden, der das schöpferische Potenzial in den Menschen freisetzt!«

»Danke.« Lorna war fast gerührt. Calum war der Erste, der ihre Galerie aus ganzem Herzen lobte – und ihr zutraute, sie zu führen.

Als das Türglöckchen verstummte, trat Mary mit einem Tablett voller schiefer Keramik aus der Bürotür.

»Soll ich sie nach dem Abwasch zurück ins Regal stellen, oder soll ich sie in eine Kiste packen?«, fragte sie mit Leidensmiene.

»Ins Regal.« Lorna ging in den Keramikraum, wo sich die Relikte von Bobs unförmigem, seinem Herzschmerz geschuldeten Teeservice befanden. »Wir müssen nur die Beschreibung ändern.«

Später am Abend zog sich Lorna in ihren Meditationsraum zurück, um auf Inspirationen zu warten. Nach ihrem Gespräch mit Calum war sie aufgedreht: Alles war möglich. Und wenn Mary ihr half – Mary schien schließlich alle Leute in der Stadt zu kennen und stürzte sich mit Feuereifer in die Organisation der Kunstwoche, seit sie nicht mehr dafür verantwortlich war –, könnten sie etwas auf die Beine stellen, das wieder Kunden in die Galerie lockte, vielleicht sogar von außerhalb. Die Maiden Gallery könnte das Zentrum einer frischen, inspirierenden Kreativität werden. Und sie, Lorna, würde das zuwege bringen.

Lorna nahm einen Stift, schlug ihr Notizbuch auf und wackelte mit den Zehen, die in wärmenden Bettsocken steckten. Vorhänge hatte sie in dem leeren Raum noch nicht aufgehängt, sodass im Rahmen der Schiebefenster der Nachthimmel zu sehen war, ein ungetrübtes Tiefblau mit einem perfekten Halbmond über den Dächern. Das Zentrum von Longhampton war nachts wie ausgestorben, und man hörte das Knarzen und Knacken des alten Hauses, wenn der kalte Wind durch die maroden Schiebefenster eindrang und zwischen die Dielen fuhr. Lorna liebte die Stille und den Raum. Angst hatte sie allein nicht. Ihre Seele leistete ihr Gesellschaft und reckte sich und gähnte wie ein Tier nach dem Winterschlaf, das wieder zum Leben erwachte, bereit zu neuen Abenteuern.

In Momenten wie diesen verspürte Lorna die größte Nähe zu ihrer Mutter. Wenn die Gedanken in ihrem Kopf herumschwirrten, musste sie daran denken, wie sie als kleines Kind im Atelier gesessen und Muster ausgemalt hatte, die ihre Mutter flüchtig auf eine leere Seite geworfen hatte. Beide waren sie in dieselbe Tätigkeit vertieft gewesen. Als sie älter geworden war, hatte Lorna immer seltener kommen dürfen und dieses Gefühl der Gemeinsamkeit vermisst.

Sie lehnte sich zurück und dachte darüber nach, wie sie die Markise der Galerie beleuchten könnte, als Rudy sie plötzlich von hinten anstupste. Sie fuhr zusammen. Er hielt sich gern in ihrer Nähe auf, selbst wenn er sich nur lautlos in den Raum schlich und knapp in ihrer Reichweite zusammenrollte.

»Hallo, Rudy.« Sie streckte den Arm aus und kraulte sein seidiges Ohr. Nein, sie war nicht allein. Und Rudy reichte ihr als Gesellschaft, anspruchslos, wie er war.

»Willst du auf meinen Schoß?«, fragte sie, als würde sie mit einem Baby reden. Aber als sie ihn hochhob und auf ihre Beine legte, glitt er würdevoll wieder hinab. *Ich bin doch kein Spielzeug*, schienen seine Augen zu sagen. Nachdem er sich in der Nähe niedergelassen und Lorna sich wieder ihrem Notizbuch zugewandt hatte, merkte sie allerdings, dass er zurückkehrte und sich neben ihr zusammenrollte. Wenn er ausatmete, spürte sie die Wärme seines Körpers und fühlte sich geehrt. So lästig es gelegentlich war, dass Rudys Bedürfnisse ihren Tagesablauf bestimmten – wenn sie einen Spaziergang plötzlich abbrechen mussten, weil er Angst bekam, oder wenn sie ihn mit Leckereien bestechen musste, damit er weit entfernten Hunden wenigstens einen Blick zuwarf –, diese Momente des Vertrauens beschämten sie, weil sie oft so ungeduldig war.

Neben ihr klingelte ihr Handy, und sie streckte die Hand aus, ohne hinzuschauen.

Lass es eine schöne Überraschung sein, dachte sie, obwohl ihr klar war, dass es eigentlich nur Jess sein konnte. Sie liebte ihre Schwester, aber in diesem Moment wollte sie nicht mit ihr sprechen. Sie würde ohnehin nur nach der Galerie fragen oder von Tyras Ballettunterricht oder Milos letztem Streit mit der Zahnfee oder Hatties Widerworten erzählen, und Lorna wollte den Fluss der Inspiration jetzt nicht unterbrechen.

Oder könnte es Sam sein? Lass uns mal einen trinken gehen, hatte er gesagt. Hatte er das ernst gemeint?

Lorna drehte das Handy um und wollte nachschauen, wer es war, drückte dabei aber aus Versehen auf die Rufannahmetaste. Als sie es merkte, war es zu spät, um das Gespräch noch zu beenden.

Sie stöhnte innerlich und hielt sich das Handy ans Ohr. Doch bevor sie auch nur »Hallo, Tiffany« sagen konnte, sprudelte schon eine Stimme an ihr Ohr.

»O Gott, Lorna. Ich bin ja so froh, dass du rangehst!«

Lorna verschränkte die Beine und wappnete sich. »Hast du eine Krise, Tiffany?«

»WOHER WEISST DU DAS?«

Weil ich noch nie einen Anruf von dir bekommen habe, der nicht mit irgendeiner Art von Krise zu tun hatte, dachte Lorna, hütete sich aber, das laut auszusprechen.

7

Lorna hatte ein sehr spezielles Foto von ihrer Freundin Tiffany in ihrem Handy gespeichert, eines, das sie bei ihrem Last-minute-Urlaub in New York vor zwei Jahren aufgenommen hatte – ihrem letzten gemeinsamen Urlaub.

Beide trugen sie Teufelshörner aus Plastik, glänzenden roten Lippenstift und glitzernden silbernen Lidschatten. Neunzig Minuten nach dem Zeitpunkt der Aufnahme hatte sich ein Großteil des Lidschattens auf Tiffanys Gesicht verteilt, die Hörner wurden von zwei wildfremden Männern aus Limerick, die ihren Junggesellenabschied feierten, über die Brooklyn Bridge getragen, und Lorna diskutierte mit dem Besitzer der Bar, aus der man Tiffany und sie rausgeschmissen hatte.

Sie benutzte dieses Foto als Profilbild, um sich stets an gewisse Dinge zu erinnern, vor allem daran, dass sie nie wieder mit Tiffany in den Urlaub fahren sollte, egal, wie günstig das Hotel sein mochte.

»Wo bist du, Lorna?«, fragte Tiffany nun.

»In Longhampton, in meiner neuen Wohnung.« Lorna stand auf und verließ ihren Meditationsraum. Angesichts von Tiffs aufgewühlter Stimmung wollte sie gewappnet sein, und die Atmosphäre ihres leeren Raums sollte nicht mit Dramen vergiftet werden. »Was ist los? Du klingst so angespannt.«

»Hier herrscht das reinste Chaos. Hör zu, Lola, ich muss dich um einen Gefallen bitten.«

Aha, wenn ihr Kosename ins Spiel kam, ging es um einen komplizierten Gefallen. Lorna ging in die Küche, blieb vor der Dose mit dem Pfefferminztee stehen, öffnete dann aber lieber den Kühlschrank. Da stand noch eine halbvolle Flasche Weißwein, ein billiger Wein, den sie im Keller in einer Kiste mit der Aufschrift »Stephanie – Vernissage« gefunden hatte. Sie schraubte den Deckel ab und roch daran. Zitrusfrüchte und ein Hauch Spülmaschinentabs. Perfekt.

»Was für einen Gefallen? Wenn es um Geld geht, würde ich dir ja gerne helfen, aber leider bin ich selbst vollkommen pleite. Ich trinke schon Plörre, die von der letzten Veranstaltung hier übrig geblieben ist.« Sie schaute aufs Etikett und rümpfte die Nase. »Auf der Flasche steht übrigens ›Chardonnay für Frauenabende‹.«

»Es geht doch nicht immer nur um Geld.« Tiffany klang verletzt. »Kann ich zu dir kommen, Lorna, und ein paar Tage bleiben? Man will mich hier rausschmeißen.«

»Was?« Lorna knallte die Kühlschranktür mit dem Ellbogen zu. Tiffany lebte als Nanny in einer Familie in einem schicken Londoner Viertel, von dem Lorna gedacht hätte, so etwas existiere nur in Richard-Curtis-Filmen. Die Unterbringung war Teil des Vertrags, und Lornas Meinung nach hatte Tiffany jeden Cent verdient. »Ist irgendetwas bei den Hollandes vorgefallen?«

»So in der Art.«

Eine Pause entstand. Lorna meinte im Hintergrund eine gewisse Unruhe zu hören. »Tiff? Schreit da jemand?«

»Ja. Sophie. Sie ...« Tiffany hatte ganz ruhig begonnen, aber dann zerschellte offenbar ein Teller, und ihre Stimme wurde panisch. »O Gott. Sie hat doch gesagt, dass sie das in Ruhe regeln will!«

»*Was* will sie in Ruhe regeln?«

»Sophie hat am Wochenende eine SMS in Jean-Claudes Handy gefunden, und seither herrscht hier der Dritte Weltkrieg.« Die Worte klangen gedämpft, als kauere Tiffany an der Treppe und versuche herauszubekommen, was los war, ohne Aufmerksamkeit auf sich zu lenken. »Für jemanden, der nichts als Shopping und den nächsten Friseurtermin im Kopf hat, scheint sie plötzlich die zielstrebigste Frau der Welt zu sein: Sie nimmt sich einen Anwalt, geht nach Paris zurück, bringt ihn an den Bettelstab, und alles innerhalb von nur zwei Tagen ...«

»Und woher weißt du das alles?«

»Weil ich hier gefangen bin! Mit zwei Kleinkindern kann man ja nicht den ganzen Tag im Park herumspazieren. Außerdem«, fügte Tiffany hinzu, »habe ich eine dieser Übersetzungs-Apps, die ich auch mit den Kindern benutze. Ich kann dir sagen, in der letzten Woche habe ich ein paar interessante Wörter gelernt.«

»Aber was hat das mit dir zu tun? Du hast doch einen Vertrag. Sie können dich doch nicht einfach auf die Straße setzen! Was ist denn mit den Kindern?«

»Das ist es ja gerade. Heute Morgen ist die Großmutter

eingetroffen, direkt aus Paris, um mit *les enfants* in den Urlaub zu fahren. Und ohne *les enfants* ...« In der Pause, die nun folgte, zog sie vermutlich eine Grimasse und hob theatralisch die Hände.

Lorna betrachtete Rudy, der seinen Korb verlassen hatte und sie anstarrte. »Ziehst du eine Grimasse und hebst theatralisch die Hände?«

»Woher weißt du das?« Vor den Franzosen hatte sie bei zwei erfolgsorientierten amerikanischen Fondsmanagern gearbeitet. Damals hatte sie ständig albern gejuchzt und mit jedem abgeklatscht. Tiffany war ziemlich anpassungsfähig, was ihre Familien betraf.

»Ich wusste es einfach. Hör zu, Tiffany, die können dich nicht einfach rauswerfen. Es ist dein Zuhause.«

»Ich kann aber nicht bleiben. Sophie hat keinerlei Zweifel daran gelassen, dass sie mich so schnell wie möglich loswerden will. Sie sagt, dann sei es leichter, die Sache mit dem Haus zu regeln. Es ist nur gemietet.« Sie senkte die Stimme und flüsterte verschwörerisch: »Ihr Vater zahlt die Miete. Und das Schulgeld. Und Sophies Pilates-Kurs.«

»Woher weißt du das alles?«

»Ich weiß es eben. Bitte, bitte, kann ich eine Nacht bei dir bleiben? Ein paar wenige Nächte? Ernsthaft, ich muss hier raus, bevor ich als Leumundszeugin vor Gericht gezerrt werde. Vielleicht in einem Mordprozess.«

Lorna kniff die Augen zusammen. Sie versagte ihren Freunden nur ungern einen Gefallen, andererseits wollte sie auch nur ungern ihr Badezimmer noch einmal mit Tiffany teilen. Oder ihre Küche. Oder diese kostbare Stille, nach der sie jahrelang gesucht hatte. »Wäre es nicht einfacher, wenn du zu deiner Mutter gehst?«

»Zu Mum?« Tiffany klang ungläubig. »Soll das ein Witz sein? Ich kann Mum doch nicht erzählen, dass ich die Stelle verliere. Du kennst sie doch. Sie hat für meine Ausbildung bezahlt und würde durchdrehen. Bitte lass mich nicht betteln. Ich bin deine beste Freundin«, schloss sie gequält. »Nun komm schon.«

»Nicht, dass ich dir nicht helfen will. Die Sache ist nur die, dass ich ... Ich brauche im Moment ein bisschen Platz, um meine Gedanken zu sortieren. Die Galerie muss in Gang gebracht werden, was ungeheuer viel Arbeit ist, und ...«

Ein lauter Knall ertönte, gefolgt vom französischen Gezeter einer Frau, die ihren Tobsuchtsanfall kaum kontrollieren konnte.

Dann noch ein Knall und der Schmerzensschrei eines Manns.

»Bitte«, sagte Tiffany leise. »Ich könnte sofort hier verschwinden und noch heute Abend bei dir sein.«

»Und du kannst nicht warten, bis ...«

Knall.

»Möchtest du mich in *Crimewatch* sehen? Möchtest du das wirklich?«

Knall.

Lorna seufzte. Sie wollte Tiffany nicht in *Crimewatch* sehen, nein. »Okay, dann komm.«

»Du bist ein Schatz! Gib mir die Adresse, dann nehme ich mir ein Taxi.«

Lorna griff nach dem Wein, stellte ihn aber wieder hin. »Ich hol dich vom Bahnhof ab. Die Taxifahrer stellen hier um sechs den Betrieb ein.«

Als am nächsten Morgen Lornas Wecker klingelte, fühlte sich ihr Zuhause anders an. Diesmal spürte man nicht einfach die Gegenwart eines Hundes, diesmal war es, als befände sich die Wohnung im Belagerungszustand.

Sie drehte den Kopf auf dem Kissen herum, um ihren Micky-Maus-Wecker auszustellen. Die ersten Straßengeräusche, die normalerweise in die stille Wohnung drangen, waren nicht zu hören, weil nun unten in der Küche jemand zu Radio One sang, auf der Suche nach Besteck und Geschirr Schubladen aufzog und wieder zuknallte und den Heißwasserhahn laufen ließ, bis der Boiler, überrascht über die viele Arbeit, zu rattern begann.

Positiv war zu vermerken, dass es nach Toast und Kaffee roch.

Lorna musste zugeben, dass Tiffany als Mitbewohnerin einen Vorzug hatte: Sie blieb morgens nicht stundenlang im Bett liegen. Das hatte sie sich abgewöhnt, als sie sich für eine Zukunft als Kindermädchen entschieden hatte. Außerdem kochte sie fantastischen Kaffee. Für gewöhnlich mit den teuren Kaffeebohnen, die Lorna in ihrer Frühstückdose versteckte, aber dennoch.

Sie beugte sich aus dem Bett, um zu sehen, ob Rudy noch in seinem Korb schlief. Tat er – die Schnauze unter die Pfoten geschoben, exakt so wie am Vorabend, als Tiffany in die Wohnung geplatzt war, bepackt mit sechs Taschen, einem Koffer und einem nicht viel Gutes verheißenden Gitarrenkasten. Rudy schien den Neuzugang in ihrem Haushalt genauso ignorieren zu wollen, wie Lorna es am liebsten täte.

»Es ist doch nur für ein paar Tage«, flüsterte Lorna. Sie sagte sich, dass sie nicht so gemein sein sollte, und wickelte sich wieder in ihre Decke. Trotz ihrer theatralischen Persönlichkeit war Tiffany bei den Agenturen begehrt und wurde von den Kindern, um die sie sich kümmerte, über alles geliebt. Es würde nicht lange dauern, bis sie einen neuen Job gefunden hätte. Es gab genug wohlhabende Familien, die sie und ihre sechs vollgepackten Taschen am liebsten sofort in ihre *Elle-Decoration*-Häuser verfrachten würden.

Lorna hörte Schritte die Treppe hochkommen, gefolgt von einem leisen Klopfen an der Tür. »Bist du schon wach?«

»Nein.«

»Also doch.« Die Tür wurde mit dem Knie aufgestoßen, dann erschien Tiffany mit einem Tablett, auf dem neben einem gewaltigen Toaststapel zwei Kaffeebecher standen, deren Inhalt auf den Teppich schwappte. »Mach mal Platz, deine Wohnung ist verdammt kalt.«

»Sie ist nicht kalt. Du bist es nur gewohnt, dass Millionäre die Heizungsrechnung zahlen.« Lorna setzte sich auf, während Tiffany es sich in ihrem Bett bequem machte.

»Wie auch immer, die Wohnung ist jedenfalls riesig.« Tiffany betrachtete die Bilder, die Lorna in ihrem Zimmer aufgehängt hatte. Sie hatte ihre Lieblingsbilder ausgesucht, die sie ganz in ihrer Nähe haben wollte: eine detailreiche viktorianische Radierung von der wimmelnden Paddington Station, ein abstraktes Bild mit verträumtem Flieder und Gold und dann noch Cathys Gemälde, mit dem Lorna jeden Morgen aufwachen wollte – eine Königin der Kelche, die stolz vor einem tosenden Meer stand. »Allein dein Gästezimmer ist so groß wie unsere Wohnung damals.«

»Jetzt übertreib mal nicht.« Lorna machte eine Kunstpause. »Gästezimmer und Küche *zusammen* sind so groß wie unsere Wohnung damals.«

»Willst du einen Teil der Räume vermieten?«, fuhr Tiffany fort. »Du könntest sicher vier Leute hier unterbringen und eine Menge Geld damit machen.«

Lorna klappte einen Toast in der Mitte um. Sie musste zugeben, dass es nett war, wenn einem jemand das Frühstück ans Bett brachte. »Nein. Die Wohnung ist für mich.«

»Was? Bist du verrückt? Weißt du, wie viel du verdienen könntest, wenn du sie bei Airbnb anmelden würdest?«

»Mir egal. Ich genieße die Ruhe und den Frieden. Ich kann tun, was ich will und wann ich es will. Niemand kommt mir in die Quere.«

»Niemand?« Tiffany stieß sie mit dem Ellbogen an. Nun, da sie dem Kriegsgebiet ihrer französischen Arbeitgeber entkommen war, hatte sich die Nervosität vom Vorabend verflüchtigt und war ihrer unverblümten Vertraulichkeit gewichen. »Immer noch nicht?«

»Was meinst du damit?«

»Ich meine, ob du die Sache mit deinem Chef, der so scharf auf dich war, einfach hast auslaufen lassen?«

»Ich habe nichts auslaufen lassen.« Sie wurde rot. Als sie zum letzten Mal richtig mit Tiff gesprochen hatte, hatte sie sich sporadisch mit einem der Köche vom Restaurant gegenüber getroffen. Max war süß, halber Neuseeländer und konnte eine Zwiebel in weniger als zehn Sekunden klein hacken. Aber er hatte auch eine feste Beziehung gesucht, was Lorna von sich nicht behaupten konnte. Für immer und ewig mit Max zusammen zu sein hätte sie sich nicht vorstellen können, warum hätte sie es also auf das unvermeidlich gebrochene Herz hinauslaufen lassen sollen?

Tiff schaute sie ungläubig an. »Aber er wollte doch mit dir nach Paris fahren! Er wollte dir Galettes backen!«

»Ich bin mir sicher, dass nun eine andere Frau in den Genuss kommt. Stattdessen habe ich jetzt einen Hund, wie du siehst.« Rudy, der hinausgegangen war, als Tiff hereingekommen war, kam zurück in den Raum gedackelt, angelockt durch den Toastgeruch. »Der ist mir lieber, um ehrlich zu sein. Er wird mir nie zu erklären versuchen, wie man rückwärts einparkt.«

»Nach allem, was ich in den letzten Monaten an Beziehungen erlebt habe, hast du vermutlich recht«, sagte Tiff. »Du bist wenigstens unabhängig – nur du und dein langer, alter Dackel. Hallo, Hundchen!« Tiff winkte Rudy zu, und er schaute verwirrt zurück. Sie gab ihm den letzten Bissen von ihrem Toast und stieß Lorna an, damit sie ihr noch eine Scheibe gab.

Lorna hielt ihr den Teller hin, und sie aßen schweigend. Rudy hatten sie aufs Bett geholt, wo er an Tiffanys Toastrinde knabberte. Kaffee und Toast erinnerten sie an die besseren Seiten der alten Zeiten. Manchmal hatten sie ganze Sonntage damit verbracht, auf dem Laptop DVD-Boxen zu schauen und unendliche Mengen von Nutella-Broten in sich hineinzustopfen. Tiff hatte immer behauptet, dass sie mal in einer Vorlesung gewesen sei, in der der Nährwert von Nutella bestätigt worden sei, und auch Lorna war in ihrem Soziologiestudium nie auf ein Gegenargument gestoßen.

Ein Wochenendgefühl mischte sich unter die Morgenstimmung und erfüllte sie mit freudiger Erregung. Nur dass, wie ihr plötzlich einfiel, kein Wochenende war. Es war Donnerstag, und Mary spielte heute mit Keith Golf.

»Ich muss aufstehen.« Lorna saß nun kerzengerade im Bett. »Auf mich wartet eine Menge Arbeit. Kannst du eigentlich Böden wischen?«

»Das ist meine große Leidenschaft.« Tiffany stieß sie mit dem Ellbogen an. »Danke, dass ich kommen durfte. Ich werde mich sofort heute Morgen bei der Agentur melden. Ehe du dich versiehst, bist du mich schon wieder los.«

Lorna stieß sie ebenfalls an. »Das hat keine Eile«, sagte sie und meinte es auch so. »Es ist schön, dich zu sehen.«

In ihrem Gedächtnis blitzte ein Bild von ihrem WG-Badezimmer auf – der verschmierte Spiegel, die vollgepackten Fensterbänke, die Berge von Handtüchern –, aber sie beschloss, es einfach zu ignorieren. Vorerst.

Wie versprochen kehrte Lorna ein paar Tage später nach Much Yarley zurück, um Bernard auszuführen. Das Wetter war grau und düster geworden, und es war ein paar Grad kälter, aber Bernard hatte sich offenbar an die zusätzliche Bewegung gewöhnt. Es wäre gemein, sie ihm jetzt vorzuenthalten, zumal es kein schöner Gedanke war, dass Joyce mit seinen überschüssigen Energien zurechtkommen musste.

Tja, dachte sie bei sich, das kommt davon, dass du dir einen Hund hast andrehen lassen. Du läufst durch den Nieselregen, um anderen Leuten einen Gefallen zu tun.

Das Zentrum von Longhampton war grau, aber auch in Much Yarley zeigten sich die Vorboten des Frühlings noch nicht. Der Himmel über den Feldern, an denen sie entlangfuhr, war fahl, alles andere war von einem ausgewaschenen Grün. An den Hecken spross nichts als gelegentlich ein Stück Müll. Selbst die Schafe in den Hügeln wirkten schmuddelig.

Lorna holte Bernard an der Tür ab und schlug mit ihm und Rudy den Weg zum Land der Osbornes ein. Sam oder der mürrische Simon waren nicht zu sehen, aber sie ließ trotzdem beide Hunde an der Leine. Bernard wollte sich mit dem unstillbaren Verlangen eines psychotischen Teddybärs ins Unterholz stürzen und Kaninchen jagen. Rudy hatte mit seinen kurzen Beinen nicht viel Bewegungsspielraum. Damit er sich nicht vollkommen einsaute, hatte Lorna ihn in ein Wollmäntelchen gequetscht, das sie in einer stillen Stunde in der Galerie gestrickt hatte.

Lorna hatte sich mit dem Muster herumgequält, aber sie hatte das Gefühl, dass sie diesem bescheidenen Hund damit etwas Gutes tun konnte. Sein ständiges Zittern deutete darauf hin, dass er entweder fror oder sich ängstigte. Mittlerweile hatte sie Strategien entwickelt, wie sie seine Ängste bekämpfen wollte, aber keine würde über Nacht greifen. Und im Internet hatte sie gelesen, dass man nervöse Hunde beruhigen konnte, indem man sie straff einwickelte.

Außerdem sah Rudy in seinem Mäntelchen bezaubernd aus, wie Tiffany festgestellt hatte.

»Wirst du ihm auch eine Mütze stricken?«, hatte Tiffany allen Ernstes gefragt, als Lorna die Vorderbeine in Form zog. »Mit einem Beanie würde er verdammt cool aussehen. Sophie hat für den Shih Tzu ihres Freundes eins gekauft – fast ein Wochenlohn geht dafür drauf. Das ist eine ganz eigene Welt, Lorn, ernsthaft.«

Die nächste Stunde verbrachten sie damit, im Internet Strickmuster für Hundemützen zu suchen. Es gab eine Menge. Am besten waren die mit den Katzenohren, da waren sie sich einig. In der Galerie war indes wenig zu tun.

Joyce Rothery konnte, wenig überraschend, Tiffanys und Lornas Begeisterung für bekleidete Hunde nicht teilen.

»Was trägt der arme Dackel denn da?«, fragte sie, als Lorna vom Spaziergang zurückkam und einen schwanzwedelnden und über und über mit Schlamm bedeckten Bernard ablieferte. Rudy war sauber und ließ glücklich seinen Schwanz hin und her sausen.

»Ein Mäntelchen. Im Tiergeschäft konnte ich keins finden, das seinen Rücken bedeckt, also habe ich mich selbst darin versucht. Er hat einen eigentümlichen Körperbau.«

»Den haben *Sie* gestrickt?« Joyce schürzte die Lippen zu etwas, was an ein Lächeln erinnerte. Jedenfalls wirkte sie amüsiert. Dann wedelte sie mit einer ungeduldigen Geste ihrer arthritischen Hand zu Rudy hinüber. »Lass uns einen Blick darauf werfen.«

Lorna hob Rudy pflichtschuldig hoch und hielt ihn Joyce hin, damit die ihre Handarbeit begutachten konnte. Die alte Dame fuhr über den gerippten Teil am Rücken, wo Lorna versucht hatte, das Motiv eines Schädels mit gekreuzten Knochen zu integrieren. Funktioniert hatte es nicht. Es sah eher wie ein Smiley aus.

»An ein paar Stellen habe ich mich verstrickt«, gab sie zu, als die knotigen Finger zielsicher zu den Fehlern wanderten. »Normalerweise stricke ich nur Quadrate.«

»Aha … Hier haben Sie ein, zwei Maschen verloren.« Joyce steckte einen Finger durch das Loch, das Lorna zu einem »Muster« zusammengezogen hatte, und zupfte an den losen Enden. »Das Gute daran ist, dass Sie Ihren Dackel nicht verlieren können. Wohin auch immer er geht, er wird einen Ariadnefaden hinter sich herziehen. War das vielleicht sogar die Absicht?«

»Für einen ersten Versuch finde ich es gar nicht so übel«, erwiderte Lorna steif. »Es ist nicht so leicht, sich mithilfe von YouTube das Stricken beizubringen.«

»Mithilfe von was?« Joyce legte die größtmögliche Verachtung in die Silben.

»Mithilfe des Internets. Aber egal, ich habe noch eins in Arbeit, ein gestreiftes diesmal. Rot, weiß, blau. Rudys erste Besitzerin war eine echte Patriotin. Ich glaube, das zweite wird wirklich besser«, fügte sie hinzu, klang aber nicht überzeugt. »Ich mag es jedenfalls.«

Ihre Strickwerke erinnerten sie immer daran, wo sie zu der jeweiligen Zeit gewesen war, und Rudys Mäntelchen würde sie stets an die ersten Wochen in der Galerie erinnern – an die Begeisterung, den Ansturm der Ideen, die Panik, den Geruch von frischer Farbe. Das befreiende Gefühl, sie selbst sein zu können und Verantwortung für das kleine haarige Lebewesen unter ihrem Schreibtisch zu tragen.

Joyce hörte auf, Rudys Ohr zu kraulen – ihre Hand war von dem Mäntelchen dorthin weitergewandert –, und schaute auf. »Haben Sie es dabei, dieses andere Mäntelchen?«

»Ja, es ist in meiner Tasche.«

»Vielleicht sollte ich mal einen Blick darauf werfen«, sagte sie, »damit dieser arme Kerl seine Beinchen nicht aus Versehen in die falschen Löcher steckt.« Sie trat zurück und öffnete die Tür ein Stück weiter.

»Sind Sie sicher?« Lorna wusste, dass Joyce' Augen schlechter wurden. Keir hatte ihr anvertraut, dass das einer der Gründe war, warum der Sozialdienst sie im Blick hatte, da sie so abgeschieden wohnte. Ihre Strickkünste waren vielleicht noch schlechter als Lornas. Andererseits bat Joyce sie zum ersten Mal herein, wie könnte sie da Nein sagen?

Bernard war bereits hineingeflitzt. Lorna hörte ihn in der Küche herumrennen, aus seiner Wasserschüssel trinken und über die Fliesen schlittern, um sicherzustellen, dass in seiner

Abwesenheit nichts in sein Imperium eingedrungen war. Er würde alles mit Matsch vollsauen.

»Kommen Sie herein, wenn Sie mögen«, sagte Joyce ungeduldig. »Die ganze Wärme zieht nach draußen.«

Das Wohnzimmer in Rooks Hall war klein, aber geschmackvoll eingerichtet. An einer Wand stand ein niedriges graues Sofa. Der Kachelofen, in dem ein Feuer brannte, wurde von zwei Sesseln mit hohen Rückenlehnen flankiert. Es roch nach Weihnachten, vermutlich von den Holzscheiten im Korb am Kamingitter und den beiden Schalen aus gehämmertem Silber, die mit ihrer staubigen Mischung getrockneter Pflanzen auf der blassbraunen Eichenanrichte standen.

Lorna war überrascht, wie modern der Raum wirkte. Von außen schien das Cottage einer anderen Zeit anzugehören und ließ schwere alte Truhen und muffige Teppiche erwarten, aber die Möbel stammten aus der Jahrhundertmitte und waren eher elegant. Die Wände waren in einem wunderbaren Taupe gestrichen, einer subtilen Farbschattierung, die changierte, wenn das Licht wanderte. Neben jedem Sessel lagen Bücherstapel, dicke Bände über Kunst und fremde Gegenden. Es war ein Raum, in dem gelebt wurde, ein Raum, den Leute geliebt hatten.

»Setzen Sie sich«, sagte Joyce und zeigte auf die Sessel am Kamin. »Machen Sie sich keine Sorgen wegen der Hundehaare. Bernard darf nicht auf den Sessel springen. Und jetzt geben Sie mir Ihr Strickzeug.«

Mit einem leisen Stöhnen ließ sich die alte Dame in den Sessel am Fenster sinken und nahm Lornas Strickzeug entgegen. Lorna hockte sich auf die Vorderkante des anderen

Sessels und sah zu, wie Joyce entspannt die Nadeln in die Hand nahm, die Finger über die Reihen gleiten ließ und ihre schmalen Lippen bewegte, als würde sie Maschen zählen. Währenddessen kam Bernard aus der Küche geschlendert, die Ohren immer noch mit den Kletten bedeckt, die er sich bei seiner wilden Jagd durch die Hecken zugezogen hatte. Nachdem er am Fuß seiner Besitzerin geschnüffelt hatte, rollte er sich neben einem Gobelinhocker zusammen und schlief ein, nun wieder ganz der harmlose Teddybär.

Rudy verharrte an Lornas Knöchel, als sie sich im Sessel zurücklehnte. Sie spürte, wie sich die ängstliche Bewegung seiner Rippen allmählich beruhigte, bis auch er ein erschöpftes Grunzen von sich gab und sich neben ihren Füßen zusammenrollte.

Lorna schaute sich im Raum um und versuchte, so viele Details wie möglich in sich aufzunehmen, ohne neugierig zu wirken. Überall hingen Bilder, aber sie waren so geschickt arrangiert, dass der Raum nicht überfrachtet wirkte – ob sie selbst das in ihrer eigenen Wohnung hinbekommen hätte, wusste Lorna nicht. Sie hatte schwere Ölgemälde erwartet, wie Joyce sie malte, aber hier hingen eher abstrakte Bilder, Farb- und Personenstudien und drei zusammengehörige, auf den ersten Eindruck schlichte, aber intensive Blockdrucke, die sich veränderten, je länger man sie betrachtete.

Aber das Gemälde, das am stärksten den Blick auf sich zog, hing über dem Kamin. Lorna wusste sofort, dass es ein Bild von Joyce war: eine überwältigende Küstenlandschaft. Ein schlichtes weißes Cottage stand dicht an einer Klippe, und das auflaufende Wasser bedeckte die gestreiften Felsen mit Schaum, während ein bedrohlicher violetter Himmel darüber lastete. Das Haus selbst war klein und still, ein Ort der Ruhe mitten im Sturm. Es erfüllte Lorna mit einem vertrauten heimeligen Gefühl.

»Unser altes Haus«, sagte Joyce, ganz auf das Strickzeug konzentriert. »Meins und Bernards. Des ersten Bernard, natürlich. Des menschlichen.«

Woher wusste sie, dass Lorna es betrachtete? »Ist das in Wales?«

»Pembrokeshire.« Joyce schaute auf, plötzlich interessiert. »Kennen Sie die Gegend?«

»Wir sind immer in den Urlaub dorthin gefahren.« Die Erinnerungen wurden lebendiger, je länger sie das Gemälde anschaute, wie ein Farn, der die Tentakel vergessener Gerüche und Sinne ausrollt. »Meine Mum, mein Dad, meine Schwester und ich. Wir haben in einem Cottage gewohnt, das fast genauso aussah.«

»O ja, davon gibt es viele. Alte Fischerhütten meistens. Einfach, aber solide. Gefällt es Ihnen?«

»Ja. Es erinnert mich an …« Ihre Stimme verlor sich, als die Bilder erschienen, irgendwo zwischen ihrem Kopf und ihrem Herzen.

Lorna erinnerte sich an die dicken Steinmauern und das nächtliche Heulen des Winds im Kamin, wenn sie unter dem Stapel kratziger Wolldecken lag, neben einer schnarchenden Jess. Je wilder der Wind, desto gemütlicher war es im Bett. Für diese Urlaube hatten sie sich abstrampeln müssen – die feuchten Ferienhäuser waren ihnen von Leuten aus dem großen Bekanntenkreis ihrer Eltern überlassen worden –, und zwischen Streits und Sonnenbränden gab es Momente wie Meerglas in Lornas Erinnerung: wie Mum im Austausch gegen ein paar Skizzen aus ihrem Notizbuch von einem Fischer Makrelen ergattert hatte, die Dad dann geputzt und am Strand gegrillt hatte, direkt vor ihren Augen. Konzentriert und mit gerunzelter Stirn hatte er große Sorgfalt darauf verwendet, »aus Respekt vor dem Fisch«. Sie hatten sie zusammen verspeist, alle überrascht von Dads verborgenen Talenten.

»Es vermittelt ein Gefühl der … Sicherheit«, sagte Lorna und dachte daran, wie ihre Mutter den Abwasch erledigt und dabei gesungen hatte, während Jess und sie ihre sandigen Füße am Kaminfeuer getrocknet hatten. Cathy hatte eine schöne Stimme gehabt, aber Lorna konnte sich nicht erinnern, sie später zu Hause oft singen gehört zu haben. Warum? Dad hatte damals auch gesungen. Die Stimmen der beiden, das Kohlenfeuer, die Wärme auf ihrer feuchten Haut – Sicherheit, das war genau das Gefühl. Das Gefühl der Sicherheit in den Armen ihrer Mutter, ihres Vaters und ihrer Schwester, unter einer Decke dösend, zum Klang dieses Gesangs. Eine Erinnerung, die sie alle vier geteilt hatten.

»Meinen Sie? Die meisten Menschen, die das Bild betrachten, sagen irgendetwas Abwegiges darüber, was es kosten muss, das Cottage zu heizen. Oder wie kalt es im Winter dort sein muss.«

»Auf mich wirkt es gemütlich. Als würde ein Unwetter aufziehen, während man selbst im Innern des Hauses geborgen ist.« Das traf die Gefühle ihrer Erinnerung genau: Angst inmitten von Geborgenheit. Der Geruch von Meersalz in dem weißen Cottage füllte ihren Geist, und sie blinzelte die Tränen weg, als sie spürte, wie ihre Hand in der ihrer Mutter lag, während Jess auf der anderen Seite die Hand ihres Vaters hielt. Barfuß liefen sie zu viert über den einsamen Strand – eine Familie, die Spaß miteinander hatte. Alle zusammen.

Sie wandte sich von dem Bild ab. Joyce schaute sie an. Hastig wischte sie sich mit dem Handrücken über die Augen. Vielleicht konnte Joyce nicht gut genug sehen, um die Tränen wahrzunehmen.

»Es war gemütlich, da haben Sie vollkommen recht«, sagte Joyce sachlich. »Wir waren sehr glücklich dort.«

»Das sehe ich«, sagte Lorna. »Ich wäre es auch.«

Schweigen senkte sich herab, während Joyce weiterhin an Rudys Mäntelchen herumzupfte. Lorna zerbrach sich den Kopf, um etwas Intelligentes zu sagen. Keines der unbefangenen Gespräche, die sie im Hospiz geführt hatte – »Erzählen Sie mir doch von Ihren reizenden Enkeln!« oder »Haben Sie Tennis/Olympia/*Coronation Street* gesehen?« –, schien ihr angemessen. Sie wollte über Joyce' Gemälde reden, aber da ihr Nein im Raum stand, wollte sie nicht den Eindruck erwecken, sie wolle sie zu etwas drängen.

Aber dann kam ihr Calum Hardy in den Sinn. Ihre ehrgeizige Seite wusste, dass es ein genialer Coup wäre, Joyce Rothery ins Boot zu holen. Dies war ihre Chance.

Tu es, drängte Bettys forsche Stimme in ihrem Kopf. Was könnte Joyce schlimmstenfalls sagen? Nein? Das hatte sie bereits getan. Wovor hatte Lorna also Angst? Es handelte sich nur um Worte. Zähl bis drei und frag!

Mhm.

Lorna gab sich Mühe, die richtigen Worte zu finden, aber sie schaffte es nicht. Die Angst, dass Joyce ihr den Vorstoß übelnehmen könnte, und ihre Achtung vor Joyce' Werk lähmten ihre Zunge.

Glücklicherweise ergriff Joyce das Wort. »In dieser Reihe

haben Sie den ersten Fehler gemacht.« Sie begann, die Wolle in lockeren Schlaufen aufzuribbeln; manche legte sie sich über die Fingerspitzen, während sie mit den Nadeln herumfuhrwerkte und das Muster korrigierte.

»Wie schaffen Sie das ohne Anleitung?«

»Das Entscheidende ist das Zählen.« Joyce' Bewegungen waren flink, obwohl ihre Finger arthritisch wirkten. »Das Zählen und das Gefühl. Hier.« Sie wendete das Mäntelchen, strich darüber, drehte es wieder zurück und fügte ein paar Maschen hinzu.

»Oh! Können Sie mir zeigen, was Sie da soeben getan haben?« Lorna beugte sich unwillkürlich vor, sodass sie den Duft der alten Dame riechen könnte. L'Air du Temps stieg aus dem Seidentuch an ihrem Hals auf.

»Was ich soeben getan habe?«

»Sie haben ein Beinloch begonnen. Können Sie eins für mich stricken, damit ich mir das abschauen kann? Es ist so viel leichter, wenn einem jemand zeigt, wo der Fehler liegt.«

Die Beinlöcher, an denen Lorna sich versucht hatte, waren nun von festen Maschen umgeben, die alles zusammenhielten.

Joyce schaute sie irritiert an, merkte aber, dass die Begeisterung nicht gespielt war. Sie zuckte mit den Achseln und zeigte Lorna, wie man eine Kante strickte. »Sie machen es so und so und zählen diesmal sorgfältig mit. Sie dürfen nicht einfach raten und aufs Beste hoffen.«

Lorna schaute zu. Dank der Übung wirkten Joyce' sparsame Bewegungen sehr elegant. Stich, Schlinge, Stich, Schlinge, und schon entstand aus dem Nichts etwas Materielles. Es war vollkommen logisch, aber zur selben Zeit auch magisch.

»Was starren Sie so?« Joyce wandte den Blick nicht von dem Strickzeug ab, und Lorna fragte sich, was sie tatsächlich sah. »Haben Sie nie eine alte Schachtel stricken sehen?«

»Nie so gut wie Sie«, antwortete Lorna wahrheitsgemäß.

Joyce parierte das Kompliment mit einem Schnauben und reichte Lorna das Hundemäntelchen mit den zwei fertigen Beinlöchern zurück. »Stricken Sie die beiden anderen Löcher und bringen Sie es das nächste Mal mit«, sagte sie und schaute sie mit ihren Knopfaugen über die dunklen Brillengläser hinweg an. »Ich muss Sie allerdings vorwarnen, ich habe hohe Ansprüche. Schlamperei dulde ich nicht.«

»Ich werde mein Bestes geben«, sagte Lorna. Als sie an der Haustür noch einmal winkte, lag in Joyce' Augen ein Glitzern, das sie noch nie zuvor gesehen hatte. Neugierde vielleicht.

Und als Lorna davonfuhr, spross in ihrem Herzen ein Gefühl, das sie noch nie zuvor verspürt hatte – einem Blättchen oder einem Strahl der Morgensonne gleich. Sie schaute nach rechts und nach links, bog auf die Hauptstraße ab und hatte den deutlichen Eindruck, als würde sich Joyce auf ihre Rückkehr tatsächlich freuen.

Besser noch, sie selbst tat es auch.

8

Die Tage der zweiten Februarwoche begannen für Lorna und Tiffany vor Sonnenaufgang, wenn die Welt vor der Galerie noch dunkel war. Nur die rührigsten Hundebesitzer trotteten über die High Street in Richtung Park, die Hunde in den immer gleichen reflektierenden Mäntelchen munter vorweg.

Der Maiden Gallery stand ein großes Wochenende bevor. Erstmals hatte Lorna Gelegenheit, Geld zu verdienen und die Monatseinnahmen mit den Gewinnerwartungen in Einklang zu bringen, weil Männer ihre Kreditkarten zücken, einfach zum Selbstzweck Geld ausgeben und hoffentlich in einem spontanen Kaufimpuls extravagante Geschenke kaufen würden. Mit anderen Worten: Valentinstag stand vor der Tür.

»So, das wär's«, sagte Tiffany und musterte kritisch die morgendlichen Bemühungen. Nachdem sie ihren starken »Spezialkaffee« gekocht hatte, hatten sie Lornas CD mit den motivierenden Musikstücken eingelegt und die Galerie mit vereinten Kräften in ein romantisches Wunderland verwandelt. Dass Mary wieder mit Keith Golf spielte, war angesichts dieser umfassenden Räumaktion hilfreich gewesen. Die Gemälde hatten sie zu Gruppen aufgehängt, die den Blick auf sich zogen, in den Vitrinen glitzerte Schmuck, die Kartenständer waren frisch bestückt, und eine Wand hatten sie mithilfe von Kartoffelstempeln mit Kussmündern übersät. »Alles rot, alles rosa, alles auf der Basis von Herzen, Blumen, Hunden oder Schweinen. Reicht das?«

Lorna band den letzten Liebesknoten an den Hirschkopf aus Pappmaché, den sie niemals verkaufen, den Mary aber auch niemals an den Schöpfer zurückgeben würde. Sein Geweih war mit sämtlichen Ringen der Galerie geschmückt, befestigt mit roten Bändern in unterschiedlichen Längen. Fast festlich wirkte er. »Wir müssen die Kunden, die eine Karte kaufen wollen, davon überzeugen, dass ein Kunstwerk wesentlich länger hält als Rosen.«

»Besonders, wenn es ein Kunstwerk *mit* Rosen ist.«

»Genau.« Lorna betrachtete die belanglosen Rosenfotos, die sie für diese Gelegenheit aus ihrem Exil im Lager zurückgeholt hatte. Heute war ihre beste – und letzte – Chance. »Und falls sie sich für Schmuck entscheiden, wir haben *Unmengen* von handbemalten Schachteln zu einem vernünftigen Preis.«

»Verstehe«, sagte Tiffany und drohte übermütig mit dem Finger. Dann bückte sie sich, um Rudy zu streicheln, der sie aus seinem sicheren Rückzugsort unter dem Schreibtisch beobachtete. »Und für diesen Herrn hier eine Fliege? Vielleicht könnten wir Rudy auf die Ladentheke setzen, damit er Valentinskarten für Haustiere verkauft?«

Lorna spielte für eine Millisekunde mit dem Gedanken, den sie gar nicht schlecht fand, aber Rudys ängstliche Miene erstickte ihn im Keim. In seinem Korb in der Galerie konnte er sich nur entspannen, wenn sich außer Mary, Tiffany oder ihr niemand dort aufhielt – was zu seinem Glück fast immer der Fall war. Heute würde es, wenn es nach ihr ging, viel zu voll für ihn sein.

Sie hob ihn hoch, und er schmiegte seine spitze Schnauze in ihre Armbeuge – ein kleiner Vertrauensbeweis. »Nein, für seinen Geschmack werden vermutlich zu viele Leute da sein. Du könntest aber trotzdem Karten für Haustiere aufstellen. Wir müssen den Leuten viele Gründe geben, ihr Geld auszugeben.«

»Glaub's einer Nanny, die immer Karten für Mummy *und* Daddy *und* die Hundchen kaufen musste«, sagte Tiffany, die geschickt Hunde- und Katzenkarten aus dem Stapel herausfischte, als wären sie in einem Casino in Las Vegas. »Am Valentinstag kennt der Wahnsinn keine Grenzen. Es gibt wirklich niemanden, dem man nicht eine Karte schicken könnte.«

Als Lorna um neun das Schild auf »Offen« drehte, äugte bereits der erste Kunde durch die Tür, das Portemonnaie direkt in der Hand – ein nervöser Mann, der »nicht denselben Fehler wie letztes Jahr begehen wollte«. Mit silbernen Muschelohrringen und sicherheitshalber noch einem Rosenbild verließ er die Galerie wieder, und so ging es bis zur Mittagszeit weiter, nicht zuletzt dank der handgemalten Tafel im Schaufenster, die persönliche Hilfe bei der Auswahl des richtigen Geschenks versprach.

Erleichtert registrierte Lorna, dass viele Altbestände über

die Ladentheke gingen. Was sie aber wirklich begeisterte, war die Herausforderung, für jeden Kunden etwas Besonderes zu finden, etwas, was nicht hinten in der Schublade landete. Die Gespräche über die Kunstwerke, die die einzelnen Kunden anzogen, ließ sie auch Marys Favoriten in einem anderen Licht sehen. Eine Frau war absolut hingerissen von Bobs unförmiger Keramik, die Tiffany mit Herzen gefüllt hatte.

»Ah, das ist ja wie bei mir und meinem Freund«, sagte sie und drückte zwei Schluckauf provozierende Hic-Cups an die Brust. »Ein bisschen schräg und doch die große Liebe.« Lorna nahm sich vor, in Zukunft nicht mehr so hochmütig zu sein. Jedenfalls nicht, bevor die Einnahmen stimmten.

Sie arbeiteten ohne Mittagspause weiter. Als Lorna von einer kurzen Runde mit Rudy zurückkehrte, zerrte Tiffany sie sofort ins Büro.

»Du hast Besuch.« Sie nickte in Richtung des vorderen Raums, wo ein Mann mit einer schweren Jacke an der Ladentheke stand und skeptisch eines der Gemälde mit den Schafsköpfen beäugte. Als er den Kopf zur Seite neigte und die Stirn runzelte, sah sie, dass es Sam war. Mit dem Bart hatte sie ihn nicht gleich erkannt. Sofort spürte sie, wie sich ihr Brustkorb zusammenschnürte – nicht vor Begeisterung, sondern aus Angst, etwas Dummes zu sagen.

Gleichzeitig empfand sie Stolz, dass er ihr neues Unternehmen sah, das heute so gut angenommen wurde. *Das zeigt doch*, dachte sie trotzig, *dass ich in Sachen Kunst nicht total unfähig bin.*

»Wer ist das denn?« Tiffany beugte sich zu ihr. »Erzähl mir nicht, dass das einer der Künstler ist, mit denen du neulich telefoniert hast. Dann kannst du mir gleich einen Vollzeitjob anbieten. Ich könnte mir problemlos vorstellen, mit ihm über seine kreativen Impulse zu reden.«

»Er ist kein Künstler, sondern ein alter Freund von mir.« Lorna fragte sich, was für ein Künstler Sam wohl sein sollte. Ein Schmied? Ein grobschlächtiger Holzarbeiter? Sie sah es fast vor sich.

»Aha, verstehe.« Tiffany zog eine Augenbraue hoch. »Was für ein Freund?«

»Du bist ihm doch selbst begegnet! Sam Osborne. Wir haben ihn in der Bar des Colbert getroffen. Er ist der beste Freund meines Schwagers«, fügte sie hinzu, als Tiffany sie ratlos anschaute. »Der Projektentwickler. Ich kenne ihn, seit ich elf bin. Es ist nicht so, wie du denkst, also vergiss es einfach.« Lorna merkte selbst, dass sie zu vehement protestierte, und Tiffanys ungläubiger Blick bestätigte ihr, dass sie nicht überzeugt war.

»Wie viele alte Freunde hast du denn?« Tiffany neigte den Kopf, um an einer Schmuckvitrine vorbeizuschauen. »Ich liebe Jungen vom Land. Ist er Bauer? Mit nacktem Oberköper, eine Sense über der Schulter, sieht er sicher fantastisch aus …«

»Du siehst zu viel fern, Tiffany. *Poldark* hat nichts mit der Arbeit auf dem Land zu tun.«

»Meinst du wirklich?«

Lorna schüttelte den Kopf und durchquerte die Galerie.

Das Herz schlug ihr bis zum Hals, aber sie gab sich Mühe, gelassen zu wirken. Zweimal schnell unauffällig die Fäuste geballt, ein freundliches Lächeln. Genau so. Entspannt.

»Hallo!«, sagte sie. In Sams Nähe roch man die frische Luft, die sein Mantel ausströmte. Sie umhüllte seine Schultern und ließ sie noch breiter wirken. »Ich kann dir einen Preisnachlass anbieten. Wir haben noch weitere Bilder von der Sorte, falls du lieber ein anderes Schaf möchtest.«

»Die Augen stimmen nicht«, sagte er und deutete auf die gelben Knopfaugen. »Jakobschafe haben keine gelben Augen.«

»Vielleicht ist es ja kein Jakobschaf, sondern ein Walterschaf!« Lorna zuckte innerlich zusammen über ihren Witz.

Sam wirkte missmutig. »Etwas Besseres fällt dir nicht ein?«

»Das war mein einziger Schafwitz.«

»Nun, dann will ich es dir nachsehen. Ich kenne überhaupt keine Kunstwitze.« Er zeigte in den Raum. »Sieht gut aus! Ich war in der Stadt und dachte, ich schau mal, was du so treibst.«

»Gefällt es dir?« Sie konnte den schnippischen Unterton nicht verhindern.

Sam zog eine Augenbraue hoch. »Na ja, immerhin weiß ich, was diese Bilder darstellen. Mum hat mir schon von dir berichtet. Du hast einer ihrer Busenfreundinnen eine Geburtstagskarte verkauft, und den Rest hat sie irgendwo aufgeschnappt. Ich weiß.« Er hob die Hände, um anzudeuten, dass man dagegen machtlos war. »So ist Longhampton. Viel passiert hier nicht, deshalb sind Klatsch und Tratsch … Nicht dass du Klatsch und Tratsch wärst, natürlich.«

»Ach komm.« Den spöttelnden Unterton hatte sie durchaus vernommen – dass Sam wusste, was die Bilder darstellten, hieß noch lange nicht, dass sie ihm gefielen. Es bestätigte nur ihre schlimmsten Befürchtungen. »Wir wissen doch beide, dass man in der Lokalzeitung landen kann, nur weil man einen Hut trägt.«

»Immerhin kann ich dann für einen Moment dem Rampenlicht entfliehen«, sagte Sam.

»Wieso? Gibt es Gerüchte über dich?« Wurde darüber getratscht, wieso er zurückgekehrt war?

Er schien sich über sich selbst zu ärgern. »Nein«, sagte er in einer Weise, die keine Nachfragen duldete.

»Und?«, sagte eine Stimme hinter ihr. »Dürfen wir Ihnen vielleicht ein paar Valentinskarten zeigen? Wir haben ein paar wirklich schöne Exemplare.«

Wie bitte? Lorna fuhr herum.

»Sie müssen auch nicht unbedingt für eine Dame sein.« Tiffany war hinter ihr aufgetaucht, ein Lächeln auf den Lippen, das jeden Bauern betören würde. »Wir haben Karten für jeden Bedarf: für einen guten Freund, Ihre Mutter, Ihren Hund, Ihre Lieblingskuh?«

»Für meine Mutter?«, fragte Sam entsetzt, während Lorna fragte: »Für eine Kuh?«

»Ich bin da vollkommen offen.« Tiffany neigte den Kopf. »Ihr seid halt Landvolk. Jeder nach seinem Plaisir. Also, was darf es sein? Irgendetwas für die Ehefrau? Für die Freundin? Für beide?«

»Tiff, da drüben interessiert sich eine Dame für die Eierschalen«, sagte Lorna und zeigte in Richtung der Keramik. »Sag ihr, dass sie in Gruppen von dreien besser aussehen. Es sei denn, sie möchte Schmuck hineinlegen, dann könntest du sie zur Vitrine mit dem Silber führen.«

»Mach ich!« Sie blieb noch einen Moment stehen und musterte Sam, bis Lorna sie anstieß und verscheuchte.

»Also ...«, begann sie, aber ihr Kopf war plötzlich leer. Sie hatte eine Menge wichtiger Fragen, die sich für Smalltalk aber nicht eigneten. Bist du verheiratet? Warum der

Bart? Wie kommt es, dass Jess und Ryan dich schon seit Ewigkeiten nicht mehr erwähnt haben, wo du doch früher jedes zweite Wochenende dort warst?

»Wer war das denn?«, fragte er im Plauderton. »Von früher kenne ich sie nicht, also werde ich Mum wohl berichten müssen, dass hier jemand Neues arbeitet.«

»Das ist Tiffany. Sie ist Nanny. Du bist ihr schon einmal begegnet, damals in der Bar.«

Sam schaute sie ratlos an. »Aha? Sollte ich mich an sie erinnern?«

»Keine Ahnung, ob du das solltest.« Tiffany hatte diese verruchten Augen, an denen Menschen (Männer) nur schwer vorbeigehen konnten. Wenn Lorna und sie in ihren WG-Zeiten ausgegangen waren, hatten sich immer alle erkundigt, ob Tiffany Model sei, bis Lorna sich gefragt hatte, ob sie ein Doppelleben führe. Tiffany hatte stets erwidert, dass sie wie das Cup-DD-plus-Model von M&S-Dessous aussehe. »Sie ist im Moment arbeitslos, und da ich so viel Platz habe, wohnt sie vorerst hier. Was denn? Wieso lächelst du?«

»Das waren eine Menge Informationen. Ich hatte dich ja nicht gefragt, ob du oben drei Kinder versteckst.« Er hielt inne und neigte den Kopf. »O nein. Tust du das etwa?«

»Drei Kinder, ganz allein? Nein«, sagte Lorna und machte eine Pause. »Es sind vier.«

Im ersten Moment wirkte Sam schockiert, dann verdrehte er die Augen.

»Gut zu sehen, dass dein Humor immer noch so fragwürdig ist wie früher. Aber egal, was ist nun mit einem Drink? Ich habe noch in der Stadt zu tun, aber wenn du später Zeit hast, könnten wir doch im Jolly Fox ein Bier zusammen trinken, oder?«

Wollte sie das? Lorna wollte die Tageseinnahmen zählen, außerdem musste sie unbedingt noch einmal das Lager sichten und die Bestände für die Eröffnung am Sonntag auffüllen. Dann war der Kühlschrank leer, der Wäschekorb quoll über, und sie musste dringend mit Tiffany reden, was denn nun mit der Agentur sei und wie lange sie zu bleiben gedenke. Und an weiteren Ratschlägen in Sachen Kunst hatte sie auch kein Interesse.

»Klar«, hörte sie sich sagen. »Warum nicht?«

Lorna konnte sich gar nicht mehr erinnern, wie das Jolly Fox am Ende der High Street ausgesehen hatte, aber als sie in dem Pub saßen, versicherte ihr Sam, dass er Gott sei Dank kaum wiederzuerkennen sei.

Als sie sich umschaute, war sie froh, dass sie nie im alten Pub gewesen war, wenn dies eine Verbesserung sein sollte.

»Du musst dich doch an die Steigbügel erinnern, die am Flaschenbord hingen«, sagte er und zeigte auf die verspiegelten Regale, in denen sich hinter einem Zaun von Flaschen mit exotisch gefärbten Flüssigkeiten die Rücken der Gäste spiegelten. »Und an das sogenannte Bier vom Fass, von dem wir annahmen, dass es sich einfach um Jims Selbstgebrautes handelte? Und an die Sitzecken? Nun komm schon«, fügte er ungläubig hinzu, als sie ihn ratlos anschaute. »An die Sitzecken *musst* du dich erinnern.«

»Sam, ich war dreizehn, als meine Familie Longhampton verlassen hat«, sagte Lorna. »Ich habe nie einen Fuß in diesen Laden gesetzt.«

»Doch, bestimmt. Das Durchschnittsalter lag bei knapp über siebzehn, und da sind die alten Säcke, die immer im Nebenraum Domino gespielt haben, schon mit berücksichtigt.«

Sie schüttelte ungeduldig den Kopf. »Weißt du das nicht mehr? Ich sah aus wie zehn und wurde nie irgendwo reingelassen. Jess hat den Türstehern immer erzählt, ich würde für einen plastischen Chirurgen arbeiten und ermäßigtes Botox bekommen, aber nicht einmal mit ihrem gefälschten Ausweis hat es funktioniert.«

»Ha! Ja klar. Der gefälschte Ausweis ...« Die Bedienung erschien, und Sam bestellte Cider für Lorna und Guinness für sich. Dann stützte er sich auf die Ellbogen und musterte sie auf die coole Weise, die damals in London ihre Eingeweide zum Schmelzen gebracht hatte. Plötzlich hatte er so viel älter ausgesehen, wie ein gestandener Mann. Sie selbst hatte sich für erwachsen, selbstbewusst und unabhängig gehalten, aber offenbar hatte er das nicht so gesehen, danach zu urteilen, wie er mit ihr gesprochen hatte.

»Komisch«, sagte er, »ich denke immer, du bist genauso alt wie wir.«

»Damals hast du das nicht gedacht.« Bis zu diesem Moment hatte sie ganz vergessen, wie verletzend es gewesen war, so oft zurückgelassen zu werden und nur zu diesem »Wir« zu gehören, wenn es den anderen passte. »Und jetzt denkst du es nur, weil du dir gerne einreden möchtest, du seist vier Jahre jünger.«

»Nein, das hast du falsch verstanden, tut mir leid. Ich wollte sagen, dass du immer vier Jahre älter gewirkt hast. Oder vielleicht waren wir anderen auch so unreif ...« Er merkte, dass er sich zunehmend verstrickte. »Hilfe, halt den Mund, Mann.« Er streckte ihr das Handgelenk hin, damit sie ihm einen Klaps verpassen konnte – was Jess immer von Ryan verlangt hatte, eine Art Running Gag. Für einen Moment war er wieder der alte Sam, so vertraut wie ein ausgebleichtes T-Shirt.

Das war alles ziemlich verwirrend, dachte Lorna und konnte ihm plötzlich nicht mehr in die Augen schauen. Es war leichter, ihn im Spiegel anzusehen. Mit dem Bart hatte das nichts zu tun, sondern mit etwas anderem, was sie an ihm noch nie wahrgenommen hatte: einer Nervosität und etwas Fahrigem in seinen Bewegungen, als würde er sich in seiner Jeans und dem neuen karierten Hemd nicht ganz wohlfühlen. Irgendetwas hatte sich verändert. Vielleicht hatte Sam ebenfalls Probleme damit, dass ein paar Dinge wie immer waren, während anderes sich bis zur Unkenntlichkeit verändert hatte. Der Bauernhof. Seine Pläne. Sie selbst vielleicht.

Das musste es sein, dachte Lorna, die seinem Blick im Spiegel auswich und dabei sich selbst erblickte. Ihre Haare waren unordentlicher, als sie gedacht hatte, und der himbeerfarbene Lippenstift, den sie auf dem Weg aus der Galerie vor einem spiegelnden Bilderrahmen aufgetragen hatte, hatte sich auch schon wieder verflüchtigt. Sie schaute schnell weg. Nie sah sie aus wie in ihrer Vorstellung.

Sam hatte die unwillkürliche Bewegung bemerkt. »Was ist?«

»Diese Spiegel.« Sie nickte verlegen hinüber. »Wer möchte sich schon dabei beobachten, wie er sich besäuft?«

»Vermutlich hängen die da, damit man sieht, wer einem die Handtasche klaut oder einen in den Hintern kneift. Man kann vieles ändern, aber die Gäste ...« Ihre Augen begegneten sich im Spiegel. Sam lächelte, ein sanftes Lächeln, das seine braunen Augen erreichte. Lorna merkte, dass sie ihn vermisst hatte. Nicht ihn selbst vielleicht, sondern die Möglichkeiten, die sich aus ihrer, Lornas, Verliebtheit ergeben hätten, die Erinnerungen, die er wie Wolken hinter sich herzog. Lange Zeit hatte sie überhaupt nicht an Sam denken können, aber da war er nun, und seit sie nicht mehr auf Städter machen mussten, war alles irgendwie leichter.

Ihr gefiel das Gefühl, wie sich auf ihren Lippen ein Lächeln ausbreitete, das sich in seinem spiegelte.

Der Moment hing zwischen ihnen, dann hustete Sam. »Dahinten ist ein Tisch. Sollen wir uns setzen? Es gibt etwas, was ich gern loswerden würde.«

»Ja«, sagte Lorna. Das Glücksgefühl löste sich in Wohlgefallen auf. Sie war sich nicht sicher, ob sie seine Auslassungen hören wollte, was auch immer es war.

Es waren nicht viele Leute im Pub, und sie hatten freie Platzwahl. Sie setzten sich unter ein Bild vom Bahnhof von Longhampton, der in natura nie so schön gewesen war. Der Tisch war klein genug, dass sich ihre Knie fast berührten, aber auch nur fast. Sam stellte sein Glas mitten auf einen Bierdeckel, der Werbung für das lokale Ale machte, und schaute Lorna in die Augen. Sein Blick war verwirrend klar. Sie hatte immer schon das Gefühl gehabt, er könne direkt in ihren Kopf hineinschauen. Am liebsten würde sie sich in wilden Fantasien ergehen, um ihre weniger edlen Gedanken zu verbergen.

»Es steht ein Elefant im Raum, den würde ich gerne loswerden«, begann er.

Lorna schenkte sich langsam Cider ein, aber ihre Hand zitterte. »Was für ein Elefant?«, fragte sie und hätte fast hinzugefügt: »Ich wusste gar nicht, dass ihr neuerdings Elefanten züchtet.« Sie konnte sich gerade noch beherrschen.

»Als wir uns das letzte Mal gesehen haben … habe ich mich wie ein Idiot aufgeführt. Das tut mir leid.«

Lorna spürte ein Ziehen in der Brust. Wofür genau entschuldigte er sich? Für den herablassenden Rat oder für diese … diese andere Demütigung?

»Ich hätte das nicht sagen sollen mit der Pop-up-Galerie.« Sam kratzte sich am Bart. »Das tut mir leid. Was verstehe ich schon von Kunst, im Gegensatz zu dir? Als ich damals nach Hause ging, wäre ich fast umgekehrt, um mich zu entschuldigen, aber ich wollte es nicht noch schlimmer machen. Du hast den künstlerischen Hintergrund, während ich nur die Zahlen im Kopf habe.«

»Nun, um ehrlich zu sein, war die Sache in beiderlei Hinsicht ein bisschen …« Lorna starrte in ihr Glas. Damals hatte sie den großen Wurf gewittert, weil Zak – der Künstler, den sie »entdeckt« hatte – es ihr eingeredet hatte: Zak, der Mann der Zukunft, definitiv. Ha! *Ich* muss mich für meine Worte entschuldigen. Du hattest recht.«

»Wie viel hast du verloren?«

»Lass uns nicht darüber reden.«

Er verzog das Gesicht. »Hör zu, hinterher sind wir immer schlauer. In der Hitze des Gefechts sieht das anders aus.«

In der Hitze des Gefechts. Lornas mentale Verteidigungsmechanismen brachen unter der Last der Erinnerungen zusammen. Sie hatten an einem Ecktisch in einem schönen Restaurant gesessen und auf Sams Kosten gespeist. Lorna hatte sich ihm ebenbürtig geführt, endlich. Sie hatte ihr eigenes Geld, ihren eigenen Plan, ihren eigenen Papierkram. Sie hatte ihn um Rat gebeten, und den hatte er mit dem Selbstbewusstsein eines Dreißigjährigen in einem Tausend-Pfund-Anzug erteilt.

Sams Rat hatte nicht dem entsprochen, was sie sich erhofft hatte, aber sie hatte versucht, ihn anzunehmen und sich zu sagen, dass Sam nur als erfolgreicher Finanzexperte sprach und keine Ahnung von der künstlerischen Seite hatte. Dann hatte er gelächelt und erklärt, jetzt sei aber Schluss mit den langweiligen Arbeitsthemen. Er hatte noch ein Flasche Wein bestellt, während sie sich die Wunden leckte und gute Miene zum bösen Spiel machte. Der Wein war gekommen, und sie hatten getrunken und über Ryan und Jess gesprochen – den Ryan und die Jess von heute mit den drei Kindern, nicht über alte Geschichten. Es hatte sich angefühlt, als stünden sie am Beginn von etwas Neuem. Sam hatte sie anders angesehen als sonst, so anders, dass Lorna, während er geredet hatte, die Hand ausgestreckt und seine wunderschöne glatte Wange berührt hatte.

Mehr hatte sie nicht getan. Sie hatte die Fingerspitzen auf seinem Wangenknochen liegen lassen, so wie sie es seit Ewigkeiten gerne getan hätte, aber er hatte – ihr schauderte immer noch bei der Erinnerung – ihr Handgelenk umfasst und freundlich erklärt: »Das ist keine gute Idee, Lorna.«

Als wäre sie ein Teenager, der zu viel Cider getrunken und eine Grenze überschritten hatte.

Insofern, ja, sie hätte sich geschickter anstellen können. Sie schaute weg.

Sam wartete keine Reaktion ab. »Das ist jetzt passé«, verkündete er und winkte mit der linken Hand ab. Lorna registrierte, dass er immer noch den Siegelring trug, den sie in seiner Londoner Zeit erstmals gesehen hatte. Er hatte also nicht sämtliche manierierten Elemente seines Stadtlebens abgeworfen.

»Passé.« Aber sie waren hier und ständig von der Vergangenheit umgeben.

»Hast du Milo und Tyra in letzter Zeit mal gesehen?«, erkundigte er sich. »Ich muss zugeben, dass ich ein miserabler Patenonkel bin. Es ist sicher über ein Jahr her, dass ich mal mit Ryan ein Bier trinken war.«

»Oh, denen geht es gut. So wie immer.« Lorna konzentrierte sich auf ihren Cider. »Tyra ist sechs, geht aber eher auf die sechsundzwanzig zu, und Milo interessiert sich für Monstertrucks. Vermutlich würde er wahnsinnig gern mal mit einem Traktor fahren. Das ist deine Chance! Das gibt sofort Pluspunkte! Er wird absolut begeistert sein, einen Bauern zum Patenonkel zu haben.«

Sams Lächeln war freundlich, aber dieses Mal erreichte es seine Augen nicht.

»Entschuldigung, habe ich etwas Falsches gesagt?«

»Nein. Vermutlich bin ich ja wirklich ein Bauer.« Wieder strich er sich übers Kinn, offenbar ein nervöser Tick. »Es fühlt sich nur komisch an, wenn du das sagst. Gabriel ist in meinen Augen ein Bauer. Oder Dad. Ich nicht.«

»Du siehst dich immer noch als Projektentwickler? Um Himmels willen, das ist doch ein Job aus der Zeit vor der Rezession.«

Er rang sich ein mattes Lächeln ab. »Es geht um mehr als das. Es geht eher darum … wer ich bin. Auf einem Hof zu arbeiten ist doch kein Beruf, oder? Das ist kein Job, wo man morgens hingeht und um fünf Feierabend macht. Man lebt mit dem Hof und dem Land.« Er trank noch einen Schluck Bier. »Ich weiß nicht, wie ich das richtig ausdrücken soll, tut mir leid.«

»Aber du und Gabe, ihr habt doch dieselben Gene.«

Lorna zuckte mit den Achseln. »Okay, er war in Hartpury, aber ihr habt doch dieselbe Erziehung genossen. Es gibt keinen Grund, warum du die Arbeit nicht genauso gut erledigen können solltest, auf deine Weise.«

»Das könntest du über Jess und dich auch sagen, oder?« Er zog eine Augenbraue hoch. »Sie könnte auch tun, was du tust? Musste sie Lehrerin werden, nur weil euer Vater Lehrer war? Und musstest du eine gute Künstlerin werden, weil deine Mutter eine war?«

Das saß. Er hatte sie am empfindlichsten Punkt ihrer Seele getroffen. Sam meinte es nicht so, aber konnte er nicht sehen, dass nichts sie so quälte wie die Erkenntnis, dass sie ihrer Mutter nicht das Wasser reichen konnte?

Andererseits, woher sollte er das wissen? Sie hatte es ihm nie erzählt. Sie hatte einfach gehofft, er verstehe es. Weil er sie *kannte.*

Sie sahen sich an, während ein Pulk vom örtlichen Rugby Club die Theke stürmte, junge Männer mit Tätowierungen und Sporttrikots, scherzend und rempelnd wie junge Ochsen. Lorna suchte nach Worten, weil Sams Blick nahelegte, dass sie das Richtige sagen sollte. Das Problem war, dass sie weder wusste, was er gerne hören, noch, was sie sagen wollte. *Was machst du auf einem Hof, den du gar nicht schnell genug hinter dir lassen konntest?* war keine hilfreiche Frage.

Plötzlich erschien das Selfie von Tiffany und ihr auf ihrem Handydisplay, und sie nahm den Anruf entgegen.

»Tut mir leid, dass ich dein heißes Rendezvous im Land-Pub unterbreche«, sagte Tiff, »aber deine Nichte ist soeben eingetroffen.«

»Meine Nichte?« Lorna dachte sofort an Tyra, mit ihren

glitzernden goldenen Regenstiefeln und dem pinkfarbenen Regenmantel.

»Etwa sechzehn, meine Größe, blond.« Tiffany senkte die Stimme. »Nicht wirklich blond. Eher mausgrau.«

Nicht Tyra. Hattie. Lorna schaute zu Sam auf.

»Das ist Harriet«, sagte sie zu Tiffany. Sam stellte sein Glas hin und musterte sie fragend.

»Sie sieht genauso aus wie du! Die gleichen Augen, die gleichen Gesten. Fast unheimlich ist das.«

»Danke.« Hattie war sehr hübsch, mit ihren langen Beinen und der zarten Teenagerhaut, die sie gerne unter allzu viel Make-up verschwinden ließ. »Ich wusste gar nicht, dass sie kommt. Kannst du sie mir mal geben?«

»Ich bin mir nicht sicher, ob das hilfreich wäre«, sagte Tiffany. »Sie ist seit einer halben Stunde in der Küche und räumt Sachen hin und her. Sogar den Abwasch hat sie erledigt, kannst du dir das vorstellen? Ich habe sie natürlich gelassen. Sie will nicht reden, glaub's mir, ich bin nämlich ziemlich gut darin, Kids zum Reden zu bringen. Ich will dir keine Angst einjagen, aber ich würde sagen, dass sie ziemlich durch den Wind ist.«

»Sagtest du, sie ist schon eine halbe Stunde da? Warum hast du mich denn nicht angerufen?«

»Das habe ich doch versucht«, sagte Tiffany. »Du bist aber nicht an dein Handy gegangen.«

Es war die ganze Zeit auf stumm gestellt. Nun sah Lorna, dass sie noch andere Anrufe verpasst hatte: Jess fest, Jess mobil und Tiffany mobil. Lorna zerbrach sich den Kopf. Hatte sie sich bereit erklärt, Hattie übers Wochenende zu sich zu nehmen? Sicher nicht. Jess hatte einen dieser Familienkalender mit Spalten für Ryan, Hattie, Tyra, Milo und sich selbst. Sie hätte mindestens noch einmal angerufen, um Lorna daran zu erinnern.

»Warum denkst du, dass sie durch den Wind ist?«, erkundigte sich Lorna. »Hat sie etwas gesagt?«

Es entstand eine Pause, als würde Tiffany in den Flur treten. »Ist nur so eine Ahnung«, sagte sie trocken. »Sie hat ununterbrochen geweint, seit sie hier ist.«

9

Als Lorna in die Küche kam und das Mädchen da sitzen sah, missmutig in einen Snoopy-Becher starrend, musste sie zweimal hinschauen. Hattie sah aus wie sie selbst auf den Fotos aus ihrer pseudokünstlerischen Jugend, nur mit Kapuzenjacke und Camden-Market-Haremshosen statt Jeans und Stone-Roses-T-Shirt.

Hattie hatte ihr hellbraunes Haar getönt, wie ein feiner Vorhang hing es ihr ins Gesicht, so vanilleblond, wie Lornas natürliche Haarfarbe in dem Alter gewesen war. Aber die Art und Weise, wie sie in den Becher stierte, als könnte sie ihn mit der schieren Kraft ihres Elends zum Schweben bringen, war von einer Intensität, die an Jess erinnerte. Die wiederum hatte sie von ihrer Mutter geerbt, die derart konzentriert auf eine Leinwand schauen konnte, dass Lorna immer die Befürchtung gehabt hatte, sie würde Löcher hineinsengen. Hattie stützte sich auf die Ellbogen, das Kinn ruhte auf den Handflächen. Einen Ärmel hatte sie wie ein kleines

Mädchen über die Hand gezogen, aus dem anderen war sie herausgeschlüpft, sodass man ihren schmalen weißen Arm mit den verblassten Schnörkeln einer Hennatätowierung sah. Um das knochige Handgelenk trug sie ausgefranste Freundschaftsbänder.

Die langen Finger mit den Silberringen, die mit Mascara verklebten Wimpern, die gebeugten Schultern ... halb Jessica, halb Lorna. Es war schwer, etwas von dem robusten Landmenschen Ryan in ihr zu erkennen.

Tiffany saß neben ihr. Vor ihnen standen zwei Becher und die Reste eines Schokoladenkuchens. Als Lorna eintrat, lehnte sich Tiffany zurück und sagte beiläufig: »Hallo, da bist du ja wieder! Einen Tee? Ich habe gerade welchen gemacht.«

Lorna wollte genauso entspannt antworten, aber irgendetwas an Hatties defensiver Haltung machte sie hochgradig nervös. Dies hier war kein spontaner Besuch, um sich mal wieder blicken zu lassen. Rudy musste es ebenso empfinden. Er hockte so dicht an Hatties Füßen, dass er ihr fast die Schnauze auf die Turnschuhe legen konnte, was er bei Fremden sonst nie tat. Als Lorna näher trat, wich jede Spannung aus seinem Körper, als registriere er ihre Rückkehr mit Erleichterung.

»Hallo, Hattie! Was für eine schöne Überraschung. Ich wusste gar nicht, dass du kommst.« Sie setzte sich neben ihre Nichte und nahm sie in den Arm. Unter dem Sweatshirt spürte sie ihre Knochen, stark und zerbrechlich zugleich. »Alles in Ordnung?«

»Ja.« Kaum mehr als ein Hauch war das.

»Weiß deine Mum, dass du hier bist?« Sie schaute zu Tiffany hinüber, die schüttelte den Kopf.

»Nein.« Hattie sah auf. Ihre blauen Augen wirkten riesig in dem herzförmigen Gesicht. »Bitte ruf sie noch nicht an. Bitte.«

»In Ordnung. Na ja, irgendwann werde ich sie anrufen müssen«, sagte Lorna. »Sie wird sich fragen, wo du bist.«

»Es wird ihr egal sein.«

»Bestimmt nicht«, sagte Tiffany. »Ich kenne deine Mutter nicht, aber ich weiß, dass es ihr nicht egal sein wird.«

»Nur ein kurzer Anruf.« Lorna stand auf und griff nach ihrem Handy. Jess würde außer sich sein. Wenn sie ihre Kinder mit Bungee-Seilen festbinden könnte, um sie immer in der Nähe zu haben, würde sie es tun.

Sie ignorierte Hatties klagende Proteste und ging in den Vorraum. Auf dem Display entdeckte sie eine SMS von Sam: *Alles ok mit Hattie? Sag hallo von mir – sag ihr, dass ihre Mum in ihrem Alter viel schlimmer war! Toll, dass wir uns gesehen haben – du schuldest mir ein Bier. Lass uns telefonieren. S.*

Lorna starrte aufs Display. War sie enttäuscht, dass er kein X mitsandte? Oder erleichtert, dass Sam unkomplizierter war, als sie gedacht hätte? Der Abend war ganz anders gewesen als erwartet. Sam war nicht im Mindesten so schwierig gewesen wie bei ihrer letzten Begegnung, aber der alte Sam war er auch nicht.

Weiter konnte sie nicht darüber nachdenken, weil sich Jess beim zweiten Klingeln meldete.

»Lorna? Sag schnell!« Die Stimme ihrer Schwester klang schrill vor Anspannung. »Die Leitung muss frei bleiben. Wir erleben hier gerade die Hölle.«

Lorna setzte sich auf halber Höhe auf die Treppe, mit Blick auf die Küche, ohne dass Hattie und Tiffany sie hören konnten. Tiff, die eine Expertin für Eltern-Kind-Konflikte war, hatte das Radio angeschaltet.

»Was das betrifft, kann ich vielleicht behilflich sein«, sagte Lorna. »Hattie ist hier.«

»Oh, Gott sei Dank. Gott sei Dank.« Jessica legte die Hand auf die Sprechmuschel und sagte zu jemandem: »Sie ist bei Lorna ... Ich weiß, ich weiß! ... Ich weiß, ich werde es ihr sagen ... Ryan, das ist jetzt nicht hilfreich!« Ihre Stimme klang gebrochen, als sie fortfuhr, und Lorna erschrak. »Wir sind vollkommen außer uns. Ich wollte die Polizei anrufen, aber Ryan hat mir ständig erklärt, dass ich überreagiere und die Sache nur noch schlimmer mache ...«

»Wie lange seid ihr denn schon ...«

Jess ließ sie gar nicht ausreden. »Seit heute Morgen! Ich habe den ganzen Tag versucht, sie anzurufen, aber die junge Dame geht ja nicht an ihr Handy. Gestern Abend hat sie bei einer Freundin übernachtet, aber ich hatte sie gebeten, heute Morgen sofort zurückzukommen. Ich wollte mit den Kindern in die Stadt fahren, um für Ryan ein Geburtstagsgeschenk zu kaufen. Heute Abend wollten wir zur Feier des Tages essen gehen. Das weiß sie auch, weil wir es jedes Jahr so machen. Hattie sucht für gewöhnlich seinen Geburtstagskuchen aus!«

Oje, Ryans Geburtstag. Lorna fiel er immer erst hinterher ein, selbst jetzt noch, wo sie einen ganzen Laden voller Geburtstagskarten hatte. Jess hingegen vergaß nie einen Geburtstag. Sie hatte ein besonderes Büchlein dafür.

»Also, was ist los? Es passt gar nicht zu Hattie, dass sie ihre Mitmenschen in dieser Weise in Panik versetzt.«

Hattie war ein mustergültiger Teenager – Samstagsjob bei Wagamama, immer Bestnoten, halbwegs anständige

Flötenschülerin. Nur etwas mager war sie, aber Jess machte auch ständig irgendwelche Diäten, sodass man im Haushalt der Protheros nur schwer an Kekse herankam. Die junge Frau an Lornas Küchentisch wirkte ziemlich aufmüpfig, wenn sie nicht gerade weinte. Gar nicht wie die Hattie, die sie kannte.

Am anderen Ende der Leitung trat eine verräterische Pause ein. Der Klang veränderte sich, als hätte sich Jess in einen anderen Raum zurückgezogen. »Nun, um ehrlich zu sein, war sie in letzter Zeit ziemlich launisch. Sie wollte nichts mit den Kindern unternehmen, gab ihrem Vater ständig Widerworte ...«

»Kaum zu glauben. Hattie hat *Ryan* Widerworte gegeben?«

»Ich weiß. Ich verstehe ja, dass es nicht immer leicht ist, einen Zeitvertreib zu finden, der für die Kleinen ebenso akzeptabel ist wie für sie. Aber wir sind eine *Familie*, wir unternehmen Dinge zusammen. Ich dachte immer, ihr gefällt das. Und dass sie Ryans Geburtstag boykottiert hat, ist für mich unfassbar. Ich habe einfach keine Idee, wo das Problem liegen könnte. Warum sollte sie es mir verheimlichen, wenn sie irgendwohin geht? Wie kann sie vergessen, dass wir krank vor Sorge sind, wenn wir nichts von ihr hören?«

Lorna fielen spontan mindestens vier Gründe ein: Streit mit einer Freundin, ein nicht genehmigtes Piercing, hormoneller Überschwang, ein gebrochenes Herz. Und vielleicht die Unlust, den Samstagabend mit zwei kleinen Kindern und ihren Eltern in einer Pizzakette zu verbringen – zumal ihr Dad in besonders glücklichen Momenten zu spontanen Tanzeinlagen neigte. Es dürfte nicht allzu schwer sein, den wahren Grund herauszufinden.

»Ach, Teenager«, sagte Lorna vage. »Du weißt doch, wie wir waren.«

»Waren wir so schlimm? Wir wären niemals damit durchgekommen, wenn wir einfach abgehauen wären. Und ganz bestimmt hätte man es uns nicht durchgehen lassen, wenn wir Widerworte gegeben hätten …«

»Jess, als du Hattie bekommen hast, warst du nur wenige Jahre älter als sie jetzt.«

Schweigen.

»Hör zu«, sagte Lorna im selben Moment, als Jessica empört sagte: »Von Ryan, mit dem ich seit meinem fünfzehnten Lebensjahr zusammen war und es immer noch bin.«

Der Geruch von Toast drang aus der Küche, und in der Ferne schlug die Rathausuhr acht. Der Abend begann, dachte Lorna, aber für ihr Gefühl war er bereits zu Ende.

Ihr Gehirn begab sich auf unerlaubte Nebenwege. Wohin war Sam wohl gegangen, nachdem sie den Pub verlassen hatte? Nach Hause? Zu einem Freund? Hatte er überhaupt noch Freunde hier? Hatte er eine Freundin hier? Oder in London? Aus irgendeinem Grund hatten sie gar nicht über ihn gesprochen.

Jess seufzte. »Tut mir leid. Wir waren immer so glücklich mit Hattie. Sie hat uns nie Kummer bereitet. Himmel, ich klinge ja wie eine x-beliebige Mutter.« Nach einer Pause stöhnte sie: »Aber das bin ich ja auch, oder?«

»Jetzt ist sie in Sicherheit und isst Kuchen, also trink einfach ein Glas Wein und genieß den Rest von Ryans Geburtstag.« Lorna rückte eins der gerahmten Bilder gerade, die sich die Treppe hochzogen – eine Sammlung alter Modedrucke, für die sie bislang nie Platz gehabt hatte. »Ich rede mit ihr. Vielleicht erzählt sie mir, was los ist. Vermutlich steckt gar nichts dahinter, Jess. Morgen kann sie mir in der Galerie helfen. Anschließend setze ich sie in den Zug, dann ist sie zum Abendessen wieder daheim.«

»Hast du denn Platz genug? Wo soll sie denn schlafen?« Das klang schon wieder ganz nach Jess: Probleme identifizieren, um sie zu lösen.

»Hier ist genug Platz. Tiffany wohnt im Gästezimmer, und Hattie kann auf dem Sofa schlafen, wenn sie kein Problem mit zusammengewürfelter Bettwäsche hat.«

»Tiffany wohnt bei dir? Wolltest du nicht Zeit und Raum für dich haben?«

»Manchmal kommt es eben anders.« Lorna hörte angeregte Stimmen aus der Küche, dann ein kurzes Gelächter, über die Musik hinweg. Das war ein gutes Zeichen. »Tiff bleibt nicht lange. Nur bis sie eine andere Stelle gefunden hat.«

»Dann will ich hoffen, dass Hattie nicht in euren Frauenabend geplatzt ist.«

»Nein. Eigentlich war ich unterwegs. Ich war mit Sam Osborne im Pub.«

»Mit Ozzy?« Jess klang überrascht. »Ist er denn in Longhampton?«

»Ja. Er hat den Hof von Gabriel übernommen.«

»Nein!« Jessica klang überrascht. »Den Hof, ernsthaft? Hatte Ozzy nicht sogar Auswanderungspläne – für den Fall, dass sein Dad ihn wieder zu den Kälbern zurückholen will?«

»Wie ich schon sagte, manchmal kommt es eben anders. Gabriel ist in eine Ballenpresse geraten und konnte den Hof nicht mehr allein führen, also haben sie Sam überredet, zurückzukommen und den Betrieb zu übernehmen.«

»Oh, wie traurig. Na ja, vielleicht hat er in den zehn Jahren in London seine Meinung über das Landleben auch geändert. Es muss für euch beide schön sein, auf ein vertrautes Gesicht zu stoßen. Wo wart ihr denn? Im Jolly Fox?«

»Woher weißt du das?«

»Wohin sollte man sonst gehen? Haben sie immer noch diese Sitzecken mit den Samtbezügen, wo die Jungs immer versucht haben, einem den Arm um die Schulter zu legen?« Jess klang nostalgisch. »Und den Kondomautomaten mit dem Graffito über Tracey Jenkins?«

»Keine Ahnung, Jess. Ich hatte gerade erst meinen Cider bekommen, als der Notruf eintraf, dass ich zurückkehren und mich dem Überraschungsbesuch in meiner Küche widmen soll. Möchtest du übrigens mit deiner Tochter sprechen?«

Sie kehrte mit dem Handy in die Küche zurück. Tiffany zeigte Hattie gerade, wie man eine komplizierte Flechtfrisur hinbekam. Die beiden schienen sich blendend zu verstehen. Als Lorna ihrer Nichte das Handy hinhielt und ihr stumm zu verstehen gab, dass es ihre Mutter war, wurde sie allerdings sofort wieder panisch und schüttelte so wild den Kopf, dass sich der Zopf fast auflöste.

Lorna wedelte mit dem Handy. »Sag ihr einfach, dass es dir gut geht. Sie macht sich Sorgen um dich.«

Widerstrebend nahm Hattie das Handy entgegen und schloss die Augen. »Hallo, Mum ... Ja. Es geht mir gut ... Ja.« Eine lange Pause trat ein. »Es geht mir *gut*. Der Akku von meinem Handy war leer. Tut mir leid.«

Tiffany und Lorna warfen sich vielsagende Blicke zu. Hattie hatte die ganze Zeit an ihrem Handy herumgefummelt – SMS, WhatsApp, der geschickte Daumen ständig in Bewegung.

Jessica redete offenbar wie ein Wasserfall, während Hattie beharrlich schwieg. Ihre Augen waren fest geschlossen, aber die Bewegung unter ihren Lidern verriet, dass sie sich krampfhaft bemühte, nicht zu weinen. Sie wickelte eine Haarsträhne um den Finger und kaute an den Spitzen herum. Schließlich sagte sie: »Ja, Mum, ich muss jetzt Schluss machen. Tut mir leid, dass ich das Essen für Dad vergessen habe. Ich hab dich lieb, tschüss. Tschüss.« Dann gab sie Lorna das Handy zurück.

»… dein Daddy und ich lieben dich sehr«, sagte Jessica gerade. Lorna wartete einen Moment, dann hustete sie.

»Hallo, Jess, ich bin es wieder. Ich werde dich informieren, wann der Zug morgen geht, ja?«

»Danke, Schwesterherz. Wenn du vielleicht versuchen könntest, aus Hattie herauszubekommen, was eigentlich das Problem ist …« Jess klang verletzlich. Sie war es nicht gewohnt, ihre kleine Schwester um Hilfe zu bitten. Es war immer andersherum gewesen.

»Tu ich.«

Während sie noch redeten, stand Hattie auf und verließ den Raum. Sie war so leicht, dass ihre Füße kein Geräusch auf der Treppe machten, nicht einmal auf der zweiten Stufe von oben, die immer knarrte. Nur das Klappern der Badezimmertür verriet Lorna, wo sie hingegangen war.

Und dann hörten sie beide, wie sich der Schlüssel im Schloss herumdrehte.

Als Lorna später das Sofa mithilfe von ein paar Kissen und einer Häkeldecke, die eher dekorativ als nützlich war, zu einem Bett umfunktionierte, versuchte sie herauszubekommen, was überhaupt geschehen war.

»Du musst mir ja nicht alles im Detail erzählen«, sagte sie zu Hattie, die neben ihr stand und auf ihren Haaren herumkaute. »Aber ich verspreche dir, dass ich mein Bestes tun werde, um dir zu helfen, was auch immer los ist.«

»Es ist nichts«, murmelte Hattie und sah auf herzzerreißende Weise wie das kleine Mädchen mit den Zöpfen aus, dem Lorna auf der Schaukel Schwung gegeben und mit dem sie Enten gefüttert hatte. So herzzerreißend war die Ähnlichkeit, dass Lorna nicht in sie dringen mochte. Stattdessen kochte sie ihr einen Schlummertrunk und wies sie darauf hin, dass sie sich am nächsten Morgen am besten ins Bad stürzte, bevor Tiffany aufstand und es für Stunden blockierte.

Auch am nächsten Tag erzählte Hattie nichts, obwohl sich Lorna alle Mühe gab, stille Momente der Zweisamkeit zu schaffen. Und wenn Tiffany nicht gerade irgendwelche Männer vom Erwerb handgefertigten Schmucks zu überzeugen versuchte, bemühte sie sich ebenfalls um Hattie, auf ihre beträchtlichen pädagogischen Erfahrungen zurückgreifend.

»Als Hattie mir vorhin die Fotos auf ihrem Handy zeigte, dachte ich schon, sie würde mit der Sache herausrücken«, flüsterte Tiffany, als sie Hattie dabei beobachteten, wie sie an der Ladentheke Ware verpackte. »Sie hat ein paar wunderbare Fotos von der Stadt gemacht.«

»Von welcher Stadt?« Hattie hatte Geschick dafür, Geschenke einzupacken. Es machte Spaß, ihr dabei zuzuschauen, wie sie das Papier glattstrich, um einen ordentlichen Falz zu erhalten, und dann mit der Schere energisch die Geschenkbänder kräuselte.

»Von dieser Stadt natürlich. Die Hunde im Park, den

schönen Gitterzaun. Sie muss Stunden unterwegs gewesen sein, bevor sie gestern Abend hier aufgekreuzt ist. Dabei ist es so kalt, das arme Kind!«

Lorna wollte etwas sagen, schloss den Mund aber wieder. Das ergab alles keinen Sinn. Warum war Hattie nicht einfach gekommen? Nein, Moment, der Grund war doch offensichtlich – Lorna hätte sofort Jess angerufen, und Jess hätte sich sofort auf den Weg gemacht. Hattie wollte offensichtlich allein sein. Das konnte Lorna gut verstehen, auch wenn sie den Grund nicht kannte.

»*Was* hat sie fast erzählt?«

»Sie hat angedeutet, dass sie es zu Hause nicht aushalte, aber dann hat sie wieder dichtgemacht. Kinder erzählen schon irgendwann, was sie bedrückt, aber den Zeitpunkt muss man ihnen selbst überlassen.« Tiffany zuckte mit den Schultern. »Ich würde vermuten, dass es mit einem Freund zu tun hat, den ihr Vater nicht akzeptiert. Oder dass sie sich in der Schule mit jemandem gestritten hat. Sie vertraut dir. Irgendwann wird sie dir alles erzählen. He, weißt du was? Wenn nichts anderes fruchtet, biete ihr an, ihre Fotos hier auszustellen. Ich habe ihr schon vorgeschlagen, sie solle sie auf Instagram posten, aber da wurde sie ganz verlegen und hat erklärt, die seien nichts wert und alle würden nur über sie lachen.«

Das klang schon eher nach Hattie. »Danke, dass du es versucht hast, Tiff.«

»Keine Ursache.« Tiffany schaute sie an. »Ihr seid eine echte Künstlerfamilie. Erst deine Mum, dann du und jetzt Hattie.«

»Ich bin keine Künstlerin«, sagte Lorna automatisch. »Ich mache nur Künstler ausfindig.«

»Ja, ja«, sagte Tiff.

Bis zum Abend konnten sie immer mal wieder etwas verkaufen. Beim Tee entspannte sich Hattie und ergänzte Tiffanys Schilderungen von albtraumhaften Babysitting-Erlebnissen um haarsträubende Erzählungen über Milo und Tyra, die Lorna noch nie gehört hatte. Erst als Lorna sie in den Zug nach Hause setzte, bewaffnet mit einem Kaffee, einer Zeitung und ein paar Grußkarten zum Valentinstag, schlang Hattie ihr plötzlich die Arme um den Hals und drückte sie.

»Danke, Tante Lorna«, sagte sie mit gedämpfter Stimme. »Tut mir leid, dass ich gestört habe.«

»Du hast nicht gestört, du warst mir eine große Hilfe!« Lorna hielt sie von sich weg, damit sie ihr in die Augen schauen konnte. Hattie sollte wissen, dass sie es ernst meinte. »Du kannst jederzeit wiederkommen. Ruf aber besser vorher an, damit ich dir ein richtiges Bett machen kann. Und sag deinen Eltern Bescheid.«

Hatties Gesicht verdüsterte sich. »Sie drehen durch, nicht wahr?«

»Nur weil sie sich Sorgen um dich machen.«

Hattie senkte den Blick auf die Spitzen ihrer weißen Doc Martens. Ihr Haar fiel herab und verdeckte ihre Miene.

»Wenn ich dir einen Rat geben darf«, sagte Lorna, »entschuldige dich zuerst und sag dann einfach die Wahrheit. Ich kenne deine Mum. Sie muss wissen, was los ist. Was auch immer passiert ist, nimm ihre Hilfe an. Das ist alles, was sie will – dir helfen.«

»Sie wird es nicht verstehen.« Die gemurmelten Worte klangen gequält.

Lorna seufzte. »Sieh das mal so, Hattie: Deine Mutter

und ich haben unsere Mum geliebt, aber wir haben mit ihr nicht oft über unsere Probleme geredet. Ihr ist das schwergefallen – sie war Künstlerin, wie du weißt, und vermutlich war sie mit dem Kopf oft … woanders. Wenn Jess in dich dringt, dann nur, weil sie sich Sorgen wegen dem macht, was du ihr verschweigst. Sie wird sich die schrecklichsten Dinge ausmalen! Im Gegensatz zu mir hat sie nämlich eine blühende Fantasie …«

Das sollte der Versuch sein, die Sache ins Komische zu wenden, aber Hattie lächelte nicht.

»Aber du weißt, dass sie Himmel und Hölle in Bewegung setzen würde, um dir zu helfen.« Lorna biss sich auf die Lippe, plötzlich überwältigt von der Liebe zu diesem hilflosen Mädchen, das ihrem früheren Selbst so ähnlich sah. »Und ich würde es auch tun, wenn du mich darum bitten würdest. Also … bitte rede mit uns. Rede, egal, worum es geht.«

Am Ende des Bahnsteigs fuhr der Zug ein, und die wenigen Passagiere traten vor. Hattie hatte immer noch nichts gesagt. O Gott, dachte Lorna, die plötzlich Panik verspürte, mir bleibt keine Zeit mehr, ich habe versagt. Hattie fährt heim, ohne dass etwas geklärt wäre, und schleppt die Probleme mit sich mit.

Schließlich hob Hattie den Kopf und sagte mit Tränen in den Augen: »Ich wünschte, ich könnte es. Aber nicht einmal Mum kann das in Ordnung bringen«, um dann loszumarschieren und in den Zug zu steigen, bevor Lorna fragen konnte, was sie damit meinte.

Der Valentinstag kam, aber für Lorna lagen keine Karten auf der Fußmatte, als sie mit Rudy von seiner speziellen, garantiert hundefreien Morgenrunde zurückkehrte. Nicht dass sie welche erwartet hätte, erinnerte sie sich.

»Die Post ist noch nicht durch«, sagte Tiffany, die am Küchentisch saß. »Also keine Panik.«

Man konnte sie hinter dem riesigen Strauß roter Rosen kaum sehen. Er war schon gekommen, bevor Lorna und Rudy aufgebrochen waren. Der Lieferant hatte sie darüber informiert, dass es der größte Strauß des Tages sei. »Ich muss sie loswerden, um Platz im Wagen zu schaffen«, hatte er erklärt und sie Tiffany in die Arme gedrückt.

»Wer sagt denn, dass ich in Panik bin? Ich erwarte doch gar nichts.« Lorna füllte Rudys Frühstücksschüssel und war sich bewusst, dass er sie anhimmelte – sie oder die Schüssel. Mehr brauchte er nicht im Leben. »Immer noch keine Ahnung, wem du diese blumige Eröffnung verdankst?«

»Nicht die geringste.«

Das konnte Lorna kaum glauben. Tiff klebte förmlich an ihrem Handy und wartete sichtlich auf den Anruf, der diesem Strauß folgen würde. Ein Anruf von jemandem, der sehr großzügig, sehr verliebt und sehr mysteriös war. Sie hatte fast immer einen Freund dieser Art, manchmal auch mehr als einen, aber normalerweise hielt sie mit den Details nicht hinterm Berg – zu vielen Details sogar, für Lornas Geschmack. Aber in diesem Fall wirkte sie merkwürdig verschlossen.

Als es auf dem Festnetz klingelte, fuhren sie beide zusammen, aber Tiffany war schneller.

»Hallo?« Die Art und Weise, wie ihr Gesicht erstarrte und sich dann entspannte, gab Lornas Verdacht neue Nahrung. Warum hatten im Moment alle Geheimnisse vor ihr?

»In Ordnung. Mach ich. Kein Problem.« Tiffany verdrehte die Augen und reichte den Hörer weiter. »Dein Sozialarbeiter.«

»Mein …?«

»Keir Brownlow.«

»Oh. Ruft er an, um sich zu erkundigen, ob du seine Blumengrüße erhalten hast?«, gab Lorna zurück, den Hörer an die Brust gepresst.

»Haha. Komm, Rudy, wir gehen hinunter und öffnen Mamis Galerie.« Tiffany rauschte davon, Rudy unter dem Arm. Seine kurzen Beinchen schlenkerten wie die eines Kindes auf der Achterbahn von Alton Towers. Aus irgendeinem Grund schien es Rudy nicht zu stören, wenn Tiffany ihn herumtrug. Ihre Ausstrahlung schien ihn zu beruhigen. Vielleicht hatte sie diese Fähigkeit bei ihrer Super-Nanny-Ausbildung erworben, in einem speziellen Modul für die neurotischen Hunde der Reichen und Berühmten.

»Hallo, Keir.« Lorna schenkte sich Kaffee nach. Sie hatte den Anruf von Keir schon erwartet, weil sie sich noch für den Hundesitter-Plan eintragen wollte. »Wie geht es Ihnen?«

»Sie müssen mir einen Gefallen tun. Dringend.« Er klang überfordert, und seine Stimme hallte, als befinde er sich in einem Flur. »Könnten Sie heute Vormittag zu Joyce fahren und Bernard abholen?«

»Klar, warum? Was ist los? Muss er zum Tierarzt?«

»Nein. Joyce ist im Krankenhaus. Er ist schon seit gestern Abend allein.«

»Was?« Lorna stellte ihre Tasse hin. »Was ist denn passiert? Geht es ihr gut?«

»Sie ist wieder gefallen, zu Hause. Vermutlich ist sie über Bernard gestolpert, obwohl sie das bestreitet. Glücklicherweise wollte ein Nachbar das Stadtmagazin vorbeibringen und hat gehört, dass Bernard durchdrehte. Sie wurde mit dem Krankenwagen ins Krankenhaus gebracht, damit ihre Hüfte untersucht werden kann. Der Gerontologe konnte sich ihres Falls erst heute Morgen annehmen, und offenbar hat sie die ganze Nacht ein furchtbares Theater wegen ihres verdammten Hundes veranstaltet. Ich habe ihr angeboten, selbst hinzufahren, aber davon wollte sie nichts wissen – ich solle Ihnen Bescheid sagen. Sie wüssten schon, was zu tun sei.«

Lorna musste lächeln. Joyce, die Keir mit einer Geste fortscheuchte, selbst noch von einem Krankenhausbett aus. Armer Keir, immer wollte er der Ritter in der glänzenden Rüstung sein, und niemand ließ ihn.

»Sie hat gesagt, ich dürfe unter gar keinen Umständen auch nur versuchen, mit ihm spazieren zu gehen. Können Sie sich das vorstellen?«, fuhr er verdrossen fort. »*Sie* sollen hinfahren, das ist alles, was sie kümmert. Ihr eigenes Befinden ist ihr praktisch egal.«

Lorna sah es vor sich, wie Bernard durchs Haus irrte und sein Frauchen suchte, ängstlich bellend, vollkommen außer sich. Er hatte sein Bestes gegeben, um Joyce zu beschützen, aber Keir hatte recht: Vermutlich war er für den Sturz verantwortlich, weil er immer munter um ihre Füße herumsprang. Lorna war selbst schon fast über Rudy gestolpert, mehr als einmal. »Kein Problem, ich fahre sofort los.«

»Danke, Lorna.« Keirs Stimme war deutlich anzuhören, dass ihm ein Stein vom Herzen fiel. »Das erleichtert mir die Sache ungemein. Sie können sich gar nicht vorstellen, wie viele Formalitäten ich wegen dieser Frau zu erledigen habe. Wünschen Sie mir Glück.«

»Keir!« Er hatte schon fast aufgelegt, aber sie erwischte ihn noch. »Wie geht es Joyce? Wann wird sie wieder nach Hause können?«

Eigentlich wollte sie die Antwort gar nicht wissen. Keirs langes Schweigen sagte mehr, als das Vertraulichkeitsgebot ihm gestattete.

»Ich denke, sie wird sich wieder erholen«, erklärte er zögerlich. »Aber was die Rückkehr in ihr Haus betrifft ... Lassen Sie uns darüber reden, wenn es so weit ist.«

Frische Schneeglöckchen hatten ihre weißen Häubchen durch die Erde vor der Haustür geschoben, seit Lorna zum letzten Mal in Much Yarley gewesen war; ihre hängenden Köpfe wirkten wie schwere, in Jade gefasste Perlen über dem Winterboden. Bernards wildes Gebell hallte aus dem Flur, als sie sich dem Zuweg näherte. Es klang, als würde er zwischen Vorder- und Hintertür hin und her rennen und Eindringlinge abzuschrecken versuchen.

Das Bellen verstummte, als Lorna durch die Tür trat, und wich einem freudigen Hecheln. Schwanzwedelnd sprang Bernard um ihre Beine herum, begeistert, die Begleiterin seiner Spaziergänge zu sehen. Dann äugte er neugierig an ihr vorbei, um nach seinem Freund Rudy Ausschau zu halten. Eigentlich waren sie ein schönes Paar, der ängstliche Dackel und der draufgängerische Terrier, dachte Lorna; zusammen bildeten sie eine runde, ausgeglichene Hundepersönlichkcit.

»Beruhige dich!«, sagte sie und versuchte, die Leine an seinem Halsband zu befestigen. »Wir gehen ja gleich spazieren, und dann fahren wir in die Stadt. Dort wird es dir gefallen. Städte wimmeln nur so von Zeug, das man anbellen kann. Ich muss nur noch schnell ein paar Sachen für dich holen … und für Joyce.«

Im Innern des Hauses zu sein fühlte sich falsch an. Lorna spürte Joyce' schwelende Wut wie den Rauch eines Feuerwerkskörpers. Jemand war in die geordnete Welt von Rooks Hall eingedrungen: Die Sessel im Wohnzimmer waren beiseitegeschoben, die Bücherstapel umgekippt, die Bände lagen auf wackeligen Haufen oder waren von einem ungeduldigen Fuß unter die Sessel befördert worden. Am Kamin stand noch eine Porzellantasse mit kaltem Kaffee, daneben das Strickzeug, an dem Joyce bei Lornas letztem Besuch gearbeitet hatte. Plötzlich verspürte sie die schmerzliche Angst, dass es nicht mehr fertig werden könnte.

Von hier in eine grell erleuchtete Krankenhausstation, dachte Lorna und betrachtete die Bilder an den Wänden, das dürfte für Joyce schlimmer sein als das körperliche Leiden. Rooks Hall war mehr als ihr Zuhause, es war ein Ausfluss ihres kreativen Geistes: die raffinierten Farbabstufungen der Wände, das Silbergrau der Vorhänge und Läufer, die grellen Rot- und Ockertöne, die aus den Gemälden hervorstachen. Joyce' Persönlichkeit spiegelte sich in allem, selbst in den fadenscheinigen Stellen an den Armlehnen, wo Hände gelegen und lackierte Nägel zu den Klängen des Radios getrommelt hatten, in den Postkarten auf dem Kaminsims, im Strickzeug.

Lorna blieb vor dem Gemälde über dem Kamin stehen – dem Waliser Fischerhaus, diesem geduckten weißen Rückzugsraum über der wilden Brandung – und vernahm ein Echo aus ihrer Kindheit: ihre Mutter, die in jedem gemieteten Ferienhaus Skizzen aufhängte, damit sie sich wie zu Hause fühlten. Joyce würde das genauso sehen, dachte sie und nahm sich vor, ihr eine Karte aus der Galerie mitzubringen. Etwas Farbenfrohes, das sie sich aufs Nachtschränkchen stellen und anschauen konnte.

Ihre Hand schwebte über dem Strickzeug. Würde Joyce es im Krankenhaus gebrauchen können, um gegen die Langeweile anzukämpfen? Brauchte sie andere Dinge: einen Kulturbeutel, einen Schlafanzug, ein Buch? Dinge von oben aus ihrem Schlafzimmer? Keir hatte nichts gesagt, aber vielleicht sollte sie es Joyce ersparen, erst um etwas bitten zu müssen.

Oder vielleicht doch besser nicht? Vielleicht würde Joyce denken, sie habe herumgeschnüffelt. Lorna war hin- und hergerissen. Joyce Rothery war distanziert, das war eines der Dinge, die Lorna zweifelsfrei über sie wusste. Äußerst distanziert.

Sie schwankte. Bernard tobte durch den Flur und kratzte an der Tür, weil er hinauswollte. Lorna ließ den Blick schweifen und studierte die Bilder, die sie nicht richtig hatte anschauen mögen, als Joyce dort gesessen und sie beobachtet hatte. Egal, wo sie hinsah, sie entdeckte überall faszinierende Details: Farbtupfer, Pinselstriche, Lichtgestaltung. Dies war eine gute Gelegenheit – vielleicht die einzige –, die wundersamen Winkel von Joyce' künstlerischem Geist zu ergründen. Oder zu schauen, ob sie vielleicht ein Bild von Lornas Mutter in ihrer Sammlung hatte. Der Gedanke wühlte sie auf. Waren sich die beiden begegnet, zwei Künstlerinnen aus derselben Gegend? Kannte Joyce ihre Mutter? Schätzte sie sie?

Aber noch während sie das dachte, fiel ihr Blick wieder auf das Waliser Cottage, und die Versuchung wich einem Gefühl der Scham: *Hör auf, immer an dich zu denken.*

Joyce hatte ihr zwei ihrer wichtigsten Dinge anvertraut: ihren Hund und ihre Privatheit. Lorna würde keines von beidem verraten.

Sie nahm das Strickzeug und das Knäuel meergrüner Wolle, das daran hing, führte Bernard in den Garten und schloss die Tür von Rooks Hall hinter sich ab.

10

Die Pflegerin, die Lorna durch die geriatrische Station führte, klärte sie darüber auf, dass man Joyce, da sie keine ernsthaften Verletzungen aufweise, bis zu ihrer Entlassung in einem Zimmer mit drei älteren Damen untergebracht habe.

»Der Sozialdienst muss sich vergewissern, dass ihr Heim sicher ausgestattet ist«, erklärte sie Lorna, die Mühe hatte, deren schnellen Schritt zu folgen. »Für dieses Mal ist sie davongekommen – ihre Stimmbänder haben jedenfalls keinen Schaden genommen. Aber es gibt eine Fürsorgepflicht ...«

Die anderen drei Patientinnen schliefen, die Köpfe zur Seite geneigt, die zahnlosen Münder geöffnet wie dösende Tauben. Joyce hingegen saß kerzengerade im Bett und kämpfte erbittert mit dem grünen Krankenhemd und dem Plastiktablett mit dem nicht angerührten Mittagessen. Besonders empört betrachtete sie die Saftpackung, in der ein *Strohhalm* steckte.

»Besuch für Sie, Joyce!«, sagte die Pflegerin, um sich dann schnell zu korrigieren. »Mrs Rothery.«

Joyce schaute auf und rang sich ein freudloses Lächeln ab, als sie Lorna sah. »Danke, Kelly.« Ihre Augen leuchteten, aber sie wirkte kleiner und verletzlicher in dem Hemd, das sie statt ihrer üblichen Tunika und den Ohrringen trug. Ihr silbernes Haar war an der Seite, auf der sie geschlafen hatte, platt gedrückt, und Lorna verspürte das dringende Bedürfnis, es aufzulockern – was sie sich schnell verkniff.

»Hallo!«, sagte sie leise, um die anderen nicht aufzuwecken. »Wie geht es …?«

Joyce hob die Hand. »Absolut bestens, danke sehr. Es besteht kein Anlass für dieses Brimborium.« Sie zeigte auf den Stuhl neben ihrem Bett, und Lorna nahm pflichtschuldig Platz. »Aber zu wichtigeren Dingen: Geht es Bernard gut?«

»Ich bin mit ihm spazieren gegangen. Jetzt ist er in meiner Wohnung und hält mit Rudy ein Nickerchen.«

Das entsprach nur bedingt der Wahrheit. Bernard hatte Lorna eine halbe Stunde lang durch die Gegend gezerrt und alles angebellt, was ihm in die Quere gekommen war, Bäume, Eichhörnchen, Windböen. Obwohl sich Lorna den Ländereien von Sams Hof so weit wie möglich genähert hatte, hatte sie kein Anzeichen von menschlichem Leben erblickt, weder Sam noch Gabe noch deren Vater. Dann hatte sie sich geärgert, dass sie überhaupt so weit gegangen war.

»Gut, gut.« Joyce faltete die Hände und löste sie wieder. Als Lorna sich schon fragte, ob es ihr wirklich gut ging, drückte sie die schmalen Schultern durch und sah Lorna direkt ins Gesicht, einen verschwörerischen Ausdruck in den tiefblauen Augen.

»Danke, dass Sie Bernard zu sich genommen haben. Ich hielt es für besser, ihn dort zu lassen, bis Sie sich der Sache annehmen. Keir wollte ich nicht auf ihn loslassen.« Sie zog den Namen mit einem verächtlichen Seufzer in die Länge. »In der Zeit, in der er sich nach den ethischen Grundlagen des Ausführens von Terriern erkundigt hätte – oder sich erkundigt hätte, ob ein reinrassiger Terrier überhaupt ethisch vertretbar sei –, wäre Bernard schon auf der anderen Seite von Longhampton gewesen und hätte eine Spur der Verwüstung hinterlassen.«

Lorna fiel keine schlagfertige Antwort darauf ein, daher griff sie in die Tasche und holte das Strickzeug heraus. »Bernard geht es gut. Ich freue mich, dass er bei mir ist. Denken Sie nur an sich selbst. Die Pflegerin sagte, Sie würden bald schon entlassen werden, aber ich habe trotzdem einen kleinen Zeitvertreib mitgebracht. Für alle Fälle.« Sie legte Wolle und Nadeln auf das Nachtschränkchen, außerdem eine *Times*. Das Zeitschriftenangebot im Krankenhausladen schien ihr ziemlich dürftig zu sein. »Ich hoffe, das ist in Ordnung. Es ist das Strickzeug, das Sie im Sessel am Kamin haben liegen lassen. Mein Hundemäntelchen habe ich auch mitgebracht – ich hänge wieder beim Beinloch fest. Falls Sie vielleicht einen Blick darauf ...«

Joyce drehte interessiert den Kopf und betrachtete die unfertige Arbeit. Eigentlich hatte Lorna gar nicht vorgehabt, ihr Rudys neues Mäntelchen vorzulegen – sie hatte es einfach immer in der Tasche –, aber ihr war aufgefallen, dass eine ganz frische Energie in die Augen der alten Dame getreten war, als sie Lornas schiefe Maschen korrigiert hatte.

»Aber nur, wenn Ihnen danach ist«, fügte sie hinzu.

»Natürlich. Der kleine Kerl braucht doch ein warmes Mäntelchen bei diesem Wetter. Geben Sie schon her.« Joyce zeigte auf die Nadeln. Sobald Lorna sie ihr gereicht hatte, strich sie über die Maschen, zählte stumm und wickelte sich die Wolle um den Finger, um die richtige Spannung zu erzeugen.

Lorna hatte nun nichts mehr zu tun, da Joyce' Strickarbeit viel zu komplex für sie war. Sie zerbrach sich den Kopf, wie sie das Schweigen brechen könnte.

»Tja, am Wochenende hatten wir wirklich viel zu tun in der Galerie!«, erzählte sie. »Dem Valentinstag sei Dank. Wir haben jede Menge Karten verkauft und fast unseren gesamten Silberschmuck. Sogar ein paar Gemälde sind wir losgeworden.«

»Gemälde, die Ihnen gefallen?«

»Na ja, schon.« Es waren eher Bilder vom gefälligen Ende der Skala, aber immerhin hatten sie Geld in die Kasse gespült.

»Und heute haben Sie geschlossen, um sich von der großen Schlacht zu erholen?« Joyce sah mit gerunzelter Stirn auf die Maschen, dann stach sie die Nadel in die erste Schlinge und begann, Lornas ungelenke Arbeit aufzulösen.

»Nein, die Galerie ist geöffnet wie immer. Meine Freundin Tiffany springt für ein paar Stunden ein.«

»Wer ist denn Tiffany?«

»Meine ehemalige Mitbewohnerin. Sie arbeitet als Nanny. Hat sie jedenfalls, bis sich ihre Arbeitgeber überworfen haben und sie loswerden wollten.« Das rhythmische Klicken von Joyce' Nadeln ermutigte Lorna weiterzureden. »Offenbar ist es im Moment schwierig, eine Vollzeitstelle zu bekommen, aber sie hat ein paar Ersparnisse. Außerdem kann sie gut mit Leuten reden, daher ist die Galerie das perfekte Umfeld für sie.«

»Gefällt es Ihnen denn, dass sie da ist? Neulich haben Sie mir doch erzählt, dass Sie Zeit für sich brauchen.«

»Nun ja ... schon.« Begeistert klang das nicht gerade, daher beeilte sich Lorna, ihr »Nun ja« zu rechtfertigen: »Ehrlich gesagt war es sehr schön, allein zu sein. Aber Tiff und ich haben früher in einer WG gewohnt, daher bin ich es gewohnt, mich mit ihr zu arrangieren. Wir geraten uns nicht in die Quere.« Mal abgesehen von den Toilettenartikeln, die sich auf der Fensterbank stapelten, und dem Wäscheberg auf der Waschmaschine. »Na ja«, räumte sie ein, »sie ist eher der Stapeltyp, während ich eher der Wegräumtyp bin. Aber ich habe viel Platz, daher ist das nicht so schlimm.«

Joyce schlang Wolle um die Nadel und produzierte Maschen. »Beschreiben Sie mir Ihre Freundin, ja?«, sagte sie, ohne aufzuschauen. »Ich stelle mir Leute gerne vor.«

»Nun, Tiffany ist kleiner als ich und hat dunkelrote Haare. Die Farbe von Schwarzkirschen. Allerdings haben ihre Haare, seit ich sie kenne, schon sämtliche Farben des Regenbogens gehabt.«

»Und welche mochten Sie am liebsten?«

Die Frage überraschte Lorna. Joyce stellte meist nicht viele Fragen. »Weißliches Rosa. Wie ein Karussellpferd sah sie aus. Als sie ihre Ausbildung als Nanny begann, hat man sie allerdings genötigt, sich die Haare braun zu färben.« Sie kramte in ihrer Erinnerung nach pikanten Details, da sich Joyce vermutlich nicht für Tiffs Sternzeichen interessierte. »Sie versucht, mit Dingen zu jonglieren, mit denen man nicht jonglieren sollte, mit rohen Eiern zum Beispiel. Und wenn sie betrunken ist, denkt sie, sie kann Spanisch. Kann sie aber nicht. Wenn ich an Tiffany denke, rieche ich unweigerlich Chanel N° 5. Das trägt sie, weil es das Lieblingsparfum ihrer Großmutter war«, fügte sie hinzu, »nicht, weil sie sich für Marilyn Monroe hält.«

»Aha.« Joyce drehte das Mäntelchen um und steckte die Nadel sorgfältig in die nächste Reihe. »In der Wohnung über der Galerie wohnen also Sie und diese flüchtige Mary Poppins und Ihr Dackel. Wer noch?«

»Niemand. Obwohl es oben noch zwei Schlafzimmer gibt. Ich selbst habe das größte Zimmer, mit einem alten Kohleofen«, fuhr sie fort. »Tiff schläft im Gästezimmer mit der Rosentapete und dem Blick auf den Kirchturm. Es ist gemütlich. Dann gibt es noch einen Raum, in dem wir alte Kunstobjekte lagern, aber ich sollte vielleicht ein Bett hineinstellen, falls meine Nichte noch einmal kommt. Hattie war nämlich dieses Wochenende da«, erzählte sie in der Hoffnung, eine interessante geistige Collage für Joyce zu schaffen. »Sie ist sechzehn und blond, hat Beine wie Bambi und Augen wie Schneeweißchen. Ein weiteres Zimmer nutze ich als kreativen Raum.« Lorna zählte an den Fingern ab, ob sie nicht irgendetwas vergessen hatte. »Oben gibt es noch eine Abstellkammer, zwischen den beiden Schlafzimmern. Ein Makler würde sie als fünften Raum deklarieren.«

»Dann haben Sie dieses Wochenende das Haus ja voll gehabt.«

»In der Tat. Aber das war eigentlich … ganz schön«, sagte Lorna. »Außer dass die Sache mit Hattie durchaus dramatische Züge hatte. Sie lebt in der Nähe von Evesham und hatte meiner Schwester gar nicht mitgeteilt, dass sie zu mir fährt. Hattie und Tiffany haben übrigens das ganze heiße Wasser verbraucht, aber da ich ohnehin keine Zeit für ein Bad …«

Aus den Augenwinkeln sah Lorna die blaue Uniform einer Pflegerin, begleitet von Ärzten, die zur Visite erschienen. Sie schaute auf die Uhr. Es war fast drei.

»Oh, ich muss gleich gehen. Ich habe Mary und Tiff versprochen, vor der Schließzeit wieder zurück zu sein. Wir hoffen, das Valentinsgeschäft noch einmal zu beleben. Brauchen Sie noch etwas?«

»Ja.« Joyce schaute ebenfalls zur Tür hinüber und sah die Pflegerin. »Einen Wunsch hätte ich tatsächlich.« Sie setzte sich aufrechter hin und zuckte bei dem Bemühen zusammen.

»Wenn es um Bernard geht, das ist wirklich kein Problem …«, begann Lorna, aber Joyce unterbrach sie.

»Ich weiß, was mich erwartet, schließlich bin ich nicht wirr im Kopf. Also hören Sie mir bitte zu.« Joyce' Blick huschte wieder zur Tür hinüber, dann richtete er sich wieder auf Lorna. »Ich habe zufällig gehört, was Keir und die Pflegerinnen hier über mich gesagt haben – als ich so getan habe, als würde ich schlafen. Sie wollen ein paar Gutmenschen in mein Haus schicken, um zu überprüfen, ob es sicher genug für mich ist. Ich wurde nicht einmal gefragt!«

Lorna gab sich Mühe, sich ihre Reaktion nicht allzu deutlich anmerken zu lassen. Hatte Joyce das wirklich gehört? Oder hatte sie tatsächlich geschlafen? »Das ist aber doch gut, oder? Sie wollen Ihr Haus sicher machen, damit Sie dorthin zurückkehren können.«

»Nein, darum geht es nicht. Unterbrechen Sie mich nicht!« Wieder hatte sie die Hand gehoben. »Offenbar dauert das eine Weile. Keir muss schließlich jedes seiner verdammten Kästchen ankreuzen. Daher wollen sie mich in der Zwischenzeit nach Butterfields verfrachten, in die ›Kurzzeitpflege‹, wie sie das nennen. Haben Sie schon einmal von Butterfields gehört?«

»Das ist doch das Pflegeheim am Stadtrand, das mit der langen Zufahrt, die man von der Straße aus sieht, oder?«

»Genau. Einst war es mal ein äußerst vornehmes Haus.« Joyce' Blick verlor sich. »Wunderschön geschnitzte Eichenpaneele. Mein Ehemann kannte den Besitzer. Aber egal«, fuhr sie wütend fort, »jetzt ist es jedenfalls nicht mehr vornehm. Es ist heruntergekommen und hässlich, und die Ärzte schicken einen zum *Sterben* dahin. Ich habe keinerlei Absicht, meinen Fuß über die Schwelle zu setzen. Ich hatte Freunde, die zur ›Kurzzeitpflege‹ in solchen Einrichtungen waren, Freunde, die absolut fit und gesund waren – und nie wieder rausgekommen sind.«

»Aber wenn Keir Ihr Haus nicht für sicher hält …« Lornas Gehirn arbeitete auf Hochtouren, weil sie sich fragte, worauf Joyce hinauswollte. »Es wäre doch schlimm, wenn Sie wieder stürzen und sich diesmal richtig verletzen würden. Sicher ist es besser, wenn bestimmte Sicherheitsmaßnahmen ergriffen werden, damit Sie so lange wie möglich dort bleiben können, oder?«

»Lorna, ich hege die Absicht, in Rooks Hall zu bleiben, bis man mich mit den Füßen zuerst hinausträgt.« Ihre steifen Finger trommelten energisch auf dem Oberbett herum. »Ich werde auf keinen Fall in dieses Pflegeheim gehen. Oder schlimmer noch, nach Monnow Court, wo ich Bernard nicht mitnehmen darf. Jedenfalls werde ich nicht … Ich werde es einfach nicht tun.« Eine leise Sorge trübte ihre

Entschiedenheit. Lorna merkte, dass die alte Dame Angst hatte. Angst vor dem Sterben, vor Gebrechlichkeit, vor einem Verlust von Würde und Unabhängigkeit. Lorna lief es kalt über den Rücken.

Die Pflegerin näherte sich, fing Lornas Blick auf und zeigte auf die Uhr.

Lorna bat stumm um zwei weitere Sekunden, und die Pflegerin nickte. Sie trat ans erste Bett, nahm das Klemmbrett am Fußende, zog den Vorhang zu und murmelte der schlafenden Patientin etwas zu. Den Tonfall, in dem sie das tat, hätte Joyce als bevormundend bezeichnet, wenn sie die Kraft dazu gehabt hätte.

»Worum möchten Sie mich also bitten?« Sie beugte sich vor. »Soll ich Keir sagen, dass Sie lieber hierbleiben, bis das Haus fertig ist?«

Joyce rümpfte entsetzt die Nase. »Hier kann ich nicht bleiben. Sie brauchen das Bett für alte Leute. Nein, ich gebe Ihnen jedes beliebige meiner Gemälde … wenn Bernard und ich bei Ihnen bleiben dürfen, in der Wohnung über der Galerie. So lange, bis wir nach Hause zurückdürfen.«

Lorna brauchte einen Moment, um zu verdauen, was sie soeben gehört hatte. Sie starrte Joyce an, unsicher, ob sie das wirklich so meinte.

»*Jedes* Bild«, wiederholte Joyce mit ihrer leisen, klaren Stimme. »Oder wenn Sie wirklich Interesse an der erwähnten Retrospektive haben, dann leihe ich Ihnen für die Dauer der Ausstellung so viele Bilder, wie Sie benötigen.«

»Aber …« Lornas Gehirn rotierte. Joyce? In ihrer Wohnung? Lorna war sich nicht sicher, wie das funktionieren sollte. Es war schon schwer genug, den Platz mit Tiff zu teilen, einem Menschen, den sie schon ewig kannte – einem

Menschen, der *sie* schon ewig kannte. Joyce hingegen war eine Fremde, älter und verletzlich zudem. Würde Bernard mit Rudy auch dann zurechtkommen, wenn sie ständig zusammen waren? Würde Joyce medizinische Betreuung brauchen? Was, wenn sie stürzte? Wäre sie, Lorna, dann dafür verantwortlich?

Aber die Gemälde, dröhnte eine Stimme in ihrem Kopf. Nun komm schon, Lorna, *die Gemälde*. Das ist ein Geschenk der Götter!

Die Pflegerin trat zu der zweiten Frau. Joyce wäre die Nächste.

»Sind wir uns einig? Ich kann laufen, ich habe alle Sinne beieinander und bin nicht betreuungsbedürftig.« Joyce lächelte, ein schmallippiges, bittersüßes Lächeln. »Eine Mahlzeit am Tag. Sie bekommen, was auch immer man mir an Schlaftabletten gibt. Wir teilen uns sämtliches Kodein.«

Einen solchen Witz hatte Lorna nicht erwartet, und sie lenkte innerlich ein.

»Sie müssen mir kein Gemälde schenken.« Es fühlte sich falsch an, etwas derart Wertvolles im Tausch gegen einen Gefallen anzunehmen, den sie aus eigenem Antrieb hätte anbieten sollen. Eine alte Dame, die Angst vor der Gebrechlichkeit hatte – hatte sie das im Hospiz nicht immer wieder erlebt? Hatte sie sich nicht immer gewünscht, helfen zu können? »Wenn es nur für ein paar Tage ist …«

»Nein.« Joyce' Finger malträtierten die Bettdecke. »Es muss ein richtiges Arrangement sein, Lorna. Ich brauche kein Mitleid, vielen Dank. Sie können etwas für mich tun, ich tue etwas für Sie.«

»Geben Sie mir ein bisschen Bedenkzeit.«

Joyce beugte sich zur Seite und zog eine Grimasse in Richtung Tür. »Die Zeit ist abgelaufen.«

»Was?« Lorna drehte sich um. Tatsächlich, da stand Keir in seinem Parka, im Gespräch mit einer anderen Pflegerin, eine große Aktenmappe im Arm balancierend. Papiere fielen heraus, und die Pflegerin half ihm, sie wieder einzusammeln. »Oh ... typisch.«

»Sie müssen es als Ihre Idee verkaufen.« Joyce zog eine Augenbraue hoch. »Wenn er denkt, ich hätte Sie dazu gedrängt, wird er nicht zustimmen. Strengen Sie sich also an.« Mit einem Lächeln ließ sie sich plötzlich in die Kissen sinken.

Lorna hörte, dass Keir sich näherte, noch bevor er das Bett erreichte. Er entschuldigte sich in seiner üblichen fahrigen Art. »... vollkommen unterbesetzt im Moment, da Jackie schon wieder im Mutterschutz ist. Ich habe Ewigkeiten für den Papierkram gebraucht. Oh, hallo, Lorna!« Keir wirkte erfreut, als sie sich umdrehte. »Joyce, Sie sehen so viel besser aus.«

Lorna fiel auf, dass er sie nicht Mrs Rothery nannte und dass Joyce es diesmal nicht einforderte.

»Und, wie fühlen wir uns heute?«

»*Ich* fühle mich ein bisschen angeschlagen, aber insgesamt gut, und *Lorna* fühlt sich hocherfreut wegen der Umsätze in ihrer Galerie«, sagte Joyce. »Wie *Sie* sich fühlen, kann ich nicht beurteilen.«

Keir zog eine Grimasse und fuhr dann einfach fort. »Ich habe ein paar Informationen, die Sie freuen werden. Zum einen zu den Hilfsmitteln, mit denen wir Ihr Haus ausstatten dürfen. Zum anderen habe ich eine Broschüre zu Ihrem Miniurlaub mitgebracht. Butterfields ist leider belegt, aber ich habe ein paar Strippen gezogen und Ihnen einen schönen Raum mit Gartenblick in Monnow Court besorgen können. Das ist doch schön, oder? Dann können Sie beobachten, wie die Vögel ihr Mittagessen einnehmen. Die Mitarbeiter streuen jeden Tag neues Vogelfutter aus ...«

Joyce stieß ein ersticktes Geräusch aus. »In dieser Hinsicht hat sich eine Änderung ergeben, Keir.« Sie wandte sich an Lorna. »Diese Dame hat mir ein überaus großzügiges Angebot unterbreitet.«

»Äh, ja.« Zwei Augenpaare richteten sich auf Lorna. »Ich dachte, bevor man die Kosten und Mühen auf sich nimmt, Mrs Rothery in einem Pflegeheim unterzubringen, soll sie lieber bei mir wohnen. Für die Dauer des Umbaus von Rooks Hall.«

»Wie bitte?« Dann korrigierte Keir sich schnell. »Ich meine, sind Sie sich sicher?«

»Absolut.« *Was tue ich denn hier nur?* »Ich habe sehr viel Platz. Schlafzimmer und Bad sind auf einer Ebene, sodass Mrs Rothery gut zurechtkommen wird. Sie können sich vor Ort davon überzeugen, wenn Sie möchten.«

»Aber ...« Er wirkte irritiert. »Normalerweise freuen wir uns, wenn wir Patienten zu Familienangehörigen geben können, aber Sie sind ja keine ...«

»Meine Familienangehörigen sind tot«, erklärte Joyce munter. »Und ich brauche keine medizinische Betreuung, das haben Sie selbst gesagt. Die Bezirksschwester kann mich ja besuchen kommen, wenn sie Wert darauf legt.«

Keir schaute Lorna an, dann wieder Joyce.

»Es wäre mir eine Ehre, die berühmteste Künstlerin der Galerie aufzunehmen«, erklärte Lorna. »Mrs Rothery könnte mich vielleicht bei der Ausstellung für die Kunstwoche beraten und die Portfolios durchschauen, die eingesandt wurden.« Sie schaute Joyce an. »Ihre Expertise würde ich genauso zu schätzen wissen wie Ihre Gesellschaft.«

Lorna wusste, dass sie zu dick auftrug, aber Joyce schien sich zu amüsieren. Hatte sie nicht selbst gesagt, es handele sich um einen Deal?

»Darüber ließe sich reden.« Joyce seufzte. »In ein, zwei Portfolios könnte ich sicher einen Blick werfen.«

»Gut«, sagte Lorna.

»Gut«, sagte Keir, der ziemlich verwirrt wirkte.

»Gut«, sagte Joyce und strich über die Postkarte, die Lorna an ein Wasserglas gelehnt hatte. Es war eine Karte von einer der Tuscheskizzen, die Cathy Larkham an Waliser Stränden angefertigt hatte.

Als Lorna in die Wohnung zurückkam, lag ein roter Umschlag auf dem Reklamestapel hinter der Tür. Ihr schlug das Herz bis zum Hals.

Obwohl sie sich gesagt hatte, dass sie keine Karte von Sam wollte, weil das die Dinge nur verkomplizieren würde, zitterte ihre Hand, als sie den Umschlag umdrehte, um auf den Absender zu schauen.

War sie von Max, dem Koch? Hatte er ihre neue Adresse herausgefunden? Trotz ihrer sachlichen Einstellung zu Beziehungen verspürte sie ein gewisses Vergnügen bei der Vorstellung, dass jemand sich die Mühe gemacht hatte, eine Karte auszusuchen und zur Post zu gehen.

Sam war ja auch in der Galerie gewesen. Er hatte gesehen, was für fantastische Karten sie verkauften …

Die Schrift auf dem Umschlag war fremd, die auf der Karte nicht.

Sie war von Jess, die obligatorische Karte, die sie sich in den vergangenen einundzwanzig Jahren immer geschickt hatten.

Lorna versuchte, ihre Enttäuschung zu verdrängen, stieg die Treppe hoch und hörte, dass zwei hysterische Hunde in ihrer Wohnung herumtobten.

11

Keir Brownlow kam am nächsten Morgen mit seiner Sicher-
heits-Checkliste und musste einräumen, dass er gewisse
Bedenken hatte, was den Umbau von Rooks Hall anging.

»Ich predige schon seit Ewigkeiten, dass dieses Haus den
Sicherheitsanforderungen nicht genügt«, sagte er und trank
seinen Tee, während Lorna ihre Sachen aus ihrem Schlafzimmer räumte, um Platz für Joyce und die Mobilitätshil-
fen zu schaffen, die Keir die Treppe hochgeschleppt hatte.
»Das Haus ist meist eiskalt, die Rettungssanitäter meinten,
Gasgeruch bemerkt zu haben, und Joyce verweigert jedem
den Zutritt. Wir haben auch mit den Vermietern gesprochen. Offenbar lässt Joyce nicht zu, dass sie etwas unternehmen.«

Lorna stellte eine Vase mit kreideweißen Tulpen auf den
Nachttisch. »Aber sie ist doch Mieterin. Sind Vermieter
nicht verpflichtet, in dem Haus Sicherheitsvorkehrungen
einzubauen?«

»Doch, sind sie. Andererseits weiß ich nicht, ob Joyce überhaupt einen formalen Mietvertrag hat. Sie lebt ja schon ewig dort. Eine Kollegin von mir wohnt in der Nähe. Sie meint, dass den Vermietern die meisten Häuser an der Straße gehören und dass sie sie alle zu Ferienhäusern umbauen wollen. Vermutlich wäre Joyce also sowieso gezwungen, in ein Pflegeheim umzuziehen.«

Lorna runzelte die Stirn. »Wo sollen die Einheimischen denn wohnen, wenn die hübschen Cottages zu Ferienhäusern umgebaut werden?«

»Das dürfen Sie mich nicht fragen«, sagte Keir unglücklich. »Ich wohne noch bei meinen Eltern. Glauben Sie mir, niemand betet so sehr dafür, dass die Immobilienblase platzt, wie meine Mutter.«

Nachdem er wieder gegangen war, fuhr Lorna fort, das Zimmer mit dem angrenzenden Bad für Joyce herzurichten. Sie stellte ein Radio neben das Bett und rückte einen Sessel ans Fenster, damit Joyce lesen und über die Dächer schauen konnte. Als sie ein paar Kunstwerke aufhängen wollte, zögerte sie. Was gefiel Joyce wohl? Hatte es einen Sinn, ihren Geschmack treffen zu wollen? Verriet sie zu viel über sich selbst, wenn sie die Königin der Kelche hängen ließ, dieses verträumte abstrakte Bild?

Lorna beschloss, es genau dort zu belassen. Mochte Joyce doch hineinlesen, was auch immer sie wollte.

Als sie gerade für sich selbst das Gästesofa bezog, kam Tiffany hoch. Sie wirkte nervös.

»Könntest du mir mal mit der Bettdecke helfen?«, fragte Lorna. »Oder schaust du lieber zu, um zu lernen, wie man das macht?«

Widerwillig nahm Tiffany eine Ecke und fing an, den Bezug darüberzustreifen. »Keir behauptet, Joyce Rothery würde bei uns einziehen. Ist das wahr?«

Das »bei uns« überging Lorna geflissentlich. »Ja. Nur für ein paar Tage, bis sie wieder in ihr eigenes Haus ziehen kann.«

»Aber warum?« Tiffany hatte die Augen so weit aufgerissen, dass sie fast wie eine Comicfigur aussah. »Hattest du nicht das Bedürfnis, allein zu sein? Wieso dann dieser ganze Stress wegen der Badezimmerordnung? Und wegen deines Meditationsraums, in dem überflüssiges Zeug nichts zu suchen hat? Und wegen deines guten Kaffees, den man nicht benutzen darf?«

Tiffs Stimmung war sonderbar, seit die Rosen eingetroffen waren. Sie hatte Lorna immer noch nicht verraten, von wem sie waren, was Lorna ebenfalls in eine sonderbare Stimmung versetzte.

»Weil Joyce Angst hat, in ein Pflegeheim zu gehen, und sei es auch nur für ein paar Tage. Ich kann es ihr nicht verdenken.« Sie schüttelte den Kopfkissenbezug zurecht. »Es ist ja nur so lange, bis die Vermieter Handläufe angebracht und die Gasleitungen überprüft haben. Sie wird nicht lange bleiben.«

»Hältst du das wirklich für eine gute Idee?« Tiff wirkte alles andere als begeistert. »Sophies *grandmaman* ist angerückt, als ihre Küche in Paris umgebaut wurde. *Vier Monate* ist sie geblieben. Am Ende stank das ganze Haus nach Mottenkugeln.«

»Ja, das ist eine gute Idee. Joyce ist eine großartige Künstlerin und eine interessante Frau. Und sie hat sonst niemanden«, sagte Lorna spitz. »Du mit deinem riesigen Strauß

Valentinsrosen verstehst das vielleicht nicht. Nicht jeder hat einen reichen Lover, der sich um ihn kümmert.«

Tiffany wurde rot.

»Immer noch keine Idee, von wem sie sind?« Das war schärfer herausgekommen als beabsichtigt, weil Tiffany sich so bedeckt hielt, während sie selbst sich rechtfertigen sollte, warum sie Joyce einen Gefallen tat. Unvermittelt kniff Tiffany die Augen zusammen und ballte die Fäuste.

»Was ist? Was habe ich denn gesagt?« Lorna bekam sofort ein schlechtes Gewissen. Sie streckte die Hand aus und nahm den Arm ihrer Freundin. »Sag's mir, was ist los? Wer hat dir die Rosen geschickt?«

»Das kann ich dir nicht sagen. Du würdest ... Vergiss es.« Tiffany entzog sich ihr und warf ihr einen leidenden Blick zu, den Lorna nicht zu deuten wusste. »Ich gehe mit den Hunden raus«, sagte sie über die Schulter. »Rudy! Bernard!«

Rudy hatte sich auf einem Stapel Decken zusammengerollt. Er schaute zu Lorna auf, dann zu Tiffany und folgte ihr brav auf den Treppenabsatz.

Lorna hatte keine Zeit vergeudet und zu etlichen lokalen Künstlern Kontakt aufgenommen. Die Galerie brauchte frisches Blut, und es herrschte kein Mangel an ehrgeizigen Menschen, die gerne in den Räumen der Galerie vertreten wären. Die moderneren unter ihnen mailten Links zu ihrer Website, andere hingegen schickten immer noch Portfolios oder CDs ein. Lorna hatte sich erst durch die Hälfte der CDs durchgearbeitet, die Mary in einer ihrer vielen Aufbewahrungsboxen archiviert und prompt vergessen hatte. Manche fand sie durchaus interessant, andere grauenhaft, und zu manchen hatte sie einfach keine Meinung. Einige wenige waren schlicht beängstigend.

In einer Stunde würden sie schließen, und sie wollte noch ein paar abarbeiten, bevor Keir mit Joyce eintraf. Die ersten Regentropfen schlugen ans Fenster, im Büro war es jedoch gemütlich. Tiffany war längst von ihrem Spaziergang mit den Hunden zurück. Rudy schlief unter dem Schreibtisch, während Bernard Tennisbällen hinterherjagte, Treppe rauf, Treppe runter. Lorna entledigte sich ihrer Stiefel und klickte sich durch eine endlose Parade abstrakter Gemälde namens *Refractions XII–XXX*, sie schienen in einen Kopf hineinzuschauen, der von kräftezehrenden Migräneattacken heimgesucht wurde.

Blaue, grüne, gelbe Fraktale.

Die Arbeiten bewegen sich an der Schnittstelle von greifbarer Gestalt und zeitlicher Verwirrung, um die Sicht des Betrachters auf die künstlerische Arbeit herauszufordern ...

Die Bilder weckten unangenehme Erinnerungen an die Kunst, die Lorna in London zu verkaufen versucht hatte. Die war auch eine Herausforderung gewesen.

»Die Farbgebung ist stark.«

Sie fuhr herum. Hinter ihr stand Joyce, eingepackt in ihren schweren schwarzen Mantel mit dem dichten Pelzkragen in der Farbe alten Schnees. Sie war so leise erschienen, dass sich Lorna eine surreale Sekunde lang fragte, ob sie im Krankenhaus gestorben war und nun ihren letzten Auftritt auf Erden hatte, bevor sie in eine andere Dimension aufsteigen würde.

Aber dann hustete Joyce und zeigte auf den Bildschirm. »Wie groß sind die Bilder denn eigentlich? Wie kann man auf so einer kleinen Aufnahme überhaupt etwas erkennen?«

Lorna erhob sich hastig. »Hallo! Entschuldigung, Joyce, ich habe Sie gar nicht kommen hören. Wo ist denn Mary?«

Joyce ging näher an den Bildschirm heran. Der Geruch von altem Parfum und ungelüfteter Kleidung wurde stärker. »Mary hat sich sofort verzogen, als sie mich gesehen hat. Sie hilft wohl Keir.«

»Ah, und wo ist der?« Lorna schaute sich um. Die Galerie war leer. Das »Geschlossen«-Schild wackelte noch, weil Mary soeben zur Tür hinausgetreten war.

»Der sucht einen Parkplatz. Was für ein Theater. Macht es Ihnen etwas aus, wenn ich …?« Sie zeigte auf den Stuhl, von dem Lorna aufgestanden war. Unter dem Tisch saß Rudy und wedelte mit dem Schwanz. Joyce nickte ihm zu, als sie sich niedersinken ließ. »Was ist das?«, fragte sie und zeigte mit dem Finger auf den Bildschirm.

»Das hat jemand eingereicht. Ein Künstler aus …« Lorna warf einen Blick auf die Hülle der CD. »… Bromsgrove.«

»Mhm. Sind die Bilder alle so?«

»Größtenteils. Wollen Sie sie …?« Lorna drückte auf die Leertaste, um die Bilder durchlaufen zu lassen.

Stumm betrachteten sie den Bildschirm. Die kopfschmerzartigen Gelb- und Grüntöne verschwammen ineinander. Lorna war plötzlich verlegen, weil sie sich irgendwie für die Kunst verantwortlich fühlte. *Ich sollte etwas dazu sagen können*, dachte sie. *Joyce wird wissen, ob sie gut sind oder nicht – ich weiß es nicht.* Ihr Selbstbewusstsein geriet ins Wanken.

»Und so reichen Künstler ihre Werke heutzutage ein?«, fragte Joyce. »Für den Computer?«

»Manche schon. Andere schicken auch Links zu ihren Websites.« Sie machte eine Pause. »Mir gefallen die altmodischen Portfolios besser, muss ich zugeben. Aber auf einer Website findet man mehr Hintergrundinformationen: Wer die Künstler sind, warum sie malen – kleine Orientierungshilfen, um es mal so zu sagen.«

»Aber woher soll man denn wissen, wie es sich anfühlt?« Joyce rieb sich die arthritischen Finger. »Die Oberflächenstruktur, die Leinwand …?«

»Gar nicht«, sagte Lorna. »Aber ich glaube, dies hier sieht auch im Original so aus. Es ist am Computer generiert.«

Sie betrachteten das letzte Bild. Es war zudringlich und wütend. Lorna hatte das Gefühl, dass ihre Augäpfel schmerzten. »Worum geht es Ihrer Meinung nach bei diesen Werken?«, fragte sie, ermutigt von der Tatsache, dass Joyce ihr nicht in die Augen schaute. Sie versuchte, ihre Frage so zu formulieren, dass ihre eigene Ratlosigkeit nicht allzu deutlich wurde.

»Nun, sie spielen mit der Idee von Farbe und Rhythmus«, antwortete Joyce. »Und vermutlich haben sie eine Art Tonalität. Ist das die Kunst, die Sie jetzt hier ausstellen?«

»Nein«, sagte Lorna.

»Gefällt es Ihnen?«

Etwas Wichtiges hing zwischen ihnen in der Luft, in einem empfindlichen Gleichgewicht. Waren die Werke gut? Entging ihr das Geniale der Machart? Lorna dachte an die Kunst, die sie instinktiv mochte, jenseits aller Zweifel – Joyce' weißes Haus, das Sicherheit ausstrahlte, die kontemplativen Porträts, die sie vor ein paar Tagen gesehen hatte –, und plötzlich wusste sie die Antwort.

»Nein«, sagte sie ehrlich. »Es bereitet mir Kopfschmerzen.«

In der langen Pause, die folgte, war ihr nicht klar, ob sie das Richtige gesagt hatte.

Schließlich seufzte Joyce. »Mir auch. Da bin ich ja erleichtert.« Sie schaute sich im Büro um und betrachtete die Regale mit den Akten der Künstler, einschließlich ihrer eigenen. »Ich war nie hier im Büro, müssen Sie wissen. Es scheint mir das Nervenzentrum der Galerie zu sein.«

»Lassen Sie uns hochgehen«, sagte Lorna. »Bevor Keir kommt und mich ausschimpft, weil er das Büro keinem Sicherheitscheck unterzogen hat.«

Joyce verbrachte ihren ersten Abend in ihrem Zimmer, in Bernards Gesellschaft. Sie sei ausgelaugt von dem Tag, erklärte sie, und wolle nur noch ein bisschen Radio hören und dann schlafen gehen.

»Natürlich! Das ist absolut in Ordnung!« Lornas Wangen taten schon weh, weil sie unentwegt gelächelt hatte. Sie hatte gelächelt, um Keir ein gutes Gefühl für den Bericht für seine giftige Chefin zu vermitteln. Dann hatte sie weitergelächelt, um Tiffanys schlechte Laune wettzumachen, die immer noch wie Nebel in der Wohnung hing. »Ich habe Ihnen ein Radio ans Bett gestellt, sehen Sie? An diesem Knopf schaltet man es ein. Da ist auch eine Karaffe Wasser. Wie die elektrische Heizdecke funktioniert, wissen Sie ja sicher. Soll ich Ihnen später noch einen Tee bringen? Oder eine Kleinigkeit zu essen?«

»Nein, danke, ich bin wunschlos glücklich.« Joyce hatte sich in den Sessel am Fenster gesetzt, das Strickzeug im Schoß. Das Licht der Lampe fiel auf ihr feines weißes Haar und ließ die blasse, gefleckte Kopfhaut durchschimmern. Lorna schaute schnell weg. Der Anblick erschien ihr zu intim.

Sie sah sich im Zimmer um. »Sind Sie sicher, dass Sie sonst nichts brauchen?«

»Ja, absolut. Ich brauche nur ein bisschen Ruhe.«

Lornas Blick fiel auf ein Foto, das sie auf der Kommode hatte stehen lassen: einen gerahmten Schnappschuss von der ganzen Familie am Strand in Wales. Die Kamera hatte kippelig auf einem Felsen gestanden, und sie waren gerade so im Bild. Jess war es zugefallen, auf den Auslöser zu drücken und zurückzulaufen, während alle anderen von fünf rückwärts gezählt hatten. Jess' Mund war noch geöffnet, weil sie Kommandos erteilte, während Dad und Lorna deutlich »zwei« sagten. Mum warf Dad ein geheimnisvolles Lächeln zu.

Lass es stehen, sagte sie sich. Sonst lenkst du nur die Aufmerksamkeit darauf.

»Für Bernard ist es sicher schön, dass er hier schlafen kann«, sagte sie. »Ich habe eines von Rudys Kissen in seinen Korb gelegt.«

»Danke.« Joyce lächelte schwach. Sie wirkte wirklich müde. »Und wo schlafen Sie?«

»Auf dem Schlafsofa. Das geht wunderbar.« Sie hatte noch nie darauf geschlafen, aber es war ja nur für ein paar Nächte. »Gut, dann überlasse ich Sie mal sich selbst. Rufen Sie einfach, wenn Sie noch etwas brauchen!«

Lorna lächelte noch einmal und wandte sich zum Gehen. Als sie an der Tür war, hörte sie Joyce' Stimme: »Lorna!«

Sie drehte sich um, in Erwartung eines Dankeschöns.

»Sind Sie das?« Joyce zeigte nicht auf das Foto, sondern

auf eine Bleistiftskizze auf dem Bücherregal. Sie zeigte Lorna und Jessica im Alter von drei und sieben, als sie im Urlaub gepuzzelt hatten, die Köpfe einander zugeneigt; die dunklen Locken ihrer Schwester vermischten sich mit Lornas glattem blondem Haar. Jess hatte das Bild zwischen den Sachen ihrer Mutter gefunden und Lorna nach der Beerdigung gegeben. Wegen der Zärtlichkeit, die darin lag, konnte Lorna es nur für eine begrenzte Dauer anschauen. Oft mutete sie sich das nicht zu.

»Ja«, sagte sie, »das hat meine Mum gezeichnet.« Sie zögerte. »Meine Mutter war Künstlerin. Cathy Larkham?«

»Das habe ich mir schon gedacht«, sagte Joyce mehrdeutig und nickte, mehr für sich selbst. »Das Bild singt vor Liebe.«

Ihre Blicke begegneten sich für einen langen Moment. *Joyce weiß es*, dachte Lorna. Joyce verstand etwas, von dem sie sich nicht sicher war, ob sie selbst es verstand.

Lorna musste immer noch an die Zeichnung denken – und an ihre Mum –, als sie in die Küche trat und die Berge von schmutzigem Geschirr erblickte. Tiffany saß am Tisch und schrieb eine SMS. Als Lorna eintrat, drehte sie ihr Handy schnell um. Auf dem Tisch standen Kaffeebecher, und die Schüsseln vom Frühstück befanden sich immer noch dort, wo sie sie hatten stehen lassen. Überall lagen Krümel und butterverschmierte Messer herum. Wie konnte Tiff dasitzen und jemandem schreiben, wenn sie nicht einmal zehn Sekunden Zeit hatte, um ihre dreckigen Teller in die Spulmaschine zu räumen?

»Ich möchte ja keine Regeln einführen«, sagte Lorna, als sie den Wasserkessel anstellte, »aber wäre es möglich, dass du deine Tassen nicht *neben* den Geschirrspüler stellst? Wenn wir zu dritt hier wohnen, türmt sich sonst ständig das Geschirr hier auf.«

»Okay«, sagte Tiffany überrascht.

»Vielleicht sollte ich einen Spülplan erstellen«, sagte Lorna gegen ihre Absicht.

»Wenn du möchtest.«

Ich wünschte, ich könnte einfach in meinen leeren Raum gehen, mich hinlegen, in die Sterne schauen und an Mum denken, dachte sie. Dann wurde ihr allerdings klar, dass das gar nicht ging. Er war vollgestellt mit dem Zeug, das sie aus dem Wohnzimmer geholt hatte, um das Schlafsofa ausklappen zu können. Das meiste davon gehörte Tiffany.

Als das Wasser kochte, klingelte das Telefon an der Wand. Tiffany zuckte zusammen und hätte fast ihren Tee verschüttet. »Könntest du bitte rangehen?«, bat sie, obwohl sie näher dran saß.

Lorna runzelte die Stirn. Das war ein weiteres Problem – warum erzählte Tiffany ihr nicht, was los war, was auch immer es sein mochte? Traute sie ihr nicht?

»Bitte«, wiederholte Tiffany.

Es war ein altes Telefon, das offenbar irgendwelche Vormieter hinterlassen hatten. Wenn man damit telefonierte, war man an die Wand am Fenster gebannt. Lorna schaute auf die Straße hinab, als sie den Hörer abnahm. Vor der Galerie stand jemand in einer Barbour-Jacke und schaute durch das Fenster ins Innere. War das Sam? Sie hatte den ganzen Tag immer mal wieder an ihn gedacht. Ende des Monats hatte er Geburtstag, und sie fragte sich, ob es aufdringlich war, ihn zu einem Drink einzuladen.

»Hallo? Lorna? Hier ist Jess.« Der Geräuschkulisse nach

zu schließen fand bei den Protheros ein improvisiertes Blockflötenkonzert statt.

»Hallo, Jess.« Den Namen nannte sie absichtlich, damit Tiff im Bilde war. Sie sah, dass ihre Schultern herabsackten. »Danke für die Valentinskarte. Offenbar hast du Ryan dieses Jahr nicht rangekriegt, sie zu schreiben. Schwach. Hat dir meine gefallen?«

»Klar, ganz reizend!« Sie redete schnell weiter, vermutlich weil sie der Karte, für deren Auswahl Lorna ewig lange gebraucht hatte, kaum Beachtung geschenkt hatte. »Hör zu, ich rufe an, weil ich dich um einen Gefallen bitten wollte.«

Lorna betrachtete wieder den Mann vor der Galerie. Er sollte aufschauen, damit sie sein Gesicht sehen konnte. Das dunkle Haar kam ihr vertraut vor. Hatte er einen Bart? Sie verdrehte sich fast den Hals an der Fensterscheibe im Bemühen, den Mann zu identifizieren. Blickte Sam in den Laden, weil er hoffte, sie zu sehen? Warum schaute er nicht hoch?

»… wäre das in Ordnung für dich?«, schloss Jess.

»Was? Kannst du das noch mal wiederholen?«

»Ich weiß nicht, was ihr letztes Wochenende mit Hattie angestellt habt, aber sie möchte unbedingt zu euch zurück. Sie hat sogar vorgeschlagen, am Freitagabend den Nachtzug zu nehmen.« Jess schnalzte mit der Zunge.

Der Mann beschirmte die Augen, um in die abgedunkelte Galerie zu schauen, dann gab er es auf und ging davon. Lorna drückte sich an die Scheibe, um ihm nachzuschauen, aber sie konnte einfach nicht erkennen, ob es Sam war. Als sie sich umdrehte, war Tiffany am Tisch erstarrt und schaute sie mit großen Augen an.

Was denn?, fragte Lorna stumm.

Ist da unten jemand?, erkundigte sich Tiffany mit Gesten.

Lorna schüttelte den Kopf. Jess redete weiter in ihrem herrischen Tonfall, bei dem Lorna innerlich abschaltete, zumal Tiffanys gequälte Miene schwer zu ignorieren war.

»... von Wagamama. Also könntest du ihr ja vielleicht ein bisschen Geld zahlen, wenn sie in der Galerie aushilft? Lorna? Hörst du mir überhaupt zu? Lorna!«

Lorna versuchte, sich wieder auf das Gespräch zu konzentrieren, als Tiff plötzlich ihren Stuhl zurückschob und zum Fenster ging. »Warte, Entschuldigung – reden wir immer noch über Hattie?«

»Ja!« Jess klang beleidigt. »Kontrollierst du deine E-Mails, während du mit mir redest?«

»Nein!« Jess tat das manchmal, das hatte Lorna selbst erlebt. »Natürlich nicht. Ich höre dir zu.«

»Aha? Und was habe ich als Letztes gesagt?«

»Hattie ... möchte nächstes Wochenende wieder hierherkommen?«

Tiff kehrte an ihren Platz zurück und starrte auf ihr Handy. Im Hintergrund, auf dem Tischchen auf dem Treppenabsatz, leuchtete der extravagante Rosenstrauß im schummrigen Flurlicht. Komisch, dass Tiff sie dorthin stellte und nicht in ihr Zimmer. Außerdem hatte sie die Rosen kaum erwähnt, fast, als wolle sie sie gar nicht. Was steckte nur dahinter?

»Ja! Was noch?«

»Du willst, dass ich Hattie Bares gebe, weil sie ihren Job bei Wagamama geschmissen hat?«

»Nein, man hat sie entlassen. Man hat alle Schüler entlassen.«

Oh, war das der Grund, warum Hattie letztes Wochenende völlig unerwartet hier aufgekreuzt war? War sie rausgeschmissen worden und musste sich einen Vorwand suchen? Jess war die Sorte Mutter, die vermutlich bei Wagamama vorbeimarschierte und Erklärungen verlangte.

Lorna bekam ein schlechtes Gewissen. Eigentlich hatte sie sich einen Moment Zeit nehmen wollen, um Hattie anzurufen. Sollte sie jetzt etwas sagen? Es kam ihr nicht richtig vor, ihrer Schwester Dinge zu verheimlichen, aber wenn nicht mehr dahintersteckte …

»Unter uns gesagt, eigentlich ist es eine Erleichterung«, fuhr Jess fort. »Diese Geschichte letztes Wochenende, dass Hattie einfach verschwindet und Ryans Geburtstag verpasst … Vermutlich wusste sie, was kommt, und hatte keine Ahnung, wie sie es uns beibringen sollte. Als hätte sie Angst davor gehabt.«

War es tatsächlich so? Jess klang so erleichtert, dass Lorna keine Zweifel anmelden wollte. »Ich würde mich sehr freuen, wenn sie käme. Mir ist noch nie jemand begegnet, der so gut Geschenke einpacken kann.«

»Danke, Schwesterherz.« Jess klang erleichtert. »Ich weiß, dass es sehr kurzfristig ist, aber …«

»Kein Problem«, sagte Lorna. Aber erst, als sie nach ein paar schnellen Informationen über Tyras Schwimmabzeichen und Milos Läuse den Hörer aufgehängt hatte, wurde ihr klar, dass sie ein weiteres Bett kaufen musste.

Rudy hatte sein gesamtes bisheriges Leben einen regelmäßigen und relativ ereignislosen Alltag genossen und brachte mit jedem Millimeter seines lang gestreckten Körpers zum Ausdruck, dass es ihm nicht behagte, wenn sich daran etwas änderte. All die zusätzlichen Geräusche und Gerüche in der Wohnung mussten schließlich untersucht werden. Als Tiffany zu Bett gegangen war, schlich er also von Raum zu Raum, bis er Lorna auf ihrem Sofa fand. Ihre Füße schauten unter der Decke hervor, und wie immer wartete sie darauf, dass der Schlaf bei sämtlichen Erdbewohnern einkehrte, um dann endlich auch zu ihr zu kommen.

Dass der kleine Hund hereinkam, hörte sie eher, als dass sie es sah. Sie ließ ihre Hand auf seine Höhe hinabhängen, und er schnüffelte daran. Dann leckte er sie mit seiner zarten Zunge, ein sanfter Gruß. Die feuchte Nase kitzelte an ihren Fingerspitzen. Und da sie sich ebenfalls etwas entwurzelt fühlte, hob sie Rudy hoch und ließ zu, dass er sich auf der schmalen Sofakante vor ihrem Körper zusammenrollte. *Auf* der Decke, nicht darunter. Alles hatte seine Grenzen.

»Dies ist nur ein Traum«, erklärte sie ihm. »Du wirst niemals auf einem Sofa schlafen dürfen.«

Er lag dicht bei ihr, warm und anschmiegsam, und sie fühlte sich getröstet.

Im Geiste ging sie noch einmal die Ereignisse des Abends durch. Tiffs mysteriöses Verhalten, Joyce' Ankunft und ihr Einzug in Lornas Schlafzimmer, wo sie ihre Kunstwerke betrachtet hatte, als würde sie aus der Hand lesen. Und dann Hattie. War das wirklich die ganze Geschichte? War sie nach Longhampton gekommen, um ihrer Mutter nicht sagen zu müssen, dass sie entlassen worden war? Irgendetwas daran überzeugte Lorna nicht.

Sams Gesicht schien vor ihr auf, wie schon so oft in ihrem Leben. Mit dem Bart war es das Gesicht eines anderen Manns, aber die gerade Linie der dichten Brauen beschirmte seine dunklen Augen wie eh und je. Lorna spürte der Enttäuschung nach, dass nicht er es gewesen war, der in die Galerie geschaut hatte, dann wurde die Enttäuschung von der Scham darüber verdrängt, wie er ihren Annäherungsversuch höflich zurückgewiesen hatte.

Mit leerem Blick schaute sie zu den Fenstern hinüber, wo das Mondlicht durch die dünnen Vorhänge drang und über die Wände wanderte. *Du bist nicht mehr dreizehn. Du bist erwachsen, und er ist es auch. Als Mann kennst du ihn kaum. Du hast keine Ahnung, wie sein Leben verlaufen ist – und wie es jetzt aussieht.*

Ich brauche einen Vorwand, um ihn anzurufen, dachte sie und verdrehte die Augen. Rudy drängte sich an sie heran und drückte seine knochige Wirbelsäule in ihren Oberschenkel. Dann schoss Lorna ein Gedanke durch den Kopf: Hattie würde übers Wochenende bleiben. Nichts wäre naheliegender, als Sam zu fragen, ob er nicht etwas mit ihnen unternehmen wolle. Immerhin war er Hatties Pate.

Rudy rührte sich, leise knurrend. Lorna hörte, dass sich die Wohnzimmertür bewegte. Ein dicker Keil Dämmerlicht fiel in den Raum, dicht gefolgt vom Geräusch nackter Füße auf dem Boden.

O Gott, war das Joyce? War sie Schlafwandlerin? Brauchte sie medizinische Hilfe? Was, wenn sie hinfiel? Mit einem Schlag wurde Lorna klar, was für eine Verantwortung sie auf sich geladen hatte.

Sie setzte sich so schnell auf, dass Rudy fast vom Sofa gefallen wäre, und griff nach ihrem Handy.

»Hallo?«, flüsterte sie. »Joyce?«

Aber es war nicht Joyce, es war Tiffany.

Ungeschminkt und in ihrem gepunkteten Schlafanzug

sah sie viel jünger aus. Selbst im Dämmerlicht war nicht zu übersehen, dass sie geweint hatte.

»Tiff?«, flüsterte sie. »Ist alles in Ordnung?«

Tiffany schüttelte den Kopf. »Nein, Lorna. Ich muss mit dir reden. Über etwas Schlimmes.«

12

Lorna rückte beiseite, um Platz für Tiffany zu schaffen.
Die schlüpfte unter die Decke und wickelte sie sich eng
um die Beine. Dann starrte sie auf das Muster, als wisse
sie nicht genau, wo sie mit ihrer Geschichte beginnen
sollte.

»Lass mich raten«, sagte Lorna. Sie hatte ein paar Ver-
mutungen, warum es Tiffany so schwerfiel, mit der Sprache
herauszurücken. »Es hat etwas mit den Rosen zu tun?«

Tiffany sah überrascht auf. »Woher weißt du das?«

»Weil du noch nie Blumen bekommen hast, ohne ein Rie-
senbohei darum zu machen.« Sie bemühte sich um einen
spöttischen Tonfall, um Tiff ein Lächeln abzuringen. »Ich
erinnere mich an jedes billige Tankstellen-Bouquet, das du
von Jim the Crim bekommen hast.«

»Er war nicht kriminell«, sagte Tiffany reflexhaft. »Er
hat nur ein-, zweimal den Behindertenausweis seiner Mutter benutzt, um einen Parkplatz zu finden.«

»Das sagst du! Von wem sind sie also?« Lorna stieß sie an. »Die Rosen sind überwältigend. Normalerweise würdest du es überall ausposaunen.«

Tiffany umklammerte ihre Knie. »Du musst mir versprechen, dass du mich nicht verachtest. Es ist … wirklich das reinste Chaos.«

»Ist es jemand, den ich kenne?«, fragte Lorna, um einen Anfang zu machen.

»Irgendwie schon.«

Einen Moment mal. *Es ist aber nicht Sam, oder?*, flüsterte eine verschlagene Stimme in ihrem Kopf. Er hatte Tiffany vor Kurzem in der Galerie gesehen. Vielleicht war er zurückgekommen, um mit ihr zu reden, als sie, Lorna, mit Rudy und Bernard spazieren gegangen war. Warum sollte ihm Tiffany nicht gefallen? Sie war klug, zierlich, selbstbewusst – ganz die Sorte Frau, mit der sich Sam in London getroffen haben dürfte.

Unvermittelt nahm Tiffany ihre Hand und schaute sie an, die Augen in ihrer Verzweiflung weit aufgerissen. »Du musst mir glauben, dass ich nie im Leben gewollt hätte, dass so etwas passiert«, platzte es aus ihr heraus. »Nichts von allem. Ich schäme mich so.«

»Tiff, nun sei nicht so melodramatisch. Es sind doch nur Blumen. Wer hat sie dir geschickt?«

Ihr Blick senkte sich wieder auf die Decke. »JC. Er muss über die Agentur herausgefunden haben, wo ich wohne. Ich hatte sie gebeten, meine Adresse nicht herauszugeben, aber …«

»Moment.« Lorna hob die Hand, um sie zu bremsen. »Wer ist JC?«

»Jean-Claude.« Sie griff nach Rudy, aber der vergrub sich

tiefer in die Decke. »Der Vater der Familie, für die ich gearbeitet habe.«

»Das ist nicht dein Ernst!« Lornas Erleichterung, dass es sich nicht um Sam handelte, wich plötzlichem Schock. »Du hattest eine Affäre mit deinem Arbeitgeber? In seinem Haus?«

Tiffany wirkte entgeistert. »Eine Affäre? Nein! Niemals!«

»Was denn dann? Warum sollte er dir sonst Blumen schicken?«

»Weil er mich … zurückholen will. Aber ich kann nicht.«

»Warum? Was ist denn passiert?«

»O Gott.« Tiff barg das Gesicht in den Händen, dann schaute sie wieder auf, und es sprudelte nur so aus ihr heraus: »Er hatte eine Affäre mit seiner Assistentin. Ich weiß, voll das Klischee. Er hat mich dazu überredet, ihm ein Alibi für das Wochenende zu geben, als Sophie in Paris war und er zu Hause die Stellung halten sollte. Nummer eins.« Sie hielt einen Finger hoch. »Sophie ist dahintergekommen und hat mich ihrerseits dazu gebracht, ihr ein Alibi zu geben. Das ist verrückt, ich weiß, aber das ist Nummer zwei. Dann habe ich im Bad eine Überwachungskamera gefunden – in *meinem* Bad, nicht in dem der Kinder! Nummer drei. Viertens kommt hinzu, dass ich mit ihnen Englisch reden soll, während sie auf Französisch über mich herziehen. Und dann noch Nummer fünf, was das Fass zum Überlaufen bringt: Sophie hat mich auf Diät gesetzt, weil ich dicker bin als die Nannys ihrer Freundinnen, und das wirft ein schlechtes Licht auf sie.«

Lornas Kinnlade klappte herunter.

»Aber egal. Sie haben das mit dem jeweils anderen herausbekommen, weil ich in meinem Kalender die Daten vertauscht habe, und da brach die Hölle los. Offenbar haben sie sich aber wieder vertragen und merken jetzt, dass sie die Kinder ohne mich nicht bändigen können. Deshalb terrorisieren sie mich jetzt telefonisch, um mich wieder zurückzuholen, als wäre nichts geschehen. Aber ich kann nicht.« Tiffany hob die Hände und ließ sie wieder fallen. »Ich kann das nicht mehr. Ich bin am Ende.«

»Na gut, dann such dir eben eine andere Familie. Die Hollandes scheinen ja tatsächlich eine Zumutung zu sein, mit all den Streitereien und Affären. Aber es sind ja nicht alle so.«

»Sie sind nicht einmal die Schlimmsten. Was ich so von meinen Kolleginnen gehört habe ...« Tiffany stieß einen zittrigen Seufzer aus. »Lorn, ich möchte keine Nanny mehr sein. Mit den Kindern komme ich schon zurecht, aber mit den Eltern? Nie weiß man, woran man ist. Ständig dieses ›Falls ich Ihnen mal etwas sagen darf ...‹ und diese Hinterherspioniererei und diese kleinkarierte Art, für den letzten Kaffee eine Quittung zu verlangen, während sie selbst gerade ein zweites Ski-Chalet erwerben ... Ah! Das bringt mich um.« Ihr Blick war wild.

»Sie müssen dich aber schmerzlich vermissen, wenn sie dir im Wert von bestimmt zweihundert Pfund englische Premium-Rosen schicken.«

Tiffany bedachte sie mit einem verächtlichen Blick. »Tja. Nein. Sophie hat mir auf die Mailbox gesprochen, und die Kinder haben im Hintergrund geweint. O *Tiffanneee, les enfants vermissen disch sooo, sie weinen nach dirrr.* Nein, tun sie nicht, Sophie. Sie weinen, weil sie bei dir keinen Fruchtzucker kriegen.«

Lorna gab sich Mühe, nicht zu grinsen. »Aber warum

hast du mir das denn nicht erzählt?« Sie stieß Tiffany an. »Ich dachte, du liebst deine Arbeit. Mein beruflicher Werdegang ist doch auch nicht ganz geradlinig. Tatsächlich habe ich sogar eine ziemlich gute Stelle geschmissen, um die Galerie zu übernehmen. Eine Stelle, die mir sogar Spaß gemacht hat. Ich hätte dich doch nicht verurteilt.«

»Ich konnte es dir nicht sagen, weil es die ganze Sache Wirklichkeit werden lässt.« Tiffany kaute auf ihrer Lippe herum. »Du bist doch gerade erst hierhergezogen und hast ständig betont, wie wichtig es dir ist, Raum für dich zu haben. Während ich gar nicht wusste, wie lange ich bleibe … Außerdem konnte ich nicht … Ich bin nicht gerade erpicht darauf, es meiner Mutter zu erzählen.« Sie warf ihr unter ihren dichten Wimpern hervor einen Blick zu. Lorna hatte sie noch nie so ängstlich erlebt.

Deine Mutter wird das schon verstehen, wollte sie sagen. Aber sie kannte Tiffs Mutter gut genug, um zu wissen, dass sie es nicht verstehen würde.

»Weihnachten beim Mittagessen hat sie der ganzen Familie erzählt, dass ich demnächst bei William und Kate arbeite«, fuhr Tiffany fort. »Auf ihrer Anrichte steht ein gerahmtes Foto von mir in Uniform, so stolz ist sie auf mich. Außerdem zahlt sie immer noch die Raten von dem Kredit ab, den sie für meine Ausbildung aufgenommen hat. Die Kosten waren horrend. Ich werde ihr das Geld zurückzahlen müssen, aber ich weiß nicht, wie.«

»Oh.« Das war in der Tat ein ernstes Problem. Lorna mochte Mrs Harris. Sie war laut und nett und hatte regelmäßig mit Tupperschüsseln voller Speisen in ihrer Londoner Wohnung vorbeigeschaut, um sich zu erkundigen, wie Tiffs Jagd nach einem reichen Junggesellen voranging. Aber sie hatte keinen Zweifel daran gelassen, dass Tiffanys Ausbildung zur Nanny eine ähnliche Langzeitinvestition war wie das Geld, das sie für das Zahnarztdiplom von Tiffanys Bruder ausgegeben hatte – denn »Zahnärzte können in Zeiten von Instagram gar nicht verarmen«.

»Die Agentur ist mir natürlich auch auf den Fersen und meldet sich zweimal am Tag. Vermutlich läuft es darauf hinaus, dass ich denen auch noch Geld schulde, wenn ich meinen Vertrag nicht erfülle. Außerdem …«, sie spreizte ihre Hände auf der Decke, und Rudy zog sich noch weiter zurück, »… habe ich die Kinder im Stich gelassen! Die waren gar nicht so schlimm. Immerhin werden sie bald eine neue Nanny bekommen, da Sophie die drei sicher nicht länger bändigen kann.«

»Ist das jetzt alles, was du mir beichten wolltest?«, fragte Lorna. »Oder hast du vielleicht noch Wechselgeld gestohlen? Oder Handtücher und/oder Bademäntel?«

Tiff sah elend aus. »Verachtest du mich jetzt?«

»Natürlich nicht, du Idiotin. Sollte ich?«

»Na ja, ich verachte mich selbst. Wegen der Lügen und allem.«

»Und was hilft das, wenn du dich verachtest?«

»Es gibt mir das Gefühl, dass ich nicht vollkommen skrupellos bin. Ich habe alle im Stich gelassen. Außerdem bin ich offenbar eine Niete in den Dingen, von denen ich immer dachte, ich kann sie.« Sie strich sich das Haar aus den Augen, die traurig aussahen. »Das entspricht nicht dem, was ich mir für diesen Punkt meines Lebens immer vorgestellt habe. Mit Mums Karriereplänen für mich habe ich mich nie ganz identifiziert, aber so schnell wollte ich auch nicht scheitern.«

»Du hast deinen Job hingeschmissen, kein Waisenhaus angezündet«, hielt Lorna ruhig fest. »Es muss doch einen Übergangsjob geben, den du hier für eine Weile ausüben kannst. Ein paar Schichten in der Bar zum Beispiel, das hast du doch schon oft getan. Und mit der Agentur solltest du einfach reden. Erzähl ihnen, wie untragbar die Hollandes waren. Was soll schon passieren?«

»Aber ich kann dir keine Miete zahlen.«

»Wir werden schon eine Lösung finden. Mein Budget sieht vor, dass ich mir die Wohnung bis Ende des Jahres leisten kann. Ob du nun hier bist oder nicht, macht keinen Unterschied. Wenn du magst, kannst du mir dabei helfen, Rudys Ängste zu bekämpfen. Und Keir drängt mich ständig, mich an seinem Hundeprojekt zur Überwachung der Alten zu beteiligen. Bewerbe dich als Ehrenamtliche – er wird begeistert sein.«

Tiffany rang sich ein Lächeln ab. »Bist du sicher?«

»Klar, natürlich.« Lorna streckte die Arme aus und zog sie an sich. Alte Freundinnen. Sie verspürte eine starke Sehnsucht nach diesen Zeiten, den Sonntagen mit den DVD-Boxen, den Abenden, an denen sie sich zusammen herausgeputzt hatten, den gemeinsamen Fahrten mit dem Nachtbus. Jene Tage waren so schnell vergangen, während sich die Zukunft ganz anders entwickelt hatte als erwartet.

»Morgen früh sieht die Welt schon ganz anders aus«, sagte sie. »Geh wieder ins Bett.«

Während der zweiten Kaffeepause schaute Keir auf dem Weg zu einem Pflegefall bei ihnen vorbei. Er wollte ihnen mitteilen, dass er mit dem Ergotherapeuten im Krankenhaus gesprochen hatte, außerdem mit Joyce' Vermietern.

Wie es aussah, konnten die Handwerker, die die nötigen Umbauten verrichten würden, »frühestens Anfang nächster Woche« kommen. Der Empfang durch den Vermieter war offenbar nicht sehr erfreulich gewesen.

»Ich habe ihm die Dringlichkeit der Angelegenheit vor Augen zu führen versucht«, schnaubte er, »aber er war sehr unfreundlich! Er hat sich sogar erdreistet zu behaupten, dass er Joyce einen Gefallen tue, wenn er die Sicherheitsvorkehrungen einbaut. Und dann hat er noch unterstellt, dass Joyce ihren Sturz nur inszeniert habe, um ihn auf Schadensersatz zu verklagen.«

»Der hat sie ja wohl nicht alle.« Lorna war für Joyce gleich mit wütend. »Ich wette, er hat jahrelang keine Reparaturen mehr vorgenommen.«

»Vermutlich sucht er einfach einen Vorwand, um Joyce rauszuekeln.« Keir schniefte; er litt unter chronischen Erkältungen. »Vor einem anderen Cottage in der Straße stand schon ein Range Rover, aus dem Touristen ihre Einkäufe ausgeladen haben.« Er senkte die Stimme. »Wie kommt sie zurecht?«

»Gut«, sagte Lorna. »Sie ist ...«

»Direkt hinter Ihnen.« Joyce trat aus dem Hinterzimmer, ihren Strickbeutel in der Hand. Sie trug einen schicken grauen Rock, einen Pullover und einen gelben Seidenschal, der wie ein Sonnenstrahl an ihrem Hals glänzte. Auf die Idee, dass sie kürzlich noch im Krankenhaus gelegen hatte, wäre man nicht gekommen.

»Joyce!« Lorna war zusammengezuckt. Wie viel hatte sie mitbekommen? »Wie lange stehen Sie schon hinter mir?«

Ein herrisches Aufblitzen von Ringen an knorrigen Fingern. »Eine Viertelstunde oder so. Ich hatte es mir im Hinterzimmer gemütlich gemacht.« Joyce beugte sich vor, ein interessiertes Leuchten in den Augen. »Oh, diese Keramik gefällt mir. Ist sie inspiriert von der Troika? Das ist ja fast schon nicht mehr erlaubt. Wer hat das gemacht?«

Keir eilte zu ihr. »Joyce! Sind Sie allein die Treppe heruntergestiegen? Sie müssen vorsichtig sein ...«

»Mir geht es bestens, Herrgott im Himmel.« Joyce schüttelte seine Hand ab und ging zu dem Stuhl, der in der Galerie stand. »Es ist gut für die Hüften, wenn man es einmal am Tag mit einer Treppe aufnimmt. Ich möchte ja nicht heimkommen und feststellen müssen, dass ich nicht mehr in mein eigenes Bett gehen kann.«

»Aber sie ist so steil.«

»Ja und? Zwei Freundinnen von mir sind in einen Bungalow gezogen und prompt dort verstorben.«

Lorna hegte den Verdacht, dass Joyce sich das soeben ausgedacht hatte. Der Art und Weise nach zu urteilen, wie ihr Blick über die neuen Aquarelle glitt, schien die Ausstellung sie zu interessieren. Lorna fragte sich, was ihr wohl am besten gefiel.

»Das ist faszinierend.« Joyce zeigte auf ein großes Gemälde am Fenster: grüne Bäume vor einem Sonnenuntergang aus Metallfolie; ein markanter Pfad, der sich einen Hügel hinaufschlängelte. »Der Wald am Stadtrand, nicht wahr?«

»Ja. Der Künstler kam gestern vorbei und hat die Bilder einfach mal dagelassen. Sie sind vom Wald direkt hinter dem Park inspiriert.« Es war das erste Künstlergespräch gewesen, bei dem Lorna ein gutes Gefühl gehabt hatte. Corey, der junge Maler, hatte soeben sein Studium an der lokalen Kunstakademie abgeschlossen und war noch nicht so cool, dass ihn Lornas Begeisterung für sein Werk kaltgelassen hätte. Er hatte noch nicht einmal Zeit gehabt, eine hochtrabende Beschreibung seines künstlerischen Werdegangs zu verfassen.

Joyce nickte. »Das gefällt mir ausnehmend gut. Direkt auf der Schnittstelle zwischen abstrakter und darstellender Kunst.«

»Es sind sogar Hunde darin versteckt! Man muss genau hinschauen, irgendwo zwischen den Blättern und Ästen. Vierzehn, behauptet der Künstler.« Mary hatte Lorna versichert, dass man in Longhampton »mit Hunden alles verkaufen kann«.

»Tatsächlich? Das kann ich nicht sehen … mit meinen Augen.« Joyce unternahm nicht einmal den Versuch zu blinzeln, und Lorna wünschte, sie hätte sich den Kommentar verkniffen. Man vergaß leicht, dass Joyce' Sehkraft nachließ. Sie schien wie ein Schwan durch die Welt zu gleiten.

»Noch ein Grund, nicht die Treppe hoch- und runterzurasen!«, ließ Keir wieder hören. »Wir müssen doch auf uns aufpassen!«

Lorna verzog das Gesicht angesichts dieses erneuten »Wir«. Ihr war längst klar geworden, dass Joyce allergisch darauf reagierte.

»Wir?«, hakte Joyce auch prompt nach. »Haben *wir* nicht noch ein paar alte Leute zu versorgen?« Worauf Keir wieder an sein Treffen dachte und verschwand.

Joyce machte es sich mit ihrem Strickzeug im Hinterzimmer der Galerie gemütlich und ließ sich jede Stunde von Tiffany oder Lorna mit einer Tasse Tee versorgen. Ansonsten beharrte sie darauf, dass sie nichts brauchte, und sprach auch kein Wort mit den Leuten, die zum Stöbern in den Raum kamen. Nach der Mittagspause steckte Lorna noch einmal den Kopf zur Tür hinein.

Joyce starrte in die Ferne, aber als Lorna hustete, kehrte sie sofort in die Gegenwart zurück. »Oh, hallo. Bevor Sie wieder fragen, Lorna: Ich könnte doch etwas brauchen, falls es nicht zu viele Umstände bereitet.«

»Natürlich nicht. Was denn?«

Joyce hatte ein halbfertiges Hundemäntelchen im Schoß liegen – perfekt für Bernard, mit den klaren schwarz-weißen Streifen, und absolut makellos. Dabei hatte sie es, soviel Lorna wusste, erst am Morgen begonnen. »In der Eile habe ich vergessen, meine Wolle mitzubringen.«

»Oh.« Strickwolle war nichts, an das Keir beim Packen denken würde. »Soll ich welche kaufen?« Sie zeigte in Richtung Straße. »Unten am Rathaus ist ein hübscher neuer Handarbeitsladen …«

»Nein, ich brauche genau diese Wolle. Ich dachte, wenn Sie später mit den Hunden rausgehen, könnten Sie vielleicht nach Rooks Hall fahren und sie holen. Vielleicht könnten Sie bei der Gelegenheit auch kontrollieren, ob die Türen verschlossen sind.«

Lorna hatte eigentlich andere Pläne, aber offenbar sorgte sich Joyce um ihr Haus und fragte sich, ob es überhaupt noch stand. »Sie bewahren die Wolle in der Truhe am Kamin auf, nicht wahr?«

»Genau. Danke, Lorna, Sie sind sehr freundlich.« Joyce lächelte, ein echtes Lächeln, das die Müdigkeit aus ihrem Gesicht vertrieb. Lorna war gerührt. Joyce hatte sich über

Nacht gestreckt, wie eine welke Tulpe in frischem Wasser, einfach, weil sie in der Galerie war, zwischen der Kunst und den Farben und dem Gemurmel der Gespräche.

»Ist mir ein Vergnügen«, sagte sie aufrichtig.

Vor Joyce' Haus parkte ein Wagen, als Lorna vorfuhr, ein Landrover, den sie noch nie gesehen hatte.

Keirs Worte kamen ihr in den Sinn. War das der pampige Vermieter? Oder jemand, dem aufgefallen war, dass das Cottage leer stand? Jemand aus der Landwirtschaft? Für Touristen war der Wagen jedenfalls zu schmutzig.

Lorna stieg aus und war schon den halben Zuweg hochgegangen, als sie sich eines Besseren besann. Sie kehrte zum Wagen zurück und holte Bernard und Rudy von der Rückbank. Dann ging sie zur Eingangstür, schloss leise auf und ließ die beiden Hunde von der Leine, sodass sie wie Raketen in den Flur schossen.

Bernard bellte vor Freude, wieder daheim zu sein, und Rudy mit seinen kurzen Beinen versuchte schwanzwedelnd, Schritt zu halten. Den Bruchteil einer Sekunde später merkte Bernard, dass jemand im Haus war. Sofort stieg sein Kläffen ein paar Frequenzen an, und eine männliche Stimme schrie auf.

»Lass los! Lass mich los, du verdammter kleiner Köter!«

Gut, dachte Lorna und folgte Bernard mit zusammengebissenen Zähnen, das Handy in der Hand. Wenn es der Vermieter war, hatte er nichts anderes verdient, wenn er ohne Erlaubnis in Joyce' Reich eindrang. Und wenn es ein Einbrecher war …

Sie tippte schon einmal die beiden Neunen ein, bevor sie dem Lärm im ersten Stock folgte.

»Keine Bewegung!«, schrie sie. »Die Polizei ist schon auf dem Weg!«

»Was?«, antwortete eine verzweifelte Männerstimme. »Um Gottes willen, rufen Sie die Polizei an und sagen Sie ihnen, sie sollen nicht kommen.«

Lorna rannte die schmale, mit einem Teppich bedeckte Treppe hoch und erreichte den Absatz, wo die Hunde herumsprangen, als sei dies der Spaß ihres Lebens.

Im Badezimmer stand – in einem farbverschmierten Overall, eine Bohrmaschine in der Hand – ein fuchsteufelswilder Sam Osborne. Im Hintergrund lief ein Hörspiel, und auf der Fensterbank stand eine Thermoskanne. Bernard sprang an Sams Bein hoch und ließ in namenloser Freude die Zunge heraushängen, während Rudy ihn nachahmte, ohne eine Vorstellung davon zu haben, was Bernard da tat.

»Schaff mir die beiden vom Hals, verdammt!« Sam fuchtelte mit der freien Hand. »Der Klebstoff ist noch feucht. Ihre Haare werden daran kleben bleiben.«

»Was machst du hier?« Lorna sah Sam an. Normalerweise fand sie den Anblick von Männern, die sich als Heimwerker betätigten, eher sexy, aber Sam schien der Bohrmaschine nicht zu trauen. Er hielt sie, als könne sie auch am Griff zu rotieren beginnen. Und der Overall, den er trug, war definitiv nicht seiner, sondern gehörte einem wesentlich größeren Mann.

»Wonach sieht das wohl aus?« Er wirkte ausweichend, als habe sie ihn bei etwas ertappt, was sie eigentlich nicht mitbekommen sollte. »Ich bringe Handläufe an. Und was machst du hier?«

»Ich gehe mit Joyce' Hund spazieren.« Lornas Gehirn stellte allmählich Verbindungen her. »Sie wohnt im Moment bei mir, während ihr ... Warte. Bist du etwa Joyce’ Vermieter?«

»Warte, ich stelle mal auf Pause.« Sam tippte heftig auf dem Handy herum, der Quelle des Hörspiels. Die Stimme verstummte mitten im Satz. »Unserem Hof gehören alle Häuser an dieser Straße. Früher jedenfalls ... Dad hat ein paar verkauft. Jetzt haben wir nur noch vier. Vorerst.«

Die schäbigen intimen Details des Badezimmers sprangen Lorna ins Auge: eine alte Plastikduschhaube, die am Wasserhahn hing, die rosafarbene Seife am Waschbecken, in deren Rissen sich eine braune Substanz festgesetzt hatte. Keir hatte ausnahmsweise sogar recht mit seinen Bedenken: Dies war kein Ort für eine alte Dame. Die uralte Eisenwanne hatte einen viel zu hohen Rand und stand auf scheußlichen Klauenfüßen. Der schäbige Ventilator in der Milchglasscheibe wirkte wackelig. Hier würde man alles sichern müssen.

Lorna musterte Sam und musste daran denken, was Keir über die Begegnung mit dem pampigen Vermieter gesagt hatte. War Sam wirklich pampig gewesen? Das passte gar nicht zu ihm. Andererseits hatte er mit seinem Rat damals auch nicht hinterm Berg gehalten, oder? Der professionelle, durch die Londoner Schule gestählte Sam war ziemlich anders als der sanfte Teenager, dem sie noch so lange hinterhergetrauert hatte.

»Und die Sicherheitsvorkehrungen nimmst du selbst vor?« Sie sah einen Plastikhandgriff in einer B&Q-Schachtel, ein paar Schrauben, eine Gummimatte. »Ich dachte, nächste Woche kommen die Handwerker?«

»Tun sie auch. Aber ich wollte schon mal einen Anfang machen. Die Handwerker hier in der Gegend verlangen

Unsummen, obwohl sie die meiste Zeit in der Gegend herumstehen und darüber palavern, was sie als Nächstes zu tun haben.« Er kratzte sich am Bart, als wolle er lieber nicht ins Detail gehen. »Gabe kümmert sich um diese Dinge, aber er würde niemals verhandeln. Mit der Hälfte dieser Bagage ist er zur Schule gegangen.«

»Du auch.«

Sam warf ihr einen Blick zu. »Ja, aber ich bin der Klugschwätzer, der nach London gegangen ist. Ich habe den Eindruck, sie tun sich alle zusammen, um auszuhecken, wie sie mich am besten ausnehmen können.«

Lorna schaute sich um, abgelenkt von dem blutroten Bademantel mit der Candlewick-Stickerei, einem Aquarell von Fischerbooten in einem Hafen, der struppigen Zahnbürste im Glas. »Sind alle eure Häuser so …« Sie wollte »veraltet« sagen, aber das kam ihr doch zu unhöflich vor. Stattdessen sagte sie: »… altmodisch?«

Er zog eine Augenbraue hoch. »Bevor du dich aufs hohe Ross schwingst, solltest du bedenken, dass uns nicht alle Mieter den Zutritt verweigern wie Mrs Rothery. Im Moment renovieren wir gerade zwei Häuser. Die Mietverträge waren ausgelaufen, und da haben wir gedacht, bevor wir sie einfach nur ein bisschen erneuern, möbeln wir die Häuser lieber richtig auf. Wir hoffen, etwas Geld mit den Ferienhäusern zu verdienen. Wir überlegen uns sogar, irgendetwas mit dem Hof anzufangen – für Städter, die Sehnsucht nach dem Landleben haben. Miete ein Huhn fürs Wochenende, füttere Lämmer, melke eine Kuh, solche Geschichten.«

»Die Kühe sollen sich also prostituieren?«

»Haha.« Sam war damit beschäftigt, das Bad zu vermessen, daher registrierte er nicht, dass ihre Miene eher schockiert war als sarkastisch. »Mrs Rotherys Mietvertrag besteht aber schon zu lange, daher tun wir alles, was in unserer Macht steht, um ihr zu helfen«, fuhr er fort. »Allerdings …« Er zog Luft durch die Zähne. »Ich habe eine Liste, die mir der Sozialarbeiter gemailt hat, aber unsere Möglichkeiten sind begrenzt. Handläufe gut und schön, aber irgendwann ist der Punkt erreicht, an dem sie in einem modernen Haus besser aufgehoben wäre.«

»Vielleicht möchte Joyce ja in dem Haus bleiben, in dem sie so viele Jahre lang glücklich war.«

Sam warf ihr einen merkwürdigen Blick zu. »Das verstehe ich schon. Aber wenn der eigene Bruder die Treppe heruntergefallen ist, weil er zu stolz war, um den Treppenlift zu benutzen, dann stellen sich Sicherheitsfragen plötzlich anders dar.«

Seine direkte Art jagte Lorna einen Schauer über den Rücken. »Muss sie das nicht selbst entscheiden?«

»Kann sein. Vielleicht kann sie ihrem Hund ja beibringen, den Krankenwagen zu rufen … Aber egal, wo du schon einmal da bist, kannst du mir mal helfen?« Er nickte zu der Badewanne hinüber. »Setz dich mal da rein und sag mir, wo du am liebsten einen Handgriff hättest, wenn du eine sture alte Dame wärst.«

Lorna kletterte in die Wanne und hatte das Gefühl, das Gespräch nicht besonders clever beendet zu haben. Sam hielt den Plastikhandlauf an die Wand. Als er sich so über sie beugte, roch sie sein Rasierwasser und spürte die Wärme seiner Haut.

»Dieser Sozialarbeiter hat gesagt, dass sie ein paar Tage bei einer Freundin wohnt. Mir war gar nicht klar, dass du diese Freundin bist.« Er markierte mit dem Bleistift eine Stelle an der Wand.

»Ich habe Bernard öfter ausgeführt, das hat uns einander wohl nähergebracht.« Sie konnte Sams Tonfall nicht richtig einschätzen. Interessierte es ihn? Hatte sie ihn mit irgendetwas verärgert? »Und die Kunst natürlich.«

»Ach ja, klar. Kannte sie deine Mum?«

»Nein, ich glaube nicht.«

Lorna wollte weiterreden, ließ es dann aber bleiben. Ihr war nicht danach, von dem Deal mit Joyce zu erzählen oder von Joyce' Angst vor dem Pflegeheim. Zum ersten Mal in ihrem Leben war sie sich nicht sicher, ob sie Sam ein Geheimnis anvertrauen konnte – und das hatte sie noch nie gedacht. Nie.

Diesen beunruhigenden Gedanken konnte sie nicht weiterverfolgen, weil sie plötzlich von Traurigkeit übermannt wurde, dass ihre Mutter Joyce nicht kennengelernt hatte. Zwei Künstlerinnen in einer kleinen Gemeinde. Sie hätten Freundinnen sein können, hätten sich herausfordern können, hätten sich in diesem geheimnisvollen, dunklen Wald der Imagination wechselseitig unterstützen können. Wenn Mum nicht in dieser Blase mit ihrem Dad gelebt hätte …

Sam beugte sich vor, um noch eine Stelle anzuzeichnen. Sein Gesicht schwebte in greifbarer Nähe über ihrem. Die Härchen an seinen Armen ließen die Haut dunkler erscheinen, wo er die Ärmel seines karierten Hemds hochgekrempelt hatte. Aber statt der Begeisterung, von der Lorna immer gedacht hatte, dass sie sie bei einer solchen Nähe empfinden würde – einer Nähe, die alles möglich erscheinen ließ –, spürte sie plötzlich, dass sich ihre Seele schützend um sie legte.

Sam hielt inne und schaute auf sie herab. »Alles in Ordnung?«

»Ja«, sagte sie, weil Worte die Leere in ihrem Herzen nicht füllen konnten. War es das Haus, das ihr ein solches Gefühl der Einsamkeit einflößte?

Die Hunde spielten in einem anderen Raum im Obergeschoss, sie bellten und tollten herum und schlitterten über den Boden. Rudy hatte noch nie gespielt, weil er einer alten Dame gehört hatte, aber in Bernards Gegenwart wurde er wieder zum Welpen. Lorna wünschte, sie könnte die Zeit zehn Minuten zurückdrehen, dann hätten Sam und sie beim Anblick der beiden tollpatschigen Hunde vielleicht gelacht und das Gespräch in einem besseren Geist begonnen.

»Wie geht es eigentlich Hattie?« Er wandte sich wieder seiner Aufgabe zu. »Hast du herausgefunden, was sie dazu getrieben hat, einfach so hier aufzukreuzen?«

»Frag sie doch einfach selbst, sie kommt am Wochenende«, hörte Lorna sich sagen. »Möchtest du nicht mit uns essen? Oder hast du zu viel zu tun? Ich denke mal, du bist ziemlich beschäftigt mit dem Hof und all deinen anderen Verpflichtungen.«

Sam schob sich den Stift hinters Ohr und musterte sie nachdenklich. »Das wäre nett«, sagte er. »Wann?«

Allen Bedenken zum Trotz hüpfte Lorna das Herz in der Brust wie einer der dunklen Vögel in den Bäumen draußen, um dann in ihrer Magengrube weiterzuklopfen.

13

Samstag war immer ein guter Tag fürs Geschäft, und obwohl die High Street wegen des Nieselregens grau dalag, bildete dieser keine Ausnahme.

Hattie war in besserer Stimmung eingetroffen als letztes Mal und freute sich darauf, helfen zu dürfen. Sie stand an der Kasse und verkaufte Karten und Ausmalbücher für Erwachsene, während Lorna mehrere Werke in Auftrag nahm, die von Archibald, dem Rahmenbauer in Hartley, gerahmt werden sollten.

Eine ihrer lukrativen Ideen war nämlich das »kreative Einrahmen«. So hatte sie etwa Bettys Medaille auf ein schönes rotes Passepartout ziehen lassen und in die Küche gehängt, um sich stets daran zu erinnern, mutig zu sein und Lippenstift zu tragen. Auch fünf ihrer alten Cocktailringe hatte sie aufziehen und rahmen lassen; um die Steine von der Größe von Fruchtgummis wand sich eine alte Perlenkette, die sie von ihrer Mutter geerbt hatte und sehr liebte, aber nie trug. Als sie den Rahmen bekommen hatte, war sie so begeistert gewesen, dass sie bei Archibald weitere in Auftrag gegeben hatte, um sie in der Galerie auszustellen. Sie wollte den Leuten vor Augen führen, dass sich ein Haufen langweiliger Erinnerungsstücke in ein Muttertagsgeschenk von bleibendem Wert verwandeln ließ. Fünf Kunden hatten bereits Schuhkartons mit Karten und Fotos gebracht, und Archibald fertigte mittlerweile auch größere Rahmen an.

Mary verabschiedete sich vor dem Mittagessen, um mit Keith Golf zu spielen. Sie wirkte hochgradig nervös, wenn Joyce im Hinterzimmer auf dem kleinen Stuhl am Fenster saß und wie eine Maschine strickte.

»Haben Sie beide eigentlich ein Problem miteinander?«, erkundigte sich Lorna, der aufgefallen war, dass Mary den Raum den ganzen Tag gemieden hatte, obwohl sich die Kekse im Büro nebenan befanden.

»O Gott, nein, nicht doch! Du liebe Güte, nein!« Mary wirkte fahrig, obwohl das auch mit der gefährlich niedrigen Dosis Haferkekse zu tun haben konnte. »Es ist nur, dass … Na ja, Joyce macht mich einfach nervös. Geht es Ihnen nicht so?«

»Nervös nicht. Vielleicht macht sie mir nur bewusst, wenn ich Unsinn rede.« Lorna würde nicht behaupten, dass sie Joyce mittlerweile kannte – ihre höfliche Zurückhaltung entsprach einfach ihrem Charakter –, aber seit ihrem Umzug in Lornas Wohnung waren sie in eine Phase vorsichtiger persönlicher Annäherung eingetreten. Der Anblick der Gestalt im Krankenhausbett, der abgewetzten Lederpantoffeln neben der Schlafzimmertür oder des spartanischen Badezimmers hatte Lorna etwas von der Person unter der Schale erhaschen lassen. Gleichzeitig war klar, dass Joyce ebenfalls private Details über sie erraten hatte, wie sollte es auch anders sein? Die Familienschnappschüsse in ihrem Schlafzimmer, die Kunstwerke an den Wänden. Es waren weniger die Gespräche als die stillen Momente, die ihre Verbindung zu stärken schienen – Dampfspuren, die in der Luft hingen, wenn sie sich über Portfolios oder das Arrangement von Gemälden austauschten.

Als um drei der Kundenstrom abflaute, kochte Lorna Tee für Joyce und Hattie. Joyce nahm die Tasse entgegen und zeigte Lorna ihr fertiges Hundemäntelchen. Es war ein neues in einem fehlerlosen Zopfmuster, das sie vollkommen ohne Vorlage gestrickt hatte.

»Ich sehe das Muster vor mir«, erklärte Joyce lapidar, als Lorna ihr Erstaunen zum Ausdruck brachte. »Aber man dürfte mich nicht bitten, es aufzuschreiben.«

»Ist es nicht langweilig, immer nur Hundemäntelchen zu stricken?« Lorna bot Joyce einen Keks aus der Dose an. »Würden Sie nicht gerne einmal etwas anderes stricken?«

Joyce zuckte mit den Achseln. »Ideen hätte ich schon … Mal schauen.«

Lorna betrachtete die Miene der alten Dame. Ihr Blick schweifte in die Ferne, wie der von Hattie. Offenbar dachte sie über Möglichkeiten nach, entwickelte sie weiter, prüfte sie.

Was für Farben und Gestalten sieht sie?, fragte sich Lorna neidisch. Wie funktioniert ihr künstlerischer Geist? Lorna wurde in ihren Gedanken unterbrochen, als Hattie vorbeischlich, den Blick auf ihr Handy geheftet.

»Denk dran, dass wir heute Abend mit Sam zu Abend essen«, sagte sie. Hattie nickte vage, schaute aber nicht vom Display auf.

Lorna stieß leise die Luft aus. Dann merkte sie, dass Joyce sie und Hattie mit Falkenaugen beobachtete. Sie würde alles darum geben, in Erfahrung zu bringen, was die alte Frau dachte.

Sam hatte das Lokal für das Essen ausgewählt: La Dragon, das neue Fusion-Restaurant von Longhampton. Laut Trip-Advisor war es das drittbeliebteste Lokal der Stadt, nach dem neuen Burger-Treff und der uralten italienischen Trattoria Ferrari's, wo ein Besuch einer Zeitreise gleichkam. La Dragon lag gegenüber der Gedenkhalle, wo Lorna und Jessica genau vier Stepptanzstunden genommen hatten, bevor Lorna sich den Knöchel verstaucht und Jess sich geweigert hatte, allein hinzugehen.

»Schön ist es hier.« Lorna schaute sich in dem Raum mit den rot-weiß karierten Tischdecken und den angesagten silbernen Lampenschirmen um. Das Essen ging auf Sams Rechnung, das betonte er ausdrücklich, als die Speisekarten gebracht wurden, als könne das ihre Wahl beeinflussen. Vermutlich eine Londoner Sitte, dachte Lorna.

»Ja, nicht wahr? Ich muss dazusagen, Hattie, dass es nicht immer so schön war.« Sam zwinkerte Hattie zu, die an einem Stück Brot kaute. »Früher war es eine Spelunke namens Snax – mit x. Lange Plastiktische. Die Kellnerinnen waren zwei Schwestern namens Mavis und Doris. Sie hatten nur Speisen im Angebot, die man einfrieren oder in die Mikrowelle stellen konnte.«

»Das war zu Zeiten, in denen die Mikrowelle den Bürgern von Longhampton faszinierende kulinarische Genüsse eröffnet hat«, erklärte Lorna. »Davor war alles nur tiefgefroren.«

»Kaum zu glauben.« Hattie schaute sich um. An einem Ecktisch, wo einst eine Jukebox gestanden hatte, die ein ganzes Jahr lang auf Wham!s *Make It Big* festgesteckt hatte, saß ein Pärchen, das sich sichtlich unbehaglich fühlte.

Zu Lornas Erleichterung verzog sich Hatties Mund zu einem Lächeln. Wenn sie lächelte, ähnelte sie Ryan und strotzte mit ihren kantigen Zähnen vor Gesundheit. »Wann war das denn?«

Sam sah zu Lorna hinüber und tat so, als würde er nachdenken. »Wann hat die Mikrowelle in Longhampton Einzug gehalten, Lorna? Vor fünf, sechs Jahren?«

Sie lachte. »Nein! Zehn dürfte es schon her sein.«

»Tante Lorna und ich sind zur Hochzeit der Mikrowelle in die große Stadt gezogen«, eröffnete er feierlich. »Als wir zurückkamen, war alles anders. Es gab ein Internetcafé.«

»Stimmt«, sagte Lorna, während Hattie zwischen den beiden hin und her schaute. »Wir sind früher immer in Scheunendiscos gegangen und haben auf Heuballen gehockt.« Sie schüttelte den Kopf. »Stühle konnten wir uns nicht leisten.«

»Wirklich?«

»Klar«, sagte Sam. »Und Spotify hatten wir auch nicht. Wir mussten immer Songs aus der Hitparade summen. Sagt dir ›Beatboxing‹ etwas? Wenn wir nicht mit dem Mund ein Schlagzeug simuliert haben, gab es keine Tanzmusik.«

Sam hatte die Gabe, die Stimmung aufzulockern, das musste man ihm zugestehen. Er konnte gut mit Hattie umgehen, auch wenn er ihr, wie er selbst bekannte, seit Milos Taufe nicht mehr begegnet war. Und abgesehen von dem Gewese um die Rechnung glich er wieder seinem alten selbstkritischen Ich.

»Doris und Mavis«, fragte Lorna nostalgisch, »waren doch Zwillinge, oder?«

»Ja, eineiige.« Sam schenkte Wein nach. »Man konnte sie nur anhand ihrer Warzen auseinanderhalten. Außerdem hat Doris jeden ›Schätzchen‹ genannt, während Mavis einen Tick mit Roger Moore hatte. Wir haben sie immer … ähm, Miss Moneypenny genannt.«

»Nein, das stimmt nicht.« Lorna verzog amüsiert das Gesicht. »So habt ihr sie nicht genannt.«

Sam zwinkerte. »Ich frisiere die alten Geschichten ein wenig.«

»Pfui!« Hattie kicherte, und als die jugendliche Kellnerin in ihrer Narzissenschürze herbeigeschlurft kam, registrierte Lorna hocherfreut, dass Hattie sie anlächelte und ein umfangreiches Essen bestellte.

Das Essen war besser, als Lorna erwartet hatte, und die Unterhaltung ebenfalls. Sie sprachen über moderne Kunst und über Hatties Pläne für die Oberstufe, aber alle Versuche, Sam nach dem Bauernhof oder seinem Leben in London auszufragen, stießen auf Abwehr. Stattdessen kam das Gespräch immer wieder auf die Teenagerjahre zurück, zumal sich die Weinflasche leerte und eine neue kam, die bald auch schon wieder halb leer war.

Es war nett, mit Sam über alte Zeiten zu plaudern. Gelegentlich erwischte Lorna ihn dabei, wie er sie wehmütig, ja, fast scheu anblickte, wenn sie die vertrauten Geschichten wieder aufwärmten. Die schwierigeren Episoden umschifften sie. Die unbeschwertesten Erinnerungen waren die an Jess und Ryan, zwei Menschen, die sie beide sehr liebten. Lorna berichtete, dass Ryan immer wie ein großer Bruder zu ihr gewesen sei und sich rührend um Jess und sie gekümmert habe. Dass Hattie die Schultern hängen ließ, führte sie darauf zurück, dass es Teenagern immer peinlich war, sich ihre Eltern als pickelige, sexuell aktive Jugendliche vorzustellen, die in einem Renault Clio herumknutschten und durch die Fahrprüfung fielen.

»Schon lustig, dass sich deine Eltern in Gesellschaft von achtzig Kühen ineinander verliebt haben, oder?« Sie versuchte, Hatties Blick aufzufangen. Die starrte auf den Tisch und rührte seit fünf Minuten in den Überresten ihres Eisbechers herum, während sie sich über DJ Holstein unterhielten, den Hip-Hop-Jungbauern aus Builth Wells. »Ich weiß nicht, wer die größeren Kuhaugen hatte – die Kühe oder dein Vater, wenn er deine Mum angeschaut hat!«

»In der Tat. Wir wussten immer, dass die beiden zusammenbleiben würden«, sagte Sam. »Auch wenn du nicht wirklich geplant warst: Die Art und Weise, wie sie damit umgegangen sind … daran erkennt man einfach, dass man, wenn man sich wirklich liebt, jedes Hindernis im Leben überwinden kann.« Er schaute in sein Glas. Dann blickte er wieder auf, direkt in Lornas Augen. »Das macht uns anderen doch Hoffnung, oder, Lorna?«

Lorna wusste nicht, wie sie Sams kryptische Miene deuten sollte. Wollte er damit sagen, dass er noch niemanden gefunden hatte? Oder dass sie diejenige welche war?

»Und sie sind immer noch verrückt nacheinander.« Lorna schaute jetzt wieder Hattie an. »Jess sagt immer, dass Ryan vom ersten Moment ihrer Begegnung an der Mann ihres Lebens gewesen sei. Für immer und ewig.«

Was auch immer Sam erwidern wollte, es ging in dem metallischen Quietschen unter, mit dem Hattie ihren Stuhl zurückschob. Im nächsten Moment lief sie schluchzend aus dem Restaurant. Die anderen Gäste sahen ihr hinterher, Messer und Gabeln in der Luft erstarrt. Die Tür knallte zu, und Hattie war verschwunden.

Lorna und Sam schauten sich entsetzt an.

Er hob hilflos die Hand. »War das zu viel?«, fragte er. »Hätte ich nicht erwähnen dürfen, dass sie ziemlich unerwartet kam? Wusste sie das nicht?«

»O Gott, doch. Jess hat ihr oft erzählt, dass sie nicht geplant war«, erklärte Lorna. »Sie ist das Einzige, was Jess in ihrem Leben nicht geplant hat.« Und dann dämmerte es ihr. O Gott, nein. Gab es bei Hattie vielleicht ebenfalls ein ungeplantes Vorkommnis? Sie warf ihre Serviette auf den Tisch und stand auf. »Irgendetwas stimmt da nicht. Sie verhält sich schon die ganze Zeit so komisch. Mit dir hat das nichts zu tun, das verspreche ich dir.«

»Aha. Nun, ich werde hier warten.« Er wirkte unbehaglich.

»Ich weiß nicht, wie lange es dauern wird.« Lorna war bewusst, dass sämtliche Gäste so taten, als lauschten sie ihrem Gespräch nicht. »Wenn du heimgehen willst …« Sie rang sich ein Lächeln ab. »Es scheint uns nicht vergönnt, einen ganzen Abend miteinander zu verbringen.«

»Ich werde warten«, sagte er. »Und falls ich irgendetwas tun kann … Ich weiß noch, wie ich in diesem Alter war. Verwirrt.«

Ihre Blicke begegneten sich, und Lorna wünschte, sie könnte Gedanken lesen – oder wüsste wenigstens ein Mal, was sie Sam Osborne erwidern sollte.

»Mal schauen, ob sie mit mir spricht, egal, worum es sich handelt. Wünsch mir Glück.«

Hattie hatte die Straße überquert und saß auf der Backsteinmauer vor der Gedenkhalle. Sie wiegte sich vor und zurück und weinte.

Lorna setzte sich neben sie und schlang einen Arm um die schmale Gestalt. Hattie schmiegte sich an sie. Ihr Körper schüttelte sich mit jedem Schluchzer, und Lorna verspürte das schmerzliche Bedürfnis, ihr irgendwie zu helfen. »Was ist los, Harrietta?«, fragte sie und strich ihr über das weiche Haar. Sie hatte ihre Nichte nicht mehr Harrietta genannt, seit sie ein kleines Kind gewesen war.

»Ich kann nicht.« Ihre Stimme klang erstickt an Lornas Jacke.

»Doch, du kannst. Nun komm schon.« Sie legte ihre Hände an Hatties Kopf und hob ihr tränenüberströmtes Gesicht an. Sie war so sanft, so hübsch. »Letztes Mal, als du hier warst, hast du es mir fast erzählt. Was auch immer es ist, es wird nicht besser, wenn du es ignorierst. Das Problem wird sich nicht in Luft auflösen.«

Sie versuchte, ganz ruhig zu reden, aber von den vielen Möglichkeiten, die ihr durch den Kopf gingen, kam sie stets auf eine zurück. War Hattie schwanger? Das würde ihre Blässe erklären, ihre Angst, es Jess und Ryan zu erzählen. Die beiden hatten so ehrgeizige Pläne für sie, besonders Jess. Sie hatten so hochfliegende Träume.

»Ich begreife ja, dass du Angst hast, es deinen Eltern zu erzählen«, fuhr sie fort. »Aber sie lieben dich so sehr, und ich werde dir helfen. Was auch immer passiert ist, wir werden einen Weg finden, mit ihnen zu reden. Das verspreche ich dir.«

Sie hielt das Gesicht ihrer Nichte noch eine Weile in den Händen, dann biss sich Hattie auf die Lippe und erklärte: »Du musst schwören, dass du Mum nicht sofort anrufst.«

»Wir reden erst darüber.«

Eine unerträgliche Pause trat ein, dann sagte Hattie: »Es geht um Dad.« Ihre Augen wirkten riesig in ihrem Gesicht, fast übermenschlich vor Schmerz. Dann brachen die Worte wie ein Wasserfall aus ihr heraus. »Ich habe ihn bei Costa Coffee in Hereford mit einer anderen Frau gesehen. Sie haben Händchen gehalten. Da läuft irgendetwas, ganz bestimmt, und ich weiß nicht, wie ich es Mum sagen soll.«

»Was?« Lorna war wie vor den Kopf geschlagen. *Wie bitte?* Unter all den Dingen, die sie erwartet hatte, war ein Ehebruch des treuen, leicht durchschaubaren, beruhigend langweiligen Ryan nicht einmal entfernt vorgekommen. »Erzähl es mir in aller Ruhe, von Anfang an. Warum warst du in Hereford?«

Hattie umklammerte ihre Knie. »Wegen der Arbeit, ziemlich unerwartet. Mein Chef hat Tia und mich in die Zweigstelle in Hereford geschickt, weil sie zusätzliche Leute für Probierstände brauchten. Nach der Schicht wollten wir noch einen Latte macchiato trinken, und Dad war bei Costa Coffee – zusammen mit dieser Frau. Er hat mich nicht gesehen. Ich habe so getan, als wollte ich doch keinen Kaffee, und bin rausgerannt.«

Ihre ängstlichen, rot geränderten Augen sagten: Hätte ich bleiben sollen? Habe ich das Richtige getan?

»Und es war ganz bestimmt Ryan?« Lorna musste noch ihren Schock überwinden. Ryan war der verlässlichste der verlässlichen Ehemänner – es war schon ein Running Gag, wie sehr er Jess verehrte. »Und er kann nicht einfach mit … mit einer Arbeitskollegin dort gewesen sein?«

»Es war Samstag. Mum hatte er erzählt, er habe ein Bowls-Spiel außerhalb der Stadt.« Hattie wirkte höhnisch, dann empört. »Das Mädchen war ziemlich hübsch. Dad hat sie angestarrt wie ...« Sie machte nach, wie er mit offenem Mund dasaß. »Er schien gar nicht er selbst zu sein. Außerdem trug er eine neue Jacke und hatte sich die Haare hochgegelt.«

Lorna verdrängte das unangenehme Bild eines gestylten Ryan. »Und wie war diese Frau?«

»Jung. Gut zwanzig, würde ich sagen.« Hattie stülpte die Lippe um. »Sie hatte langes blondes Haar und eine Michael-Kors-Handtasche.«

Lorna zögerte, dann stellte sie die Frage, deren Antwort sie bereits kannte. »Und deiner Mutter hast du nichts davon erzählt?«

»Nein!« Hattie schien zwischen Abscheu und abgrundtiefem Leid zu schwanken. »Was soll ich ihr denn sagen? ›Dad betrügt dich‹? Was, wenn er es bestreitet? Was, wenn er mich dafür hasst? Was, wenn ich mich geirrt habe?« Ihre Stimme wurde schrill.

»Okay, okay, du hast schon recht.« Lorna rieb Hatties Rücken und versuchte, sie wie ein Baby zu besänftigen. »Gibt es noch andere Gründe für die Annahme, dass er sich mit einer anderen Frau trifft? Benimmt er sich komisch? Hat er ...?« Sie zerbrach sich den Kopf. Was taten Leute, die eine Affäre hatten? Außer, dass sie sich von ihrer Nanny Alibis geben ließen?

Hattie schüttelte den Kopf. »Ich habe ihn kürzlich gebeten, mir sein Handy zu leihen. Unter den Adressaten seiner SMS gab es eine Person namens P. Die meisten Nachrichten hatte er gelöscht, aber eine war noch da: *Ich freue mich sehr, dich am Wochenende zu sehen. xxx.* Drei Küsse von einer Arbeitskollegin, das ist doch unwahrscheinlich, oder?«

»Ja.« Lorna stöhnte innerlich. »In der Tat. Hast du mit ihm gesprochen?«

»Warum? Ich möchte nicht in seiner Nähe sein. Ich konnte nicht einmal an seiner dämlichen Geburtstagsfeier teilnehmen! Wie scheinheilig – macht auf glückliche Familie und schickt dieser Frau, die unsere Familie zerstört, lauter Küsse. Das ist ein starkes Stück.« Hattie schaute unter ihrem Pony zu Lorna auf. »Ich dachte, du könntest vielleicht … du könntest …«

»Ich könnte es deiner Mutter erzählen? Natürlich.« Was sollte sie tun? Lorna holte tief Luft. Nun trat Sam aus der Tür des La Dragon.

»Alles in Ordnung, meine Damen?« Er hatte ihre Jacken über dem Arm und Lornas Handtasche über der Schulter. »Ich habe bezahlt. Wenn ihr also irgendwohin gehen wollt, wo es etwas ruhiger ist, vielleicht in den Red Lion? Oder …« Er schaute zwischen ihnen hin und her. »Vielleicht möchtet ihr auch einfach nach Hause gehen?«

»Ich muss zur Toilette«, verkündete Hattie und wischte sich mit dem Finger pechschwarze Wimperntuscheschlieren vom Unterlid. »Wo ist die?«

Lorna legte ihr die Hand auf den Arm. »Geh nach hinten durch, sie befindet sich neben der Garderobe. Wir warten hier, ja?«

Sie sahen zu, wie Hattie wieder hineinging, die mageren Beine fast vogelartig unter der wattierten Jacke. Vermutlich hatte sie kaum etwas gegessen, dachte Lorna. Die Sorge musste entsetzlich auf ihr lasten, Tag für Tag neu.

Ryan. Das ergab keinen Sinn. Lornas Herz raste immer

noch. Was für ein verdammter Idiot. Wie konnte er Jess das antun? Sie war die ideale Ehefrau und seine Seelenverwandte, aber nicht in dieser erstickenden Weise, wie es bei ihren Eltern gewesen war. Sie war nett, professionell, geduldig, *überwältigend …*

»Was ist denn nun passiert?«, fragte Sam mit gesenkter Stimme und ließ sich auf der Mauer neben Lorna nieder. Er wirkte besorgt, brüderlich. »Probleme mit dem Freund?«

Lorna dachte einen Moment nach. Sollte sie es Sam erzählen? Hattie hatte ihr keine absolute Verschwiegenheit abverlangt, und wer sonst kannte Ryan und Jessica schon? Niemand so gut wie Sam jedenfalls. Vielleicht hatte er sogar eine Ahnung, was zum Teufel da los war.

Der Gedanke munterte sie nicht gerade auf.

»Hattie hat Ryan mit einer anderen Frau gesehen.«

Das Funkeln in Sams Augen war sofort erloschen. »Was? Du machst Witze! Ryan? Ist sie sich sicher?«

Lorna nickte und achtete darauf, ob seine Miene etwas verriet. Nichts davon ergab einen Sinn. »Natürlich ist sie sich sicher. Er ist ihr Vater.«

»Was hat sie denn gesehen?«

»Ein heimliches Date in einem Café. Blondine, viele Jahre jünger, das Übliche. Ryan hat Hattie nicht gesehen. Er weiß nicht, dass sie es weiß.«

Er atmete langsam aus. »Unglaublich. Und was will sie jetzt machen?«

»Das weiß sie nicht. Nun, *ich* weiß es auch nicht. Kaum auszumalen, unter was für einer Anspannung sie stehen muss.«

»Das arme Kind.« Sam schnalzte und schaute zurück zum roten Drachen über der Tür. »Das arme Kind.«

Lorna schaute ihn eindringlich an. »Weißt du irgendetwas über die Sache?«

»Ich? Wie bitte? Nein, keine Ahnung.« Wich Sam ihrem Blick aus? »Ich habe Ryan seit der Taufe kaum noch gesehen. Immerhin musste ich aus ... aus London fort und den Hof übernehmen.«

Sie wollte nachhaken, aber in diesem Moment kam Hattie zurück. Mit dem langen bleichen Haar wirkte sie wie ein trauriger Engel, als sie sich zwischen zwei parkenden Autos hindurchschlängelte.

»Was wirst du jetzt tun?«, flüsterte Sam schnell. »Wirst du es Jess erzählen?«

»Das werde ich wohl tun müssen, oder?« Lorna fühlte sich elend.

»Warum bittest du Jess nicht, Hattie morgen abzuholen, dann könnt ihr zusammen mit ihr reden. Es ist immer besser, solche Dinge persönlich zu sagen.« Er berührte ihren Arm, als spreche er aus Erfahrung. »Ich kann es einfach nicht glauben. Vielleicht gibt es ja eine Erklärung dafür.«

»Wie sollte die wohl aussehen?« Lorna fühlte sich hoffnungslos überfordert. So etwas hatte sie noch nie erlebt. In ihrer Familie betrogen die Männer ihre Frauen nicht. Sie ehrten den Boden, über den sie schritten, bis hin zum Tod. Dann welkten sie dahin und vermissten ihre Frauen mit jedem Atemzug.

Tiffany hat viel mehr Erfahrung mit diesen Dingen, dachte sie. Sophie Hollande verfügte zweifellos über geeignete Strategien, um mit untreuen Ehemännern fertigzuwerden. Vielleicht wusste Tiffany ja Rat.

Lorna seufzte. »Es wäre schön, wenn es eine Erklärung gäbe. Aber was man so hört, ist das eher selten der Fall.«

14

Lorna versprach Hattie, eine Nacht über die Sache zu schlafen, bevor sie Jess anrufen würde. Nicht dass sie geschlafen hätte – sie lag hellwach da, weil ihr ununterbrochen Hatties niederschmetternde Botschaft im Kopf herumgingen. Nur ein paar Worte, und schon stand die Welt Kopf. Es fiel ihr schwer, sich Formulierungen zurechtzulegen, mit denen sie es Jess schonend beibringen könnte. Gleichzeitig musste sie immer wieder an den Tag zurückdenken, an dem Ryan den Larkhams eröffnet hatte, dass ihre großartige ältere Tochter schwanger von ihm war.

Alles hatte sich damals geändert. Und auch damals hatte es nur weniger Worte bedurft.

Ryan hatte ein Jackett getragen, als würde das einen Unterschied machen, aber immerhin hatten seine Schultern wie die eines Erwachsenen gewirkt. Hilflos auf dem Sofa sitzend, weil niemand sie vorgewarnt hatte, war Lorna dem Gespräch der vier Personen wie einem Film gefolgt – das, was sich vor dem Hintergrund der stumm gestellten Sechs-Uhr-Nachrichten abspielte, während draußen die Glocke vom Eiswagen klingelte, schien nämlich nicht wirklich zu sein. Es hatte sich um einen ziemlich schlechten Film gehandelt, da weder ihre Eltern noch Jess und Ryan ihren Text beherrschten. Ryan hatte etwas von Plänen, das Baby zu behalten, gestammelt, während Jess sich an seine Hand geklammert und unter ihrem dichten dunklen Pony hervor zu ihren entgeisterten Eltern aufgeschaut hatte.

»Ich liebe Jessica, Mr Larkham«, hatte Ryan immer und immer wieder gesagt. Dabei hatte das niemand bezweifelt. »Ich werde dafür sorgen, dass die Sache ein gutes Ende nimmt. Für alle Ewigkeit.«

Das Licht der Dämmerung verlieh der Wand gegenüber vom Fenster eine besondere Färbung. In ihrer Erinnerung sah Lorna die Szene vor sich wie ein stark koloriertes moralisches Gemälde aus viktorianischen Zeiten: das trotzige junge Paar, das bereits wie eine kleine Familie wirkte, der entsetzte Vater, die zutiefst beschämte kleine Schwester, die endlich begriff, wieso das Telefon ständig besetzt gewesen war. Und dann ihre wunderschöne Mutter, die in ihrem Malkittel dasaß und seltsam gläsern wirkte. Das war es, was Lornas Aufmerksamkeit am stärksten auf sich gezogen hatte: die eigentümliche Geistesabwesenheit ihrer Mutter und die Art und Weise, wie ihr Vater seine Frau – und nicht Jess – angeschaut hatte.

Rudy kratzte am Sofa, als die Rathausuhr sechs schlug, und Lorna ließ ihn unter ihre Decke schlüpfen. Jenen Tag vor siebzehn Jahren noch einmal zu durchleben führte sie nämlich noch auf ganz andere Pfade und weckte Gefühle, die sie schon eine Weile nicht mehr an sich herangelassen hatte. Plötzlich waren sie wieder ganz stark, übertrieben stark, wie das künstliche Aroma der Erdbeertörtchen, die sie nie irgendwo anders als in ihrem Café gegessen hatte, aus lauter Angst, sie könnten nicht so gut sein. Sie hatte sich ganz elend gefühlt, als Dad verkündet hatte, dass man ihm für das nächste Schuljahr eine Stelle in Hay-on-Wye angeboten habe. Sie hatte nicht von Sam wegziehen wollen, und die Panik hatte ihr die Luft abgeschnürt, denn wem könnte sie erzählen, was sie für ihn empfand? Dann die Schuldgefühle, weil sie mitten in diesem Drama um ihre Schwester an sich selbst dachte. Am schlimmsten aber war gewesen, dass auch die Palette an frischen Gefühlen Anlass zu Scham bot – obwohl Jessica vielleicht ihr Leben ruinierte, standen aufregende Entwicklungen ins Haus und weckten Lornas Neugierde.

In ihrem Schockzustand hatte sie sich zum ersten Mal ermahnen müssen, sich zusammenzureißen, denn bereits damals, mit dreizehn, hatte sie gespürt, dass irgendetwas mit ihr nicht stimmte. Irgendetwas Schlechtes, Falsches lauerte in ihrem Innern, aber zur selben Zeit …

Lorna streichelte Rudy, der sich an ihre Seite schmiegte, und zwang sich dazu, wieder in die Gegenwart zurückzukehren.

Hattie musste das falsch verstanden haben. Das ergab keinen Sinn. Ryan hatte, wie versprochen, zu Jess gehalten. Zu jedem Hochzeitstag und jedem Geburtstag kaufte er ihr einen neuen Anhänger für ihr Sammelarmband. Er brachte ihr den Tee ans Bett und liebte sie noch auf dieselbe schlichte, verlässliche, unübersehbare Weise wie immer. Warum sollte er sie betrügen? Wann sollte er überhaupt Zeit dafür haben, wo er doch ständig sein Auto putzte?

Zeit finden sie immer, sagte eine Stimme in ihrem Kopf. Besonders die Langweiler.

Nach dem Frühstück schrieb Lorna ihrer Schwester eine SMS. Um zehn vor elf, als Lorna gerade eine weitere Ladung Handtücher in die Waschmaschine stopfte, fuhr der schwarze Golf vor der Galerie vor. Elegant setzte Jess rückwärts in eine winzige Parklücke, an der Lorna vorbeigefahren wäre, und stieg aus. Sie schaute sich in der High Street um, die vermutlich lauter Erinnerungen weckte. Als sie das Goldfisch-Schild am Gebäude nebenan entdeckte – dem ehemaligen Geschenkeladen –, betrachtete sie es eine Weile und lächelte versonnen, als denke sie an etwas Schönes zurück.

Lorna stand oben und beobachtete ihre Schwester. Ihr Magen krampfte sich zusammen. Jess wirkte so glücklich – eine starke Frau, patent, liebevoll, kontrolliert.

»Ist sie da?«, fragte Hattie, und Lorna sagte: »Scheint so«, mit einer so normalen Stimme, wie sie es fertigbrachte.

Tiffany war mit den Hunden draußen, und Joyce und Hattie saßen auf dem Sofa und strickten. Joyce hatte ihr angeboten, ihr beizubringen, wie man ein Quadrat strickte, und Hattie hatte schon sechs Reihen geschafft. Die Maschen waren klein und eng, aber sauber.

Nun hielt sie inne und schaute Lorna an. Die Stimmung in der Küche war ruhig gewesen, aber jetzt war Hatties Anspannung mit Händen zu greifen. Sie strahlte in derselben Weise von ihr ab, wie sich Rudys Fell vor Angst in Falten legte.

Joyce' Nadeln klapperten ungerührt weiter und ließen die blaue Linie ihres gestreiften Hundemäntelchens wachsen, Masche um Masche.

»Hast du da eine Masche fallen lassen?«, fragte sie und beugte sich hinüber, um Hatties Werk zu begutachten, ohne in ihren Bewegungen innezuhalten. »Ach, das lässt sich leicht beheben. Und vielleicht könnten wir das hier ein bisschen lockern ...« Sie nahm Hattie die Nadeln aus der Hand, zeigte ihr, wo das Loch war, und korrigierte es mit einer geschickten Bewegung. Nachdem sie Hattie das Strickzeug zurückgegeben hatte, nahm die ihre Tätigkeit wieder auf, als könne sie das Zittern in ihren Händen überspielen. Sie wickelte den Wollfaden mehrfach um ihren dünnen Finger, die Spannung verdoppelnd und verdreifachend.

Lorna wollte nicht auf das Türglöckchen warten. »Ich geh hinunter«, sagte sie. Hattie wirkte erleichtert.

Joyce strickte mit flinken Fingern weiter.

Als Lorna die Eingangstür öffnete, schaute Jess gerade auf ihr Handy. Dann blickte sie auf und lächelte. Lorna fühlte sich elend, weil sie wusste, dass Jess an Ryan geschrieben hatte, dass sie gut angekommen war.

»Hallo«, sagte Jessica. »Das ist ja die reinste Zeitreise. Ist es zu fassen, dass sich dieser schreckliche Metzger immer noch hält?«

»Tja«, sagte Lorna. »Vermutlich ist das nur ein Tarngeschäft für irgendetwas anderes.«

»Möchtest du mir nicht sagen, was los ist?«, fragte sie munter. »Bevor ich hereinkomme?«

»Mhm ...«

»Sicher hat es etwas mit Hattie zu tun, oder?« Jess deutete mit dem Kinn zur Wohnetage hinauf. »Was auch immer sie angestellt hat, ich werde nicht durchdrehen. Aber sag's mir schon einmal, damit ich meine Miene unter Kontrolle bringen kann, bevor ich ihr gegenübertrete.«

Als Lorna nicht sofort antwortete, löste sich Jess' entspannte Haltung in Luft auf. Es war offensichtlich, dass sie sich auf dem Weg hierher zusammengerissen hatte und sich auch jetzt um Lockerheit bemühte. Hattie und ihr Lebensglück gehörten zu den wenigen Schwachstellen in ihrem Panzer.

Unvermittelt hatte Lorna das Gefühl, dass sie nicht mit ihrer Schwester nach oben gehen sollte, um ihre Welt nicht vor Publikum in die Luft zu jagen. »Hör zu, warum gehen wir nicht einen Kaffee trinken?«

Jess bemühte sich erfolglos um ein tapferes Lächeln. »So schlimm?«

Lorna nahm ihre Jacke vom Haken an der Tür. »Lass uns gehen. Kaffee ist eines der Dinge, die sich hier in der Gegend verbessert haben.«

Sie gingen über die High Street, vorbei an dem Metzger und den altbekannten Cafés, an Delikatessenläden und glamourösen Nagelstudios, die definitiv nicht Teil der Einkaufskultur des alten Longhampton gewesen waren. Dann bogen sie in den Stadtpark ein, wo die Farben der Frühlingsblumen in den Beeten leuchteten und bauchige Tulpen über violetten Stiefmütterchen schwankten, ausgelassenen Folkloretänzern gleich.

Lorna besorgte für Jess und sich selbst einen Kaffee von dem kleinen Stand neben dem schmiedeeisernen Tor, dann reihten sie sich in die Prozession der Hundebesitzer und Kinderwagen ein. Irgendwann erreichten sie den viktorianischen Musikpavillon, den Ort zahlloser jugendlicher Gelage und jetzt Juwel des Kulturerbes.

»Wahnsinn, den hat man aber gründlich gereinigt«, stellte Jess fest, während sie sich auf die vor Kurzem erst gestrichenen Stufen setzten. »Was ist denn mit dem Graffito über Donna Phillips passiert?«

»Keine Ahnung.« Lorna rührte in ihrem Latte macchiato herum. »Vermutlich sitzt Donna jetzt im Stadtrat und hat in einer ersten Amtshandlung ihre persönlichen Daten vom Pavillon entfernen lassen.«

»Ah!« Jess lehnte sich zurück und schaute sich im Park um. »Das ist ja viel netter, als ich es in Erinnerung habe.«

»Dieser Teil des Parks schon. Andere … eher weniger.«

»Gut. Aber nun raus mit der Sprache.« Jess seufzte und umschlang ihre Knie. »Wie lauten die schlechten Nachrichten. Geht es um die Galerie? Hast du schon Schulden? Ist dir die Steuerbehörde auf den Fersen?«

»Nein.«

»Gut. Bist du krank?«

»Nein!« Lorna schaute ihre Schwester an. »Ist das deine vorherrschende Sorge? Dass ich die Steuer vermasselt habe oder krank sein könnte?«

»Ich wollte es nur ausschließen. Ist Hattie …? O Gott, nein, sie ist doch nicht schwanger, oder?« Plötzlich spannte sich Jess' Miene an. »Ich meine, soviel ich weiß, ist kein Junge im Spiel … Klar, ich könnte ihr nie wirklich böse sein, aber man will ja nicht, dass die Kinder dieselben Fehler machen wie … Nicht dass es ein Fehler gewesen wäre …«

Sie schlug sich selbst an die Stirn. Lorna war froh, dass sie dieses Gespräch nicht in der Küche führten, in Hatties Gegenwart.

»Ich wollte nicht sagen, dass Hattie ein Fehler war«, sagte Jess bestimmt. »Sie ist das Beste, was Ryan und mir widerfahren ist, das Allerbeste. Abgesehen von Milo und Tyra natürlich. Sie sind alle das Allerbeste.«

»Hattie ist nicht schwanger.«

Jess' Schultern sackten erleichtert herab. »Gott sei Dank. Versteh mich nicht falsch, aber sie wächst über sich selbst hinaus – ihr letztes Zeugnis war überragend. Habe ich dir erzählt, dass sie im nächsten Schuljahr bei den Netzball-Wettbewerben antritt?«

»Hast du. Sie ist ein cleveres Mädchen, ich weiß. Ein wunderbarer Mensch.«

»Was ist also los? Hattie hat kein Problem, du hast kein Problem …«

Es war offensichtlich, dass Ryan auf ihrer Liste möglicher Störfaktoren gar nicht vorkam. Lorna holte tief Luft und wappnete sich, aber bevor sie den Mund aufmachen konnte, stöhnte Jess: »O Gott, nein. Erzähl mir nicht, dass Hattie einen Hund will. Sie hat ständig von deinem Dackel geschwärmt …«

»Nein!« Sie musste damit heraus. »Es geht um Ryan. Hattie hat mir erzählt, dass sie Ryan vor ein paar Tagen in Hereford gesehen hat, mit einer Frau. Sie haben zusammen Kaffee getrunken, aber sie sahen sehr …« Wie hatten sie ausgesehen? War es richtig, Hattie Worte in den Mund zu legen? Sie hatte nicht sehr genau geschrieben, was sie gesehen hatte, und Lorna war nicht allzu sehr in sie gedrungen – wie könnte sie? »Es war jedenfalls kein geschäftliches Treffen«, schloss sie unbehaglich.

»Was?« Jess hatte einen Schluck von ihrem Cappuccino trinken wollen, hielt aber auf halbem Weg inne. »Ryan?«

Lorna nickte.

»Da musst du etwas verwechselt haben. Ryan war gar nicht in der Nähe von Hereford.« Jess schüttelte den Kopf. »Und Hattie auch nicht, wenn ich es recht bedenke.«

»Ihr Arbeitgeber hat sie vor ein paar Tagen dorthin geschickt. Sie hat Ryan bei Costa Coffee gesehen. Auf einem Fensterplatz. Händchenhaltend mit einer jungen blonden Frau.«

»Nein. Das ist nicht ... Ist sie sich absolut sicher, dass er es war?«

»Sie wird doch ihren eigenen Vater erkennen.«

»Und hat Ryan sie auch gesehen?«, fragte sie, um sich dann schnell zu korrigieren. »Dieser Mann, meine ich.«

Lorna schüttelte den Kopf. »Ich glaube nicht.«

Jess lehnte sich zurück. »Sie muss sich geirrt haben. Ryan hatte letzten Monat wahnsinnig viel zu tun. Nein, es muss jemand gewesen sein, der einfach nur wie er aussah.«

»Hattie beharrt steif und fest darauf, dass er es war. Deshalb ist sie derart von der Rolle. Sie wusste nicht, wie sie es dir sagen soll. Oder ob überhaupt.«

»Aber *dir* hat sie es erzählt?«

»Das ist leichter für sie.«

Jess sackte in sich zusammen. »Das stimmt. Wie lange weißt du es schon?«

»Erst seit gestern Abend. Sam und ich waren mit ihr essen, in diesem neuen Lokal, wo mal das Café der Zwillingsschwestern war. Wir haben darüber geredet, dass Ryan und du so gut zusammenpasst und dass uns schon damals klar war, dass ihr mal heiraten würdet, und ...« Lorna hörte es noch und stellte sich vor, wie es aus Hatties Perspektive geklungen haben musste – als würde man Salz in die Wunde streuen. »Das war einfach zu viel für sie.«

Jess wandte sich ab und schaute in den Park. »Ja klar, wenn sie dachte, es sei das, was sie gesehen hat. Aber ehrlich gesagt, Lorna, sie muss sich geirrt haben. Arme Hattie – hat sich den Kopf zerbrochen, wie sie es mir beibringen soll. Das ist also der Grund für ihr merkwürdiges Verhalten. Armes Kind.«

Lorna warf ihrer Schwester einen Blick zu. Jess würde nicht im Traum auf die Idee kommen, dass Hattie recht haben könnte. Andererseits basierte ihre Ehe ja auch vollständig auf Ryans ehrenhafter Natur. Auf ihrer wunderbaren Beziehung, mit der sie den Zweiflern seit fast siebzehn triumphalen Jahren ins Gesicht lachten. Eigentlich war Lorna froh, dass Jess nicht zusammenbrach, aber diese Heiterkeit hatte auch etwas Beunruhigendes. Konnte Hattie sich tatsächlich geirrt haben? Würde sie sich derart aufregen, wenn sie sich nicht sicher wäre?

»Jess«, begann sie zögernd. »Du weißt doch … wenn etwas dran wäre, äh … wenn Ryan eine Dummheit begangen hätte … du könntest jederzeit mit mir sprechen. Ich würde mir kein Urteil anmaßen. Ich bin immer für dich da.«

Aber Jess schaute weiterhin in den Park, den Blick auf zwei alte Leute gerichtet, die mit zwei noch älteren Bassets den Fußweg zum Wäldchen hinaufgingen. Alle vier bewegten sich in glücklicher Zeitlupe, mit schwingenden Ohren und schwabbelndem Kinn.

»Ich weiß, Lorn«, sagte sie. »Danke.« Ohne den Kopf zu bewegen, legte sie ihr den Arm um die Schulter. »Die arme Hattie. Wir haben sie in letzter Zeit ein bisschen vernachlässigt, weil wir immer mit den Kleinen beschäftigt waren. Das ist vermutlich der Grund für das ganze Spektakel. Ich werde diese Woche mit ihr ausgehen und ihr ein bisschen Qualitätszeit widmen.«

Die Sonne trat hinter einer Wolke hervor und brachte unter Lornas Nase Jess' eindrucksvolle Diamantringe zum

Funkeln. Einer für jedes Kind, eine Sammlung von Edelsteinen der Liebe.

Als Jess und Hattie später am Abend heimgefahren und Tiff und Joyce ins Bett gegangen waren, wälzte sich Lorna auf ihrem Sofa hin und her, ihr Körper genauso unruhig wie ihr Geist. Selbst Rudy wurde das zu viel, er glitt vom Sofa herab und legte sich auf sein Kissen. Als die Rathausuhr drei schlug – der »Gute-Nacht-Ruf«, bevor die Glocken für die Nacht verstummten –, schlug Lorna die Decke zurück und ging in die Küche, um sich etwas zu widmen, was ihre wirbelnden Gedanken erfahrungsgemäß beruhigte.

Nicht Wein, nicht Schokolade, sondern ein Ausmalbuch.

Ausmalbücher für Erwachsene waren Lornas heimliche Leidenschaft, eine fragwürdige Angewohnheit, von der nicht einmal Tiffany wusste. Wie aromatisierte Sprühsahne und Plastikkäse waren sie etwas, von dem sie wusste, dass sie es nicht mögen sollte, aber sie tat es trotzdem. Sehr sogar. Die Schlichtheit der Aufgabe, Linien nachzuzeichnen, hatte etwas Beruhigendes, ähnlich wie bei den Malennach-Zahlen-Bildern, die ihre Mutter so gehasst hatte, die aber unweigerlich gelangen, wenn man nur die richtigen Farben mit den richtigen Zahlen zusammenbrachte. Auf diese Weise konnten alle Menschen kreativ tätig sein, selbst sie.

Lorna öffnete die Schublade mit den Geschirrtüchern, wo sie eine kleine Auswahl von Ausmalbüchern aus dem Ständer unten aufbewahrte, nahm das Glas mit den Filzstiften und setzte sich. Die Stifte nach den Farben des Regenbogens zu sortieren munterte sie bereits auf. Zunächst nahm sie einen kirschroten Stift – die Farbe von Discos und Brausegetränken – und begann damit, die Mona Lisa in poppigen Farben auszumalen. Mit einem gestreiften T-Shirt wirkte sie gleich fröhlicher. Dann blondiertes Haar à la Debbie Harry. Lorna hielt inne und verpasste ihr dunkle Haarwurzeln. Ein nervöses Element.

Sie gab sich so viel Mühe, ordentlich zu malen, dass sie gar nicht merkte, wie sich die Küchentür öffnete und aus dem Schatten im Flur eine Gestalt auftauchte. Erst als der Stuhl auf der anderen Tischseite über die Fliesen kratzte, wurde ihr bewusst, dass sie nicht allein war. Sie fuhr zusammen.

Joyce hustete. »Entschuldigung, ich wollte Sie nicht erschrecken, Sie schienen vollkommen im Augenblick versunken. Haben Sie etwas dagegen, wenn ich mich zu Ihnen geselle? Für heute Nacht habe ich es aufgegeben, schlafen zu wollen.«

Sie trug einen langen Morgenmantel mit Paisleymuster, eine wunderschöne Farbexplosion von Dunkelviolett und roten Schnörkeln. Lorna hatte ihn noch nie gesehen. Das extravagante Kolorit überraschte sie, da Joyce tagsüber immer gedeckte Farben trug.

»Nein, natürlich nicht! Ich habe nur …« Sie legte ihren Arm über das Ausmalbuch. Es war ihr peinlich, bei ihrer Tätigkeit ertappt zu werden. Sie hatte gesehen, wie Joyce den Ständer unten betrachtet hatte. Im Gegensatz zu anderen Menschen hatte sie nicht gelächelt, als ihr klar geworden war, um was es sich handelte. Sie hatte eher verzweifelt gewirkt.

»Malen Sie?«, fragte Joyce und neigte den Kopf, um besser sehen zu können. »Das wusste ich gar nicht.«

»Das kann man auch so nicht sagen.«

Der Moment hing zwischen ihnen in der Luft. Sie soll mich als Galeristin ernst nehmen, dachte Lorna gequält. Wie sollte sie das tun, wenn ihr klar wurde, dass Lorna alte Meister zum Ausmalen missbrauchte.

Aber es gab keine Möglichkeit, das Buch verschwinden zu lassen. Außerdem war Joyce mitten in der Nacht nicht so respekteinflößend wie sonst. Lorna sah ihren blassen, sommersprossigen Hals im Kragen ihres überraschenden Morgenmantels, die blaue Vene an ihrem Handgelenk, die Weichheit ihres silbernen Haars, das·für die Nacht gelöst war. Eine Fremde im Haus einer Fremden, aufgenommen auf Basis eines komplizierten Übereinkommens.

Lorna nahm ihre Hand weg. »Um ehrlich zu sein, Joyce ... Ich male Bilder aus.« Schluss mit dem Versteckspiel! Nach den Enthüllungen des Tages kam ihr diese eher trivial vor. »Die Mona Lisa, gekleidet wie in einem Boden-Katalog.«

Jetzt war es raus.

»Oh!« Joyce schaute herüber. »Lustig. Streifen stehen ihr. Ist das ein Buch von Harriets kleinen Geschwistern?«

»Nein, das ist ein Ausmalbuch für Erwachsene. Durch Ausmalen soll die Aufmerksamkeit gestärkt werden. Es gibt Versionen für jeden Geschmack, von alten Meistern über Hollywood-Plakate bis hin zu beliebigen Mustern. Mich beruhigt die Tätigkeit, wenn ich nicht schlafen kann.« Lorna zuckte mit den Achseln. »Die Farben auszuwählen und den Flächen zuzuordnen und etwas entstehen zu sehen ...«

»Wie Malen nach Zahlen für Erwachsene?«

»So in etwa.«

»Mein Sohn hat das geliebt«, sagte Joyce. »Und ich muss zugeben, dass ich gerne zugeschaut habe, wenn die Farbe langsam die Zahlen auffraß und schöne Farbblöcke entstanden.«

»Stimmt!«, sagte Lorna. Genau so hatte es sich immer angefühlt. Sie hatte ganz vergessen, wie es war, wenn Farben und Formen die schwarzen Linien und Zahlen verdrängten.

Aber ein Sohn? Joyce redete weiter.

»Interessant ist, dass man den Menschen die Möglichkeit gibt, sich an den Linien zu orientieren … oder auch nicht. Sie können innerhalb eines verlässlichen Rahmens etwas Neues kreieren oder die Freude des Originals nachempfinden, indem sie die ursprüngliche Erfahrung des Künstlers nachvollziehen.« Sie wirkte zufrieden.

Lorna betrachtete ihre Punk-Rock-Mona-Lisa. Plötzlich schien sie ein Statement zur modernen Kunst zu sein.

»Das hätte ich mitschreiben sollen«, sagte sie trocken. »Ich könnte ein Schild neben die Bücher hängen und sie Calum Hardy als ultimatives Erlebnis zur Kunstwoche verkaufen.«

»Warum nicht?« Joyce griff nach dem Glas mit den Filzstiften und betrachtete sie. »Aber ich bin mir sicher, dass Ihnen etwas Interessanteres einfällt.«

»Das weiß ich noch nicht. Ich bin nicht sehr kreativ. Mir ist nur wichtig, dass die Galerie mit von der Partie ist.« Sie biss sich auf die Lippe. »Ich möchte sie nicht in den Sand setzen.«

Lorna war bewusst, dass Joyce sie musterte und mit ihren scharfen Künstleraugen jedes Detail ihres Gesichts wahrnahm. Was sah sie wohl?

»Würden Sie gerne etwas ausmalen?« Sie konnte sich nicht erinnern, was sie noch in der Schublade versteckt hatte. Vielleicht ein Buch mit Titelseiten der *Vogue*?

»Haben Sie auch weißes Papier? Mit Linien habe ich im Alter so meine Schwierigkeiten.«

Lorna hätte sich am liebsten in den Hintern getreten. Natürlich, Joyce' Augenprobleme. Die konnte man so leicht vergessen. Die Küche hatte sie geschickt eingerichtet, sodass hier ohnehin keine Unfälle passieren konnten. Leichter Zugang, alles in Reichweite.

»Ich hole Ihnen etwas«, sagte sie.

In der Anrichte fand sie einen dicken Stoß Druckerpapier und reichte Joyce einen Stapel. Die betrachtete sämtliche Stifte und entschied sich schließlich für einen blassblauen.

»Lavendel«, sagte sie. »Für mich ist das immer die Farbe des Trostes.«

»Möchten Sie einen Tee?« Die sonderbare nächtliche Atmosphäre hatte plötzlich etwas Geselliges bekommen.

»Ja bitte.« Joyce begann auf einem leeren Blatt zu skizzieren. Selbstbewusst glitt die Filzspitze über die Seite, malte eine lange Welle aus Haaren, eine spitze Nase, ein waches Auge.

Hattie.

Der Stift hielt inne, und der Zauber war gebrochen. Als Lorna aufschaute, sah sie, dass Joyce auf die Seite blickte.

»Komisch«, sagte Joyce. »Das hätte ich nicht erwartet.«

»Dass Sie Hattie malen?«

»Nein.« Joyce blinzelte. »Dass ich überhaupt male. Ich hatte schon lange nicht mehr das Bedürfnis, einen Stift in die Hand zu nehmen.«

»Oh.« Lorna wusste nicht, was sie sagen sollte, verspürte aber eine gewisse Begeisterung in sich aufflammen. *Schon lange nicht mehr.* War das der Beginn von etwas Neuem? In ihrer Küche?

260

Joyce nahm einen grauen Stift und deutete neben Hatties Haar ein paar Linien an, mit denen sie die Konturen auflöste. Aus zwei weiteren Linien entstand Hatties Hand, die unermüdlich lange Strähnen hinters Ohr strich.

»Haben Sie wegen Ihrer Augenprobleme zu malen aufgehört?«, erkundigte sich Lorna. Falls Joyce darunter litt, dass sie sich nicht mehr auf die gewohnte Weise ausdrücken konnte, gab es andere künstlerische Ausdrucksformen, die keine so hohe Aufmerksamkeit verlangten wie Skizzen. Lorna fragte sich, ob sie vorschlagen sollte, vor Joyce' Rückkehr nach Rooks Hall zu einem Laden für Künstlerbedarf zu fahren. Vielleicht konnte ja irgendetwas ihr Interesse wecken.

»Nicht wirklich. Es ist eher so, dass ich keine richtige …« Joyce hielt inne und klopfte sich an die Brust, als fehlten ihr die Worte. »Kunst kommt von hier, aus dem Innern.« Dann klopfte sie sich an den Kopf und zog eine Grimasse. »Nicht von hier. Obwohl man es im Zweifelsfall natürlich forcieren kann.«

»Aber heute hat Sie etwas inspiriert?« Das war heraus, bevor Lorna sich bremsen konnte.

»Harriet.« Joyce runzelte die Stirn, weil ihr die unbehagliche Atmosphäre in der Familie durchaus bewusst war. »Sie ist ein liebes Mädchen, das merke ich. Und so durchsichtig, das arme Ding, man kann direkt in sie hineinschauen. Ich habe ihr Strickzeug mitgegeben.« Sie zögerte. »Stricken lenkt einen ab, finden Sie nicht auch?«

Lorna hatte das Gefühl, als würde Joyce auch in sie, Lorna, direkt hineinschauen. Sie betrachtete ihre poppige Mona Lisa und blätterte dann um, weil sie sich dafür schämte, dass sie mit ihren künstlerischen Entscheidungen auf Nummer sicher ging. Das nächste Bild war Millais' mondgesichtige Ophelia, die ekstatisch den Fluss hinabtrieb, garniert wie ein menschliches Gewürzsträußchen.

»Sind Ihnen die Ideen für neue Kunstwerke ausgegangen?«, fragte sie, statt zu antworten.

»Vermutlich.« Joyce seufzte und griff nach einem gelben Stift. Dieses Mal zog sie nicht sofort die Kappe ab. »Seit Bernie tot ist – mein Ehemann –, habe ich mich nicht mehr … berufen gefühlt. Man muss berührt werden, um schöpferisch tätig zu sein. Man muss etwas zu sagen haben. Sonst schafft man nur Badezimmerkunst wie diese entsetzlichen Nahaufnahmen von Kühen und Blumen, die sich die Menschen …« Sie unterbrach sich, weil ihr offensichtlich einfiel, dass die halbe Galerie mit so etwas vollhing. »Ich wollte Sie nicht beleidigen, tut mir leid.«

Besonders zerknirscht wirkte sie allerdings nicht, dachte Lorna, ohne sich groß für die ausgestellten Exponate zu schämen.

»Diese Bilder bedeuten mir nicht viel, ehrlich gesagt«, erklärte sie. »Aber manche Menschen mögen so etwas. Mein Job besteht darin, Kunst zu finden, die Leute glücklich macht oder sie beruhigt oder ihnen einfach … ein gutes Gefühl gibt. Man kann nicht über die Köpfe der Menschen hinweg entscheiden, was ihnen gefallen soll, oder? Das muss man schon ihnen überlassen.« Nach ein paar Wochen in der Galerie hatte sie diese Botschaft begriffen. Man verdiente auch kein Geld, wenn man sich aufs hohe Ross setzte.

Joyce warf ihr einen unergründlichen Blick zu. »Und was mögen Sie?«

»Kunst, die mich nachempfinden lässt, was die Künstler empfunden haben«, sagte Lorna. »Manchmal zeigt Kunst mir auch, was ich fühle, obwohl ich es selbst nicht weiß.«

»Die Antwort gefällt mir.«

»Es ist einfach die Wahrheit. War Ihr Ehemann auch Künstler?« Wie sie so in Morgenmantel und Pantoffeln dasaßen, hatte Lorna das Gefühl, dass sie mit Joyce wie mit der Freundin einer Freundin reden konnte. Oder mit der Großmutter der Freundin einer Freundin.

»Nein, er war Manager.« Joyce zog die Kappe vom Stift und begann, etwas anderes zu malen, etwas Grafisches. Der Stift zuckte und glitt ganz anders über das Papier als bei Lorna, die sorgfältig Flächen ausmalte. »Bernies Kunst lag unter freiem Himmel – sein Garten. Als wir nach Rooks Hall zogen, zeichnete er mit Textmarker jedes Beet und jeden Quadratzentimeter Rasen auf eine Leinwand, die ich dann ausgemalt habe. Unser Ziel war es, dass an jedem Tag des Jahres etwas blühte. An jedem einzelnen Tag.«

Sie unterstrich die Worte, indem sie auf ihrem Blatt markante Linien zog.

»Wie eine lebende Skulptur.« Lorna dachte an die wuchernden Beete am Cottage, wo Unkraut und Blumen wie verschüttete Farbe über die Ränder quollen. Einst waren sie gepflegt gewesen, auf dieselbe Weise, wie Joyce mit Ölfarbe Sturmwolken auf die Leinwand gezaubert hatte. Beide hatten sie ihren Gärtner verloren, Joyce und Rooks Hall. Plötzlich verstand Lorna, warum Joyce ihr Haus nicht verlassen wollte. Warum ihr der Gedanke so verhasst war, es sich selbst zu überlassen.

»Genau. Mir war sein Werk lieber als das meine. Bernies Kompositionen veränderten sich unentwegt, vom Sonnenaufgang über die Mittagszeit bis hin zur Abenddämmerung. Es gab etwas für jeden Sinn, nicht nur für die Augen. Zusammen haben wir Farben und Gerüche ausgewählt, und er hat überall die richtigen Pflanzen aufgetrieben. Ronan hatte sein eigenes Areal.« Sie hielt inne, dann fügte sie leise hinzu: »Unser Junge.«

Es war ein heikler Moment in der Unterhaltung, die leicht umschlagen konnte.

Lorna pirschte sich vorsichtig an. »Lebt Ronan … hier in der Gegend?«

»Er ist mit achtzehn gestorben. Ein dummer Unfall. Er hat sich ein Orientierungsjahr genommen und in der weiten Welt gearbeitet. Dann wurde er eines Tages in einen Unfall verwickelt. Keinen schlimmen, aber das nächste Krankenhaus war meilenweit entfernt. Er ist an einer Entzündung gestorben. Er war schon tot, als wir überhaupt von dem Unfall erfuhren.«

»Oh! Das tut mir furchtbar leid, Joyce.«

Joyce' Körper war das Leid anzusehen, diese plötzliche Spannung in ihren Schultern, als hätte man ihr eine Last auf den Rücken geladen. Der Stift in ihrer Hand schien zu schwer zu sein, um ihn zu bewegen.

Lorna kannte diesen Schmerz, aber auch dieses gestaltlose Schuldgefühl, das ihn umwehte – weil man nicht dabei gewesen war, den letzten Atemzug nicht geteilt und das letzte Wort nicht gehört hatte. Weil man wusste, dass der andere allein gewesen war. »Ich kann mir nicht vorstellen, wie hart das gewesen sein muss«, sagte sie sanft. »Bei meiner Mutter und meinem Vater war ich auch nicht dabei, als sie starben. Ich wünschte so sehr, es wäre anders gewesen. Selbst wenn es grauenhaft war.«

Die Worte hingen zwischen ihnen, dann schüttelte Joyce den Kopf. »Komischerweise hat es mir für eine Weile ein starkes Ausdrucksbedürfnis gegeben. Aber danach …« Sie begann, Linien zu ziehen. Als der Stift zitterte, fuhr sie mit der nächsten Linie dem Ausrutscher nach, bis das weiße Papier mit gewölbten Linien bedeckt war, die dem Leid wie eine topografische Karte nachspürten. Eine Karte des Kummers.

Lorna beobachtete den Stift und hatte das Gefühl, mehr wahrzunehmen als den Akt des Malens und Joyce' Worte. Stumm begann sie, Ophelias im Fluss wallende Haare auszumalen, in Hatties Aschblond. Und ihrem eigenen.

15

Am Montagmorgen konnte Lorna an keinem Telefon vorbeigehen, ohne zu erwarten, dass es klingelte. Sie war auf alles gefasst: eine in Tränen aufgelöste Jess, eine in Tränen aufgelöste Hattie, selbst auf einen in Tränen aufgelösten Ryan, weil man ihm auf die Schliche gekommen war. Der einzige Anruf kam allerdings von einem Künstler, der vorbeischauen und ihr seine Aquarelle von verzauberten Kieselsteinen zeigen wollte.

Anrufe vielmehr, im Plural. Als er das zweite Mal anrief, war er der Meinung, dieses Mal mit einer Galerie in Hartley zu sprechen. Lorna ließ ihn die Dummheit und Arroganz der neuen Besitzerin der Maiden Gallery fünf Minuten lang darlegen, bevor sie ihn über seinen Irrtum aufklärte und einen mentalen Pflock in sein Hirn rammte. Sie war nicht in der Stimmung, sich sagen zu lassen, dass sie keinerlei künstlerische Visionen habe, nicht an diesem Morgen.

»War das Jess?«, fragte Tiffany, ein Tablett mit Tee in den Händen.

»Nein. Nur mal wieder ein Künstler, der sich einbildet, er müsse seine kranken Fantasien mit unserer Stadt teilen.« Lorna schrieb MARTIN ALLENSMORE auf die Seite mit den Künstlern, mit denen sie nie wieder etwas zu tun haben wollte. Zwei Keramiker standen bereits dort, außerdem ein Künstler, der ironische Hundebilder aus Katzenhaaren fertigte. Als sie den Stift vehement in den Topf zurücksteckte, fiel die Kappe ab. »Soll ich sie anrufen? Eigentlich hätte sie sich längst mal melden können.«

»Ist sie jetzt nicht bei der Arbeit?« Tiffany reichte Lorna einen Pfefferminztee und ging dann zu Joyce, die im Hinterzimmer saß und aus zwei verschiedenen Wollsorten ein weiteres Hundemäntelchen strickte. »Bitte sehr, Joyce. Mit Milch, ohne Zucker. Ich stelle die Tasse hierher, dann störe ich Sie nicht weiter.«

»Sehr liebenswürdig.« Joyce befand sich in einem kritischen Stadium des letzten Beinlochs und sah gar nicht auf.

»Vermutlich.« Lorna zog den Teebeutel durchs Wasser. »Meinst du, ich sollte lieber Hattie anrufen?«

Tiffany hielt inne, die Hand in der Keksdose. »Nein! Hattie solltest du *in keinem Fall* anrufen.«

»Warum nicht?«

»Sie wird merken, dass du keine Vorstellung hast, was los ist. Das wird sie nur in der Annahme bestärken, dass irgendetwas los sein *muss*. Vertrau mir«, fügte sie hinzu, als Lorna sie verwirrt anschaute. »Ich habe ein ganzes Modul zur Paranoia von Teenagern absolviert.«

»Ihre Schwester wird schon auf ihre Weise damit fertigwerden«, sagte Joyce und strickte die letzten Maschen. »Sie scheint eine patente Frau zu sein. Geschafft. Schere?«

Lorna seufzte und öffnete die Schublade mit dem Schreibkram. Jess *war* patent – bei der Arbeit. Mit Krisen wie dieser hatte sie keine Erfahrung, anders als Lorna, die sich seit der Schule in Jahresabständen auf Beziehungen eingelassen und sie wieder beendet hatte. Jess hatte sich nur einmal mit Ryan gestritten – als er nach Birmingham gegangen war, um in der Baufirma seines großen Bruders Craig mitzuarbeiten, statt sich wie geplant an der Uni zu bewerben. Sie waren nur wenige Monate getrennt gewesen, aber es hatte sich wie Jahre angefühlt.

Nachdem die Nachricht von Jess' und Ryans Baby wie eine Bombe eingeschlagen war, hatte sich der ursprüngliche Plan ihres Vaters, sie alle nach Hay-on-Wye zu schleppen, zerschlagen. Lorna hatte gefleht, man möge sie nicht von ihren Schuldfreunden trennen – womit sie ausschließlich Sam meinte. Dad hatte sich um Jess' Zukunft gesorgt, und Mum hatte das Atelier gemocht, das sie an das Haus angebaut hatten. Keiner hatte die Stadt wirklich verlassen wollen. Die Protheros wiederum hatten beschlossen, dass Ryan die Realität kennenlernen sollte. Wenn er eine Familie gründen wolle, hatte Mr Prothero insistiert, müsse er auch lernen, wie man für eine sorgt. Im Nachhinein wirkte das lächerlich, und wenn es überhaupt einen Effekt gehabt hatte, dann den, dass sich die beiden noch entschiedener in ihre Heiratspläne stürzten, aber Ryans Vater war hart geblieben, Ryan war fortgegangen, um zu lernen, wie man die Einrichtung von Ladengeschäften überwachte, während Lorna unter den Launen ihrer Schwester und den Irritationen ihres Vaters über die Explosion seiner sonst so pflegeleichten Familie zu leiden hatte. Ihre Mutter wiederum hatte sich tagelang in ihrem Atelier eingeschlossen. Der Sommer war zu den Klängen von »Yellow« von Coldplay, das unentwegt aus der oberen Etage herabschallte, und dem Geruch von Instantnudeln, die Jess becherweise in sich hineinschaufelte, vergangen.

Lorna schaute über die Tische mit den Glasfischen und den feinen Porzellanschüsseln hinweg aus dem Fenster. Irgendetwas am vertrauten Anblick der Ladentür auf der anderen Straßenseite brachte den unbestimmten Trübsinn jenes Sommers zurück. Den größten Teil der Ferien hatte sie in der Galerie verbracht, um Jess' wilden Launen und dem Geruch von eingeweichtem Trockenfleisch zu entgehen. Und natürlich, weil sie gehofft hatte, Sam über den Weg zu laufen.

»… wäre doch toll. Lorna? Lorna!«

Sie schaute auf. Tiffany hielt ein Hundemäntelchen hoch. Die Art und Weise, wie Joyce die Streifen ineinander verwoben hatte, ließ es wie ein Tigerfell aussehen. »Die können wir doch für Mrs Rothery verkaufen, oder? Das sind wahre Kunstwerke.«

»Du weißt doch, Tiff, dass Joyce eine echte Künstlerin ist«, sagte Lorna. Sie neigte kaum merklich den Kopf zur Seite, um Tiff daran zu erinnern, dass Joyce anwesend war.

»Aber es *sind* doch echte Kunstwerke«, erwiderte Tiffany.

»Vielleicht. Wenn man sie Katzen überstreift und als postmodernen Kommentar zur Transsexualität verkauft«, sagte Joyce, ohne die Miene zu verziehen. Mittlerweile konnte Lorna es aber einschätzen, wann sie einen Witz machte. Sie hatte eine Weile gebraucht, um die leicht herabgezogenen Augenwinkel und die verschmitzte Hebung der Stimme am Satzende zu erkennen. »Eine Katze in Hundekleidern. Das ist ziemlich politisch.«

Tiff vernahm den Unterton nicht. »Ich glaube nicht, dass wir einer Katze so etwas überstreifen können, oder? Aber Rudy könnte es tragen. Was sollten Sie dafür nehmen? Ich denke, zwanzig Pfund wären ohne Weiteres drin. Sie sind zauberhaft.«

»Nehmen Sie, was Sie wollen, aber lassen Sie das Geld wohltätigen Zwecken zugutekommen«, sagte Joyce und griff zu ihrer Teetasse. »Bernard kommt aus dem Tierheim oben auf dem Berg. Geben Sie es denen.«

»Gute Idee«, sagte Lorna. Und obwohl Joyce so tat, als wäre ihre Leistung nicht der Rede wert, war ein gewisser Stolz nicht zu übersehen. Selbst wenn sie strickte, war die halbblinde Joyce den anderen Künstlern der Gegend haushoch überlegen.

Seit sie die Galerie aufgeschlossen hatten, waren erst zwei Kunden da gewesen, aber das war Lorna egal. Ihr Gehirn war immer noch mit Hattie und Jess beschäftigt, aber mit der strickenden Joyce hier zu sitzen und Tee zu trinken, während Tiffany die Grußkarten umsortierte und zitronengelber Sonnenschein die Galerie flutete, die sich allmählich wie ihre eigene anfühlte ... das war doch netter, als allein zu sein.

Dann klingelte das Telefon auf der Ladentheke.

Joyce und Tiffany sahen auf, Lorna griff nach dem Hörer. Konnte das Jess sein, die von der Arbeit anrief? Lorna gab sich Mühe, so normal wie möglich zu klingen. »Hallo?«

»Spreche ich mit Lorna Larkham?« Es war eine Männerstimme.

»Ja?«

»Lorna, hier ist Calum. Calum Hardy von der Kunstwoche.«

»Oh, hallo, Calum«, sagte sie, um Joyce und Tiffany ins Bild zu setzen. »Wie schön, von Ihnen zu hören!«

Tiffany hockte sich auf die Theke und sah gespannt herüber. Joyce ließ ihr Strickzeug sinken.

»Geht es um meinen Vorschlag für die Kunstwoche?«, fuhr Lorna fort. Sie freute sich, dass Joyce das Gespräch mitbekam. Alles, was sie als gewitzte, anspruchsvolle Galeristin dastehen ließ, konnte ihrem Plan zu einer großen Retrospektive mit Joyce' Werken nur förderlich sein.

»Ja, richtig.« Calum hüstelte. So freundlich wie bei ihrem letzten Gespräch klang er nicht. »Hören Sie, wir haben alle viel am Hals, daher komme ich direkt zur Sache. Wir müssen über Ihren Vorschlag reden. Diese Idee … Künstler zeichnen Gäste, Gäste zeichnen Künstler …«

»Wunderbar! Warten Sie einen Moment, Calum.« Sie zwinkerte Tiffany zu und schaltete das Handy auf laut, damit die beiden mithören konnten. »So ist es besser. Also! Gefällt Ihnen die Idee? Ich möchte unbedingt einen Dialog darüber initiieren, wie Kunst und Künstler wahrgenommen werden und wie Kunst …«

»Lorna, ich muss Sie unterbrechen.« Calums Stimme klang verzerrt durch den Lautsprecher. »Als ich ›reden‹ sagte, meinte ich das ernst … Wir wissen nicht, wie das funktionieren soll.«

Ihre Miene entgleiste. »Was?«

»Nun ja. Vermutlich hatten wir bei Ihrem Hintergrund, der die Kunst in die Provinz bringt, etwas anderes erwartet … Ich möchte ganz ehrlich sein, ich hatte gehofft, dass Sie mit etwas Stärkerem aufwarten.«

Tiffanys angespanntes Gesicht verzog sich, sie wirkte hochgradig empört. Zu Joyce sah Lorna lieber gar nicht erst hinüber. Sie spürte, dass ihre Wangen vor Scham brannten. Ihr wurde abwechselnd heiß und kalt.

»Was meinen Sie damit?«, brachte sie hervor.

»Zunächst einmal würde mich interessieren, wie viele Leute sich zurzeit in Ihrem Laden aufhalten. Ganz ehrlich.«

»Zwei«, sagte Lorna ausweichend.

»Leute, die nicht zum Personal gehören?«

»Dann wäre es nur einer.«

»Aha. Wie würde sich diese Person wohl fühlen, wenn noch ein Künstler anwesend wäre? Wenn er sie zeichnen würde, während sie herumgeht?«

Joyce hob sarkastisch die Augenbrauen.

»Ich denke, sie hätte kein Problem damit«, sagte Lorna.

»Nun, ich habe ein paar Leuten hier die Idee vorgestellt, und sie hatten *durchaus* Probleme damit. Für uns als Stadtrat stellen sich alle möglichen Fragen, von wegen Minderheiten und so …«

»Hunde?«, platzte es aus ihr heraus, als sie hektisch über Alternativen nachdachte. Ihr Blick fiel auf Rudy, der neben einem Bild eingeschlafen war. »Hunde, die mit … ihren Pfoten malen?«

O Gott, was war nur in sie gefahren? Joyce und Tiffany starrten sie entsetzt an.

»Soll das ein Witz sein? Hören Sie, Lorna, es gefällt mir, dass Sie so flexibel sind, aber Sie haben Ihren Vorschlag ohnehin schon sehr spät eingereicht. Ich fürchte, diese Kunstwoche werden Sie wohl auslassen müssen. Wenn Sie sich einbringen wollen, können Sie immer noch als ehrenamtliche Helferin bei …«

»Warten Sie!«, rief Lorna, die allmählich ihre Verlegenheit überwand. »Ich habe noch andere Ideen.«

»Aber das war schon Ihre beste?« Er klang skeptisch.

»Ich habe ein ganzes Notizbuch voller Ideen.« Das war gelogen, und das wusste auch Calum. Lorna konnte aber nicht zulassen, dass er sie in Joyce' Gegenwart so bloßstellte. »Bitte, Calum. Ich schicke Ihnen gleich eine E-Mail mit einem neuen Vorschlag.«

Eine lange Pause entstand.

»Bitte. Das ist sehr wichtig für mich.«

Er seufzte. »Morgen Nachmittag habe ich ein Treffen, bei dem es um das endgültige Budget geht. Vor dem Mittagessen muss Ihr Vorschlag auf dem Tisch liegen. Das tu ich nur Ihnen zuliebe, weil Sie mir sympathisch sind.«

»Gut. Ich werde Sie nicht enttäuschen, Calum.« Sie schluckte. Wenn sie doch nur den Lautsprecher ausstellen und dieses Gespräch ohne Zeugen führen könnte, aber dazu war es nun zu spät. Sie hatte ohnehin das Gefühl, mindestens so sehr mit Joyce zu reden wie mit Calum Hardy. »Die Sache ist mir ein riesiges Anliegen. Ich möchte den Leuten zeigen, dass Kunst nichts ist, vor dem man Angst haben muss. Kunst ist etwas, was uns ständig umgibt und uns einander als menschliche Wesen näherbringt. Ich möchte die Menschen in den kreativen Prozess einbinden und das Stadtbild mitprägen. Darum geht es meiner Meinung nach bei der Kunstwoche.«

Ihr war selbst klar, wie abgedroschen das klang, aber es stimmte.

Joyce beobachtete sie, obwohl sie wieder zu stricken begonnen hatte – klick, klick, klick, ohne je auf die Stricknadeln zu schauen. Ihre Finger bewegten sich selbsttätig, während sich das Muster in ihrem Kopf abspulte. Sie tut genau das, dachte Lorna. Sie sitzt in meiner Galerie und ist künstlerisch tätig. Joyce ist der Meinung, dass sie die Kunst aufgegeben hat, aber das hat sie gar nicht. Das kann sie gar nicht. Sie ist eine wahre Künstlerin. Das ist es, was Künstler tun.

Das Glöckchen läutete, als ein Paar in die Galerie trat. Lorna nutzte das als Vorwand, um das Gespräch zu beenden.

»Bis morgen Mittag haben Sie eine Mail von mir«, sagte sie eilig. »Danke, dass Sie mir noch eine Chance geben, Calum. Das weiß ich wirklich zu schätzen! Wir telefonieren morgen!«

Dann legte sie eilig auf, bevor er seine Meinung ändern konnte. Adrenalin schoss durch ihre Adern, als habe sie soeben vor einem ganzen Saal gesprochen und nicht vor zwei Leuten.

Das Paar schritt nach hinten in die Keramikausstellung. Tiffany stieß einen langen Pfiff aus. »Was für ein Widerling. Für wen hält er sich denn? Für den Direktor der National Gallery?«

»Es tut mir leid, dass Sie das mit anhören mussten, Joyce«, erklärte Lorna.

»Ihre Idee war immerhin frisch.« Joyce wickelte Wolle um ihren Finger. »Nach allem, was man in der Zeitung liest, ist die Kunstwoche im Wesentlichen ein Vorwand für die Bonzen im Stadtrat, sich vor den amateurhaften Aquarellen der Frau des Bürgermeisters mit warmem Wein volllaufen zu lassen. Was Calum Hardy betrifft ...« Sie schnaubte und begann eine neue Reihe. »Wie Tiffany schon sagte: Was für ein Widerling.«

Das Wort kam ganz kühl über ihre Lippen, ohne jede Gefühlsregung.

Tiffany wirkte entsetzt, aber Lorna lächelte. Joyce' Timing war perfekt.

Nachdem sie Calum eine brillante neue Idee versprochen hatte, ging Lornas Gehirn sofort in den Modus des weißen Rauschens über. Den Rest des Nachmittags verbrachte sie damit, schlechte Ideen zu notieren und auf das Telefon zu starren, das immer noch nicht klingelte. Worüber Jess und Hattie auch immer reden mochten, sie, Lorna, bezogen sie jedenfalls nicht mit ein.

Um vier hastete Keir Brownlow durch die Tür, begleitet vom üblichen Wirbelwind flatternder Blätter. Er kam direkt aus dem Büro des Stadtrats zwei Straßen weiter.

»Wir müssen uns beeilen«, verkündete er und jonglierte mit seinen Akten, seinem Handy und einem großen Becher Kaffee, als er sich mit dem Ellbogen die Tür aufhielt. »Shirley parkt im absoluten Halteverbot. Sie setzt uns ab, dann fährt sie ins Krankenhaus zu ihrer Schicht.«

»Wovon reden Sie eigentlich?«

»Joyce.« Er schaute sie an. »Haben Sie denn meine Mail nicht bekommen?«

»Nein.«

»Was?« Keir stellte seine Tasche auf die Ladentheke und schaute in sein Handy. »Ich habe Ihnen um ... Nein, warten Sie, ich habe *Shirley* geschrieben. Verdammter Mist. Entschuldigung. Ich habe die Ergotherapeutin veranlasst, heute Nachmittag nach Rooks Hall rauszufahren. Sie soll die Sicherheitsvorkehrungen prüfen, zusammen mit mir, den Vermietern und idealerweise auch Joyce, damit wir sie zurückschicken können. Dann haben Sie sie bis heute Abend vom Hals.«

»Hallo?« Joyce winkte von ihrem Stuhl herüber. »Ich bin auch da. Sie müssen nicht in der dritten Person über mich reden.«

»Klar, natürlich. Hallo, Joyce.« Er eilte zu ihr, auf dem Weg in seinen Papieren blätternd. »Ich sagte soeben zu Lorna, dass wir Sie heute Nachmittag nach Hause bringen können. Ihre Vermieter haben sich um alles gekümmert. Da sind Sie sicher froh, dass Sie zurückkönnen, oder?«

Er redete in genau dem Tonfall, der Joyce auf die Palme brachte, das erkannte Lorna an der steifen Haltung der alten Dame. Sie drückte die Schultern durch und reckte das Kinn.

Bei Lorna hatte sie sich allmählich entspannt, das merkte sie erst jetzt, da man ihr das Misstrauen wieder ansah.

»Welche Art von Antwort erwarten Sie von mir, ohne Lorna zu beleidigen?«, fragte sie trocken.

Im ersten Moment wirkte Keir entgeistert. »Ich bin mir sicher, dass Sie eine wunderbare Zeit hier hatten, inmitten all dieser reizenden Kühe.« Dann verzog er das Gesicht. »Ich meine natürlich die Bilder! Nicht, äh … Dürfte ich Sie wohl bitten, diese Dokumente zu prüfen, bevor wir uns auf den Weg machen? Oder soll ich sie Ihnen vorlesen?« Er hielt ihr ein paar Papiere aus seinem Ordner hin.

Joyce warf ihm einen vernichtenden Blick zu und schaute dann mit einem verzweifelten Funkeln in den Augen über ihn hinweg. Lorna fühlte sich als Komplizin in Joyce' Widerstandskampf und lächelte. Es war ein gutes Gefühl.

»Wir haben kein Problem damit, Joyce«, sagte sie. »Natürlich möchten Sie nach Rooks Hall zurückkehren. Tiffany kann uns beim Packen helfen … Tiff? Tiff, bist du beschäftigt?«

Als Tiffany aus dem Hinterzimmer hereinrauschte, ließ Keir den Stapel fallen, in dem er herumkramte, einen Stift in der anderen Hand.

»Hallo, hallo!«, sagte sie. »Was höre ich da von Packen? O Joyce, wollen Sie uns so schnell schon wieder verlassen?«

»Ja, leider«, sagte Joyce. »Shirley steht im absoluten Halteverbot.«

Keir hüstelte. »Ah, Tiffany, bevor Sie gehen … Ich habe etwas für Sie!«

»Aha?« Tiffany drehte sich wieder um.

»Ja. Im Innenstadtbereich gibt es noch zwei Hunde, die ausgeführt werden müssten«, sagte er und reichte ihr ein Blatt Papier. »Und hier sind auch die Details zu dem Job bei der Wohltätigkeitsorganisation.« Er reichte ihr ein zweites Papier und wurde rot. »Die bräuchten jemanden mit Erziehungserfahrung und Bürokenntnissen. Ich habe mit Sally gesprochen und ihr erklärt, dass Sie die perfekte Kandidatin sei.«

»Danke, Keir.« Sie strahlte ihn an. »Unglaublich, dass Sie daran gedacht haben.«

Er wirkte nervös. »Gern geschehen. Es könnte sein, dass ich bei Ihren Bürokenntnissen ein bisschen übertrieben habe, aber …«

Tiffany tätschelte seinen Arm. »Keine Sorge, tippen kann ich. Sie haben etwas gut bei mir!« Draußen hupte jemand. »Oje, wir sollten uns besser beeilen.«

Während der Unterhaltung war Joyce aufgestanden – unter Schmerzen, wie Lorna auffiel – und machte sich zum

Gehen bereit. Sie wirkte zerbrechlicher als oben in der Küche, wo sie Hattie das Stricken beigebracht hatte, während Lorna und Tiff geschäftig herumgewuselt waren.

»Soll ich mitkommen?« Lorna wusste selbst nicht, warum sie das gefragt hatte. Sie hatte es eher aus einem Instinkt heraus getan.

Keir schaute Lorna und Joyce an. »Sie könnten Unterstützung für das Treffen mit der Ergotherapeutin und den Vermietern gut brauchen, Joyce. Es ist anstrengend, wenn Sie alles allein testen wollen.«

Joyce winkte ab. »Nein, nein, das ist ja albern. Ich habe Lorna schon genug von ihrer Zeit geraubt. Vermutlich hat sie heute noch einiges zu tun, Familienangelegenheiten und so.« Dabei zog sie durchaus mitfühlend eine Augenbraue hoch. Joyce registrierte alles: die Gefühle in den Farben und auch die Geheimnisse, die über Gesichter huschten.

Lorna erklärte: »Ich komme gerne mit, wenn Sie mögen.« Sam würde auch dort sein, in seiner neuen Rolle als Vermieter wider Willen. Vielleicht hatte Ryan ihn wegen der Ereignisse vom Wochenende angerufen. Vielleicht wusste er etwas. Ein Schauer überlief sie, und sie gab sich alle Mühe, es vor Joyce zu verbergen.

Das Geräusch von Pfoten auf der Treppe verkündete, dass Bernard in die Galerie kam.

Keir schlug sich mit der Hand an die Stirn, als der Terrier vergnügt um die Beine seines Frauchens herumsprang. »O Gott!«, rief er. »Ich habe Shirley gar nichts von Bernard erzählt. Keine Ahnung, ob es rechtlich überhaupt zulässig ist, dass Joyce ihn behält. Ich gehe schnell hinaus und rede mit ihr.«

Er eilte hinaus, während Lorna zur Treppe ging und sich

fragte, wie schnell sie Joyce' Sachen wohl packen konnten. Shirley würde mindestens einmal um den Block fahren müssen. Hinter ihr hustete jemand, und sie drehte sich um.

»Danke, dass ich bei Ihnen bleiben durfte«, sagte Joyce, und noch bevor Lorna etwas erwidern konnte, fuhr sie fort: »Wir müssen noch über die Bezahlung sprechen.«

Lorna wurde rot. »Was? Nein, nein. Ehrlich, das ist vollkommen in Ordnung ...«

Joyce fixierte sie mit ihrem klaren Blick. »Nein, wir haben eine Vereinbarung. Ich hatte Ihnen etwas versprochen, wenn Sie mich vor diesem elenden Alte-Leute-Heim bewahren, und das haben Sie getan. Was hätten Sie gerne für eine Gegenleistung?«

Sie bittet mich, einen Preis für eine nette Geste zu nennen, dachte Lorna. *Das kann ich nicht annehmen. Ihre Gemälde sind Tausende von Pfund wert. Was ich ihr gegeben habe – Tee, ein Bett und ein Familiendrama, um das sie nicht gebeten hatte –, kann ich ihr nicht in Rechnung stellen.*

»Eine Idee«, hörte sie sich selbst sagen. »Eine Idee für die Kunstwoche. Irgendetwas, was Calum Hardy aus den Socken haut.«

Shirley hupte erneut, und Joyce' schmale Lippen verzogen sich zu einem Lächeln. »Gut«, sagte sie. »Wir reden morgen früh.«

Jess rief auch abends nicht an. Von Hattie kam ebenfalls nichts – nichts auf Instagram, was irgendwelche Hinweise enthalten würde, nichts auf Facebook. Keine SMS, keine E-Mail.

Rudy rollte sich in seinem Körbchen ein. Er vermisste seinen übermütigen Terrierfreund. Nicht einmal, als zwei

Tauben direkt vor seiner Schnauze auf dem Fensterbrett landeten, bellte er.

»Ganz schön still, so allein, was?«, sagte Lorna, mehr zu sich als zu Rudy.

Tiffany, die am Tisch saß, schaute von ihrer Bewerbung auf. »Ich verstehe, was du meinst. Komisch, wenn man bedenkt, dass Joyce nicht viel gesagt hat und Hattie gar nicht lange da war. Aber es ist sonderbar ohne die beiden. Bernard hat natürlich ein Spektakel veranstaltet. Glaubst du, Joyce hat es hier gefallen?«

»Keine Ahnung.« Lorna stellte sich vor, wie Joyce in Rooks Hall saß, still und einsam vor dem Kamin, allein mit ihren Erinnerungen an Sohn und Ehemann. Dann dachte sie an die Blumen in den Beeten draußen, mit ihren Knospen, die aufblühten, abstarben und wieder aufblühten – das Leben, das weiterging, selbst wenn der Gärtner schon in alle Winde verstreut war.

Hätte sie mit ihr zurückfahren sollen? Hatte sie jetzt, als Freundin, eine Fürsorgepflicht? Oder hätte sie damit eine Grenze überschritten? Joyce legte Wert darauf, dass es sich um ein Geschäft handelte und nicht um einen Gefallen. Lorna erhob sich vom Tisch, wo sie gesessen und so getan hatte, als studiere sie die Website eines Künstlers. Sie nahm die Skizze von Hattie in die Hand.

Es war eine grobe Skizze, aber die Linien waren stark und selbstbewusst; Joyce hatte Hatties Wesen mit ein paar instinktiven Strichen erfasst. Die sanfte Stirn schien sich unter der Bürde der Gedanken zu krümmen. Lornas Herz zog sich beim Anblick dieser empfindsamen Schönheit zusammen.

Sie erkannte ihre Schwester in Hatties Gesicht. Jess und Lorna hatten sich versprochen, niemals Geheimnisse voreinander zu haben – nicht nach dieser Kindheit, in der sie sich in der geheimnisumwitterten Welt ihrer Eltern verloren gefühlt hatten, geborgen in Liebe und doch seltsam ausgeschlossen. Warum rief Jess also nicht an? Was verschwieg sie ihr?

Denkt sie, ich würde mich über sie erheben?, fragte sich Lorna. *Denkt sie, ich würde darauf verweisen, wie recht ich hatte, wenn ich niemanden in mein Leben ließ, weil er mir das Herz brechen könnte?*

Tiffany hüstelte. »Soll ich dir einen Tee kochen? Oder ein Bad einlassen? Du wirkst, als wärst du am Boden zerstört.«

Lorna merkte, dass sie froh war, Tiff am Küchentisch stehen zu sehen.

Ja, sie hatte sich eine leere Wohnung gewünscht, aber die Vorstellung, jetzt in einem stillen Raum mit ihren Gedanken allein zu sein, war unerträglich. Sie hatte ihren Platz gefunden, hatte etwas Eigenes, aber sie war froh, es mit diesen Frauen teilen zu können: der Freundin, der Künstlerin, der Schwester und dem Kind, das allmählich erwachsen wurde. Durch ihre Anwesenheit fühlte sich ihr Leben reicher an. Kleine Figuren, die den Hintergrund ihrer Geschichte bevölkerten wie die Elfen und Feen in den Illustrationen ihrer Mutter – oder deren Erkennungsmerkmal, der Schmetterling, der auf jedem Bild in den Himmel aufstieg.

»Danke«, sagte Lorna. »Und das meine ich ernst.«

Tiff neigte den Kopf zur Seite. »Warum rufst du Joyce nicht an und erkundigst dich, ob alles in Ordnung ist? Sie wird so tun, als sei es ihr egal, aber vermutlich freut sie sich trotzdem.«

»Das werde ich tun«, sagte Lorna. »Aber erst morgen früh.«

16

Tatsächlich kam Joyce ihr zuvor und rief an, bevor sich Lorna nach dem Umzug erkundigen konnte. Noch vor dem Frühstück.

Das Telefon klingelte um halb acht, als Lorna nach der ihr zugestandenen Viertelstunde aus dem Bad kam, bevor Tiffany es belagern würde. Eingewickelt in ihr Handtuch, eilte sie hinaus, um den Anruf entgegenzunehmen. Sie war nervös, weil es ja Jess mit der »vernünftigen Erklärung« sein konnte, auch wenn sich Lorna beim besten Willen keine vorstellen konnte.

»Guten Morgen!« Joyce klang, als sei sie bereits Stunden wach. »Habe ich Sie geweckt?«

»Im Gegenteil«, antwortete Lorna munter. Joyce hatte strenge Vorstellungen davon, wann man morgens aufzustehen hatte. »Ich bin schon seit Ewigkeiten auf den Beinen.«

Joyce schnalzte vielsagend. »Egal. Wie verabredet, habe ich eine Idee für Ihren Beitrag zur Kunstwoche«, fuhr Joyce fort. »Aber Sie kommen besser sofort vorbei, wenn Sie sie heute Vormittag noch an diesen Widerling übermitteln wollen. Oh, und der Hund ist etwas nervös. Ein Spaziergang könnte ihm nicht schaden.«

Lorna wusste, wann sie sich nicht widersetzen sollte. »Bin schon auf dem Weg.«

Irgendjemand hatte sich im Garten von Rooks Hall zu schaffen gemacht, während Joyce bei Lorna gewesen war. Das lange Gras war gemäht, die Beete auf eine gemäßigte Wildnis zurückgeschnitten und die Eingangsstufe von Moos befreit. Als Lorna den unebenen Pfad entlangschritt, bemerkte sie die Reste von Stockrosen und Clematis, die an der Wand emporwuchsen. Nun, da sie Joyce' und Bernards Plan kannte, ein Jahr der Blumen zu erschaffen, fühlte sich der Garten anders an, eher wie ein altes Foto, in dem unsichtbare Geister lauerten.

Joyce erwartete sie bereits an der Tür, eine schmale Gestalt in Rot vor der Dunkelheit des Flurs. Sie lehnte lässig im Türrahmen, aber Lorna war klar, dass sie den Halt brauchte. Hinter ihr blitzte das Metallgestänge einer Gehhilfe auf, und an der Treppe war ein weißer Handlauf angebracht worden. Die Verwandlung von Rooks Hall hatte begonnen. Von Bernard war nichts zu sehen.

Lorna gab sich Mühe, sich nichts anmerken zu lassen, aber Joyce hatte einen scharfen Blick für Körpersprache.

»Die sogenannten Verbesserungen sind Ihnen aufgefallen?« Joyce verdrehte verächtlich die Augen und schlurfte dann durch den Flur ins Wohnzimmer. »Ich brauche keine Gehhilfe! Oder einen Toilettenstuhl«, sagte sie über die Schulter. »Mir geht es bestens.«

»Wenn es aber dazu beiträgt, dass Sie hierbleiben können …« Lorna folgte ihr, Rudy an der kurzen Leine, und nahm alles mit einem flüchtigen Blick auf. Die rutschigen Läufer waren verschwunden, die fleckigen Spiegel gereinigt, die abgestorbenen Topfpflanzen entfernt. Im Haus hing der Geruch von Chemikalien: frischer Klebstoff, frisch gebohrte Schraubenlöcher, Dettol – eine Menge Dettol. »Wer hat all diese Arbeiten erledigt? Die Vermieter?«

»Keine Ahnung. Am Telefon liegt eine Nummer.« Joyce schlurfte weiter und fuchtelte einfach mit der Hand hinter sich.

Lorna sah nach. Neben dem Telefon lag eine Karte: *Osborne Gebäudeverwaltung.* Eine Nummer stand auch dabei, von *Gabriel,* nicht von Sam. Wenn Gabe für das Haus verantwortlich war, warum hatte sich dann neulich Sam als Heimwerker betätigt? Wegen Gabes Verletzung vermutlich. Vielleicht wollte er die Sache auch einfach hinter sich bringen oder traute es niemand anderem zu.

Joyce war im Wohnzimmer verschwunden, und Lorna ließ Rudy von der Leine, damit er sich auf die Suche nach Bernard machen konnte, und folgte ihr.

Im Wohnzimmer waren die Veränderungen noch offensichtlicher. Die hoch aufgetürmten Stapel der Kunstbücher waren verschwunden, und neben dem Sessel stand mahnend ein Rollator vom nationalen Gesundheitsdienst, obwohl man sich nicht einmal die Mühe gemacht hatte, die Plastikhülle zu entfernen. Die Gemälde waren noch da – die dramatischen Landschaften, die abstrakten Motive mit den stark strukturierten Oberflächen –, aber in der Luft hing etwas Undefinierbares. Traurigkeit? Das Gefühl der Überwachung? Auf einem Tischchen standen ein Wasserkocher und Tassen, um Joyce überflüssige Wege in die Küche zu ersparen. Von oben hatte man Taschentuchpackungen und Fotos heruntergebracht. Das Zimmer erinnerte Lorna an die Hospize, in denen sie gearbeitet hatte – angefüllt mit einem langen Leben, aber auf kleinstem Raum zusammengedrängt, als müsse man alles Kostbare dicht bei sich haben. Immer dichter und dichter.

Der vertraute Anblick schnürte ihr die Kehle zu.

Aber Joyce wirkte überhaupt nicht traurig. Mit funkelnden Augen nickte sie zu etwas hinüber, das an einem Bücherregal lehnte, dick mit Luftpolsterfolie umwickelt. Ein Bild offenbar; aber welches, konnte Lorna nicht erkennen.

»Das ist für Sie.« Joyce wies mit einer würdevollen Geste in die Richtung. »Vielleicht ist es nicht das, was Sie erwarten, aber vielleicht hilft es Ihnen.«

Lorna berührte die Luftpolsterfolie. Es war ein Gemälde. Ein großes.

»Joyce, das ist viel zu viel.« Eine schnelle Recherche der Auktionspreise – als sie sich eigentlich mit den ernüchternden Monatszahlen hätte beschäftigen sollen – hatte bestätigt, was Lorna bereits vermutet hatte: Joyce' Originale würden auf dem Kunstmarkt Tausende einbringen. Plötzlich fühlte sich ihre Abmachung falsch an, als würde sie einen Vorteil daraus ziehen.

»Jetzt erzählen Sie mir nicht, Sie bewerten ein Bild nach seinem Gewicht, Lorna. Um Himmels willen.«

In ihrem roten Kaschmirpullover schien Joyce wieder ganz die Alte zu sein, als könne sie sich allein durch die Art, sich zu kleiden, in ihr gesundes Selbst zurückverwandeln. Mit geneigtem Kopf beobachtete sie Lornas Reaktion. Plötzlich wollte Lorna auf keinen Fall dabei ertappt werden, das Falsche zu denken.

»Es wäre äußerst unhöflich, es nicht anzunehmen«, befand Joyce leichthin. »Ich brauchte einen Ort, an den ich mich mit meinem Hund zurückziehen konnte, und den haben Sie mir gegeben. Wir haben eine Abmachung. Behandeln Sie mich nicht wie eine Tattergreisin, Lorna. Tun Sie mir den Gefallen und lassen Sie mich meinen Beitrag leisten.«

»Aber wir haben Ihnen ja nicht gerade einen friedlichen Rückzugsort geboten, oder? Außerdem haben Sie uns die wunderbare Skizze von Hattie dagelassen. Das ist genug, wirklich.«

»Dann sehen Sie es eben als Beitrag zu Ihrem Projekt bei der Kunstwoche an. Die meiste Zeit meiner Künstlerexistenz war ich mit der Maiden Gallery verbunden. Ich möchte, dass sie ein einziges Mal im Zentrum der Aufmerksamkeit steht. Wollen Sie es denn nicht öffnen? Sind Sie wirklich nicht interessiert? Nun kommen Sie schon!«

Lorna entging nicht, dass Joyce selbst begeistert war. »Na gut«, sagte sie und begann, die Folie zu entfernen.

»Es stand viele Jahre im Lager«, sagte Joyce, als Lorna mit dem Klebeband kämpfte. »Ich musste Keir bezirzen, damit er es für mich aus dem Schuppen holte. Er redete gleich etwas von Risikoabwägungen daher ... Wirklich, was ist dieser Typ nur für ein Waschlappen!«

Lorna musste lachen, als sie sich vorstellte, wie Joyce jemanden bezirzte. Dann hielt sie inne, denn unter der letzten Schicht kam das Kunstwerk zum Vorschein.

Es stellte den Musikpavillon im Park dar. Aber es war keines der tiefsinnigen Bilder, die sie von Joyce kannte, sondern schlicht und fast kindlich in seiner Freude. Der Pavillon befand sich im Zentrum des Bilds. Die prägnanten goldenen Säulen hoben sich vom wolkenlosen blauen Himmel ab, und um die Silhouette mit der Kuppel entfaltete sich ein ganzer Regenbogen an Farben und Texturen. Die Musik vermengte sich mit den Blumen, dem Rasen und den Parkbänken zu einer unsichtbaren Klangwelle. Lorna spürte den triumphierenden Klang der Blechbläser in den goldenen Schnörkeln und den mitreißenden Rhythmus in den übermütigen Flecken der roten Tupfer. Der Musikpavillon war leer, aber der Park schien vor Leben zu sprudeln.

Ein Bild des Glücks, dachte Lorna. Das Werk strahlte Glückseligkeit aus, in jedem winzigen Pinselstrich, in jedem glänzenden Schmetterlingsflügel, in jeder gen Himmel gereckten Blüte. Die Farben sangen.

»Das habe ich für Ronan gemalt«, sagte Joyce leise. »Als er noch ganz klein war, sind wir sonntags immer zum Musikpavillon gegangen und haben uns die Gruppen angehört. Er fragte, was für eine Farbe die Trompeten hätten, und wir sagten: ›Sie sind golden, mein Schatz, messingfarben.‹ Immer schüttelte er den Kopf und sagte: ›Nein, nein, nein, sie sind rot! Tomatenrot!‹«

»Rot? Sie meinen, sie … klangen rot?« Sonderbarerweise konnte Lorna es nachvollziehen.

»Für mich nicht. Für mich klangen sie immer golden wie die Sonne. Aber für ihn klangen sie leuchtend rot. Und die Flöten blassblau«, fuhr Joyce fort. »Und die Becken waren so glänzend violett wie ein Elsternflügel … Sie verstehen schon, Ronan liebte Farben. Er saß mit seinen Stiften in meinem Atelier, lauschte der Musik und sortierte dem Regenbogen der Stifte Instrumente zu. Natürlich hatte schon Kandinsky diese Idee, aber wir beließen Ronan in der

Meinung, er habe sie entdeckt. Unermüdlich haben wir dieses Spiel gespielt: Welche Farbe hat Glück? Welche Farbe hat Schlaf? Welche Farbe hat Liebe?«

Ihre Worte verhallten, zu schwach für die Gefühle, die sie transportieren sollten. Lorna spürte einen Kloß im Hals.

Gemeinsam standen sie da und betrachteten das Bild. Plötzlich entdeckte Lorna den kleinen Jungen in der Ecke, die einzige Gestalt in dem ganzen Gemälde. Er lugte hinter einem Baum hervor und winkte mit seiner winzigen Hand. Dunkle, wuschelige Haare, verschmitztes Grinsen. Ronan. Joyce hatte ihn ins Bild gemalt, so wie Lornas Mutter Jess und sie auch immer irgendwo abgebildet hatte.

Sie wollte es schon sagen, hielt dann aber inne und betrachtete Joyce, diese Trauer und diese Liebe, mit der sie das Gemälde kannte wie ihr eigenes Herz. Warum? Warum sollte man sein Kind im Hintergrund verewigen?

Weil sich die Kinder immer irgendwo in deinem Geist verstecken, selbst wenn du dich zum Malen in dein Atelier zurückziehst. Selbst wenn du meinst, dass du sie aus deinem Leben verbannst, verleihst du ihnen Unsterblichkeit.

Oh.

»Aber egal, das nur am Rande …« Joyce spielte an ihren Goldringen herum. »Ich dachte, das Bild könnte ein Ausgangspunkt für ein kommunales Kunst-Happening sein oder wie auch immer man das heutzutage nennt. Öffentliches Malen, bei dem man vielleicht die Farben der Musik auslotet.«

Ein ganzer Schwall an Ideen stürzte auf Lorna ein, eine nach der anderen. »Was, wenn wir Staffeleien am Musikpavillon aufbauen und Farben und Pinsel oder Schwämmchen oder so bereitstellen? Vielleicht könnte ja ein kleines

Orchester spielen, oder? Dann könnten die Leute interpretieren, was sie hören, oder?«

Joyce zuckte mit den Schultern. »Das müssen Sie wissen, Sie sind die Galeristin.« Aber auf ihren schmalen Lippen lauerte der Schatten eines Lächelns.

»Oder keine Staffeleien, sondern ein großes Wandgemälde?« Lornas Verstand raste. »Vielleicht ... verschiedene Beiträge, die ineinandergreifen? Wie die Instrumentengruppen eines Orchesters, die zusammen spielen?«

»Denkbar«, sagte Joyce. »Aber würden Sie jetzt bitte mit Bernard rausgehen? Er kommt mir ständig ins Gehege.«

Von dem Border Terrier war weit und breit nichts zu sehen, und auf Joyce' Gesicht hatte sich ein Schatten gelegt. Lorna berührte ihren Arm. Die alte Dame zuckte mit keiner Wimper.

»Danke, Joyce«, sagte Lorna. »Ich werde Sie nicht enttäuschen.«

Calum Hardy war am Telefon regelrecht enthusiastisch, nachdem Lorna ihm gerade noch rechtzeitig ihren Vorschlag gemailt hatte. Mit dem Grund für seine Begeisterung hatte sie allerdings nicht rechnen können.

»Woher wissen Sie das?«, fragte er, wieder äußerst liebenswürdig, nachdem sie einen guten Vorschlag gemacht hatte.

»Was soll ich wissen?«

»Das mit dem Schulgruppen-Projekt. Die Planung war ein Schlamassel, und wir haben uns gefragt, wie wir es mit der Kunstwoche kombinieren können, ohne dass wir – wie soll ich es ausdrücken – von Kindern mit Trompeten überrannt werden. Aber das ist genial. Die Kinder spielen, viele

Eltern schauen zu, es gibt regen Austausch. Was für ein fantastisches Bild für die Lokalzeitung. Gut gemacht, Lorna. Ich wusste doch, dass Sie etwas in der Hinterhand haben.«

»Danke ...«

Calum redete einfach weiter. »Und irgendwie – wie auch immer! – haben Sie es geschafft, einen Beitrag von Joyce Rothery an Land zu ziehen! Ehrlich gesagt, hatten wir uns schon gefragt, ob sie überhaupt noch lebt. Das ist eine Wahnsinnsneuigkeit! Könnten Sie Joyce vielleicht irgendwie einbeziehen?« Er schien vollkommen auf dem Häuschen. »Vielleicht könnte sie den ersten Pinselstrich tun.«

»Das weiß ich nicht.«

Aber Joyce hatte schon erklärt, dass sie das auf *gar* keinen Fall tun würde.

»Wir sollten uns unbedingt zum Mittagessen treffen, um das zu besprechen. Wie sieht es für den Rest der Woche in Ihrem Terminkalender aus?«

»Nicht so übel.« Flirtete er mit ihr? Seine Stimme klang fast danach. Lorna ließ den Stift durch ihre Finger wandern. Mit Calum essen zu gehen wäre sicher ein Spaß. Im Gegensatz zu Sam, der abwechselnd freundlich und abweisend war, wusste man bei Calum wenigstens, woran man war. Wenn eine Gesprächspause eintrat, konnte man immer noch über sonderbare Künstler sprechen oder darüber, wie Instagram die Fotografie zerstörte oder neu erfand.

»Wie wär's mit nächstem Montag? Die Aktion soll das Wochenend-Highlight der Kunstwoche sein. Ich würde gerne so bald wie möglich in die Planung einsteigen.«

»Wunderbar!«

»Ich kann es kaum erwarten«, sagte Calum, und als er

das Gespräch beendet hatte, fühlte sich Lorna, als komme sie gerade aus dem Urlaub.

»Wer war das denn, meine Liebe?« Mary war gerade dabei, die Keramik abzustauben, und steckte nun den Kopf zur Bürotür herein.

»Calum vom Stadtrat. Ihm gefällt meine neue Idee ganz ausgezeichnet.« Lorna hatte das Gefühl, Mary im Auge behalten zu müssen. Sie arbeitete nur ein paar Stunden am Tag, aber Lorna stieß immer wieder auf Zeug, das in Kisten im Keller versteckt war. Mary hielt sich eher bedeckt, was diese Dinge betraf. Manchmal fragte sich Lorna sogar, ob sie heimliche Bestände von zu Hause einschmuggelte, bevor Keith sie entdeckte. Das würde auch einige Details der Buchführung erklären, die zunehmend weniger Sinn ergaben.

»Oh, großartig!« Mary runzelte die Stirn. »Was hatten Sie noch mal vor?«

»Das erkläre ich Ihnen, wenn ich zurück bin.« Lorna zog ihre Jacke an. »Würde es Ihnen etwas ausmachen, ein, zwei Stunden die Stellung zu halten? Ich muss Archibald ein paar Sachen zum Rahmen bringen. Die beiden Kundinnen dort bräuchten vielleicht Hilfe.«

Zwei Frauen beugten sich begeistert über Joyce' gestrickte Hundemäntelchen. Lorna hatte sie Plüsch-Westies übergestreift, die Tiff in einem Secondhandladen aufgestöbert hatte. Besonders das Mäntelchen mit den Tigerstreifen zog eine Menge Aufmerksamkeit auf sich, und auch für andere Modelle hatte Mary bereits Kundenanfragen notiert. Lorna hatte allerdings noch nicht entschieden, ob sie diese Anfragen an Joyce weitergeben würde.

Mary drehte sich um. »Ach, die beiden schon wieder! Sie

hatten schon angekündigt, dass sie darüber nachdächten, noch mehr zu kaufen. Das sollten Sie Joyce wissen lassen«, fügte sie hinzu. »Sagen Sie ihr, dass sie in der Galerie wieder ganz groß auftrumpft!«

Lorna wollte schon erwidern, dass ihr nicht klar sei, wie Joyce das aufnehme, aber dann dachte sie: Warum nicht? Ob Joyce ihre Strickwerke nun für Kunst hielt oder nicht, ihre Mäntelchen waren jedenfalls kreativ und schön und erfreuten die Menschen. Und das war Kunst.

Der Gedanke – in dieser Klarheit – überraschte sie. Er war nicht aus dem Gehirnareal gekommen, aus dem sie ihn erwartet hatte.

»Bis später, Mary.« Sie nahm die Tasche mit den Schätzen: Ringe, Haarlocken, Postkarten – jemandes private Erinnerungs-Cloud, die noch rechtzeitig zum Muttertag gerahmt werden musste.

In der Frühlingssonne standen zum ersten Mal Tische und Stühle vor den Cafés, und in den Blumenampeln blühten die ersten gelben Primeln. Lorna blickte optimistisch in den Tag, als sie Rudy auf die Rückbank ihres Wagens hievte. Archibald mochte Hunde, und Lorna wollte Rudy ganz allmählich an neue Erfahrungen heranführen, in diesem Fall an Männer mit Nikolausbärten. Rudy wirkte flott in seinem gestreiften Fischerpullover, der extra auf ihn und seinen langen Rücken zugeschnitten war.

»Betty wäre begeistert, wenn sie dich in Streifen sehen könnte«, erklärte sie. Er wedelte mit dem Schwanz.

»Lorna!«

Als sie aufsah, entdeckte sie Sam, der von der anderen Straßenseite herüberwinkte. Er trug einen Anzug, fast wie an jenem Tag in London. Möglicherweise war es sogar derselbe. »Bleib drüben!« Er lief um die Autos herum, die sich auf die Ampel am Ende der High Street zuschoben.

Lorna schloss den Kofferraum und wartete. Joyce hatte die Begegnung mit den Vermietern und der Ergotherapeutin gar nicht erwähnt. Erwartete Sam Bonuspunkte, weil er für Joyce Handläufe angebracht hatte? Nein, Moment. *Ryan*. Hatte er Sam angerufen und ihm seine Sicht auf Hatties Geschichte erläutert – sofern es da etwas zu erläutern gab …

Und dann stand er plötzlich vor ihr und lächelte. Instinktiv erwiderte sie sein Lächeln, um sich im nächsten Moment zu fragen, ob das richtig war. »Wolltest du gerade irgendwohin?«, fragte er.

»Ja, zum Rahmenbauer. Bist *du* auf dem Weg irgendwohin, so aufgemotzt?«

»Was?« Sam schaute irritiert an sich herab. »Ach so, nein, nur ein Termin bei der Bank. Komisch, dass ich so etwas früher jeden Tag getragen habe und es nun ›aufgemotzt‹ sein soll.«

»Schöner Anzug«, sagte Lorna. Das stimmte auch. In diesem Aufzug sah Sam weniger wie ein Bauer als wie ein Landbesitzer aus. Vom Bart mal abgesehen. Daran musste sie sich immer noch gewöhnen.

»Das ist lieb von dir. Allerdings wird er um die Taille herum ein wenig eng, Mum und ihren Backkünsten sei Dank.« Sam zog zerknirscht an seinem Gürtel. »Zumal fürs Fitnessstudio auch keine Zeit bleibt. Aber egal, ich hatte gehofft, dich zu erwischen«, fuhr er fort. »Zwei Dinge. Gibt es Neuigkeiten von Jess?«

Sie schüttelte den Kopf. Ryan hatte ihn also nicht in einem Anfall reumütiger Panik angerufen. Gut. »Nein, nichts.«

»Nichts?« Er zog eine Augenbraue hoch.

»Nein. Sie war ziemlich entspannt, was diese Sache angeht. Ihrer Überzeugung nach muss Hattie sich geirrt haben. Sie würde es doch auch wissen – ich meine, Ryan sie betrügen? Nun komm schon.« Lorna zuckte mit den Achseln. »Jess ist sich ganz sicher, dass nichts dahintersteckt, und wenn sie das denkt … Was denn? Warum schaust du mich so an?«

Sam zog die Augenbrauen noch höher, und Lorna verspürte plötzlich Zweifel. Instinktiv glaubte sie ihrer Schwester, obwohl sie ahnte, dass viel mehr dahintersteckte, als Jess sich eingestehen wollte. Jess hatte eine verständliche Abneigung dagegen, dass man über sie sprach. »Da muss man drüberstehen« war eine ihrer Lieblingswendungen.

»Weil Hattie derart von der Rolle war«, sagte er schlicht.

»Teenager neigen zur Dramatisierung. Selbst Jess hat gesagt, dass Hattie vielleicht einfach ein bisschen Aufmerksamkeit braucht. Die Kleinen nehmen ihre Mutter derart in Beschlag, dass …«

Sie hielt inne. Das war unfair. Hattie spielte sich nicht in den Vordergrund, nicht auf diese Weise.

Sam wirkte auch nicht überzeugt. Er hielt ihrem Blick stand und musterte sie. Diesen Ausdruck freundlicher Sorge kannte sie nur zu gut. Sie gab sich alle Mühe, das Kribbeln zu unterdrücken, das sich vom Nacken aus über ihre Arme ausbreitete. Wie ein sanfter Regen war das, kaum spürbar, aber doch da. Wusste er etwas, was sie nicht wusste?

»Soll ich Ryan anrufen?«, bot er an. »Ich hatte es nicht vorgeschlagen, weil … na ja, weil du das vielleicht als Einmischung empfindest. Aber wenn du denkst, es gibt vielleicht etwas, was er mir erzählen könnte …«

»Nein, mach das nicht, auf keinen Fall. Jess wird erfahren, dass wir über sie geredet haben. Lass es besser.«

»Du willst nicht, dass ich mit ihm rede?« Er warf ihr einen eindringlichen Blick zu. »Ich liebe diese Familie. Wenn ich helfen kann, würde ich das gerne tun.«

»Ich weiß.« Lorna wusste wirklich, dass es so war. Sam hatte zu Ryan gehalten, als die ganze Stadt über ihn und Jess geredet hatte. Und bei der Beerdigung ihrer Mutter hatte er sich um Jess und sie gekümmert und Ryan zur Seite gestanden, weil ihr Vater vor Kummer wie gelähmt gewesen war. Im Grunde seines Herzens war er ein netter Typ. Aber Lorna kannte ihre Schwester. Wenn Jess sagte, sie wolle über etwas nicht reden, dann wollte sie es wirklich nicht.

Sie lächelte zerknirscht. »Und was war das Zweite? Du sagtest doch, es gebe zwei Dinge.«

Sam gab auf. »Das Zweite – was hast du Freitagabend vor?«

Zwei Einladungen innerhalb von zwei Stunden. Was war nur los? »Möchtest du mit mir ausgehen?«

»Nein, freu dich nicht zu früh. Ich möchte dich zu mir nach Hause einladen.« Er zog vorsorglich eine schuldbewusste Miene. »Mum lässt fragen, ob du zum Abendessen vorbeikommen willst. Nur wir – Mum, Dad, Gabriel, Gabes Frau Emma und ich. Vielleicht auch noch ihre Kinder, wenn die nicht auf einer Party herumschwirren.«

Lorna war noch nie zu den Osbornes eingeladen worden. »Das wäre nett. Soll ich etwas mitbringen?«

»Ohrenstöpsel?« Er wirkte erleichtert, auf sicheres Terrain wechseln zu können. »Toleranz? Dad ist seit seinem Eintritt in den Ruhestand ziemlich engstirnig geworden.

Versprich mir, dass du mindestens die Hälfte seiner Sprüche ignorierst.«

Sie traten beiseite, um eine Dame mit einem Yorkshire Terrier vorbeizulassen. Rudy drehte im Innern des Wagens fast durch und knallte mit seiner feuchten Schnauze gegen die Scheibe. In Gegenwart der meisten anderen Hunde war er immer noch nicht entspannt, obwohl Lorna ihn mit allen Mitteln zu bestechen versuchte. Seine Nervosität übertrug sich auf sie.

»Ich fahre mal besser los«, sagte sie, »bevor er noch platzt.«

»Gut! Dann sehen wir uns Freitagabend, gegen sechs? Bauern gehen früh zu Bett, anders als ihr Künstlertypen.« Sam blieb einen Moment stehen, als wäre er sich nicht sicher, was er tun soll. Würde er sich vorbeugen und sie auf die Wange küssen?

»Freitagabend«, sagte Lorna und stieg in ihren Wagen, verwirrt von der Vorstellung, abends mit einem Bauern zu Bett zu gehen.

17

Pat Osbornes Bauernküche war ein beliebter Treffpunkt der ortsansässigen Jungbauern gewesen, als Ryan und Sam noch eine führende Rolle in der lokalen Szene gespielt hatten. Die Backformen waren immer gut gefüllt gewesen, am AGA-Herd hatten Hunde gelegen, und der frei zugängliche Kühlschrank, in dem Mr Osborne sein Bier aufbewahrte, hatte immer etwas hergegeben. Bei den Protheros hatte man so etwas vergeblich gesucht, wie Jess berichtete. Als das Familienunternehmen durchgestartet war, waren Ryans Eltern in ein standesgemäßes Domizil am Stadtrand gezogen, wo man an der Tür die Schuhe ausziehen und unter jeden Teller und jedes Glas einen Untersetzer legen musste.

Lorna war unschlüssig, ob sie sich schick machen sollte, wenn sie bei jemandem eingeladen war, den sie schon seit zwanzig Jahren kannte. Andererseits war es vielleicht ein Affront gegen Sams Eltern, wenn sie es nicht tat. Die Gedanken des einstigen Teenagers kollidierten mit denen der erwachsenen Frau. Schließlich zog sie eine saubere Jeans und ihre Nietenstiefel an, in denen sie sich wie Stevie Nicks vorkam. Mit Stiefeln konnte man nichts falsch machen, dachte sie. Dann verbrachte sie eine halbe Stunde bei dem Weinhändler vier Türen weiter, um eine Flasche Wein zu finden, die genug kostete, um nicht unhöflich zu wirken, aber auch nicht allzu protzig war.

Als sie am frühen Abend durch die ländlichen Straßen fuhr, hatte sie das Gefühl, in einer Postkartenlandschaft gelandet zu sein. Die Straßen führten an Obstgärten und Weiden vorbei, auf denen im schwindenden Licht das Vieh graste. In der reinen Luft lag der Geruch von Holz und Rauch. Als sie sich dem Bauernhof näherte, wurde ihre Aufmerksamkeit von ein paar kleineren Kühen angezogen: Die gedrungenen schwarzen Tiere mit dem breiten weißen Sattel in der Körpermitte erinnerten an gestreifte Bonbons. Sie waren sehr hübsch, und Lorna fragte sich, ob sie sich mit ein paar Kuhrassen hätte beschäftigen sollen, um mit Sams Vater ins Gespräch zu kommen.

Das Navigationsgerät hatte einen eigentümlichen Weg angezeigt, nicht an Rooks Hall vorbei, und so fand sie sich nach einer Kurve überraschend vor dem Bauernhof wieder. Ein Torbogen führte auf einen großen Hof, der von offenen Scheunen mit stapelweise Futtersäcken umstanden war. Lorna fuhr vorsichtig um die Hühner herum, die über den ordentlich geharkten Kiesboden wuselten, parkte neben einem Traktor und stieg aus. Die Scheunen wirkten schon etwas betagt, aber das Bauernhaus war ziemlich schön, mit Fensterbögen aus helleren Ziegeln und einer Wetterfahne, die keck wie ein Fascinator auf dem Dach saß.

»Hallo!« Sam trat in Jeans und Pullover aus einem der Außengebäude. Eine Katze folgte ihm, hielt nach den Labradoren Ausschau und lief dann über den Kies, um in der Dunkelheit zu verschwinden. »Pünktlich wie die Maurer. Wie geht es dir?«

Er beugte sich vor, um sie auf die Wange zu küssen. Es war eine instinktive Geste, aber ihnen war beiden klar, dass sie, einmal damit begonnen, daran festhalten mussten. Der Hauch, die Lornas Wange streifte, roch nach Rasierwasser, Persil und noch etwas anderem, das sich in den letzten zwanzig Jahren nicht verändert hatte. Halb höflicher Kuss, halb Umarmung, drückte sich Sams Schulter an ihre. Bei jeder Begegnung kam er Lorna ein wenig näher und wirkte ein wenig entspannter.

»Gut, danke. Das habe ich euch mitgebracht.« Lorna hielt ihm die Flasche hin. »Schön, dass es mittlerweile einen anständigen Weinladen in Longhampton gibt.«

»Angeblich existiert er bereits seit über hundert Jahren.« Sam tat so, als sei er beschämt. »Wie hätten wir schon von ihm wissen sollen?«

»Tja, wenn er nicht Diamond White verkaufte, war er für uns sicher nicht interessant.«

Einen Moment standen sie lächelnd da und spürten, dass ihnen die Vergangenheit wie Wellen die Knöchel umspülte. Manchmal schien es Lorna zwei Sams und zwei Lornas zu geben: die klugen, fähigen Erwachsenen, die sich als nahezu Fremde begegneten, um sich im nächsten Moment wieder zurückzuziehen, und dann die beiden Teenager, die miteinander aufgewachsen, aber nie eine Beziehung eingegangen waren. Zwei Versionen ihrer selbst, die nebeneinanderher existierten. Lornas Herz tat einen Satz und beruhigte sich dann wieder. Den alten Sam hatte sie wiedererkannt, als er seine Sorge um ihre Schwester und Hattie zum Ausdruck gebracht hatte. Vielleicht konnten sie das Rad ja noch einmal zurückdrehen.

»Wir sollten dann mal …« Er zeigte auf das Haus. Lorna nickte und folgte ihm. An der Tür legte er ihr die Hand in den Rücken, nur ganz kurz, als handele es sich um ein Geheimnis.

Die Küche der Osbornes war genau so, wie Lorna sie sich vorgestellt hatte. Auf dem gekacheltem Herdboden stand ein cremefarbener AGA-Herd. Um einen schweren Kieferntisch, der aus Zeiten der Armada zu stammen schien, gruppierten sich Stühle mit längs gestrebten Rückenlehnen. In einem der beiden Plastikhundekörbe an der Tür lag ein älterer schwarzer Labrador mit einer schneeweißen Schnauze und ebensolchen Augenbrauen. Als Lorna und Sam eintraten, hob er den Kopf, schlug bei Sams Anblick zweimal mit dem Schwanz und legte die Schnauze dann wieder auf die Pfoten.

»Ah, endlich! Da hat sich mal wieder jemand vor der Arbeit gedrückt, was?« Der untersetzte Mann am Tisch stellte sein Bier hin. Sein Tonfall war belustigt, seine Augen nicht. Lorna erkannte Gabriel, Sams älteren Bruder.

»Das muss gerade einer sagen, der sich seit dem Mittagessen nicht einen Millimeter vom Fleck gerührt hat«, gab Sam gleichmütig zurück. Sein Tonfall war ebenfalls scherzhaft, aber Lorna spürte einen Anflug von Ärger, als er in den Kühlschrank schaute. Er berührte eine Bierflasche, griff dann aber nach einer Cola. »Möchtest du etwas trinken, Lorna?«

»Ja gerne. Cola ist wunderbar«, sagte sie im selben Moment, als Gabriel antwortete: »Ich arbeite vom Handy aus, klar? Das nennt man technologischen Fortschritt.«

Gabriel war für sein Alter immer sehr groß und breitschultrig gewesen. Bereits als Teenager hatte er für die Stadt Rugby gespielt. Nun spannte sich sein kariertes Hemd über dem Hosenbund, und seine Nase war gerötet, als würde er zu viel trinken. Lorna bemerkte, dass er die Augen auf eine Weise zukniff, die sie von früher nicht in Erinnerung hatte – als würde er alles scharf mustern, aber nicht das Gewünschte finden. Sam und er waren schon immer sehr unterschiedlich gewesen. Vor fünfzehn Jahren hatten nur ihre dunklen Augen darauf hingedeutet, dass sie verwandt waren.

Sam reichte ihr mit entschuldigender Miene eine Coladose und ein Glas. »Rechnungen muss man trotzdem bezahlen, Gabe.«

Gabriel hob die Hände, als ergebe er sich. Seine Finger waren gedrungen; aus irgendeinem Grund jagten sie Lorna einen Schauer über den Rücken. »*Du* bist unser Superhirn, Brüderchen. Und wer ist das da?«

Sam wandte sich an Lorna, nicht an ihn. »Lorna, du kannst dich doch sicher an Gabe erinnern«, sagte er. »Ich habe ihm erzählt, dass du heute kommst. Es muss ihm entfallen sein.«

Lorna beugte sich vor und schüttelte Gabes furchteinflößende Hand. Was blieb ihr anderes übrig? Er wiederum erklärte: »Ah, hallo, Lorna! Ich habe dich gar nicht erkannt.«

»Darf ich das als Kompliment verstehen?« Es kam nicht so locker heraus wie beabsichtigt.

»Ist ja schon eine Weile her.« Als Gabriel lächelte, versanken seine Augen fast in seinem roten Gesicht. »Wie alt

warst du denn, als sich deine kluge Schwester hat schwän…«
Sam hustete, worauf sich Gabriel mit einem schiefen Lächeln
korrigierte. »Als ich dich zuletzt gesehen habe? Zwölf?«

»Ich bin mit dreizehn weggezogen«, antwortete sie, bevor
Sam sie wieder unterbrechen konnte. »Jess war siebzehn.
Sie war mit Ryan verlobt. Jetzt sind sie schon fast siebzehn
Jahre verheiratet.«

»Ende gut, alles gut, was?« Gabriel zwinkerte. Lorna
registrierte, dass Sams Kiefer zuckte. Zwischen den beiden
herrschte eine spürbare Spannung, und es handelte sich
nicht um das brüderliche Geplänkel, an das sich Lorna von
früher erinnerte.

Wie mochte das alles wohl für Gabe sein? Erst hast du
einen kleinen Bruder, der immer nur Bestnoten heimbringt
und keinen Zweifel daran lässt, dass ein Leben als Bauer
unter seiner Würde ist – während es für dich ein Traumbe-
ruf ist. Aber dann gerätst du in die Ballenpresse, worauf
ebendieser kleine Bruder in seinem schicken Anzug zurück-
kehrt und dir erklärt, wie man die Arbeit macht, die du
gelernt hast, seit du Quad fahren kannst.

Etwas Schlimmeres hätte kaum passieren können, für
alle Beteiligten.

»Sam! Finger weg vom Kühlschrank!« Mrs Osborne war
aus der Speisekammer getreten und wischte sich die Hände
an der Schürze ab. Sie war eine gepflegte Erscheinung,
immer in Bewegung, und trug unverändert den Haarschnitt,
den Lady Diana zuletzt getragen hatte. »O Lorna, ich habe
dich gar nicht gesehen! Tut mir leid. Wie geht es dir, meine
Liebe?«

»Sehr gut, danke, Mrs Osborne.« Lorna hielt ihr den
Wein hin. »Ich wusste nicht, was es zu essen gibt.«

»Wein, wie vornehm!«, sagte Gabriel. »Wir sind einfache Leute. Bier hätte es vollkommen getan.«

»Sei nicht albern, Gabriel. Sam bringt oft Wein mit. Das ist sehr nett von dir.« Mrs Osborne stellte die Flasche vorsichtig auf die Anrichte. »Setz dich. Ich sage Dad Bescheid, dass du da bist.«

Sam und Gabriel warfen sich finstere Blicke zu, als Mr Osborne von wo auch immer (dem Kuhstall vermutlich) herbeigerufen wurde, dann setzten sich alle an den Tisch. Sams Mutter nahm eine dampfende Pie aus dem Backofen. Während alle deren schiere Größe bestaunten, stellte sie Schüsseln mit Bratkartoffeln, Erbsen, Brokkoli, Stampfkartoffeln und Soße dazu.

»Keine Salzkartoffeln, Mum?«, erkundigte sich Gabriel und nahm einen Deckel ab.

»Falls du dich gefragt haben solltest, wie ich das mit meinem Anzug meinte …« Sam schaute Lorna mit gerunzelter Stirn an und reichte ihr die erste Schüssel.

»Das riecht köstlich«, sagte Lorna. Ihre Stimme klang anders in dieser Küche, schüchterner, fast wie ihre Teenagerstimme.

Mrs Osborne strahlte, während sich die Männer die Teller vollluden. »Wie geht es deiner Schwester, Lorna? Wir bekommen immer noch jedes Jahr zu Weihnachten eine Karte von ihr und Ryan. Und was machen die Kinder? Drei sind es jetzt, oder?«

Lorna mied Gabriels Blick. »Denen geht es gut, danke. Hattie hat kürzlich in meiner Galerie ausgeholfen. Sam hat erwähnt, Sie hätten vorbeigeschaut und nach Karten gesucht?«

»Das stimmt. Ist es nicht wunderbar, dass Hattie und du

auf den Spuren der Familie wandelt und euch mit Kunst beschäftigt, so wie wir es mit dem Hof machen?« Mrs Osbornes heitere Miene verfinsterte sich. »Das war so traurig mit deinem Dad, Lorna. Unendlich traurig, und so bald nach deiner Mutter. Da habt ihr etwas mitgemacht!«

»Das stimmt. Aber wir haben auch viele glückliche Erinnerungen.« Das war ihre Standardantwort. Niemand wusste, was er sagen sollte. Einen Elternteil zu verlieren war schlimm genug, aber gleich beide … Es war rührend, wenn ein älteres Ehepaar nicht ohneeinander leben konnte, aber Cathy und Peter waren keine sechzig gewesen. Das Drama dahinter weckte die eigentümlichsten Gefühle.

»Du wirst feststellen, dass sich der Hof sehr verändert hat«, verkündete Mr Osborne.

»Ja.« Das war eigentlich keine Frage gewesen, sondern der Versuch, das Gespräch auf sein Lieblingsthema zu lenken. Lorna hatte kein Problem damit.

»Man muss mit der Zeit gehen, Dad«, sagte Sam, als wüsste er jetzt schon, worauf es hinauslief.

»Weißt du, wie lange wir den Hof jetzt schon haben?« Mr Osborne zeigte mit dem Messer auf sie. Mrs Osborne stupste ihn an, und er ließ das Messer sinken. »Einhundertfünfzig Jahre. Und er war immer in unserer Familie.«

»Wahnsinn.«

»Das können nicht viele Höfe hier in der Gegend von sich behaupten.«

»Das ist auch der Grund, warum wir uns anpassen müssen«, sagte Sam. »Diversifikation. Alle machen das so.«

»Diversifikation.« Mr Osborne stach die Gabel in seine Pie. »Für meine Ohren klingt das nicht nach Landwirtschaft. Das klingt eher nach Spielerei.«

Sam nahm sich von den Erbsen, ohne den Blick seines Vaters zu suchen. »Die Zeiten ändern sich, Dad. Wir müssen diversifizieren, wenn wir noch einmal hundertfünfzig Jahre bestehen wollen.«

Lorna hatte nie bedacht, wie eigentümlich es war, in eine Bauernfamilie hineingeboren zu werden. Man war verpflichtet, den Hof fortzuführen, ob man nun wollte oder nicht – einfach weil es das war, was man in der Familie tat. Sams Vater wiederum war gezwungen, mit anzusehen, wie sein Sohn alles Bewährte auf den Kopf stellte, wohl wissend, dass ihm die Zeit mit jeder eingebrachten Ernte entglitt.

Plötzlich verspürte Lorna Beklommenheit. Die Kupferpfannen an der Wand, die Reihen von blau-weißen Tellern im Geschirrschrank, die alten Kochbücher, alles war schon seit Ewigkeiten hier. Selbst die Hunde hatte man durch identische schwarze Labradore ersetzt.

»Um nur ein Beispiel zu nennen«, sagte Sam, an Lorna gewandt, »wir vermieten Weideland an den Bauern gegenüber, für seine Rinderherde. Und auf einigen Feldern bauen wir jetzt Vogelfutter an.«

»Vogelfutter? Für Vogelhäuschen, oder was?« Sie spürte, dass sie die Einzige war, die sich an diesem Gespräch beteiligen würde. Gabriel schwieg beharrlich, ohne sich auf eine Seite zu schlagen. Pat lächelte und aß in kleinen, regelmäßigen Happen. Mr Osborne wirkte eher verletzt.

»Genau. Das ist ein expandierender Markt. Wir haben auch Futter für Renntauben, besondere High-Energy-Mischungen. Ich hatte auch überlegt, Sonnenblumen anzubauen, wegen der Kerne, aber dafür wohnen wir eine Ecke zu weit nördlich.«

»Schade«, sagte Mrs Osborne. »Das hätte mir gefallen:

ein Feld voller Sonnenblumen, oder, Len? Das wäre doch mal etwas anderes als Kühe, Kühe und nochmals Kühe.«

»Da bin ich ganz anderer Meinung. Ich trauere meinem Milchvieh immer noch hinterher. Angeblich wirft es kein Geld mehr ab.« Er klang leidend. »Das hat mir das Herz gebrochen, wirklich. Sie sind gekommen und haben meine Mädchen alle mitgenommen.«

»Im Moment geht es nur noch über Massenproduktion«, sagte Sam. »Niemand von uns will das, Dad. Selbst wenn wir uns die Maschinen hätten leisten können, hätte dir der Anblick ebenfalls das Herz gebrochen.«

Ihm selbst hätte es das Herz gebrochen, dachte Lorna. Sam war pflichtbewusst, aber irgendwo musste man einen Strich ziehen.

»Was ist mit den Kühen draußen?«, fragte sie, um den alten Mann zu ermuntern, über etwas Angenehmes zu reden. »Den schönen gestreiften? Gehören die Ihnen?«

»Ja.« Mr Osbornes Augen leuchteten auf. »Das sind Belted Galloways. Wunderschön, nicht wahr? Großartige Kreaturen, diese Belties.«

»Und sehr saftig«, sagte Gabriel, eine vollbeladene Gabel vor dem offenen rosafarbenen Mund.

Lorna erblasste. »Ihr esst sie?«

»Natürlich. Wozu sind Kühe denn sonst da? Bist du Vegetarierin?« Gabriel klinkte sich wieder in das Gespräch ein. »Dad, wir haben noch einen Veggie! Ruf die Steak-Polizei!«

»Gabriel, das reicht jetzt! Was mir besonders gefällt, ist die Idee mit den Ferienhäusern.« Mrs Osborne warf finstere Blicke in die Runde und fuhr dann munter fort: »Als die Jungen klein waren, haben wir ein paar Betten mit Frühstück angeboten. Aber Sam hat einen Plan entwickelt, wie man Geld aus den Cottages ziehen kann, die wir sonst dauerhaft vermietet haben. Es gab sowieso keine Interessenten dafür, weil die Stadt so weit weg liegt. Ein paar haben wir schon renoviert, und die Sache scheint ein Bombenerfolg zu sein.« Sie schaute stolz zwischen ihren Söhnen hin und her. »Gabriel verwaltet sie, und Sam hat die Vermarktung übernommen. Das gefällt dir ziemlich gut, was, Sam? Nicht ganz, was du in London getan hast, aber fast, oder?«

Gabriel murmelte etwas vor sich hin. Sam starrte ihn an.

»Wie viele Cottages vermieten Sie denn?«, erkundigte sich Lorna höflichkeitshalber.

»Drei haben wir schon auf der Website, und drei müssen wir noch renovieren. Nun ja, vier. Mrs Rothery wohnt ja noch in Rooks Hall, Gott segne sie. Obwohl ich mir nicht vorstellen kann, dass sie noch lange dort bleibt.« Mrs Osbornes Mundwinkel zogen sich mitleidig herab. »Sie ist kürzlich gestürzt, die Arme. Ich habe mal vorbeigeschaut, um ihr von Butterfields zu erzählen. Meine Schwiegermutter ist dort. Eine hübsche Einrichtung.«

»Sie hat dich ziemlich heruntergeputzt, nicht wahr?«, sagte Gabriel. »Vielleicht solltest du noch mal mit ihr reden. Alte Cottages wie dieses sind nichts für Menschen in ihrem Alter.«

Lorna erstarrte. Joyce war nicht alt. Sie war noch nicht einmal achtzig und wirkte zehn Jahre jünger. »Ich glaube nicht, dass sie bereit ist, ihre Unabhängigkeit aufzugeben. Sie ist ziemlich aktiv für ihr Alter.«

»Sam sagt, du kennst Mrs Rothery, Lorna?« Mrs Osborne schaute sie interessiert an. »Stimmt das? Wie hast du sie denn kennengelernt?«

»Sie ist Künstlerin und hat ihre Werke über meine Galerie verkauft.« Woher wussten sie das alles?

»Außerdem geht Lorna manchmal mit ihrem Border Terrier spazieren«, ergänzte Sam. »Mum, hat Großmutter eigentlich schon jemanden gefunden, der mit Wispa rausgeht? Lornas Freundin Tiffany arbeitet nämlich für eine Organisation, die alten Leuten Hilfe mit ihren Hunden vermittelt. Besteht die Chance, Lorna, dass wir jemanden bekommen, der einen uralten Collie ausführt?«

Das war ein tapferer Versuch, das Gespräch auf ein anderes Thema zu lenken, aber Mrs Osborne hatte gehört, was sie hören wollte. Sie betrachtete Lorna mit dem unverblümten Lächeln einer Bauersfrau. »Aha. Nun, vielleicht könntest du ja mal mit Mrs Rothery sprechen, Lorna, oder? Du könntest ihr sagen, dass es viel besser ist, in ein Pflegeheim zu ziehen, solange man noch Freundschaften schließen und sich eingewöhnen kann. Dieses Cottage ist doch nichts für sie. Es wäre für alle das Beste, wenn sie sich verändert, solange sie ihren Verstand noch beisammenhat.«

»Mrs Rothery hat mehr Verstand als ich«, sagte Lorna und gab sich Mühe, Sam keinen bösen Blick zuzuwerfen.

Innerlich kochte sie. War das der Grund für diese Einladung gewesen? Hatte Sam sie arrangiert, damit seine Mutter Lorna um etwas bitten konnte, wozu ihm selbst der Mumm fehlte? Damit die Osbornes die alte Dame aus ihrem Haus werfen und noch mehr Geld scheffeln konnten?

Sam wich ihrem Blick aus, was vermutlich kein Zufall war. Sie war wütend auf ihn, aber auch auf sich selbst. Was für ein billiger Trick. Sam hatte sich immer schon ausschließlich für den finanziellen Aspekt der Dinge interessiert. Er hatte sich nicht einmal bemüht, die künstlerische

Seite ihrer Pop-up-Galerie zu verstehen. Er hatte lediglich Löcher in ihre Berechnungen gerissen und ausschließlich von Geld geredet. Das war der wesentliche Unterschied zwischen ihnen: Lorna hatte Kunst und Kreativität im Blut, er Geld.

»Rooks Hall ist das beste Cottage«, sagte Gabriel. »Wenn man mehr Parkplätze anlegt, kann man locker acht Leute dort unterbringen.«

»Mehr Parkplätze?« Lorna wusste, was kam. Sie musste es nur aus seinem Mund hören, um ihn aus ganzer Seele hassen zu können.

»Man muss nur den Garten asphaltieren.« Gabriel lächelte. In einer seiner Zahnlücken steckte ein großes Stück Brokkoli.

Indem sich Lorna wie einen Talisman ihren geduldigen und höflichen Vater vor Augen hielt, schaffte sie es, für den Rest des Hauptgangs und über einem Apfelkuchen mit Schlagsahne Smalltalk zu betreiben. Aber als Mrs Osborne sich erkundigte, ob sie noch einen Tee möge, um das Essen »hinunterzuspülen«, schob sie ihren Stuhl zurück.

»Es tut mir furchtbar leid, aber ich muss jetzt gehen«, sagte sie. »Mein Hund ist allein zu Hause.«

Sam fing ihren Blick auf. Sie wusste, dass er wusste, dass Tiff bei Rudy war, aber das war ihr egal. Sie war tief enttäuscht von ihm und hoffte, dass er es in ihren Augen las.

»Herzlichen Dank für das köstliche Mahl«, fuhr sie fort, als sich die Osbornes vom Tisch erhoben. »Bleiben Sie doch bitte sitzen. Sam wird mich schon zur Tür bringen, oder, Sam?«

»Hey, hey, hey«, krächzte Gabriel. »Sammy-Boy!«

»Lass es, Gabe.« Sam folgte Lorna hinaus. Als sie im schattigen Hof außer Hörweite standen, wollte Lorna ihre Bitterkeit in einen einzigen kalten, scharfen Satz legen.

Sie scheiterte. Sie konnte sich gerade einmal beherrschen, nicht den Kopf in den Nacken zu werfen und ihre ganze Verachtung herauszulassen. Sie hasste Gabriel, und sich selbst hasste sie nicht minder.

Sam seufzte. »Ich weiß, was du sagen willst«, begann er. »Und die Antwort lautet Nein.«

»Woher willst du wissen, was ich denke? Das ist doch der einzige Grund, warum du mich eingeladen hast, oder?« Lorna wies mit dem Daumen auf das hübsche Küchenfenster. »Ich soll euch helfen, Joyce aus dem Haus zu ekeln, damit ihr es in ein überteuertes Feriendomizil verwandeln könnt.«

»Natürlich nicht!« Er fuhr sich mit den Fingern durchs Haar. »Warum hätte ich dann das gesamte letzte Wochenende damit verbringen sollen, mir Löcher in die Finger zu bohren, um das Haus mit den nötigen Sicherheitsvorkehrungen zu versehen?«

»Weil du gesetzlich dazu verpflichtet bist!« Lorna konnte sich selbst nicht vorstellen, dass Sam so etwas tun würde, andererseits … Er hätte sich in der Wirtschaft nicht so gut behaupten können, wenn er nicht über ein gewisses Maß an Skrupellosigkeit verfügen würde. »Unfassbar, dass ich so etwas überhaupt sagen muss, aber bitte schmeiß sie nicht raus. Dieses Cottage ist Joyce' Leben. Ihr Ehemann hat den Garten für sie gestaltet, sie selbst war dort künstlerisch tätig, es ist ihr … Ein und Alles. Überrascht es dich, dass sie nicht in ein Pflegeheim ziehen will, in das sie nicht einmal ihren Hund mitnehmen darf?«

»In Butterfields darf man aber …«

»In Butterfields ist im Moment kein Zimmer frei. Sie müsste nach Monnow Court ziehen, und dorthin dürfte sie Bernard nicht mitnehmen.« Lorna hob die Hand, um ihm Einhalt zu gebieten. Der Abend hatte mit einem Moment nostalgischen Glücks begonnen, aber jetzt fühlte sie sich so klein und verloren wie die alte Lorna, die nicht so kreativ war wie ihre Mutter und nicht so klug wie ihre Schwester. Nichts hatte sich verändert, gar nichts. »Aber danke, dass du dich wenigstens für die Mutter deines Patenkinds einge-setzt hast, als dein Bruder feststellen zu müssen meinte, dass sie eine moralisch anstößige, viel zu junge Mutter war«, fügte sie hinzu. »Ach so, nein. Das hast du ja gar nicht getan.«

»Lorna, bitte fang nicht …« Sam seufzte und wandte sich ab, sodass sie sein Gesicht nicht sehen konnte. »Es tut mir leid.«

»Und mir erst.« Sie schaute ihn an. Was war er nur für ein Mensch?

Das Licht aus dem Küchenfenster wurde gedämpft, als irgendjemand – seine Mutter? – die Vorhänge zuzog. Wie-der schlich eine Katze über den Hof und verschwand in einer der Scheunen, in denen einst stampfendes, wiederkäu-endes Vieh gestanden hatte. Lorna wäre am liebsten davon-gerauscht, aber sie wusste, dass es dann vorbei wäre. Dieser Moment würde nie wiederkehren, dabei wollte sie unbe-dingt, dass Sam sie hinsichtlich seiner Absichten eines Bes-seren belehrte.

Als er schließlich das Wort ergriff, klang seine Stimme kontrolliert. Seine Worte raubten ihr jede Hoffnung. »Du hast keine Ahnung, wie hart das für mich war. Denkst du, ich bin gerne hierher zurückgekehrt ... zu allem hier?« Er hob die Handflächen. »Dies ist der letzte Ort auf der ganzen Welt, an dem ich gerne sein möchte. Aber man tut halt, was man muss. Wir alle tun es. Das weißt du doch am besten.«

Lorna wollte schon einlenken und ihn bedauern, aber sie konnte nicht. Sie war zu wütend. »Was denn? Alte Damen aus ihren Häusern rausschmeißen?«

»Sei nicht so melodramatisch. Die Alternative bestünde darin, *diese* alte Dame dort aus *ihrem* Haus rauszuschmeißen.« Er zeigte mit dem Daumen auf das Bauernhaus. »Wir hätten verkaufen müssen. Ernsthaft. Wo hätten Mum und Dad in ihrem Alter hingehen sollen?«

»Das kannst du nicht vergleichen.« Selbst als sie das sagte, dachte der rationale Teil ihres Gehirns über seinen Punkt nach und erinnerte sie an die Geister, die ihn an diesen Ort banden: seine Familie und dieses Leben, das er sich nicht ausgesucht hatte und das er nicht wollte. Aber das gebrochene Herz hatte die Kontrolle übernommen und trat den Verstand mit Füßen.

»Weißt du was? Von einem war ich immer überzeugt – dass du nämlich ein netter Kerl bist«, sagte sie heftig. »Ich begreife nicht, wie man so nett zu Tieren sein kann und so grausam zu einer alten Dame, der nichts als ihre Erinnerungen geblieben sind.«

Und bevor sie noch Sams verletzte Miene sehen konnte, stieg sie in ihren Wagen und fuhr davon, ohne sich noch einmal umzuschauen. Auf dem gesamten Heimweg spielte sie die Unterhaltung in ihrem Kopf durch und konnte nichts Schlimmes an dem finden, was sie gesagt hatte.

Sie hatte es genau so gemeint.

18

Lornas Treffen mit Calum Hardy verlief in einem so anregenden Flirtton, wie sie es erwartet hatte, zumal sie ihm das Aushängeschild für die Kunstwoche geliefert hatte. Offenbar stürzte sich das Organisationsteam »mit Feuereifer in die Sache hinein«.

»Farbe in der Musik ist *das* große Thema bei uns«, versicherte er ihr beim Mittagstisch des Ferrari's (ein Teller Pasta mit einem Glas fragwürdigen Weins oder Bier). »Sämtliche Plakate werden darauf abgestellt sein. Die Journalisten sind entzückt, und mit den lokalen Fernsehsendern führen wir Gespräche über die Berichterstattung! Wahnsinn, das ist wie *Anchorman* im wirklichen Leben. Denken Sie also daran, sich die Haare machen zu lassen.«

Dann zwinkerte er ihr tatsächlich zu.

Calum war derart begeistert, dass Lorna schon ein schlechtes Gewissen bekam, weil sie sich mit fremden Federn schmückte.

»Würden Sie gerne bei der Sache mitmachen?«, fragte sie Joyce, als sie später in der Woche zu ihr fuhr, um mit Bernard spazieren zu gehen, Joyce auf den neuesten Stand zu bringen und sich weitere Stricktipps zu holen. »Vielleicht könnten Sie sich ja vorstellen, die Veranstaltung zu eröffnen? Mit dem ersten Pinselstrich vielleicht?«

Sie hielt die Luft an, als Joyce weiterstrickte. Das Musterbuch hatte sie beiseitegelegt und mit einem Hundemäntelchen nach eigenem Design begonnen, mit silbernen Schmetterlingsflügeln und einer Art Schuppenmuster. Sie konzentrierte sich auf ihre Nadeln, als könne sie die Antwort erst finden, wenn sie die Reihe beendet hatte.

Auf dem Kaminsims tickte die Uhr, ein Metronom, nach dem Joyce ihre Maschen strickte. Die alte Dame schwieg, aber Lorna wusste mittlerweile, dass sie in solchen Momenten nachdachte. Joyce sagte kein Wort zu viel. Ihre Worte wählte sie so sorgfältig wie die Farben für ihre Gemälde. Lorna fragte sich, ob sie einen Fauxpas begangen hatte. War eine kommunale Massenkleckserei unter der Würde einer wahren Künstlerin? Vielleicht war es auch zu persönlich, Ronans Idee in der Öffentlichkeit auszubreiten.

O Gott. Lorna verkrampfte sich und spielte an ihrem eigenen Strickzeug herum. Es war schon Ewigkeiten her, dass Joyce derart lange geschwiegen hatte. Seit sie bei Lorna eingezogen war, hatten sie sich immer absolut ungezwungen unterhalten, bis hin zu dem Augenblick, in dem sie das Tor wieder hinter sich zugezogen hatte.

Bernard richtete sich auf und kratzte sich am Ohr. Seine Haare verteilten sich im Raum. Er musste unbedingt zum Hundefriseur. Joyce strickte weiter.

Hatte sie ihre Frage überhaupt gehört? Wurde sie langsam taub?

»Das Problem ist, ich bin so überhaupt nicht kreativ«, plapperte Lorna. »Ich kann nur zu erraten versuchen, was Sie tun würden. Und ich glaube nicht, dass ich es … richtig hinbekommen würde. Andererseits möchte ich auch nicht einen anderen Künstler mit der Sache betrauen, wo es doch Ihre Idee war.«

»Natürlich sind Sie kreativ, Lorna. Jeder ist es. Außerdem sollten Sie doch selbst am besten wissen, dass es in der Kunst kein Richtig oder Falsch gibt.« Joyce schaute immer noch nicht auf. »Malen Sie einfach, was Sie fühlen.«

»Aber die Menschen müssen doch ganz grob wissen, was sie tun sollen, bevor sie mitmachen. Sie brauchen praktische Anleitung.« Lorna wollte nicht betteln, aber plötzlich geriet sie in Panik bei der Vorstellung, das Projekt ohne Joyce' Hilfe durchziehen zu müssen. Was, wenn schon der Anfang misslang? Die Sache konnte schnell zu einem heillosen Durcheinander ausarten. »Am Anfang finde ich einfach den Dreh nicht. Das ist auch der Grund, warum ich Ausmalbücher so liebe.«

Rudy schnarchte zu ihren Füßen. Ihm machte es nichts aus, auf seinen Spaziergang zu warten, anders als Bernard, der zum Fenster sprang, ungeduldig auf die Felder hinausschaute und die Vögel anknurrte.

»Darin besteht das Experiment. Stellen Sie das Material zur Verfügung und lassen Sie die Leute den Prozess erkunden.«

»Calum Hardy wünscht keine Experimente.« Lorna ließ ihr Strickzeug sinken. Die Fadenspannung war nicht gleichmäßig, und irgendwo hatte sie eine Masche fallen lassen, was das gesamte Muster ruinierte. »Er möchte ein buntes Spektakel, das er im Rathaus präsentieren kann, und Fototermine anlässlich eines generationenübergreifenden Kunstprojekts. Leere Leinwände und ein paar vereinzelte Leutchen, die nicht willens sind, Blickkontakt zu den Ehrenamtlichen mit den Schwämmen in den Händen aufzunehmen, sind nicht das, was er sich vorstellt. Ich habe ihm das Gewünschte versprochen.«

Und jetzt habe ich keine Ahnung, wie ich es in die Tat umsetzen soll! Wie, um Himmels willen, soll man den Klang einer Trompete malen?

»Ich meine, wenn Sie mir vorher irgendetwas zeigen würden ...«, platzte es aus ihr heraus, »... damit ich eine Idee erhalte. Ihre Gemälde, die sind so unmittelbar und perfekt. So etwas würde ich gerne hinbekommen, aber ich kann nicht. Ich werde schon am Anfang scheitern.«

Joyce blickte auf und sah, dass Lorna in Panik war. »Aber natürlich können Sie das.«

»Nein, Joyce.« Sie schluckte. »Mein Leben lang habe ich versucht, eine Künstlerin zu werden, ich habe sogar gute Schulen besucht. Aber irgendwann ist mir klar geworden, dass ich ... keine Künstlerin bin. Daher brauche ich Ihre Hilfe. Ich möchte mit diesem wunderbaren Gemälde kein Schindluder treiben.« Joyce hatte ihr etwas herzzerreißend Persönliches anvertraut, und Lorna gewährte ihr nun einen Einblick in ihr eigenes Herz. »Und ich möchte *Sie* nicht enttäuschen.«

Joyce fing ihren Blick auf. Sie wirkte verändert an diesem Morgen, aber Lorna konnte nicht sagen, wieso. Auf dem Flurtisch lagen zwei ungeöffnete Briefe, einer mit einem braunen Umschlag, einer handschriftlich adressiert. Sie konnte nur hoffen, dass dieser verdammte Gabriel Osborne das Mietverhältnis nicht beendete, nach allem, was sie Sam an den Kopf geworfen hatte.

»Um Himmels willen, was für ein Theater«, sagte Joyce. »Dann beginnen wir eben gemeinsam.«

Lorna spürte, dass ihre Schultern erleichtert herabsackten.

»Aber bitte«, fuhr Joyce fort, »kein großer Wirbel um meine Anwesenheit. Es ist Ihre Idee, nicht meine. Und wenn es regnet, komme ich nicht.«

»O Joyce, das bedeutet mir sehr viel«, sagte Lorna. »Danke.«

»Und keine Lobhudeleien bitte. Aber jetzt erzählen Sie mal ...« Joyce beendete das Thema so leichthin, wie sie ihre Stricknadeln klappern ließ und eine neue Reihe begann. »Was ist bei Ihnen daheim so los? Wann kommt Hattie zurück, um noch ein paar Strickstunden zu nehmen? Und hat Tiffany ihrer Mutter inzwischen erzählt, dass sie ihren Job geschmissen hat?«

Lorna gab es auf, gleichzeitig reden und stricken zu wollen, und steckte die Stricknadeln ins Wollknäuel. »Tiff bewirbt sich für das städtische Kinderschutzprogramm. Außerdem hilft sie Keir bei dem Vorhaben, alten Leuten mit Hunden einen Ausweis auszustellen, damit man im Notfall sofort erfährt, dass ein Tier versorgt werden muss. Ihre Mutter befindet sich gerade auf Kreuzfahrt, daher will sie ihr erst später von der Entscheidung erzählen, nicht mehr als Nanny zu arbeiten. Von Hattie habe ich nichts mehr gehört, daher gehe ich davon aus, dass alles in Ordnung ist ...« Sie zögerte, von einem schlechten Gewissen geplagt, weil sie schon so lange nicht mehr miteinander gesprochen hatten. »Von meiner Schwester auch nicht. Ich weiß nicht, ob ich sie anrufen soll.«

»Ich denke schon«, sagte Joyce. »Was haben Sie schon zu verlieren, wenn ich das sagen darf? Man weiß nie, was hinter der nächsten Ecke lauert.«

Lorna schaute sie überrascht an. Was stand in diesen Briefen?, fragte sie sich. Sollte sie Joyce von dem Abendessen bei den Osbornes erzählen?

Joyce wandte sich wieder ihrer Strickarbeit zu. Ihrer Miene war ihre Überzeugung anzusehen, dass es sich immerhin um Familienangelegenheiten handelte. »Ich habe den Eindruck, Bernard würde jetzt gerne einen Spaziergang machen.«

Als Lorna in die Galerie zurückkehrte, herrschte ein gewisser Besucherandrang.

Ein älteres Paar wandelte durch den rückwärtigen Raum und nahm vorsichtig die Keramikobjekte in die Hand. Ein anderes Paar bewunderte die metallenen Baumskulpturen, die ein Künstler in der vergangenen Woche gebracht hatte. An der Ladentheke stand eine junge Frau und plauderte mit Mary, während ein Junge und ein kleines Mädchen – vermutlich die Kinder der Frau – an einem Kartenständer drehten und auf verschiedene Postkarten zeigten.

»Ah, Lorna!« Mary schien erleichtert, sie zu sehen. »Diese Dame wollte wissen, ob es die Hundemäntelchen auch für Möpse gibt.«

»Das wäre ein wunderbares Hochzeitsgeschenk für meine Schwägerin«, sagte die Frau. Sie wirkte sympathisch und trug an ihrer Jacke etliche der unförmigen Filzbroschen, die Mary vor gar nicht langer Zeit ausgestellt hatte.

Es hatte also doch Interessenten gegeben. »Mich würden vor allem die gestreiften interessieren. Die Hunde heißen Bumble und Bee, Sie verstehen schon: Bumblebee – Hummel. Perfekt!« Sie grinste. »Ich würde ja selbst welche stricken, aber mit diesen beiden da drüben bleibt mir einfach keine Zeit.« Sie nickte zu den Kindern hinüber, die am Kartenständer die Köpfe zusammensteckten.

»Die Dame ist eine begeisterte Strickerin«, erläuterte Mary. »Sie dachte, wir würden auch Strickkurse anbieten.«

»Ja. Letzte Woche habe ich nämlich jemanden hier stricken sehen. Eine ältere Dame.«

»Das stimmt. Eigentlich ist sie Künstlerin.« Lorna nahm ihre Tasche von der Schulter und stellte sie neben die Ladentheke. »Joyce Rothery?«

»Ah, richtig. Toll!« Die Frau hatte ganz offensichtlich noch nie von Joyce gehört. »Aber haben Sie mal darüber nachgedacht, Strickkurse anzubieten – Stricken als Kunst?«, fuhr sie fort. »Das ist eine häusliche Kunstform wie Nadelarbeit.«

»Stopfen, meinen Sie?«, murmelte Mary.

»Nein, viel anspruchsvoller«, antwortete Lorna. Manche Kunstwerke, die sie an Hospize geliefert hatte, waren hochfeine Stickarbeiten oder Tapisserien gewesen. Sie hatten eine beruhigende, therapeutische Wirkung, als wäre die Geduld der Künstler in das Muster eingegangen. »Denken Sie nur an William Morris und die *Arts-and-Crafts*-Bewegung.«

»Kunsthandwerk als Lebensstil!« Die Kundin nickte. »Was mich wirklich reizt, ist Yarnbombing – wenn sich Menschen zusammenfinden und gestrickte Szenerien kreieren. Wenn man sie über Nacht draußen anbringt, hat das eine magische Wirkung. Ich wünschte, ich könnte mich hier in der Gegend an so etwas beteiligen. Allein kann ich gar nicht genug stricken. Es würde Jahre dauern.«

Irgendetwas an dieser Begeisterung rührte Lorna, zumal die Frau verrückt genug war, eine der Fellbommel-Broschen aus der Galerie zu kaufen. In ihrem Hinterkopf formte sich eine Empfindung, wie ein halbvergessener Traum, der plötzlich wieder aufschien.

»Einen Gedanken wäre es wert«, sagte Lorna. »Lassen Sie mir Ihre Kontaktdaten da, dann werde ich Sie informieren, wenn wir genügend Interessenten zusammenbekommen.«

Die Frau schrieb ihren Namen – Caitlin Reardon – und ihre Kontaktdaten auf, dann rief sie nach ihren Kindern. »Habt ihr beiden euch jetzt für eine Geburtstagskarte entschieden? So schwer kann das doch nicht sein.«

»Die ist für meinen Freund Alex«, betonte das kleine Mädchen und streckte den Arm aus, um eine Karte auf die Ladentheke zu legen – ein Mops mit einem Partyhütchen. Der Junge drückte ihren Arm und flüsterte ihr etwas ins Ohr. Sie kicherte hinter vorgehaltener Hand und sah ihn dann über die Fingerspitzen hinweg verschwörerisch an.

So waren wir auch als Kinder, Jess und ich, dachte Lorna. Immer flüsternd, immer ein Herz und eine Seele. Schwestern. Ihr Herz zog sich zusammen. Joyce hatte recht, sie sollte Jess anrufen. Man wusste wirklich nie.

Sie zählte das Wechselgeld in die Hand des Mädchens, Münze für Münze. Die Kinder stimmten ein, bis sie zu dritt deklamierten.

»… fünf Pence, fünfzig Pence, ein Pfund, zwei Pfund, drei macht fünf!«

»Lorna, ist das nicht deine Schwester?«, fragte Mary plötzlich.

Lornas Kopf fuhr hoch. Jess stand an der Tür, eine Reisetasche in jeder Hand. Ihr Gesicht war rot und panisch – es wirkte irgendwie *falsch* auf Lorna.

Sie brauchte einen Moment, um zu begreifen, dass die Tränen ihr gesamtes Make-up weggespült hatten … oder dass sie derart verzweifelt war, dass sie sogar vergessen hatte, welches aufzulegen.

Lorna führte dieses lebendige Elend von einer Schwester durch die Galerie in ihr Büro und schob sie auf einen Stuhl. Dann stellte sie den Wasserkocher an und schloss die Tür, damit sie ihre Ruhe hatten. Mit angehaltenem Atem wartete sie darauf, dass alle Dämme brachen. Als Lorna ihrer Schwester einen Becher in die Hand drückte und medizinische Mengen an Zucker hinzufügte, hatte Jess allerdings immer noch keinen Ton gesagt.

»Heißer, süßer Tee. Sind vier Löffel Zucker genug?« Lorna hielt inne, den Löffel erhoben. »Wenn ich Brandy hätte, würde ich dir welchen gaben, aber Ryans achtzehnten Geburtstag habe ich nie vergessen. Kannst du Brandy auch nur riechen, ohne zu würgen?«

»Nein.« Kein Lächeln. Jess legte die Hände um die Tasse und nahm einen Schluck.

Lorna war noch nie so erleichtert gewesen, ihre Schwester reden zu hören. »Keks?« Sie hielt ihr Marys Dose mit den Schoko-Hobnobs hin. »Die machen auch nicht dick, wenn man gestresst ist.«

Jess schüttelte den Kopf.

Lorna lehnte sich auf ihrem Bürostuhl zurück. Die Buchhaltung für den letzten Monat war immer noch nicht fertig, und sie schob sie schnell in eine Schublade. Sie wusste nicht, was sie sagen sollte. Ihrer Schwester Ratschläge zu erteilen war neu für sie. Normalerweise war es Jess, die das Leben ihrer kleinen Schwester kommentierte und regelte.

Bestimmt zehn Minuten saßen sie schweigend da. Lorna hörte das Glöckchen an der Galerietür bimmeln. Dann bimmelte es wieder. Marys zwitschernde Stimme war zu hören. Oben bellte Rudy.

Wie schlimm mochte es sein? Ihr Herz flatterte, als sie die Möglichkeiten durchging. Beim Tod ihrer Mutter hatte Jess wie ein Wasserfall geredet und sich wie ein Wirbelwind in tausend Aktivitäten gestürzt, während Lorna sich taub und stumm gefühlt hatte. Jess hatte immer Pläne und wusste immer, was zu tun war. Jetzt schien sie verstummt, als wären sämtliche Pläne und Worte aus ihr herausgesogen worden.

Lorna hätte furchtbar gerne etwas gesagt, aber ihr Geist war leer. Ihre Schwester derart niedergeschlagen vor sich sitzen zu sehen zerriss sie im Innersten.

Jess hatte ohnehin einen sehr schnellen Schritt, aber was auch immer in ihr vorging, trieb sie heute die Straße entlang, als schließe in wenigen Minuten ihr Abfluggate. Lorna hatte große Mühe mitzuhalten.

An der Ampel an der High Street, wo Ryan zweimal durch die Führerscheinprüfung gefallen war, bog Jess zu den hübschen Villen des »Poetenviertels« ab, wie es im Maklerjargon hieß. Lorna wusste genau, wo Jess hinwollte, und kämpfte gegen die Erinnerungen an, als sie an dem braunen Hinweisschild zum Treidelpfad vorbeikamen – es wies Spaziergängern den Weg zu den historischen Wundern des Longhampton-Bristol-Kanals. Der Kanal. Jess ging zum Kanal, wo sie in ihrer Jugend nahezu jeden Klatsch und Tratsch verdaut hatten.

Der Kanal von Longhampton verlief jenseits des Zentrums. In diesem Winkel hatte sich der bescheidene georgianische Stil der Stadt erhalten. Schwäne glitten am pockennarbigen Mauerwerk der Uferböschung vorbei, und gelegentlich hockten Angler in grüner wasserdichter Kleidung am Ufer, warteten, schauten und ignorierten die schnüffelnden Hunde, die dort vorbeikamen. Lorna hatte viele, meist unglückliche Stunden auf den Bänken am Treidelpfad verbracht und die rostigen Plaketten studiert, die eine Bank etwa »Barry & Cyril, die diesen Ort liebten« widmeten oder an Heldentaten längst vergessener Ratsmitglieder erinnerten. Jüngere Sanierungsmaßnahmen hatten das Wasser von allem möglichen Unrat befreit und das Unkraut an den Ufern entfernt, aber aus den Graffiti an den Bänken schloss Lorna, dass immer noch Jugendliche hier herumhingen, weil der Ort mehr Intimität bot als der Musikpavillon.

Jess marschierte an einem Jogger vorbei, der an einem Laternenpfahl ausgiebig seine Waden dehnte, und ließ sich auf ihre gemeinsame Lieblingsbank sinken. »Du und ich und eine heiße Tasse Tee. J&L 1985«.

Lorna setzte sich neben sie und wartete nervös, ob Jess etwas ins Wasser schmeißen oder selbst hineinspringen würde.

»Ryan«, sagte Jessica schließlich. »Er hat sich ausgesprochen, dieser verlogene Bastard.«

»Worüber?« Lornas Herz klopfte ihr bis zum Hals. Sie betrachtete das Profil ihrer Schwester, als könne es etwas verraten. Jess starrte verbissen auf ein Entenpaar, das sorglos über den Kanal trieb, drei Küken im Schlepptau.

»Über das Mädchen, mit dem er sich getroffen hat.« Jess klammerte sich an ihre Handtasche. »Es ist keine Affäre. Fast hätte ich gesagt, *wenigstens* ist es keine Affäre. Ha!«

»Wo liegt das Problem denn dann? Schuldet er ihr Geld? Ist sie …?« Lorna riet wild herum, hatte aber keine Ahnung, was es sonst noch sein könnte.

Jess schaute Lorna an. Die violetten Schatten unter ihren Augen stachen aus dem bleichen Gesicht hervor. Offenbar hatte sie in letzter Zeit kaum geschlafen. »Sie ist seine Tochter.«

»Was?«

»Seine Tochter. Pearl heißt sie. Pearl Lawson. Sie ist siebzehn. Mehr oder weniger.«

»Aber … wie … unmöglich.«

Jess zog müde eine Augenbraue hoch. »Anscheinend doch.«

»Aber wann sollte Ryan denn Zeit gehabt haben, eine Tochter zu zeugen?« Lorna begriff gar nichts mehr. »Sie lügt doch sicher, oder? Sie *muss* lügen. Seit eurer Schulzeit ist er kaum von deiner Seite gewichen!«

Jess sackte zusammen und schlug die Hände vor ihr Gesicht. »Nicht ganz. Kannst du dich erinnern, dass seine Familie ihn zu seinem Bruder nach Birmingham geschickt hat? Kurz nachdem ich herausgefunden hatte, dass ich mit Hattie schwanger war?«

»Was? O Gott … nein.« Das ergab alles keinen Sinn. Lorna bohrte ihre Fingernägel in die Handfläche, um sich zu vergewissern, dass sie sich nicht in einem verrückten Traum befand. »Du machst Witze.«

»Nein. Er hatte einen ›Three-Night-Stand‹ – seine Formulierung – mit einer Freundin von Craig. Ihn trifft natürlich keine Schuld, Gott bewahre. Natürlich nicht. Craig und Kylie haben ihn die ganze Zeit irgendwohin geschleppt, damit er auf andere Gedanken kommt, wo er doch zu Hause ein kleines Problem hatte.« Sie lachte, aber klang nicht freundlich. »Sie schleiften ihn gegen seinen Willen durch die Pubs und ermutigten ihn, sich die Hörner abzustoßen. Und das hat er getan. Ziemlich gründlich sogar, wie sich jetzt herausgestellt hat. Ha! Wer hätte gedacht, dass Ryan der Typ ist, der Babys am Fließband produziert!«

»Aber du warst doch mit Hattie schwanger! Und sie wussten doch, dass Ryan dich liebt!« Lorna konnte es kaum glauben. »Was haben sie sich nur dabei gedacht?«

»Du kennst die Protheros doch«, sagte Jess bitter. »Kirsten wollte nicht, dass sich ihr geliebter, erst achtzehnjähriger Sohn von dem Mädchen von nebenan Steine in den Weg legen lässt. Sie hatten große Erwartungen an Ryan. Ich könnte schwören, dass sie selbst jetzt noch der Meinung sind, er hätte mehr aus sich machen können. Kirsten hat keine Ahnung, dass ich mehr verdiene als er.«

»Aber warum hat diese Frau damals nicht erzählt, dass sie von Ryan schwanger ist? Warum kommt das erst jetzt ans Licht?«

»Weil Erin – so heißt sie – einen festen Freund bei der Army hatte. Ich weiß! Ironie des Schicksals! Sie hat es all die Jahre verheimlichen können. Kürzlich kursierte aber irgendeine Krankheit in der Familie, und es stellte sich die Frage nach der Blutgruppe. Pearls Blutgruppe stimmt nicht mit der …« Jess winkte ab. »Die Details haben mich nicht so interessiert, wie du dir vorstellen kannst. Im Endeffekt lief es darauf hinaus, dass Erin zu dem Schluss gelangte, dass sie Pearl irgendwann würde erzählen müssen, dass ihr Vater nicht ihr leiblicher Vater ist. Pearl hat aber etwas mitbekommen und die Dinge sofort in die Hand genommen. Sie hat Ryan über Facebook aufgespürt. Schwer war das nicht – Ryan ist ein hoffnungsloser Fall, was den Schutz der Privatsphäre im Netz angeht. Sie hat ihn kontaktiert und um ein Treffen gebeten. Was Hattie gesehen hat, war schon die zweite Begegnung.«

»Die zweite?«

»Mhm. Beim ersten Treffen haben sie offenbar wie die Schlosshunde geheult. Beide.« Jess klang ungewöhnlich verbittert.

»Ich kann es kaum fassen, Jess. Wo leben diese Leute denn?«

»In Gloucester.«

Nicht allzu weit weg. Lorna fühlte sich innerlich hohl. Es war schon schwer genug, sich vorzustellen, dass Ryan seine Frau betrog, selbst der junge Ryan. Er war nie ein großer Frauenheld gewesen. Hübsch war er schon, klar, aber treu und beruhigend fantasielos. Kein Lügner. Keine Spielernatur. »Und wie geht es jetzt weiter?«

»Keine Ahnung. Ich weiß nicht einmal, was ich sonst noch alles nicht weiß.« Jess' Fingerknöchel waren ganz bleich, so fest hatte sie die Hände verschränkt. »Ich habe das Gefühl, als hätte ich ein ganz anderes Leben gelebt. Meine Kinder haben eine Schwester. Mein Ehemann hat noch eine andere Familie.«

»Aber das hat er doch gar nicht«, sagte Lorna, die das Leid in der Stimme ihrer Schwester lindern wollte.

»Doch, hat er.« Jess schaute sie an. In ihren Augen glänzte

der Schmerz. Sie schien nicht sie selbst zu sein, als wäre sie durch den Betrug beschädigt worden. »Hat er, Lorna. Das Mädchen ist der unwiderlegbare Beweis dafür, dass Ryan nicht der Mann ist, für den ich ihn fast mein ganzes Leben lang gehalten habe. Was bedeutet, dass auch ich nicht die Person bin, für die ich mich gehalten habe. Kannst du dir auch nur im Entferntesten vorstellen, was das heißt?«

Tränen liefen Jess' Wangen hinab. Lorna hätte sie furchtbar gerne getröstet, aber ihr fehlten die Worte. Sie konnte nur die Arme um ihre Schwester schlingen und sie festhalten.

»Es tut mir leid, Jess«, flüsterte sie. »Es tut mir so leid.«

»Ich war wirklich der Meinung, dass Ryan wie Dad ist«, schluchzte Jess. »Ich dachte, ich hätte jemanden gefunden, zu dem ich absolutes Vertrauen haben könnte. Wir sind zusammen aufgewachsen, und … und … Er ist die eine, einzige Person, die ich hundertprozentig zu kennen glaubte! Wie konnte er mir das antun? Wie konnte er mit einer beliebigen Fremden vögeln, während ich in der Schule und mit meinen Eltern um *unsere* Liebe kämpfte?«

Weil er achtzehn war und alkoholisiert und panisch, dachte Lorna. Und weil er auf diesen Idioten von Bruder gehört hat, der ihm weismachen wollte, dass die nächsten siebzig Jahre nun gelaufen waren. Selbst so berechenbare Männer wie Ryan konnten gelegentlich ausrasten. Das war ihre Weise, mit den Nachwehen der Revoluzzerphase umzugehen.

»Wohnt er noch zu Hause?« Sie tätschelte ihrer Schwester den Rücken. Es war, als würden sie über einen Fremden reden. »Ist es aus?«

Eine lange Pause entstand. »Nein. Ich habe ihm gesagt, er soll seine Sachen packen und für ein paar Tage verschwinden, damit ich Klarheit gewinnen kann. Den Kindern hat er erzählt, dass er zu einer Konferenz muss. Von mir denken sie, dass ich einen Wellness-Tag einlege. Tja, verfrühtes Muttertagsgeschenk.«

»Und Hattie?«

»Hattie ist am Boden zerstört. Sie macht sich Vorwürfe, weil sie in der Vergangenheit herumgewühlt hat. Ich habe sie gebeten, nicht über die sozialen Medien Kontakt mit Pearl aufzunehmen, aber was will man machen? So leben sie eben heutzutage, mit diesen verdammten sozialen Medien.« Sie schlug die Hände vors Gesicht. »Ich habe die Sache nicht mehr im Griff, Lorna.«

»Warum sagst du das?«

»Nun, ich habe getan, was Mum und Dad immer getan haben, wenn etwas passiert ist. Sie haben die Reihen geschlossen. *Überlasst uns die Sache.* Als wüsste ich besser, was für andere gut ist. Dabei habe ich nicht die geringste Ahnung, was ich tun soll.«

Nun brach der Damm. Jess' Schultern sackten ein, und sie begann hemmungslos zu schluchzen.

Lorna griff nach der Hand ihrer Schwester. Jess sperrte sich einen Moment, dann entspannte sie sich und ließ es zu. Ihre Finger verschlangen sich ineinander und drückten sich, bis es sich anfühlte, als würden ihre Knöchel verschmelzen. Sie betrachteten das träge Kanalwasser, fast reglos und stumm. Lorna fiel nichts ein, was sie hätte sagen können, und Jess wirkte ausgelaugt.

Auf sich allein gestellt ist das Herz eines Menschen besser geschützt, dachte Lorna. Warum sollte man sich so etwas zumuten? Das eigene Leben konnte in die Brüche gehen, nur weil ein anderer Mensch zwanzig Jahre zuvor etwas Unglaubliches getan hatte. Man konnte doch sein Wohlbefinden nicht von jemand anderem abhängig machen. Unmöglich.

»Weißt du noch, was wir immer gesagt haben?«, murmelte sie in Jess' Haar. »Ich habe immer dich, und du hast immer mich.«

»Ich weiß«, sagte Jess mit fast unhörbarer Stimme. »Ich weiß.«

Schweigend gingen sie zurück, ganz langsam. Als sie in die High Street einbogen, saß Sam vor der Galerie in seinem Landrover und wartete auf sie.

Ihre Blicke begegneten sich, und Lorna erkannte sofort, dass er alles wusste. Ryan musste ihn in seiner Panik angerufen und gebeten haben, sich um seine Frau zu kümmern. Die Angst und das schiere Unbehagen standen ihm ins Gesicht geschrieben, als er merkte, dass Jess bei Lorna war.

Sie schüttelte den Kopf, als er die Tür öffnen und aussteigen wollte. Er hielt inne, immer noch ihren Blick erwidernd. Jess hatte ihn gar nicht gesehen, da sie in Gedanken verloren war. Sam hob die Hände, und Lorna kämpfte gegen den Impuls an, mit ihm reden zu wollen. Wer sonst würde das alles verstehen?

Aber ich kann ihm nicht trauen, dachte sie. Er weiß alles, weil Ryan ihn angerufen und vorgewarnt hat. Vermutlich kannte er bereits eine ganz andere Seite der Geschichte. Und was, wenn Jess unbedingt mit ihm reden wollte? Wenn sie ihn zur Rede stellen wollte, um herauszubekommen, was zwischen der großen Eröffnung und Ryans Rückkehr geschehen war, bevor er sich in den letzten Monaten ihrer Schwangerschaft um sie gekümmert hatte? Plötzlich fühlte sich Lorna in diese Zeit zurückversetzt und war wieder die kleine Schwester, die man aus dem Trio ausschloss. Immer war sie hinterhergetrottet und hatte nie die ganze Geschichte erfahren.

Sam wollte ihr etwas mitteilen, aber sie schüttelte den Kopf.

Jess und ich halten zusammen, dachte sie und legte den Arm um ihre Schwester. Sie kehrte Sam den Rücken zu und führte Jess in die Galerie.

Als sie das Schild auf »Geschlossen« drehte, hörte sie, wie draußen ein Motor angelassen wurde und ein Wagen losfuhr.

19

Jess fuhr später am Abend zurück, nachdem sie eine Stunde lang in Lornas Badewanne gesessen und sich wieder ein bisschen in Form gebracht hatte.

»Erzähl Sam nichts davon«, bat sie, als Lorna sich ins Auto beugte, um sich von ihr zu verabschieden. »Lass mich ... Lass mich allein damit fertigwerden.«

Jess wollte offenbar so tun, als wäre nichts passiert, dachte Lorna, als der Golf ihrer Schwester hinter der Ecke verschwand. Sie war meisterhaft darin, Dinge auszublenden, die ihr nicht in den Kram passten. In jenem surrealen Sommer hatte Lorna von außen zugeschaut, wie im Atelier ihrer Mutter das Licht an- und ausgegangen war. Cathy hatte sich dort ein Bett aufgestellt, um jederzeit arbeiten zu können. Jetzt fragte sich Lorna, ob ihre Mutter nicht dasselbe getan hatte: sich in ein Universum hineinzumalen, in dem das alles nicht stattfand.

Lorna war sich ohnehin nicht sicher, ob sie mit Sam

sprechen wollte. Man wusste nie, welcher Sam gerade vor einem stand.

Jess schickte eine kurze Nachricht, dass Ryan »zurück« sei und sie »über alles sprechen« würden. Eine Stunde später fragte Hattie allerdings an, ob sie an den kommenden Wochenenden wieder kommen und in der Galerie aushelfen dürfe. Offenbar waren also doch keine normalen Verhältnisse eingekehrt.

Hattie bestätigte diese Vermutung, als Lorna sie Freitagabend am Bahnhof abholte. »Mum tut jetzt nicht mehr so, als sei die Welt in Ordnung. Diese Woche hat sie nicht einmal Tyra zum Ballett gebracht, so übel hat sie die Sache mit Dad vergeigt.«

»Wieso vergeigt?«

»Sie reden einfach nicht mehr miteinander. Sie tun zwar so, nach dem Motto ›Wann kommst du heute Abend nach Hause?‹ und so, aber wirklich reden tun sie nicht.« Hattie wirkte wie am Boden zerstört. »Und wenn das Wasser kocht, macht niemand für den anderen Kaffee.«

Es hatte wieder zu regnen begonnen, leichte, aber durchnässende Tropfen. Ausnahmsweise einmal fand Lorna einen Parkplatz direkt vor der Galerie. Sie parkte in einem Zug rückwärts ein und schaltete den Motor aus. Die Sonne war soeben untergegangen, und im Dunst leuchteten die Laternen. Die High Street von Longhampton war am schönsten, wenn sie menschenleer war. Das Abendlicht tauchte Rost und Schmutz in einen milden Schein, und man sah nur die Blumenampeln und die Steinäpfel an den Türstürzen.

Der Motor tickte, dann verstummte er.

»Bist du böse auf mich?«, fragte Hattie leise.

»Auf dich? Natürlich nicht.«

Hattie klammerte sich an ihre Tasche. »Ich könnte es verstehen, wenn du mir die Schuld geben würdest, wenn Mum und Dad sich scheiden lassen. Ich meine, wenn Milo und Tyra irgendwann …« Sie verstummte und presste ihre rosigen Lippen aufeinander.

»Niemand gibt dir die Schuld!« Lorna drückte Hatties Knie. »Es war absolut richtig, dass du es mir erzählt hast. Und ich habe beschlossen, es Jess zu erzählen. Wir haben uns vor vielen Jahren mal geschworen, deine Mum und ich, dass wir uns alles erzählen.«

»Alles?«

»Alles.« Außer diesem einen wesentlichen Geheimnis, von dem Jess ihr nichts erzählt hatte, dachte Lorna. Weil alle der Meinung gewesen waren, sie sei zu jung, um es zu verstehen.

»Pearl ist meine Schwester«, sagte Hattie und starrte auf die leere Straße. »Es ist mein gutes Recht, sie kennenzulernen.«

»Ich bin mir nicht sicher, ob man von einem Recht reden sollte …«, begann Lorna, aber Hattie rutschte auf ihrem Sitz herum und schaute sie an.

»Denkst du, ich habe kein Recht, meine eigene Schwester kennenzulernen? Sie ist ein Teil von mir. Sie ist praktisch eine Art … Zwilling! Wir sind fast gleich alt.«

Lorna verzog das Gesicht. Es war diese Gleichzeitigkeit, die so grausam war. Es konnten nur wenige Monate zwischen den beiden Mädchen liegen. *Ryan*, dachte sie. Ernsthaft, wie hatte so etwas passieren können?

»Sieh es doch mal aus der Sicht deiner Mutter, Hattie«, sagte sie. »Du warst ein Wunschbaby, aber du warst auch eine … Überraschung. Du hast das Leben aller Beteiligten verändert: das deiner Eltern, das deiner Großeltern, meines.« Sie war sich nicht sicher, wie sie ihre Worte einfühlsam formulieren sollte. Pearl war der lebende Beweis dafür, dass Ryan Jess' Vertrauen nicht verdient hatte. All ihre hochfliegenden akademischen Pläne und ihren Wunsch, die Welt zu bereisen, hatte sie geopfert. Wie sollte man das alles vergessen, zumal mit der Zeit noch mehr Verpflichtungen hinzugekommen waren?

Hattie verdrehte die Augen. »Das verstehe ich ja, aber für mich sieht das anders aus. Pearl und ich könnten Brücken zwischen den Familien bauen.« Ein dramatisches Glitzern brachte ihr Gesicht zum Leuchten. Lorna wusste, was Hattie vorschwebte: selbstlose jugendliche Diplomatinnen, die die verletzten, schmollenden Erwachsenen mithilfe ihrer inneren Reinheit und ihrer Erfahrung mit den sozialen Medien zusammenbrachten.

Das passiert, wenn man nicht redet, dachte sie. Es lag eine gewisse Ironie darin, dass sich Jess noch vor wenigen Wochen damit gebrüstet hatte, wie gut sie mit ihren Kindern über alles sprechen könne. Kein Wunder, dass sie das Gefühl hatte, in einem anderen Leben wiedererwacht zu sein.

»Du würdest doch mit Mum reden, damit ich mich mit Pearl treffen könnte, oder?« Hattie nahm ihre Hand.

Wenigstens fragte sie. Auf Facebook würde es nur zehn Sekunden dauern, jede elterliche Erlaubnis zu umgehen. Wie lange würde es noch dauern, bis Hattie das Warten satthatte?

»Hattie«, begann sie. »Ich glaube nicht, dass irgendjemandem geholfen ist, wenn du …«

»Ja, ja. Schau mal, Tante Lorna, Rudy ist ganz aus dem Häuschen, weil er mich sieht!« Hattie zeigte hinauf. Ein Stockwerk über ihnen saß Rudy im Küchenfenster und bellte wild, auch wenn man keinen Ton hörte, weil die Doppelfenster jeden Laut schluckten. War das Freude oder Angst?

Ach Rudy, dachte Lorna, *ich weiß genau, wie dir zumute ist.*

Als Lorna eine Sendung mit Handzetteln entgegennahm, auf deren Vorderseite die Aktion am Musikpavillon angekündigt war, wurde sie plötzlich von Nervosität gepackt.

Es war schwer, etwas derartig Spontanes zu üben, aber sie tat ihr Bestes. Am Abend vor dem großen Ereignis standen Lorna, Hattie und Tiffany in der Küche, lauschten Vivaldis *Vier Jahreszeiten* und versuchten zu entscheiden, welche Farbe der Klang einer Geige hatte.

»Bist du sicher, dass eine Geige so klingt?« Tiffany schaute kritisch auf das Papier hinab, das vor ihr auf dem Tisch lag, bedeckt mit wilden Flecken grüner und gelber Farbe.

»Wenn sie für dich so klingt, klar.« Lorna prüfte noch ein letztes Mal den Lieferschein von dem Laden für Künstlerbedarf. Mit Leinwand bezogene Rahmen, fünfzehn. Breite Pinsel in verschiedenen Größen, fünfzig. Farbtuben in allen Farben des Regenbogens. Schwämme, Paletten, Stifte. Die Kosten waren dramatisch gestiegen, aber das verlor an Bedeutung angesichts der geringfügigen Aufgabe, die Sache zum Laufen zu bringen.

»Ich glaube, ich höre eine andere Geige.« Hattie malte einen langen Schnörkel bis zum unteren Seitenrand. Sie hatte sich ohne jede Hemmung auf die Aufgabe gestürzt, mit einer stilistischen Eleganz, um die Lorna sie beneidete. »Meine ist blau.«

»Ehrlich gesagt ist mir fast egal, was deine Geige für eine Farbe hat«, sagte Lorna, »solange nichts davon auf dem Fußboden landet. Oder auf dem Hund.«

Tiffany druckte mit einem selbst gemachten Kartoffelstempel Blätter auf das Papier.

»Oh, wie schön. Hattest du Kunst in der Schule?«

»Nein«, sagte sie. »Sagen wir so, ich habe in den letzten Jahren viel Zeit damit verbracht, Muster in Kartoffeln zu schnitzen.«

Hattie betrachtete das Gekleckse kritisch. »Wisst ihr, was fehlt? Etwas Gold.«

»In der Tat, Gold wäre wunderbar!«, stimmte Tiffany zu. »Haben wir Gold?«

Lorna schaute von der Rechnung auf und rief entsetzt: »Nein! Das hier sprengt das Budget bereits um Längen.« Ihr war klar, dass sie nicht diese besondere Staffelei für Joyce' Gemälde hätte kaufen sollen, aber sie wollte das Bild gebührend herausstellen, damit klar war, wem sie die Inspiration verdankte.

»Gibt es denn keine Trompeten?«, fragte Hattie. »Die sind doch golden.«

»Es handelt sich um ein Schulorchester«, erinnerte Tiffany sie. »Das bedeutet, jede Menge Blockflöten. Und Blockflöten sind definitiv nicht golden. Sie sind eher … grellgelb?«

Lorna betrachtete die Kunstwerke von Tiff und Hattie. Das war nicht das, was sie sich vorgestellt hatte. Ihr Herz flatterte, als hätte sie zu viel Kaffee getrunken. »Ihr denkt also, wir brauchen Gold? Mist. Wann schließt Hobbycraft?«

Unbehagliches Schweigen senkte sich herab, während im Hintergrund die Geigen den »Herbst« herunterdudelten und Lorna dämmerte, auf was sie sich da eingelassen hatte.

»Mach dir keine Sorgen, Lorna, es wird schon werden«, sagte Tiffany beruhigend.

Es war wirklich das reinste Gemauschel. Mit der Ankündigung auf dem Faltblatt hatte das nichts zu tun. »Die Sache ist zu wichtig, Tiff, um nur einfach irgendwie zu werden.«

»Wegen Joyce?«

»Auch. Es ist das erste Kunstwerk, das sie seit Jahren öffentlich ausstellt. Ich hatte sogar die Hoffnung, dass sie das dazu verleiten könnte, wieder mit der Malerei zu beginnen. Wenn es ein Desaster wird, denkt sie, ich verstehe nicht, was sie mit ihrem Werk zum Ausdruck bringen will. Und niemand wird mitmachen, dabei soll die Aktion durch und durch öffentlich sein.«

»Mach dir keine Sorgen, dass niemand mitmacht. Wenn's sein muss, werden wir die Leute am Schlafittchen packen und dazu zwingen«, sagte Hattie. »Mum kommt auch, mit Milo und Tyra …« Ihre Miene wurde ernst. »Und Dad.«

Lorna gab sich Mühe, erfreut auszusehen. Es war toll, dass Jess sie unterstützen wollte, aber auf den Stress, der mit dem großen Familien-Outing verbunden war, konnte sie gut und gern verzichten. Jess und Ryan im Blick behalten zu müssen, neben allem anderen, war keine erbauliche Aussicht.

»Ich fürchte auch, dass es regnen könnte«, platzte es aus ihr heraus. »Es gibt eine fünfzehnprozentige Chance, und Calum hat uns nur ein winziges Zelt zugestanden.«

»Pffft. Eins zu sechs«, sagte Tiffany wegwerfend. »Es wird nicht regnen. Wettervorhersagen sind die reinste Kaffeesatzleserei. Das Wetter wird bombig.«

Lorna ertrug den Anblick der Katastrophe auf dem Tisch nicht länger und drehte sich um. Ihr Blick fiel auf Bettys gerahmte Medaille, die zwischen den beiden großen Fenstern hing. Zum ersten Mal seit langer Zeit dachte sie an Rudys umwerfendes Frauchen, die furchtlose Betty, die im Marinemantel ihres Ehemanns auf dem Dach gestanden und dem Bombenhagel der Deutschen getrotzt hatte. Plötzlich fühlte sie sich dumm und beschämt.

Betty würde nur lachen. Ein bisschen Regen? Da hatte sie Schlimmeres erlebt. Das war nichts, weswegen man sich Sorgen machen müsste. Und dennoch …

»Warte, ich hab eine Idee!« Hattie lief hinaus und kam mit einer Dose glitzerndem Körperspray zurück. Sie sprühte es auf die Leinwand. Das ganze Bild veränderte seinen Charakter, als sich ein feiner goldener Herbstnebel über die grob gemalten Blätter legte. »So!«, sagte sie strahlend.

Mums Kreativität hat eine Generation übersprungen, dachte Lorna schmerzlich.

Der erste Tropfen fiel, als Lorna gerade Joyce' Gemälde auf die Staffelei gestellt hatte.

Er landete auf einem explosiv schillernden Farbfleck und erweckte eine Rosenknospe zum Leben. Lorna starrte ihn entsetzt an.

»Alles bereit?« Calum sprang vom Musikpavillon herab, wo er für Fotos posiert hatte, vorsichtig darauf bedacht, seinen Frühstücks-Espresso nicht zu verschütten. Mit seinem Kapuzenpulli und der neuen dicken Hornbrille schien er der Kunsthändler zu sein und nicht Lorna. »Tolle Staffelei!«

»Calum, es regnet!«, sagte sie.

Er streckte die Hand aus und schüttelte dann den Kopf. »Nein, das bilden Sie sich nur ein.«

Sie zeigte auf die bedrohlich aufgetürmten Wolken. »Es regnet, ganz sicher.«

»Nein, das ist nur … Tau?« Er blickte hoffnungsvoll in den Himmel. Lorna hatte noch nie einen so eingefleischten Stadtmenschen erlebt, nicht einmal im hippen Londoner Distrikt EC1. »Stellen Sie Ihr Zeug in den Musikpavillon, wenn es nieselt, die Kinder kommen nicht vor halb neun. Darf ich Sie jetzt sich selbst überlassen? Im Rathaus wird der öffentliche Töpferwettbewerb vorbereitet, und ich muss einen Blick darauf werfen.«

»Aber was ist mit …?«

Zu Calums großem Glück rief jemand seinen Namen, und so eilte er im nächsten Moment quer durch den Park zu einer Frau, die drei Tüten Ananas und ein Schild mit der Aufschrift »Obst-Installation« trug.

»Ich räume alles ins Zelt.« Tiffany legte eine Plastikplane über das Gemälde und schleppte die Staffelei zu dem Minizelt, das sie ohne Anleitung aufgebaut hatten, während Calum den Park in seinem sogenannten *Ist-Zustand* fotografiert hatte. Das Zelt neigte sich und schien auch nicht vollständig zu sein.

»Pass auf!« Lorna streckte die Hand aus, damit Tiffany nicht gegen eine Kiste knallte. Sie hatte ihr nicht verraten, wie wertvoll das Gemälde vom Musikpavillon war. Vermutlich würde Tiff ausrasten und ihr einen Vortrag darüber halten, dass sie es unbedingt in die Hausratversicherung hätte aufnehmen müssen, was Lorna sich gar nicht leisten konnte.

»Entspann dich, Lorna.« Tiffany schaute sie stirnrunzelnd an. »Hast du schon mit Sam geredet?«

Lornas Handy hatte auf dem Weg in den Park ein paarmal geklingelt, aber sie hatte die Anrufe ignoriert. »Nein.«

»Warum nicht?«

»Weil er wegen Ryan anruft und ich mich heute nicht damit beschäftigen kann.«

Tiffany seufzte. »Woher willst du das wissen?«

»Worum sollte es denn sonst gehen?« Lorna spürte zwei weitere Regentropfen im Gesicht. Warum hatte sie keine Jacke mit Kapuze dabei? »Er weiß, dass die ganze Familie hier anrückt. Vermutlich hat er von Ryan eine ganz andere Geschichte gehört und will sie loswerden, damit ich mit Jess reden kann. Wie damals in der Schule.«

»Weshalb auch immer, er versucht nun schon die ganze Woche, Kontakt zu dir aufzunehmen.« Tiffany lehnte das Bild an eine Plastikkiste und setzte die Kapuze ihres Regenmantels auf. Er war gelb und mit gewaltigen weißen Gänseblümchen übersät. »Ich habe dir doch gesagt, dass er vorbeigeschaut hat, als du mit den Hunden spazieren warst. Rede mit ihm, ja? Offenbar geht es um etwas Wichtiges.«

Lorna kramte in ihrer großen Lebensmitteltüte herum, damit Tiffany ihr Gesicht nicht sehen konnte. Die Idee mit dem Musikpavillon war zu nah an der Art von Kunst, die Sam für überkandidelten Unsinn hielt. Und eine weitere Attacke, damit sie Joyce zum Umzug in ein Pflegeheim überredete, konnte sie auch nicht brauchen. Eine Lügengeschichte über den armen Ryan ebenfalls nicht. Es gab keine Version von Sam, die heute hilfreich sein könnte.

Ein Handy klingelte, dann merkte Lorna, dass es ihr jemand direkt vor die Nase hielt.

»Die Galerie«, sagte Tiffany knapp. »Mary.«

»Mary?« Lorna nahm das Handy. »Was ist los, Mary? Ist Hattie schon wach? Können Sie ihr sagen, dass sie sich aus dem Bett bequemen und zum Park kommen soll?«

»Hallo, Lorna.« Mary klang nervös. »Ich wusste gar nicht, dass Hattie noch hier ist, aber ich werde sie rufen … Hier ist jemand, der mit Ihnen reden möchte.«

Bevor Lorna nachfragen konnte, wurde das Telefon weitergereicht. »Sam hier«, sagte Sam. »Ich versuche schon den ganzen Morgen, dich auf dem Handy zu erreichen.«

Beim Klang seiner Stimme schlug ihr Herz schneller. »Ich habe zu tun. Heute ist die große Aktion. Die im Park.«

»Ich weiß«, sagte er. »Deshalb rufe ich ja an. Es regnet – habt ihr Vorkehrungen gegen den Regen getroffen?«

»Mhm … nein. Haben wir nicht.« Woher wusste er das? Und wieso erinnerte er sich an die Veranstaltung? Sie hatte sie beim Abendessen neulich nur am Rande erwähnt, bevor sie dann auf seine Pläne für Joyce' Haus zu sprechen gekommen waren.

»Dachte ich mir doch. Letztes Jahr war ich mit Mum bei einer ähnlichen Veranstaltung, da war es genau dasselbe. Hinterher waren alle triefnass. Niemand denkt daran, Zelte zu besorgen. Wein ja, aber Zelte nicht. Typisch Künstlertypen. Ich nehme an, du kannst nicht vollkommen ausschließen, dass es in Strömen gießt, oder?«

»Wird es in Strömen gießen? Hast du eine bäuerliche Antenne für so etwas? Zittert dein Blasentang?«

»Dieser Typ Bauer bin ich nicht. Hör zu, brauchst du nun ein kleines Zelt oder brauchst du es nicht? Es ist einfach so, dass ich heute Morgen in der Scheune an dich denken musste. Zurzeit vermieten wir Lagerraum an eine Event-Agentur, und ich bin mir sicher, dass sie uns gerne ein Zelt leihen würde. Als Werbung sozusagen.«

Der Regen wurde stärker. Lorna hörte, dass dicke Tropfen auf den Stoff über ihr platschten. Joyce würde auch untergebracht werden müssen, falls sie an der Aktion teilnahm. Hatte sie nicht klargestellt: *Und wenn es regnet, komme ich nicht*? Noch etwas, was Lorna wie Blei im Magen lag.

Und doch zögerte sie aus irgendeinem Grund. Erwartete er eine Gegenleistung für diesen Gefallen? Würde Joyce es ausbaden müssen, wenn Sam der Meinung war, dass Lorna ihm etwas schuldete?

Tiffany stieß sie an und runzelte heftig die Stirn. »Er hat ein Zelt für dich? Greif zu!«, zischte sie.

Lorna schluckte. Klar. Er wollte einfach nur nett sein.

»Ja, gerne«, sagte sie. »Und …«

»Was?«

»Danke, dass du an mich gedacht hast.«

»Kein Problem«, sagte Sam. »Ich bin in einer halben Stunde da. Mit Ohrenstöpseln kann ich allerdings nicht dienen. Gabe meint, die Kinder im Schulorchester spielen größtenteils Blockflöte.«

Wie versprochen, traf Sam eine halbe Stunde später ein, als Tiffany gerade mit Nachschub vom Kaffeestand zurück-kehrte. Kaffee und etwas, »um dich aufzumuntern«. Kein Croissant der Welt könnte groß genug sein, dachte Lorna, als sie hineinbiss.

»Es klart auf, wie ich sehe«, sagte Sam ironisch, als er

und Simon, der missmutige Wildhüter, aus dem Landrover stiegen und die Planen und Stangen ausluden. »Wo soll ich das Zelt aufbauen?«

Die vereinzelten Tropfen hatten sich zu einem Schauer verdichtet, der manchen Blumen in den Beeten die Knospen abschlug. Die Eltern, die sich mit Cellokästen und Musiktaschen unter den tropfenden Wimpeln am Musikpavillon versammelten, trugen regenfeste Kleidung und wirkten deprimiert.

»Hier wäre gut.« Lorna stellte ihren Kaffee ab und ging zu der Stelle. »Wir müssen das Schulorchester sehen und hören können.«

»Okay, verstehe. Simon, gibst du mir mal die Stange da?«

Sam und Simon arbeiteten schnell. Als das Zelt aufgebaut war, halfen sie Tiffany und ihr, die Kisten aus dem winzigen Zelt zu holen. Es roch nach feuchtem Gras und Tee, aber es war trocken.

Würde Joyce kommen, wenn es so weiterregnete, fragte sich Lorna und entdeckte ein weiteres winziges Detail, das ihr in dem Gemälde bislang entgangen war: das fette, silbrige Gurren einer Taube. Das Bild wimmelte nur so von Überraschungen und geistreichen Beobachtungen, ganz anders als ihre eigenen Versuche.

Ihr war bewusst, dass Sam wenige Schritte von ihr entfernt stand und etwas sagen wollte.

Tiffany, die die ersten Leinwände aufstellte, merkte, dass er allein mit Lorna reden wollte, und hustete. »Simon, darf ich Ihnen einen Kaffee spendieren?«, fragte sie munter und führte ihn aus dem Zelt. »Sie müssen doch Hunger haben …« Ihre Stimmen entfernten sich, und plötzlich stand Sam vor ihr.

»Ich weiß, dass du mir aus dem Weg gehst, aber wir müssen reden.« Er ließ seinen Blick auf ihrem Gesicht ruhen, um ihr Vertrauen zu gewinnen. »Ryan hat mich angerufen und mir erzählt, was passiert ist. Es tut mir leid. Das ist vollkommen … surreal.«

Lorna zog unwillkürlich eine Augenbraue hoch. »Du hast nichts gewusst?«

»Nein, nichts!« Sam wirkte überrascht, dass sie überhaupt fragte. »Ich habe ihn ja kaum gesehen, als er in jenem Sommer in Birmingham war. Seine Brüder haben ihn von allem abgeschottet. Und hinterher war ich auf der Uni, sodass wir uns auch nicht oft über den Weg gelaufen sind …«

»Entschuldigung? Lorna?« Einer der Organisatoren des Schulorchesters streckte den Kopf ins Zelt und wedelte mit einer Plastikmappe. »Möchten Sie eine Kopie vom endgültigen Programm?«

»Ja, gerne!« Sie nahm die Mappe entgegen. Beim Anblick der acht Stücke und der Uhrzeit des Konzerts kribbelte ihr Magen. Keine Stunde war es mehr hin.

Lorna wandte sich wieder an Sam und versuchte, die kleine Grube zwischen seinen Schlüsselbeinen im offenen Kragen zu ignorieren, seinen Geruch in dem warmen Zelt.

Er fuhr sich mit der Hand durchs feuchte Haar. »Für mich ergibt es keinen Sinn, Partei zu ergreifen, im Moment jedenfalls nicht. Ryan ist am Boden zerstört, während Jess alles zu verdrängen scheint. Weiß der Himmel, was in den Kindern vorgehen muss.«

»Was in Hattie vorgeht, kann ich dir sagen. Sie verbringt so viel Zeit wie möglich hier. Und Jess verdrängt gar nichts, sie steht unter Schock. Sie hat Ryan vertraut. Sie hat alles aufgegeben, um mit ihm zusammen zu sein. Mit Mum und

Dad war es nie wieder wie zuvor. Sie haben uns immer für glückliche Kinder gehalten, aber plötzlich ist Jess schwanger und zieht aus, und sie wissen nicht, wie ihnen geschieht.« Lorna schluckte. »Dad hat das nie verwunden, und Mum … Alles war anders, man konnte es an ihren Werken sehen. Seit Jess nicht mehr da war, gab es keine Feen mehr. Wir kamen in ihren Bildern nicht mehr vor. Das ist uns nicht entgangen.«

Das hatte sie gar nicht sagen wollen. Es war ihr herausgerutscht, um Jess zu verteidigen. Lorna wurde rot, verlegen. Sie hatte das nie jemandem erzählt, nicht einmal Tiffany.

Sie schauten sich an. Sam schien klar zu sein, dass sie etwas gesagt hatte, was sie eigentlich mit niemandem teilen wollte. »Das tut mir leid«, sagte er.

»Muss es nicht.« Das klang härter, als es sich in ihrem Innern anfühlte. »Wenn meine Eltern nicht so aufeinander bezogen gewesen wären, hätte Jess vielleicht nicht so unbedingt eine eigene Familie gründen wollen.«

Er streckte eine Hand aus, die Augen sanft und mitleidig. »Und was ist mit dir, Lorna? Ich hätte …«

Lorna schluckte und betrachtete Sams Hand auf ihrem Arm. Niemand hatte sie je gefragt, wie es ihr damit gegangen war, dass ihre beste Freundin die Mutter eines anderen Wesens geworden war und ihre Eltern sich in sich selbst zurückgezogen hatten. Nur Sam, und das auch erst jetzt.

»Da seid ihr ja!«

Sie fuhren herum. Jess und Ryan standen an der Tür zum Zelt und schauten herein, als wäre es die Grotte des heiligen Nikolaus. Nur dass keine Aussicht auf eine schöne Überraschung am Ende bestand.

20

Für ein Paar, dessen siebzehnjährige Ehe soeben ihr Fundament verloren hatte, gingen die Protheros überraschend vertraut miteinander um. Fast unheimlich war das, dachte Lorna, als sie in Jess' und Ryans Gesicht nach Spuren von Tränen oder harschen Worten suchte.

Jess schob Tyra und Milo ins Zelt, raus aus dem Nieselregen. »Wir sind früh dran, ich weiß, aber wir wollten uns die besten Plätze sichern«, zwitscherte sie etwas zu aufgekratzt. »Allerdings hattest du vergessen zu sagen, dass wir eine Arche mitbringen sollen!«

»Haha!«, sagte Lorna, während sich Sam zu einem halbwegs überzeugenden Lachen hinreißen ließ. Sie warfen sich einen verstohlenen Blick zu. Normalerweise hätte Lorna angesichts dieses Gleichklangs der Seelen ein Kribbeln im Unterleib verspürt, aber um Sams Augen bildeten sich nicht die üblichen Fältchen. Er wirkte angespannt.

Jess hatte sich sorgfältig herausgeputzt, was immer ein

Zeichen dafür war, dass irgendetwas nicht stimmte. Ihr dunkles Haar war glatt geföhnt, und ihre Kleidung schien komplett einer Seite des Boden-Katalogs entsprungen: knöchellang abgeschnittene rote Jeans, weiße Leinenschuhe, frische Bluse, blaue Strickjacke und darüber noch eine stylische Regenjacke.

Ryan hingegen war ein Wrack. Seine Haare waren zu lang, unter den Augen hatte er Tränensäcke, und er wirkte von Kopf bis Fuß zerknittert. Von einem jugendlichen Schürzenjäger hätte er nicht weiter entfernt sein können. Er sah eher aus wie der erschöpfte Vater eines jugendlichen Schürzenjägers.

»Stell das wieder hin, Milo«, rief Jess und nahm ihm ein Marmeladenglas mit Wasser aus der Hand. »Wir schauen mit den Augen, nicht mit den Händen.«

Tyra und Milo waren wie immer. Strahlend und vertrauensvoll fummelten sie an den Materialien auf den Tapeziertischen herum. *Immerhin*, dachte Lorna und sah großzügig darüber hinweg, dass Tyra kräftig auf ein paar Farbtuben drückte.

»Hallo, Tyra, hübsche Gummistiefel«, sagte sie. »Sind die neu?«

»Ja. Auf meinen sind Frösche.« Tyra zeigte auf ihren Bruder. »Und auf Milos sind Marienkäfer. Dad hat die falschen gekauft.«

»Dad kauft immer die falschen«, murmelte Ryan.

»Es gibt keinen Grund, warum Mädchen nicht Frösche auf den Gummistiefeln haben sollten«, erwiderte Lorna munter. »Oder Marienkäfer.«

»Wie geht's, Sam?«, fragte Jess und stellte sich so hin, dass sie Ryan den Blick versperrte und jede geheime Verständigung zwischen den beiden unmöglich machte. »Wir haben ja schon eine Weile nichts mehr von dir gehört.«

Sam wippte in seinen Gummistiefeln vor und zurück. »Ich bin vollkommen von Vogelsamen und Heimwerkerpflichten absorbiert, damit der Hof irgendwann wieder schwarze Zahlen schreibt.«

»Sam hat uns das Festzelt geliehen«, meldete sich Lorna zu Wort. »Er hat den Tag gerettet! Ist das nicht toll?«

Die Spannung war fast unerträglich, als plötzlich die Plane raschelte und ein Tablett mit Kaffeebechern durchgeschoben wurde. »Lorna, ich habe euch …« Hinter dem Tablett folgte Hattie. Als sie ihre Eltern sah, erstarrte sie, unfähig, sich wieder zurückzuziehen.

»Ah, da bist du ja! Gerade rechtzeitig, um deinen Eltern von unserer Aktion zu erzählen!« Lorna nahm ihr das Tablett ab und zeigte auf die Tische. »Komm, zeig ihnen, wie wir uns das vorstellen.«

Hatties Körpersprache war aufschlussreicher als ihre Erläuterungen, als sie den Sermon herunterspulte, den sie für die Besucher eingeübt hatte. Ihre Schultern waren gebeugt, und angesichts der gespielten Begeisterung, mit der Ryan zuhörte, verspürte selbst Lorna eine große Anspannung. Immer wenn Ryan einen Schritt auf Hattie zutrat, wich sie unwillkürlich zurück. Jess tat auch so, als würde sie zuhören, aber Lorna merkte, dass ihr Blick immer wieder unauffällig zu Ryan hinüberschweifte. Aus ihren Augen sprach ihre ganze Verletztheit, und sie schaute immer wieder weg, als müsse sie sich selbst daran erinnern, dass dies der Mann war, den sie geheiratet hatte.

Lorna schaute auf die Uhr. Nachdem die Zeit den ganzen Morgen über stillgestanden hatte, hatte der Minutenzeiger nun plötzlich einen Sprung getan. In exakt fünf Minuten würde das Konzert beginnen. Ihr Magen zog sich zusammen.

Wie aufs Stichwort stand Calum Hardy vor dem Zelt und tat so, als würde er an die Plane klopfen. »Hallo, hallo! Lorna, in zwei Minuten müssen wir auf die Bühne.«

Auf die Bühne? Wir?

»Ich muss Sie und Ihre Aktion zusammen mit dem Schulorchester ankündigen … Oh, hallo! Es haben sich also schon ein paar Kandidaten eingefunden? Cool!« Er schenkte Sam und den Protheros ein Lächeln, dann streckte er die Hand aus. »Kommen Sie!«

Sam quittierte es mit einem merkwürdigen Blick, als Calum nach ihrer Hand griff. Lorna hätte es gerne erklärt, aber sie hatte keine andere Wahl, als ihm in die kühle Luft zu folgen. Der Regen hatte aufgehört, aber der Himmel war immer noch bedenklich bleiern.

Calum hielt ihre Hand fest, bis sie den Musikpavillon erreichten. Als er sie losließ, verspürte Lorna ein leises Bedauern.

»Ich hatte gehofft, Joyce würde kommen«, sagte sie. Der Park hatte sich mit Menschen gefüllt, und bei den Stühlen stand bereits eine ansehnliche Menge. Die meisten Leute drängten sich noch unter Schirmen zusammen. »Sie werden aber erwähnen, dass es ihre Idee war …«

Calum nahm einem der ehrenamtlichen Helfer ein Mikrofon aus der Hand.

»Danke, Ben.« Er drehte sich zu ihr um und grinste. »Bereit? Dann lassen Sie uns gehen!«

»Was? Nein …« Lorna sah entsetzt, dass Calum auf die Bühne sprang und ihr bedeutete, ihm zu folgen.

Sie schüttelte den Kopf. Nie im Leben, sie würde bestimmt nicht auf diese Bühne steigen, die jetzt von Menschen wimmelte. Lorna konzentrierte sich auf ihre Atmung – ganz langsam einatmen, ganz langsam ausatmen – und hielt nach Joyce Ausschau. Die war nirgends zu sehen.

Sie verlor den Mut. War das zu viel verlangt? War Joyce sauer auf sie, weil sie ihre Idee geklaut hatte? War der Zusammenhang mit Ronan zu schmerzhaft, um an die Öffentlichkeit gezerrt zu werden?

Calum streckte die Hand aus und schenkte ihr ein so aufmunterndes – und so unerwartetes – Lächeln, dass Lorna sie wieder nahm. Und im nächsten Moment stand sie plötzlich auf der Bühne, und die Veranstaltung begann.

»Meine Damen und Herren, es bereitet mir größtes Vergnügen, Ihnen die Höhepunkte unserer diesjährigen Kunstwoche vorzustellen.« Er legte Lorna den Arm um die Schulter. »Lorna Larkham von der Maiden Gallery und das Schulorchester der Longhampton Highschool! Wir werden heute nämlich nicht nur eine Klangprobe unserer jungen Talente zu hören bekommen, sondern genießen auch das Privileg, Teil einer wahrhaft experimentellen Kunstaktion zu sein …«

Vor Menschenmassen lief Calum zu Hochform auf. Aus seinem Mund klang es, als würde die Leute ein vergnügliches und bahnbrechendes Ereignis erwarten – echte Kunst, mit anderen Worten. Lorna hatte die Befürchtung, dass er die Sache zu sehr aufblies. Alle blickten sie an, das Schulorchester hinter ihr und die Menge vor ihr. Auch Jess, Ryan und Sam sahen vom Festzelt herüber. Lorna hatte noch nie etwas getan, was beinhaltete, von Leuten angeschaut zu werden – nicht einmal beim Schultheater hatte sie mitgemacht. Ihr Mund war so trocken, dass ihr die Zunge am Gaumen klebte.

»… und wenn Sie zum Zelt der Maiden Gallery gehen, in …«, Calum schaute mit großer Geste auf seine Uhr, »… zwei Minuten, dann wird Lorna Sie mit allem Nötigen versorgen, was Sie in die Geschichte von Longhampton eingehen lässt!«

Er wandte sich ihr zu und lächelte. Beflügelt vom Adrenalin, lächelte Lorna zurück. Calums Augen funkelten hinter der Brille, als würden sie gemeinsam über einen Witz schmunzeln, und unvermittelt verspürte sie … eine unkomplizierte Freude. Es war, als stünde Lorna Larkham in der Menge und betrachtete die Organisatoren der Kunstwoche, während sie selbst eine ganz andere Person war, die mit einer großartigen Karriere aufwarten konnte, nicht mit diesem lächerlichen Werdegang, den sie wie am Absatz klebendes Klopapier hinter sich herzog.

Als hätte sie ihr Leben unter Kontrolle, wenigstens ein Mal.

Das Gefühl hielt nicht lange an. Am Zelt hatte sich bereits eine Schlange Neugieriger gebildet, angeführt von einem Fotografen der Lokalzeitung. Hattie und Tiffany ordneten die Schlange, während Ryan und Jess jeweils mit einem ihrer kleineren Kinder sprachen, um nicht miteinander sprechen zu müssen.

Wie Soldaten standen die zehn Staffeleien mit den weißen Leinwänden im Innern des Festzelts. Leer, arrogant, perfekt. Lorna holte tief Luft und trat ein. Sofort packte der Fotograf sie am Arm.

»Wunderbar, ich brauche ein schönes Foto, wie Sie den

ersten Pinselstrich tun«, erklärte er und dirigierte die Leute für seine Aufnahme herum. »Schnell, das Konzert beginnt jeden Moment. Hier, nehmen Sie das.«

»Nein, auf gar keinen Fall, ich bin nicht die Künstlerin.« Lorna hob die Hände, als er ihr einen breiten Pinsel hinhielt. »Ich darf nicht den Anfang machen.«

Die Leinwand stand bedrohlich da, genau wie jene im Gästezimmer, die sie nie mit Farbe zu entstellen gewagt hatte. Hinter ihr verstummten das Geraschel und Gemurmel des Schülerorchesters, als der Dirigent um Ruhe bat und den Taktstock hob. Das Kribbeln in ihrer Brust stieg in ihre Kehle hoch, jeder einzelne Nerv in ihrem Arm zuckte. Alle sahen sie an. Calum Hardy, Tiffany, Jess. Auch Sam war noch da, er stand hinten in der Menge und beobachtete sie.

Was sollte sie tun?

Lorna gab nach. Sie nahm ein paar Pinsel und beugte sich zu Milo und Tyra hinab. Kinder machen sich besser auf Fotos, sagte sie sich. Egal, was sie malten, es würde besser sein als ihre krampfhaften Bemühungen.

»Wenn das Orchester beginnt«, flüsterte sie, »malt einfach auf die Leinwand, wie die Musik für euch klingt.«

Tyra riss die Augen auf. »Ich?« Sie zeigte theatralisch auf sich selbst.

Lorna nickte. »Nimm einfach die Farbe, die du im Kopf hörst, und male sie.«

Weder Milo noch Tyra wollten wissen, was sie genau damit meinte. Fröhlich stürzten sie sich auf den Regenbogen von Farben, die auf den Tischen lagen.

Lorna griff ebenfalls nach einem Pinsel, vor allem um ihre Hände irgendwie zu beschäftigen, und hielt die Luft an.

Dann begann die Musik, die ersten, schlichten, wiegenden Akkorde von *Imagine* – und es geschah etwas. Lornas Pinsel näherte sich instinktiv dem Violett, und da war es.

Während sich das Schulorchester tutend und trötend zur ersten Textzeile vorarbeitete, betrachtete sie den Fleck auf der weißen Leinwand. So klang das Stück: eine ruhige violette Welle, und sie hatte sie gemalt.

Unvermittelt fühlte sich Lorna wie ein durchsichtiger Ballon vor einem wolkenlosen blauen Himmel: Musik und Farben strömten durch sie hindurch, direkt in ihre Hände. Sie griff nach der Farbe und drückte den Pinsel hinein, bevor der Funke verglühen würde. Irgendetwas an dem regelmäßigen Herzschlag der Melodie fühlte sich tatsächlich violett an. Sie malte eine pulsierende Linie an den unteren Rand der Leinwand und schwelgte in dem Gefühl, wie leicht sich die feuchte Farbe verteilen ließ und in einer gehauchten Fiederung auslief.

Neben ihr klecksten Milo und Tyra enthusiastisch verschiedene Farben auf die Leinwand, einen Pinsel in jeder Hand – ob richtig oder falsch, war ihnen egal. Milo hüpfte beim Malen, während Tiffany in den Nanny-Modus übergegangen war und Farben rettete, bevor rote Pinsel in gelbe Farbtöpfe getaucht wurden. Innerhalb kürzester Zeit erstrahlten die Leinwände in einem Feuerwerk von Farb- und Klangeruptionen.

Lorna trat zurück, um ihr Werk zu begutachten. Sofort trat ein Kind an ihre Stelle, um zum Klang der aufbrausenden Violinen eine in hohem Bogen dahinsausende Sternschnuppe hinzuzufügen. Die Farbe tropfte auf die hübsche Fiederung ihrer violetten Welle, aber das war ihr egal.

Etwas Magisches nahm vor ihren Augen Gestalt an, eine

Maschine, die von verschiedenen, gemeinsam und allein arbeitenden Fantasien gespeist wurde. Lorna schmolz dahin vor Begeisterung. Selbst wenn es sich um ein gewaltiges Gekleckse handelte, hatte sie etwas Unvorstellbares erreicht: Sie hatte eine weiße Leinwand besiegt, die sie herausfordernd angestarrt hatte. Endlich!

So fühlt es sich also an, eine Künstlerin zu sein, dachte sie. Die Worte sandten einen silbrigen Schauder der Euphorie durch ihre Brust, und sie griff nach einem sauberen Pinsel.

Während des nächsten Stücks kam die Sonne heraus, und das Zelt füllte sich mit Leuten, die unbedingt ihren Klangeindruck von *Eye of the Tiger* in Plakatfarbe darstellen wollten. Tiffany musste die Schlange vor den Leinwänden organisieren – man konnte nur nachrücken, wenn ein anderer ging –, während Hattie in Windeseile Pinsel auswusch. Der Fotograf ging herum und machte Bilder, Menschen versammelten sich, um den Künstlern zuzusehen, und das Interesse wuchs im selben Maße, wie sich der Geruch von zertrampeltem Gras im Zelt ausbreitete.

»Lassen Sie mich raten – war das John Lennon?«, erklang eine Stimme neben ihr. »Das würde ich stark vermuten, wenn ich die Wellen so betrachte.«

Lorna drehte sich um. Joyce stand neben ihr, dicht hinter ihr Keir. Sie sah glänzend aus in ihrem schwarzen Männerjackett. Schräg auf ihrem Kopf saß ein Trilby, und eine Brosche aus gehämmertem Silber rundete die Erscheinung ab. Lorna hatte Joyce noch nie so herausgeputzt gesehen. Offenbar hatte sie sich ins Zeug gelegt. Lorna fühlte sich geehrt, obwohl sie ein bisschen enttäuscht war, dass sich Joyce die Gelegenheit hatte entgehen lassen, den ersten Pinselstrich zu tun.

»Hallo!«, sagte Lorna. »Haben Sie darauf gewartet, dass der Regen aufhört?«

»Ich habe darauf gewartet, dass Sie den ersten Pinselstrich tun, Lorna«, sagte Joyce. Blinzelnd betrachtete sie die drei Leinwände. »Was für fröhliche Farben. Das klappt ja besser, als ich es mir vorgestellt hätte.«

»Würden Sie sich wohl zu Tschaikowskys *Ouvertüre 1812* zu uns gesellen? Wir haben Ihnen extra eine Leinwand übrig gelassen.« Lorna gab sich alle Mühe, locker zu klingen, aber innerlich hielt sie die Luft an. Hatte es sich Joyce anders überlegt und wollte nicht mehr mitmachen? Kam sie deswegen zu spät?

Ihre Blicke begegneten sich. Joyce zögerte. Dann nickte sie zu Lornas Erleichterung, ein Funkeln in den Augen.

Die Schlange wich zurück, als Joyce den Malbereich betrat – eine gewisse Aura konnte man ihr nicht absprechen, dachte Lorna fasziniert, eine ruhige Intensität, dem geballten Gewicht des Himmels vor einem Schneefall gleich. Ihre Kreativität schwebte irgendwo zwischen ihr und der Leinwand.

Joyce nahm einen Pinsel und schwang ihn sanft durch die Luft. Ihr Blick war auf die Leinwand gerichtet, als stünden ihr die Farben längst vor Augen.

»Da sind Sie ja!« Calum Hardy tauchte aus dem Nichts auf und hatte innerhalb kürzester Zeit ein Foto mit Joyce, Lorna, Helfern in Kunstwochen-T-Shirts und sich selbst in der Mitte organisiert. Joyce brachte die ersten Pinselstriche zur *Ouvertüre 1812* auf die Leinwand – leuchtend gelbe Spitzen und drei unergründliche rote Kreise – und versorgte die Lokalzeitung mit Kommentaren, wie inspirierend die Gegend immer für sie gewesen sei. Allerdings lehnte sie es ab, neben ihrem eigenen Bild – Ronans Musikpavillon – fotografiert zu werden.

»Lorna ist eine großartige Kuratorin.« Joyce nahm ihren Arm und schob sie nach vorn, um ihr den Moment zu überlassen. »Ich fühle mich sehr geehrt, Teil ihrer Aktion sein zu dürfen.«

Irgendwann verschwand Calum, um mit Journalisten zu reden. Lorna und Joyce blieben allein zurück und betrachteten die Aktivitäten aus der Ferne.

»Und? Wie hat er sich angefühlt, der erste Pinselstrich?« Joyce betrachtete sie unter ihrem Trilby hervor. »Unter den Blicken all dieser Leute?«

»Unheimlich«, gab Lorna zu. »Ich habe keine Ahnung, wo er herkam, weder Farbe noch Form.«

»Wer weiß das schon? Das war sehr mutig von Ihnen.«

Lorna hegte den Verdacht, dass Joyce einfach nur nett sein wollte. »Mutig nicht gerade. Ich hatte gar keine Zeit nachzudenken. Die Musik begann, und ich musste reagieren.«

»Alle ersten Schritte erfordern Mut. Und es wird nicht einfacher, wenn man bei der Arbeit beobachtet wird, das weiß ich.« Joyce' Blick war fest. »Das war ein ganz schöner Kraftakt.«

»Danke«, sagte Lorna. »Und danke, dass Sie mich dazu gebracht haben, den Anfang zu machen. Sie haben recht, es war meine Aufgabe. Auch wenn Sie es besser gemacht hätten.«

»Das weiß ich nicht. Sie haben Ihre eigenen Vorstellungen«, sagte Joyce. »Sie sind eine sehr kreative Person, Lorna. Nur dass Sie eine sehr enge Sicht darauf haben, was für Ausdrucksformen Kreativität haben kann.«

Beide schwiegen sie. Plötzlich fühlte es sich an, als wäre die Welt auf den feuchten Innenraum des Zelts zusammengeschrumpft, als säßen sie wieder in Rooks Hall und unterhielten sich vor dem Kaminfeuer, beim Klang der tickenden Uhr und dem Geruch von Feuerholz und Hundehaaren. Lorna strahlte vor Stolz. Wenn ich dieses Gefühl malen müsste, dachte sie, wäre es von einem tiefen, warmen Rot.

»Ohne Sie hätte das alles nicht stattfinden können«, sagte Lorna schließlich. »Ohne Sie und Ihr wunderschönes Bild vom Musikpavillon.«

Joyce drehte sich zu dem Gemälde um, das prominent in einer Ecke des Festzelts ausgestellt war. Zwei Kinder standen bewundernd davor und zeigten ihrem Vater mit ihren pummeligen Fingern ein paar Details. Plötzlich spürte Lorna, was für ein Opfer Joyce gebracht hatte: Um Lorna ein Projekt zu verschaffen, hatte sich diese scheue Frau geöffnet und ihre kostbarsten Erinnerungen der Öffentlichkeit preisgegeben.

»Ich denke … Ich denke, Ronan hätte sich darüber gefreut, Joyce«, sagte sie. »Wenn Sie mir gestatten, das zu sagen.«

Lornas Worte hingen in der warmen, grasigen Luft: intim und mutig – viel mutiger, als ein Gemälde zu beginnen.

Joyce schaute sie an. »Und wenn Sie *mir* gestatten, das zu sagen«, erwiderte sie, »Ihre Mutter wäre stolz auf Ihre Vorstellungskraft.«

Lorna hielt die Luft an. Was würde ihre Mutter über den heutigen Tag tatsächlich denken? Wie ein Super-8-Film lief in ihrem Innern ihre Lieblingserinnerung ab: Mum, die sich von ihrem leicht gekippten Maltisch abwandte und für einen Moment von ihrer Arbeit losriss, um zu Lorna herabzulächeln und die Wahl eines bestimmten Stifts oder die Sauberkeit ihrer Ausmalübungen zu loben. Wie eine strahlende Göttin sah sie aus, das schwarze Haar zerzaust, das Gesicht energiegeladen. Wie sehr hatte Lorna sich gewünscht, wie sie zu sein. Energiegeladen und mit überirdischer Kraft begabt.

»Danke«, sagte sie. »Das gehört vermutlich zu den schönsten Dingen, die man mir je gesagt hat.«

Zur Teezeit leerte sich der Park allmählich. Tiffany und Hattie halfen Lorna, das Material in die Kisten zu packen, um es wieder zur Galerie zurückzubringen. Zum Schluss musste nur noch das Zelt abgebaut werden. Sam hatte eine Nachricht geschickt, dass er komme, sobald er die Arbeit auf dem Hof erledigt habe. Offenbar sollte sie nicht ohne ihn anfangen.

»Ihr beide fahrt schon mal nach Hause«, sagte Lorna, als sie das letzte Teil in den Kofferraum ihres Wagens geladen hatten – Joyce' Gemälde. »Ich warte auf Sam. Er wird bald da sein.«

»Mum und Dad sind um sechs zurück«, sagte Hattie. »Komm bitte nicht so spät.«

»Nein.« Lorna tätschelte ihren Arm. Hattie wirkte verängstigt, und man konnte es ihr nicht verdenken. »Nein, bestimmt nicht.«

»Da ist er auch schon.« Tiff nickte zu dem Landrover hinüber, der vor dem Tor vorfuhr. Sam saß allein in der Front. »Wir sehen uns später in der Galerie.«

358

Lorna winkte ihnen nach und blinzelte in die späte Nachmittagssonne, als Sam aus dem Landrover stieg und über den Rasen auf sie zukam. Er sah aus, als wäre er überstürzt aufgebrochen: Seine Jeans war zerschlissen, sein Haar verstrubbelt.

»Gut.« Er zeigte auf das Zelt. »Lass uns das Ding abbauen. Zieh schon mal das da raus ...«

Sie arbeiteten gut zusammen, und so lagen die Einzelteile innerhalb kürzester Zeit um sie herum verstreut. Lorna gefiel die systematische Weise, in der sie alles auseinanderbauten, die Teile ordentlich nebeneinander aufreihten und sich dabei unterhielten, ohne sich anschauen zu müssen.

»Das Zelt hat mich gerettet«, sagte sie. »Abgesehen davon, dass alles trocken geblieben ist, waren alle von dem Zelt begeistert. Es ist fantastisch.«

»Freut mich, dass ich helfen konnte.« Sam hievte die zusammengerollte Plane auf die Ladefläche seines Landrovers. »Ohne behaupten zu wollen, dass ich wüsste, was es heißt, Klänge zu malen – es schien ja ein großer Spaß zu sein. Wie ich hörte, haben die Leute Schlange gestanden.«

»Vermutlich wollten sie einfach nur im Trockenen sein.« Sie war enttäuscht, dass Sam es nicht mit eigenen Augen gesehen hatte. Vielleicht gab es viel Arbeit auf dem Hof, sagte sie sich. Seine Abwesenheit musste nicht bedeuten, dass er die Aktion für überkandidelten Schwachsinn hielt, nicht notwendigerweise.

Er drehte sich um und warf ihr einen anerkennenden Blick zu. »Das ist sicher nicht die ganze Wahrheit.«

Mit einem metallischen Geräusch warf Lorna den letzten Hering in die Tüte. Sie hatte keine Lust, in ihre Wohnung zurückzukehren und sich mit Jess' und Ryans schwelendem

Drama auseinanderzusetzen. Noch nicht. »Wir haben noch Kuchen übrig, und ich würde mich gerne einen Moment setzen.« Sie nickte zum Pavillon hinüber. »Kann ich dich auch dazu verlocken?«

»Mit Kuchen?« Sam klopfte sich auf den Bauch. »Leider ja.«

Der Park sah schon wieder aus wie immer. Hundebesitzer bevölkerten die Pfade, Jogger liefen im Slalom um sie herum. Lorna hatte auch noch eine halbe Thermoskanne Kaffee, den sie sich auf den Stufen des Musikpavillons teilten, zu den Resten des zerdrückten Biskuitkuchens.

»Deine Mum wäre begeistert von deiner Aktion«, erklärte Sam unvermittelt.

»Meinst du?« Sam war ihrer Mutter nur ein-, zweimal begegnet. Sie war sehr scheu gewesen und ihr Haus war kein Treffpunkt für Teenager. Auch wegen der lehrerhaften Ausstrahlung ihres Vaters vermutlich.

»Klar. Welcher Künstler wäre nicht beeindruckt? Und dann die Art und Weise, wie du alle einbezogen hast, selbst Leute, die sonst nie so etwas Verrücktes tun würden. Darf ich es ›verrückt‹ nennen?« Er zog die Augenbrauen hoch und wurde dann plötzlich ernst. »Das ist schon eine Leistung. Kreativ und praktisch – so bist du eben.«

Lorna hätte fast gesagt, dass sie das alles Joyce verdanke, schwieg dann aber. Ihre Brust bebte vor Stolz. »Danke. Aber Mum war eine richtige Künstlerin …«

»Was heißt schon ›richtig‹?« Er stieß ein verächtliches Schnauben aus. »Das könnte man auch von diesen anmaßenden Vollidioten in London sagen, die dich um dein Erbe gebracht haben.«

Lorna zuckte zusammen, und Sam wirkte reumütig.

»Entschuldigung«, sagte er. »Es macht mich nur wütend, wenn ich daran denke. Tut mir leid.« Er streckte seine Beine auf der Treppe des Musikpavillons aus. »Lass uns nicht wieder damit anfangen.«

Es machte ihn wütend? Lorna schaute ihn überrascht an. Das hatte er ihr nie gesagt. Andererseits hatten sie auch nie wieder darüber geredet. Lorna hatte Sam nie wiedersehen wollen, nachdem sich seine Warnung bewahrheitet hatte. Ganz zu schweigen von allem anderen … »Ich dachte immer, du hieltest mich einfach für töricht.«

»Das auch. Das hatte allerdings nichts mit Kunst zu tun, Lorna, davon verstehe ich nichts. Aber was du heute geleistet hast, ist tausendmal mehr wert.«

»Meinst du?«

»Klar.«

»Hast du die Bilder denn überhaupt gesehen? Ich dachte, du wärst den ganzen Tag auf dem Hof eingespannt gewesen.«

Sam wischte sich Krümel von der Jeans. Lorna fand das erstaunlich, so dreckig, wie sie ohnehin schon war.

»Ich, na ja … Ich war noch mal da. Nur kurz.«

»Dann hättest du doch zu uns kommen können!« Sie stieß ihn an. »Hattest du Angst, dass wir dir einen Pinsel in die Hand drücken?«

Ihre Blicke trafen sich. Plötzlich spürte Lorna, wie sie sich langsam, als wären sie zwei Magnete, einander zuneigten. Es war keine bewusste Entscheidung, es geschah einfach. Sie berührten sich nicht, nicht die Hände, nicht die Knie, nichts anderes. Da war nur diese elektrische Spannung zwischen ihren Gesichtern, die sich immer näher kamen, immer näher und näher, bis Sams Lippen, gleichzeitig weich und fest, auf Lornas Mund lagen und er sie küsste.

Sie küssten sich. Es war genau so, wie Lorna es sich immer vorgestellt hatte, ein ganz normaler Kuss, tausendfach verstärkt von dem Gefühl, dass die Zeit stillstand. Er schmeckte nach Kaffee und einer seltsamen Vertrautheit. Er roch nach warmer Haut und feuchter Jacke. Lornas Herz dehnte sich in ihrer Brust, rosiges Gold schimmerte hinter ihren Augenlidern. In dieser Blase wollte sie für immer und ewig verharren.

Aber dann wurde ihr bewusst, dass es irgendwo zu ihren Füßen klingelte. Ihr Handy, in ihrer Tasche. Lorna zog sich instinktiv zurück und wünschte sich im nächsten Moment, sie hätte es nicht getan.

»Dein Handy«, sagte Sam und zeigte auf die Tasche.

»Ich muss nicht drangehen«, erwiderte sie. Aber der Zauber war gebrochen. Jetzt würden sie mit unbeholfenen Worten darüber reden müssen.

»Und wenn es Jess ist? Erwartet sie dich irgendwo?«

»Zum Abendessen mit der Familie. Möchtest du auch kommen?« Lorna kramte halbherzig in ihrer Tasche. Ihr Herz pochte immer noch wild. Den schönen Moment hatte sie selbst zerstört. Und mit Jess wollte sie jetzt wirklich nicht sprechen.

»Ich würde schon.« Sams Stimme klang verändert. »Aber ich erwarte heute Abend noch einen Anruf. Etwas Berufliches.«

»Von einem Taubenliebhaber? Oder einem Feriengast?«

Sam antwortete nicht. Lorna schaute ihn an. Er drehte sein Handy in seinen Händen.

»Sam?«

»Von einem Kumpel, der als Headhunter arbeitet, wenn du es genau wissen willst. Ich habe ein paar Angebote in der Pipeline.«

Ein Headhunter? Das war nicht das, was sie erwartet hatte. »Was für Angebote?«

»In London.« Er versuchte es mit einem Achselzucken abzutun. »Die Diversifizierungspläne stehen. Gabe weiß, was er zu tun hat. Mehr oder weniger jedenfalls. Ich sollte ja nur vorübergehend zurückkommen, um ein paar Dinge in die Wege zu leiten«, fügte Sam defensiv hinzu.

Sie schaute ihn an. »Wissen deine Eltern davon?« Bei dem Abendessen hatte sie einen ganz anderen Eindruck gewonnen. Die Osbornes hatten ziemlich glücklich gewirkt, dass der Hof für eine weitere Generation bewahrt werden konnte.

»Ja.« Sam erwiderte ihren Blick, dann verzog er das Gesicht. »O Lorna, wir sind doch beide nicht für das Leben in der Provinz geschaffen. Ich wette, würde man dir einen Job in einer Galerie in Manchester anbieten, wärst du auch sofort auf und davon.«

»Wäre ich das?« *Dieser Mann ist ein Buch mit sieben Siegeln für mich*, dachte sie. Gerade noch hat er mich geküsst, wohl wissend, wie lange ich mich schon danach sehne, dabei plant er bereits seinen Abgang. Einen Abgang ohne mich. Sie erhob sich und nahm ihre Tasche. Ihre Haut legte sich vor Panik in Falten, wie Rudys. »Ich muss heim. Danke für das Zelt, Sam.«

»Lorna!«

Sie hörte ihn rufen, wollte sich aber nicht umdrehen, wollte ihn nicht sehen. Sie marschierte einfach weiter, bis sie den Park verlassen und die High Street erreicht hatte.

21

»Also …« Calum Hardy beugte sich vor, die Ellbogen aufgestützt, und betrachtete Lorna mit seinem schönsten Kunsthändlerblick. »… an diesem Punkt stehen wir also. Dezentrale kreative Autonomie – es liegt in unserer Hand. Oder besser – es liegt in Ihrer Hand.«

Mit diesen Worten drehte er die Hände herum, hob die Zeigefinger und deutete auf Lorna.

Lorna, die ihm im Restaurant gegenübersaß, verkniff sich ein Lächeln und versuchte, die Worte in eine sinnvolle Reihenfolge zu bringen. Calum Hardys Sätze begannen alle mit dem Wörtchen »also«, eine Art rote Fahne, die signalisierte, dass nun etwas äußerst Wichtiges kam. Mittlerweile nervte es Lorna nicht mehr, weil sie beschlossen hatte, ihn so zu sehen, wie er sich selbst vermutlich auch: als einen Mann, der unentwegt vom Kulturredakteur der BBC interviewt wurde – einen Mann, der die Kunst eigenhändig zu den Vorposten der Zivilisation brachte, Lokalereignis um Lokalereignis.

Calum hatte sie erneut zum Essen eingeladen, dieses Mal in das zweitbeliebteste Lokal von Longhampton, eine edle Hamburger-Bar namens Crazy Patty's. Lorna und Tiffany hatten schon dreimal vergeblich versucht, einen Platz dort zu bekommen. Immer wimmelte es von aufgekratzten Teenagern, die mit den saftigen Hamburgern kämpften, um dann neben den Neonschriftzügen von »Crazy« Selfies zu machen.

Lorna schob ihren Teller fort. Der Burger war perfekt gewesen, obwohl sie immerzu an die Kühe denken musste. Danke, Gabe.

»Im Amt ist der Musikpavillon immer noch das große Gesprächsthema«, fuhr Calum fort. »Die Aktion hat auf so vielen Ebenen funktioniert – Menschen zusammenbringen, eine kollektive lokale Erfahrung ermöglichen, Kunst als Prozess begreifen, das ganze Gedöns.«

Lorna nickte. *Das ganze Gedöns.* Sie würde Hattie fragen, ob man das heutzutage so sagte. »Ich hätte nicht gedacht, dass es so gut laufen würde, um ehrlich zu sein.«

»Ist es aber!« Calum strahlte sie an, und die Greifbarkeit seines Lächelns wärmte ihr Inneres. Die positive Einstellung tat ihr gut, zumal er wirklich an ihren Ideen interessiert zu sein schien. »Sie haben eine Vorgabe gemacht, alle sind darauf angesprungen ... und die Sonne ging auf.«

»Dass wir ein Zelt hatten, war durchaus hilfreich.«

»Das Zelt war fantastisch. Was mich an Ihnen so begeistert, ist Ihre Fähigkeit, jederzeit ein Festzelt aus dem Ärmel zu schütteln. Also ... was machen wir als Nächstes?«

»Wir?«, fragte Lorna. »Die Kunstwoche ist doch vorbei.«

Er zwinkerte ihr zu. »Man hat mich mit der Aufgabe

betraut, den Beitrag für den nationalen Kunstpreis der Kommunen zu koordinieren.« Er senkte die Stimme, um klarzustellen, wie ernst die Angelegenheit war. »Der Beitrag soll den Ort widerspiegeln, an dem man lebt, und Menschen zusammenbringen. Wenn wir Ihr Projekt, Klänge zu malen, nicht bereits umgesetzt hätten, wäre es genau das, wonach die Veranstalter suchen.«

»Können wir es nicht einfach noch mal machen?«, fragte sie. »Mit Hunden, äh, oder so? Wir könnten die Hunde dazu bringen, zur Musik über Leinwände zu laufen.«

»Nein, es muss etwas ganz Neues sein.« Er bedeutete der Kellnerin, ihm noch einen Milchshake zu bringen, dann zeigte er fragend auf ihre leere Kaffeetasse. Lorna nickte. Warum nicht? Es gab gar nicht genug Koffein in der Welt, um mit Calums rasantem Tempo mitzukommen.

»Ich kann Ihnen gleich sagen, was nicht funktioniert hat«, fuhr er fort. »Filmprojekte: Fehlanzeige – dafür sind die Menschen entweder zu schüchtern, oder sie drehen vollkommen durch. In einem Fall wurde es sogar obszön, nicht uninteressant allerdings. Wandgemälde: Fehlanzeige, weil man sie nicht auf einen Lkw verladen und zur Preisverleihung karren kann. Poetry-Slam: Fehlanzeige – damit dürfen Sie mir gar nicht erst kommen, auf gar keinen Fall. Was die Menschen so alles im Kopf haben! Und das in diesen Reimen!«

Was erwartete er von ihr? Lorna sah schon vor sich, wie Joyce die Augen verdrehte.

Wieder richtete Calum die Finger auf sie. »Ich weiß genau, was Sie denken. Sie denken, das kostet mich aber eine Menge von meiner kostbaren Zeit.« Er neigte den Kopf zur Seite. »Ich höre es förmlich. Aber denken Sie mal an die Genugtuung, etwas ganz Besonderes für die Stadt erreicht zu haben, eine Stadt – und da müssen wir uns nichts vormachen –, die ein bisschen Hilfe braucht, um ihre kreative Seite zu entdecken. Abgesehen davon wird auch ein Preisgeld ausgelobt, das für Kunsteinrichtungen gedacht ist. Und natürlich wird so ein Projekt großartige Werbung für Ihre Galerie sein. Der Stadtrat wird sämtliche Zusatzkosten übernehmen – im Bereich des Vertretbaren natürlich.«

Der Kaffee und der Milchshake kamen. Calum bedankte sich und bestellte gleich noch ein paar Schokoladentrüffel. Die lagen offenbar im Bereich des Vertretbaren.

Lorna war bewusst, dass sie ziemlich schweigsam war. »Haben Sie so etwas denn noch nie gemacht?«

»Doch, aber ich würde gerne *Ihre* Erfahrung mit einbringen. Das ist doch exakt Ihr Metier.« Endlich klang Calum natürlicher. »Wenn ich es recht verstehe, haben Sie Kunst in Krankenhäuser gebracht, oder? Ich habe Ihre Kurzbiografie gelesen und den Eindruck gewonnen, dass Sie Kunst als etwas betrachten, das die Welt fröhlicher macht.«

Er hatte sich über sie informiert, wie schmeichelhaft. »Die Idee dahinter ist sehr stark. Kunst kann heilen, auch wenn wir den Prozess noch nicht völlig begreifen. Mein Beitrag besteht allerdings eher darin, Kunst zu verbreiten, als sie zu erschaffen.«

»Nun kommen Sie schon.« Calum stutzte demonstrativ, als sei sie zu bescheiden. »Am Musikpavillon haben Sie doch Kunst geschaffen. Außerdem wären Sie ja nicht allein. Die ganze Stadt würde mitmachen.«

»Dann kann ich die Schuld auf die Stadt schieben, wenn es schiefgeht?«

»Haha!« Wieder zeigte Calum auf sie und zwinkerte neckisch. »Deadline für das Projekt ist Ende des Jahres. In ein paar Monaten müssten wir verkünden, was Sie vorhaben. Dann hätten wir noch sechs Monate für die Umsetzung.« Er hob die Hände. »Sie sind am Zug, Lorna.«

Die Trüffel kamen. Ohne auch nur nachzudenken, steckte sie sich gleich zwei in den Mund, bevor er sich eines Besseren besinnen konnte.

»Ich habe keine Ahnung, was ihm vorschwebt«, sagte Lorna. »Auch wenn mir schon das ein oder andere einfallen würde.«

»Ich würde bezweifeln, dass Mr Hardy weiß, was ihm vorschwebt«, erwiderte Joyce. »Das ist doch der Grund, warum er die Arschkarte an Sie weitergegeben hat. Verzeihen Sie meine Ausdrucksweise. In diesen Tagen geht die Sprache wirklich vor die Hunde. Scheußlich.«

»Bis Ende nächster Woche erwartet er Ideen, mit denen er ›spielen‹ kann.« Lorna lehnte sich zurück. Rudy, der zu ihren Füßen lag, schreckte auf, aber sie merkte es kaum. Ihr war selbst nicht klar, ob das Gefühl in ihrem Magen Angst oder Begeisterung war. Calum hatte sie angeschaut, als sei sie jemand, der Kunstaktionen für Massen organisieren könne. Er hatte keine Ahnung, wie falsch er da lag.

»Ihnen wird schon etwas einfallen«, fuhr Joyce fort. Ihre Stricknadeln wackelten und klapperten. In letzter Zeit schien sie gar nicht mehr mit dem Stricken aufhören zu wollen. Immer wenn Lorna vorbeischaute, hatte sie ein neues Teil begonnen. »Irgendetwas fällt einem immer ein.«

»Meinen Sie?«

»Ja natürlich. Die Inspiration ist etwas Sonderbares. Manchmal bleibt sie monatelang aus, und manchmal hört sie das Gras wachsen.«

»Hatten Sie nicht gesagt, sie kommt von hier?« Lorna klopfte sich auf die Brust, direkt über dem Herzen.

Joyce warf ihr einen unergründlichen Blick zu und konzentrierte sich dann wieder auf ihre Nadeln. »Ich hatte aber nicht gesagt, dass es die einzige Stelle ist, wo sie herkommen kann. Dieser Calum Hardy ... Es ist Ihnen ziemlich wichtig, ihn zu beeindrucken, nicht wahr?«

Lorna konzentrierte sich auf ihre eigene Strickarbeit: ein Hundemäntelchen für Rudy, das nicht so gut voranschritt wie Joyce' Arbeit. »Na ja, schon. Er hat eine Menge nützlicher Kontakte. Calum kennt ein paar der größten Künstler in Birmingham und London. Wenn ich ein paar ihrer Bilder in meiner Galerie hätte, wäre das nicht schlecht. Die Beschränkung aufs Lokale in allen Ehren, aber von dem, was wir mit Filzbroschen verdienen, werde ich mich im Alter kaum zur Ruhe setzen können.«

Das war noch milde ausgedrückt. Die Montagseinnahmen hatten nicht einmal die Kosten von Marys Keks-Großeinkauf gedeckt, und die Materialien für die Aktion am Musikpavillon hatte Lorna aus eigener Tasche bezahlt. Bald war April. Ein Drittel des Jahres war schon fast um.

Joyce drehte ihr Strickzeug um. »Offenbar hat er eine hohe Meinung von Ihnen. Sie wären das perfekte Kunstpärchen der West Midlands.«

»In *dieser* Hinsicht will ich ihn aber gar nicht beeindrucken«, erklärte Lorna und ließ ihr Strickzeug sinken. »Ich habe gar keine Zeit, mich mit Männern abzugeben. Erst einmal muss die Galerie in Gang gebracht werden.«

Obwohl … Ihre Gedanken schweiften ab, zu dem Lächeln, mit dem Calum sie über den Tisch hinweg angeschaut hatte, zu dieser echten Begeisterung, die hinter der Fassade des Hipsters aufschien. Das Problem an Calum war, dass er sie nicht wirklich kannte. Er kannte nur die Lorna von heute, die geradlinige, kompetente Galeriebesitzerin. Was er nicht wusste, war, dass sie als Künstlerin gescheitert war und eigentlich Soziologie studiert hatte.

Prompt musste sie an Sam denken. Er hatte sich seit dem Wochenende nicht mehr gemeldet, und sie selbst hatte ihn auch nicht angerufen. Nicht einmal, um ihm von dem angespannten Familienessen mit Jess und Ryan zu berichten.

Bernard raste zum Fenster und bellte so durchdringend, dass sein Fell zitterte. Der Postbote kam den Zuweg hoch und schaute immer wieder nervös auf das Haus.

»Fällt *Ihnen* zufällig etwas zu dem Thema ein?«, fragte Lorna und gab sich Mühe, beiläufig zu klingen.

»In meinem Kopf herrscht eine einzige Leere. Tut mir leid, aber vor diesen Kollektivereignissen, zu denen die Leute alle hinrennen, habe ich mich immer gedrückt. Ich arbeite lieber allein.«

Lorna war sich nicht sicher, wie sie Joyce' neutralen Tonfall interpretieren sollte. Wollte sie ihr nicht helfen? War das zu viel verlangt?

Sie schaute sich im Raum um. Ihr Blick fiel auf das Gemälde, das an einem niedrigen Couchtisch lehnte. Es war ihr beim Eintreten schon aufgefallen, aber dann hatte der Bericht über ihr Treffen mit Calum sie derart in Anspruch genommen, dass sie sich gar nicht mehr danach erkundigt hatte.

»Ist das Ihr Garten?« Lorna zeigte auf das Gemälde. Es musste sich um das Bild handeln, das Joyce und Bernie gemeinsam entworfen hatten, um die ganzjährige Blumenpracht hinter ihrem Cottage zu planen.

Joyce nickte. »Ich habe gemalt, mein Ehemann hat gepflanzt. Natürlich gibt es ein paar künstlerische Freiheiten ...«

Am Briefschlitz klapperte es. Bernard und Rudy sausten in den Flur. Ihr Gebell überschlug sich, laut und scharf.

Lorna konnte den Blick nicht von dem gemalten Garten losreißen. Irgendetwas daran setzte verschüttete Erinnerungen frei und riss sie auf dieselbe Weise aus dem Unterbewusstsein wie das Bild vom Cottage an der Steilküste. Ausladende Pinselstriche deuteten die Landschaft um Rooks Hall herum an – die Bäume, die Felder, den lastenden Himmel –, aber innerhalb des Mauerwerks wurde die Welt kantig und scharf. Wie in dem Gemälde vom Musikpavillon, das Joyce für Ronan gemalt hatte, wurde der Blick liebevoll auf jedes einzelne Blatt und jede einzelne Blume gelenkt. Es war eine große Leinwand, und jeder einzelne Zentimeter war gedankensatt.

Lorna schaute zum Kamin, um sich zu vergewissern, dass das Cottage an der Steilküste, mit dem sie sich so identifizierte, noch da war. War es. Aber die drei Linoldrucke, die eine ockerfarbene Säule gebildet hatten, waren verschwunden, nur drei geisterhafte Rechtecke an der Wand erinnerten noch an ihre Existenz. Deshalb fühlte sich der Raum so anders an – die scharfen farbigen Scherben waren verschwunden.

»Hängen Sie Ihre Sammlung um?«, fragte sie. »Sagen Sie Bescheid, wenn ich Ihnen helfen soll, Bilder zu schleppen.«

Joyce legte ihr Strickzeug in den Schoß. Sie presste die Lippen aufeinander, als ringe sie um Worte.

»Joyce? Ist alles in Ordnung?« Lorna zögerte, während die Hunde draußen endlich verstummten.

»Wenn es Ihnen nichts ausmacht, Lorna, dann würde ich gerne etwas mit Ihnen besprechen.«

Ihr Magen zog sich schmerzhaft zusammen. »Ja natürlich … Soll ich Tee kochen?«

»Nein, keinen Tee.« Joyce setzte sich in ihrem Sessel auf. »Und ich möchte, dass Sie mich ausreden lassen, bevor Sie etwas sagen.«

Bernard und Rudy kamen in den Raum geschlichen, als spürten sie, dass irgendetwas los war, irgendetwas, was sie verscheuchen mussten.

Joyce redete ganz ruhig. »Ich muss aus diesem Haus raus.«

Was? Lornas Verstand raste. Der Brief, den sie im Flur gesehen hatte – es musste um das Mietverhältnis gegangen sein. Die Osbornes hatten sich nicht die Mühe gemacht zu warten, ob Lorna mit Joyce »reden« würde.

»O Gott, nein. Wirklich? Warum?«

Joyce zuckte mit den Achseln. Als ihre Schultern vornübersackten, hing die Brosche ein Stück weiter herab als üblich. Joyce schien ihre Kleidung noch weniger auszufüllen als zuvor.

»Das tut jetzt nichts zur Sache. Ich muss ausziehen. Und ich würde die Entscheidung lieber selbst treffen, als hier herausgeschleppt zu werden, schreiend und um mich tretend. Das hat etwas mit Würde zu tun. Nein, lassen Sie mich ausreden …« Joyce hob die Hand, um Lornas Protest zu ersticken. »Damit stecke ich in einem Dilemma. Die Möglichkeiten, wo ich mit Bernard hingehen kann, sind begrenzt.« Sie zeigte auf den treuen Hund, der zu ihren Füßen Wache saß. »Es gibt Einrichtungen für betreutes Wohnen, aber die haben natürlich lange Wartelisten. Keir wollte mich unbedingt in dieses Mausoleum für Alte stecken, aber dahin kann ich den Hund nicht mitnehmen, also scheidet das aus. Er ist schon sein ganzes Leben lang bei mir und hat nichts gefordert als meine Gesellschaft. Ich werde nicht zulassen, dass er in seinem Alter ein neues Zuhause bekommt.«

»Nein, natürlich nicht. Der arme Bernard würde Sie furchtbar vermissen. Rudy vermisst Betty immer noch, nicht wahr, Rudy?«

Lorna beugte sich hinab, um Rudys zerzauste Schnauzhaare zu streicheln. Die Vorstellung, dass Bernard in einem Betonzwinger landen könnte, war grauenhaft. Nicht ganz so grauenhaft allerdings wie die Vorstellung, dass Joyce ihr geliebtes Haus verlassen musste. Die Wut jagte ihr einen eiskalten Schauer über den Rücken. Wie konnte Sam das zulassen? Wie konnte er ein solches Theater veranstalten und überall Handgriffe anbringen, wenn er Joyce sowieso rausschmeißen wollte … wie eine Hausbesetzerin. Sie hatte doch sicher Rechte, oder?

Lorna richtete sich auf und bemühte sich um eine optimistische Miene. »Nun, um Bernard müssen Sie sich keine Sorgen machen. Bei Rudy und mir wird immer Platz für ihn sein, was auch immer passiert.«

»Ich hatte eher gehofft, dass wir beide kommen können.«

»In *meine* Wohnung?«

»Nur, bis ich etwas anderes finde.« Joyce faltete die Hände im Schoß. Ein brave, ergebene Geste, die Lorna so gar nicht mit ihr in Einklang bringen konnte.

»Oh.« Irgendetwas an der Art und Weise, wie Joyce ihre Bitte vortrug, legte die Vermutung nahe, dass sie es geübt hatte. »Ich meine, Sie sind natürlich herzlich willkommen, aber … sind Sie sicher, dass Sie nicht lieber an einem ruhigeren Ort wären?«

Joyce schaute zu dem Gartenbild hinüber. Ihr Brustkorb hob und senkte sich, als sie zwei-, dreimal einatmete. Sie schien mit dem Gemälde zu kommunizieren, bevor sie sagte: »Wenn ich ehrlich sein soll, Lorna – diese Woche, die ich mit Ihnen und Ihren Freundinnen verbringen durfte, hat etwas in mir ausgelöst. Nachts bin ich aufgewacht und hatte plötzlich Ideen im Kopf, zum ersten Mal seit vielen Jahren. Ich habe das Gefühl, dass sich in mir etwas rührt, irgendetwas, was ich rausholen möchte, solange ich noch kann. Solange ich noch …«

Sie zeigte mit einer steifen Geste auf ihr Gesicht. Offenbar spielte sie auf ihr Augenlicht an.

»Sie sind ein höflicher Mensch«, sagte Lorna. »Ich dachte, wir hätten Sie wahnsinnig gemacht.«

Joyce lachte trocken und schaute aus dem Fenster. »In einer Ecke im Garten steht ein Apfelbaum«, sagte sie. »Ich weiß nicht, ob Sie ihn bemerkt haben – nun, vermutlich nicht. Bernard hat ihn zu Ronans Geburt für mich gepflanzt. Ich dachte schon, er sei abgestorben, weil er schon seit Jahren keine Früchte mehr trägt. Andererseits habe ich es auch nicht übers Herz gebracht, ihn auszugraben. Dieses Frühjahr hat er aus Gründen, die ich nicht verstehe, plötzlich wieder geblüht. Zunächst dachte ich, die Blüten seien von einem anderen Baum herübergeweht, aber es war tatsächlich der Apfelbaum. Wenige rosafarbene Blüten.«

Lorna beugte sich vor.

»Ich würde gern eine letzte schöne Sache schaffen«, bekannte Joyce. »In meinem Innern lauert eine letzte schöne Sache, und ich muss irgendwo sein, wo ich von Gesprächen, Farben und Menschen umgeben bin.«

»Okay …«

»Ich werde Ihnen einen Handel vorschlagen. Für jeden Monat, den ich bleibe, ein Gemälde. Wie wär's? Ich dachte … das erste könnte vielleicht der Garten sein. Was meinen Sie? Gefällt es Ihnen?«

»Natürlich gefällt es mir. Es ist überwältigend, Joyce, aber das kann ich nicht annehmen. Das ist viel zu persönlich.«

»Warum nicht? Sie sind die einzige Person, die die Geschichte dahinter kennt. Für alle anderen ist es einfach nur ein Garten. Alle anderen würden sogar eine eigentümliche Abweichung von meinem Stil darin sehen, daher ist es vermutlich nicht mal viel wert.«

Lorna betrachtete die trotzige alte Dame im Sessel. Sie wusste nicht, was sie sagen sollte. Die taumelnden Empfindungen in ihrem Innern waren zu chaotisch und zu wichtig, um sie in Worte fassen zu können.

»Oje«, sagte Joyce. »Sie sind verlegen.«

»Ich bin nicht verlegen, ich bin nur … überrascht.« Lorna kämpfte mit sich. »Natürlich können Sie bei mir wohnen. Natürlich. Es ist nur …« Sie schaute sich in dem Raum um. Er war so voller Leben. Wie schwer musste es für Joyce sein, das alles hinter sich zu lassen? »Wann müssen Sie ausziehen?«

»Sehr bald schon.«

Lorna versuchte, ihre Wut im Zaum zu halten. Wie konnten die Osbornes Joyce so etwas nur antun? Hier hatte sie mit ihrem Mann zusammengelebt, um ihren Sohn getrauert, die Werke eines ganzen Lebens erträumt und erschaffen und in die Welt geschickt. Und nun sollte sie innerhalb weniger Tage zusammenpacken?

»Nein«, erklärte sie. »Das können wir nicht zulassen, Joyce. Was auch immer man Ihnen gesagt hat, Sie müssen dieses Haus nicht verlassen. Es ist nicht richtig, Sie hier rauszuschmeißen. Keir muss Möglichkeiten haben, Ihnen zu helfen. Sicher gibt es Vorkehrungen zum Schutz …«

Bernard sprang auf, als er die Angst in Lornas Stimme vernahm, und rannte bellend hin und her.

Joyce hob eine Hand. Der Stolz machte sie entschlossen. »Bitte, Lorna. Sie sind die einzige Person in meinem Umfeld, die mich nicht wie eine senile Verrückte behandelt, also fangen Sie jetzt nicht damit an. Wenn ich Sie ernst nehme, dann nehmen Sie mich bitte auch ernst. Eines der ersten Privilegien, die man im Alter verliert, ist die Möglichkeit, eigene Entscheidungen zu treffen. In dem Stadium befinde ich mich noch nicht.«

Lorna zuckte zusammen.

»Würde es Ihnen etwas ausmachen, mit Bernard rauszugehen?«, fragte Joyce. »Denken Sie über meine Bitte nach und teilen Sie mir bei Ihrer Rückkehr Ihre Entscheidung mit.«

Lorna legte beide Hunde an die Leine und nahm den Pfad zur Straße und dann den Fußweg, der an den Feldern entlangführte. Frisches grünes Gras spross jetzt dort.

Gedanken schossen ihr durch den Kopf und lösten einander ab, bevor sie einen überhaupt zu Ende denken konnte. Die Gemälde – Joyce' stählerner Blick – die leeren Stellen an den Wänden – ihre eigene Wohnung, von Menschen bevölkert – Joyce' Welt, verloren. Eine flüchtige Ahnung, dass das nicht die ganze Geschichte sein konnte, wurde von ihrer Empörung überlagert. Wie konnte Sam das zulassen?

Als Lorna um die Ecke bog, sah sie ein Quad über die Weide holpern. Ehe sie sich's versah, winkte sie es herbei. Wenn es Sam war, umso besser, dann konnte sie ihm gleich ihre Meinung geigen und musste nicht erst zu seinem Haus marschieren, um ihm vor seiner Familie eine Szene zu machen.

Bernard und Rudy bellten und zogen an der Leine, als sich das Quad näherte. Nun erkannte Lorna, dass der Fahrer größer war als Sam. Es war Gabe, eine Baseballkappe auf dem Kopf. Aus irgendeinem unerfindlichen Grund verstärkte die Kappe ihren Hass auf ihn noch.

Bevor sie etwas sagen konnte, rief er ihr bereits zu: »Was tust du hier? Auf der Weide steht Vieh.«

»Ich gehe mit den Hunden spazieren. Sie sind an der Leine, und dies ist ein öffentlicher Weg«, rief sie zurück.

Ein paar Meter vor ihr hielt er an und nickte zu Bernard hinüber. »Auf den solltest du besser ein Auge haben. Das ist doch der Hund von der alten Mutter Rothery, oder? Der kleine Bastard. Er hat Glück gehabt, dass er Simon nicht vor die Flinte geraten ist. In der Nähe von Tieren hat er sich nicht unter Kontrolle.«

Simon, der hinterhältige Simon, muss ihm erzählt haben, dass ihr Bernard davongelaufen ist. Gabriel feixte, als habe er einen guten Witz gemacht, und Lorna hasste ihn noch mehr. Wenn Sam nach London zurückkehrte, würde Gabriel die Verantwortung für den ganzen Betrieb übernehmen. Ein schrecklicher Gedanke.

»Das wird ja nicht mehr lange ein Problem sein, oder?«, fauchte sie.

»Was willst du damit sagen?«

»Dass ihr Rooks Hall bald für Touristen aufmotzen könnt. Wie ich hörte, zieht Joyce aus.«

»Offenbar.«

»Das ist eine Schande, wenn ihr mich fragt.« Sie reckte das Kinn. »Für eine alte Person ist es nicht so leicht, irgendwo ein neues Leben zu beginnen, besonders mit einem Hund.«

Gabriels Grinsen erlosch. »Klar, du bist der Meinung, wir denken nur an uns, was? Die bösen Bauern, die nur ihren Gewinn im Kopf haben.«

»Ist es nicht so?«

Er schnaubte abfällig. »Da solltest du dich lieber mit Sam anlegen. Der trifft in letzter Zeit die Entscheidungen hier. Wir anderen tanzen nur nach seiner Pfeife. Wenn Sam sagt, dass wir mehr Geld mit den Cottages machen sollen, dann geschieht es auch so. Über mich musst du dich gar nicht so aufregen.«

Jede mögliche Antwort löste sich in der weißen Hitze ihrer Wut auf. Lorna spürte, wie eine Welle der Energie durch ihren Körper floss, größer und stärker als alles, was sie bislang empfunden hatte. Sie konnte sich kaum beherrschen, Gabriel nicht sein selbstgefälliges Grinsen aus dem Gesicht zu schlagen, und ballte die Fäuste. Die Hunde bellten an ihren Knöcheln, weil sich die Anspannung durch die Leinen übertrug.

»Was denn?« Er schaute sie von seinem Quad herab an. »Willst du mich schlagen?«

Lorna schüttelte den Kopf und sagte gequält: »Das ist

alles so widerwärtig, das kannst du Sam gerne ausrichten. Er ist schließlich dein Chef.«

Als sie auf den Hacken kehrtmachte, dachte Lorna bereits darüber nach, wie sie ihre Wohnung umräumen sollte, damit Joyce einziehen konnte, wann auch immer sie wollte.

22

Lornas Idee kam vollkommen unerwartet, als sie den traurigen Zustand ihrer Fußnägel begutachtete – nicht weil sie darüber nachgedacht hätte, wie sie Calum Hardy und die Kunstjury beeindrucken könnte.

Es war Dienstagabend. Tiff war fort, um gegen Bares auf die Kinder von Keirs Chef aufzupassen. Lorna war also allein in der Wohnung und nutzte die Gelegenheit, um Yoga zu machen. In ihrem Raum für kreatives Denken herrschte das reinste Chaos, da an den Wänden die zusammengeklappten Staffeleien lehnten und auf dem Boden die Gästebettdecken lagen. Schließlich fand sich ein Plätzchen, wo sie ihre Yogamatte ausrollen konnte. Sie dehnte die Muskulatur und hörte die Geräusche des Abends durch den Raum treiben.

Das Wetter war ungewöhnlich warm für April. Lorna roch gegrilltes Fleisch und das feuchte Grün der Blumenampeln, die draußen gerade von einer Hebebühne aus ge-

wässert wurden. Irgendwo bellte ein Hund – es bellte immer
irgendwo ein Hund –, und ihre Gedanken wanderten zu
Joyce' gemaltem Garten, der am Kamin hinter ihr lehnte.
Joyce hatte das Bild eingewickelt, während sie die Hunde
ausgeführt hatte, und als Lorna zurückgekehrt war, noch
geladen von der Begegnung mit Gabriel, und erklärt hatte,
dass Joyce gern bei ihr wohnen könne, hatte Joyce genickt
und darauf bestanden, dass Lorna das Bild hinten in ihr
Auto lud.

Damit waren sie sich handelseinig.

Lorna hievte sich in den Schulterstand und fixierte den
Kamin, damit sie nicht wackelte. Aus dieser Perspektive
hatte das Gemälde fast etwas Unheimliches. Der Himmel
aus breiten Pinselstrichen im Grau alter Schlachtschiffe
wirkte bedrohlich vor den zärtlichen Details des Gartens.
Es gab so viele Details, dass der Garten absolut lebendig
wirkte. Die Rosen mit den zarten Knospen. Das funkelnde
Auge der Katze, die sich im Gebüsch versteckte und zu dem
Nest mit den Küken mit ihren rosafarbenen Schnäbeln hin-
aufspähte. Alles im Garten war hell und pulsierend. Alles
außerhalb war dunkel und unheilvoll und wurde von den
pingeligen Gärtnern in Schach gehalten.

Aber nicht nur der dunkle Himmel war unheimlich,
dachte Lorna. Der Garten selbst war es auch. Wenn man
näher hinsah, entdeckte man rote Tulpen, die neben perlen-
artigen Misteln standen, neben denen wiederum aufgeplus-
terte Pfingstrosen, löwenmähnenartige Chrysanthemen und
winterliche Schneeglöckchen blühten. Schmetterlinge –
Kleine Füchse – hoben sich glänzend wie Emaille vom Frost
ab. Sämtliche Jahreszeiten schrien zur selben Zeit nach
Licht – Zeit und Natur von der Malerin neu geordnet, bis

sie ihren Vorstellungen entsprachen, angeleitet von einem unsichtbaren Gärtner, der Ratschläge zu Beeten, Boden und Sonneneinstrahlung gab.

Lorna ließ sich wieder hinab und setzte sich in den Schneidersitz, den Garten weiterhin im Blick. Er war bunt und geistreich, aber es gab einen Missklang, den sie noch nicht benennen konnte. Welcher Spur musste man folgen, um das Geheimnis dieses Gartens zu lüften? Und dann sah sie es, in der Ecke: ein Bäumchen mit glänzenden Früchten, Blüten und schattigen Blättern. Es war der Apfelbaum, von dem Joyce erzählt hatte, der Baum, der dieses Jahr unerwartet geblüht hatte.

Ihr Herz krampfte sich zusammen, als ihr klar wurde, was das bedeutete: das schmerzliche Geheimnis im Füllhorn explodierender Wunder – der verzweifelte Wunsch, die sich ewig fortbewegende Zeit zum Stillstand zu bringen.

Als wären zwei Menschen wild entschlossen, die Dunkelheit des Winters nie wieder an die Schwelle ihres Hauses treten zu lassen. Als hätten trauernde Eltern entschieden, der Zeit, dem Kummer und der Finsternis zu trotzen, mithilfe von Farben, Gerüchen, Früchten und Beeren, ein ewiges Sprießen und Blühen, der Sonne zugewandt.

Diese Bewegung. Sie tickte in Lornas Kopf wie die Kaminuhr in Rooks Hall. Überall blühten Blumen auf. Überall wuchsen Beeren. Stricknadeln klickten. Wolle schlängelte und verknotete sich. Gefühle, Wolken, Regen, Geräusche, Liebe – Joyce griff diese flüchtigen Empfindungen aus der Luft und fixierte sie, bemächtigte sich ihrer. Sie konnte die Zeit mit Auge und Pinsel anhalten, Erinnerungen aufscheinen lassen, Rosen im Winter zum Blühen bringen, Wollfäden in Flügel und Ohren verwandeln.

Und plötzlich stand es Lorna so klar vor Augen, als hätte es ihr gerade jemand vor die Nase gesetzt. Mit einem Mal wusste sie, wie sie das Kunstprojekt der Kommune in etwas wahrhaft Erstaunliches verwandeln konnte.

Die Idee entfaltete sich in ihrer Fantasie und erzeugte ganz von selbst die Details und Bilder, die ihre Fragen beantworteten, bevor sie sich überhaupt stellten. Ihr Herzschlag beschleunigte sich. Sie verspürte das starke, drängende Bedürfnis, es jetzt sofort vor sich zu sehen, in aller Vollendung – bevor irgendetwas sein unendliches Potenzial zerstören konnte.

Einen Moment lang legte sich Lorna flach auf den Boden und überließ sich der unerwarteten Euphorie. Sie spürte den Druck der Dielenbretter im Rücken, atmete den Duft der Abendluft ein, hörte das Knallen von Autotüren und die Stimmen der Leute auf der Straße. Sie selbst trieb in diesem Augenblick auf dem Scheitel einer Welle.

Dann setzte sie sich schwungvoll wieder auf, erhob sich und griff nach ihrem Laptop, um ihre Visionen Gestalt annehmen zu lassen.

»Wenn es richtig gemacht ist, wirkt es natürlich ganz anders.« Lorna arrangierte die Blumen auf dem Schreibtisch. Die Blütenblätter hatten verschiedene Größen, und man konnte den Pinselstiel im Stängel erkennen, aber für eine allgemeine Vorstellung reichte es. »Sie müssten auch ordentlicher gearbeitet sein«, fügte sie hinzu. »Andererseits hat es natürlich seinen ganz eigenen Reiz, dass alle verschieden sind.«

»Und wie viele brauchst du davon?«, fragte Tiffany.

»So viele wie nötig eben.« Lorna wandte sich an Caitlin, die Wollkünstlerin, die extra nach Longhampton gekommen war, nachdem sie in den letzten Tagen begeisterte E-Mails ausgetauscht hatten. Caitlins Enthusiasmus war auf eine harte Probe gestellt worden, als sie Lorna davon zu überzeugen versucht hatte, dass ihr Plan funktionieren könnte. Bis in die späten Abendstunden hinein hatte sie stets geduldig geantwortet. »Wie viele glaubst du, Cait? Damit es wirklich eine überwältigende Szenerie wird?«

»Keine Ahnung.« Caitlin schob die Hand in ihre Löwenmähne und kratzte sich am Kopf. »Tausend? Fünftausend? So etwas habe ich noch nie gemacht. Ich habe nur davon gelesen.«

»Mehr, würde ich denken«, sagte Joyce. »Warum nicht zehntausend?«

Tiffany stieß ein röchelndes Geräusch aus.

Joyce nickte ihr aufmunternd zu. Lorna hatte sie gebeten, ihr die Idee erst allein darlegen zu dürfen, aber Joyce hatte darauf bestanden, die anderen einzubeziehen. »Sie müssen hundertprozentig hinter der Sache stehen«, hatte sie gesagt und sich die Ohren zugehalten, um Lornas Einwände abzuwehren. »Sie müssen daran glauben! Kollektive Kunst ist etwas Außergewöhnliches.«

»Sie werden auch nicht alle aussehen wie diese hier«, fuhr Lorna fort. »Wir würden ganz unterschiedliche Dinge stricken – Blüten aus jeder Jahreszeit, Rosen, Gänseblümchen, Mohnblumen, Sonnenblumen. Und Äpfel! Wir könnten Äpfel und Birnen ausstopfen und an Bäume hängen.«

»Und Ananas«, sagte Joyce. »Bananen.«

»Bananen? In Longhampton?« Tiffany runzelte die Stirn. »Außerdem wird ja Winter sein, oder? Sollten wir uns da nicht lieber auf etwas Weihnachtliches verlegen? Ein Rebhuhn vielleicht … in einem Birnbaum?«

»Nein, das ist ja der Witz. Keine Jahreszeiten, keine Grenzen. Wir werden Longhampton für einen Tag in einen geheimen Garten verwandeln, mitten im Winter. Das ist Magie! Könnt ihr euch das vorstellen: Abends liegt die High Street noch grau und trüb und winterlich da, um sich dann, wenn die Leute morgens aufwachen – wow! –, in einen einzigen Blumenladen verwandelt zu haben?«

»Aber zehntausend Blumen …«

»Das bezieht sich doch auf die ganze Stadt. Alle werden mitmachen dürfen. Hier in der Galerie werden Strickkurse stattfinden; wir werden Strickmuster und Wolle aushändigen. Außerdem gehen wir in die Schulen. Vielleicht können wir die Schüler dazu anleiten, ganz einfache Blumen zu stricken. Oder sie produzieren meterweise Stängel mit diesen Stricklieseln. Natürlich nutzen wir auch das geballte Stricktalent der Bewohnerinnen unserer Pflegeheime. *Jeder* kann sich beteiligen. Es geht schnell und einfach, und es ist … es ist …« Lorna war plötzlich außer Atem. Ihr fehlten die Worte, um ihrer Begeisterung Ausdruck zu verleihen.

Niemand sagte etwas. Hinter ihnen betrat ein Kunde die Galerie und ging direkt zum Silberschmuck durch. Alle liebten den Silberschmuck.

Joyce beendete den Satz, den Lorna in der Schwebe gelassen hatte. »Es ist Kunst.« Sie legte ihr Strickzeug in den Schoß und klatschte, die Hände elegant in die Höhe gereckt, als würde sie einem Virtuosen applaudieren.

Lorna lächelte so begeistert, dass ihre Wangen schmerzten. *Kunst.* Sie fühlte sich ganz leicht – leicht und schwebend angesichts der Möglichkeiten, die sich vor ihr ausbreiteten.

»Ich bin jedenfalls Feuer und Flamme«, sagte Caitlin. »Du bist ein Genie, Lorna. Wann können wir loslegen?«

Lorna griff nach ihrem Notizbuch. »Ich habe mal einen Projektplan entworfen. Hier, das sind die Orte, die wir meiner Meinung nach einbeziehen sollten. Die Bäume an der High Street sind im Winter kahl, sodass die Blüten an den Ästen gut zur Geltung kommen. Und aus den Gitterzäunen überall in der Stadt können wir Beete zaubern.« Sie zeigte auf die Karte von Longhampton, die sie ausgedruckt und mit Markierungen versehen hatte. »In der Bücherei können wir große Sonnenblumen aufhängen, und an der Rathausfassade lassen wir Kletterrosen hochranken. Wir können sie an einem großen Netz befestigen.«

»Für euch Strickgenies mag das ja schön und gut sein, aber habt ihr auch Strickmuster?«, fragte Tiffany. Sie zeigte auf die Mohnblume mit ihren gewellten roten Blütenblättern. »Wenn ich mir das anschaue … Das ist sicher schon mittlerer Schwierigkeitsgrad, mindestens. Mir müsste man so etwas erst mal erklären.«

»Strickmuster können wir doch herstellen, oder?« Lorna wandte sich an Caitlin. »Gibt es im Internet Leute, die so etwas können?«

»Ganz bestimmt. Ich glaube, es gibt sogar Apps für so etwas. Wir bräuchten nur Zeichnungen.«

»Ich könnte die Blumen malen«, sagte Joyce. Sie streckte die Hand aus und zupfte die Blätter der Mohnblume zurecht. »Das wird mein Beitrag zu dem Projekt sein.«

Lorna fing ihren Blick auf und registrierte das Lächeln in ihren Mundwinkeln. Das war Joyce' »schöne Sache«, der kreative Impuls, der in ihrem Innern lauerte, bestärkt durch das Apfelbäumchen, das sie mit seiner unverhofften Blüte überrascht hatte. Sie wollte sie mit Lorna teilen – was für eine Ehre.

»Ich lasse mich von meinem Garten inspirieren«, fuhr Joyce fort. »Es werden natürlich keine detaillierten Zeichnungen, da meine Augen das nicht mehr mitmachen. Aber vielleicht ist das sogar besser so.«

»Genau«, sagte Lorna. »Je einfacher, desto besser.«

»So einfach wie möglich«, sagte Tiffany. »Bitte!«

Lorna hätte Joyce nach Rooks Hall gefahren, aber Keir hatte dafür gesorgt, dass Shirley diese Ehre zufiel. Sie musste sie nämlich auch noch zu einem Termin im Krankenhaus bringen, von dem Joyce nichts wissen wollte. Während sie ein paar frisch eingetroffene Aquarelle musterte, murmelte Keir Lorna zu, dass es sich lediglich um eine Kontrolluntersuchung handelte, wegen ihres Sturzes.

»Man möchte ein paar Untersuchungen durchführen«, flüsterte er, Joyce immer im Blick. »Nur um sicherzustellen, dass sie richtig isst. Oder vielleicht will man auch herausfinden, *was* sie isst, weil sie so viel Energie hat. Dann könnte man andere Alte auch auf die Joyce-Rothery-Diät setzen.«

Lorna taten die Schwestern im Krankenhaus jetzt schon leid. Der Rollator stand im Hinterhof, immer noch in der Plastikhülle, wütend ins Exil verbannt. »Hören Sie, Keir, ich muss etwas mit Ihnen besprechen«, sagte sie leise. »Es geht um Joyce' Mietvertrag. Offenbar hat man sie rausgeschmissen.«

»Shirley ist da!«, verkündete Tiffany, als es draußen hupte. »Sie steht schon wieder im absoluten Halteverbot.«

Keir warf Lorna einen gequälten Blick zu. »Wenn ich es schaffe, rufe ich Sie später an«, sagte er. »Heute habe ich ständig irgendwelche Treffen. Es ist, als hätten sich die Leute ihre Probleme für das schöne Wetter aufgehoben.«

»Auf Wiedersehen, auf Wiedersehen!« Joyce winkte allen zu, als sie hinauseilte. Plötzlich schien die Galerie ein wesentlich ruhigerer Ort zu sein.

»Wahnsinn«, sagte Caitlin, das Hundemäntelchen in der Hand, das Joyce während ihres Gesprächs fertiggestellt hatte. Es war einem Einhorn nachempfunden, mitsamt Horn und Flügeln. Joyce' Fantasie ging mit ihr durch. »Mrs Rothery ist … der Wahnsinn.«

»Absolut«, bestätigte Lorna.

Der Rest des Nachmittags verlief ohne große Ablenkungen, sodass sich Lorna auf ihre Internetrecherche konzentrieren konnte. Sie verkaufte drei Geburtstagskarten und eine Muschelkette, aber vor allem fand sie Anleitungen, wie man Bilder in Strickmuster verwandelte. Um vier klingelte das Türglöckchen. Als Lorna aufschaute und die große Gestalt eintreten sah, tat ihr Herz wie immer einen Satz, bevor ihr Gehirn es zur Ordnung rufen konnte.

Es war Sam.

Sie klappte den Laptop zu und versuchte, ihre Gedanken zu sortieren. Seit der Kunstwoche hatte sie ihn nicht mehr gesehen, und ihr Stolz hatte sie davon abgehalten, sich bei ihm zu melden. Der Kuss – dieser perfekte, gestörte Kuss – war noch Tage später durch ihren Kopf gegeistert, aber sie hatte beschlossen, ihn zu verdrängen. Und er hatte es offenbar auch getan, jedenfalls hatte er sich nicht gemeldet.

Vielleicht ist der Moment jetzt gekommen, dachte sie. *Sam ist hier, um mir noch ein demütigendes Gespräch aufzudrängen.*

Sie glitt von dem hohen Hocker und richtete sich zu voller Größe auf. »Hallo«, sagte sie, aber ihre Stimme klang unbehaglich.

Sam zeigte auf die Wand hinter ihr. »Ich interessiere mich für ein paar deiner schönsten Kunstwerke. Etwa fünfundzwanzig. Verschiedene Größen und Farben, bitte.«

Oh. *Das* hatte Lorna nicht erwartet.

»Aha. Und was für Motive? Was für ein Stil?« Sie zeigte auf die Pastelle, die sie soeben aufgehängt hatte, von einem jungen College-Absolventen, der eher abstrakt malte. »Künstler? Medium?«

»Oh, Medium ist wunderbar«, sagte Sam ernst. »Aber ich hätte auch gerne welche in L und S und eines in XXL.«

»Haha.« Lorna musste ihre Hände mit irgendetwas beschäftigen. »Tee? Ich wollte gerade welchen kochen.«

»Das wäre nett, danke. Ist das hier alles, was du hast?«

»Hinten habe ich noch mehr.« Lorna ging in Richtung Büro, um den Wasserkocher anzustellen. Sie biss sich auf die Zunge, um sich nicht danach zu erkundigen, wie das Gespräch mit dem Headhunter verlaufen war. Wann würde er die Stadt verlassen? »Muss es sich um Nutzvieh handeln? Die Kühe sind mir fast ausgegangen, aber vielleicht bekomme ich noch ein paar Schafe rein.«

Sam folgte ihr durch die Galerie. »Tiere nicht. Vielleicht eher ... friedliche ländliche Szenen?« Er war jetzt ernster. »Alles ist im Wesentlichen weiß. Mum hat ein paar von diesen schicken Kunstkarten in fünfzig gedeckten Weißschattierungen gekauft. Jetzt weiß ich, wie sich ein Eisbär fühlen muss – Schnee, so weit das Auge reicht. Vermutlich machst du keine Hausbesuche, oder?«

Lorna spülte die Teekanne mit heißem Wasser aus und

hängte zwei Teebeutel hinein. Mary hatte keine Prinzipien für ihre Galerie gehabt, aber strenge Regeln, was das Teekochen betraf: keine Beutel in Tassen, Kanne immer vorgewärmt. »Sind die Bilder für dich? Gestaltet ihr euer Haus neu?«

Schon während sie das sagte, war ihr klar, dass es nicht so war. Es war einfach ihr Wunsch, dass er es bestätigte – und dass Gabe falschgelegen hatte.

»Nein, für die Ferienhäuser.«

Sie fummelte an der Teedose herum. *Ich muss etwas sagen. Ich muss etwas sagen.* Lorna hasste Szenen, hasste Unhöflichkeit. Aber ihre Freundschaft mit Sam war so rein gewesen, das einzig Verlässliche in ihrem Leben, neben Ryan und Jess. Sie konnte es kaum glauben, dass er seine freundliche Art einfach so abgelegt haben sollte. Das stellte alles infrage, was sie je über ihn gedacht hatte, alle Standards, an denen sie Männer seither gemessen hatte.

Dann platzten die Worte aus ihr heraus: »Wie ich hörte, habt ihr ja bald noch ein Cottage zu renovieren.«

Das Wasser kochte, der Wasserkocher stellte sich ab, und Schweigen füllte den Raum. Das einzige Geräusch kam von Rudy, der in seinem Korb unter dem Schreibtisch schwer atmete. Er sprang nicht auf, um Sam anzubellen. Das hatte er nie getan.

Sam seufzte. »Und wie ich hörte, bist du Gabe über den Weg gelaufen.«

»Ja«, sagte Lorna. Ihre Stimme klang abgehackt, gar nicht wie ihre eigene, und das gefiel ihr nicht. »Es schien ihn nicht besonders zu kümmern, dass ihr eine alte Dame aus ihrem Haus vertrieben habt. Aber irgendjemand wird sich natürlich über das hübsche Cottage freuen. So ein schöner Garten – falls man ihn nicht asphaltiert, um Parkplätze zu schaffen.«

Sie marschierte zum Kühlschrank, um die Milch zu holen. In ihrem Bauch brodelte es. Sie sah das Sahnekaramell vor sich, das Mum immer an Geburts- und Feiertagen gemacht hatte: Der geschmolzene Zucker blubberte wie Lava, süß, aber auch derartig heiß, dass man tagelang Blasen auf der Zunge hatte, wenn man zu früh davon kostete. Lornas Empörung kochte auf und warf große Blasen, die aufstiegen und platzten … und darauf warteten, sie zu verbrennen.

»Wie bitte? Warte. ›Aus ihrem Haus vertrieben‹?« Er packte ihren Arm, als sie an ihm vorbeirauschte.

Lorna drehte sich um. Sie wollte seine Hand nicht abschütteln, an einer Konfrontation war ihr nicht gelegen. Aber sie hatte zu viel gesagt, um noch innehalten zu können. »Joyce muss ihr Haus verlassen. Von ihrem Augenlicht mal abgesehen, erfreut sie sich bester Gesundheit, daher kann es nur einen Grund geben: Ihr Mietvertrag wurde von den Vermietern gekündigt, die nie ein Hehl daraus gemacht haben, dass sie das Cottage auf den Markt werfen wollen. Für mein Empfinden ist das erbärmlich, wenn man auf diese Weise mit einer Mieterin ihres Alters umspringt. Das habe ich Gabe auch mitgeteilt. Er hat nur gelacht.«

»Ich würde dir beipflichten – wenn es denn wahr wäre«, sagte Sam.

»Was soll nicht wahr sein? Dass Joyce auszieht? Ich kann dir versichern, dass sie es tut.«

»Nein, dass wir sie aus dem Haus vertrieben haben.«

»Willst du mir jetzt mit Sprachakrobatik kommen? ›Wir haben sie nicht vertrieben, wir haben ihr nur vor Augen geführt, dass wir das Haus lieber für mehr Geld vermieten würden‹?«

»Nein, Lorna.« Allmählich wurde Sam ungeduldig. »Joyce hat gekündigt. Sie hat uns schriftlich davon in Kenntnis gesetzt, dass sie den Mietvertrag beenden möchte. Innerhalb eines Monats.«

Lorna hatte angefangen, Tee einzuschenken, um sich zu beschäftigen. Aber nun zitterten ihre Hände, und sie stellte die Kanne hin. »Joyce hat von sich aus gekündigt?«

»Ja. Letzte Woche. Hat sie dir das nicht erzählt?«

Lornas Gesichtszüge entgleisten. »Zu den Details hat sie sich nicht geäußert. Sie ist eine schweigsame alte Dame.«

»Aha.« Sam musterte sie. »Du legst dich also mit Gabe an, weil du uns für Bastarde hältst und Joyce für ein hilfloses altes Wesen, das von allen in Schutz genommen werden muss? Ich will ja gar nicht bestreiten, dass Gabe ein Arschloch ist, aber traust du uns das wirklich zu?«

Mit »uns« meinte er »mir«, das sprach ganz deutlich aus seinen Augen.

»So blöd ist das nicht. Ihr habt mir doch mehr oder weniger deutlich zu verstehen gegeben, dass ihr sie loswerden wollt! Gerade neulich bei euch zu Hause!«

»Mum hat das gesagt, nicht ich. Warum sollte ich wohl dieses ganze beschissene Zeug einbauen, wenn ich sie sowieso rausschmeißen wollte? Hätte ich ihr dann nicht damals schon gekündigt, zumal ich mich auf diesen Sozialarbeiter – wie hieß er noch gleich? – hätte berufen können, der das Haus nicht für sicher hielt?«

Sie blitzten sich an. Lorna spürte, wie das Gefühl in ihrer Magengrube anschwoll. Aber sie hatte Angst, etwas Falsches zu sagen und alles zu verderben, und riss sich am

Riemen. Streiten lag ihr nicht. In ihrem Elternhaus hatte sie nie ein böses Wort gehört, und Cathy und Peter hatten nie auch nur die Stimme erhoben.

Sam lenkte als Erster ein. »Du scheinst zu denken, dass ich ...« Er fuhr sich mit der Hand durchs Haar und bemühte sich krampfhaft um Geduld. »Lorna, ich wünschte, du würdest das nicht tun.«

»Was?«

»Dir irgendwelchen Unsinn zurechtfantasieren. Ich reiß mir hier den Arsch auf und muss für fünf Familienmitglieder und zehn Arbeiter sorgen, obwohl der Hof so, wie er früher bewirtschaftet wurde, keinen Penny mehr abwirft. Meine Familie hält mich für einen versnobten Städter, weil ich keine Tätowierungen habe und mich nicht prügele. Kommt hinzu, dass ich mich ziemlich allein fühle, weil mein bester Freund viele Meilen weit weg wohnt und sich als der absolute ...«

Er hielt inne. Seine Miene wirkte so verloren, dass ihr Ärger verrauchte.

»Hast du mit Ryan gesprochen?«, fragte Lorna. »Bei der Kunstaktion?«

Sam zuckte mit den Achseln. »Am Rande. Das war nicht wirklich der richtige Moment, oder? Wie geht es Jess?«

Lorna dachte an die kurze Unterhaltung via FaceTime über Hatties Prüfungen und Milos Trompetenstunden, die Worte hatten das eine gesagt, die Augen etwas ganz anderes. Es verletzte Lorna, dass Jess kein Vertrauen zu ihr hatte. »Sie sagt immer, es gehe ihr gut. Aber es geht ihr nicht gut.«

Mir geht es auch nicht gut, hätte sie am liebsten hinzugefügt. *Alles ist anders, auch du.*

Sam nahm seinen Becher und schaute hinein, als könnten

imaginäre Teeblätter ihm Aufschluss geben. »Manchmal denke ich, wir sollten uns von der Idee verabschieden, dass man einen anderen Menschen kennen kann. Richtig kennen, meine ich. Wenn man es recht bedenkt, hat doch jeder von uns so seine Geheimnisse, die niemand erfahren soll, oder? Nicht einmal unsere besten Freunde.«

»Mag sein.« Das war eine ziemlich traurige Feststellung. Und obwohl Lorna ihm zustimmte, ertrug sie es nicht, die Worte aus Sams Mund zu hören. Das klang so, als sei er der Meinung, er kenne sie nicht und sie kenne ihn nicht, nicht wirklich. »Aber echte Freunde verstehen uns vielleicht besser als wir uns selbst.«

Sam kannte sie und ihre Geheimnisse. Er spürte die Leere, die hinter ihr lauerte und vor der sie derart große Angst hatte, dass sie sich nicht umdrehen und hineinschauen konnte. Sie war gezwungen, immerzu vorwärtszuschreiten, weil sie keine Vergangenheit hatte, auf die sie sich stützen könnte, keine Familie, die ihr sagen würde, wer sie war. Sam kannte auch Jess und die zerstörerischen Nachwirkungen jener Zeit, und Lorna hatte angenommen, ihn zu kennen, ihn und sein Geheimnis, das ihn von den anderen Bauern der Familie Osborne unterschied.

Aber kannte sie ihn tatsächlich? Sie verspürte einen Schmerz in ihrem Brustkorb. Nein. Das war es, was Sam ihr mitteilen wollte. Dass sie ihn nicht kannte, genauso wenig, wie sie beide Ryan kannten. Er wollte sie daran erinnern, dass sich ihr Leben seit jenen pubertären Momenten auf den Heuballen unterschiedlich entwickelt hatte. Dass sie sich zu anderen Personen entwickelt hatten.

Sam schaute sie direkt an. »Ich glaube, die Menschen sehen nur die Person, die sie immer gesehen haben. Die

Person, die sie gerne in einem sehen wollen. Und dann sind sie überrascht.«

Lorna betrachtete ihn niedergeschmettert. Im Kopf sah sie Joyce' leuchtend gelbe Berge, die sie auf der Kunstaktion gemalt hatte, das Weiß der Leinwand durchdringend. Trennend und verbindend, trennend und verbindend.

»Redest du von mir?« Die Stimme war tapfer, aber es war nicht ihre. Sie wusste nicht, wo sie hergekommen war. Ihre Hände hingen wie tote Gewichte an ihren Seiten herab. *Bitte nimm sie*, dachte sie, aber er tat es nicht.

Eine Sekunde lang schien Sam ihr sein Herz öffnen zu wollen. Sein Blick schien Ewigkeiten entfernt zu sein. Schließlich rang er sich ein gequältes Lächeln ab. »Nein, Lorna«, sagte er. »Es geht nicht immer nur um dich. Könnten wir jetzt bitte über die Bilder reden? Ich muss acht Zimmer mit der besten lokalen Kunst füllen, die du aufbieten kannst.«

23

»Ist das alles, was Sie mitnehmen wollen? Sind Sie sich sicher?«

Lorna musterte irritiert die Ansammlung von Taschen und Kisten, die vor Joyce standen. Eine Gobelintasche wie die von Mary Poppins, bis zum Reißverschluss voll. Eine Plastikkiste mit Büchern und Fotoalben. Ihre Stricktasche, die Wollknäuel ordentlich oben aufgereiht wie regenbogenfarbene Erbsen in einer Schote. Eine Kiste mit Gemälden, die in Decken eingehüllt waren. Und Bernard.

Bernard wedelte mit dem Schwanz. Er machte etwa ein Fünftel von Joyce' Hab und Gut aus.

War das alles? Es kam ihr so wenig vor, nach einem so langen und kreativen Leben.

»Ich denke schon. Sie überlassen mir doch nur einen Raum und nicht die ganze Wohnung, oder?« Joyce schaute über ihre Brille hinweg. »Oder spekulieren Sie auf ein Möbelstück?«

»Nein!«, stieß Lorna hervor, dann merkte sie, dass Joyce nur die Stimmung an diesem sonderbaren Tag auflockern wollte. »Nein«, wiederholte sie ruhiger und mit dem überzeugendsten Lächeln, das sie unter Joyce' strengem Blick hinbekam. »Ich möchte nur, dass Sie es bequem haben.«

Ein paar Ehrenamtliche von der Seniorentagesstätte hatten Joyce' gesamten Hausrat zusammengepackt, und Lorna war aus der Galerie gekommen, um zu helfen. Die meiste Arbeit war bereits getan, und dennoch wühlte das gerupfte Haus eigentümliche Gefühle in Lorna auf. Dieser Staub, der um abgenommene Bilder und leere Regalbretter wirbelte, erinnerte sie – wobei erinnern nicht das richtige Wort war, weil sie gar nicht dabei gewesen war – an die schreckliche Aufgabe, mit der sich Jess nach dem Tod ihres Vaters hatte herumschlagen müssen. Als Lorna eingetroffen war, hatte das Leben ihrer Eltern bereits in braunen Kisten gesteckt und war ganz hinten in dem Lagerraum verschwunden, den die Protheros für Ryans Grillausrüstung und das Gerümpel, das nicht mehr in die Garage passte, angemietet hatten.

Eigentlich hätten sie die Kisten längst sichten müssen, aber weder Jess noch Lorna brachte das übers Herz. Wenn das so weiterging, würden sich wohl Hattie, Milo und Tyra darum kümmern müssen.

Lorna betrachtete Joyce' halbleeres Bücherregal am Kamin, die unregelmäßigen Leerstellen erinnerten an Zahnlücken und flößten Lorna ein ähnliches Gefühl des Verlustes ein. Lücken, wo Erinnerungen sein sollten. Damals war sie erleichtert gewesen, dass Jess es ihr erspart hatte, die persönlichen Hinterlassenschaften ihrer Eltern durchzugehen. Allerdings hatte ihr Jess bald darauf eröffnet, dass ohnehin nicht viel zu tun gewesen war. Peter hatte es bereits auf sich genommen, die meisten privaten Papiere zu schreddern und zu verbrennen, um ihnen »die Mühe zu ersparen«. Die Liebesbriefe und Geheimnisse ihrer Eltern waren zu Asche zerfallen. Wie ein dritter Verlust hatte sich das angefühlt, einer, mit dem sie nicht gerechnet hatten.

»Alles in Ordnung?«, erkundigte sich Joyce. »Wenn Sie wegen mir so bedrückt aussehen, das ist nicht nötig. Ich habe es immer genossen, gelegentlich auszumisten. Das hat therapeutische Wirkung.« Sie winkte verächtlich ab. »Was bleibt, sind bloß *Dinge*, wenn alles Entscheidende gesagt und getan ist. Als Bernie starb, habe ich so viel Zeug in den Secondhandladen gebracht, dass sie fast eine zweite Filiale eröffnen mussten. Andersherum hätte er es genauso gemacht.«

»Meine Eltern waren auch so«, sagte Lorna. »Ich wünschte, sie hätten uns etwas von ihnen hinterlassen.«

»Das wäre nicht das, was Sie eigentlich wollen«, sagte Joyce.

Der Anblick des leeren Sessels, der dem von Joyce gegenüberstand, war zu viel für Lorna. Sie legte die Hand auf die Rückenlehne, wo das Leder von den Jahrzehnten, in denen Bernard seinen Kopf zurückgelehnt und vor dem Feuer ein Nickerchen gehalten hatte, abgewetzt war.

»Und was ist mit Ihren Sesseln?«, fragte sie. »Wollen Sie die nicht mitnehmen? Wir werden schon einen Platz dafür finden.«

In diesem Moment trat Keir ins Wohnzimmer. Er hatte ein großes Ölgemälde in Lornas Kofferraum verfrachtet. »Joyce' Sessel können wir doch mitnehmen, oder?«

»Wie bitte? In Ihre Wohnung? Nie im Leben. Ich kann die Dinger doch nicht zwei Etagen hochschleppen.« Er beäugte die Armlehnen und die hohen Rückenlehnen und rieb sich den Nacken. Sein Gesicht glänzte vor Schweiß über dem dunklen T-Shirt. »Ich habe eine Sportverletzung.«

Joyce schaute ihn ungläubig an. »Was treiben Sie denn für Sport?«

Er tat so, als habe er es nicht gehört. »Und sie passen auch nicht in Ihren Wagen.«

»Ihnen fällt bestimmt etwas ein, da bin ich mir sicher. Ich koche uns derweil einen Tee«, sagte Joyce. »Solange der Wasserkocher noch da ist.«

»Oh.« Keir schaute ihr entgeistert hinterher, als sie in Richtung Küche verschwand. »Sie hat uns noch nie einen Tee angeboten.«

Lorna sah Joyce durch den dunklen Flur schlurfen, stolz, aber sichtlich unsicherer auf den Beinen als bei ihrem ersten Besuch.

»Ich wünschte nur, sie würde nicht so viel zurücklassen.« Lorna zeigte auf die niedrige Anrichte mit dem alten Telefon und der Vase mit den Pinseln. Jedes Teil war mit einem gelben Klebezettel versehen, auf dem stand: »Einlagern« oder »Secondhand-Shop«. »Meiner Ansicht nach sollten wir sicherstellen, dass sie wenigstens ihre Sessel behält.«

»Beide?«

Lorna fixierte ihn streng. »Ja, beide.«

Keir zog die Augenbrauen hoch.

»Sie verlässt schon ihr Haus«, zischte Lorna. »Zwingen Sie sie nicht, auch noch ihre Erinnerungen dazulassen.«

»Aber ist das nicht ihr Plan? Sie *möchte* doch ausziehen. Vielleicht sind ihre Erinnerungen nicht an Möbelstücke gebunden.« Er schaute über die Schulter, um sich zu vergewissern, dass Joyce noch in der Küche war. »Wir erleben das oft, wenn alte Leute in ein Pflegeheim ziehen. Joyce hat eine Entscheidung getroffen, Lorna, das müssen wir respektieren. Nur weil Sie alles mitnehmen würden, heißt das noch lange nicht, dass sie das auch möchte.«

»In Butterfields räumt man den Bewohnern eine Menge Platz ein«, fuhr er leise fort. »Dort ist es nicht wie in vielen Heimen. Die Zimmer sind ziemlich groß. Da ist Platz für ...« Er schaute sich im Wohnzimmer um und musterte die verbliebenen Gegenstände. »Nun, ein Sofa bestimmt.«

Das klang nicht nach einem übermäßig großen Zimmer, dachte Lorna. Aber sie hatte sich die Website angeschaut und musste zugeben, dass das ehemalige Landgut von Mühlenbesitzern aus Birmingham einen guten Eindruck machte, jedenfalls für ein Pflegeheim. Zehn Meilen vor den Toren der Stadt gelegen, war es sehr grün, mit viel Holz ausgestattet und hundefreundlich. Es war so ungerecht, dass Joyce und Bernard ihre gemeinsame Zeit nicht hier in Rooks Hall verbringen konnten ...

Sie riss sich zusammen. »Wie lange muss das Zeug also eingelagert werden? Wann wird wohl ein Platz in Butterfields frei?«

Keir hob die Schultern und ließ sie wieder fallen. »Unter uns gesagt, keine Ahnung. Ich habe alles getan, um Joyce auf der Warteliste ein Stück nach oben zu befördern, vor allem mit dem Argument, dass man sie nicht von ihrem Hund trennen kann. Aber ohne herzlos wirken zu wollen – man muss immer darauf spekulieren, dass ein anderer Bewohner, äh ...« Es schien ihm immer noch Unbehagen zu bereiten, über den Tod zu sprechen, obwohl er in seinem Job fast wöchentlich damit konfrontiert sein dürfte.

»Stirbt«, sagte Lorna trocken.

»Ja.«

Die Vorstellung hing zwischen ihnen in der Luft. Lorna dachte an Betty und die anderen, die sie im Hospiz besucht hatte. Am Anfang hatten sie noch so lebendig gewirkt, um dann plötzlich die Kräfte zu verlieren und immer schwächer zu werden, bis sie eines Tages durch ein neues Gesicht ersetzt worden waren, andere Hochzeitsfotos aus der Nachkriegszeit, Gerüche von anderen Medikamenten. Stets war nur eine Handvoll Zeug von einem gewaltigen Haushalt übrig geblieben. Aber Joyce verlor noch nicht die Kräfte. Nicht, solange sie diesen unerwarteten kreativen Funken verspürte und zu einem gemeinsamen Meisterwerk entfachte.

»Das Problem mit Butterfields ist«, gestand Keir, »dass es so verdammt schön ist. Die Menschen wollen nie wieder dort weg, warum sollten sie auch? Sie blühen dort noch einmal richtig auf und bleiben für immer und ewig.«

Lorna rang sich ein Lächeln ab. Nein, ihre Wohnung war es, wo Joyce Witz und Verstand bewahren würde, kerzengerade in ihrem Sessel sitzend, mit klappernden Stricknadeln und ihrem ausgeprägten Sinn für Details.

»Aber machen Sie sich keine Sorgen. Ich bin mir sicher, dass sich früher oder später eine Lösung findet«, fuhr er fort, da er ihre angespannte Miene missverstand. »Tiffany ist für den Hundeausführservice dort eingeteilt, daher kann sie uns sicher einen Wink geben, wenn jemand auszieht, weil er, äh … mehr Pflege in Anspruch nehmen muss. In der Zwischenzeit erhält Joyce weiterhin regelmäßige Besuche von uns. Wenn Sie zusätzliche Unterstützung benötigen, sagen Sie einfach Bescheid. Was auch immer Sie brauchen.«

»Danke«, sagte Lorna. »Ich denke, wir werden schon klarkommen. Joyce ist ziemlich selbstständig. Und wie Sie schon sagten, sie wird ja sicher nicht lange bei mir bleiben. Wenn denn ein Zimmer frei wird.«

Keir schaute wieder über die Schulter. Seine Miene verriet, dass er etwas Privates fragen wollte. »Dürfte ich wohl …« Er zögerte. »Wissen Sie, warum sie diese Entscheidung getroffen hat? Warum sie gerade jetzt ausziehen wollte, um bei Ihnen zu wohnen? Wir wissen es jedenfalls nicht, falls Sie sich das gefragt haben sollten.«

Lorna hatte tatsächlich gehofft, er könne es ihr erklären. »Nein, keine Ahnung. Vielleicht ist es so, wie Sie sagen: um die Kontrolle zu behalten. Vielleicht will sie gehen, solange sie noch selbst über ihr Leben bestimmen kann. Die Vermieter wollen das Cottage unbedingt anders nutzen, aber Sam beharrt darauf, dass es Joyce' eigene Entscheidung war.«

Keir nickte. »Vermutlich geht es ihr auch um die Gesellschaft. Und darum, in einer Galerie zu sein, in einem künstlerischen Umfeld.«

»Sicher.« Insgeheim hatte sich Lorna schon gefragt, ob Joyce ahnte, dass die Galerie einfach nicht auf einen grünen Zweig kam. Vielleicht dachte sie, die Miete komme da ganz gelegen.

Andererseits zahlte sie ja gar keine Miete. Sie zahlte in Form von Bildern – Bildern, die mehr wert waren als jede Miete, die Lorna verlangen könnte.

»Reden Sie über mich?« Joyce erschien in der Tür, ein Tablett mit allem Nötigen für ein Teestündchen in der Hand. Die Tassen klapperten beängstigend. Keir eilte hin, um ihr das Tablett abzunehmen, bevor alles auf dem Boden landen würde.

»Nein, wo denken Sie hin«, sagte Lorna.

»Oh, wieso denn nicht? Das hätte ich aber erwartet.« Joyce tat so, als wäre sie beleidigt.

Sie mussten zweimal fahren, um Joyce' Habseligkeiten in die Wohnung zu bringen. Bei der zweiten Fuhre holten sie Bernard, den man nicht zwischen das ganze Zeug quetschen konnte, und Joyce selbst.

Als Lorna zum zweiten Mal vor Rooks Hall vorfuhr, ging bereits die Sonne unter. Schatten legten sich über das Haus und ließen die Fenster wie leere, müde Augen wirken. Hinter dem Grün der Büsche bewegte sich etwas, dann blitzte etwas Rotes auf. Lorna begriff, dass sich der Hund und seine Besitzerin im Garten befanden. Langsam schritt Joyce an den Blumenbeeten vorbei, berührte Rosenblüten und zog die Ranken des Geißblatts zu sich, um noch ein letztes Mal an ihnen zu riechen. Bernard schnüffelte im Unterholz und wirkte eher verhalten, obwohl er sonst immer wie ein Verrückter durch die Gegend jagte. Joyce pflückte ein paar Blumen und arrangierte sie zu einem farbenfrohen Sträußchen.

Sie nehmen Abschied, dachte Lorna und spürte, wie sich eine eiskalte Faust um ihr Herz schloss. Lorna ließ die beiden in den letzten Sonnenstrahlen des Tages einherwandeln und wünschte, der dunkle Schatten eines Gärtners würde aus den Wänden treten und sich zu ihnen gesellen. Sie hatte immer schon einen Geist sehen wollen, einen, der von Liebe und Erinnerungen herbeigerufen wurde. Aber es kam keiner. Zwei Schwalben stürzten sich herab und schossen um das Dachsims herum. Langsam schritt Joyce in ihrem Tweedrock durch den Garten.

Lorna atmete tief ein. Ihre Nase füllte sich mit dem Geruch von Gras und Kühen, den Jess und sie bei ihrem Umzug nach Longhampton als Ferienduft bezeichnet hatten. Es roch immer noch nach Ferien, und wenn sie die Augen schloss, kehrte sie mühelos in jene Zeit zurück. Weit genug, um sich an harmlose Vergnügungen zu erinnern, an warme Sonne auf nackter Haut, an lachsrote Himmel, an Tage ohne Schule. An Mum und Dad, die immer sangen ... bis Mum das Singen irgendwann eingestellt und Dad sie mit diesem Blick angeschaut hatte, in den sich eine große Traurigkeit eingegraben hatte.

Adieu, dachte Lorna, ohne zu wissen, zu wem sie es sagte.

Am nächsten Morgen saß Joyce bereits am Küchentisch, als Lorna herunterkam, um das Frühstück zuzubereiten. Sie trug Rock und Bluse in blassen Farben und hatte einen großen Skizzenblock vor sich liegen.

Die Filzstifte waren vor ihr aufgefächert. In die Mitte des Skizzenblocks hatte sie ein Gänseblümchen gemalt, schlicht und strahlend, mit einem gelben Innern, das an die Sonne erinnerte.

»Oh, das sieht ja so aus, als könne man es tatsächlich nachstricken.« Lorna blieb in der Tür stehen. Joyce schaute auf das Blatt, konzentriert die Stirn gerunzelt, einen rosafarbenen Stift in der Hand. »Alles in Ordnung?«

»Ja. Ich versuche nur, mir vorzustellen, wie man das in den Computer bekommt.« Sie berührte das dicke Papier.

»Wir werden es wohl scannen. Aber darüber müssen Sie sich keine Gedanken machen.« Lorna betrachtete die Blume über Joyce' Schulter hinweg, als sie den Wasserkocher anstellte. Das Gänseblümchen war wunderschön, nicht ordentlich, aber selbstbewusst. Gelb, die Farbe der Hoffnung. »Caitlin hat jemanden aufgetrieben, der Zeichnungen in Strickmuster übertragen kann. Die können wir dann ausdrucken und an die Teilnehmer verteilen. Wenn wir ein paar Prototypen stricken – Sie, Caitlin, Tiff und ich –, können wir eine Eröffnungsparty feiern, um in der Stadt Interesse zu wecken. Calum kann die Presse aktivieren und alle seine Kumpel einladen.«

»Klingt grässlich«, sagte Joyce munter. Dann zeigte sie auf ihre Zeichnung. »Ist das so in Ordnung?«

»Das Gänseblümchen ist wunderbar.«

»Gut. Ich bin ein wenig eingerostet.« Joyce rang sich ein Lächeln ab. »Ich dachte, eine Gänseblümchenkette könnte Symbolcharakter haben – für das Verbindende der Aktion. Wir könnten sie um Zäune drapieren. Sie würde sich auch gut transportieren lassen.« Offenbar hatte sie über die praktischen Fragen eines solchen Projekts nachgedacht. »Ich würde auch gerne Wildblumen stricken, nicht nur kunstvoll angelegte Blumenbeete. Sie sind viel wichtiger als die gezüchteten Sorten, für Bienen und Schmetterlinge zum Beispiel. Und wenn man es recht bedenkt, passen sie auch besser zu unserem Vorhaben.« Sie schaute auf und lächelte, als würde ihr die schlichte Idee gefallen. »Samen, die sich wild einsäen und dem Straßenpflaster Schönheit verleihen.«

»Hat sich Ihr Ehemann dafür interessiert? Für Wildblumen?«, fragte Lorna beiläufig, ganz mit ihrem Tee beschäftigt. Draußen erwachte die Stadt zu neuem Leben, der Postwagen war schon unterwegs, und der Bus spuckte vor der Filiale der Bäckereikette Greggs eine Ladung Büroangestellter aus.

Joyce verpasste den Blütenblättern ihres Gänseblümchens nun zartrosa Spitzen. »Ja. Das Hummelsterben hat ihm große Sorgen bereitet. Denken Sie, wir könnten auch ein paar Bienen in das Projekt aufnehmen?«

»Natürlich.«

»Mir schwebt die Idee vor, dass Kunst die Stadt mit Schönheit bestäuben soll. In der Tat, ein passendes Bild. Bernard würde lachen – dass ich Bienen stricke und es Kunst nenne.«

Lorna legte ihr eine Scheibe Toast hin und fragte sich, ob Joyce über die Vergangenheit reden wollte.

Sie hatte die Kiste mit ihren persönlichen Gegenständen hereingetragen und unwillkürlich das quadratische Foto obenauf gesehen: eine junge Joyce mit großen Augen und Mittelscheitel, ein winziges Baby im Arm, während ein bärtiger Mann sie beide umschlang und in einen dicken Zopfpulli hüllte. Sie schienen am Meer zu sein. Das Baby hatte die unverwechselbaren Augen seiner Mutter und das Lächeln und die Zahnlücken seines Vaters. Ronan. Und Bernard. Es war, als würde Joyce' Leben plötzlich eine Spur hinterlassen, eine schwache Rauchspur der Vergangenheit.

Joyce wirkte entspannt, und Lorna wollte weitere Fragen stellen: Wo hatte Bernard das Gärtnern gelernt? Was war seine Lieblingsblume? Dann klingelte aber das Telefon, und sie entschuldigte sich.

»Ich bin's. Gut, dass ich dich erwische«, sagte Sam.

»Oh, hallo.« Sie drehte sich um und sah, dass Joyce ein neues Blatt vor sich liegen hatte. Zwei Zeichnungen vor dem Frühstück. Wahnsinn.

»Bin ich zu früh dran?«, fuhr er fort. Im Hintergrund

hörte Lorna es muhen. Vermutlich war er im Kuhstall. Das hoffte sie jedenfalls.

»Nein, ich frühstücke gerade. Was gibt's?« Sie war angespannt, weil sie nicht in Joyce' Anwesenheit über Rooks Hall reden wollte.

»Gestern Abend hat Ryan mich angerufen. Er ist … Na ja, wir sollten unbedingt mal miteinander reden.«

Davor graute Lorna. Die Stimmung während der Aktion am Musikpavillon war eigentümlich gewesen. Alle hatten so getan, als sei nichts. So konnte es nicht weitergehen. Nicht einmal Jess konnte unter diesen Bedingungen ihre Familie zusammenhalten.

»Was ist passiert?«

Alle möglichen Gedanken schossen ihr durch den Kopf. Vermutlich hatte Hattie Kontakt zu Pearl aufgenommen. Oder Ryan wollte unbedingt, dass sich Jess mit … wie war noch mal ihr Name … mit Pearls Mutter traf.

Schreckliche Schuldgefühle packten sie. *Ich hätte etwas tun sollen. Ich hätte Jess irgendwie helfen müssen.* Selbst jetzt noch machten Ryan, Jess und Sam alles unter sich aus.

Ein tiefes, dröhnendes Muhen erklang, ein metallisches Klappern, und ein Mann redete munter auf die Kühe ein, Sams Vater vermutlich. »Hör zu, ich will das jetzt nicht vertiefen«, sagte Sam. »Können wir uns später auf einen Drink treffen? Gegen sechs im Jolly Fox?«

»Klar.« Lorna drehte sich um. Tiffany war in die Küche gekommen und hatte auf der Suche nach einem ihrer probiotischen Joghurts den Kühlschrank geöffnet. Joyce und sie tauschten morgendliche Floskeln aus, als hätten sie immer schon zusammengewohnt, während Rudy und

Bernard in der Hoffnung auf ein Stück Toast um den Tisch herumliefen.

»Danke. Bis später.« Bevor sie auflegte, schwoll das Muhen noch einmal an.

»War das Sam?« Tiffany drehte sich schwungvoll um und stellte Marmelade auf den Tisch.

»Ja.« Lorna blieb mit dem Hörer in der Hand stehen. »Er will mit mir über Ryan sprechen.«

»Oje.« Tiffany verzog das Gesicht. »Wusstest du eigentlich, dass Sams Großmutter in Butterfields ist? Ich führe einmal in der Woche ihren Collie aus, Wispa. Nette alte Dame. Sie kennt jeden Klatsch und Tratsch.«

»Glaub bloß nicht alles, was du hörst.« Das war Lorna herausgerutscht, bevor sie darüber nachdenken konnte. Klatsch und Tratsch, das war ein Reizwort für sie, immer schon.

Tiffany wirkte überrascht. »Ich sag ja bloß ... Eigentlich dachte ich, sie weiß vielleicht ein paar Dinge über Sam.«

»Dinge welcher Art?« Lorna wusste genau, was sie meinte. Ob er in London eine Freundin hatte. Warum er seine Stelle so einfach aufgegeben hatte, um auf den Hof zurückzukehren. Was er wirklich über Lorna dachte. All die Fragen, die sie ihm gerne gestellt hätte, die aber jetzt keine Bedeutung mehr hatten. Er blieb sowieso nicht hier. Dieser Kuss hatte ihm nichts bedeutet. Vielleicht war es nur ein Test gewesen, ob er hier noch eine Liebelei anbahnen konnte, bevor er in sein Londoner Leben zurückkehren würde.

Der Gedanke schmerzte, und das sah man ihrer Miene wohl auch deutlich an.

Tiffany hob die Hände. »Offenbar war das ein ganz

schlechter Anfang. Soll ich noch mal runterkommen und einen neuen Versuch starten?«

Lorna schüttelte sich. »Nein«, sagte sie mit einem entschuldigenden Lächeln. »Du könntest mir aber zeigen, wie man den Scanner benutzt.«

Als Lorna um sechs den Pub betrat, saß Sam an dem Tisch, an dem sie schon einmal gesessen hatten. Seiner Jeans und dem Hemd nach zu urteilen kam er direkt vom Hof, aber seine Haare waren noch feucht vom Duschen.

Er winkte und zeigte auf den Cider, den er bereits für sie bestellt hatte. Obwohl sie sich sagte, dass sie nichts zu verlieren hatte, fühlte Lorna sich unsicher, als sie zwischen den Tischen hindurchging und seinen Blick auf sich ruhen spürte.

Sie setzte sich schnell, bevor er aufstehen und sie auf die Wange küssen konnte. Falls er es denn vorhatte. »Also, was ist passiert?«

Sam rutschte auf seinem Stuhl zurück und fuhr sich mit den Händen durchs Haar. »Gestern hat Ryan mich angerufen und gefragt, ob er ein paar Wochen in meiner Wohnung in London unterkommen könne.«

Lorna nahm einen großen Schluck Cider, er war kalt und gut. Sam hatte seine Londoner Wohnung also behalten. Er hatte nie vorgehabt hierzubleiben, und Ryan muss das gewusst haben. Alle wussten immer Bescheid, nur sie nicht. Nichts hatte sich geändert.

Sie hob eine Augenbraue. »Brauchst du die Wohnung denn nicht selbst – wenn du deinen neuen Job antrittst?«

Er sprang nicht darauf an. »Vielleicht. Im Moment wohnt ein Freund von mir dort. Das Entscheidende ist, dass es so aussieht, als hätte Jess Ryan rausgeschmissen. Hat sie dir nichts davon erzählt?«

Lorna schüttelte den Kopf. »Ihre Familie ist ihr Ein und Alles. Sie würde alles tun, um sie zusammenzuhalten. Wenn er ausgezogen ist, muss es seine Entscheidung gewesen sein.«

»Es gibt aber noch etwas anderes, und es ist sicher kein Vertrauensbruch, wenn ich es dir erzähle. Ryan würde sicher wollen, dass du es weißt, da du in letzter Zeit so viel Zeit mit Hattie verbringst.« Er schaute sie an. Der sorgenvolle Ausdruck in seinen Augen ließ Lornas Versuch, kühl zu wirken, hinfällig werden. »Ryan ist der Meinung, dass sich Hattie und Pearl heimlich getroffen haben.«

Sie stöhnte. »Wozu soll das denn gut sein?«

»Zu nichts. Ryan ist sich nicht sicher, er vermutet es nur, aber Jess weiß nichts davon. Wenn sie es herausfindet …« Er schüttelte den Kopf. Ihnen war beiden klar, was passieren würde, wenn Jess es herausfand. »Sei nicht böse auf Hattie. Sie ist noch ein Kind und weiß nicht, was sie tut.«

»Das bin ich auch gar nicht. Und du möchtest jetzt, dass ich es Jess erzähle? Du möchtest, dass ich ihr mitteile, dass ihr Ehemann sich seinem Kumpel anvertraut hat, der sich wiederum ihrer Schwester anvertraut hat, die wiederum beschließt, dass sie wissen sollte, was ihre Tochter hinter ihrem Rücken treibt?« Lorna sah ihn ungläubig an. »Niemals, Sam. Sag Ryan, dass er mit seiner Tochter reden soll. Und dann mit seiner Frau. Wir können uns nicht in dieser Weise einmischen.«

Sam sackte zurück. »Vielleicht hast du recht. Dieses ganze Hin und Her von wegen ›Er hat gesagt, sie hat gesagt‹ … Aber ich weiß nicht, wie man die Sache sonst zur Sprache bringen soll. Ryan sagt, Jess mauert komplett und tut so, als sei nichts. Ich denke, wir sollten die beiden dazu bringen, sich zusammenzusetzen und vernünftig miteinander zu reden – du und ich.«

»Was?« Das kam unerwartet. *Du und ich.*

»Wir sind die Einzigen, die die beiden wirklich kennen. Ich möchte nicht zwischen meinen ältesten Freunden stehen und mich auf eine Seite schlagen müssen.« Sam wirkte ganz anders heute Abend, als würden ihn die Offenbarungen aus seiner eigenen Vergangenheit aufwühlen, diese Entdeckung, dass nichts war, wie es nach außen hin schien. So selbstgewiss, wie er sich in letzter Zeit aufgeführt hatte, war er gar nicht. Vielleicht war aber auch nur die Stellensuche nicht zu seiner Zufriedenheit ausgegangen …

»Ich muss darüber nachdenken.« Lorna griff nach ihrer Tasche. Sie hatte den Cider schneller heruntergestürzt als beabsichtigt. »Möchtest du noch etwas?«

»Ja bitte. Ein Pint Butty.«

Als sie mit den Getränken wiederkam, schaute Sam auf sein Handy, eine tiefe Falte zog sich über seine Stirn. Als sie ihm sein Pint hinstellte, legte er es zur Seite und fragte: »Und was ist mit dir? Sind schon neue Kunstprojekte in Planung?«

»Joyce ist bei mir eingezogen.«

»Das habe ich gehört!« Er verzog das Gesicht. »Mein Versuch, das Thema auf etwas Harmloses zu lenken, ist sichtlich gescheitert. Tut mir leid. Aber wäre es möglich, dass wir uns nicht wieder darüber streiten? Was gibt's Neues in der Galerie? Gibt es frische Ware, von der ich Kenntnis haben sollte – sozusagen als offizieller Sammler?«

Lorna musste einfach einlenken. Seine Miene war so schuldbewusst, und sie hatte auch nicht die Kraft, sich schon wieder zu streiten. Stattdessen holte sie ihr Handy heraus. »Also …«, sagte sie und merkte selbst, dass sie wie Calum Hardy klang, »… dies ist mein Wettbewerbsprojekt, das die ganze Stadt zum Stricken bringen soll. Joyce hat heute diese Zeichnungen angefertigt, und so sehen sie aus, nachdem sie in Strickmuster umgewandelt wurden …«

Sam lehnte sich vor, um besser sehen zu können. Lorna roch sein Shampoo, seine warme Haut, den Geruch seines alten Selbst. Sie kämpfte gegen die Versuchung an, sich ebenfalls vorzubeugen und tief einzuatmen.

»Alle Achtung«, sagte er. »Du hast einen Teekannenwärmer von der Größe eines Kleinwagens gestrickt?«

»Nein, das ist ein Foto aus dem Internet.« Sie wischte durch die Fotos, die Caitlin ihr zu Inspirationszwecken geschickt hatte, erklärte dabei das Projekt und stieß schließlich auf ihren eigenen Prototypen von einer Mohnblume. »Die hier habe ich gestrickt.«

»Oh. Äh, okay.«

Während er noch versuchte, irgendetwas Positives über ihr unbeholfenes Strickwerk zu sagen, erschien eine SMS von Calum auf dem Display und legte sich über das Foto.

Können wir uns treffen? Ich habe umwerfende Neuigkeiten!!!!

Lorna war überrascht. Normalerweise schrieb Calum nie außerhalb der Bürozeiten.

»Calum?« Sam wirkte irritiert und lehnte sich zurück. »Dein Freund?«

»Nein. Er ist der Kulturbeauftragte der Stadt. Ich arbeite bei dem Strickprojekt mit ihm zusammen. Calum ist ein

interessanter Typ. Er hat an der Kunsthochschule Druck-
technik studiert.« Sie redete zu viel. Halt den Mund, Lorna.
»Vermutlich macht er Überstunden ...«

»Er muss ziemlich scharf auf das Projekt sein. Oder vielleicht auf dich?«

»Es geht um das Projekt. Da steckt eine Menge Geld
drin.« Lorna war bewusst, dass sie rot wurde.

Wieder ertönte ein Signal, wieder war es Calum: *Aber
wir müssen über die Schauplätze reden. Rufen Sie mich an?*

»Ich habe den Eindruck, er hat es eilig«, sagte Sam trocken.

»Ich möchte jetzt aber nicht mit ihm reden«, sagte Lorna.
Aber noch während sie die Worte aussprach, merkte sie,
dass sie nicht sehr überzeugend geklungen hatte.

Sie musterten sich über den Tisch hinweg, dann senkten
sie beide den Blick.

»Sei's drum ...« Sam schob seinen Stuhl zurück und
zeigte auf sein Handy, das Bier hatte er nur halb ausgetrun-
ken. »Ich muss zurück. Dad bringt seine Kühe diese Woche
zu einem Wettbewerb. Ich habe versprochen, alles zu tun,
was ... was man eben für bühnenwirksame Kühe tun muss.
Sie föhnen, ihre Hufe lackieren, egal.«

»Viel Erfolg.«

»Und was soll ich deiner Meinung nach wegen Ryan unternehmen? Nichts? Ernsthaft?«

»Lass uns abwarten, was passiert«, sagte Lorna. »Ich
habe Hattie gebeten, in der Galerie auszuhelfen, wegen dieses Strickprojekts. Vielleicht erzählt sie mir ja selbst etwas.«
Lorna verzog das Gesicht. »Das ist schon eine Zwickmühle,
aber Jess ist stur. Sie wird nicht um Hilfe bitten, solange sie
nicht dazu bereit ist.«

Sam zuckte mit den Achseln. »Okay. Aber halt mich auf dem Laufenden.«

»Klar.« Sie lächelte. Als er sich auf den Weg machen wollte, hatte sie aber plötzlich ein komisches Gefühl im Magen. Würde er sie zum Abschied küssen?

»Tschüss, Lorna. Ich bin froh, dass wir darüber geredet haben. Jetzt geht es mir schon besser.« Er beugte sich vor, und da war er: ein schlichter brüderlicher Kuss. Aus irgendeinem irrationalen Grund wirkte er abweisender, als wenn Sam sie gar nicht geküsst hätte.

24

Bis zu ihrem dreizehnten Lebensjahr waren Geburtstage die Anlässe im Familienkalender, an denen sich Jess und Lorna der vollen Aufmerksamkeit ihrer Eltern sicher gewesen waren. Aus diesem Grund hatten sie ihren Geburtstag immer geliebt.

Da Lorna Ende Juli geboren war, mitten in den Schulferien, war ihr Vater immer zu Hause gewesen und hatte Wert darauf gelegt, etwas Besonderes mit ihr zu unternehmen, nur er und sie. Da sie beide gern Zug fuhren, hatten diese Ausflüge oft am Bahnhof begonnen, um irgendwann mit einem Eis zu enden. Mum hatte derweil einen Kuchen gebacken – meist mit Jess' Hilfe, da es Cathy mit den Backzeiten nicht so genau genommen hatte –, und zum Abendessen hatte es gegeben, was auch immer Lorna sich gewünscht hatte, mochte es auch noch so exotisch sein.

Das Schönste aber war, dass Mum ihr immer eine Geburtstagskarte mit ihrem Porträt vorn drauf gemalt hatte.

415

Lorna bewahrte sämtliche Karten in ihrer Erinnerungskiste auf, beginnend mit dem fröhlichen Baby über das Kleinkind mit den pummeligen Knien bis hin zu der Schülerin, die an den Haarspitzen kaute und immer rot wurde. Die letzte Karte zeigte sie im Alter von dreizehn, sie trug einen Faltenrock und verrutschte Overknees und lachte, endlich ein Teenager.

Nach diesem Sommer war alles anders gewesen. Jess hatte verkündet, dass sie schwanger war, und Cathy und Peter waren in eine Art Schockzustand geraten. Handgemalte Karten hatte es fortan nicht mehr gegeben.

Jess hatte ihr Bestes getan, um bis ins Erwachsenenalter hinein an bestimmten Dingen festzuhalten, selbst wenn ihre Eltern sich in ihre Welt zurückzogen. Die Geburtstagsrituale für ihre eigene Familie waren ihr heilig, Ryans Pizzaabend war nur eines davon. Hattie hatte ein Bettelarmband, für das sie seit dem dritten Lebensjahr immer einen neuen Anhänger bekam. Jess selbst schenkte sich jedes Jahr eine neue Emma-Bridgewater-Tasse. Auch Lorna wollte sie einbeziehen, wollte sie entschieden in ihren Familienteppich von Traditionen einweben.

»Irgendetwas *musst* du tun«, drängte sie Lorna eine Woche vor ihrem Geburtstag. »Und wenn es nur eine Einladung zum Tee ist.«

Sie hatte einen schlechten Moment für ihren Anruf gewählt: den langen Abend der Buchhaltung. Lorna hatte Ewigkeiten damit verbracht, ihre Bücher ins Reine zu bringen, und irgendwann hatte sie sich verzweifelt in ihr Konto eingeloggt und geschaut, ob ihr zufällig jemand zehntausend Pfund überwiesen hatte. Leider nicht. Stattdessen musste sie schon wieder tausend Pfund von ihren Ersparnissen abzweigen, um fällige Rechnungen zu bezahlen. Ihre Ersparnisse waren ein Sicherheitsnetz, zusätzlich zu dem Geld, das im Budget für die Galerie steckte. Sehr hoch war der Betrag aber nicht, und sie registrierte mit Unbehagen, dass er schrumpfte. »Das wäre ja ganz nett, Jess, aber das kann ich mir nicht leisten.«

»Dann komme ich eben und bringe einen Kuchen mit. Überleg's dir«, drängte sie. »Ryan fährt nächstes Wochenende mit den Kindern zu seiner Mutter.«

Aha, dachte Lorna, das war also der Grund. Jess ertrug es nicht, von ihren Kindern getrennt zu sein. Sie suchte nach einer Ablenkung, um sich nicht sorgen zu müssen, was sie alles anstellen könnten. »Alle drei?«

»Nein.« Eine Pause trat ein. »Hattie hat sich geweigert. Sie wird mich begleiten. Sie würde sich wahnsinnig freuen, dich zu sehen!«

Seit Beginn der Strickaktion hatte Hattie etliche Wochenenden in der Galerie ausgeholfen. Das schien ihr sehr wichtig zu sein, und Lorna fragte sich, ob die Stunden im Zug vielleicht auch ein willkommenes Refugium für den Teenager waren.

Sie schwang auf ihrem Stuhl herum und gab acht, Rudy unter dem Tisch nicht zu treten. »Das wäre ja ganz nett, aber ich muss die Galerie so oft wie möglich offen halten. Wir nehmen nicht genug ein, um einfach einen Tag freimachen zu können.«

»Hast du kein Polster für Durststrecken?«

»Natürlich habe ich das. Vielleicht habe ich mir einfach nicht klargemacht, wie ruhig Longhampton sein kann. Um die laufenden Ausgaben bis Ende des Jahres zu decken, reicht es, aber ...« Es auszusprechen ließ es real werden.

417

»Was dann passiert, weiß ich nicht«, schloss sie unglücklich.

Lorna hatte ein gutes halbes Jahr hinter sich, aber obwohl sie mit der Aktion am Musikpavillon auf der Titelseite der Lokalzeitung gelandet war, eine neue Website online gestellt und neue Künstler gewonnen hatte, konnte sie kaum ihre Ausgaben decken. Sams Großbestellung hatte geholfen, aber das war letzten Monat gewesen. Seither hatte sie nicht mehr viel verkauft. Just an diesem Morgen waren zwei weitere Rechnungen von Künstlern auf ihren Schreibtisch geflattert. Das Geld, das hereinkam, war schnell wieder ausgegeben, wesentlich schneller, als es aus Marys Buchführung zu ersehen gewesen war. Der Gedanke, aufgeben zu müssen, bereitete Lorna echten Kummer. Dazu gesellte sich noch die Angst, Joyce im Stich zu lassen, und das ausgerechnet in dem Moment, in dem die alte Dame ihre Schaffenskraft wiederentdeckte.

»Ich kann dir etwas leihen, falls …«, begann Jess, aber Lorna ließ sie gar nicht ausreden.

»Nein«, sagte sie. »Ich habe alles genau durchgerechnet. Ein Jahr gebe ich mir, danach … Dann muss ich halt zu Anthony gehen und ihn bitten, mich ein paar Stunden bei ihm arbeiten zu lassen, freiberuflich sozusagen. Vielleicht kann ich ja beides miteinander vereinbaren.«

Die Worte fielen wie Regentropfen auf ihre Pläne, kalte, schwere Flecken der Realität, die ihr jede Hoffnung raubten.

»Umso mehr Grund, zu deinem Geburtstag aufzukreuzen«, sagte Jess. »Du musst dich ein bisschen verwöhnen lassen.«

Lorna gab nach. Sie hatte sowieso nichts für das Geburtstagswochenende geplant. Wegfahren konnte sie nicht, das konnte sie sich gar nicht leisten. Jess brauchte dringend Abwechslung. Und Sam hatte bereits durchblicken lassen, dass er an dem Wochenende nicht da sein würde – als wäre das ein Problem für sie. »Wenn du meinst …«

»Das meine ich.« Jess klang munter. »Hast du einen besonderen Wunsch?«

Drei Stunden mehr pro Tag?

Kunden, die mehr kauften als nur eine Postkarte?

Eine massive Gewinnausschüttung auf ihre Anleihen?

»Du kannst mich ja überraschen«, sagte Lorna.

Als der große Tag kam, begann er besser als alle vorangegangenen. Tiffany brachte ihr das Frühstück ans Bett, und Rudy und Bernard eilten hinterher, um ihr stürmisch zu gratulieren – wobei sie vielleicht nur dem Geruch des Toasts folgten.

»Es ist nur eine Kleinigkeit«, entschuldigte sich Tiffany, als Lorna ihr Geschenk auspackte. »Wenn ich einen richtigen Job habe, werde ich nachlegen.«

»Nicht nötig.« Lorna hielt die bunten, prächtig schillernden Holzstricknadeln ins Licht. Eine edle Marke. »Die sind fantastisch! Wo hast du die denn aufgetrieben?«

»In Butterfields. Dort hat man es mit einer ganz anderen Klasse von Strickfanatikerinnen zu tun.« Mit einem geheimnisvollen Lächeln reichte Tiff ihr die Post, wobei sie das zurückhielt, was deutlich als Rechnung zu erkennen war. »Trink deinen Tee, deine Schwester ist schon unterwegs.«

Lorna schaute die Post durch: zwei Handzettel von Sommeraktionen anderer Galerien, eine Anfrage von einem Künstler, der seine Werke bei ihr ausstellen wollte, und drei

Geburtstagskarten: eine von Hattie und eine von Tyra und Milo – Jess schickte immer die maximale Menge an Karten, damit nicht auffiel, wie klein die Familie doch war.

Zu ihrer großen Überraschung stammte die dritte Karte von Calum. Sie zeigte eine perfekt gestrickte Fuchsie, die ein ihr unbekannter moderner Künstler geschaffen hatte. Auf Lorna hatte das eher eine einschüchternde Wirkung.

Von Sam war nichts dabei.

Hattest du etwas anderes erwartet?, fragte sich Lorna und versuchte, ein Nein in ihrem Kopf zu hören. Warum sollte er ihr etwas schicken? Es wäre doch viel naheliegender, es persönlich abzugeben.

In der Küche bereitete Joyce langsam, aber konzentriert das Frühstück für die Hunde vor. »Herzlichen Glückwunsch!«, sagte sie, als Lorna hereinkam, und zeigte auf die Karte und das Päckchen auf dem Küchentisch. »Nichts Besonderes. Nur eine Kleinigkeit.«

»Warum entschuldigen sich alle bei mir? Das ist wesentlich mehr, als ich sonst bekomme«, sagte Lorna. Die Karte war eine zusammengefaltete Seite aus Joyce' Skizzenbuch und zeigte unverkennbar Rudy. Er saß auf dem Sofa und schaute, die Schnauze auf die Armlehne gelegt, aus dem Bild heraus.

»Er wartet auf Sie«, erläuterte Joyce.

Lorna lächelte, gerührt von dem Anblick. »Das wäre doch nicht nötig gewesen«, sagte sie, als sie das Päckchen auswickelte. Als sie den Inhalt erblickte, hielt sie die Luft an.

Joyce schenkte ihr ein kleines, ungerahmtes Aquarell von einem weißen Cottage, das wie ein Opal unter einem sanften, türkisfarbenen Himmel leuchtete. Lorna hatte es in Joyce' Kiste mit den persönlichen Habseligkeiten schon einmal gesehen – den Bildern, ohne die sie nicht leben konnte.

Lorna war überwältigt. Die ruhige Ausstrahlung verlieh ihr das Gefühl, als könne sie zur Haustür des Cottage hineinschlüpfen und sich absolut geborgen fühlen.

Sie schaute auf. »O Joyce, das wäre doch wirklich nicht nötig gewesen. Ist das …?«

»Unser Haus auf der Klippe. Es war nicht immer stürmisch dort.«

»Das ist wunderschön. Sind Sie sich wirklich sicher …?«

»Nun, ich weiß, dass das größere Gemälde eine Saite in Ihnen berührt hat.« Joyce goss sich Tee in eine Porzellantasse. »Ich möchte, dass Sie es bekommen – zusätzlich zu der vereinbarten monatlichen Lieferung natürlich. Es ist für Sie. Zum Geburtstag.«

Lorna wollte zu ihr gehen und sie umarmen, um sich für die einfühlsamen Worte und das wertvolle Geschenk zu bedanken, aber irgendetwas hielt sie davon ab. Um Joyce' knochige Schultern lag ein Kraftfeld, das jede Annäherung verhinderte. Es war Teil ihrer Vereinbarung, dass Lorna es nicht zu durchbrechen versuchte.

»Danke.« Sie hoffte, dass ihre Augen für ihr Herz sprachen. »Das werde ich immer in Ehren halten.«

»Gut«, sagte Joyce und schaute dann aus dem Fenster. »Da kommt übrigens Ihre Schwester.«

Jess und Hattie polterten die Treppe hoch, zig Taschen in der Hand. Wie immer bei Jess sah es so aus, als würde sie nicht eine Nacht, sondern drei Wochen bleiben.

»Das ist für dich«, sagte sie und reichte ihr eine schwere, wohlriechende Tüte von Lush. »Ausgesucht von deiner

Nichte und deinem Neffen und von ihrem eigenen Taschengeld bezahlt.«

»Und das ist von uns.« Hattie reichte ihr eine Flaschentüte. »Stell das in den Kühlschrank, für später.«

Jess schien es gar nicht erwarten zu können, die Stadt zu besichtigen, die sie vor fast siebzehn Jahren so überstürzt verlassen hatte. Den gesamten Vormittag verbrachten sie damit, durch die Läden zu bummeln, neue Geschäfte zu erkunden und Hattie mit Hinweisen zu langweilen, was früher alles anders gewesen war. Nach einem frühen Nachmittagstee verkündete Jess, dass sie ihre kleine Schwester in die Stadt ausführen würde, beginnend mit einem Cider Black im Jolly Fox, um dann »wer weiß wo« zu landen.

»Bleib nicht wach, um auf uns zu warten!«, sagte sie zu Hattie, die mit Tiffany und einem Takeaway-Gericht zurückblieb.

»Treibt es nicht zu toll«, murmelte Hattie hinter ihrem Laptop.

Jess wirkte ziemlich beeindruckt von der Umgestaltung ihrer ehemaligen Teenagerkneipe, sodass sie nach dem versprochenen Cider Black auch noch eine Flasche Prosecco bestellte, die gerade im Angebot war. Als ein paar Jungbauern den »älteren Damen in der Ecke« einen Drink bringen ließen, brachen sie auf, wobei Jess den ihren noch schnell hinunterkippte.

Sie trank mehr als sonst, fiel Lorna auf. Jess hatte sich nie gerne betrunken, dafür war sie viel zu kontrolliert. Die Anspannung der letzten Monate musste ihr zusetzen.

»Wohin jetzt?«, fragte Jess vor dem Pub. Ihr Gesicht schimmerte im Laternenlicht, dank des Glitters, den die Verkäuferin mit dem Babyface ihnen beiden als Teil ihres

identischen Make-ups verpasst hatte. In den frischen Fältchen um ihre Augen herum hatten sich glitzernde Partikel
verfangen. »Gibt es diesen Club in der Wye Street noch?«

»Da sind jetzt Luxuswohnungen.«

»Dann müssen wir wohl zum Musikpavillon gehen«,
sagte Jess feierlich. »Und vorher zu Tesco. Hast du deinen
gefälschten Ausweis dabei?«

»Immer doch«, sagte Lorna. Jess hakte sich bei ihr ein
und marschierte los, die High Street entlang.

Es war ein warmer Abend. Das Geplapper und Gelächter
einer Samstagnacht drang durch die offenen Fenster und
Türen, untermalt von leiser Musik aus den Autos und einer
fernen Sirene.

Lorna erblickte den Musikpavillon, sobald sie den Park
betraten. Sein steiles Dach zeichnete sich vor den silbrigen
Lichterketten ab, die wie Halsketten zwischen den alten
Laternen hingen. Die Mauerblümchen in den Beeten ver-
strömten ihren sanften Duft, als sie über den knirschenden
Kies schritten. Der Geruch löste sich in einen Wirbel von
Farben auf, wie ein Lufthauch, der die Ränder von Lornas
Gedanken streifte.

»Ich frage mich, in welcher Farbe man diesen Duft malen
würde«, sagte sie.

Jess schaute sie aus den Augenwinkeln an. »Violett«,
sagte sie. »Klar.«

»Wirklich? Nicht ein weiches Braun?« Sie roch würzig
duftende Mauerblümchen, geschnittenes Gras, warme
Erde. »Oder ein staubiges Ocker?«

»Violett.« Jess erklomm die Stufen zum Musikpavillon,
ließ sich im Innern auf eine Bank sinken und stellte die Füße
auf die Bank davor. Die Absätze gegen das Holz gestemmt,

stöhnte sie vor Erleichterung. »Uff, seit wann hilft es nicht mehr, Wein zu trinken, um die Tortur von High Heels zu mildern?«

Lorna setzte sich neben sie und öffnete die Piccolo-Flaschen Champagner, die sie gekauft hatten. Das war extravagant, aber Jess hatte darauf bestanden. Lorna freute sich darüber. Es war, als würden sie sich beide feiern, nicht nur ihren Geburtstag – ihre große Schwester und sie, gemeinsam im Musikpavillon.

»Herzlichen Glückwunsch zum Geburtstag, kleine Schwester.« Jess stieß mit ihr an.

»Herzlichen Glückwunsch«, wiederholte Lorna. Sie sahen aus wie auf einem Gemälde von Beryl Cook – zwei aufgedonnerte Frauen in einem mondbeschienenen Musikpavillon, Champagner trinkend.

Jess lehnte sich zurück. »Aaah, herrlich. Das ist wunderbar. Genießt du deinen Geburtstag?«

»Ja«, sagte Lorna. »Sehr.«

»Ich habe dich immer um deine Geburtstage mit Dad beneidet. Du durftest den ganzen Tag mit ihm verbringen. Mein Geburtstag lag immer im Schuljahr. Im besten Fall durfte ich lange aufbleiben und entscheiden, was für ein Gericht wir bestellen.« Sie wirkte wehmütig. »Dir hat Mum immer einen Kuchen gebacken. Für mich hat sie sich nie die Mühe gemacht.«

»Sie hat keinen gebacken, weil du dir jedes Jahr diese Petits Fours gewünscht hast. Aber egal, wo wir schon bei Neid sind, ich habe dich immer um deine Babyfotos beneidet – unsere Eltern wirken darauf viel glücklicher als auf den Fotos mit mir.«

Jess schaute sie an, mit der leeren Miene der Erfahrung.

»Als du ein Baby warst, war ich vier und habe ihnen das Leben zur Hölle gemacht. Das kam zu den schlaflosen Nächten mit dir noch hinzu. Kein Wunder, dass alle missmutig aussehen. Auf den Babyfotos von Tyra wirke ich mordlüstern, dabei habe ich sie abgöttisch geliebt.«

Lorna zuckte mit den Achseln. »Sie haben ihr Bestes getan. Wenn ich dich mit deinen Kindern sehe, frage ich mich allerdings, ob sie ...« Es kam ihr wie Verrat vor, das zu sagen, aber der Gedanke verfolgte sie schon seit vielen Jahren. »... ob sie es wirklich genossen haben, Eltern zu sein. Ob sie nicht lieber allein gewesen wären, nur sie beide.«

Jess antwortete nicht sofort.

Das ist eine stumme Bestätigung meiner Befürchtungen, dachte Lorna. Man sollte besser gar nicht daran rühren.

»Kinder zu haben ist eine große Herausforderung für dich als Person«, sagte Jess. »Jetzt kann ich es mir allerdings nicht mehr vorstellen, nicht Mutter zu sein. Es ist unglaublich, wie ich meine Kinder vermisse, wenn sie nicht bei mir sind.« Jess war betrunken genug, um rührselig zu werden, ihre Zunge war schon etwas schwer. »Ich weiß, dass du mich für schwach hältst, aber es würde mich umbringen, meine Kleinen jedes Wochenende abgeben zu müssen. Sollten Ryan und ich ...« Sie brachte es nicht über die Lippen.

»Habt ihr darüber geredet?«

»Worüber?«

»Euch zu trennen.«

»Nein. Ich traue mich nicht, das Gespräch darauf zu bringen.« Jess fuhr mit dem Finger die eingeritzten Initialen nach, die sich unter der glänzenden Farbe der Bank abzeichneten. In dieser Umgebung wurde man die Vergangenheit nie ganz los. »Aber ich kann ihm kein Wort mehr glauben. Er sagt, ich gehe einkaufen, und ich denke: Schaust du vielleicht bei Erin vorbei? Er sagt, er sei aus beruflichen Gründen in Manchester, und ich kontrolliere in der Telefonrechnung die Vorwahlen. So bin ich eigentlich gar nicht. So ist *er* eigentlich gar nicht. Er hat mich zu jemandem gemacht, den ich nicht kenne.«

Und all die Jahre, in denen er sein Auto gewaschen und langweilige Pullover getragen und pünktlich wie die Maurer die Mülltonne rausgestellt hat?, dachte Lorna. *Zählt das denn gar nichts?*

»Ryan war dir siebzehn Jahre lang ein wunderbarer Ehemann, Jess. Das andere hat er davor getan – vor vielen, vielen Jahren.«

»Aber diese Heimlichtuerei!« Jess schüttelte den Kopf. Es passte nicht in ihr Weltbild, dass Ryan unberechenbare Seiten haben sollte. »Er hat sich mit diesem Mädchen getroffen und mir nichts davon erzählt. Wochenlang! Er hat Hattie gezwungen, sein schmutziges Geheimnis mit sich herumzuschleppen. Da frage ich mich doch, was ich sonst noch alles nicht weiß. Mein Ryan – der Vater eines fremden Kindes. Die ganze Zeit über war sie Teil unseres Lebens, und ich habe es nicht gewusst. Ich fühle mich, als hätte man bei uns eingebrochen.«

Lorna betrachtete ihre Miene. Jess wirkte eher gekränkt, als habe man sie ausgetrickst und nicht betrogen. Sicherheit, das war es, was sie mehr als alles andere im Leben wollte. Die Sicherheit zu wissen, dass ihre kleine Familie sie liebte. Und dass sie ihre Familie liebte.

»Ich weiß nicht, Jess. Irgendwie passt es doch auch zu Ryan.« Lorna gab sich Mühe, ihren Gedanken ganz vorsichtig Ausdruck zu verleihen. »Er möchte einfach immer alles richtig machen. Als du herausgefunden hast, dass du mit Hattie schwanger bist, hat er keinen Moment gezögert, sich zu dir zu bekennen. Kein Teenager möchte mit achtzehn häuslich werden. Du wolltest das doch auch nicht, oder? Du musstest alles aufgeben.«

Lorna konnte sich noch erinnern, wie sie erstarrt und ungläubig auf dem Sofa gesessen hatte, als ihr Vater aufgezählt hatte, was Jess alles »fortwarf« – ihre großartigen Noten, die Chance auf eine juristische Karriere, den Respekt ihrer Altersgenossen, »die schönste Zeit ihres Lebens«. Zu Hause hatte er selten wie ein Lehrer geklungen, in diesem Moment schon. Die Unterstellung, dass Jess ihr Leben ruinierte, wenn sie Kinder bekam, war Lorna nicht entgangen. »Und *wir*, Jess«, hatte er am Ende geklagt, »was ist mit uns?«

Er führte nicht näher aus, was für Folgen das unerwartete Enkelkind für ihre Mutter und ihn haben würde, aber sein Tonfall ließ vermuten, dass es nichts Erfreuliches war. Das hatte Lorna schockiert. Die Reaktion ihrer Mutter ebenfalls. Sie hatte gewirkt, als säße sie hinter einer dicken Glasscheibe.

Lorna hatte ihre Mutter am Ärmel zupfen wollen, so wie sie es als Kind immer getan hatte, um sie zu bitten, etwas Nettes zu Jess zu sagen. Denn je strenger ihr Vater wurde, desto trotziger wurde Jess.

»Das war das Ende, nicht wahr?«, fragte sie traurig. »Damit war unser Leben, wie wir es kannten, vorbei. Du bist mit Hattie ans College gegangen, um Lehrerin zu werden, Dad hat die Schule gewechselt, und ich bin später zur Uni gegangen und nie mehr zurückgekommen.« Sie beide hatten nach dieser Episode mit ihrem Elternhaus abgeschlossen, da ihnen klar geworden war, dass es ihren Eltern vielleicht lieber war, wenn sie nicht heimkehrten. »Und das alles nur wegen eines Unfalls. Für diese andere Frau war es sicher genauso. Ein Unfall. Vermutlich hat er ihr Leben auch umgekrempelt.«

Über Jess' Gesicht huschte ein Schatten.

»Was denn?«, fragte Lorna.

»Das ist nicht dasselbe. Ich *wollte* Hattie«, platzte es aus ihr heraus. »Ich … ich wollte sie wirklich. Während diese Frau einfach nur ein paar Nächte mit Ryan verbracht hat.«

»Das läuft doch auf dasselbe hinaus – es war nicht geplant.« Soweit Lorna wusste – was nicht sehr viel war –, hatte Jess die Sache selbst in die Hand genommen und sich heimlich bei einer Klinik für Familienplanung mit der Pille versorgt. Sie war nicht zu ihrem Hausarzt gegangen.

Was aber, wenn … Plötzlich kam ihr ein eigentümlicher Gedanke. Lorna schaute ihre Schwester an. Das Badezimmer, das sie sich geteilt hatten, der Schrank über dem Waschbecken, der nach Mundwasser gerochen hatte, die goldenen Streifen mit den winzigen Pillen, eine für jeden Tag – außer dieser einen, die zurückgeblieben war, ein weißes Kügelchen in Plastik. »Jess, hast du … bist du absichtlich mit Hattie schwanger geworden?«

Das passte so wenig zu allem, was sie über ihre große Schwester wusste – die Streberin, die kluge, ehrgeizige Schülerin, bei der sich alle Rat holten, wenn es um schulische Fragen ging. Oder passte es doch? War das ihr Weg gewesen, sich zum Mittelpunkt einer eigenen Familie zu machen?

Jess sagte nichts. Sie schaute in den Park hinaus, wo am dunkelblauen Himmel ein leuchtender Mond aufgegangen war. Sie wirkte verloren, als würde sie ihren eigenen Schritten in der Vergangenheit nachspüren.

»Jess?« Das rückte die Dinge in ein ganz anderes Licht.

»Was? Nein, natürlich nicht«, sagte Jess. »Aber jetzt sollten wir wohl besser zurückkehren. Ich will den Kindern noch schreiben, bevor sie ins Bett gehen.« Damit erhob sie sich und torkelte die Stufen des Musikpavillons hinunter.

Als sie in die Wohnung zurückkehrten, saßen Hattie und Joyce an entgegengesetzten Enden des Küchensofas und strickten. Die Hunde hatten sich zwischen ihnen zusammengerollt. Auf dem Tisch standen eine Teekanne, die Reste des Kuchens, den Jess mitgebracht hatte, und eine Geschenktüte.

Wie die beiden so in ihre Arbeit versunken waren, verspürte Lorna eine Ahnung, was für ein Bild ihre Mutter und Hattie abgegeben hätten. Aber Mum hätte Hattie niemals auf dieselbe Weise geholfen wie Joyce, wurde Lorna bewusst. Ihre Kunst war viel zu persönlich gewesen.

Irgendwo in der Wohnung hörte man eine erregte Diskussion. Tiffany und eine Lorna irgendwie vertraute Frauenstimme.

Hattie legte den Finger an die Lippen. »Pst.«

»Wir haben eine Wette abgeschlossen«, erklärte Joyce trocken. »Tiffany hat uns gebeten zu zählen, wie oft ihre Mutter … Wie war das noch, Hattie?«

»›Tiffany, du bist vollkommen verrückt geworden‹«, wiederholte Hattie in einem perfekten Essex-Akzent.

»Wir sind schon bei sieben. Dabei hat Tiffany ihr gerade erst erzählt, dass sie sich nicht mehr bei der Agentur melden wird.«

Der Moment der Wahrheit war also gekommen. Lorna

nahm sich ein Stück Kuchen, schnitt für Tiffany auch eins ab und folgte den aufgebrachten Stimmen ins Wohnzimmer.

Mrs Harris wütete auf dem Bildschirm von Tiffanys iPad, das ans Fenster gelehnt war. Sie war braungebrannt von ihrer Kreuzfahrt, aber die Zen-Ruhe war dahin, fortgespült von der Welle der Ungläubigkeit über das Verhalten ihrer Tochter.

»Mum«, bat Tiffany, »könntest du mir vielleicht mal zuhören? Ich arbeite bei einem wichtigen sozialen Projekt mit, während ich für meinen Lebenslauf ...«

»Du hast die Chance deines Lebens vertan! Du hattest einen Beruf! Dir standen sämtliche Türen offen!«

»Ich hatte gefährlich hohen Blutdruck, Mum. Meine Entscheidung ist gefallen. Dies ist mein neuer Beruf. Das Geld für die Ausbildung werde ich dir natürlich zurückzahlen, und ...«

»Du brichst mir das Herz, Tiff. Bei der Kreuzfahrt hätte ich dir so viele Stellen verschaffen können, bei absolut großartigen Familien.«

»Ich möchte nicht mehr für Leute arbeiten, die alles daransetzen, ihren Kindern aus dem Weg zu gehen, Mum. Ich möchte Menschen helfen, die meine Hilfe wirklich wünschen.«

»Du bist vollkommen *verrückt* geworden!«

Mrs Harris sah aus, als würde sie gleich explodieren. Tiffany gab Lorna das Zeichen, mit dem sie gelegentlich »ein unerwartetes Problem mit der Internetleitung« herbeiführten.

Lorna zog hinter dem iPad das Kabel aus dem Router. Sofort erstarrte das Gesicht von Tiffs Mutter, der Mund aufgerissen wie eine Briefkastenklappe.

»Das hätten wir.« Tiffanys strahlendes Lächeln konnte ihre angespannte Miene nicht vollständig überdecken. »Ich kann nicht gerade behaupten, dass meine Entscheidung auf Gegenliebe gestoßen ist, aber … jetzt ist es raus.«

»Umso besser für dich.« Lorna hielt ihr den Teller mit dem Kuchen hin. »Wie lange wird es dauern, bis sie hier aufkreuzt und dir einen Sack über den Kopf stülpt, um dich nach Hause zu entführen?«

»Für einen Drink reicht es noch. Hast du Sams Päckchen bekommen?«

»Oh, die Geschenktüte ist von Sam?« Bloß nichts anmerken lassen.

»Er war hier und hat sie abgegeben. Und fand es schade, dass du nicht da warst. Heute Abend fährt er nach London, weil er Montag ein Vorstellungsgespräch hat.« Tiff kehrte in die Küche zurück und stellte den Wasserkocher an. »Wo, hat er nicht gesagt. Oder bei wem. Noch jemand einen Tee?«

»Ja bitte«, sagten Joyce und Hattie auf dem Sofa.

Lorna gab sich Mühe, nicht an das Vorstellungsgespräch zu denken, als sie die Tüte öffnete und das Päckchen herausnahm. Es war in das kostbare handgefertigte Geschenkpapier eingewickelt, das sie unten verkauften. Der Inhalt fühlte sich wie ein kleines Bild an, und ein Teil von ihr hegte schon die schlimmsten Befürchtungen, was Sam für gelungene Kunst halten könnte. Sollte es ein weiteres pointiertes Urteil zum Thema sein? Aber immerhin hatte er schon für Karte und Papier über zehn Pfund ausgegeben, dachte sie, als sie vorsichtig das Klebeband löste.

»Was ist es denn?«, fragte Jess.

Lorna betrachtete das Objekt in ihren Händen. Sam hatte ihr eine selbst gebrannte CD geschenkt, in einem von

Archibalds alten Rahmen. Sie war mit der ordentlichen Schrift seiner Jugend beschriftet. In wasserfestem Textmarker stand da die Liste der Stücke, die er heruntergeladen und gebrannt hatte. Lorna wurde bewusst, dass es genau der Mix war, den sie einst in Ryans Renault gehört hatten, wenn sie durch Longhampton gefahren waren – Sam, Ryan, Jess und sie selbst, damals, 2001 … vorher.

Diese CD habe ich dir vor Jahren zum Geburtstag gebrannt, schrieb er in der Karte. Seine Handschrift war nun älter, flüchtiger. *Ich habe sie dir nie gegeben, aber hier ist sie nun – vielleicht freust du dich mehr, wenn ich sie rahmen lasse und ein Kunstwerk daraus mache. Liebe Grüße, Sam x*

Hatte er sie zu Hause gefunden, in seinem alten Kinderzimmer? Der Gedanke, dass er sich die Zeit genommen hatte, aus seinen eigenen und den Lieblingssongs seiner Freunde diese Stücke auszuwählen, eine CD zu erstellen und die Titel sorgfältig zu notieren, rührte Lorna. Ihr Teenager-Selbst zitterte innerlich.

Die Songs brachten die Atmosphäre jenes Sommers zurück: *Teenage Dirtbag, Bohemian Rhapsody, I'm free, Pure Shores.*

Sie drehte die Karte um: eine Kuh mit Party-Hütchen. Keine der besseren, die sie in der Galerie verkaufte, aber immerhin.

Als Lorna aufschaute, sah sie, dass Tiffany sie angrinste. Sie wedelte fragend mit der Karte, weil ihr der Verdacht kam, dass Tiff dahintersteckte, und die reckte den Daumen.

»Danke«, sagte Lorna.

»Herzlichen Glückwunsch zum Geburtstag«, sagte Tiffany.

25

Lorna hatte keine Zeit, sich allzu ausführlich mit ihrem Geburtstag, Jess' ausweichender Antwort oder Sams Vorstellungsgespräch in London zu beschäftigen. Montagmorgen kam nämlich ein Absolvent von der Kunsthochschule und brachte ihr die Werke für eine Miniausstellung, die sie für die Sommerurlauber konzipiert hatte: schlichte Farbspektren, die Gefühlen zugeordnet waren. Hundert verschiedene Schattierungen von Grün deckten die Bandbreite von Desinteresse bis Neid ab, während Lornas Lieblingsbild das Gefühl der Begeisterung metallicgolden darstellte.

Als sie die gerahmten Farbkarten aufgehängt hatte und zur Teepause ins Büro ging, erinnerte Tiffany sie daran, dass bald der Termin für die Anmeldung der Strickaktion anstand.

»Noch vier Gänseblümchen bis zum Mittagessen«, sagte sie und legte ihr die neuen Stricknadeln in die Hände. »Los, los.«

Sie hatten nur noch einen Tag bis zum Treffen mit Calum, bei dem ihm Lorna ihren Vorschlag für die Strickaktion unterbreiten würde. Wenn ihm die Idee gefiel, würde er die Mittel freigeben, um die Berge von Wolle anzuschaffen, mit denen man die Stadt in einem Blütenmeer aufgehen lassen konnte. Laut Plan waren sie dreißig Gänseblümchen und zweieinhalb Sonnenblumen im Rückstand. Außerdem mussten sie noch etliche fertige Blütenblätter an ein großes Häkelnetz nähen, damit sie eine ganze Backsteinwand mit rankenden Wicken bedecken konnten.

Alle Beteiligten waren zur Stelle. Sogar Caitlin war gekommen, um bei den letzten Handgriffen zu helfen. Der Anblick, wie Caitlin, Tiffany, Joyce, Mary und Lorna im Kreis saßen, sich unterhielten und so schnell strickten, wie die Nadeln es hergaben, lockte sogar Neugierige in die Galerie. Lorna verspürte einen gewissen Stolz, weil die Räume von einer Atmosphäre der Kameradschaft erfüllt waren. Den ganzen Tag über kochte sie Tee, reichte Marys Keksdose herum und nahm Musikwünsche entgegen, um sie über Spotify abzuspielen. Sie wollte ihre Mitstreiterinnen bei Laune halten – und wer hätte gedacht, dass Joyce ein ausgemachter Fan der Supremes war? Die Gespräche lebten auf und verstummten, je nachdem, wie kompliziert die Stellen waren, an denen man gerade strickte. Die Stimmung war friedlich und vor allem – und das ließ Lornas Herz vor Freude hüpfen – kreativ.

Genauso habe ich mir meine Galerie vorgestellt, dachte sie, als Caitlin triumphierend das neueste Strickmuster in die Höhe hielt: Joyce' verwegene Lilie. Fast sieben Monate hatte es gedauert, um die Sache in Gang zu bringen, aber jetzt passierte etwas. Ob es genug war, um noch ein weiteres

Jahr durchzuhalten … darüber wollte Lorna jetzt nicht nachdenken.

Am nächsten Morgen packten Lorna und Tiffany die Blumen und ihre Gerätschaften in Kisten und luden sie in den Wagen, zusammen mit den Anweisungen, die Caitlin im Internet gefunden hatte, wie man Strickobjekte sicher anbringen konnte. Um elf waren sie mit Calum verabredet. Ihr Plan sah vor, die Stelle, die sie für die Probeaktion auserkoren hatten, so schnell und heimlich zu schmücken, dass sie die größtmögliche Wirkung erzielte. Mary blieb in der Galerie und hatte die strikte Anweisung, keine Töpferware und keine gefilzten Kleidungsstücke anzunehmen.

Joyce war nicht zum Frühstück aufgetaucht, erschien aber nun zu Lornas Überraschung in der Haustür, die Handtasche am Arm und Bernard an der kurzen Leine. »Darf ich mitkommen?«, fragte sie. »Ich würde gerne sehen, wie meine Blumenentwürfe unter freiem Himmel wirken. Außerdem braucht Bernard Bewegung.«

Bernard wedelte mit dem Schwanz. Anders als Dackel wirkten Border Terrier immer begeistert, egal, was anstand.

Im kühlen Licht der Galerie fiel es vielleicht stärker auf, aber Lorna hatte den Eindruck, dass Joyce blasser wirkte als sonst. Als sie mit der Arbeit an den Blumen begonnen hatte, war die Farbe in ihre Wangen zurückgekehrt. Jetzt hingegen runzelte sie die Augenbrauen, als habe sie Sorge, ihre Entwürfe könnten sich als unbrauchbar erweisen. Es war ein heißer Tag, und laut Wettervorhersage sollten die Temperaturen noch weiter ansteigen. »Sind Sie sich sicher?«, fragte sie. »Wir können auch Fotos machen, wenn Sie mögen.«

»Das ist nicht dasselbe, als würde man es im echten Leben sehen«, sagte Joyce. »Ich muss die Möglichkeit haben, Änderungen vorzunehmen, bevor wir in die endgültige Planung eintreten ...« Sie zögerte. »Die Sache soll nicht scheitern, nur weil meine ersten Entwürfe nichts taugen.«

Lorna bewunderte sie für ihren sturen Perfektionismus, aber ihr fiel auch auf, dass Joyce ihre Bedenken mit ihr teilte – was für eine echte Zusammenarbeit sprach. »Natürlich, dann kommen Sie.«

»Nur die Trittleiter möchte ich nicht betreten.« Joyce trat zur Tür heraus. »Los, Bernard.«

»Man beobachtet uns«, schnaufte Tiffany, als sie auf Lornas Schultern balancierte, um das Blumennetz an der Mauer hinter dem Parkplatz des Stadtrats zu befestigen. »Oben am Fenster stehen Leute, die sich fragen, was wir hier tun.«

Joyce, die bei laufender Klimaanlage hinten im Wagen saß, signalisierte, dass das Netz nicht gerade hing.

»Ignoriere sie einfach. Du musst nur die verdammten Klammern befestigen.« Lorna warf Joyce ein angespanntes Lächeln zu und nickte. »Beeil dich. Das Handbuch sagt, dass Strickaktivisten schnell und in schwarzer Kluft arbeiten müssen. Wegen des Überraschungseffekts.«

Tiff jauchzte spöttisch. »Wenn sie entdecken, dass sich sämtliche Laternenpfähle von hier bis zum Rathaus in Sonnenblumen verwandelt haben, ist das schon Überraschung genug. Die Leute werden denken, man habe ihnen etwas ins Wasser getan. Fertig! Du kannst mich wieder runterlassen.«

Sie traten zurück, um ihr Werk zu begutachten. Der Asphaltplatz war nun ein überquellender Blumenladen: Sonnenblumen in doppelter Lebensgröße reckten sich zwischen den unteren Fenstern empor, blutrote Mohnblumen rankten sich über die gewellte Sechzigerfassade, dann das Spalier mit den Ranken und den rosafarbenen Blüten. Angesichts dieser fröhlichen Farbenpracht schwoll Lornas Herz vor Stolz an, insbesondere, weil sie jede einzelne Masche selbst gestrickt hatten. Sie hatten schlichte Wolle in etwas … Magisches verwandelt. Und jede einzelne Blüte war von der Kühnheit der künstlerischen Hand Joyce Rotherys. Das war etwas Besonderes. Das war echte Kunst.

Joyce ließ das Wagenfenster herunter. »Das sieht wundervoll aus«, sagte sie. »Aber ich glaube, ich weiß jetzt, was fehlt. Schmetterlinge!«

»Da ist unser Mann.« Tiffany nickte zur Eingangstür hinüber.

»Darf ich schon schauen?« Calum kam mit federndem Schritt herausgeeilt und trat wieder etwas zurück, als er ihr Werk sah. In seiner Miene spiegelte sich blankes Erstaunen. »Lorna *Larkham*!«

»Gefällt es Ihnen?« Lorna lächelte, bis ihre Wangen schmerzten.

»Gefallen? Ich bin überwältigt! Ich bin wirklich absolut überwältigt! Kommen Sie her! Entschuldigung, aber kommen Sie mal her!« Und dann schlang er ohne Vorwarnung die Arme um sie und zog sie an seine Brust.

Er war schlank, aber stark und drückte sie fest an sich. Das war nicht die freundliche Umarmung, die sie erwartet hatte. Dieser Gefühlsüberschwang überraschte sie.

»Und was ist mit mir?« Tiffany trat vor, und Calum umarmte sie ebenfalls, aber nicht ganz so fest wie sie, registrierte Lorna.

»Wundervoll. Ich bin einfach … hin und weg. Und Joyce

ist auch da? Hallo, hallo …« Er wollte an den Wagen treten, aber Bernard gebot ihm mit einem scharfen Kläffen Einhalt.

»Versuchen Sie nicht, mich zu umarmen«, sagte Joyce. »Oder meinen Hund.«

Calum hob die Hände und zog sich wieder zurück. »Glückwunsch, Joyce, das ist überwältigend. Wie ich hörte, werden Sie auch die Originalentwürfe ausstellen?«

»Wenn ich darf.«

»Oh, ich sehe sie bereits in einer Sonderausstellung im Rathaus«, versicherte er ihr.

»Wir bekommen also grünes Licht?« Lorna wollte, dass er es laut aussprach.

»Unbedingt. Das Geld werde ich noch heute anweisen lassen. Verraten Sie mir nur noch, wie Sie die bereits angesprochene Beteiligung der Schulen organisieren wollen. Und wie wir die anderen Freiwilligengruppen koordinieren sollen. Und … dürfte ich wohl mal?« Calum strich bewundernd über ein Blütenblatt. »Und das haben Sie alles selbst gestrickt?«

Lorna drehte sich zu Joyce um und lächelte. »Ja, bis hin zum kleinsten Blütenblatt.«

Ihr Kunstkollektiv in der Galerie. Am liebsten würde sie diesen Moment in einem Gemälde festhalten, um ihn für immer und ewig zu bewahren.

Wenn Mum das doch nur sehen könnte, dachte sie. Aber dann wurde es ihr zum ersten Mal wirklich bewusst, hier auf dem Rathausparkplatz, so viele Jahre nach dem Tod ihrer Mutter: Sie würde es niemals sehen. Mum würde niemals erfahren, was sie auf die Beine gestellt hatte.

Der Schmerz durchzitterte sie wie ein Gong. Plötzlich stand Lorna neben sich, während Calum munter über Verteiler und Lieferstellen plauderte. Natürlich hatte sie den Tod ihrer Mutter verwunden und ihre Trauer ausgelebt, aber sie hätte niemals gedacht, dass der Moment kommen würde, in dem sie in dieser Weise mit ihr verbunden sein würde. Endlich hatte sie etwas geschaffen, das sie als Kunst betrachten würde, der Schönheit der Werke ihrer Mutter ebenbürtig. Aber sie konnte es nicht mit ihr teilen oder mit ihr darüber reden, wie es sich anfühlte, etwas zu schaffen, was sonst niemand konnte.

Meine Mutter ist von mir gegangen, dachte Lorna entsetzt, und ihre Seele bekam einen Riss. *Meine Mutter ist fort, und ich bin noch da, und sie wird nie erfahren, dass ich endlich etwas gefunden habe, was mich glücklich macht.*

Blind starrte Lorna auf die Blumen, die bunt und reglos an der Backsteinmauer hingen. Sie hatte einen Kloß im Hals, weil sie weinen musste, nicht nur wegen ihrer Mutter, sondern auch, weil ihr bewusst war, dass sie zum ersten Mal nach so langer Zeit glücklich war. Wirklich und wahrhaftig glücklich mit sich selbst.

Calum hielt Wort, und so erschien Ende der Woche das Geld für die Strickaktion auf dem Konto der Galerie. Lorna erhielt auch den Link zu einer farbenfrohen Website, die der Internetbeauftragte des Stadtrats eingerichtet hatte, damit sich interessierte Teilnehmer melden konnten, außerdem eine Einladung zu einem Gespräch mit dem Presseteam. Und mit Calum natürlich. *Wir müssen den Ball (das Wollknäuel!!!) ins Rollen bringen!*, mailte er ihr.

»Im Ferrari's findet das statt«, stellte Tiff fest. »Entweder will er *dir* imponieren oder den Presseleuten.«

Lorna stürzte sich auf ihren Aktionsplan.

Der erste Schritt bestand darin, die wöchentlichen Strickkurse im hinteren Raum der Galerie publik zu machen, kostenlose Stricknadeln und Wolle an teilnehmende Gruppen zu verteilen und Schulen, Krankenhäuser, Cafés und Handarbeitsgruppen aufzusuchen, um das Projekt zu erklären. Sie mussten den Bewohnern von Longhampton die Möglichkeit schmackhaft machen, ihre Stadt in ein wollenes Paradies zu verwandeln.

Es war ein gutes Gefühl, dass Kunst nun an Orten *erschaffen* werden sollte, wo Lorna sonst nur die Kunst anderer Leute abgeliefert hatte. Als sie zum ersten Mal mit einer Kiste voller Wolle, Stricknadeln und Mohnblumenmustern durch das Krankenhaus lief, erinnerte sie sich an jede einzelne Station, die sie mit ihrem Kunstkatalog unter dem Arm betreten hatte. Sie hatte entscheiden müssen, welche Werke sterilen Wartezimmern eine fröhlichere Note verleihen konnten, während sie für düstere Orte eher ruhige Bilder ausgewählt hatte. Nun brachte sie den Patienten in den Betten die Kunst nicht nur, sondern half ihnen sogar, welche zu erschaffen.

»Dann geht die Zeit schneller rum«, befand eine ältere Dame, die durch Schläuche und Infusionen ans Bett gekettet war. So wie Joyce strickte sie schnell, ohne auch nur hinzuschauen. Als Lorna sich verabschiedete, hatte sie bereits eine ganze Lilie geschafft. Perfekt lag sie auf der grünen Decke. Die alte Dame lächelte.

Joyce malte weiterhin Blumen, die Caitlin in Strickmuster verwandelte, und manchmal zeichnete sie zu ihrem eigenen Vergnügen die Hunde. Gelegentlich hielt ihr Augenlicht mit der Inspiration nicht Schritt, sodass die Details nicht immer präzise waren, aber sie vermochte es, mit wenigen Strichen Stimmungen einzufangen. Die kleinen Skizzen blieben auf dem Küchentisch liegen: Rudy, schlafend und träumend, Bernard, der aus dem Fenster schaute, die struppigen Pfoten auf dem Fensterbrett. Ohne große Worte verstand Lorna, dass die Skizzen für sie bestimmt waren.

»Würde es Ihnen gefallen, wenn wir sie in unserer Sommerausstellung zeigen würden?«, fragte Lorna eines Morgens beiläufig.

»Nein, das sind nur alberne Dinger.« Joyce winkte ab, ihre übliche steife Geste. Der Anflug von Genugtuung entging Lorna allerdings nicht, daher schickte sie die Skizzen heimlich zu Archibald zum Rahmen. Und als Joyce' Hunde in mattschwarzen Rahmen aus der Werkstatt zurückkamen, sah Lorna, dass sie bewundernd davorstand. Sie musste den Impuls unterdrücken, Joyce zu bekennen, wie stolz sie war, an dieser späten Blüte der Kreativität teilzuhaben.

Diese Zurückhaltung war ein Part ihrer Vereinbarung. Und am ersten September hinterließ Joyce ihr den nächsten Beitrag zur Miete – das vierte Bild. Es war eine Bleistiftzeichnung von einem pummeligen Kleinkind in einer Jeanslatzhose, das in der Ecke eines Sofas schlummerte: Ronan, von seiner Mutter gezeichnet. Die Details der winzigen Finger und des flaumweichen Haars waren exquisit, ein Meisterwerk der Liebe, kontrolliert von Präzision. Der Gefühlsgehalt dieser stillen Zärtlichkeit war genauso stark wie der von Joyce' großen Ölgemälden und traf Lorna mitten ins Herz.

Das war zu viel.

Sie klopfte an die Zimmertür. Als Joyce öffnete, sagte sie: »Das kann ich nicht annehmen. Dieses Bild dürfen Sie nicht hergeben.«

»Das darf ich sehr wohl, und ich möchte, dass Sie es bekommen«, antwortete sie bestimmt und schloss die Tür wieder.

Einen Moment lang stand Lorna da. Es war fast, als hätte ihr jemand ein echtes Kind in den Arm gedrückt. Dann öffnete sich die Tür wieder, nur einen winzigen Spalt.

»Mütter zeigen ihre Liebe nicht immer mit Worten.« Joyce' Gesicht war nicht zu sehen. »Aber ihre Liebe ist ewig. Sicher wird niemand das Bild so zu würdigen wissen wie Sie.« Dann schloss sich die Tür wieder.

Das Wetter blieb warm, und die feuchten Nächte waren nicht gerade hilfreich, um die Schlaflosigkeit zu bekämpfen. Lornas Traum von den Kisten quälte sie wieder. Es war immer der gleiche: Sie durchwühlte auf der Suche nach irgendetwas lauter Kisten, während im Hintergrund eine Uhr tickte. Aber immer wenn sie eine Kiste öffnete, hatte sie schon wieder vergessen, was sie suchte.

Lorna hatte eine Vorstellung, wo der Traum herrührte. Ihr Hirn drehte sich im Kreis, ohne je zu einem Schluss zu gelangen, stets schon wieder mit dem nächsten Problem konfrontiert. Wie sollte sie Jess helfen, und was für eine Art Hilfe brauchte Jess überhaupt? Wie sollte sie Sam wissen lassen, was sie für ihn empfand, und was empfand sie eigentlich für ihn? Gleichzeitig war ihr bewusst, dass das Jahresende näher rückte und damit die Aufgabe, sich klarzumachen, ob ein Festhalten an der Galerie überhaupt realistisch war. Die Zeit raste, aber sie selbst drehte sich im Kreis, wie ein kleines Boot in einem wirbelnden Fluss, der auf einen Wasserfall zuströmte.

Beim Stricken kamen ihre Gedanken zur Ruhe. In den

Nächten, in denen an Schlaf nicht zu denken war, stand Lorna auf, setzte sich mit ihren Stricknadeln und einem Muster in die Küche und produzierte eine Mohnblume oder ein breites Blatt. Manchmal gesellte sich Joyce zu ihr. Lorna fragte nicht, warum sie nicht schlafen konnte, und Joyce sagte es nicht von sich aus. Gelegentlich fielen kurze Sätze über Ronan oder Lornas Mutter, um dann langem Schweigen Platz zu machen, aber es war ein geselliges Schweigen.

Eines späten Abends – oder frühen Morgens – in der zweiten Septemberhälfte saß Lorna in der Küche. Rudy schnarchte auf ihrem Schoß, während sie Details in ein paar Gänseblümchen einstickte, die sie tags zuvor gestrickt hatte. Joyce kam herein, in ihrem lebhaft gemusterten Morgenmantel, und setzte sich an den Tisch.

Nach einigen Minuten sagte sie mit munterer Stimme: »Lorna, dürfte ich Sie um einen Gefallen bitten?«

»Natürlich.« Lorna verknotete das Ende eines Blütenblatts. Dies war ihr bislang bestes Gänseblümchen, mit zarten rosafarbenen Spitzen, die sie mit Baumwollfäden eingestickt hatte. Die Gänseblümchenketten würden sie durch die Zäune der Vorgärten winden: sonnengelb und wolkenweiß vor dem Schmiedeeisen.

»Könnten Sie mich morgen bitte zum Krankenhaus bringen?«

Lorna sah auf. Joyce' Gesicht war nicht verschlafen wie sonst um diese Zeit, nein, es wirkte konzentriert. »Klar. Wann denn? Wurde Shirleys Wagen konfisziert? Hat sie einmal zu viel im absoluten Halteverbot gestanden?«

»Nein, Shirley fährt noch munter in der Gegend herum. Aber es wäre mir lieber … Wenn es Ihnen nichts ausmacht, würde ich Sie bitten, mich zu diesem Termin zu begleiten.«

Es war nicht Lornas Art, Joyce direkte Fragen zu stellen, aber diesmal verstieß sie bewusst gegen diese stillschweigende Regel. »Stimmt etwas nicht?«

»Doch, alles in Ordnung. Nur dass es sich leider um einen dieser Termine handelt, bei denen man von wohlmeinenden Sozialarbeitern gebeten wird, ›nicht allein zu kommen‹.« Joyce musste die Anführungszeichen nicht in die Luft malen, Lorna hörte sie auch so. »Es wird um medizinische Details gehen, für die ich mich jetzt schon entschuldige, aber ich würde es sehr begrüßen, wenn Sie dabei wären. Keir hat morgen keine Zeit, was eher eine Erleichterung ist. Er stiftet nur Unruhe.«

Keir war im Urlaub, auf einer »Erholungsreise« in Italien. Tiffany hatte eine Postkarte bekommen, auf der er sämtliche Widrigkeiten schilderte, die ihm seit dem Abflug widerfahren waren. Mittlerweile war sie die Schulter, an der er sich auszuweinen pflegte.

»Ich begleite Sie natürlich gerne.« Lorna versuchte einzuschätzen, wie besorgt sie Joyce' Ansicht nach sein sollte. »Wenn es Dinge gibt, die ich vorher wissen sollte, sagen Sie es aber bitte. Dann kann ich Ihnen besser helfen.«

Sie schauten sich an. In dem Blick lag eine schlichte Ehrlichkeit, die Lorna nicht für möglich gehalten hätte. Joyce war nicht ihre Mutter, und Lorna war nicht für sie verantwortlich. Sie war nicht einmal ihre Betreuerin. Andererseits war sie ihre Freundin. Das Herz ihrer künstlerischen Inspiration. Lorna hatte das Gefühl, dass in ihrer Umgebung etwas ins Rutschen geriet, irgendetwas rutschte weg und entzog sich ihrer Kontrolle.

»Ich benötige nur eine Art von Hilfe«, sagte Joyce. »Dass man mich wie eine Frau behandelt, die weiß, was sie will.«

»Nun, damit kann ich dienen«, sagte Lorna, obwohl sie Schlimmes ahnte.

Joyce bestand darauf, dass sie nichts tat, als mitzukommen und zuzuhören – »dann machen die kein großes Gewese darum, dass mein altersschwaches Gehirn den Ernst der Lage nicht begreift« –, aber von dem Moment an, in dem Joyce und sie im hellen Sprechzimmer Platz nahmen, spürte Lorna etwas Unheilvolles auf sich zukommen.

Der Raum im neuen Flügel des Krankenhauses von Longhampton war sehr schön, mit bequemen Stühlen, Blick auf den Parkplatz und einer grellpinken Gerbera in einem silbernen Topf auf dem Tisch. Verräterisch war die Schachtel Taschentücher daneben.

Mr Khan, der Oberarzt – als der er sich nicht zu erkennen gab, weil er davon ausging, dass Lorna das wusste –, war sehr freundlich. Das galt auch für Ali, Keirs Kollegin, die an seiner Stelle zu dem Termin hinzugebeten worden war. Wie Keir hatte Ali einen Stapel Papiere und Akten dabei, und ihr Handy klingelte ebenfalls unermüdlich. Dann war da noch eine freundliche mittelalte Frau, die sich als Tina vorstellte, als müsse Lorna sie kennen.

Lorna fiel auf, dass Joyce von allen als Mrs Rothery angesprochen wurde, gleich von Beginn an. Wie oft war Joyce schon hier gewesen? Was hatte sie ihr alles verschwiegen?

»Nun, Mrs Rothery, es freut mich zu sehen, dass Sie so munter hier hereinspazieren!«, sagte Mr Khan, schaute in seine Notizen und klappte die Akte wieder zu. »Der Physiotherapeut sagt, Sie hätten Ihre alte Form fast schon wieder zurück.«

»Wir werden noch dafür sorgen, dass Sie den Marathon

in Rekordtempo laufen!«, ergänzte Tina munter, schien sich dann aber eines Besseren zu besinnen.

»Das sind wunderbare Nachrichten. Allerdings ...« Mr Khans Tonfall veränderte sich, und seine joviale Wärme wich einem gewissen Ernst. Elefantengrau, dachte Lorna. »... müssen wir leider auch über die Untersuchungsergebnisse reden.« Er zog eine Akte herbei und öffnete sie. »Wie Sie sich erinnern, hatten wir ja bei Ihrem letzten Termin beschlossen, einen Scan und einige Blutuntersuchungen durchzuführen, um ein paar Sorgen unsererseits auszuräumen.«

»*Sie* haben das beschlossen«, sagte Joyce. »Ich wollte es in seliger Unwissenheit darauf ankommen lassen.«

»Ja, da haben Sie recht. Ich habe das beschlossen.« Er lächelte kurz. »Egal, wir ... Sie haben sich einem CT und ein paar anderen Tests unterzogen. Es tut mir sehr leid, sagen zu müssen, dass sich mein Verdacht bestätigt hat. Der Scan hat Anomalien in der Bauchspeicheldrüse aufgezeigt.« Er presste die Lippen zusammen.

Eine schwere unsichtbare Hand packte Lorna im Nacken und störte vorübergehend ihr Gleichgewichtszentrum. *Anomalien*. Das konnte nur eines bedeuten.

Sie schaute zu Ali und Tina hinüber. Die bekamen so etwas ständig zu hören, dachte sie und gab sich Mühe, normal auszusehen, obwohl sie ihre ganze Willenskraft brauchte, um nicht nach Joyce' Hand zu greifen. Was waren die Symptome? Wie hatten sie ihr entgehen können?

»Aha«, sagte Joyce, als redeten sie über das Wetter. »Und wie weit fortgeschritten ist es?«

»Um das näher einzugrenzen, müssen wir noch ein paar Untersuchungen machen.«

»Hat es gestreut?« Sie wirkte ungeduldig. »Herr Doktor,

ich hatte Freunde mit … Anomalien, wie Sie das nennen. Die Begriffe schrecken mich nicht.«

Er schien ihren Mut zu respektieren. »Es gibt Anzeichen für Metastasen in Knochen und Leber. Aber noch einmal: Bevor wir etwas Näheres sagen können, würde ich lieber noch ein paar Tests machen.«

Joyce hob eine Hand. »Ich weiß, dass Sie dazu verpflichtet sind, mir eine Reihe von Behandlungsmöglichkeiten anzutragen, aber ich möchte das alles nicht. Es liegt mir fern, mich hin und her schubsen zu lassen, nur um ein paar Monate zu gewinnen.«

Ali, die Sozialarbeiterin, beugte sich vor. »Joyce … Mrs Rothery, Sie müssen heute keinerlei Entscheidung treffen. Warum hören Sie sich die Vorschläge nicht einfach an? Es gibt nicht nur die Möglichkeit eines radikalen chirurgischen Eingriffs. Sie müssten noch nicht einmal Ihre Haare verlieren!«

Joyce warf ihr einen vernichtenden Blick zu. »Woher wissen Sie denn, dass dies hier nicht bereits eine Perücke ist, meine Liebe?«

Ali fuhr zurück. Tina warf ihr einen Blick zu, der ganz klar besagte: *Ich habe dich gewarnt.* Joyce schaute wieder den Oberarzt an.

»Aber es gibt doch Behandlungsoptionen, oder?« Lorna konnte sich nicht länger zurückhalten. »Es muss ja keine Chemotherapie sein, aber vielleicht eine Strahlentherapie?« Sie kramte in ihrem Gehirn, was sie alles über Krebs gehört hatte. Es musste Optionen geben, selbst in Joyce' Alter. Ärzte konnten heutzutage Wunder bewirken.

»Ja, äh …« Er blickte unauffällig in seine Unterlagen, um ihren Namen zu suchen.

»Lorna.«

Mr Khan nahm offenbar an, dass sie Joyce' Enkelin oder ihre Großnichte war. Sie wollte es schon richtigstellen, als ihr klar wurde, dass er ihr dann vielleicht nichts mehr erzählen durfte.

Joyce hatte niemanden außer Lorna, keine Schwester, kein Kind, keinen Ehemann. Sie stand allein am Rande der Klippe und schaute ins Nichts, ohne zu wissen, wann sie fallen würde. Lornas Kehle schnürte sich zu.

»Lorna.« Er lächelte. »Natürlich, es gibt durchaus ein paar Dinge, die wir versuchen könnten.«

Joyce schnaubte. »Wie wir ja alle wissen, bin ich fast achtzig, also bleibt mir nicht viel Zeit«, sagte sie. »Könnten wir also bitte zur Sache kommen? Ich möchte, dass Sie ehrlich zu mir sind, Mr Khan. Ganz grob werden Sie ja wohl wissen, wie fortgeschritten mein … Zustand ist.« Ein Schatten von Angst trat in ihre blassblauen Augen, um dann sofort wieder zu verschwinden. Joyce reckte das Kinn und wappnete sich. »Wie lange habe ich noch?«

Endlich akzeptierte der Arzt, dass er es mit einem Willen zu tun hatte, der stärker war als der seine. »Um das Stadium zu bestimmen, müssten wir weitere Untersuchungen anstellen. Bauchspeicheldrüsenkrebs ist schwer zu erkennen, daher ist es möglich, dass Sie ihn schon eine Weile haben … Vielleicht bleibt Ihnen ein Jahr, vielleicht ein paar Monate.«

Ein paar Monate? Lorna sah Joyce entsetzt an. Vielleicht würde sie nicht einmal mehr Weihnachten erleben!

Weihnachten. Wen kümmerte schon Weihnachten? Joyce würde nicht einmal mehr das Ende der Strickaktion erleben.

Joyce drehte den Kopf und begegnete Lornas panischem Blick. Sie lächelte, trauriger über Lornas Panik als wegen sich selbst. Schließlich streckte sie den Arm aus und drückte Lornas Hand.

Zehn Minuten hatten sie stumm im Auto gesessen. Lorna hatte es nicht übers Herz gebracht, den Motor zu starten. In die Galerie zurückzufahren, zu den Bergen von gestrickten Blütenblättern, in ein Leben, dessen Stunden gezählt waren, würde die Situation wirklich werden lassen, und das ertrug sie nicht. Dieser dunkle Schatten in ihrem Unterbewusstsein – sie hatte nicht bis zum Ende bei Betty sitzen können und bei ihrer Mutter auch nicht. Und nun würde Joyce in ihrem Zimmer hocken und stricken und geduldig auf den Tod warten, statt ihm die Türen zu versperren und zu kämpfen.

Schließlich zwang sie sich zu fragen: »Haben Sie es gewusst?«

Joyce betrachtete die Menschen, die das Krankenhaus betraten. Ein älteres Paar mit einem Heliumballon mit Geburtstagsgrüßen eilte so schnell es konnte die Treppe hoch, einem Paar ähnlichen Alters hinterher – der Arm, den der Mann um die gebeugten Schultern der Frau gelegt hatte, erzählte aber eine andere Geschichte. Ein Kleinkind mit seiner Mutter. Zwei Teenager, die sich umarmten, in Tränen aufgelöst.

»Ja«, sagte sie. »Ich denke, ich wusste es.«

»Hat Keir Sie zu diesen Untersuchungen veranlasst? Warum hat er nichts gesagt? Klar, es gibt eine Schweigepflicht, aber er wusste ja, dass Sie zu mir ziehen! Er hätte es uns mitteilen sollen, für den Fall, dass …« Sie wusste selbst nicht, welchen Fall sie meinte.

»Keir weiß es nicht.« Joyce drehte an dem goldenen Ehering an ihrem Finger. »Mein ganzes Leben lang habe ich auf

Impulse gehört, die ich nicht verstehe. Mein Körper reagiert auf Instinkte, die ich nicht mit dem Verstand durchdringe. Die Hand bewegt sich, das Gehirn antwortet.« Sie tat so, als male sie, dann ließ sie die Hand fallen. »Ich wusste, dass irgendetwas nicht stimmt. Mir war nur nicht klar, was.«

»Warum haben Sie denn nichts gesagt?«

»Weil diese Ärzte immer alles behandeln wollen«, antwortete Joyce ungeduldig. »Aber das *Leben* kann man nicht behandeln. Sie hätten versucht, mich einem schnellen Behandlungsprogramm zu unterziehen, hätten es mit Chemie und Laser aus mir herausgeätzt – oder was auch immer sie vorhätten. Das wollte ich nicht. Ich wollte mein Haus nicht in einem Krankenwagen verlassen, um verätzt und vergiftet und schließlich als Wrack zurückgeschickt zu werden. Oder schlimmer noch, gar nicht erst zurückgeschickt zu werden.«

»Aber so läuft das doch gar nicht.« Lorna konnte die Endgültigkeit, mit der Joyce der Sache ins Auge blickte, nicht ertragen. Sie ertrug es nicht, dass dieser scharfe Verstand in wenigen Monaten oder Wochen erloschen sein sollte. »Möchten Sie über die Möglichkeiten nicht einmal nachdenken?«

»Nein, Lorna.« Der Tonfall klang schon wieder nach der alten Joyce. Ziemlich trotzig. »Bitte.«

Wieder verfielen sie in Schweigen.

»War das der Grund, warum Sie bei mir einziehen wollten? Damit ich mich um Sie kümmere?« Lornas Brust zog sich zusammen. »Damit Sie in meinem Haus sterben können und nicht in einem Krankenhaus?«

»Nein. Das klingt … O Gott, nein.« Joyce rang die Hände im Schoß. »Zum einen wollte ich bei Ihnen einziehen, weil ich dachte, dass es für uns beide gut wäre.« Sie schaute

Lorna an, und die Aufrichtigkeit in ihrem Blick war unverkennbar. »Ich habe mein eigenes Leben gelebt, seit ich eine junge Frau bin. Die Gebühren für die Kunsthochschule habe ich selbst aufbringen müssen, weil meine Eltern das alles für Zeitverschwendung hielten. Und bevor sich meine Werke verkauften, habe ich alle möglichen Jobs angenommen, um etwas zu essen auf dem Tisch zu haben. Ich wollte nicht, dass man mir jetzt, wo ich allein bin, alles aus der Hand nimmt. Sie haben doch gesehen, was für ein Theater diese Sozialarbeiter veranstalten. Ständig erzählen sie mir, was das Beste für mich ist, als sei ich nicht ganz richtig im Kopf. Sie, Lorna, brauchen hochwertige Kunst für Ihre Galerie, und ich brauche ein wenig Platz in anständiger Gesellschaft. Und Bernard würde …« Bei der Nennung seines Namens verlor sie fast die Fassung. »Bernard wäre bei Menschen, denen er vertraut, wenn ich mich nicht länger um ihn kümmern kann.«

»Natürlich kann er bei mir bleiben.« Lorna versuchte, nicht an Bernard zu denken. Ohne seine Besitzerin wäre er verloren. Er wusste genau, wo Joyce war, auch wenn er zu schlafen schien. Seine Nase zuckte und folgte ihr.

»Mir ist schon bewusst, dass das viel verlangt ist.« Joyce klopfte mit der Hand auf den Schaltknüppel, und ihre Ringe klackerten auf dem Plastik. »Aber wie die Schwester schon sagte, ich dürfte noch eine Weile fit sein. Bislang habe ich nicht viele Symptome verspürt, und wenn ich irgendwann … stärker beeinträchtigt sein sollte, können ja Pflegekräfte ins Haus kommen.« Sie sah das Entsetzen in Lornas Miene und machte einen Rückzieher. »Aber wir können es ja nehmen, wie es kommt. In Butterfields kann jederzeit ein Platz für mich frei werden.«

Das war eine Illusion, das wusste Lorna. Die Bewohner von Butterfields mussten bei einigermaßen guter Gesundheit und selbstständig sein. Joyce' nächste Station wäre unweigerlich ein Hospiz.

»Das Wichtigste ist«, sagte Joyce, »dass wir unser Projekt abschließen. Dazu bin ich wild entschlossen.«

»Es war Ihre Idee, nicht meine. Ihr Gartenbild hat mich dazu inspiriert.« Lorna war den Tränen nahe. Dieser wunderschöne Garten, den sie mit ihrer ersten Begegnung verband. Es schien schon so lange her zu sein, dass sie zusammen mit Keir in Rooks Hall eingedrungen war. Dass sie Rudy und Bernard, die in den Hecken herumgeschnüffelt hatten, hinterhergejagt war. Dass sie Sam wiederbegegnet war.

»Es ist unser gemeinsames Projekt.« Joyce schaute sie an. Ein plötzliches Einverständnis blitzte zwischen ihnen auf und brachte Lornas Tränen zum Versiegen. Joyce war vollkommen konzentriert, sie wirkte noch klarer als bei ihrem Einzug. »Ich möchte *unser* Projekt zum Abschluss bringen. Ich möchte sehen, wie Longhampton an Neujahr in tausend Farben erstrahlt.«

Lorna schrieb jede Vorsicht in den Wind. »Warum denken Sie dann nicht mal darüber nach, sich einer Behandlung zu unterziehen? Das könnte uns doch Zeit verschaffen.«

»Weil wir alle irgendwann sterben müssen«, sagte Joyce. Ihr Tonfall war sachlich, aber nicht unfreundlich. »Ich möchte es auf meine Weise tun. Als Künstlerin.« Sie rang sich ein traurig-stolzes Lächeln ab.

»Gut«, sagte Lorna. Verstehen konnte sie das nicht, aber es hatte auch wenig Sinn, sich jetzt zu streiten.

Ständig stiegen Menschen die Treppe zum Krankenhaus

hoch. Lorna musste an ihre Eltern denken, die auch auf ihre Weise gestorben waren, allein und unbeobachtet, bereit zu gehen. Joyce würde das nicht widerfahren, dachte sie. Joyce würde geliebt und geehrt werden. Lornas Herz tat einen Satz, so berührt war sie plötzlich.

Ich möchte nicht, dass Sie schon gehen, dachte sie. *Wir beginnen gerade erst, uns zu verstehen.*

Eine Weile saßen sie noch da, dann startete Lorna den Wagen. »Lassen Sie uns zurückfahren«, sagte sie. »Wir müssen noch eine Menge Blumen stricken.«

26

»Wenn Sie nicht stricken, was tun Sie dann?« Calum hielt Lorna die Zuckerdose hin. Als sie den Kopf schüttelte, gab er zwei Teelöffel in seinen Espresso, der Zucker blieb auf der sämigen Crema liegen, bevor er einsank – Erkennungsmerkmal eines anständigen Kaffees. Sie wusste, dass Calum das dachte. Über Kaffee hatten sie bereits geredet und auch über New York, Kulturförderung, japanisches Essen und Comics. Man konnte sich gut mit ihm unterhalten.

»Das ist alles, was ich im Moment tue«, sagte sie ehrlich. »Stricken.«

Er grinste. »Nun kommen Sie schon, hier hört uns niemand. Mir müssen Sie doch nicht weismachen, dass Sie strikt nach Fahrplan vorgehen. Was ist Ihre große Leidenschaft? Sind Sie Bildhauerin? Zeichnen Sie?«

Sie strich sich eine Strähne hinters Ohr. »Seit wir mit dem Projekt begonnen haben, habe ich tatsächlich nichts anderes getan, als zu stricken, von morgens bis abends«, sagte sie. »Das ist wunderbar. Wir sitzen da und plaudern, meine Mitbewohnerinnen und ich. Tatsächlich fühlen wir uns wie eine kleine Gemeinschaft.«

»Dann sind Sie Textilkünstlerin.«

»Kann schon sein.« Sie lächelte ihn über ihre Kaffeetasse hinweg an und freute sich über die Art und Weise, wie er zurücklächelte.

Sie saßen draußen vor einem Weinlokal in der High Street, und Lorna war sich nicht sicher, ob es sich um ein Rendezvous handelte oder nicht. Für Tiffany war die Sache klar. Calum hatte sie nach seiner Arbeitszeit auf einen Drink eingeladen und beiläufig angedeutet, dass man vielleicht noch etwas zusammen essen gehen könnte. Lornas Ansicht nach hatte das nichts zu bedeuten, da er es vermutlich als Spesen abrechnen konnte.

»Er lädt dich zum Essen ein, also gehst du auch hin.« Tiffany verdrehte die Augen. »Warum denn nicht? Calum ist reizend, und er mag denselben künstlerischen Nonsens wie du. Nun hat er schon so oft versucht, mit dir auszugehen – gib dem Jungen eine Chance.«

»Aber was, wenn etwas schiefläuft und die Arbeit …?«

Fast hätte sie gesagt: *Vermische nie Arbeit und Vergnügen*. Sie biss die Zähne zusammen.

»Lorna.« Tiffany wirkte ungläubig. »Wie viele Verabredungen hattest du in letzter Zeit? Geh einfach hin, um Gottes willen.«

Und da war sie nun, in einem schwarzen Kleid, die Haare zu einem Knoten zusammengefasst, und flirtete mit dem einzigen anderen Menschen in Longhampton, der eine Meinung zum Pointillismus hatte. Bislang hatte sie nur Espresso

455

getrunken, sicherheitshalber, aber als Nächstes würde sie ein Glas Wein bestellen, beschloss sie.

»Sie haben mal eine Galerie in London erwähnt.« Calum wedelte mit seinem Löffel in ihre Richtung. »Für wen haben Sie dort gearbeitet?«

»Für mich selbst. Ich hatte eine Pop-up-Galerie.«

»Toll. Wen haben Sie denn ausgestellt?«

Sie erzählte es ihm. Weit davon entfernt, wegen ihrer Naivität die Hände über dem Kopf zusammenzuschlagen, beugte er sich vor und lauschte aufmerksam.

»Aber ich habe nichts verkauft, und schließlich war Zak mit dem letzten Geld auf und davon«, endete sie und wartete darauf, dass er die üblichen Fragen stellte. *Wie viel haben Sie verloren? War das sehr demütigend?*

Aber Calum zuckte einfach nur mit den Schultern. »Das passiert. Wenn es geklappt hätte, wären Sie jetzt Millionärin, und jeder hätte gesagt, das sei visionär gewesen. Immerhin haben Sie es versucht. Irgendjemand muss sich ja für die Künstler ins Zeug legen. Haben Sie Hunger?« Er schaute auf die Uhr – mittlerweile war die Zeit gekommen, in der man gut essen gehen konnte. »Ich habe eine – bitte lachen Sie nicht – gute kleine Tapas-Bar entdeckt, hinter dem Sportzentrum. Was halten Sie von Tapas?«

»Auf einen Versuch lasse ich es ankommen.«

»Ha!« Er zeigte auf sie. »Tapferes Mädchen.«

Irgendetwas entwickelte sich zwischen ihnen, das spürte Lorna, als würden Wicken ihre zarten Ranken ausstrecken und sich ineinander verschlingen. Plötzlich war sie selbst in Flirtstimmung und suchte nach Dingen, mit denen sie Calum beeindrucken konnte.

Unvermittelt streckte Calum die Arme über den Tisch

und legte seine Hände auf ihre. Die überraschende Berührung löste ein Kribbeln in ihr aus. »Wunderbar«, sagte er. »So einen schönen Abend habe ich seit meiner Ankunft hier noch nicht erlebt.«

Lorna wusste nicht, was sie sagen sollte. Es war in der Tat wunderbar. Sie lächelte. »Ja, das stimmt.«

Hinter ihr hustete jemand, und sie schaute sich um. Es war Sam. Er wirkte unbehaglich.

»Tut mir leid, dass ich störe«, sagte er und mied beflissen Calums Blick. »Ich war auf dem Weg zur Galerie, aber da ich dich hier antreffe … Ich brauche noch ein paar Bilder für die Cottages. Könntest du mir irgendwann diese Woche eine Auswahl bringen?«

»Natürlich.« Lorna zog ihre Hand zurück und drehte sich weiter herum. »Was für Motive hättest du denn gerne? Landschaften? Schafe?«

Sam zuckte mit den Achseln. Dieses Mal gab er nicht einmal mehr vor, sich für den Gegenstand zu interessieren. »Das überlasse ich dir«, sagte er. »Ein paar große, ein paar kleine. Es muss nur zu Calico White passen. Das Budget kennst du. Die Rechnung kannst du mir mailen.«

»Reizend«, sagte Calum, als Sam zu seinem Wagen zurückmarschierte.

»Tja.« Das war nicht nötig gewesen. Lorna sah Sam mit gemischten Gefühlen hinterher, dann griff sie nach ihrer Tasche. »Und? Tapas?«

Lorna gab es nur ungern zu, aber Sam hatte mit den Cottages rund um den Hof gute Arbeit geleistet. Die Spezialisten hatten keinen Stein auf dem anderen gelassen. Die Wände waren neu verputzt sowie milchweiß und himmelblau ge-

457

strichen. Die Dielen waren abgezogen und geölt worden und glänzten honigfarben. Die Schiebefenster waren repariert und mit beigen Leinenvorhängen versehen. Die alten Badewannen mit den Klauenfüßen und die schmiedeeisernen Bettgestelle hingegen mochten echt viktorianisch aussehen, aber die Landarbeiter, für die die Cottages gebaut worden waren, hätten sicher nicht die ursprüngliche Ausstattung darin erkannt.

Das i-Tüpfelchen würden natürlich die Werke von lokalen Künstlern sein. Da Sam deutlich erklärt hatte, dass ihm egal sei, was sie mitbringe, solange es nur die Wände der Drei-Bett-Häuschen fülle, befreite Lorna die Galerie von den letzten Kuh- und Blumenporträts und anderer »Gehirnwäschekunst für Wartezimmer«, wie Joyce sich auszudrücken pflegte. Damit schrieb sie für diesen Monat, der noch nicht einmal zur Hälfte vergangen war, schwarze Zahlen und hatte Zeit, sich auf die Organisation der Strickkurse und der verschiedenen kommunalen Aktionsprogramme zu konzentrieren.

Hattie kam jedes zweite Wochenende, um in der Galerie zu arbeiten, und Lorna konnte ihre Hilfe gut brauchen. Ein zusätzliches Paar Hände, vor allem ein so geschicktes, war stets willkommen. Außerdem war es schön, Hattie um sich zu haben, sie in die geschäftliche Seite der Galerie einzuweihen und ihr hier und da ein bisschen Kunstgeschichte zu vermitteln. So war Hattie beschäftigt und kam auf andere Gedanken, wie Lorna hoffte. Von ihrer mysteriösen Halbschwester war nicht mehr die Rede, und Lorna hatte nicht vor, Fragen zu stellen. Am Nachmittag half Hattie, die Bilder für Sam einzupacken, sie auf der Rechnung abzuhaken und alles mit Marys archaischem Ordnungssystem abzugleichen.

Lorna hielt verabredungsgemäß vor dem Cottage »Nachtigall« und lud die Plastikkisten mit der in Luftpolsterfolie gehüllten Kunst aus. Die Vorhänge waren offen, sodass man in das frisch gestrichene Wohnzimmer mit dem Ledersofa schauen konnte. Bergeweise Plastikverpackung von einem Luxusbett lag auf dem gemähten Rasen.

Sie verdrängte den Gedanken, in was für einem Zustand sich Rooks Hall befinden mochte. Ob man Joyce' Farben vielleicht mit einem langweiligen Magnolienton überrollt haben würde, sodass sich jetzt gefällige Monotonie ausbreitete, wo früher in jedem Raum eine andere Stimmung geherrscht hatte. Oder ob der Garten für Gabes Fuhrpark platt gewalzt oder der Kamin durch einen prosaischen Holzofen ersetzt worden war.

Da sich auf ihr Klopfen hin niemand meldete, drückte sie die Klinke hinunter und öffnete die Tür. »Hallo?« Die Gerüche brandneuer Fliesen und frischen Lacks schlugen ihr entgegen. »Ist hier jemand?«

Hinten im Haus war eine Stimme zu vernehmen. »Küche.« Das klang nach Sam. Lorna holte die erste Kiste herein und schleppte sie durch den Flur.

Sam stand an der Tür zur Speisekammer und brachte neue Lampen an. Als er Lorna sah, stieg er von seinem Stuhl und steckte den Schraubenzieher in die Gesäßtasche.

»Hallo«, sagte Lorna. »Kunstlieferung, wie bestellt.«

»Super, danke.«

Die Stimmung war befangen, und Lorna wusste auch, warum. Sie hatte Sam nicht erzählt, dass sie eine Verabredung mit Calum hatte. Andererseits war er zu einem Vorstellungsgespräch nach London gefahren und hatte ihr auch nicht erzählt, um was für eine Stelle es überhaupt ging.

»Tut mir leid, dass ich kürzlich in dein Rendezvous geplatzt bin«, sagte er. »Ich nehme an, das war dieser Calum vom Stadtrat?«

Lorna nickte und wollte sagen, dass es eigentlich kein Rendezvous war. Doch dann dachte sie: *Nein, warum sollte ich? Es war* schließlich ein Rendezvous gewesen. Und wichtiger noch, sie hatte sich bestens amüsiert. »Kein Problem. Er war ziemlich beeindruckt, dass ich sogar außerhalb der Öffnungszeiten Aufträge bekomme. Wo willst du die Bilder haben?«

»Egal. Brauchst du Hilfe beim Aufhängen?«

»Eigentlich nicht. Möchtest du entscheiden, wo was hinkommt?«

Er zuckte mit den Achseln. »Du bist die Expertin.«

So würden sie also künftig miteinander umgehen. Ein Winkel ihres Herzens krampfte sich zusammen. »Dann lass mich mal machen«, sagte sie und ging, um ihr Werkzeug aus dem Auto zu holen.

Etwa eine halbe Stunde arbeiteten sie in verschiedenen Räumen: Lorna im Eingangsbereich, wo sie die Wand neben der Treppe mit einer ganzen Fuhre gerahmter Vogelstudien schmückte, Sam in der Küche, wo er unter gelegentlichen Flüchen Nägel einschlug. Die Nähe des anderen war ihnen bewusst. Vermutlich lauschten sie auch darauf, was der andere tat, aber keiner sagte ein Wort.

Lorna hatte Sam von Joyce' Krankheit erzählen wollen, aber irgendetwas hielt sie davon ab. Sie wollte ihm überhaupt nichts mehr erzählen. Ständig gingen ihr diese Vorstellungsgespräche im Kopf herum, die Frage, was er in London getan hatte. Es verschob das Gleichgewicht zwischen ihnen. Wieder war er derjenige, der die Flucht ergriff, während sie hier festhing und von allen Plänen ausgeschlossen wurde.

Als sie gerade den letzten Vogel aufgehängt hatte, fuhr draußen ein Wagen vor, kurz darauf knirschten Schritte über den Weg.

»Hallo?« Lorna roch Gabriel, bevor sie ihn sah. Alter Schweiß und ein vager Hauch von Kuhstall. Sie rümpfte die Nase.

»Könnte nicht sagen, dass mich das überzeugt.« Er stand direkt hinter ihr, viel zu nah. »Sollten die Bilder nicht parallel zur Treppe in einer Reihe hängen?«

»Nein.« Lorna hatte die Vögel wie in einer Galerie zu einem asymmetrischen Schwarm angeordnet. Es waren Originale – ihrer Ansicht nach ein Schnäppchen. Sie hatte sich nur schwer von ihnen trennen können. »In Gruppen wirken sie besser.«

»Mir würde es besser gefallen, wenn sie in einer Reihe hingen.« Er warf Lorna einen herausfordernden Blick zu.

»Soll ich sie wieder abnehmen?« Sie nickte zur Wand hinüber. »Das würde den Putz zerstören. Ich habe Nägel in die Wand geschlagen.«

Gabriel zog eine Miene, als habe sie ihn hintergangen. »Ich könnte es dir in Rechnung stellen, wenn wir die Wand neu verputzen lassen müssen. Du hättest auf Anweisungen vom Chef warten müssen.«

Vom Chef. Bei der Vorstellung, dass Gabriel der Chef sein würde, wenn Sam die Stadt verließ, verspürte sie am ganzen Körper ein Kribbeln. Das würde ihm gefallen. Vermutlich würde er jeden Morgen durch den Stall laufen und die Kühe daran erinnern, wer der Herr im Hause war.

Irgendetwas verleitete sie dazu, Salz in die Wunde zu streuen. »Aber ich habe doch Anweisungen vom Chef. Sam hat gesagt, ich soll alles so aufhängen, wie ich es für richtig halte.«

»Habe ich gesagt, Sam ist der Chef?«

»Was ist denn hier los?« Sam kam aus der Küche und schaute zwischen ihnen hin und her. »Gabriel? Alles in Ordnung?«

»Gefällt dir das?« Er fuchtelte verächtlich zu den Buchfinken und Schwalben hinüber. »Das ist doch Krickelkrackel.«

Sam zuckte mit den Achseln. »Ich bin kein Experte für so etwas, anders als Lorna. Wir wollen doch diese Boutique-Hotel-Atmosphäre. Da braucht man so etwas.«

Gabriel zog ein Gesicht, als wolle er sagen, dass die Leute eine Meise hatten, dann wandte er sich wieder an Lorna. »Aber egal, wo du schon einmal hier bist … Ich wollte sowieso mit dir reden.«

»Ach ja? Worüber denn?« Sein Blick gefiel ihr nicht – er war irgendwie verschlagen, als wolle er andeuten, dass er etwas wisse, was sie nicht wisse. »Wenn es um die Rechnung geht, ich kann sie gerne auf ein Unternehmen ausstellen statt auf eine Privatperson.«

»Darum geht es nicht.«

»Aha?« Sie lehnte sich ans Geländer, den Hammer auf die Hüfte gestützt.

»Unsere Großmutter hatte neulich eine interessante Unterhaltung mit deiner Freundin Tiffany«, fuhr Gabriel fort. »Die war zu Besuch in ihrer Seniorenresidenz.«

»In Butterfields? Ja, Tiff führt dort Hunde aus.« Lorna schaute zu Sam hinüber. Tiffany konnte gut mit alten Leuten umgehen, weil sie sich aufs Plaudern verstand und kein Problem mit körperlichen Gebrechen hatte. »Wispa, nicht wahr? Der Collie eurer Großmutter.«

Sam nickte, schien sich aber nicht einmischen zu wollen. Selbst als Lorna ihn fragend anschaute, reagierte er nicht.

»Tiffany hat Großmutter erzählt, dass dein Rudy ein ziemlich wohlhabender Dackel ist«, fuhr Gabriel fort. »Sie ist der Meinung, dass er möglicherweise mehr verdient als sie.« Er hielt inne, und sein Blick bekam etwas Eindringliches.

Ah, okay. Lorna wusste, worauf er hinauswollte, ließ sich aber nichts anmerken. »Das ist nicht schwer. Tiffany verdient gar nichts im Moment.«

»Rudy hingegen hat offenbar ein eigenes Bankkonto«, beharrte Gabe. »Hinreichend gut gefüllt, um keinerlei Wünsche offenzulassen. Ziemlich großzügig für einen kleinen Hund. Ich würde mal vermuten, dass er ziemlich gut isst, was? Immer nur Filetsteak und so.«

»Jetzt mach aber mal halblang.« Lorna hob die Hand, mit der sie den Hammer hielt, und kämpfte gegen ihre Empörung an. Ihr war klar, dass er sie provozieren wollte, und sie wollte sich nicht in die Defensive drängen lassen. »Da hat jemand etwas in den falschen Hals bekommen. Rudys Besitzerin hat ein Konto eingerichtet, um die Kosten für Versicherung und Futter abzudecken. Das ist alles. Für mich fällt dabei nichts ab, falls du mir das unterstellen willst.«

Gabriel zog eine Augenbraue hoch. »Und wie hast du diese Betty kennengelernt?«

»Durch einen ehrenamtlichen Job in einem Londoner Hospiz. Nicht dass dich das etwas anginge.« Lorna fand die Unterstellung ungeheuerlich. Sie spürte, dass Sam sie anschaute, und ihre Wangen begannen zu glühen. »Worauf willst du eigentlich hinaus?«

»Auf gar nichts. Ich finde nur, dass es ein seltsamer Zufall ist, dass du schon wieder eine alte Dame mit Hund betreust. Nicht dass wir viel über Mrs Rotherys finanziellen Hintergrund wüssten, aber ich wäre nicht überrascht, wenn ihr Hund irgendwann auch eine Pension bezieht. Falls er denn mal ein neues Zuhause benötigt.«

Das war unerhört. *Mrs Rothery*. Als würde Gabriel sich Sorgen um sie machen.

»Oh, was zum …« Lorna wandte sich an Sam. Wie konnte er vollkommen unbeteiligt dastehen und zuhören? »Sam, erklär deinem Bruder bitte, dass ich nicht rumgehe und alte Damen suche, um mir über deren Hunde Geld zu erschleichen.«

»Das sagt doch niemand.« Seine Stimme war neutral, aber zu ihrem Entsetzen merkte Lorna, dass er keinesfalls überzeugt klang.

»Ich habe Großmutter gesagt, dass sie achtgeben soll«, witzelte Gabriel in seinem freudlosen Tonfall. »Sie will ja sicher nicht, dass deine Freundin ihr etwas über die Rübe zieht, um an Wispas Aktien und Wertpapiere ranzukommen. Nicht dass ihr Hund so etwas hätte. Insofern kannst du sie auch von deiner Liste streichen.«

»Sam?« Lorna ignorierte Gabriel. Sie konnte es nicht fassen, dass Sam einfach schwieg. Hatten die beiden darüber gesprochen? Normalerweise nahm Sam von Gabe gar keine Notiz, aber nun spannte er den Kiefer an und sah sie so merkwürdig an.

Er löste die Arme, nur um sie gleich wieder zu verschränken. »Nur so aus Interesse: Wie lautet denn das Arrangement zwischen dir und Joyce? Bezahlt sie Miete?«

»Du kennst das Arrangement doch. Sie wartet auf einen Platz in Butterfields, damit sie Bernard mitnehmen kann. Bis dahin ...« *Warum erzähle ich ihm das überhaupt*, fragte sie sich. Weil man besser mit offenen Karten spielt, wenn man nichts zu verbergen hat. »Bis dahin überlässt sie mir ein paar Bilder und berät mich in der Galerie. Sie zahlt keinen Penny.«

»Interessant«, sagte Gabriel, der sich in seiner neuen Rolle als Moralapostel sichtlich gefiel. »Ich bin mir nicht sicher, was das Finanzamt davon halten würde. Du, Sam? Besonders, wenn es sich um so wertvolle Bilder handelt wie die von Mrs Rothery.«

Sam zuckte mit den Achseln. »Das ist sicher eine Grauzone. Ich bin mir aber sicher, dass Lorna weiß, was sie tut.«

Lornas Blick sauste zwischen den beiden hin und her. Sie konnte kaum glauben, was sie da hörte. Als hätte Gabe plötzlich Einblick in den Kunstmarkt gewonnen. Als interessierte ihn das.

»Du beleidigst mich und Tiffany.« Sie kramte ihr Werkzeug zusammen, bevor sie noch Nägel in Gabriels fette Hände schlug. »Deiner Großmutter kannst du gerne mitteilen, dass jede Hilfe, die ihr mit Wispa zuteilwird, den besten Absichten entspringt. Ich bin zutiefst empört, dass du denken kannst, ich nutze Joyce aus.«

Lorna funkelte Sam an und konnte ihre wilde Scham kaum noch bändigen. Immerhin besaß er den Anstand, verlegen zu wirken. »Im Übrigen überrascht es mich – wo ihr doch beide mit Joyce zu tun hattet –, dass ihr dieser Frau zutraut, sich von irgendjemandem ausbeuten zu lassen«, fügte sie scharf hinzu.

»Wir sorgen uns nur um schutzbedürftige Alte«, sagte Gabriel mit einem demütigen Kopfschütteln. »Das ist Teil unserer Aufgabe als verantwortungsvolle Vermieter.«

»Ha!« Lorna, die soeben ihren Hammer in die Tasche hatte werfen wollen, hielt mitten in der Bewegung inne und musste lachen. »Du wärst nicht einmal Vermieter, wenn du nicht in deine Ballenpresse geraten wärst – und wenn deinem Vater nicht der Hof gehören würde.«

»He!«

»Viel Erfolg mit dem da«, sagte sie zu Sam und nickte zu Gabriel hinüber. »Muss ja eine große Erleichterung für dich sein, dass du dich aus dem Familienunternehmen zurückziehen und deine Ferienhäuser in so erfahrene, fleißige Hände legen kannst. Die Rechnung für die Bilder maile ich dir.«

»Mir bitte, Lorna«, sagte Gabriel und zeigte auf sich. »Ich bin jetzt der Verwalter.«

»Kein Problem«, erwiderte sie. »Ich werde darauf achten, alles korrekt auszuweisen. Es wäre eine schreckliche Vorstellung für mich, zu wenig zu berechnen und dir Probleme mit der Steuerbehörde einzuhandeln.«

Ihr Handy klingelte, als sie sich dem Stadtrand von Longhampton näherte. Zunächst ignorierte sie es.

Sie wollte nicht mit Sam reden, dazu war sie viel zu aufgebracht. Wie konnte er so etwas auch nur denken? Selbst wenn Gabriel zwei und zwei zusammengezählt und fünfzehn Millionen erhalten hätte, hätte Sam ihn zurechtweisen müssen.

Aber das Handy klingelte immer weiter, bis sie schließlich vor der Kirche auf dem Hügel an den Straßenrand fuhr und den Anruf entgegennahm.

Es war die Nummer der Galerie, nicht Sams.

»Hey, Lola.« Es war Tiffany. Sie sprach mit der Stimme, die zum Ausdruck bringen sollte, dass alles in Ordnung war. Lorna war sofort alarmiert. »Ich nehme an, Hattie ist nicht zufällig bei dir, oder?«

»Nein.« Lorna runzelte die Stirn. »Ich komme gerade von den Cottages. Warum?«

»Ah, okay.« Die Pause, die nun folgte, deutete unmissverständlich darauf hin, dass Lorna von dem Folgenden nicht begeistert sein würde.

»Was ist passiert?«

»Na ja, die Sache ist die … Kurz bevor du gefahren bist, ist sie ja zum Mittagessen rausgegangen«, sagte Tiffany. »Jetzt ist es schon halb vier, und sie geht nicht an ihr Handy.«

»Es tut mir so furchtbar leid«, sagte Tiffany wohl zum hundertsten Mal. »Mir hat sie gesagt, sie wolle nur schnell etwas essen gehen, wobei ich mir natürlich gar nichts gedacht habe. Dann war auf einmal so viel los in der Galerie. Etliche Leute sind gekommen, um sich Wolle und Strickmuster aushändigen zu lassen, weil sie diesen Artikel in der Wochenzeitung gelesen haben, und plötzlich war es halb vier, und mir fiel auf, dass sie immer noch nicht zurück ist, und …«

Lorna hob die Hände. »Hör auf, dich zu entschuldigen. Vielleicht macht sie einfach nur einen Stadtbummel. Du weißt doch, wie junge Mädchen sind.«

»In Longhampton kann man doch nicht vier Stunden lang durch Geschäfte bummeln.« Tiffany kaute auf ihrer Unterlippe. »Und als ich dann in die Wohnung hochging, um zu schauen, ob sie vielleicht dort ist, sah ich, dass ihr Rucksack fort ist.«

»Oh.« Das rückte die Sache in ein ganz anderes Licht.

Sie schauten sich einen Moment lang an. Dann drehte Lorna das Schild an der Ladentür auf »Geschlossen« und schob Tiffany zur Treppe. »Lass uns Tee kochen und vernünftig darüber nachdenken.«

Der Küchentisch war mit gestrickten Wicken übersät. Sie lagen auf dem gehäkelten Rankgitter, damit sie eine Vorstellung davon bekamen, wie viele man für eine ganze Wand bräuchte. Lorna konnte sich nicht aufraffen, alles zusammenzuräumen, daher kochte sie Tee und trug ihn ins Wohnzimmer, wo Hattie auf dem Schlafsofa übernachtet hatte.

Obwohl sie so tadellose Manieren hatte, zog Hattie eine Spur von Schminkutensilien, schmutzigen Socken, Nagellackfläschchen und Bechern mit feuchten Teebeuteln hinter sich her. Es gab keine freie Stelle, wo man seinen Tee abstellen oder sich setzen konnte.

»Ich kann ja ein bisschen aufräumen«, sagte Tiffany, als sie Lornas angespannte Miene sah. Sie schob die Zeitschriften vom Kaffeetisch, damit sie die Tassen abstellen konnten, und schnappte sich die achtlos fortgeworfene Bettdecke. Als sie sie auf einen Stuhl legen wollte, fiel etwas heraus: Hatties iPad, das sie in den Stofffalten hatte liegen lassen, nachdem sie bis spät in die Nacht Netflix geschaut hatte. Mit einem unheilvollen Krachen landete es auf dem Dielenboden.

Tiff schnalzte. »Fast hätten wir uns draufgesetzt, dabei

sind diese Bildschirme so empfindlich.« Sie hob das iPad auf und besah es sich, um sicherzustellen, dass es keinen Schaden genommen hatte. »Ernsthaft. Ihr ist gar nicht klar, wie glücklich sie sich schätzen kann, dass sie so ein Zeug …«

»Ryan hat es ihr geschenkt«, sagte Lorna. Das war der Grund, warum sie so nachlässig damit war, anders als mit der kostspieligen Kosmetik, die sie sich von ihren eigenen Einkünften kaufte. »Man kann ihm nicht vorwerfen, dass er nicht wenigstens versucht, sich ihre Liebe zurückzukaufen.«

»Bei mir hätte er damit Erfolg gehabt«, sagte Tiff. »Dieses Ding ist brandneu … Oh.« Das iPad vibrierte. Tiffany schaute auf den Bildschirm, dann zu Lorna. Schließlich reichte sie es ihr kommentarlos.

Der Bildschirm war gesperrt, aber die ausgetauschten Nachrichten waren deutlich zu erkennen: *Hey P! Bin auf dem Weg! Gegen 6 bei dir xxx*

Jemand – eine *Rosie*, dem Icon zufolge – hatte geantwortet: *Bushaltestelle? xx*

Cool! xx

Hattie. Es war Hattie, die da schrieb, vermutlich von ihrem Handy aus. Sie musste ihr Handy mit ihrem iPad-Messenger verbunden haben. Lorna *wusste* vielmehr, dass es so war, denn sie hatte selbst gesehen, wie Hattie von ihrem iPad aus mit Jess über FaceTime kommuniziert hatte.

Lorna hielt das iPad in den Händen, schaute auf die Nachrichten und fühlte sich hin- und hergerissen. Ihr Instinkt sagte, dass sie es ausschalten sollte – es war falsch, in den privaten Nachrichten ihrer Nichte herumzuschnüffeln, natürlich –, aber gleichzeitig war da dieses schwarze Loch in ihrer Magengrube. Ihr lief ein Schauer über den Rücken.

Neben Hatties Icon erschienen drei Pünktchen, dann: *Im Bus ist es widerlich sitze neben einem totalen Spinner haha xx*

Rede nicht mit ihm! Du weißt, was passiert, wenn man mit verrückten Männern redet! Lol xx

Hattie saß neben einem Spinner im Bus! Lorna wurde übel. Warum hatte sie nichts gesagt? Wenn sie sich mit einer Freundin treffen wollte, hätte sie doch nur fragen müssen. Lorna hätte sie nicht daran gehindert. Sie hätte sie nur um ein paar Kontaktdaten gebeten und gefragt, wann sie wiederkomme.

Der Name der anderen Person leuchtete über den Pünktchen auf: *Rosie*. Das Icon zeigte ein blondes Mädchen, Instagram-tauglich, mit einem glänzenden Schmollmund und Ohren wie die der Snapchat-Katze. Hattie hatte allerdings *Hey P!* geschrieben.

»Wer ist denn Rosie?«, fragte Tiffany, die ihr über die Schulter schaute.

»Keine Ahnung. Eine Rosie hat sie nie erwähnt. Ich verstehe nicht, warum sie mir nicht einfach gesagt hat, dass sie sich mit jemandem treffen will. Denkst du, es handelt sich um einen Jungen? Warum macht sie so ein Geheimnis daraus.«

»Offenbar möchte sie nicht, dass Jess oder du davon erfahrt, daher lautet die Antwort wohl …« Tiff zog eine Grimasse und zeigte auf die Nachricht, die mit *Hey P!* begann. »Denkst du, sie hat ein Treffen mit ihrer Schwester arrangiert? Vielleicht nennt sie sie Rosie, weil Jess einen Namen wie Pearl schnell entdecken würde.«

O Gott, so musste es sein! Und nun vibrierte das iPad wieder.

Cool. Wie lautet die Adresse, falls ich mich verlaufe? Mein Orientierungssinn ist miserabel LG xxx

Rosies Pünktchen blitzten auf. Und da war sie, die Postleitzahl. »Schreib sie auf«, flüsterte Tiff. »Schnell!«

Hast du deiner Mum gesagt, dass ich komme?, fragte Hattie. Lorna und Tiff stöhnten gleichzeitig auf, als sie die Antwort sahen.

So was in der Art. Ich habe gesagt, du bist eine Freundin. Sie ist aber cool.

Lorna starrte auf den Bildschirm. Nein, Pearl, sie wird nicht cool sein, wenn ihr Familiengeheimnis auf der Matte steht. Und deine Mutter, Hattie, wird bestimmt auch nicht cool bleiben.

Ich finde es immer am besten, ehrlich zu sein. Meine Fam ignoriert die Sache einfach. Das ist so ungerecht – als würden wir nicht zählen, oder? xx

Lornas Handy klingelte in ihrer Tasche, aber sie ignorierte es. Was brauchte sie? Handy, Bargeld … Sollte sie es Jess erzählen? Sie schwankte. Nein. Das war etwas, was sie besser allein erledigte.

»Ich hole sie«, sagte sie. »Falls Jess anruft, sag ihr, sie soll sich bei mir melden.«

27

Die Fahrt nach Gloucester schien ewig zu dauern, und Lorna haderte mit sich selbst, ob sie Hattie von ihrem Kommen in Kenntnis setzen sollte. Vielleicht konnte sie Hattie davor bewahren, eine Dummheit zu begehen. Gleichzeitig würde sie aber bekennen müssen, dass sie die Nachrichten auf dem iPad gelesen hatte.

Das Problem erledigte sich von selbst, als ihr Handy klingelte und das Babyfoto von Hattie in dem Strampelanzug mit den gelben Enten aufleuchtete. Lorna stieß das Handy fast aus der Halterung der Freisprechanlage, als sie hektisch danach griff.

»Tante Lorna?« Die Stimme war leise.

»Hattie? Alles in Ordnung?«

»Nein. Du musst kommen und mich abholen. Ich bin in …« Ihr Atem ging abgehackt. »Ich habe eine Dummheit angestellt. Ich bin in …«

»Ich weiß, wo du bist«, sagte Lorna. Ihr Herz klopfte vor

Angst um ihre Nichte. »Ich bin schon auf dem Weg. Mach dir keine Sorgen, Schätzchen. Geh einfach ins nächste Café, schreib mir eine SMS mit der Adresse und warte auf mich.«

Als Lorna kam, saß Hattie zusammengesunken in einer Ecke von McDonald's, ein unberührtes Happy Meal wie einen Schutzwall vor sich aufgebaut. Die Neonlichter warfen harte Schatten auf ihr Gesicht. In ihrem großen Kapuzenpulli, die Ärmel über die Finger gezogen, wirkte sie jünger.

Lorna schlüpfte in die Sitzecke und schlang die Arme um sie, aber wider Erwarten schmiegte sich Hattie nicht an sie. Ihr Körper fühlte sich steif an, als würde sie sich mühsam beherrschen.

Lorna hatte Tränen oder einen hysterischen Anfall erwartet, aber Hatties Miene war eher grimmig. »Okay, also«, sagte Lorna und bediente sich von den Pommes, um davon abzulenken, dass ihre Nerven zum Zerreißen gespannt waren. »Hättest du mir nicht besser erzählt, was du vorhast?«

Hattie senkte den Blick.

»Nun komm schon. Keine Geheimnisse. Was ist los?«

Da Hattie nicht antwortete, sagte Lorna: »Gut, ich mache den Anfang. Du hast dich mit Pearl getroffen, ja? Wo?«

»Woher weißt du das?«

»Hast du, oder hast du nicht?«

Hattie rieb sich die Augen und gab auf. »Ja. Wir stehen seit Ewigkeiten über SnapChat in Kontakt. Wir haben so viele Gemeinsamkeiten. Es ist, als würde ich sie schon ewig kennen! Ich habe ihr erzählt, dass Mum und Dad so tun, als sei nichts passiert. Aber da es ja eigentlich um uns geht, dachten wir, dass wir einfach selbst Kontakt aufnehmen. Es ist doch ungerecht, dass wir die Einzigen sind, die nicht mitreden dürfen. Im Prinzip sind wir ja Teil derselben Familie, anders als sie! Verstehst du, was ich meine?«

Darin lag eine bestechende Logik, die Lorna nicht bestreiten konnte. Aber Hattie zu sagen, wie egoistisch das war, würde jetzt nicht weiterhelfen. »Also habt ihr beschlossen, euch zu treffen?«

»Wir wollten niemandem wehtun oder so. Pearl hat einfach gesagt, dass ich eine Freundin bin, die sie besucht. So ist es ja auch, oder? Und wir dachten, wir sagen es ihrer Mutter einfach, damit sie sieht, dass es für uns keine große Sache ist. Für alle anderen sollte es auch so sein.«

Die große dramatische Eröffnung, wie am Ende praktisch jeder Staffel von Reality-TV-Serien. »Hättet ihr Pearls Mum nicht ein bisschen darauf vorbereiten können?«

»Sie war doch vorbereitet.« Hattie riss empört die Augen auf. »Sie wusste doch, dass Pearl Dads Tochter ist. Und sie wusste, dass Pearl Kontakt zu ihm aufgenommen hat. Da war es doch nur eine Frage der Zeit, bis sie sich mit mir treffen würde. Eigentlich hätte sie es selbst arrangieren können, statt uns die Sache zu überlassen.«

»War ihr Dad denn da? Pearls richtiger Dad, meine ich?« Das war nicht so ganz der richtige Ausdruck, aber Lorna beließ es dabei. »Was hat er gesagt?«

»Genau weiß ich auch nicht, was passiert ist.« Hattie spielte mit dem Strohhalm in ihrer Diät-Cola, das Geräusch klang, als würde ein Seehund bellen. »Wir haben uns unterhalten, dann kam Pearls Mum rein. Sie hat sofort erraten, wer ich bin, und hat angefangen herumzuschreien. Dann kam ihr Dad, um nachzuschauen, was los ist, und war total sauer, weil wir ihre Mutter wütend gemacht haben. Schließ-

lich haben Pearls Brüder auch noch angefangen zu schreien –
sie hat zwei Brüder, Freddie und Alfie.« Hatties irritierte
Miene ließ darauf schließen, dass sie wirklich nicht damit
gerechnet hatte, irgendjemanden vor den Kopf zu stoßen.

»Und dann haben sie dich rausgeschmissen?«

»Nein, ich bin gegangen, als alle so herumgebrüllt
haben.« Sie rieb sich die Augen. »Mum und Dad habe ich
noch nie schreien hören. Es war so … laut. Ich wollte weg,
aber ich wusste nicht, wo ich bin und was ich tun soll. Ich
wollte doch niemanden aufregen. Ich wollte einfach nur
eine Schwester, so wie Mum dich hat. Egal, was passiert,
ihr seid immer füreinander da. Ist es so schlimm, dass ich
meine Schwester auch kennenlernen wollte?«

Sie schluchzte auf. Lorna nahm ihre Hände. Jetzt war
nicht der richtige Zeitpunkt, um Hattie daran zu erinnern,
dass sie bereits eine Schwester hatte – eine, die ihr später
mal eine wunderbare Freundin sein würde. Das war vermutlich Teil des Problems.

»Hattie, ich weiß, dass du nur versucht hast, das Richtige
zu tun. Aber manchmal ist es besser zu …«

»Zu lügen?«

»Nicht zu lügen, aber …«

»Willst du sagen, dass es besser ist, die Dinge unter den
Teppich zu kehren?« Hatties Miene bekam etwas Mitleidi-
ges. »Es gibt nichts, wofür *wir* uns schämen müssten. Man
kann nicht so tun, als gäbe es etwas nicht, nur weil es einem
besser in den Kram passt. Früher war das vielleicht so, aber
heutzutage läuft das anders.«

»Niemand will etwas unter den Teppich kehren, Hattie.
Alle wollen nur herausfinden, wie man nun am besten damit
umgeht. So einfach ist das alles nicht.«

Hattie schaute auf ihre abgekauten Fingernägel und schwieg einen Moment. »Pearls Mum hat gesagt …«

Eine Gruppe Jugendlicher platzte zur Tür herein, auf der Welle ihrer überschüssigen Energien. Sie lachten und unterhielten sich lautstark.

Lorna hatte Mühe, sich über den Lärm hinweg verständlich zu machen. »Was hat Pearls Mum gesagt?«

Hattie schaute sie unter ihren dichten Wimpern hervor an. »Sie sagte, Mum habe Dad mit einem Trick dazu gebracht, sie zu schwängern, weil sie unbedingt von zu Hause wegwollte. Angeblich, weil Großmutter und Großvater so komisch waren.« Ihr Gesicht zog sich in Falten. »Stimmt das? Warum sagt sie so etwas?«

»Das stimmt nicht«, sagte Lorna automatisch.

»Aber wieso ›komisch‹? Was meint sie damit?« Sie wirkte plötzlich auf theatralische Weise besorgt. »Großvater war doch Rektor einer Internatsschule, oder? Er war doch nicht einer von diesen …?«

»Nein!« Das hatte Lorna so laut ausgestoßen, dass sich einer der Jugendlichen an der Verkaufstheke umdrehte und sie überrascht ansah. »Nein«, sagte sie, die Stimme nur wenig gesenkt. »Großvater war keiner von denen. Deine Großeltern haben sich geliebt, und sie haben deine Mutter und mich geliebt. Falls sie komisch waren, dann waren sie mir jedenfalls lieber als … als normale Eltern, die nicht komisch waren.«

»Aber wir haben sie nie zu Gesicht bekommen.« Hattie hatte offenbar länger darüber nachgedacht. »Nicht so wie unsere anderen Großeltern. Ich weiß nichts über sie, nicht wirklich.«

»Das hatte damit zu tun, dass …« Lorna unterbrach sich.

Womit hatte es zu tun gehabt? Wie sollte man einem Teenager eine solche Konstellation erklären? »Na ja, sie haben ja auch sehr weit weg gewohnt, oder?«

Hattie schaute sie an, enttäuscht, aber auch neugierig. »Wollten sie uns nicht sehen? Haben sie sich nicht für uns interessiert?«

»Darüber sollten wir zu Hause reden, Hattie, nicht hier.« Lorna nahm ihre Tasche und stand auf. Es wartete noch ein unangenehmes Gespräch auf sie. »Jetzt sollten wir vielleicht zu Pearl und ihrer Mutter fahren und die Wogen glätten«, sagte sie. »Aber du bleibst im Auto.«

»Also nicht *wir*, sondern du«, erwiderte Hattie schmollend.

Lorna schaute über die Schulter zu Hattie zurück. Heute hatte sie große Ähnlichkeit mit Jess. »Ja«, sagte sie. »Ich denke, du hast heute schon dein Bestes gegeben.«

Pearls Familie wohnte in einem Reihenhaus in einem nicht sehr attraktiven Viertel von Gloucester. Nummer sechzehn, mit einer blauen Tür und ausgetrockneten Blumenkästen vor den Fenstern. Als Lorna klingelte, hörte man drinnen erhobene Stimmen, aber das konnte auch der Fernseher sein. Zumindest hoffte Lorna, dass es so war.

Sie trat einen Schritt zurück und schaute zum Schlafzimmerfenster hoch. Ein Vorhang bewegte sich, aber wer auch immer daran gezogen hatte, ließ sich nicht blicken. Lorna fühlte sich beobachtet, aus dem Haus und aus dem Auto heraus, das sie für alle Fälle hinreichend weit weg geparkt hatte.

Dann öffnete sich die Tür einen Spaltbreit, und eine Frau schaute heraus, die Augen rot gerändert. Aschblondes Haar, zwei Ohrringe in jedem Ohr, mädchenhafte Züge, die sich mit den Jahren und zahllosen schlaflosen Nächten verhärtet hatten, schockierte Miene. Erin. Lorna hatte sie sich anders vorgestellt. Andererseits, wen hatte sie sich schon vorgestellt?

»Schlagen Sie mir nicht die Tür vor der Nase zu. Ich bin Hatties Tante Lorna«, sagte sie schnell.

»Oh, verflu…« Erin wollte die Tür zuknallen, aber Lorna hatte schnell den Fuß hineingestellt. »Meinen Sie nicht, Ihre Familie hat heute schon genug Schaden angerichtet?«

»Ich möchte mich dafür entschuldigen, dass Hattie Ihnen Probleme bereitet hat. Sie hat es gut gemeint, aber Kinder bedenken nicht immer die Konsequenzen ihres Handelns.«

Erin verdrehte die Augen. »In der Tat, verdammt. In der Tat. Mein Ehemann ist schon wieder außer sich, dabei hatte er sich gerade erst wieder beruhigt, nachdem Pearl ihm eröffnet hat, dass sie sich mit Ryan getroffen hat. Meine Jungen fragen ständig, ob sie noch mehr heimliche Brüder und Schwestern haben und wie es kommt, dass Dad nicht Pearls echter Vater ist.«

»Wussten sie es denn nicht?«

»Warum sollten sie?«, gab Erin wütend zurück. »Sie sind noch so klein, da müssen sie von solchen Dingen nichts wissen. Andy und ich sind zusammen, seit Pearl ein Kleinkind ist. Er ist ihr Vater. Ich hätte nie Kontakt zu Ryan aufgenommen, wenn es nicht dieses medizinische Problem gegeben hätte.« Sie schniefte. »Für mich war es sowieso nicht die Romanze des Jahrhunderts.«

»Es tut mir leid, dass Sie sich damit herumschlagen müssen. Andererseits war es auch nicht nötig, dass Sie Hattie diese Lügen über ihre Mutter auftischen.« Lorna senkte die Stimme. »Das war ziemlich grausam.«

»Ach ja?« Erin neigte den Kopf zur Seite. »Und wieso Lügen? Das hat er mir gegenüber aber ganz anders dargestellt. Oder seinem Bruder gegenüber.«

»Interessant, was für Dinge Sie sich so merken.« Die Wut über ihre Auseinandersetzung mit Gabriel steckte ihr immer noch in den Knochen.

Erin kniff die Augen zusammen. »Hören Sie, ich liebe Pearl abgöttisch und würde sie um nichts in der Welt hergeben. Aber was Ryan betrifft, das war ein Fehler. Ein Fehler, unter den wir einen Schlussstrich ziehen sollten. Immerhin führe ich die Leute nicht an der Nase herum. Anders als Ihre Schwester.«

Damit knallte sie Lorna die Tür vor der Nase zu.

Lorna starrte auf die glänzende blaue Farbe. Sie konnte ihr Spiegelbild darin sehen, während in ihren Ohren ein einziges Wort widerhallte: *Fehler*. Fehler. Fehler.

Jess machte nie Fehler.

»Ich muss einen Anruf machen«, sagte Lorna, als sie ein Stück gefahren waren. Sie war zu einer Tankstelle abgebogen, um in Ruhe nachdenken zu können, und nun war sie zu einem Entschluss gelangt.

Hattie saß niedergeschlagen auf dem Beifahrersitz. Sie holte nicht einmal ihr Handy heraus und wirkte, als würde sie im nächsten Moment einschlafen oder in Tränen ausbrechen. Oder beides.

Die Sache musste heute Abend geklärt werden, das hatte nicht bis morgen Zeit.

Lorna wählte die Nummer ihrer Schwester, die sich sofort meldete, wie immer.

»Jess, wir müssen reden.« Lorna legte sofort mit ihrer vorbereiteten Ansprache los. »Hattie hat ein paar …« Sie warf ihrer Nichte einen Blick zu. »… ein paar Nachforschungen angestellt. Ehrlich gesagt, scheint es mir an der Zeit, dass sich alle zusammensetzen und ein paar Dinge klären.«

»Ich bin im Kino, Lorna«, flüsterte Jess. »Wir sind in der Familienvorstellung von *Ich – Einfach unverbesserlich 3*.«

»Das ist mir egal. Wo ist Ryan? Ist er bei euch?«

Ein kaum vernehmliches Schnauben. »Nein. Der ist bei seiner Mutter.«

»Gut. Ich werde Ryan sagen, dass er zu mir kommen soll. Ich erwarte euch um acht.«

»Und was ist mit den Kindern?« Jess flüsterte immer noch, und Lorna hörte ein »Pst!« in ihrer Nähe.

»Bring sie einfach mit. Bei mir wohnt doch eine Nanny, die sich gegen ein kleines Entgelt gerne um sie kümmern wird. Bis später.«

»Ich kann nur für dich hoffen, dass es wirklich wichtig ist.«

Lorna betrachtete Hattie, die so viel Ähnlichkeit mit ihrer Mutter, aber auch mit ihrer Künstler-Großmutter hatte. Ihr eigenes Blut, ihr eigener Geist, die Zukunft ihrer Familie. »Das ist es«, sagte sie.

Milo und Tyra waren begeistert, als sie nach oben geschickt wurden, um sich von Tiffany Überraschungs-Gutenachtgeschichten vorlesen zu lassen. Frisch aus dem Kino eingetroffen, waren sie bis oben hin mit Haribo und Popcorn vollgestopft, und nach dem Gepolter und Geschrei aus dem Obergeschoss zu schließen, nutzte Tiffany ihr ganzes professionelles Unterhaltungsgeschick aus, um sie bei Laune zu halten. Joyce hatte sich früh zurückgezogen.

Jess wirkte weniger begeistert, hier zu sein. Schon beim Betreten der Küche hatte Hattie sie angefunkelt, und Lorna hatte sie aufgeklärt, warum sie sie quer durchs Land hierherbeordert hatte. Noch weniger begeistert war Jess, als zehn Minuten später auch noch Ryan eintraf.

Er wirkte so verschreckt wie immer, aber sichtlich weniger ausgemergelt als bei Lornas letzter Begegnung mit ihm. Der Pullover spannte über dem Bauchansatz, und sein Gesicht war runder geworden.

»Wie ich sehe, macht dir jetzt wieder deine Mutter das Abendessen«, kommentierte Jess spitz.

»Ich hatte fast vergessen, wie es ist, abends Fleisch zu bekommen«, schoss er zurück.

»Aufhören!« Lorna hob die Hände. »Aufhören. Das geht jetzt schon lange genug so. Ihr müsst miteinander reden. Ryan, setz dich.« Sie zeigte auf einen Stuhl am Küchentisch. »Jess, du setzt dich bitte hierher. Hattie? Ich denke, du solltest vielleicht ein Bad nehmen.«

»Wieso das denn? Willst du mich rausschmeißen?«

»Ja.« Lorna verstand ihre Empörung, aber es half nichts. Jess und Ryan mussten ehrlich zueinander sein, ehrlicher, als man es einem Kind zumuten würde. »Nimm ein Bad, und wenn du damit fertig bist, kannst du zur zweiten Runde dazustoßen.«

Hattie blickte instinktiv zu ihrer Mutter hinüber, schaute aber schnell wieder weg, als sähe sie eine fremde Person dort sitzen. Es war schmerzlich, mit ansehen zu müssen, dass sie sich verraten fühlte. »Mum?«

»Lorna hat recht. Gib uns zehn Minuten.«

Ryan schnaubte, als könnte man in zehn Minuten gar nichts ausrichten.

»Nimm meinen edlen Badeschaum«, sagte Lorna. »Und Tiffanys Körperbutter. Wonach auch immer dir der Sinn steht.«

»Gut.« Mit einem letzten Schnauben drehte sie sich um und marschierte hinaus.

»Und kein SnapChat!«, rief Jess ihr hinterher. »Was denn? Sie geht direkt ins Netz und beklagt sich, was für Rabeneltern wir sind.«

»Das glaube ich nicht.« Lorna war vollkommen schleierhaft, was sie jetzt tun sollte. Sie setzte sich zwischen die beiden an den Tisch. »Hört zu, ihr müsst das klären. Ich verstehe nichts von Paartherapie, weil ich nie eine Beziehung hatte, die dieses Stadium erreicht hat. Aber ich bin mit Eltern groß geworden, die Geheimnisse vor mir hatten – wenn auch vielleicht nicht absichtlich –, und ihr mutet Hattie jetzt dasselbe zu. Ihr schließt sie aus. Wenn ihr so weitermacht, wird sie sich anderswo eine Familie suchen.«

Schweigen. Keiner wollte den Anfang machen. Lorna fragte sich verzweifelt, ob sie Stifte und Papier holen sollte, damit jeder seine Gedanken aufschrieb.

Zu ihrer Überraschung war es Ryan, der schließlich das Wort ergriff. Er hatte auf seine Hände geschaut, auf den breiten goldenen Ehering, den er trug, seit er ein Teenager war. Der Ring stammte von dem Juwelier fünf Türen weiter.

»Was hat Erin gesagt, als Hattie dort aufgekreuzt ist?« Es klang, als kenne er die Antwort bereits.

»Sie hat Hattie erzählt, du hättest Jess nur geheiratet, weil sie dich ausgetrickst hat. Angeblich hat sie sich absichtlich von dir schwangern lassen.«

»Wie bitte?« Jess' Reaktion war prompt und heftig. *Fast zu prompt und heftig*, dachte Lorna.

»Und dass Jess das nur getan hat, um unserer komischen Familie zu entkommen«, fuhr sie fort. Dieses Mal zeichnete sich echtes Entsetzen auf Jess' Gesicht ab.

»Ryan? Hast du das wirklich gesagt?«

Er antwortete nicht sofort. Ryan war, anders als Sam, nie besonders schlagfertig oder witzig gewesen. Lorna hörte förmlich, wie er die Worte in seinem Kopf zusammensetzte, ganz vorsichtig. Ihr wurde bewusst, dass es aus Rücksicht geschah, nicht, weil er so langsam war. Ryan wollte nie einen falschen Eindruck hinterlassen.

»Ich war damals achtzehn, also vermutlich nicht besonders reif«, antwortete er. »Andererseits, ja. Ein bisschen was ist an der Sache vermutlich dran, meinst du nicht auch? Wenn du ganz ehrlich bist?« Er sah auf und schaute Jess direkt in die Augen. Der unerwartet herausfordernde Ausdruck in seiner gutmütigen Miene brachte sie aus dem Tritt.

»Unsere Eltern waren nicht komisch«, stammelte sie. »Sie haben sich geliebt, zu sehr geliebt vielleicht. Aber Mum war Künstlerin. Nur weil es keine anderen Künstler in unserem Umfeld gab, war sie noch lange nicht komisch …«

»Aber du wolltest fort von ihnen, das habe ich vom ersten Moment unserer Beziehung an gespürt. Du wolltest eine eigene Familie. Als du mir gesagt hast, dass du schwanger bist …« Er zuckte mit den Achseln. »Ich würde nicht behaupten, dass ich überrascht war.«

»Du glaubst aber doch wohl nicht, dass ich das absichtlich getan habe, oder?« Jess wandte sich an Lorna, moralische Unterstützung heischend. »Lorna? Du denkst das doch nicht, oder? O Gott.« Sie wirkte wütend. Und defensiv. »Heute Nacht kommt alles ans Licht, nicht wahr?«

»Was tut das denn jetzt noch zur Sache?« Ryan zuckte mit den Achseln. »Wen stört's? Wir wollten Hattie beide. Es hat doch alles funktioniert. Du möchtest nicht das Mädchen in dir sehen, das einem Typen ein Kind unterjubelt, aber mir war das ehrlich gesagt egal. Ich habe dich geliebt. Und ich war froh, dass ich nicht bleiben und für Dad arbeiten musste. Das Einzige, was mich bedrückt, ist …« Er hielt inne und schien plötzlich Angst vor seiner eigenen Courage zu haben.

»Was?«, drängte Jess.

Ja was?, dachte Lorna gespannt. Die verborgenen Tiefen des Ryan Prothero waren auch für sie eine Überraschung.

»Manchmal frage ich mich, ob es für dich nicht genauso gut ein anderer getan hätte.« Sein offenes Gesicht wirkte angespannt. Lorna wurde bewusst, dass Ryan siebzehn Jahre lang mit diesem zersetzenden Gedanken im Herzen gelebt hatte. »Du wolltest raus, und du wusstest, dass ich nicht der Typ war, der ein Kind im Stich lässt.«

»Nein!« Jess' Hand schoss über den Tisch und packte Ryans. In ihrer Stimme lag tiefer Schmerz. »Ryan, das darfst du niemals denken. Das ist nicht wahr. Wenn ich nur aus Longhampton herausgewollt hätte, wieso hat unsere Ehe dann so lange gehalten? Warum haben wir dann Tyra bekommen? Und Milo? Was ist mit unserem gemeinsamen Leben? Ich kann es kaum glauben, dass du so etwas denkst.«

Er blickte sie betrübt an und zog seine Hand fort. Jess zuckte zusammen. »Du wolltest einen verlässlichen Mann, und du wusstest, dass ich einer bin. Warum hat es dich also überrascht zu erfahren, dass ich mich für ein anderes Kind verantwortlich fühle? Ich konnte Pearl nicht im Stich lassen, obwohl die Sache wirklich ein Fehler war. Ein Fehler, den ich begangen habe, als ich noch nicht begreifen konnte, was es heißt, Vater zu sein. Das wird mir immer und ewig leidtun.«

Er war noch nicht am Ende. »Aber weißt du, was mich am meisten verletzt, Jess? Deine Überraschung. Als könne ich gar nicht anders, als der ewig langweilige Ryan zu sein. Du hast keine Ahnung, wie schmerzhaft das ist, dass du mich so ... so verächtlich behandelst. Das hat alles wieder hochkommen lassen. Der langweilige Ryan. Der Mann, auf den Verlass ist.«

Nun gingen Ryan die Worte aus, aber der Schmerz hing zwischen ihnen in der Luft.

»Ich liebe dich jetzt aus denselben Gründen, aus denen ich dich damals geliebt habe«, sagte er leise. »Für mich hat sich nichts verändert. Und es wird sich auch nichts verändern. Ich bitte dich, mir zu verzeihen, aber ich bitte dich auch, mir zu sagen ... ob du mich jemals wirklich geliebt hast.«

»Du weißt, dass ich dich geliebt habe. Dass ich dich liebe.« Jess' Stimme klang fremd, sie schien sich für sich selbst zu schämen. »Es tut mir leid.«

Sie schauten sich an. Dann streckte Ryan langsam seinen Arm aus. Jess nahm seine Hand, und er drückte sie kräftig.

»Soll ich euch einen Moment allein lassen?« Lorna schob ihren Stuhl zurück. Die beiden brauchten Zeit für sich, und sie selbst brauchte die auch, um ehrlich zu sein.

Eine halbe Stunde später kam Jess zu ihr. Lorna saß an dem einzigen ruhigen Ort, den sie gefunden hatte: der Treppe zwischen Galerie und Wohnung. Sie betrachtete das gerahmte Familienfoto – sie vier am Strand von Wales – und versuchte, sich und Jess in den Gesichtern ihrer Eltern wiederzufinden. Das Foto war aber zu klein, um etwas Derartiges erkennen zu können.

»Rück mal ein Stück.« Jess quetschte sich neben sie auf die schmale Treppe. »Danke, Lorna«, sagte sie. »Ich hätte nie gedacht, dass Ryan so etwas sagen würde, aber es ist gut, dass wir darüber gesprochen haben.«

»Wie ein Gewitter. Es reinigt die Luft.«

»Ja.« Jess kaute an einem Nietnagel. »Er ist jetzt bei Hattie und redet mit ihr. Ich wollte dir aber noch etwas anderes erzählen. Über Mum.«

Lorna drehte sich zu ihr um, soweit das bei dem begrenzten Platz möglich war. »Ach ja?«

»Ich glaube, sie hat Medikamente genommen. Dad hat ja den meisten Papierkram vernichtet, wie du weißt, aber als ich die Möbel gesichtet habe, bin ich in einer Kommode auf Tabletten gestoßen. Es waren ihre. Ich habe sie einem befreundeten Arzt gezeigt, und er sagte, das seien Antidepressiva. Medikamente gegen Angststörungen jedenfalls. Er hat vermutet, dass sie an einer postnatalen Depression gelitten hat.«

»Wirklich?« Die Stimmungsschwankungen, dieses Bedürfnis, allein zu sein, dieses gequälte Schweigen. »Arme Mum. Warum hat Dad nichts gesagt?«

»Vermutlich hat er sie schützen wollen. Uns schützen wollen. Er wollte, dass alles in Ordnung ist, dass wir eine perfekte Familie sind. Vielleicht hatte er Angst davor, dass wir denken, wir wären schuld.«

Das war nachvollziehbar. Andererseits grub sich das Problem, indem man es verheimlichte, immer tiefer ins Herz der Familie ein. Es höhlte sie von innen heraus aus, bis nur noch die Hülle übrig blieb. Jess hatte es nun schon viele Jahre lang verschwiegen.

»Warum hast du mir nichts davon erzählt? Hatten wir uns nicht versprochen, keine Geheimnisse voreinander zu haben?«

Jess seufzte. »Was hättest du schon tun können? Außerdem warst du so fixiert auf die Idee, dass die beiden eine Musterehe geführt haben und Mum die perfekte Künstlerin war. Ständig hast du gesagt, dass eine richtige Beziehung Seelenverwandtschaft voraussetzt, wie bei Mum und Dad ...«

Lorna zog eine Augenbraue hoch. »Ich dachte, das ist das, was du mit Ryan anstrebst.«

»Mit Ryan? Ich ...« Jess besann sich. »Nein. Ich glaube nicht, dass wir perfekt sind. Niemand ist das meines Erachtens. Aber wir schlagen uns wacker. Kannst du dir vorstellen, dass es komisch war, hierher zurückzukommen? Das hat viele Dinge wieder lebendig werden lassen: wie er mir geholfen hat, über Gatter zu klettern. Und dass er Traktor fahren konnte.« Sie lächelte vor sich hin.

Jedem das Seine, dachte Lorna.

Jess spreizte die Hände. Ihre Ewigkeitsringe funkelten im Dämmerlicht. Der Verlobungsring ihrer Mutter mit den Smaragden leuchtete dunkler an der anderen Hand. Sie streifte ihn ab und steckte ihn Lorna an den Mittelfinger der Rechten.

»Ich möchte, dass du ihn trägst«, sagte sie. »Und ich möchte, dass du glücklich bist, Lorna. Hör auf, nach Seelenverwandtschaft zu suchen. Es gibt noch etwas daneben, was eine Menge Glück verspricht.«

»Ich suche nicht nach Seelenverwandtschaft, ich bin einfach …«

Jess verzog den Mund. »Du weißt vermutlich, was ich meine.«

Sie schauten sich lange in die Augen. Pubertierende Jungen, starke Mütter, Hausarbeiten, Traktoren, Heuballen und Geheimnisse schwebten zwischen ihnen in der Luft.

Dann sagte Lorna: »Ich koche uns einen Tee, ja?«

28

Ausgerechnet über Tiffany fand Lorna heraus, was für einen Job Sam angenommen hatte. Oma Osborne hatte im Aufenthaltsraum gegenüber jedem, der es hören wollte, damit angegeben, dass ihr jüngster Enkel einen Spitzenjob in London ergattert hatte und bald mit einem Ferrari dorthin zurückbrausen würde.

»Sein alter Chef hat die Agentur gewechselt und Sam gebeten mitzukommen«, berichtete sie, als sie mit Joyce in der Galerie saßen und breite grüne Blätter an die Stängel der Sonnenblumen nähten. Die Strickgruppe war in den Hauptausstellungsraum gezogen, da sie sich so großer Beliebtheit erfreute. »Aus irgendwelchen juristischen Gründen, die Oma Osborne für Schwachsinn hält, kann er erst im Januar anfangen. Aber die Sache ist in trockenen Tüchern. Dieses Mal wird er ein viel schöneres Auto und sehr viel mehr Geld bekommen.«

Es war Mitte September. Bei den morgendlichen Spaziergängen mit den Hunden war der Wind schon ziemlich frisch. Lorna wusste ganz genau, wie lang es bis Januar noch hin war – fünfzehn Wochen –, denn das war genau die Zeit, in der sie noch mehrere Tausend Blumen stricken mussten, außerdem mehrere Hundert Schmetterlinge, die über den Blütenblättern tanzen sollten. »Und was macht er bis dahin?«

»Er hat in London mit einem Projekt begonnen, deshalb wird er in nächster Zeit pendeln.« Tiff sah von ihrem Blatt auf. »Ihr ist auch herausgerutscht, wie erleichtert sie sind. Sam hatte seine Stelle in London nämlich nicht ganz freiwillig geräumt.«

»Was?« Das hatte er ihr gar nicht erzählt.

»Tja. Man hat ihn entlassen – wegen etwas, was *definitiv* nicht sein Fehler war. Also war es vermutlich doch sein Fehler.« Tiff zwinkerte ihr zu. Sie wusste, dass Lorna sauer auf Sam war, und wollte sie aufmuntern. »Vielleicht *musste* er ja auf den Hof zurückkehren und ist gar nicht der aufopferungsvolle Märtyrer, als den er sich immer hinstellt.«

Lorna hob die Sonnenblume hoch. Es war eines ihrer Lieblingsmodelle, strahlend, hoffnungsvoll und irgendwie Siebzigerjahre-mäßig in seiner gelb-braunen Pracht. »Schön für ihn. Ich wünsche ihm alles Gute.«

»Sie mögen ihn, nicht wahr?«, stellte Joyce fest. »Werden Sie es ihm sagen, bevor er geht?«

Lorna faltete die Blume zusammen und legte sie in die Plastikkiste mit der Aufschrift »Bridge Street«. Sie hatten einen großen Stadtplan, in dem die geplanten Beete verzeichnet waren. Lorna hatte Blumen aus buntem Papier ausgeschnitten und sie auf die fertigen Areale geklebt. Täglich wurde der Plan im Schaufenster auf den neuesten Stand gebracht. Die Bridge Street war eine der Straßen, die üppig mit Sonnenblumen ausgestattet sein würden: Buspassagiere würden unter einem Dach gelber Blütenblätter auf den 32er warten.

»Nein«, sagte Lorna. Sie hatte weder Joyce noch sonst jemandem von Sams und Gabes Anschuldigungen erzählt. »Ich glaube, es ist schwer, eine Beziehung mit jemandem einzugehen, den man schon so lange kennt. Man sucht ständig nach der Person von früher und sieht oft nicht den Menschen, den man vor sich hat.«

Sie verspürte einen Stich, als sie das sagte.

»Aha«, sagte Joyce in einem unbeteiligten Tonfall. »Calum, der Disco-Knabe, wird das gerne hören. Sollen wir jetzt mit dem Apfelbaum anfangen?«

Joyce' Gesundheitszustand blieb im Lauf der Zeit absolut stabil. Und der wöchentliche Besuch der Krankenschwester war eher Routine als sonst etwas.

»Es ist so wundervoll, was Sie tun«, sagte Keir zu Lorna, als er braun gebrannt aus dem Urlaub zurückkehrte. »Leicht ist es nicht, aber bei einer solchen Perspektive andere Menschen um sich zu haben macht einen großen Unterschied.«

Lorna vergaß oft, was Joyce' Perspektive war. »Meinen Sie?«

»Behalten Sie sie einfach im Auge. Ich weiß, dass Joyce unbedingt an ihrer Selbstständigkeit festhalten will, aber lassen Sie nicht zu, dass sie Symptome verheimlicht. Die Lage kann sich schnell ändern, und dann sollten wir vorbereitet sein.«

Lorna hatte hinreichend Gelegenheit, Joyce zu beobachten, wenn sie sich auf ihre länglichen Lilien und die roten Äpfel konzentrierte. Ihre Haut hatte sich leicht gelblich gefärbt und schien schlaffer an ihren knochigen Fingern zu hängen, aber ihre Augen huschten so flink wie immer durch den Raum. Sie nahmen mehr wahr, als den anderen auffiel. Lorna wusste, dass sie Veränderungen verheimlichen würde, so wie sie auch nicht über ihr schwindendes Augenlicht gesprochen hatte. Die Hinweise, wenn es denn welche waren, zeigten sich eher in ihren Gesprächen.

Sie schliefen beide nicht gut. Nachts trafen sie sich oft in der Küche und redeten bis in die frühen Morgenstunden über Ronans Talent für die Fotografie, Bernards vom Regen gewelltes Buch mit den Gartennotizen, Cathys Illustrationen, die von Jahr zu Jahr düsterer geworden waren, Bruchstücke aus dem Leben von Lornas Großeltern väterlicherseits und ihr Haus irgendwo in Irland. Nie waren es lange Gespräche, nur ein paar Bemerkungen und die ein oder andere Frage, dann wurden die Erinnerungen wieder weggeschlossen.

Eines Nachmittags saßen Lorna und Joyce in der Galerie und begannen mit einem riesigen Stricklappen aus brauner Wolle, glatt rechts gestrickt. Er würde den Briefkasten in der Forest Street in eine Eiche mit zerfurchtem Stamm verwandeln. Die ersten Regentropfen schlugen ans Schaufenster, in dem zurzeit die wunderschönen japanischen Nudelschalen eines begabten Manns aus Darton-on-Arrow ausgestellt waren.

»Lorna, eigentlich würde ich gerne den Garten von Rooks Hall noch einmal sehen, bevor es Herbst wird«, sagte Joyce beiläufig. »Ich möchte mich vergewissern, dass wir alle Details für unseren Plan berücksichtigt haben.«

Lorna konzentrierte sich auf einen Knoten in der Borke. Ihre Strickkünste hatten sich verbessert, aber sie ließ sich schnell ablenken. »Im Plan ist alles verzeichnet, was auf Ihrem Original zu sehen war. Ich bin mir nicht sicher, ob wir jetzt noch Änderungen vornehmen können. Denken Sie, wir haben etwas vergessen?«

»Ich würde den Garten trotzdem gerne sehen.« Bernard, der unter Joyce' Stuhl lag, regte sich. Er lag in einer krummen Linie da, anders als Rudy, der sich stets zu einem ordentlichen Kreis zusammenrollte. »Nur für alle Fälle. Denken Sie, die Osbornes hätten etwas dagegen?«

Irgendetwas an Joyce' Stimme ließ sie aufhorchen. Der Hauch einer unwillkommenen Wirklichkeit streifte ihre Haut, aber sie gab sich Mühe, sich nichts anmerken zu lassen.

»Natürlich nicht«, sagte sie. »Ich werde sie fragen.«

Als sie Sam anrief, hörte sie Großstadtgeräusche im Hintergrund. London vermutlich. Sie vergeudete keine Zeit mit belanglosen Floskeln, die sie beide nur in Verlegenheit stürzen würden.

»Sam, ich muss dich um einen Gefallen bitten. Nicht für mich selbst«, fügte sie hinzu. »Für Joyce. Und bevor du jetzt das Schlimmste befürchtest – für mich springt nichts dabei heraus.«

»Hab ich das gesagt? Schieß los.«

»Sie möchte gerne den Garten von Rooks Hall sehen. Nicht das Haus, nur den Garten, und zwar bevor das Wetter umschlägt und alles von den Bäumen fällt.«

»Gibt es einen besonderen Grund dafür? Ihr könnt doch einfach hinfahren und ihn euch anschauen.«

»Ich wollte dich erst fragen.« Lorna hörte, wie steif sie klang. »Es geht um die Strickaktion. Sie möchte gerne in dem Garten herumlaufen.«

»Nun, diese Woche haben wir Gäste. Aber ich bin mir sicher, dass sich da etwas machen lässt. Wann wollt ihr denn kommen?«

Lorna hatte die Wettervorhersage studiert. Bald sollte Regen einsetzen, was sich im Oktober nicht ändern würde. Joyce' letzte Erinnerung an Rooks Hall – wenn es denn darum ging – sollte nicht feucht und trostlos sein. »Wann ginge es denn? Ich möchte nicht mehr allzu lange warten.«

»Die Wetteraussichten sind nicht gerade berauschend, nicht wahr? Überlass das einfach mir.«

Sams Fähigkeit, immer eine Lösung zu finden, nötigte ihr wider Willen Respekt ab. Sie wollte kurz angebunden sein – was sie Männern gegenüber gut beherrschte –, aber sobald sie seine Stimme hörte, war es aus. »Danke, das wäre ganz toll.«

»Kein Problem.« Dann herrschte Schweigen in der Leitung. Keine lockeren Fragen, wie es ihr ging oder was die Hunde so machten, keine Fragen zu den neuen Freunden in ihrem Leben – Fragen, zu denen sie neuerdings übergegangen waren, statt alle Gespräche mit dem sonst üblichen »Weißt du noch damals …« zu beginnen. Alles, was Lorna hörte, war Sams neues Leben im Hintergrund.

»Gut, ich freue mich darauf.«

»Gibt es sonst noch etwas?«

Alles andere. Alles andere gab es.

»Nein«, sagte sie, dann legten sie beide auf.

Eine Stunde später schickte Sam eine Nachricht, dass Joyce am nächsten Tag um zwei nach Rooks Hall kommen könne, wenn es ihr recht sei, und so fuhr Lorna am folgenden Nachmittag vor dem Haus vor, Joyce neben sich und Bernard auf der Rückbank. Sams Landrover stand bereits da.

Das Cottage lag, der gründlichen Renovierung der Osbornes sei Dank, wunderschön hergerichtet in der Nachmittagssonne. Das schwarze Fachwerk bildete einen scharfen Kontrast zu den weiß getünchten Wänden, die Fenster blitzten in frisch lackierten Rahmen. Rooks Hall wirkte so lebendig wie nie zuvor. Als sie die frische Erscheinung bewunderte, fühlte sich Lorna fast wie eine Verräterin, weil sie sich kaum vorstellen konnte, wie es Joyce mit diesem Anblick ging.

Joyce blieb auf dem Beifahrersitz sitzen, als Lorna um den Wagen herumging und ihr die Tür öffnete.

»Halten Sie mich für eine törichte Alte?« Sie hatte Bernard schon auf dem Schoß und einen Seidenschal um den Hals. Nun hob sie den Kopf.

»Überhaupt nicht.« Lorna wusste mittlerweile, dass man in solchen Momenten am besten sachlich reagierte. »Sam freut sich bestimmt, von einer Gartenexpertin ein paar Tipps zu bekommen. Bauern verstehen nichts von Rosen, außer dass man Pferdemist draufkippen kann.« Sie nickte zum Garten hinüber. »Er ist schon da. Soll ich schon einmal vorgehen?«

»Nein, ist schon in Ordnung. Würden Sie bitte Bernard nehmen?«

Lorna hob Bernard aus dem Wagen, dann reichte sie Joyce einen Arm, damit sie vorsichtig aussteigen konnte.

Als er sie sah, stieg Sam aus seinem Landrover und öffnete ihnen das Törchen. Er trug einen Anzug unter der Jacke. Lorna fragte sich, ob er direkt vom Bahnhof gekommen war. Auf dem Armaturenbrett lagen Papiere, und sein Haar war in einer Weise gestylt, die nicht darauf hindeutete, dass er Vogelfuttersäcke geschleppt hatte. *Eigentlich ist er bereits fort*, dachte sie. *Er hat mich wieder zurückgelassen.*

»Hallo, Mrs Rothery«, sagte er und streckte die Hand aus. »Leider haben wir zurzeit Gäste im Haus, aber ich habe Ihnen einen Stuhl in den Garten gestellt. Es ist ein schöner Tag, also bitte … Lassen Sie sich Zeit.«

Lorna sah, dass in einer Gartenecke ein Tisch und Stühle standen, neben dem Apfelbaum, der zu Joyce' großer Überraschung geblüht hatte. Auf der weißen Tischdecke wartete ein Tablett mit einer Silberkanne, Tassen und einem Teller Bakewell Tarts. Ein richtiger Nachmittagstee.

Sie sah Sam an, und er nickte unmerklich. Lorna wollte sich für seine Aufmerksamkeit bedanken, war sich aber nicht sicher, ob sie den richtigen Ton treffen würde. Schließlich erwiderte sie einfach sein Nicken und folgte Joyce in den Garten.

Sam kehrte nicht zu seinem Landrover zurück, sondern blieb stehen, die Hände hinter dem Rücken verschränkt, und beobachtete sie mit unergründlicher Miene.

»Oh, wie schön«, sagte Joyce. »Lorna, das ist Anthurium. Auf Englisch heißen die Blumen ›Malerpaletten‹. Wir haben viele davon gehabt, eine Art Insiderwitz. Dann diese Rose da, ein Geschenk zum Hochzeitstag.« Sie wandelte durch den Garten, Bernard dicht auf den Fersen. Gelegentlich blieb sie stehen, um die Nase in eine Blüte zu stecken oder eine abzupflücken. Ihre Schritte waren langsam, aber Lorna überließ sie sich selbst und erschien nur an ihrer Seite, wenn sie eine niedrig wachsende Pflanze pflücken oder eine Geschichte erzählen wollte – warum sie sich für eine bestimmte Pflanze entschieden hatten oder wo Ronans Meerschweinchen beerdigt war.

»Es ist doch in Ordnung, wenn sie Blumen abpflückt, oder?«, fragte Lorna leise, als sie neben Sam stand. Gemeinsam sahen sie zu, wie Joyce über die Blütenblätter einer Zinnie strich, während Bernard etwas in einer Hecke entdeckt hatte.

»Natürlich. Es ist ja ihr Garten.«

Das war nett.

»Läuft es gut mit der Strickerei?«, erkundigte er sich.

»Ja. Alles läuft nach Plan. Ende Dezember ist es so weit.« Sie schaute ihn an. »Und du? Läuft bei dir auch alles nach Plan?«

Sam wusste, was sie meinte. Sein Blick ruhte auf ihr, als fehlten ihm die richtigen Worte. »Ja«, sagte er schließlich. »Es war ein Angebot, das ich nicht ablehnen konnte.«

»Du scheinst immer so etwas zu bekommen.«

»Nicht immer. Ah, Mrs Rothery, möchten Sie sich setzen?« Er eilte zu ihr, um sie zu dem Tisch zu begleiten, und hielt den Stuhl fest, als sie Platz nahm.

»Tee, Samson?«, fragte Joyce. »Ich schenke ein.«

Das wäre ein surreales Motiv für ein Gemälde, dachte Lorna: drei Personen und ein Border Terrier, Tee trinkend auf dem Rasen. Sie sprachen über Longhampton, Monet und reinrassige Rinder, vollkommen unbeschwert. Lorna ließ sich von den feinen Gerüchen und Texturen der Blumen mitreißen.

Joyce war es schließlich, die beschloss, dass diese »Rückkehr nach zu Hause« ihr natürliches Ende erreicht hatte.

Vorsichtig legte sie ihren Löffel auf die Untertasse. »Nun,

das war höchst vergnüglich. Wir sollten zurückfahren, bevor es zu frisch wird. Danke für den Tee, Sam.«

»Ja, danke«, sagte Lorna. *Er weiß es*, dachte sie. *Irgendwoher weiß er, dass es ihr nicht gut geht.*

Sollte es so sein, ließ er es sich nicht anmerken. »Gern geschehen. Danke, Mrs Rothery, dass Sie diesen wunderbaren Gar...« Er hielt inne und beugte sich vor. »Mrs Rothery? Stimmt etwas nicht?«

Joyce hatte sich aufgestützt, um sich zu erheben, stieß aber plötzlich einen kleinen Schrei aus und sank wieder zurück. »O Gott.« Angst zeichnete sich auf ihrem Gesicht ab, und ihre Hände auf den Armlehnen zitterten. »Ich glaube ... Ich glaube, ich komme nicht hoch. Meine Handgelenke fühlen sich ... O Gott.«

»Was? O Gott, Joyce, geht es Ihnen gut?« Lorna geriet in Panik. »Soll ich eine Krankenschwester rufen?«

Aus dem Gesicht der alten Dame war jede Farbe gewichen, und die Vene an ihrem Hals pochte heftig. Sie presste eine Hand auf die Brust, als wolle sie die Kraft in ihrem Körper halten. »Es tut mir furchtbar leid, aber meine Beine scheinen mich nicht zu tragen«, sagte sie zornig.

Sie hat sich übernommen, dachte Lorna entsetzt. *Wir haben ihr zu viel zugemutet.*

Sam wischte sich die Krümel vom Schoß. »Sie sind in einem ziemlichen Tempo durch den Garten marschiert. Mich überrascht es nicht, dass Sie ein bisschen wackelig auf den Beinen sind. Darf ich Ihnen vielleicht eine Hand reichen?« Er trat an ihren Stuhl und streckte die Hand aus. »Hier, lassen Sie mich ...«

Joyce nahm seine Hand und stand auf, aber sie verzog das Gesicht und schwankte bedenklich. Sam fing sie mit einer einzigen Bewegung auf und legte den Arm um sie. Dann hob er sie kurzerhand hoch, als sei sie ein kleines Mädchen.

»Entschuldigen Sie bitte meine Zudringlichkeit«, sagte er und betrat den Weg, »aber ich habe meiner Großmutter in Butterfields mehr als einmal auf ihr Zimmer zurückgeholfen. Wenn wir beide so tun, als sei nichts, ist das meiner Erfahrung nach in wenigen Sekunden ausgestanden.«

Joyce erwiderte nichts, sondern schloss die Augen. Ihr Gesicht schien vor Erschöpfung vollkommen schlaff zu werden. Es passte gar nicht zu ihr, dass sie so schnell klein beigab. Das jagte Lorna einen eiskalten Schauer über den Rücken.

Sam warf ihr über Joyce' Schulter einen Blick zu und zeigte auf den Wagen. Sie nickte und eilte vor, um Bernard auf die Rückbank zu setzen und die Beifahrertür zu öffnen.

Als sie neben dem Wagen stand und zusah, wie Sam die alte Dame herbeitrug und sanft auf sie einredete, wurde ihr klar – trotz all seiner Fehler, trotz allem, was er in letzter Zeit gesagt und getan hatte –, dass sie ihn liebte. Dies war der Sam, den sie in all den Jahren für den idealen Mann gehalten hatte: stark und freundlich, ein Mann, der für eine alte Dame einen Nachmittagstee arrangierte. Aber Sam hatte ihre Liebe nie in demselben Maße erwidert und tat es auch jetzt nicht. Das schmerzte.

Sie machte Platz, damit er Joyce auf den Beifahrersitz hinablassen und sie anschnallen konnte. Dann trat er zurück und senkte die Stimme. »Es wird ihr bald besser gehen, aber ich würde schnell nach Hause fahren. Soll ich ihren Arzt rufen?«

»Die Krankenschwester kommt heute Abend.« Lorna

zögerte. Wenn er nicht längst erraten hatte, wie es um Joyce bestellt war, dann hatte er es spätestens heute gesehen. »Danke für den schönen Nachmittag. Es gab wirklich nur einen einzigen Grund für diesen Ausflug: sie glücklich zu machen. Ihr ... ihr geht es nicht gut.«

»Das hatte ich schon vermutet. Und ich weiß, dass du es nicht auf ihr Vermögen abgesehen hast, Lorna.« Er nahm ihre Hand und drückte sie. Seine Finger waren warm, seine Augen ebenfalls.

Ich liebe dich. Diese Worte geisterten durch ihren Verstand wie ein Spruchband, das von einem Flugzeug über den blauen Himmel gezogen wird. *Ich liebe dich. Ich liebe dich.*

War es das, was Sam dachte? Sein Blick ruhte auf ihr, und er musterte ihr Gesicht, aber Lorna brachte kein Wort heraus. Sam hatte beschlossen, woandershin zu gehen, sie würde wie eine Idiotin dastehen, wieder einmal.

Bernard bellte im Auto. Es war Zeit zu fahren.

Bevor der September einem kühlen Oktober wich, hatte Lornas Blütenmeer die Küche, die Schlafzimmer und einen Großteil der Galerie überschwemmt. Und Lornas Gehirn. Jede Blume, die sie in einem Blumenkasten, im Park oder an einem Cafétisch entdeckte, sah sie automatisch als gestricktes Objekt vor sich – oder als fotografiertes, das sie Joyce zeigen würde, die es wiederum zeichnen und Caitlin geben würde, damit die es in ein Strickmuster verwandelte. Irgendwann würde dann die dreidimensionale Wollversion auf dem Küchentisch liegen. Noch nie hatte sich Lorna so mühelos kreativ gefühlt: Farben und Formen schienen überall zu sein.

Und noch nie hatte sie sich so sehr als Kopf eines Teams gefühlt. Ganz Longhampton hatte sich in die Idee gemeinschaftlichen Strickens verliebt. Galeriebesucher kamen mit tütenweise Wolle und stellten Anträge, für Verwandte oder kranke Freunde Blumenareale »stiften« zu dürfen. Der Plan zur Ausschmückung der Stadt wurde immer dichter: überall Rot und Rosa und Gelb, vom Bahnhof bis zum Hundepark. Mary und Tiff waren für die Koordination der Teilnehmer verantwortlich, während Joyce ihre Tage im hinteren Raum der Galerie verbrachte, Blütenblätter und Schmetterlingsflügel schuf und Ratschläge zu Farben erteilte. Caitlin fiel es zu, die Stimmung anzuheizen. Sie wohnte bei ihrer Schwägerin Eva vor den Toren der Stadt und kam fast jeden Tag mit ihren Kindern und Eva vorbei. Die Kinder saßen auf den geschnitzten Pilzstühlen und strickten mit ihren Strickliesen Meilen von Stängeln, während Eva – die mit einem Schauspieler verheiratet gewesen war und viele Kontakte hatte – Fotos auf Instagram postete und die Werbetrommel über die sozialen Medien rührte. Rudy in seinem langen gestreiften Mäntelchen wurde allmählich zum besten Freund der beiden Kinder und ein widerstrebender Instagram-Star.

»Jetzt, wo wir die Strickkamera installiert haben, brauchst du nichts weiter als ein paar Berühmtheiten, die hier vorbeischauen und sich in die Strickerei stürzen«, erklärte Eva, deren Instagram-Foto von den Sonnenblumen massenweise Likes einheimste.

»Erinnere mich nicht an die Kamera«, stöhnte Lorna. »Neuerdings kann ich nicht mal mehr auf mein eigenes Klo gehen, weil sich alle die Haare machen, bevor sie hier aufkreuzen.«

Calum hatte einen Praktikanten aus der IT-Abteilung der Stadtverwaltung geschickt, damit er im hinteren Raum eine Webcam einbaute. Nun konnte die Menschheit zusehen, wie Blumen entstanden. Calum selbst kam auch gelegentlich vorbei, um sich auf den neuesten Stand bringen zu lassen – obwohl er das auch von seinem Schreibtisch aus hätte tun können.

»Er mag dich«, sagte Tiffany, nachdem Calum mit echten Blumen vorbeigekommen war, angeblich ein Dankeschön des Stadtrats, weil die Strickkamera eine wachsende Zahl von Besuchern auf die offizielle Website der Stadt lockte. »Wann wirst du dir eingestehen, dass du ihn auch magst?«

Lorna schwieg. Sie hatte auch das Gefühl, dass er sie mochte. Calum war ein wunderbarer Gesprächspartner, und es hatte Momente gegeben, in denen sich, wenn sie ein Glas Wein mehr getrunken hätte, aus einem flüchtigen Kuss mehr hätte entwickeln können. Er war witzig und wusste viel über moderne Kunst. Nur dass er nicht Sam war. Aber das war vielleicht auch gut so. Vielleicht war das sogar das Entscheidende.

Joyce hatte ihre Meinung über Calum nicht geändert. Sie nannte ihn immer noch konsequent »diesen komischen Jungen mit der Weste«. Immerhin durfte er sie mittlerweile Joyce nennen.

Der Arzt hatte keinen besorgniserregenden Grund für ihren »komischen Anfall« gefunden, und so schrieb Joyce ihn den Aufregungen des Ausflugs zu. Lorna war nur zu bereit, das zu glauben.

Nachdem eine Weile alles glatt gelaufen war, kam Lorna

eines Morgens mit den Hunden zurück und sah Joyce mit unergründlicher Miene am Küchentisch sitzen.

»Ich habe einen Brief bekommen, Lorna.«

»Ach ja? Müssen Sie sich einem weiteren Bluttest unterziehen?« Joyce ließ sich ihre Post in die Galerie nachsenden und gab Lorna die verschiedenen Briefe vom Krankenhaus zu lesen. Die Schrift, erklärte sie immer mit einer wegwerfenden Handbewegung, sei lächerlich klein.

»Nein, nicht vom Krankenhaus.« Joyce reichte ihr einen Umschlag mit handgeschriebener Adresse. Im ersten Moment fragte sich Lorna, ob er von einem Familienmitglied stammte. Keir hatte angefangen, diskrete Untersuchungen anzustellen, ob Joyce noch irgendwo Familie hatte.

Mrs Joyce Rothery, c/o The Maiden Gallery, Longhampton. Die Schrift kannte sie nicht.

»Sie können ihn ruhig lesen«, sagte Joyce ruhig.

»Nicht, wenn er privat ist, Joyce.«

»Ich denke aber, Sie *sollten* ihn lesen.«

Lorna holte den Brief aus dem Umschlag. Was sie dann las, ließ ihr das Herz in der Brust stocken. Auf dem zusammengefalteten DIN-A4-Bogen standen nur zwei Sätze: *Fragen Sie Lorna nach Betty. Unterzeichnet: Ein Wohlmeinender.*

Da stand tatsächlich *Unterzeichnet: Ein Wohlmeinender*! Wer anders als Gabe konnte so etwas tun?

»Und?«, fragte Joyce und zog eine Augenbraue hoch. »Wer ist diese Betty? Und warum sollte ich etwas über sie wissen?«

Der Moment dehnte sich zwischen ihnen aus. In Lornas Kopf herrschte weißes Rauschen. Was sollte sie antworten?

Lorna hörte es förmlich, wie Betty Dunlop ungeduldig

wurde. Wenn sie Betty etwas verdankte, dann die Ermahnung, mutig zu sein, selbst wenn man riskierte, damit etwas Kostbares zu verlieren.

Sie ging zu der gerahmten Medaille, nahm sie von der Wand und legte sie Joyce hin.

»Betty Dunlop. Rudys Besitzerin. Außer ihm hatte sie keine Familie. Sie hat die letzten Wochen ihres Lebens in dem Hospiz verbracht, in dem ich manchmal gearbeitet habe. Als sie starb, hat sie mir das hier vererbt. Es ist ihre George Medal. Wir haben viel über Mut im Krieg gesprochen. Sie hat bei einem Luftangriff zwei Menschen das Leben gerettet.«

»Bemerkenswert«, sagte Joyce. »Und sinnvoll.«

»Ja.« Hatte sie da eine Spitze herausgehört? »Außerdem hat sie mir Rudy hinterlassen und ein bisschen Geld, damit ich mich um ihn kümmere. Ich wollte das Geld nicht, aber sie hat es in einem Fonds angelegt, um für seine Versicherung und sein Futter aufzukommen. Und dafür nehme ich es jetzt. Für Versicherung und Futter. Für nichts sonst, das schwöre ich.«

»Wer sollte denn etwas anderes glauben?«

Lorna seufzte und erzählte es ihr.

»Sams Bruder glaubt, dass Sie sich um mich kümmern, weil Sie darauf spekulieren, meine heimlichen Reichtümer zu erben?« Sie schürzte die Lippen.

»Ja. Aber das stimmt nicht.«

Joyce hob die Hand. »Warum sollte ich das wohl denken, nachdem ich doch diejenige war, die unseren Deal vorgeschlagen hat? Und heimliche Reichtümer, die ich Ihnen überlassen könnte, habe ich ohnehin nicht. Am liebsten würde ich diesem widerwärtigen Mann zurückschreiben und ihm meine Meinung geigen.« Aus ihren Augen leuchtete eine Energie wie schon seit vielen Tagen nicht mehr. »Das wird ein Heidenspaß. Sie müssten ihn vielleicht für mich tippen.«

Die Medaille lag zwischen ihnen auf dem Tisch und glänzte auf dem roten Satinfutter. Lorna tippte darauf. »Ich verdiene sie nicht.«

»Warum sagen Sie das?«

»Weil ich nicht mutig war. Ich hätte am Ende ihres Lebens bei Betty bleiben sollen«, erklärte sie. »Meine Mutter ist allein gestorben, und ich habe mir immer gewünscht, ich wäre bei ihr gewesen. Der Psychiater, bei dem ich in Behandlung war, hat mir den Rat gegeben, dass ich ehrenamtlich in einem Hospiz arbeiten soll. Um einsamen Sterbenden Gesellschaft zu leisten.« Sie biss sich auf die Lippe. »Das ist der Grund, warum ich Bettys Medaille eingerahmt und an einer Stelle aufgehängt habe, wo ich sie immer sehen kann. Sie soll mich daran erinnern, dass ich keinen Grund zur Angst habe, nicht wirklich.«

Joyce antwortete nicht sofort, und Lorna wusste, was sie dachte. Sie selbst dachte es auch.

»Ich habe Pläne für meinen Tod gemacht, Lorna«, sagte sie. »Nein, schrecken Sie nicht vor dem Wort zurück. Früher oder später wird er eintreten, und dann möchte ich nicht allein sein. Aber ich möchte nicht, dass es ein beängstigender Moment für andere ist. Mein Abschied soll meine letzte kreative Tat sein.« Sie rang sich ein Lächeln ab. »Mein allerletztes schönes Etwas, wenn Sie so wollen.«

Tränen traten in Lornas Augen. Es gab so viel, über das sie mit Joyce noch reden musste, so viele Gespräche, die noch ausstanden, so viele Projekte, die es zu diskutieren galt, so viele Ratschläge, die sie für später verwahren würde. Joyce' Tonfall ließ aber darauf schließen, dass sie wusste, dass ihre Tage gezählt waren.

»Ich möchte nicht ins Krankenhaus gebracht werden«, fuhr Joyce fort. »Keine Monitore, keine Schläuche, keine panischen Menschen. O Gott, nein. Ich möchte hier bei meinen Bildern und meiner Musik sterben. Mit all diesen Blumen um mich herum. Wenn Sie mir das ermöglichen, überlasse ich Ihnen, was auch immer Sie wollen. Verkaufen Sie das Zeug und halten Sie die Galerie offen.«

»Joyce, ich möchte nichts. Es wäre mir eine Ehre, Ihnen den Gefallen zu tun.«

»Haben Sie Angst, dass die Polizei Sie holt? Oder dieser Erpresser?« Sie tippte auf Gabriels Brief.

Lorna lächelte durch die Tränen hindurch. »Nein, ich habe Angst, Sie könnten denken, dass es der einzige Grund für mein Handeln ist. Ich werde alles für Sie tun, weil Sie mir am Herzen liegen. Ich bin froh, dass wir uns begegnet sind. Und es tut mir leid, dass wir uns so bald schon wieder trennen müssen.«

Sie schlug jede Vorsicht in den Wind und nahm Joyce' krumme Finger. Nach ein paar Sekunden spürte sie, dass sich Joyce' Finger um die ihren legten und sie ebenfalls drückten.

»Ich sage Ihnen, was *ich* bedaure, Lorna«, sagte Joyce. »Dass ich Bernard nicht sofort, als es mir klar wurde, meine Liebe gestanden habe. Ich habe zu viel Zeit damit verschwendet, stolz auf meine Unabhängigkeit zu sein, obwohl er mich in Wirklichkeit sofort erobert hatte.«

»Wollen Sie mir damit etwas mitteilen?«

Joyce schüttelte den Kopf. »Nur wenn Sie es so verstehen wollen, meine Liebe.«

In den Herbstferien kam Jess mit ihrer ganzen Sippschaft zu Besuch. Während Tiffany die Kleinen sofort in den Einzugsbereich der Strickkamera scheuchte, ging Ryan mit Hattie ins Kino, um mit ihr einen Vater-Tochter-Nachmittag zu verbringen. Lorna wiederum besuchte mit Jess ein Café, um Schwarzwälder Kirschtorte zu essen, eine Spezialität ihrer Kindheit. Sobald sie auf der Vinylbank saßen, begann Jess mit einem Kurzbericht über die vergangenen hektischen Wochen im Hause Prothero.

»Ich habe sie angerufen«, gestand sie. »Erin. Mir war klar, dass Hattie keine Ruhe geben würde …«

»Sie ist schließlich deine Tochter.«

»Tja. Ich sagte also: ›Hören Sie, wir müssen keine Freundinnen werden, aber wenn die Mädchen sich kennenlernen möchten, wäre es dann nicht herzlos, sie daran zu hindern?‹ Erin hat drei Schwestern. Ich glaube, sie hat den Punkt verstanden.«

»Nun, das ist doch großartig.«

»Auf diese Weise können wir wenigstens ein Auge auf die beiden haben.« Jess nahm mit ihrer Gabel Krümel auf. »Ryan hat ein Konto für Pearls Studium eingerichtet, falls sie das möchte. Erin will kein Geld annehmen, aber wer weiß?« Sie schüttelte sich. »Ausstehende Unterhaltskosten für siebzehn Jahre, Wahnsinn. Ich habe ihn genötigt, das schicke Motorrad zu verkaufen, das er sich zugelegt hat – das ist schon einmal ein Anfang.«

»Gut. Immerhin stellt er sich der Sache. Und ihr beide?«

»Wir gehen zu einer Eheberaterin. Sie hat uns aufgefordert, uns zu verabreden, weil wir das früher verpasst haben. Und das tun wir auch. Wir haben jetzt einen Kinopass, aber wir müssen noch einmal nachlegen und eine teurere Kategorie nehmen, weil wir beide nicht genug Platz für die Beine haben.«

»Gut!«

»Ryan hat gesagt, er will sich später mit Sam auf einen Drink treffen – er möchte den Kontakt wieder aufleben lassen.« Jess schaute sie fragend an. »Wie … sieht es aus?«

»Mit Sam? Da liegst du vollkommen falsch. Sam lebt im Prinzip schon in Highgate. Ich habe mich mit diesem Typen vom Stadtrat getroffen, Calum.«

»Könnte mehr daraus werden?«

»Vielleicht. Er ist nett. Und er ist hier in Longhampton.« Lorna spießte die Kirsche auf. Die hatte sie sich bis zum Schluss aufgehoben, mitsamt Sahnehäubchen.

Jess ließ eine Weile vergehen. »Weißt du, was das Problem ist, wenn man sich das Beste bis zum Schluss aufhebt?«, fragte sie und schlich sich mit ihrer Gabel an Lornas Teller heran. »Manchmal sieht es so aus, als würde man es links liegen lassen.«

Lorna steckte die Kirsche schnell in den Mund, bevor Jess sie sich schnappen konnte.

»Schon besser«, sagte Jess zufrieden.

29

Es waren die Hunde, die es als Erste wussten, lange vor Lorna oder den Krankenschwestern oder vielleicht sogar Joyce selbst.

Kurz nach der Abreise der Protheros verlor Bernard jede Energie. Lorna fuhr sogar zu George, dem Tierarzt, um ihn untersuchen zu lassen.

»Das ist aber ein feines Exemplar von einem Terrier«, erklärte George, als Bernard ihm lustlos gestattete, an ihm herumzudrücken und ihn abzutasten. »Großartig in Form für sein Alter.«

»Wie alt ist er denn?« Joyce wusste es selbst nicht. Sie hatte ihn aus dem Tierheim vor den Toren der Stadt.

»Ungefähr elf, würde ich sagen.« George zauste seinen Nacken. »Ist zu Hause etwas passiert? Manchmal spüren sie es und leiden darunter.«

Armer Bernard, dachte sie und fragte sich, wann seine Schnauze so grau geworden war.

Auf dem Heimweg fuhr sie bei dem Delikatessengeschäft am Ende der High Street vorbei und gab Unsummen für Käse, Parmaschinken, Focaccia und eine Flasche Wein aus. Die Strickgruppe hatte ein Schlüsselstadium in Lornas Aktionsplan erreicht – nur noch drei Straßen, und sie würden Blumen in jedem wichtigen Teil der Stadt haben! –, aber das war nicht der Grund für die Delikatessen-Orgie. Lorna wollte Joyce jeden Tag etwas Schönes gönnen, irgendetwas, was ihr Freude am Leben bereitete. Eine neue Seife an ihrem Waschbecken, frische Blumen an ihrem Bett, saubere Laken. Anregungen für die Sinne.

Tiffany bediente sich großzügig und erzählte Geschichten aus Butterfields, unter anderem von einem neuen Bewohner »mit einem *Wolfshund*, ist das zu fassen?«, aber irgendwann konnte Lorna nicht mehr an sich halten. Sie musste einfach etwas sagen.

»Joyce? Haben Sie keinen Hunger?« Auf ihrem Teller lagen ein Scheibchen Käse und ein Stück rosafarbener Schinken, aber sie hatte nicht einmal das Brot angerührt. »Mögen Sie das nicht?«

»Es schmeckt köstlich.« Joyce wirkte verwirrt. »Tut mir leid, aber ich habe einfach keinen Hunger.«

»Oh, aber dies hier ist der beste Manchego, den ich je gegessen habe«, sagte Tiffany. »Da denke ich gar nicht über die Kalorien nach. Kommen Sie, Joyce, probieren Sie mal.«

»Nein, tut mir leid. Ich habe einfach … keinen Appetit.«

Lorna begegnete Joyce' Blick, düsteres Verständnis schwebte zwischen ihnen. Lorna hatte einen Marmorklumpen im Bauch, kalt und beklemmend mit jedem Atemzug.

Bernard, der mit seinem schlanken Dackelfreund im Körbchen am Fenster lag, stöhnte auf und erhob sich. Er schüttelte seinen zotteligen Kopf, als wüsste er nicht mehr, wo er war. Kurz darauf trottete er zum Tisch und legte sich auf Joyce' Pantoffeln. Näher kam er an sie nicht heran.

Das Team von Pflegern und medizinischen Betreuern, das sich um Joyce kümmerte, trat nach dem Mittagessen am nächsten Tag in Aktion.

Keir erschien mit einer freundlichen, aber sachlichen Krankenschwester namens Nina, die sich eine Stunde lang entspannt mit Joyce unterhielt, obwohl sie dabei, wie Lorna registrierte, eine Menge harter Fragen unterschmuggelte. Keir bat Lorna derweil in die Küche und öffnete eine Mappe, die ziemlich deutlich erkennen ließ, wie die nächsten Wochen aussehen würden. Patientenverfügung, Schmerztherapie, Palliativpflege, Testament.

Wir sind jetzt eine von Keirs dicken Akten, dachte Lorna schockiert, als sie zusah, wie er die Papiere durchging. Wie schnell der Stapel anwuchs. Wie viel Papierkram für etwas so Simples wie das Atmen anfiel. Den einen Moment war man noch ein Mensch, den anderen brauchte man all das.

»Keine Sorge«, sagte er, als sie den Kopf in die Hände stützte, um den Kummer zu verbergen, der von ihr Besitz ergriff. »Wir werden mehr wissen, wenn wir die Ergebnisse der Bluttests haben. Nina ist die Beste. Sie gehört zur Elite der Palliativpflege. Sie wird alles für Sie koordinieren – Krankenhaus, Ärzte, Pflegeteam, Pflegegeld, das ganze Zeug –, sodass Sie sich nur um das Wesentliche kümmern müssen.«

»Stricken und so, meinen Sie?« Lorna bemühte sich um eine tapfere Miene, da sie annahm, er habe das gemeint. »Damit es uns schön auf andere Gedanken bringt?«

»Nein, einfach da zu sein«, sagte Keir. »Wir kümmern uns um Joyce' Körper, Sie kümmern sich um ihre Seele.« Plötzlich wirkten seine Augen traurig, und er legte die Hand vor den Mund. »O Gott, tut mir leid, das war unprofessionell. Aber wenn ich mir vorstelle, wie sie allein in diesem dunklen Haus …«

»Sie war nicht allein«, sagte Lorna unter Tränen. »Sie hatte mehr, als wir wussten.«

In den nächsten Tagen kam die Strickkamera nie zum Stillstand, da Lorna ihre Mitarbeiterinnen zu Höchstleistungen antrieb. Das war ihr Pakt mit dem Universum: Wenn sie es schafften, jeder Blume, die Joyce entworfen hatte, zu wolligem Leben zu verhelfen, dann würde sich das Unvermeidliche hinauszögern lassen.

Die Krankenschwestern kamen nun täglich, ältere Damen namens Sue und Pat, die alle Anwesenden mit einem munteren Lächeln begrüßten, wie alte Freunde. Diskret stellten sie Messungen und Untersuchungen an, während sie fröhlich über Krausgestricktes plauderten. Aber auch sie konnten die stummen Unkräuter, die sich in Joyce' zähem Körper ausbreiteten, nicht aufhalten. Eines Morgens wollte Lorna ihr die Tasse mit dem Frühstückstee bringen und sah sie auf dem Boden vor dem Bad liegen, wo ihr stumme Tränen des Zorns über die Wangen rannen. Sie konnte nicht mehr laufen.

»Ich sitze in der Falle«, schluchzte sie und rang ihre Hände in einem ungewöhnlichen Anflug von Bitterkeit. »Ich kann nicht mehr nach unten in die Galerie kommen! Ich bin zu nichts mehr nütze!«

»Wir kommen zu Ihnen hoch, Joyce«, sagte Lorna und

brachte alles Bewegliche nach oben: Gemälde, die Kamera, die Nachmittagssitzung zu Materialfragen. Das Zimmer war bereits ein Stillleben aus Joyce' Habseligkeiten, es erinnerte an ein elisabethanisches Porträt, auf dem jedes Detail ein Schlüssel zu Charakter und Leben des Dargestellten war. Zwei Tage später trieb Nina einen provisorischen Treppenlift auf und beauftragte Handwerker mit seiner Installation. Die Erleichterung in Joyce' Miene, dass die rettende Verbindung zu den Menschen, der Kunst und der Außenwelt noch existierte, war für Lorna ein wichtiger Anstoß – sie, Lorna, würde Joyce' Welt so bunt und offen gestalten wie irgend möglich, und zwar so lange wie irgend möglich.

Als der Treppenlift installiert war, kam Sam vorbei und wollte wissen, ob sie Hilfe benötigten. Er war im Bilde, noch bevor er die Handwerker gesehen hatte. Tiffany hatte es seiner Großmutter in Butterfields erzählt, und die hatte es ihm erzählt. Die Osbornes seien alle zutiefst betrübt, sagte er. Seine Eltern könnten sich noch gut an Bernards preisgekrönte Rosen bei einer lokalen Blumenschau erinnern.

»Nicht an Joyce, die preisgekrönte Künstlerin?« Lorna zog eine Augenbraue hoch. »Oder an den Sohn, der ein brillanter Fotograf war?«

»Wir sind Bauern«, sagte Sam. »Bei uns geht es immer um die Natur. Wo wir schon einmal dabei sind, darf ich dich für eine Weile entführen? Du siehst aus, als müsstest du mal raus hier.«

Sie schaute nach oben. »Joyce hält ein Schläfchen, daher ...«

»Nun komm schon«, sagte er. »Raus an die frische Luft. Ich muss mit dir reden.«

Er fuhr mit ihr aus der Stadt hinaus. Sie redeten nicht viel, und Lorna schaute in die vorbeiziehende Landschaft – Baumwollschafe, regelmäßig gestrickte grüne Weiden. Es war gut, in der Natur zu sein, das musste sie zugeben. Für romantische Gefühle war sie viel zu matt. Als Sam zum Hof abbog, nahm sie an, dass er nach Rooks Hall fuhr. Vielleicht wollte er ihr das renovierte Haus zeigen. Oder Blumen für Joyce' Zimmer pflücken.

Stattdessen nahm Sam einen der Feldwege. Der Landrover holperte über das Gras zu einer Weide, wo die Belted Galloways seines Vaters grasten. Er hielt an und reichte ihr eine Fleecejacke und ein Paar Gummistiefel von der Rückbank. »Hier, Aschenputtel. Du müsstest Mums Größe haben, wenn ich mich recht erinnere?«

»Woher das denn?«

»Ich bin mir ziemlich sicher, dass wir dir mal ein Paar leihen mussten. In ferner Vergangenheit.« Sie konnte es kaum glauben, dass sein jugendliches Selbst sich sogar ihre Schuhgröße gemerkt haben sollte. »Komm mit.«

Es war kalt, und sie zog die Fleecejacke eng um den Körper, um sich gegen die Novemberluft zu schützen. Sam schritt sorglos auf die Kühe zu. Sie waren kompakt und zottelig, mit großen braunen Augen und dem auffälligen Streifen um den Bauch herum. Die Selbstverständlichkeit, mit der zwei, drei Kühe auf ihn zukamen, legte nahe, dass sie mit den Menschen vertraut waren. Sams Kompromiss mit seinem Vater. Ein paar seiner Prinzipien gegen ein paar Freuden im Leben seines Vaters.

»Die sehen ja wie gestrickt aus«, stellte Lorna fest.

»Nicht wahr? Hallo, meine Schöne.« Er kratzte eine am Kopf, hinter dem Wulst, wo eigentlich die Hörner säßen.

Sie stupste mit ihrer haarigen Nase gegen seine Schulter. »Kühe sind sanfte Wesen. Ich habe sie immer als beruhigend empfunden, wenn ich gestresst war. Schon als Kind.«

»Ich weiß«, sagte Lorna. »Das hast du mir mal erzählt.«

Sam betrachtete die Kuh. »Ich habe mit diesem Gerede vom ›Lebenszyklus der Landwirtschaft‹ immer meine Probleme gehabt. Aber ich erinnere mich, dass Dad mal gesagt hat, dass alles seine Zeit hat, Menschen, Kühe, Gerstenähren. Unser Anteil war es, dem Vieh in der ihm verbleibenden Zeit das bestmögliche Leben zu gewähren. Es mit Würde und Respekt zu behandeln, es Sonne und Regen spüren zu lassen. Natürlich haben wir uns deswegen gestritten. Gabriel sagte immer, es gebe dann besseres Fleisch. Aber wenn ich diese Kühe auf der Weide sehe, glücklich und gut versorgt, jeden Moment so genießend, wie eine Kuh nur genießen kann …«

Er gab sich Mühe, einen lockeren Tonfall anzuschlagen, aber Lornas Augen füllten sich mit Tränen.

»Ich will einfach nicht, dass sie geht«, brachte sie hervor. »Ich möchte nicht, dass sie geht! Noch nicht!«

Die ganzen letzten Tage über hatte sie sich bemüht, sich nichts anmerken zu lassen, aber Sams Sanftheit ließ alle Dämme brechen. Heftige Schluchzer brachen aus ihr hervor und verschluckten ihre Worte.

»Ich werde sie so vermissen!«, schluchzte sie. »Ich habe das Gefühl, dass ich sie jetzt erst so richtig kennenlerne, und da verschwindet sie einfach vor meinen Augen! Es ist so hart, sie dahinsiechen zu sehen und zu wissen, dass man nichts machen kann. Das ist fast schlimmer als bei Mum und Dad.«

»O Lorna.«

»Es muss doch etwas geben … Wäre sie in einem Hospiz

vielleicht besser aufgehoben? Wir haben nie eine zweite Meinung eingeholt ...« Ihre Gedanken überschlugen sich und suchten nach einer Möglichkeit, die Zeit anzuhalten, damit sie Joyce nicht mit sich riss.

»Darauf hast du keinen Einfluss, Lorna.« Sam fasste sie an den Schultern, damit sie sein ernstes, mitleidvolles Gesicht sehen konnte. »Hier geht es nicht um deine Eltern. Du kannst nicht wiedergutmachen, was du versäumt hast, indem du Joyce' Wünsche übergehst. Du musst loslassen.«

Lorna schaute ihn an, um Worte ringend. Dann nahm er sie in die Arme und drückte sie fest an die Brust. Sie ließ es zu, weil es ihr egal war, dass es einfach eine brüderliche Umarmung war. Es tat ihr gut.

»Tut mir leid, das mit Gabriel.« Er sprach in ihr Haar. »Ich habe ihm ordentlich den Kopf gewaschen, als ich herausgefunden habe, was er getan hat. Joyce diese Nachricht zu schicken! Was für ein Schwachkopf.«

»Warum tut er so etwas?« Sie entzog sich Sam, um sein Gesicht sehen zu können. Er schaute zornig zum Bauernhaus hinüber.

»Eifersucht«, sagte er knapp. »Auf dich. Auf mich. Eifersucht auf alle, die aus reiner Herzensgüte handeln. Er begreift das nicht, wird es nie begreifen. Ich werde einen anderen Verwalter für die Cottages einstellen. Gabriel traue ich nicht über den Weg.«

Ihr Herz klopfte hart und schnell in ihrer Brust. »Was meinst du mit Eifersucht?«

Sam schaute auf sie herab. »Eifersucht auf dich, weil du eine künstlerische Ader hast. Eifersucht auf mich, weil ich hier herauskomme und ein eigenes Leben habe. Eifersucht auf uns ... auf unsere Freundschaft.«

Da war es. *Freundschaft.* War das so gemeint? War das alles für ihn?

»Ziehst du nach London zurück, Sam?«, fragte Lorna. »Musst du ...« Sie schluckte, die Worte blieben ihr im Halse stecken. »Musst du wirklich zurück?«

»Ja.« Er seufzte. »Da ist diese Stelle. Ich kann nicht hierbleiben, ich möchte nicht. Du hast allen Grund zu bleiben – dein Herz hängt an der Galerie, Lorna. Ich bin so stolz auf dich. Du machst die Stadt zu einem besseren Ort.«

Lorna hatte das Gefühl, den Blick nie wieder von seinen Augen losreißen zu können, von dieser vertrauten Schönheit. *Bitte sag noch etwas,* bat sie innerlich. Aber er zog sie wieder an sich, und sie umarmten sich stumm. Lorna wollte weinen, aber sie hatte keine Tränen mehr.

»Mum hat heute Morgen in den Himmel geschaut. Weißt du, was sie gesagt hat?«, fragte Sam.

»Nikolaus ist dieses Jahr früh dran?«

»Schnee«, sagte Sam. »Sie denkt, es wird schneien.«

Der Nachmittag in der Galerie verging, ohne dass es schneite. Joyce ruhte sich aus, sie saß in ihrem Sessel und döste. Lorna und Tiffany waren unermüdlich beschäftigt. Sie redeten mit den Kunden, und wenn es in der Galerie ruhig wurde, strickten sie. Die Hunde schliefen zu Joyce' Füßen, zuckten und regten sich gelegentlich, um sich dann gleich wieder niederzulassen.

Wenn Lorna und Tiffany schwiegen, weil sie dachten, Joyce schlafe, murmelte diese: »Reden Sie weiter. Es ist schön, Sie reden zu hören.«

»Worüber sollen wir denn reden?«, fragte Lorna.

Joyce schlug die Augen auf, etwas von ihrer alten herrischen Attitüde blitzte darin auf. »Worüber Sie wollen. Erzählen Sie mir von Ihrer Schwester, Lorna. Der Lehrerin. Erzählen Sie mir, wie sie mit ihrem Ehemann zurechtkommt. Und Sie, Tiffany, erzählen Sie mir von Ihrer Mutter – hat sie sich mittlerweile damit abgefunden, dass Sie Ihren Beruf aufgegeben haben? Will sie, dass Sie hier jemanden kennenlernen?«

»O Gott, ich hatte ein grauenhaftes Gespräch mit ihr. Sie hat herausgefunden, dass zehn Meilen von hier ein Herzog mit einem ganzen Jagdhundzwinger wohnt.« Tiffany verdrehte die Augen. »Wenn es nach ihr geht, soll ich Hundesitter für den Landadel spielen. Angeblich hat sie gelesen, dass der Weg ins Herz eines Adeligen über seinen Cockerspaniel führt.«

Lorna zwinkerte. Offenkundig hatte Tiff ihrer Mutter nicht erzählt, dass Keir sie neulich in ein veganes Restaurant eingeladen hatte, um anschließend in dem kleinen Programmkino einen Godard-Film zu sehen.

»Erzählen Sie«, sagte Joyce. »In allen Einzelheiten.«

Also redeten und arbeiteten sie weiter. Die unsichtbaren Fäden der Freundschaft, die diese drei Frauen zusammengebracht hatten, schlangen und knoteten sich wie Maschen um sie herum, banden sie enger aneinander, verwoben ihre Geschichten mit dem Leben der jeweils anderen und trugen sie fort zur nächsten Reihe.

Nina hatte Lorna vorgewarnt, dass das Ende, wenn es denn einmal so weit war, schnell kommen könne.

»Sie werden es schon erkennen«, sagte sie und zählte eine Liste körperlicher Veränderungen auf, die Lorna an Joyce tatsächlich wahrnahm, wenn sie ehrlich zu sich selbst war.

Aber Freitagabend hatte sich irgendetwas im Raum verändert. Joyce schlief nun die meiste Zeit, und die Atmosphäre um ihr Bett herum hatte sich verdichtet, als habe sie sich mit einer anderen Substanz gefüllt. Seelen, vielleicht, oder Träumen. Hoffnungen oder Erinnerungen.

»Wundern Sie sich nicht, wenn sie plötzlich behauptet, dass Leute zu ihr kommen«, warnte Nina, während die Krankenschwestern still um Joyce' Bett herumgingen, ihr die Nadel mit einem Medikament zur Schmerzlinderung in die Haut stachen und behutsam die Bettdecke zurechtzogen. »Ihre Mum oder ihr Dad oder ihr Ehemann.«

Lorna überraschte das nicht. Was sie überraschte, war das übermächtige Bedürfnis nach der Anwesenheit ihrer Mutter an diesem ruhigen Abend. Sie wollte Cathys Hand im Rücken spüren, wenn sie bis in die frühen Morgenstunden bei Joyce saß und ihr Gesellschaft leistete, bis die Nachtschwester kam. Joyce atmete und träumte, ihre steifen Hände auf der Decke zuckten, als würde sie mit Farbe spielen oder in einem Garten am Rande einer Klippe Blumen pflücken.

Das Bild von dem Cottage auf der Klippe hatte sie an die Wand gegenüber von Joyce' Bett gehängt. Es war das Erste, was sie am Morgen, und das Letzte, was sie am Abend sah. Lorna verspürte Trost, wenn sie sich in den Anblick der weißen Wände versenkte, und sie hoffte, Joyce ging es ebenso.

Die Rathausuhr schlug drei. Lorna zog den Vorhang beiseite, um zu schauen, ob draußen etwas los war. Seit Tagen verspürte sie schon kein Schlafbedürfnis mehr, eine irrwitzige Menge Adrenalin schien durch ihre Adern zu rauschen.

»Ich glaube, es schneit«, sagte sie. »Ich kann mich nicht erinnern, wann es zuletzt im November geschneit hat. Sie?«

Joyce antwortete nicht, aber Lorna redete weiter. »Ich fand immer, dass der Garten bei Schnee warm aussieht. Wir haben für Schnee nämlich immer Baumwolle benutzt, wenn wir zu Hause Modelle gebastelt haben, daher dachte ich, der Garten liegt unter einer Decke.«

Bernard rührte sich neben dem Bett. Er tollte jetzt nicht mehr herum. Seine einzige Aufgabe bestand nunmehr darin, zu wachen und zu warten.

»Mum hat es nie gestört, wenn wir beim Basteln in der Küche ein heilloses Chaos angerichtet haben«, fuhr Lorna fort. »Wir haben mit Klebstoff und Farbe herumgeschmiert. Alles war mit Zeitungen und Glitzer bedeckt.« Sie lächelte vor sich hin. Weihnachtscollagen, ein alljährlich wiederkehrendes Spektakel. Einer der seltenen Momente, in denen sie alle drei sich kindlichen Vergnügungen hingegeben und sie genossen hatten.

»Wenn ich an meine Kindheit denke, leuchtet sie in bunten Farben. Plakatfarben, Regenjacken und Smarties. Ich wette, Ronan würde seine Kindheit genauso sehen. Was für ein wunderbares Erinnerungsbuch Sie ihm geschenkt haben!«

Joyce' Atmung verlangsamte sich, die Pausen zwischen den Atemzügen wurden immer länger. Lorna stand auf und stellte das Foto von Ronan als Baby näher ans Bett, für den Fall, dass Joyce es spüren konnte.

War er da? Wartete Bernard?

Sie schaute sich um, ob Joyce vielleicht noch etwas anderes brauchen könnte. Nina hatte gesagt, dass das Gehör der letzte Sinn war, der schwand, also spielten sie die Musik des Independent-Labels Motown, die Joyce in ihrer Zeit an der Kunsthochschule so geliebt hatte. Außerdem zündeten sie Lavendel- und Rosenduftkerzen an, um sie an ihren Garten zu erinnern. Lorna hatte die meisten gestrickten Blumen in Joyce' Zimmer geschafft, damit sie eine Vorstellung davon bekam, wie ihre letzte schöne Sache aussehen würde. Beim Anblick der mondbeschienenen grauen Straße unter ihr wurde Lorna allerdings von dem Bedürfnis überwältigt, mehr zu tun. Etwas wirklich Überwältigendes.

Joyce tat einen langen rasselnden Atemzug, dann ... nichts mehr. Lorna fuhr panisch herum. War das das Ende? Joyce' Mund stand offen, ihre Brust hob und senkte sich nicht mehr. *O Gott, o Gott, noch nicht*, dachte Lorna und eilte zum Bett.

»Joyce?« Sie bückte sich und nahm ihre fleckige Hand. »Joyce, halten Sie durch. Wir sind noch nicht fertig.«

Stille. Dann folgte ein weiterer angestrengter Atemzug. Lorna fühlte, wie die Luft in ihre eigene Lunge zurückkehrte, weil ihr pochendes Herz Sauerstoff pumpte.

Ihnen blieb nur noch so wenig Zeit. Die durften sie nicht vergeuden.

Sie ging in Tiffs Zimmer, wo sich ihre Freundin unter der Bettdecke zu einer Kugel zusammengerollt hatte und wie ein Kätzchen schnaufte. Lorna rüttelte sie wach.

»Tiff, Tiff, ich möchte es jetzt sofort tun«, sagte Lorna.

Tiffany rieb sich die Augen. »Was tun?«

»Die Strickaktion. Wir müssen es jetzt sofort tun, bevor Joyce ... bevor sie geht. Bitte. Die Nachtschwester kommt um halb drei, dann können wir ein paar Stunden raus.«

Tiff setzte sich auf. Die jahrelange Tätigkeit als Kindermädchen hatte dazu geführt, dass sie zu jeder Tages- und Nachtzeit ansprechbar war. »Wie spät ist es?«

»Kurz nach drei. Ich möchte, dass Joyce aus dem Fenster schaut und an den Bäumen draußen ihre Blumen hängen sieht. Nun komm schon«, forderte Lorna ungeduldig. »Uns bleibt nicht viel Zeit. Es schneit, die Straßen werden bald unter einer Schneedecke verschwinden.«

»Aber, Lorna …«

»Komm. *Bitte.* Wir müssen es tun. Ich möchte nicht, dass Joyce geht, ohne vorher ihre letzte schöne Sache gesehen zu haben.«

Tiffany schaute sie an, als hoffe sie, dieses Gespräch nur zu träumen, dann seufzte sie. »Gut. Koch mir einen Kaffee.«

Die Plastikkisten mit den gestrickten Blumen stapelten sich im Büro, beschriftet mit Straße und Blumensorte. Lorna nahm alles, was für die High Street bestimmt war, alles, was Joyce von ihrem Fenster aus sehen sollte. Eine mächtige Eiche für den Briefkasten draußen, ein paar Netze mit Wicken, einen Schwarm Kohlweißlinge, leuchtend roten Klatschmohn für das Kriegerdenkmal …

»Wie sollen wir *das* denn schaffen?« Tiff stand zitternd neben dem Auto, an ihrer Mütze blieben Schneeflocken hängen.

»Was schaffen?«

Tiffany zeigte auf den Baum. »Wie sollen wir denn da hochkommen? Fliegen?«

»Ich habe schon eine Idee. Fang einfach mit den Blumen an, ich kümmere mich darum.«

Während Tiffany die ersten Kisten auspackte, holte Lorna tief Luft und wählte eine Nummer. Sie redete sofort drauflos, bevor er sich erkundigen konnte, wer zum Teufel da war. »Sam, ich brauche deine Hilfe.«

Seine Stimme klang krächzend. »Um halb drei am Morgen, verdammt?«

»Ich weiß, es tut mir leid. Es tut mir wirklich leid. Danach werde ich dich auch nie wieder um einen Gefallen bitten.«

»Was ist denn?« Sein Tonfall veränderte sich. »Oh, hat es etwas mit Joyce zu tun?«

»Ja. Bitte!« Lorna konnte kaum die Tränen zurückhalten. »Du musst mir helfen, die Blumen anzubringen. Ich glaube, sie stirbt, und ich möchte, dass sie noch sieht, was sie geschaffen hat. Was ich mit ihrer Hilfe geschaffen habe. Sie soll es sehen, bevor … bevor sie …«

»Ich komme«, sagte er. »Bin schon da.«

30

Die gelben Straßenlaternen tauchten die verlassene High Street in ein übernatürliches Licht. Es wirkte fast wie ein Filmset: der Metzger, der Bäcker, die Secondhandläden ... Der Schnee fiel in dicken Flocken, die in der stillen Luft schwer zu Boden sanken und im Schein des elektrischen Lichts liegen blieben.

Sams Landrover holperte über die weiße Straße, Leitern auf der Ladefläche. Er trug seinen Arbeitsmantel und einen Trapperhut. Als er geschäftsmäßig seine Handschuhe auszog, verspürte Lorna dieselbe Zuversicht, die die Krankenschwester Nina ihr einflößte, wenn sie mit klarem Auge Probleme erkannte, die Lorna gar nicht gesehen hatte.

»Also, du verrückte Frau, wie stellen wir das am besten an?« Er rieb die Hände aneinander. »Wenn wir Verstärkung brauchen, kann ich welche anfordern. Unsere Leute stehen mit den Kühen auf, und wenn es sein muss, können die Mädchen auch mal ein, zwei Stunden warten.«

Sie schaute ihn an und verspürte eine gewaltige Erleichterung, dass er da war. Ihr Herz klopfte schneller und pumpte das Blut noch schneller durch ihren Körper. Die Zeit lief ihnen davon, wegen des anstehenden Sonnenaufgangs, wegen Joyce, wegen des Schnees. Aber sie hielten Schritt und stellten sich ihrer Aufgabe, Atemzug um Atemzug.

»Ich möchte in den Baum vor Joyce' Zimmer Äpfel hängen«, sagte sie und zeigte hinauf. »Wenn sie hinausschaut, wird sie sehen, dass Ronans Apfelbaum Früchte trägt.«

Sam blickte in die Richtung. Die kahlen Äste des Kirschbaums zeichneten sich dunkel vor der Beleuchtung ab und stachen in die Nacht. Sam zuckte mit keiner Wimper. »Gut. Die unteren Äste können wir vom Wagendach aus bestücken, für den Rest nehme ich die Leiter.«

Tiff und Lorna kletterten mit der Kiste Äpfel auf den Landrover und hängten sie in Gruppen auf, bis die Äste üppig beladen waren. Die gestreiften Braeburn und die roten Scrumptious waren von Kindergartenkindern mit zerschnittenen Strumpfhosen ausgestopft worden. Als die unteren Äste vollhingen, holte Sam die Leiter aus dem Wagen. Tiffany hielt sie fest, während er flink wie der Junge von damals auf den Baum kletterte. Mit unerwarteter Eleganz reckte er sich, um die Äpfel, die Lorna ihm reichte, an den Ästen zu befestigen.

Bei dem Tempo, das sie anschlugen, dauerte es nur eine halbe Stunde, bis der Baum fertig war. So etwas Schönes hatte Lorna in ihrem Leben noch nicht gesehen. Trauben rubinroter Äpfel hingen in den Ästen des kahlen Baums, der mit dem Diamantglitzer des Frosts bedeckt war. Ein magischer Anblick war das. Joyce und sie hatten den Winter zum

Sommer gemacht und Früchte in schlafendes Holz gezaubert.

Das eigentlich Magische aber war, dass Joyce Lornas Kreativität geweckt hatte. Sie hatte Lorna zum Leben erweckt und ein Talent in ihr freigelegt, von dem sie selbst nichts gewusst hatte.

»Los, die Zeit drängt.« Tiffany klatschte in die Hände. »Wo sollen wir die Netze mit den Wicken aufhängen?«

Sie zogen die Netze auseinander und klammerten sie so gut wie möglich fest. Irgendwann zeigten sich die ersten bleichen Spuren der Morgendämmerung am Himmel. Der Schnee behinderte sie nicht sehr. Er sammelte sich zu dichten, knirschenden Haufen und blieb liegen. Die Strickobjekte, die nicht unter der Schneedecke verschwanden, leuchteten umso bunter vor dem glitzernden Weiß. Bald schon wickelten sich Flieder und zartrosa Wicken mit ihren verschlungenen Ranken um die Bushaltestelle. Der Briefkasten war nun ein brauner Baum, in dem Misteln mit ihren tausend Verästelungen hingen. An die Eisenstangen sämtlicher Ladenmarkisen der Straße banden sie Sonnenblumen, und um die Laternenmasten schlangen sie vielblättrigen Efeu. Hier und da befestigten sie an den Pflanzen Joyce' Schmetterlinge, die mit der Sommersonne auf den zitternden Flügeln durch die Luft flatterten.

»Ich würde sagen, wir haben es geschafft«, sagte Lorna schließlich. »Jetzt müssen wir es nur noch Joyce zeigen.«

Die Atmosphäre in Joyce' Zimmer hatte sich schon wieder verändert. Der Duft der Lavendel- und Rosenkerzen, der sich in der gesamten Wohnung ausbreitete, wurde jetzt von einem medizinischen Geruch überdeckt. Eine tödliche, chemische Realität war in Joyce' sorgfältig konstruiertes Tableau eingebrochen.

Die Nachtschwester Denise maß Fieber, als sie hineingingen. Im Hintergrund lief sanfter Jazz. Joyce' Lider waren geschlossen. Lorna hätte nicht sagen können, ob sie schlief oder sich in dem Trancezustand befand, in den sie immer häufiger fiel.

Trotzdem sprach sie mit ihr. »Joyce, wir haben eine Überraschung für Sie. Wir konnten nicht bis Dezember warten, um zu sehen, wie die Strickaktion wirkt, also sind wir rausgegangen und haben sofort damit begonnen.«

Keine Antwort. Lorna war enttäuscht, aber was hatte sie erwartet? Denise bedeutete ihr, nicht aufzugeben.

»Das klingt wunderbar, Lorna«, sagte sie. »Nicht wahr, Joyce? Sind das nicht gute Freundinnen, wenn sie sogar in den Schnee hinausgehen, um so etwas für Sie zu tun? Wo haben Sie die Objekte denn aufgehängt?«

»Direkt vor dem Fenster. Damit Sie es sehen können, Joyce, wenn Sie …« Wenn Sie aufwachen, wollte Lorna sagen, besann sich dann aber anders. »Wenn die Sonne aufgeht«, sagte sie stattdessen.

»Es schneit, daher ist es besonders zauberhaft«, sagte Tiffany. »Die Leute werden mit offenem Mund dastehen, wenn sie sehen, was wir alle zusammen geschaffen haben.«

Joyce zeigte keine Reaktion.

Bitte, flehte Lorna die unsichtbaren Geister um sie herum an. *Bitte lasst Joyce die Augen öffnen und sehen, was sie Wundervolles erschaffen hat, damit sie die Welt mit einem Triumphgefühl verlassen kann.*

»Möchten Sie es sehen?«, fragte Sam. »Soll ich Sie zum Fenster tragen.«

»Kann man sie tragen?«, fragte Lorna flüsternd.

Denise nickte. »Aber vorsichtig. Ich helfe Ihnen.«

Denise nahm so viele Schläuche wie möglich ab und hielt den vom Tropf fest, als Sam Joyce aus dem Bett hob. Sie war so leicht und zerbrechlich. Er trug sie zum Fenster und blieb mit ihr neben Lorna stehen, die den Vorhang aufzog.

Da stand der Baum, wie ein Bild im Rahmen der Fenster, übersät mit Äpfeln und Schneeflocken, die im Licht der Straßenlaternen glänzten. Es war ihre Version eines Bäumchens, das, von Bernard gepflanzt, im letzten Sommer in Rooks Hall unerwartet geblüht hatte.

»Sehen Sie das?«, flüsterte Lorna. Sie nahm Joyce' kalte Hand und wärmte sie. »Der Baum ist das Schönste, was ich in meinem Leben je gesehen habe. Und schauen Sie, der Briefkasten – er ist jetzt eine Eiche! Und die Sonnenblumen, können Sie sie sehen?«

Sie strich mit dem Finger behutsam über die pergamentene Haut, die sich mit jeder Zärtlichkeit hin und her bewegte. Lorna behielt den langsamen Rhythmus bei, weil sie sich daran erinnerte, wie ihre Mutter sie als kleines Kind besänftigt hatte und sie selbst wiederum den zitternden, verängstigten Rudy. Menschlicher Kontakt, der die Angst vertrieb, sacht und liebevoll.

»Gefällt es Ihnen?«, flüsterte sie. »Sind wir Ihren Kunstwerken gerecht geworden? Können Sie sich vorstellen, was die Leute sagen, wenn sie bald aufwachen?«

Die Straße explodierte vor Farbe. Die unerwarteten Objekte machten sie zu einem Spielplatz von Rot, Gelb und Grün, den Farben des Glucks.

»Das ist Ihr Garten, der zum Leben erwacht«, murmelte Lorna, die jetzt eher mit sich selbst sprach. Joyce schien ihnen zu entgleiten. *Das Wichtigste ist, dass sie meine Stimme hört*, sagte sich Lorna. Aber die geschlossenen Lider ließen nicht erkennen, ob sie es tat …

»Ich denke, wir sollten sie …« Denise nickte zum Bett hinüber.

»Okay«, flüsterte Lorna enttäuscht. Vielleicht merkte Joyce irgendwo im Unterbewusstsein, was sie getan hatten – wenn sie über ihnen schwebte und alles sah.

Sam fing ihren Blick auf. Seine Miene besagte, dass sie es immerhin versucht hatten, und sie lächelte traurig.

Aber gerade als sie sich abwenden wollten, spürte Lorna einen leichten Händedruck, eine fast unmerkliche Reaktion an ihrer Haut. Joyce' Lider zuckten, und dann öffnete sie langsam ihre glasigen Augen und starrte blind auf die Straße, wo die Schneeflocken ans Fenster trieben.

Lorna hielt die Luft an.

Es kostete Joyce offenbar große Anstrengung. Lorna hatte keine Vorstellung, was sie sah oder ob überhaupt etwas. Aber die Sehnen am Hals spannten sich an, und die Augen blieben offen. Im nächsten Moment wich jede Kraft aus ihrem Körper, und sie entspannte sich in Sams Armen.

»Gut gemacht, Joyce«, sagte Denise. »Und jetzt ab ins Bett mit Ihnen.«

Tränen strömten über Lornas Gesicht, aber es waren Tränen der Freude. *Sie hat es gesehen. Sie hat gesehen, was wir gemacht haben.*

Sam trug Joyce so behutsam wie möglich zum Bett. Denise hatte es herumgedreht, sodass es nun zur Straße zeigte. Außerdem hatte sie schnell die Bettwäsche gewechselt und geschickt die Laken straff gezogen, sodass nun ein frisches Nest auf Joyce wartete.

»Schauen Sie, schöne frische Wäsche.« Denise nahm die Fotos vom Tisch und arrangierte sie am Fußende des Betts, wo sie leichter zu sehen waren. »Das ist Ihr Sohn, nicht wahr? Und Ihr Ehemann. Was für ein schönes Paar Sie sind.«

Jetzt schlief Joyce zweifellos. Ihre Augenlider flatterten, und ihre Hände zuckten, als träume sie.

»Seien Sie nicht überrascht, wenn sie bald geht«, flüsterte Denise. »Manchmal warten sie auf Erlaubnis, falls Sie wissen, was ich meine.«

»Möchten Sie eine Tasse Tee?« Tiffany berührte ihre Hand. »Ich werde Ihnen einen zubereiten.«

»Ja«, sagte Sam, »das ist eine gute Idee.« Die drei verließen das Zimmer. Lorna blieb mit Joyce allein zurück.

Sie kniete neben Joyce' Bett nieder, deren Hand in den ihren, und betrachtete, wie sich der Brustkorb hob und senkte. Die herrische alte Dame, die sich immer sofort angegriffen gefühlt hatte, war in den Kosmos aufgestiegen. Hier blieben nur die letzten Atemzüge eines Körpers.

An Lornas Beinen strich etwas Weiches entlang, und sie merkte, dass Bernard wieder ins Zimmer gekommen war. Er legte die Vorderpfoten aufs Bett, vergewisserte sich, dass Joyce noch da war, und ließ sich dann neben dem Bett nieder, den Blick auf Lorna gerichtet.

Was konnte es schon schaden?

Sie hob ihn hoch und legte ihn direkt neben Joyce' Füße. »So. Ein letztes Mal.«

Bernard rollte sich zusammen, den Rücken an Joyce' Füße gelehnt. Dabei schaute er in den Raum, als wollte er sie vor allem beschützen, was auch immer sich ihr näherte.

Draußen wirbelte stumm der Schnee. Die Luft im Raum

war auch bewegt und füllte sich mit etwas, was Lorna nicht ergründen konnte. Sie wünschte sich sehnlichst, Bernard und Ronan würden kommen, und stellte sich vor, dass auch ihre eigene Mutter ans Bett trat, diese so fantasiebegabte, mit einer so weichen Haut gesegnete Frau, die Toffee herstellte und mit Tinte Träume zeichnete, während ihr kleines Mädchen zu ihren Füßen hockte und Bilder ausmalte. Dann ihr Vater mit dem gebrochenen Herzen, das niemand heilen konnte. Und Betty. Eine ganze Kohorte, die Joyce nach Hause bringen würde.

»Danke, Joyce«, flüsterte sie unter Tränen. »Danke, dass Sie mir die Kunst in allen Dingen gezeigt haben. Danke, dass Sie mir Ihre wertvollsten Gemälde anvertraut haben. Und Ihre Erinnerungen.«

Eine Antwort bekam sie nicht. Lorna legte die Stirn aufs Laken. Ihr war nicht klar, mit wem sie in diesem Moment redete, mit Joyce oder ihrer Mutter. Sie war so müde, dass sie nicht einmal mehr wusste, ob sie noch flüsterte oder nur dachte.

»Und vergessen Sie nicht, dass Sie immer ein Teil von mir sein werden. Solange ich noch an Sie denken kann und mich daran erinnere, worüber wir geredet und wie oft wir miteinander gelacht haben ... so lange sind Sie immer bei mir.«

Bernard fing an zu knurren, obwohl sich im Raum nichts verändert hatte, und hob den Kopf. Lorna sah, dass sich seine Nackenhaare sträubten.

Was dann geschah, konnte sie nicht erklären. Es fühlte sich an, als sei der Raum plötzlich mit einem Wirbel der Liebe erfüllt, einem klaren, warmen Empfinden unendlicher Zufriedenheit. Der Schnee vor dem Fenster wirkte zu hell und die Farben der Strickobjekte zu grell für das gedämpfte Licht draußen. Zu sehen war nichts, aber sie fühlte sich von etwas Weichem eingehüllt, das stärker war als sie. Fast hätte sie geweint, als es ihren Körper durchfloss, aber im nächsten Moment war es schon wieder verschwunden, und sie blieb allein im Raum zurück.

Lorna hob den Kopf und schaute Joyce ins Gesicht. Es war schlaff und grau, die Nase zeichnete sich scharf ab. Sie war allein. Nur Bernard und sie waren noch da.

Mit Tränen in den Augen küsste sie Joyce auf die Stirn. »Auf Wiedersehen, Joyce.«

Eine ewige Minute lang blieb sie am Bett stehen, wollte sich nicht bewegen, aber plötzlich war sie hellwach und hatte Angst vor dem, was nun kam. Bernard winselte leise. Instinktiv streckte sie den Arm aus, um ihn zu trösten.

Hinter ihr war ein Husten zu hören. Denise stand im Türrahmen, Sam und Tiffany hinter sich.

»Ich kann übernehmen, wenn Sie möchten«, sagte Denise freundlich. Lorna nickte.

Sam breitete die Arme aus, und sie flüchtete sich hinein und legte den Kopf an seine Brust. Er hielt sie, küsste sie auf den Kopf, streichelte ihren Rücken. Sie spürte, wie seine Tränen auf ihr Haar fielen, als er sie sanft wiegte.

»Meine Lorna«, sagte er immer wieder und wieder. »Meine wunderschöne, mutige Lorna. Mein Mädchen.«

So verharrten sie eine Weile und ließen alle Schranken zwischen sich fallen. Es war, als würde eine Kastanienschale aufbrechen und die glänzende Frucht im Innern zum Vorschein bringen. Dann hörte Lorna, wie jemand ihren Namen rief.

»Lorna?« Tiffany stand hinter ihr, schon wieder im Mantel. Sie hatte ihr Handy in der Hand und wirkte entschlossen.

»Was denn?«

»Lass uns den Rest der Stadt auch noch schmücken.« Sie grinste. »Wir sollten unser Werk vollenden. Lass uns Joyce etwas wirklich Überwältigendes mit auf die Reise geben.«

Epilog

Weihnachten kam plötzlich, irgendwann zwischen Joyce' Beerdigung und Calums hastig revidierten Plänen für den Wettbewerbsbeitrag. Joyce' und Lornas Zaubergarten sollte nun auch noch für eine Tournee vorgeschlagen werden. Die Maiden Gallery war jeden Tag überfüllt und profitierte von Unmengen von Tweets mit Fotos von Longhampton in einem Kleid aus schneebedeckter Wolle. Täglich kamen Anfragen aus den entlegensten Landeswinkeln, und die Strickkamera lief weiter, weil sich nun Ehrenamtliche versammelten und Mäntelchen für streunende Hunde strickten.

Mary hatte zusammen mit Tiffany die Stellung gehalten, als Lorna damit beschäftigt gewesen war, Joyce' Angelegenheiten zu regeln: nicht nur die Trauerfeier – eine schlichte humanistische Zeremonie in der Nähe des weißen Cottages am Kliff –, sondern auch der Umgang mit der Asche, die gemeinsam mit der des menschlichen Bernard verstreut werden sollte (die des Hundes Bernard sollte zu gegebener Zeit folgen). Als Lorna nach einem Wochenende in Wales, an dem sie auf langen Wanderungen viel nachgedacht hatte, in die Galerie zurückkehrte, fand sie in den Ausstellungsräumen ein paar ziemlich groteske Töpferstücke vor, an die Wand daneben war eine unverständliche dreiseitige »Praxiserläuterung« des Künstlers gepinnt.

»Wir haben doch die Jahreszeit der guten Vorsätze«, rechtfertigte sich Mary.

»Das bedeutet aber nicht, dass die Galerie aussehen soll, als würden hier die guten Vorsätze vorherrschen«, erwiderte Lorna, ließ aber die meisten Stücke stehen. Wer war sie, dass sie anderen die Entscheidung abnahm, was sie schön zu finden hatten?

Eine Ecke blieb Dingen vorbehalten, die nicht zum Verkauf standen: die handgemalten Weihnachtskarten ihrer Mutter, von Archibald in festlichem Gold und Grün gerahmt. Jede Karte zeigte zahllose winzige Details, die Jess, Cathy, Peter und sie selbst umgaben und tausend versteckte Hinweise darauf enthielten, wer sie waren und was sie in einem bestimmten Jahr feierten.

Lorna hatte ein paar von ihnen fotokopiert, ursprünglich, um sie auszumalen. Auf Hatties Anregung hin hatte sie sie dann aber zu einem Weihnachtsausmalbuch für Erwachsene gestaltet. Es hatte eine streng limitierte Auflage und wurde nur an Kunden verkauft, die seine geistreichen Details zu würdigen wussten. Lorna hegte die Absicht, nach der Strickaktion im nächsten Jahr eine große Cathy-Larkham-Retrospektive zu organisieren. Hattie würde ihr helfen, um auf den Spuren ihrer Großmutter zu wandeln, und zwar nicht nur auf denen der Künstlerin – sie wollte auch herausfinden, auf was für eine Person die Familie stolz sein konnte.

»Ich muss aufhören, Mum nur als Künstlerin zu begreifen«, hatte Lorna zu Jess gesagt. »Mein Leben lang habe ich versucht, an sie heranzukommen. Sie jetzt auf Augenhöhe wahrzunehmen – sie als Künstlerin und mich als Galeristin – ist gut. So kann ich anfangen, sie als gewöhnliches menschliches Wesen zu sehen.«

»Umso besser, dann können wir ja bald die Garage ausräumen«, sagte Jess, aber Lorna war klar, dass das ein Witz sein sollte.

Nur Sam fehlte im Bild. Sein neuer Chef hatte ihn gebeten, die Stelle in London eher anzutreten, sodass er gar nicht mehr zurückgekommen war. Lorna vermisste ihn jeden Tag. Leerläufe im Tagesablauf füllte sie mit Aufgaben, damit sie nicht ins Grübeln geriet. Sie musste sich fortan auf ihre Zukunft konzentrieren statt auf Dinge, die es nie gegeben hatte und nie geben würde.

Eine Woche vor Weihnachten, in der anstrengendsten Woche des Jahres, war Lorna allein in der Galerie. Sie hatten eine Stunde länger geöffnet, um den Ansturm später Kunden zu bewältigen. Bernard und Rudy japsten und hechelten, weil sie auf ihren Abendspaziergang warteten – dass Rudy einst vor allem und jedem zurückgeschreckt war, konnte man sich kaum noch vorstellen. Mit seinem grau melierten Kumpel an der Seite stand ihm die Welt offen.

»Es dauert nicht mehr lange.« Lorna trat über die Hunde hinweg, als sie ihr um die Beine herumsprangen, und ging langsam durch die Galerie, schaltete die Lichter aus und kontrollierte die Vitrinen. Als sie das Schild an der Tür auf

»Geschlossen« drehte, erblickte sie plötzlich ein Gesicht hinter der Tür und fuhr zusammen.

Es war Sam. Es dauerte eine Weile, bis sie ihn erkannte: Der Bart war fort, und er sah zehn Jahre jünger aus. Er lächelte sie durch die Scheibe an und hielt zwei rote Weihnachtsbecher mit heißer Schokolade hoch. »Speziallieferung.«

»Komm herein.« Sie löste die Riegel und ließ ihn eintreten. Kalte Luft folgte ihm. »Vielen Dank! Was für ein Timing. Wir haben aber keine Kekse mehr. Marys nervöser Hunger hat sich diese Woche noch einmal verschlimmert. Das Kartenlesegerät hat den Geist aufgegeben, und …«

»Ich brauche keine Kekse.« Er stellte die Becher auf die Ladentheke und nahm Lornas Hand, als sie an ihm vorbeigehen wollte. »Ich möchte mit dir reden.«

»Worüber?«

Er schaute ihr in die Augen. »Über Weihnachten.«

Lorna entzog ihm die Hand, um ihre heiße Schokolade zu nehmen. Außerdem sollte Sam ihr Zittern nicht bemerken. Sie wollte nicht schon wieder etwas Dämliches sagen. »Soll heißen?«

»Soll heißen: Ich weiß, dass du im Hundeheim arbeitest, um Weihnachten nicht mit deiner angeheirateten Sippschaft verbringen zu müssen. Ich ertrage meine Familie auch nur für eine gewisse Zeit, besonders nach den diesjährigen Entwicklungen. Daher habe ich mich gefragt, ob du nicht gerne etwas anderes tun würdest.«

»Zum Beispiel?«

Er nahm ihr sanft die Tasse aus der Hand, stellte sie auf die Ladentheke und ergriff ihre Hände. »Wegfahren zum Beispiel. Mit mir.«

»Wohin?«

»Ich dachte an London. Das ist romantisch, wenn sonst niemand in der Stadt ist. Wir könnten Schlittschuh laufen und auf dem Trafalgar Square Champagner trinken ... oben auf den Löwen, wenn du magst.«

London. Enttäuschung übermannte sie. Er langweilte sich in der Stadt und suchte Gesellschaft. »Sam, ich möchte nicht an all die Orte gehen, die du üblicherweise frequentierst, nur um mich dann wieder verabschieden zu müssen und hierher zurückzukehren.«

»O Lorna.« Er beugte sich vor, bis seine Stirn an ihrer ruhte. »Vielleicht möchte ich mich ja von ein paar Orten verabschieden ... bevor ich mit dir hierher zurückkehre.«

Sie entzog sich ihm und schaute ihn an. »Was?«

»Ich vermisse dich«, sagte er. »Das Leben in London ist kein Spaß, wenn ich weiß, dass du hier bist. Ständig erfinde ich irgendwelche Vorwände, um zurückzukommen, irgendwelche Probleme mit dem Hof.« Er verzog das Gesicht. »Gott sei Dank sorgt Gabe dafür, dass die nicht abreißen ...«

»Du willst zurückkommen, um hier zu leben?«

»Mit Ausnahme einiger Tage im Monat, an denen ich als Berater arbeite – ja, ich möchte zurückkommen. Ich möchte, dass wir noch einmal richtig von vorn anfangen, du und ich.« Sams Blick ruhte auf ihr, er wartete auf ihre Reaktion. »Es tut mir leid, dass ich mich so falsch verhalten habe. Ich fand es schrecklich, dass du auf diesen Kunstscheiß reingefallen bist wie auf des Kaisers neue Kleider. Dafür bist du viel zu klug. Aber in meiner Arroganz habe ich keinen Weg gefunden, es dir zu sagen, ohne dich zu beleidigen. Für mich war klar, dass du eine Bauchlandung erleben wirst, und ich habe mich dafür gehasst, dass ich dich nicht davor bewahren konnte.«

»Man muss aus seinen eigenen Fehlern lernen«, sagte Lorna zögerlich. »Ich würde heute nichts anders machen.«

Hätte sie es anders gemacht, hätte sie Joyce nicht kennengelernt, hätte nie erlebt, wie stark vier Frauen mit Stricknadeln sein können, hätte sich nie diese Welt erschaffen, hätte nie erfahren, wie viel sie auf die Beine zu stellen vermochte.

»Mir tut es auch leid«, sagte sie. »Ich habe mir ein Urteil über Dinge angemaßt, von denen ich nichts verstehe. Diese Stadt ist deine Heimat, nicht meine, und ich habe das Gefühl, als hätte ich die Dinge für dich ... verkompliziert. Nun, meine ganze Familie hat das getan, auf die ein oder andere Weise.«

Sam drehte ihre Hand um und betrachtete die Lebenslinien in ihrer Handfläche. Dann hob er ihre Finger an die Lippen und küsste die Knöchel. »Du bist es, die diesen Ort zu meinem Zuhause macht, Lorna«, sagte er und schaute sie eindringlich an.

Lorna hob den Blick: dieser Mann mit den wunderschönen Augen ihrer Jugendliebe, aber mit dem erwachsenen Herzen, das sie erst langsam zu begreifen begann. Sie dachte daran, wie er die Kühe mit den gestutzten Hörnern auf der Weide gestreichelt hatte, an die geduldigen Vermittlungsversuche am Familientisch, an Rudys instinktive Entspanntheit, wenn Sam in den Raum trat. Man überwand ein wenig Angst, brachte ein wenig Vertrauen auf, und was bekam man im Gegenzug? So viel, wie man zu geben bereit war.

»Willkommen zurück«, sagte sie. »Ich bleibe, wenn du es tust.«

Nun beugte Sam sich vor, legte die Hände an ihr Gesicht, zog sie an sich und küsste sie, als hätte er sein Leben lang darauf gewartet, sie richtig küssen zu können. In ihrem Geist ereignete sich eine schimmernde, pudrige Farbexplosion – unzählige Rotschattierungen von Purpur über Scharlachrot über ein sehr blasses Rosa bis hin zu sengendem Magenta. Als Lorna ihre Arme um Sams Hüfte legte und ihn näher an sich zog, verschwammen die Rottöne zu einem einzigen: dem Rubinrot von Äpfeln, Londoner Doppeldeckerbussen, Kindergummistiefeln und dem verführerischsten altmodischen Lippenstift.

Die Farbe der Liebe. Die Farbe eines Herzens, das in einem perfekten Rhythmus schlägt.

Dank

Diese Geschichte aufzuschreiben war zeitweise sehr schwer, und ich bin den wunderbaren Menschen in meiner Umgebung äußerst dankbar. Sie haben mich ermutigt, haben mich rund um die Uhr mit Tee und guten Ideen versorgt, sind mit dem Hund rausgegangen und haben mich freundlich, aber bestimmt in die richtige Richtung gedrängt.

An vorderster Front dieser Menschenmenge stehen die wundervolle Francesca Best, meine geduldige und aufmerksame Lektorin, und die Mitarbeiter von Transworld. Danke, dass ihr die Ansammlung von Worten in etwas Schönes (und chronologisch Richtiges) verwandelt habt. Besonderer Dank gilt Sarah Whittaker, die das zauberhafte Cover entworfen hat, Josh Benn, Judith Welsh, Becky Short, Vicky Palmer, Deirdre O'Connell, Janine Giovanni, Lucy Keech und Elspeth Dougall.

Ich bin äußerst dankbar, dass ich die unglaubliche Naturgewalt einer Lizzy Kremer und der anderen Wundertäter der Agentur David Higham kennenlernen durfte: Harriet Moore, Maddalena Cavaciuti, Emma Jamison, Alice Howe, Giulia Bernabè, Margaux Vialleron, Camilla Dubini und Annabel Church. Es kann gar nicht genug Cupcakes in der Welt geben, um zum Ausdruck zu bringen, wie sehr ich euren Einsatz für mich schätze. Und wo ich schon einmal dabei bin: Dank an die Lektoren, die Longhampton an Orte jenseits meiner wildesten Träume gebracht haben, besonders an dich, Teresa Knochenhauer.

Es ist jedes Mal überwältigend, wenn ich eine Nachricht von einem freundlichen Leser bekomme. Wenn Sie dies also lesen und mir über Twitter oder Facebook oder per E-Mail geschrieben haben, dann versichere ich Ihnen, dass der Tag gerettet war. Vielen Dank! (Und halten Sie Kontakt …)

Im Gegensatz zu dem, was man meinen könnte, sind Autoren ein hilfreicher und großzügiger Menschenschlag. Jedenfalls die, die ich kenne. Sie kennen die Bedeutung des richtigen Stils und die Gefahren der unbegrenzten Verbreitung von Texten. Dank an die zeitlosen Orakel der Schreibschulen, die mich täglich auf die ein oder andere Weise begeistern, besonders an Chris Manby, diese wunderbare Frau.

Dieses Jahr hatte ich viel Unterstützung von meiner Familie: meinem tapferen Dad, der das Buch gelesen hat, meiner Schwester Alex, der Meisterin der Texte, meinem wunderbaren Ehemann Scott, der mich heroisch bei Gesundheit und Laune und auf einem hinreichend hohen Koffeinspiegel gehalten hat, meinen Stiefkindern Katie, Calum und Fiona, die sich nie darüber beschwert haben, dass ich das ganze Haus als Pinnwand für irritierende Notizen missbrauche, und Barney, der in den Genuss mal längerer, mal aber auch kürzerer Spaziergänge gekommen ist. Ich liebe euch alle sehr.

Zu guter Letzt noch Dank an dich, Julie Williams, für die Hinweise, die du mir zu Joyce' medizinischer Behandlung gegeben hast (Fehler gehen allein auf meine Kappe), und für die harte, herzzerreißende Arbeit, die du in Familien leistest, welche die letzten Tage ihrer geliebten Angehörigen durchleben. Der leidenschaftliche Einsatz der Hospizschwestern des Macmillan Hospice, des Marie Curie Hospice und der Sue Ryder Hospices und all der anderen professionellen und ehrenamtlichen Mitarbeiter der Palliativmedizin ist mehr als bewundernswert. Ich wünschte, ich könnte jedem Einzelnen von ihnen danken, weil sie so großartige Menschen sind.

Autorin

Lucy Dillon kommt aus Cumbria, einer Grafschaft im Nordwesten Englands. Sie studierte Englische Literatur in Cambridge und lebt heute mit ihren zwei Hunden, einem alten Range Rover und viel zu vielen Büchern in einem Dorf in der Nähe von Hereford. Ähnlichkeiten mit Lucy Dillons Familie oder ihren Freunden in ihren Romanen sind rein zufällig – die Vierbeiner dürften sich allerdings wiedererkennen.

Lucy Dillon im Goldmann Verlag:

Bis das Glück uns findet. Roman
Im Herzen das Glück. Roman
Das kleine große Glück. Roman
Der Prinz in meinem Märchen. Roman
Liebe kommt auf sanften Pfoten. Roman
Herzensbrecher auf vier Pfoten. Roman
Tanz mit mir! Roman

( Alle als E-Book erhältlich.)